U0573316

第一回　灵根育孕源流出　心性修持大道生

第二回　悟彻菩提真妙理　断魔归本合元神

第四回　官封弼马心何足　名注齐天意未宁

第六回　观音赴会问原因　小圣施威降大圣

第十二回　玄奘秉诚建大会　观音显象化金蝉

第十四回　心猿归正　六贼无踪

插图典藏本

品读西游记

上

马瑞芳 著

天 地 出 版 社 | TIANDI PRESS

白鹿
© Bailu Studio

目录

永恒的经典《西游记》

　　如果有人问我："哪本书可以叫你兴致勃勃地连续读七十年？"我会毫不犹豫地回答："《西游记》。"我八岁开始读《西游记》。小学三年级放学早，又没什么作业，一放学，我就到山东省益都县（今青州市）图书馆抱起一本《西游记》津津有味地读起来，经常忘记回家吃饭。那时没有童书，竖排的书上也没有拼音，很多字都不认识，我就缠着图书管理员"说文解字"；诗词读不懂，就干脆略过去。之后，我还将美猴王怎样大闹天宫、九九八十一难中的妖怪都有哪些独门暗器及孙悟空请来什么神佛相助，如数家珍地讲给其他小朋友听。1960年我考进山东大学中文系，按照游国恩、萧涤非先生的文学史读《西游记》。1980年，我给山东大学中文系"77级"学生及留学生讲明清文学史基础课，其中有一章就是《西游记》，剖析其思想艺术成就，讲解其在文学史上的地位。名著总是如初见，而《西游记》则是迷倒世界无数读者的永恒经典。

　　写人容易，画神魔难。《三国演义》《水浒传》《金瓶梅》《红楼梦》等，写的都是现实中实际存在或可能存在的事情，作家的人生经验可以信手拈来，历史资料可以借鉴，前人传说、历史、评话可以借力。而《西游记》写的则是镜中花、水中月，完完全全的克里空[1]，历史资料和历史人物仅是它的"借口"和因由。《西游记》的创作，当然要靠前辈作家创作志怪小说时的某些经验、模式及资料，但能成为世界名著，还得靠天才作家奇思妙想、奇语妙句的不断喷发。从这层意义上来说，《西游记》的作者真是了不起，可以说是数百年来亿万读者的"大恩人"。

有关《西游记》的两个关键性问题，都是由鲁迅先生定性的。第一，鲁迅先生确定了《西游记》的作者是吴承恩；第二，鲁迅先生把《西游记》定位为"神魔小说"。《中国小说史略》把明代小说分成两大主要潮流，一种讲神魔之争，一种讲世情。鲁迅先生提出明代最早的神魔小说是《平妖传》，然后才是《四游记》，包括：《上洞八仙传》，亦名《八仙出处东游记传》，二卷五十六回；《五显灵官大帝华光天王传》，即《南游记》，四卷十八回；《北方真武玄天上帝出身志传》，即《北游记》，四卷二十四回；《西游记传》，四卷四十一回。

吴承恩的一百回《西游记》横空出世后，不管是《平妖传》，还是《四游记》，都渐渐湮没于历史的长河中。中国古代神魔小说的构思精华都被吴承恩巧妙地化用进了《西游记》中，就像盐溶于水一般，此后能跟上《西游记》脚步的神魔小说只有《封神演义》了。

中国四大名著，哪一部地位最高？不用说，肯定是《红楼梦》。哪一部最老少咸宜，深受读者青睐？同样不用说，肯定是《西游记》。鲁迅先生曾说《西游记》是一部游戏之作，作者"善谐剧"，即说出了《西游记》吸引众多读者，特别是青少年的重要特点。《西

---

1 克里空：又叫"客里空"，原是苏联剧作家考涅楚克的话剧《前线》中的一个角色，意为"好吹嘘的人""绕舌者"，后引申为虚假、耍花招。——编者注

游记》神奇、好看、有趣、好玩，哪路妖魔给孙猴子挖了什么坑，孙猴子请来了什么神灵，猪八戒干了什么糗事，唐僧干了什么笨事，任何一个情节，都像吸铁石一样吸引着你。

《西游记》中的天宫就像封建王朝的复制品。高居灵霄宝殿的玉皇大帝，俨然是一位封建时代的皇帝；四大天王、二十八宿则仿佛文武百官，太白金星像御史大夫，托塔李天王像大司马。西方极乐世界有佛法无边的如来，南海有救苦救难的观世音菩萨。雍容华贵的天宫，祥云缭绕的西方极乐世界，海上仙山，海底龙宫，到处是奇特神异的仙品，到处是光怪陆离的妙物，《西游记》真是把古代志怪小说家所能想象出来的超现实灵物写绝了、写活了。《西游记》中的妖精多姿多彩，天上飞的、地上跑的、水里游的，都可以修炼成精。天宫星宿、菩萨坐骑、观世音菩萨的金鱼、月宫玉兔、太上老君的青牛，也都可以下界为妖。《西游记》中的大部分妖魔都是由我们熟悉的动物变化而成的：狗熊、狮子、老虎、大象、犀牛、貂鼠、蝎子、蜈蚣、金鱼、蟒蛇等，他们保持着本来的生物特征，只不过力量更强大、更神奇。一物降一物，神佛总有专门针对他们的武器，孙悟空在保护唐僧西天取经的路上，不得不时常穿梭于天宫、西天、地府、龙宫之间，一次次寻找解救师父的救星。《西游记》中最精彩的人物当然是孙悟空，三打白骨精、三调芭蕉扇、偷吃人参果、真假美猴王……延续着石猴出世、大闹天宫，真是瑰丽多彩、美不胜收。九九八十一难，一难比一难好看，而人生没有过不去的火焰山。

《西游记》用活灵活现的人物、精彩绝伦的故事、生动活泼的语言，迷倒了世世代代、各个国家、各种年龄层次的读者，把优美神奇的中国神话和全民童话传遍了全世界。《西游记》早在江户时代就

观世音收伏熊黑怪

传到了日本；1895年开始走进欧美国家，现在有六十多种英文译本。英国著名汉学家阿瑟·戴维·韦利的选译本《猴》（*Monkey*）曾再版二十多次。德语、俄语、东欧语言的译本稍晚于英译本。世界著名百科全书都推崇《西游记》。《美国大百科全书》说："在16世纪中国出现的描写僧人西行取经故事的《西游记》被译为《猴》，是一部具有丰富内容和光辉思想的神话小说。"《德国迈耶大百科全书》说："吴承恩撰写的幽默小说《西游记》，里面写到儒、释、道三教，包含着深刻的内容，它是一部寓有反抗封建统治意义的神话作品。"法国巴黎大学艾提昂·伯勒教授说："没有读过《西游记》的欧洲人就像没有读过托尔斯泰和陀思妥耶夫斯基的作品一样，不能妄谈世界的小说。"

为什么不同国家、不同年龄段的人都由衷地热爱古典名著《西游记》呢？让我们一步一步走进吴承恩创造的小说迷宫领略一番吧。

毛主席爱读《西游记》

鲁迅先生说《西游记》是"神魔小说"，其实《西游记》更是一部伟大的神话小说，一部家喻户晓、妇孺皆知的全民童话。在全世界数不清的读者当中，中华人民共和国开国领袖毛主席算得上是《西游记》的忠实读者。毛主席从少年时代到成为开国领袖，始终爱读《西游记》，可以说毛主席对《西游记》的热爱对他坚忍不拔、奋勇抗争、积极乐观的精神和人生观产生了很大的影响。

百吃不厌的精神食粮

毛主席为什么热爱《西游记》，推崇孙悟空呢？因为孙悟空是有真性情的真英雄、真汉子，特别符合毛主席的性格特点。毛主席从风华正茂在浪遏飞舟的湘江读书，到"红军不怕远征难，万水千山只等闲"，到驱逐日寇、战胜国民党反动派，"天安门上太阳升"，再到中南海游泳池边与美国总统尼克松握手，腥风血雨不皱眉，泰山压顶不弯腰，帝国主义和一切反动派在他的字典里都是"纸老虎"。毛主席百折不挠、坚忍不拔、乐观向上的精神，和唐僧师徒历经九九八十一难，不畏艰苦，最终取得真经的精神可以说是一脉相承。

毛主席有句话读者一定耳熟能详：《红楼梦》至少要读五遍，才有发言权。

毛主席有没有说过《西游记》得读多少遍？如果他说《西游记》要读N遍，那么这个"N"肯定大于10。

毛主席把《红楼梦》当作封建社会历史来读，常读不厌。

毛主席将《西游记》当作精神食粮来吃，百吃不厌。

孙悟空不怕任何困难的战斗精神，孙悟空除恶务尽的主张，对毛主席产生了很大影响。毛主席把《西游记》跟他所领导的艰苦卓绝的壮丽事业联系了起来。

陈晋[1]在《毛泽东之魂》中说：

> 在毛泽东的眼里，《西游记》的故事主脉，同他领导的反帝反封建的革命运动几乎有着异乎寻常的同构关系。中国共产党为实现推倒三座大山这一目标，如同唐僧师徒四人为实现西天取经的目标一样，要经历许许多多的艰难曲折的过程。在这一过程中，进取者队伍中各色人等的信仰、意志、毅力、作风、胆识、智慧及其相互关系，都必然要经受九九八十一难的考验。

在毛主席壮丽的一生中，《西游记》他常搁在心头、挂在口头，这是一个神魔小说和国家伟人相碰撞的奇特现象。毛主席说他自己身上有些虎气，也有些猴气。所谓猴气，就是孙悟空的特点，毛主

---

1 陈晋：1958年出生，四川简阳人，曾任中共中央文献研究室副主任、中国中共文献研究会副会长、中央党史和文献研究院院务委员，著有《读毛泽东札记》《毛泽东的文化性格》等。——编者注

席特别赞赏他敢做敢为、敢同妖魔鬼怪斗争的大无畏精神。毛主席喜欢拿《西游记》说事，他在闲谈、讲话、报告、文章中提到《西游记》的次数非常多，而他提到孙悟空的次数，又远远超过其他小说人物。对毛主席来说，美猴王既有人格魅力，也有现代精神。他常讲孙悟空、讲弼马温、讲大闹天宫、讲齐天大圣、讲金箍棒、讲紧箍儿咒，也讲唐僧、讲猪八戒、讲白骨精，他用《西游记》的神魔情节比喻现实中的人和事，阐述人生哲理，分析权力之争、政治斗争及国际斗争。

毛主席关注《西游记》关键词

第一个关键词：今日欢呼孙大圣。

1961年10月10日浙江绍剧团在中南海怀仁堂演出《孙悟空三打白骨精》。毛主席兴致勃勃地观看了演出。这部戏剧和《西游记》原著不同的是，孙悟空被轰回花果山后再次返回，仍是打白骨精，最后白骨精在唐僧面前交代她怎样变化三次欺骗他。不久，这部戏剧在全国公演，引起很大反响。1961年11月17日，毛主席看到郭沫若送给他的诗《七律·看〈孙悟空三打白骨精〉》，前两句是"人妖颠倒是非淆，对敌慈悲对友刁"，于是写了一首《七律·和郭沫若同志》，其中"金猴奋起千钧棒"一句经常被人引用，而"今日欢呼孙大圣"则表现出毛主席对孙悟空的由衷喜爱。

第二个关键词：大闹天宫。

毛主席多次用"大闹天宫"形容现实生活中的政治斗争。中国共产党没有夺取政权之前，毛主席说，要像孙悟空大闹天宫一样对待国民党反动派。1937年5月毛主席在延安为抗日军政大学作报告时说："孙猴子大闹天宫，把天兵天将打得落花流水。我们要学孙悟空，大闹反动统治者的天宫。"1945年国共谈判期间，毛主席拜访陈立夫时说："我们上山打游击，是国民党'剿共'逼出来的，是逼上梁山。就像孙悟空大闹天宫，玉皇大帝封他为弼马温，孙悟空不服气，自己鉴定是齐天大圣。可是，你们却连弼马温也不给我们做。我们只好扛枪上山了。"

第三个关键词：紧箍儿咒。

毛主席形象地把党的纪律叫作"紧箍儿咒"。1942年延安整风时，毛主席说："身为党员，铁的纪律就非执行不可。孙行者头上套的箍是金的，列宁论共产党的纪律说纪律是铁的，比孙行者的金箍还厉害，还硬。"

第四个关键词：火焰山。

1935年冬天，毛主席在长征路上创作了一首《念奴娇·昆仑》，其中有一句"飞起玉龙三百万"，1957年他自己加注解："前人所谓'战罢玉龙三百万，败鳞残甲满天飞'，说的是飞雪。这里借用一句，说的是雪山。夏日登岷山远望，群山飞舞，一片皆白。老百姓说，当年孙行者过此，都是火焰山，就是他借了芭蕉扇扇灭了火，所以变白了。"

第五个关键词：钻进铁扇公主的肚子。

毛主席多次说过"钻进铁扇公主的肚子"。《毛泽东选集》卷三《一个极其重要的政策》："何以对付敌人的庞大机构呢？那就有孙行者对付铁扇公主为例。铁扇公主虽然是一个厉害的妖精，孙行者却化为一个小虫钻进铁扇公主的心脏里去把她战败了。"

第六个关键词：猴子的尾巴。

毛主席多次用孙猴子的尾巴比喻知识分子的缺点。1953年9月，

孙行者三调芭蕉扇

毛主席在中央人民政府委员会第二十七次会议上的讲话中说："那些人有狐狸尾巴，大家会看得出来的。孙猴子七十二变，有一个困难，就是尾巴不好变。他变成一座庙，把尾巴变作旗杆，结果被杨二郎看出来了。从什么地方看出来的呢？就是从那个尾巴上看出来的。"

信手拈来，涉笔成趣

毛主席引用《西游记》中的人物和内容太多了，对于孙悟空、如来、观世音菩萨、玉帝、龙王爷、阎罗王、唐僧、猪八戒、沙和尚、白龙马、青牛精、鲤鱼精、铁扇公主……他都是信手拈来，涉笔成趣。毛主席对《西游记》中的人物和事件极其熟悉，而且他对事、对人都有自己的独特解读，一般和政治运动、革命斗争、为人处世密切联系。毛主席读《西游记》真有点儿"活学活用，立竿见影"的意味。

《西游记》，作为一部中国古典小说名著，一部儿童热爱的神魔小说，被亿万民众高呼"伟大领袖"的无产阶级革命家如数家珍，吴承恩地下有知，应该也会很高兴吧。

开国领袖毛主席是一个有学问、有个性、充满童心的读书人，是一个博览群书且有独立见解的读书人。毛主席心里一直有个孙悟空，那么我们普通人心里是不是也有个孙悟空呢？

我们心中都有一个孙悟空

当代大德高僧、外国青年政要，心中都有个孙悟空。我这想法是由2008年跟星云大师接触、1980年教外国留学生得来的。

大德高僧：不要把孙悟空只当作猴子

2008年8月25日星云大师在台湾佛光山主持我的《佛教和聊斋红楼》学术报告时，谈到对《西游记》、对孙悟空的看法："有时候，我们也感到，人生活在完全现实的世界里面，不一定很美好，有些思想、心境也有另外的风味。就说《西游记》吧，我想《西游记》里面的孙悟空，也不要把他当作一个猴子，他代表我们的心，一时在天上，一时在地下；'大闹天宫'，我们真的每天不晓得多少次，时而上天堂，时而到人间、到地狱，来来去去不知道多少次，就像孙悟空一样，天上、地下，都有另外一番意义。"

实在很有意思：1980年我教的瑞典留学生说，我们心中都有一个孙悟空；2008年当代大德高僧星云大师说，孙悟空代表我们的心，两人的观点可谓不谋而合。星云大师并不赞同《西游记》对佛教的理解和描写，但他认为《西游记》是一本有趣的书。他很愿意读《西游记》。

外国留学生：孙悟空万岁万万岁

四十多年前，外国留学生说我们心中都有一个孙悟空，这是怎么回事呢？

1980年我在山东大学中文系给英国、法国、荷兰、瑞典、日本留学生讲明清文学史，学期末开卷考试，我出几个题目，留学生们挑题目写文章。我出的题目有：如何看待《西游记》前七回的孙悟空？你对《聊斋志异》里的狐狸精有何看法？你对《红楼梦》中的宝黛爱情有何理解？有一天，我刚进中文系办公室，教学秘书就一惊一乍地大叫道："喂，快来看！你那个外国留学生写了些什么？怎么孙悟空都'万岁'起来了？"

我接过瑞典留学生傅瑞东的作业，看教学秘书指出的那一段："孙悟空的叛逆精神代表人类掌握自己命运的强烈愿望。齐天大圣美猴王孙悟空万岁，万万岁！"

中文系同事们争相传阅这个留学生的试卷，议论纷纷："真是无奇不有。""看马老师怎么给他打分吧！"1980年，改革开放刚刚开始，在大学师生的观念中，只有"毛主席万岁"，孙悟空怎么能"万岁"？中文系同事们对留学生的试卷大惊小怪，不足为奇。

那么，我是怎么给留学生们分析前七回孙悟空形象的呢？

我说：孙悟空闹龙宫、闹地府，反映了对封建政权投射的神权的反抗。

我说：孙悟空闹天宫，实际上是反抗封建王朝的"复制品"，显示了和上天平等、和神明抗衡的大无畏的反抗精神。

我说：《西游记》前七回曲折地反映了古代劳动人民希望摆脱现实困境的革命乐观精神。

1980年教师讲课不能不受阶级论影响，而一个黄头发、蓝眼睛的瑞典青年，能在试卷上写出我讲的大意，也算不错了。

其实我讲《西游记》时，傅瑞东恰好爬黄山去了。他回来后找到我，要求补课。我用两个小时单独给他讲《西游记》。而我讲的内容，他的"试卷"上一句也没用！他还要告诉中国教师应该如何看中国古典小说，试卷开头先批起经典教材来：

> 《中国文学史》说，《西游记》前七回体现着灾难深重的人民企图摆脱封建压迫，要求征服自然，掌握自己命运的强烈愿望。我觉得这样的"分析"没有任何意思。在《中国文学史》上，所有的"分析"全是一类的，某一作品"反映"或"揭露"统治阶级"极端腐败"等。在当代的中国，基本上从物质条件的角度来分析所有的作品，很少从心理学角度来分析，理解作家的意思、思想、艺术特点。比如说，《中国文学史》上提出的"征服自然，掌握自己命运"这个要求，这样的愿望，是人类本身的愿望，不一定和任何社会制度有关系……谢肇淛在《五杂组》中说："《西游记》……以猿为心之神，以猪为意之驰，其始之放纵，上天下地，莫能禁制，而归于紧箍一咒，能使心猿驯伏，至死靡他，盖亦求放心之喻，非浪作也。"

我惊叹：这个留学生一笔抹杀当时的经典教材，批评了依传统观点"照葫芦画瓢"的教师讲述，提出了自己的看法。他阅读了我

须弥灵吉定风魔

讲授之外的一些参考资料，如明代谢肇淛的《五杂俎》，当然也有可能是他从鲁迅《中国小说史略》上转引的，但是引用得当。在对《中国文学史》的批评之后，我又看到一段新奇有趣、发人深省的文字：

> 我认为在分析孙悟空形象的时候，最有意思的是它的讽喻性方面。四个人物代表普通人性格的一些方面。唐僧代表平常的人，没有什么特别本领的人；沙和尚代表"诚"；猪八戒代表肉体爱好（好吃、好色）；孙悟空是全书最光辉的形象，他代表极端天才人物的不安定。孙悟空知道他不是普通人物，他的本领远远超过别人。他的自信也没有限制，所有的困难都能解决，什么也不怕，连阎罗的生死簿也不遵守。……孙悟空这个人物很有意思，也值得喜欢。连他的错误也是可爱的。我认为这是因为他跟小孩儿一样，还没有发现生活的限制，受挫折而不伤心，老是乐观大胆，令人佩服他。孙悟空的态度，就是我们大家心里最希望自己采取的态度……
>
> 齐天大圣美猴王孙悟空万岁，万万岁！

我们心中原本有个孙悟空

人们常用"醍醐灌顶"来形容大彻大悟。一个学生的作业恐怕很难给主考教师带来这样的效果，可是我不得不承认，瑞典留学生用歪歪扭扭的汉字书写的试卷，强烈地震撼到了我。其观点有无可取之处？有。他至少读懂了《西游记》，把握住了孙悟空的精髓。正如他所说的，我们每个人心中本来都有个孙悟空，希望自由，希望奋进，希望战胜困难，希望实现自我，可惜大部分人都被无形的

"紧箍儿咒"所束缚，把潜能扼杀在摇篮之中了。

1983年我发表了系列散文《留学生教学札记》，其中《我们心中都有一个孙悟空》一篇就是回忆傅瑞东在留学期间怎样独立思考、特立独行，给同学们留下了"刺儿头"印象，而他自己却说，他"骨子里"是亲华的。香港《新晚报》转载那组散文时加了"编者按"，认为这是改革开放初期最早描写"西风东渐"的作品。当时傅瑞东恰好担任瑞典王国驻香港总领事，后来他在帕尔梅首相的内阁担任国家安全事务助理。有当代文学研究者把傅瑞东看作我的长篇小说《蓝眼睛黑眼睛》中马尔克的原型。改革开放三十年纪念时，中央电视台栏目《小崔说事》想让我说说20世纪80年代初教留学生的事。编导做了详细预案，通过瑞典大使馆与傅瑞东取得联系，邀请他来中国上节目。傅瑞东遗憾地说："根据外交规则，驻某国大使不可以到其他国家去。"原来，帕尔梅首相遇刺后，傅瑞东以在野党身份出任了瑞典驻马其顿共和国大使。我告诉《小崔说事》的编导："我帮你们请来王扶林导演做1987年版电视剧《红楼梦》节目，之所以精彩，因为有'贾宝玉'捧场。做留学生节目，没有外国学生到场的话，就成了我和小崔说相声，有什么可看？节目就不要做了。"小崔听到编导的转达后，说："马老师是唯一一位两次拒绝跟我做节目的学者，上次拒绝对谈《画皮2》，理由是《画皮1》已经谈过。"后来有学生告诉我："老师太'愚笨'，您的学生江丰是中央电视台驻欧洲首席记者，可以叫她采访'师兄'傅瑞东，然后把视频传过来，您也可以跟小崔跑一趟欧洲。"确实，我经常脑筋不转弯。

瑞典留学生的试卷，我至今保存着。它时常提醒我，教学相长，转益多师亦我师。

好莱坞某些构思相似于《西游记》

研究者们喜欢说明代"四大奇书"分别代表了中国古代四类长篇小说：

《三国演义》是历史演义。

《水浒传》是英雄传奇。

《金瓶梅》是人情小说。

《西游记》是神魔小说。

我却说，好莱坞某些重要构思与《西游记》十分相似，有没有道理呢？

我们先简短归纳《西游记》中"西天取经"的构思模式：

一、西天取经人员由"犯错误"人员组成，通过取经实现自我救赎。

二、西天取经遇到来自三界的妖魔，经历千难万险。

三、西天取经的灵魂人物孙悟空充满英雄主义精神，最终成为"斗战胜佛"。

然后，我们再简单梳理一下现在非常受观众喜爱的好莱坞影视和"西天取经"构思模式的相似之处。

007[1]系列电影：魔高一尺，道高一丈

007系列电影风靡全球半个多世纪，喜爱欧美影视的人多半都能对有着"铁金刚"前缀的片名如数家珍，如《铁金刚勇破间谍网》《铁金刚勇破火箭岭》《铁金刚大战金枪客》《铁金刚勇破海底城》《铁金刚勇破爆炸党》[2]，还有《黄金眼》《明日帝国》等。前几部007系列电影的小说原作者是英国作家伊恩·弗莱明，后面几部其实是他去世后别人的续作。在007系列电影中，我们会看到恶人手里令人眼花缭乱的高科技"武器"，就像西天取经路上妖魔手里千奇百怪的兵器，但魔高一尺，道高一丈，英国白发特工Q先生未雨绸缪，肯定会帮007一一化解，就像西行遇险的孙悟空叫天天应、呼地地灵，背后永远站着手持净瓶的观世音菩萨。看007系列电影，永远不用担心男主角死了、毁容了、残疾了、失败了，只管好好欣赏九曲回环的故事，正义永远会战胜邪恶，007不管遇到什么困难，黑帮也好，苏联特工也好，科技狂人也好，他总能迎难而上、化险为夷，就像红孩儿的三昧真火及他母亲的芭蕉扇都弄不死美猴王，也像取经四众没有过不去的火焰山。007还是一位迷倒众生的帅哥，就像在西天取经路上迷倒众多妖魔鬼怪甚至女儿国国王的唐僧。不同的是，007总能抱得美人归，而唐僧则永远守身如玉。007简直像是唐僧加孙悟空版的"变形金刚"！

1　007：007系列小说、电影主角詹姆斯·邦德（James Bond），是英国情报机构军情六处的特工，代号007。——编者注

2　《铁金刚勇破间谍网》等：今分别译作《007之来自俄国的爱情》《007之雷霆谷》《007之金枪人》《007之海底城》《007之八爪女》。——编者注

《24小时》系列：打不死的小强

21世纪大红大紫的美国系列电视剧《24小时》一共九季，男主角杰克·鲍尔是美国洛杉矶反恐局特工，中国观众给他起名"打不死的小强"。杰克·鲍尔为了保卫美国安全和国家利益，九死一生。妻子为他牺牲，女儿为他担惊受怕，朋友被他拖进各种各样的灾难中。杰克·鲍尔的"对立面"主要是恐怖分子、美国内部从心术不正的总统到利欲熏心的军火商、居心叵测的阴谋家等，甚至包括杰克·鲍尔的亲爹、亲哥哥、前情人。杰克·鲍尔的对手五花八门，但和他打交道最多的却是美国总统，有黑人总统、女总统等，都不是美国历史上的总统，就像西行路上，与取经四众打交道的宝象国、乌鸡国、西梁女国国王。杰克·鲍尔经常面临的威胁是，恐怖分子掌握了核武器，正想毁灭美国，就像西天取经路上，从天上、海底、山洞出来的拦路妖魔，都想通过吃唐僧肉或与唐僧结合达到长生不老的目的。孙悟空挥动如意金箍棒，消灭一个又一个强敌，百折不挠地保护唐僧西行取经。杰克·鲍尔忍受着凡人难以忍受的磨难，闯过一道又一道难以想象的难关，像一只不死鸟，永远能置之死地而后生。伤痕累累的杰克·鲍尔总能从死人堆里爬出来，从废墟里站起来，重打锣鼓另开张[1]，给全世界观众奉献下一季更加离奇、更加好看的《24小时》。这种"打不死的小强"与"吃不了的唐僧，死不了的孙悟空"的构思模式是不是惊人地相似呢？

1　重打锣鼓另开张：谚语，比喻振作精神，重新开始。——编者注

《加里森敢死队》：灵魂救赎和战必胜

改革开放之初非常受观众欢迎的电视剧《加里森敢死队》，我四十年前看过，至今记忆犹新。这部1967年美国广播公司制作的连续剧，讲述了美国陆军中尉加里森和他从监狱中选出的由流氓、小偷、强盗、杀人犯等人所组成的敢死队，在第二次世界大战末期到欧洲执行任务的故事。从每集的名字就能知道这部电视剧多么引人入胜：《兵不厌诈》《虎口余生》《冒死顶替》《绝路求生》《声东击西》《将计就计》《乱中取胜》《巧计离间》……"加里森敢死队"中的成员各个性格鲜明、身怀绝技、骁勇善战，除了队长加里森之外，其他人都是抱着"完成任务赎罪"的信念加入队伍的。他们充分发挥各自特长，纵横于欧洲各国，深入敌后，营救战友，轰炸雷达站，偷取秘密情报，盗取德军物资，绑架德军元帅……德军真是防不胜防，晕头转向。剧情紧张激烈，好看至极。如火如荼的战斗伴随着妙趣横生的对话，命悬一线的危急时刻也得幽他一默。据说全世界有十亿人收看这部电视剧，创造了不可思议的收视率。

而"加里森敢死队"的组成宗旨和奋斗过程，和《西游记》中唐僧师徒西天取经何其相似乃尔！

唐僧和四个徒弟都是有罪之身，通过西天取经来赎罪：

唐僧的前身是如来第二个弟子金蝉子，因犯"不听说法""轻慢吾之大教"罪，被贬了真灵，罚到人间赎罪。

孙悟空则是大闹天宫，被如来压到五行山下五百年。

猪八戒原是天蓬元帅，因醉酒戏嫦娥被贬人间，却错投猪胎。

沙僧原是天宫的卷帘大将，因打碎玉帝的琉璃盏，被贬到流沙河。

心猿获宝伏邪魔

白龙马原是西海龙王三太子，因纵火烧了玉帝赏赐的明珠，被贬到鹰愁涧。

孙悟空、猪八戒、沙僧和白龙马都接受了观世音菩萨的安排：通过保护唐僧西天取经来赎罪。

他们各有各的绝招：孙悟空解决西行路上的大部分危难，但稀柿胡同却必须由猪八戒来开；当孙悟空都心灰意懒想散伙时，沙僧仍坚定不移；没有白龙马的马尿，孙悟空给朱紫国国王做的药丸就缺了效力。而永不言退的，则是最"懦弱"的唐僧。"加里森敢死队"简直和他们如出一辙！

有独创性的作家是人们的"大恩人"，他们为文学版图开拓了新的省份，从不毛的荒原中呼唤出鸟语花香的春天。中国古典名著《西游记》可以说是"灵魂救赎"加"战必胜"构思模式的先行者。两种构思模式反复纠结，形成层见叠出的有趣情节。这样的写法，比19世纪繁荣起来的欧美小说——如托尔斯泰《复活》、雨果《悲惨世界》创造的灵魂救赎，海明威《老人与海》创造的硬汉故事——要早得多，所以，《西游记》的构思模式肯定会对后世文学及影视创作产生很大影响。比如，好莱坞某些构思模式就与《西游记》十分相似。大学者钱锺书先生在四大名著中最喜欢《西游记》，是因为《西游记》天马行空的想象更符合他的审美习惯，还是因为《西游记》更具有现代小说的特点，符合老留学生的阅读习惯？可能都有一点儿吧。

更妙的是，《西游记》作为一部伟大的小说，还创造了中国古代神话的"5G网络"。这是怎么一回事呢？

中国神话的 "5G 网络"

吴承恩写《西游记》时虽然没有电脑、没有网络，我却想说，《西游记》创建了中国神话的 "5G 网络"。为什么这样说呢？

许多研究者常说，中国神话不像西方神话那样系统，古希腊神话的神灵集中在奥林匹斯山上，宙斯是主宰；中国神话博大精深、林林总总，儒、释、道三教都有各自的神话传说、神话形象，有时互相融合，有时互相矛盾。中国神话的神灵有天宫系列、昆仑山系列，还有蓬莱，即海上仙山系列。道教有三清系列，佛教有西天诸佛，各自为政。道教求今世，佛教修来生，共同追求长生不老，永恒的欢乐，永恒的生命。从先秦到六朝的《山海经》《淮南子》《搜神记》《博物志》《神仙传》《神异记》，甚至《楚辞》，都创造了不少神话传说和神话形象，宋代《太平广记》收录了很多神怪故事，而元代至明代的神话典籍《三教搜神大全》估计给吴承恩提供了最丰富、最全面的神话素材。

三界至尊：玉帝和王母

这些年我在全国各地讲古代小说，常被问到，为什么我要用西方人常用的词——上帝？那么，中国古代有"上帝"这个词吗？还真有，且早已有之。《诗经·生民》有"上帝不宁"的诗句。中国古代，上帝也叫天帝，掌管世间一切万物。《战国策·楚策一》写到老虎要吃百兽，狐狸对它说：你不能吃我，"天帝使我长百兽"，你吃我，是违背天帝的命令。天帝的命令即是最高指示，神界、鬼界、妖界和人间都得遵守。上帝或天帝住在天宫。天帝，是中国神话中最有权威的男神。女娲和西王母是中国神话中最有权势的女神。神话传说渐渐把她们从半人半兽的形象变成美女。女娲人首蛇身，既能造人，又能补天，到了《封神演义》，则成了令商纣王着迷的美女。《山海经》中，西王母长着豹子似的尾巴、老虎般的牙齿，是半人半兽的掌管瘟疫刑杀的可怕怪神，到了《穆天子传》，与周穆王会面时则变得非常文雅，可以与其吟诗唱和，后来《神异经》又给她安上一个丈夫——东王公。《汉武故事》写西王母和汉武帝相会，汉武帝向西王母求不死之药，西王母说："不死之药，有中华紫蜜、云山朱蜜、玉液金浆等，但你欲念尚存，不能给，给你几个好吃的桃子吧。"汉武帝吃完留下桃核，西王母问："做什么？"汉武帝说："自己种。"西王母说："这桃子三千年一熟，你种不了。"那么，天帝和西王母有没有关系呢？在中国传统神话里，他们可谓井水不犯河水。

佛教和道教是中国两大主要宗教。佛教是外来宗教，讲究三世佛，即过去燃灯佛、现在释迦牟尼佛、未来弥勒尊佛。道教是中国传统宗教，其最高的神就是骑着青牛出函谷关的老子修炼而成的太上老君，全称"太清道德天尊"。太上老君和玉清元始天尊、上清灵宝天尊都是道教至高无上的神，俗称"三清"。而玉皇大帝，据道教典籍《玉皇经》记载，是光严妙乐国的王子修行而成的神。太上老君的下属共有四位大帝，即所谓"四御"，玉皇大帝就是其中之一，简称"玉帝"。中国人相信皇权至上，凡涉及"帝"字，就不能处在别人之下，现在已经弄不清从何时开始，玉帝从"四御"中脱颖而出，甚至凌驾于太上老君之上了。

吴承恩创作《西游记》时，把中国古代神话归拢到一起，创建了一个吴氏神话"网络"。他把玉帝设定为凌驾三界、至高无上的神，并通过如来的嘴，给玉帝创造了一个"简历"：玉帝曾苦历一千七百五十劫，每劫十二万九千六百年，也就是说，玉帝已有两亿多岁。吴承恩接着又"乱点鸳鸯谱"，把西王母称作"王母娘娘"，算成玉帝夫人，从此天宫有了帝王宝眷，而且是一夫一妻制。

宫廷倒影和绝妙蟠桃

玉帝所在的天宫，就像人间皇帝的朝廷，有文武百官，文官如太白金星，武官如托塔李天王，还有二十八宿、九曜星及各种各样的传说人物，如葛仙翁、张天师，他们都在天宫混了个官儿。天宫还有掌管各部门的神，如雷神、雨神、火神，以及十万天兵。太上老君则被彻底边缘化，成了一个孤零零地领着几个道童在兜率宫给玉帝炼丹的老道士，他的道童、青牛还动不动就偷了他的宝贝溜到人间作乐，甚至闯祸。太上老君的宫殿有点儿像"豆腐渣工程"，孙悟空踢倒八卦炉，几块带有余火的砖头砸毁宫殿地面，落到人间，成了火焰山。如来虽然在佛界至高无上，可以领导所有的佛，指挥所有的菩萨、罗汉，但玉帝对他却可以招之即来，让他帮助降妖除魔。如来把孙悟空压到五行山下后，在玉帝的"安天大会"上坐首席，回去都要向弟子炫耀一番。更妙的是，《西游记》中神、鬼不分家，如来的部下地藏王菩萨掌管幽冥界；其他部门，如小到一个池

一粒丹砂天上得

塘、一口井的水神，大到东洋大海的龙王，有事都向玉帝汇报。西天取经的重要人物都曾先后在天宫任职，猪八戒职位最高，是统帅天河水军的天蓬元帅；沙僧和玉帝最亲近，是卷帘大将；孙悟空曾给玉帝养过马。这样的构思真是巧妙无比。

西王母的重要性和诗意化则同时进行，她掌管着玉帝的后花园，特别是蟠桃园。蟠桃园里长着三千年一熟、六千年一熟和九千年一熟的蟠桃。原来神话传说里的仙女，如曹植笔下玉帝的女儿七仙女，在西王母手下，变成了七衣仙女。她们穿着不同颜色的彩衣，到蟠桃园摘桃，西王母也象征性地亲手摘了几个，送给玉帝准备蟠桃会。玉帝用蟠桃和玉液琼浆、龙肝凤髓，招待各界神灵。蟠桃会的地点瑶池成为三界之中具有重要地位的群仙聚集的地方，或者可以称为"三界CEO"定期共商大事的地方。各路神仙向玉帝进献奇珍异宝，像人间各封疆大吏向皇帝进贡一样。因为佛祖降妖有功，寿星和赤脚大仙便把本来准备献给玉帝的紫芝瑶草、交梨与火枣献给如来。

《西游记》中的蟠桃会对《红楼梦》影响不小，《史太君两宴大观园》一回中，红楼儿女性格各异的亮相，像不像古代神话人物在蟠桃会上的逐一亮相？大大咧咧的赤脚大仙和心思缜密的如来形成鲜明对比。参加蟠桃会的大部分身份很高的神灵先是由七衣仙女向孙悟空一一列举出来，然后，这些神灵，以及其他各路神灵，都会在唐僧西天取经遇到磨难时帮助孙悟空排忧解难，演绎出一个个谐趣横生的故事。

神仙·妖精·正能量

茅盾先生曾说过："中国神话不但一向没有集成专书，并且散见于古书的，亦复非常零碎，所以我们若想整理出一部中国神话来，是极难的。"而吴承恩用《西游记》整理并创建了中国古代神话的"5G网络"，几个世纪以来，他领着亿万读者，在这个"网络"中神游。不过，仅有正襟危坐、清心寡欲的神灵，这个世界将是多么无趣、多么单调，所以还得创造若干有私心杂念、专和正人君子作对的妖精，才完整，才合理，才有趣，才好看，才更有意思。于是，吴承恩极目大自然，注目前辈作家创造的各种生灵，又创造出了各种千奇百怪的妖精。这些有着神、物、人的共同特点，盼望吃唐僧肉的妖精，以及希望跟唐僧结合的女妖精，与孙悟空及各路神仙过招，令人眼花缭乱、目不暇接。

中国讲究"文以载道"，古代文学研究者喜欢说古代神话代表劳动人民抗拒自然灾难、掌握自己命运的幻想，甚至说，神话是历史的影子，是民族特性的反映。有时候，古代神话能和"历史上突出的片段"相融合，表达中华民族积极进取、乐观向上、永不妥协的精神。比如，《山海经》中的"刑天舞干戚"，刑天被对手砍掉脑袋，于是以双乳为眼睛，以肚脐为嘴巴，一手举着盾牌，一手举着斧头，怒吼着向敌人进攻，多么顽强、多么感人！女娲补天、夸父逐日、精卫填海、鲧禹治水，都属于这类神话。那么，《西游记》中有没有这类表现中华民族坚忍不拔精神的神话形象，即所谓正面形象呢？当然有。吴承恩把这些特质都集中到孙悟空身上了。孙悟空的七十二变是从哪儿来的？是从女娲那儿来的。《山海经·大荒西经》郭璞注："女娲，古神女而帝者，人面蛇身，一日中七十变。"吴承恩又把大禹治水的定海神针放到东洋大海，变成如意金箍棒，让孙悟空攥到手里。中华民族创世神女娲赋予神猴七十二变，中华民族大禹治水的神力握到神猴手里，真是妙手天成！

《西游记》作者"混同三教"

明代"四大奇书"《三国演义》《水浒传》《金瓶梅》《西游记》中，《三国演义》作者罗贯中、《水浒传》作者施耐庵，虽然身份明确，但相关资料少，没法从他们的人生经历中找到与小说的联系；《金瓶梅》作者兰陵笑笑生，学术界已经提出五六十个人选，但到底是什么人仍不知道，也不可能从作者身上找到与作品的联系。只有《西游记》是一部可以从作者身世和性情探讨小说构思特点的小说。

吴承恩天马行空，善谐剧

吴承恩学富五车，对儒、释、道三教了如指掌，他创作《西游记》有两个重要特点：一个特点是"混同三教"；另一个特点是充溢着人格力量和乐观气息，神异人物身上具有中华民族可贵的理想追求、讲究诚信、坚忍不拔等优秀品质。

吴承恩（约1500—1582），字汝忠，南直隶淮安府（今江苏淮安）人，出身于书香门第。他的家乡淮安府东南有阔三十里、长三百里的射阳湖，吴承恩便以湖为号，自称"射阳山人"。他一生经历明武宗（正德）、明世宗（嘉靖）、明穆宗（隆庆）、明神宗（万历）四个皇帝。这四个皇帝基本可以算是如假包换的皇宫"西门庆"，热衷淫乐，不问朝政，宦官奸佞当权，以致社会混乱，民不聊生。吴承恩少年时代就聪明过人，因文章写得好，受到本乡探花郎蔡昂赏识，后来又和状元公沈坤交朋友。吴承恩好奇闻、爱神异，写诗文下笔千言，禀性幽默，喜欢谐剧。当地许多金石碑刻的文字皆出自他手。遗憾的是，吴承恩不受试官欣赏，中秀才之后，屡战屡败，近五十岁才补得一个岁贡生，五十六岁才做上八品小官，担任浙江长兴县丞，不久即辞官回乡闲居。这种不得志、不得意的生活，使吴承恩对社会黑暗深有体会，养成了诙谐、放达，乃至玩世不恭的人生态度。他常向朋友自称"狂夫""狂奴"，赞扬朋友沙星士："平生不肯受人怜，喜笑悲歌气傲然。"（《赠沙星士》）其实这是他个人禀性的写照。

吴承恩对中国古代志怪小说、神仙故事相当熟悉，写过志怪类小说《禹鼎志》，原书已散佚，只有序保存了下来，收在《射阳先生存稿》里，主要是叙述自己从小喜欢搜奇猎异，经常偷买下野史小说之类书籍，怕被父亲和老师看到，便藏到秘密的地方；等他立身成人，稗史趣闻几乎塞满脑袋。吴承恩还特别喜欢唐代传奇作家牛僧孺、段成式的作品，认为他们擅长描写世态人情。他很想写一本可以跟《玄怪录》相媲美的书，却一直不得空。晚年，《西游记》应运而生。

吴承恩对恶俗的世风、道德沦丧的社会非常不以为然，他的个性中颇有些叛逆的"猴气"。他有一首《送我入门来》：

> 玄鬓垂云，忽然而雪，不知何处潜来？吟啸临风，未许壮

心灰。严霜积雪俱经过，试探取梅花开未开？安排事、付与天公管领，我肯安排！

狗有三升糠分，马有三分龙性，况丈夫哉！富贵无心，只恐转相催。虽贫杜甫还诗伯，纵老廉颇是将才。漫说些痴话，赚他儿女辈，乱惊猜！

吴承恩的诗文具有天马行空的想象力。他有一首《送人游匡庐》极富浪漫气息："问君庐山几许高，青天一道挂飞涛。何当作我夫容顶，接取银波润彩毫。"他的《对月感秋》与其他诗人的对月感怀不一样，不像李白、苏东坡抒写由月亮引起的对远方亲人的思念，他表达的是对月中嫦娥的关怀："孤栖谁与共？顾兔银蟾蜍。""一闭千万年，玉颜近何如？"吴承恩的诗文创作及《禹鼎志》，可以说是他创作《西游记》的前期准备。他的一些诗文，如《海鹤蟠桃篇》"蟠桃西蟠几万里……开花结子六千岁……"，直接被化用进入《西游记》，成为重要情节。

吴承恩的天才标志是善谐剧。鲁迅先生说《西游记》"每杂解颐之言"，其实早在明代就被称为"滑稽之雅"。《西游记》充满喜剧性的语体，表达了吴承恩嘲谑人生的玩世态度。

而更重要的是，吴承恩让他的《西游记》"混同三教"。

"三教同源"归"二元"

神魔小说的产生和时代风气有关系。宋徽宗宣和年间（1119—1125）崇尚道家达到鼎盛。元代信佛也崇道。明代中叶以后道家又盛，甚至有人以道术封官。佛道之说也影响到文学创作。历代儒、释、道三教之争都没争出个高低上下，只好说"三教同源"，而不管哪一教的正反两面，都可以统为"二元"，即用"神"和"魔"来概括。也就是说，"神"代表义、正、善、是、真，"魔"代表利、邪、恶、非、妄。鲁迅先生把《西游记》归入"神魔小说"，很有哲理意味。《西游记》中充满善和恶的斗争、真和邪的斗争、义和利的斗争、神和魔的斗争，这些斗争有外在型的，比如，总想吃唐僧肉的妖精与孙悟空的斗争；也有内在型的，比如，猪八戒到底要不要回高老庄？《西游记》对各派宗教神灵的描写都信手拈来，"混同三教"，为我所用，为我所有，也为我所批，为我所调侃。

唐僧遇到困难就念佛教经典《心经》；孙悟空有难就去请观世音甚至如来，但是他又大逆不道地说观世音一世无夫，如来是妖精的外甥。最讽刺的是，传授经文时，如来的两个弟子阿傩、伽叶还向唐僧索要"人事"，也就是礼物，而如来居然也支持这种做法，还说有一次传经只收了些米粒黄金，太便宜了。

《西游记》第五十回、第九十一回开头的诗词都是金元全真道"北七真"之一马丹阳（马钰）的作品；唐僧一行有难时，太上老君几次相助，孙悟空却把道教"三清"丢到茅厕里。

历来佛、道对立，佛教徒孙悟空却和地仙之祖结为兄弟。在小说里，佛家弟子既向如来礼拜，也向太上老君行礼，观世音菩萨还请黎山老母一起来考验唐僧师徒的诚心。天宫的"安天大会"上，各种仙佛，不分教派，团聚一堂。

《西游记》是一部好玩又好看的小说，思想内容相当复杂。对于《西游记》如何"混同三教"，学者们一直争论不休。我认为，《西游记》"混同三教"，最起作用的，还是儒教，即儒家经典中的人生教益，比如，人要为理想献身，为理想吃苦。正如孟子所说，"天将

心猿钻透阴阳窍

降大任于是人也，必先苦其心志，劳其筋骨，饿其体肤，空乏其身，行拂乱其所为"。唐僧在娘肚子里就吃苦，一出生就被丢到河里；孙悟空在八卦炉里被炼了七七四十九天，又被压在五行山下五百年，然后经历九九八十一难。唐僧、孙悟空、猪八戒、沙僧和小白龙虽然都吃尽了苦头，但都矢志不移。儒家经典讲究诚信，讲究信仰，不管是坚强的孙悟空，还是软弱的唐僧，都是言必信，行必果，包括猪八戒，不管遇到什么强敌都绝不投降。

孙悟空：精彩的"三教合一"

孙悟空身上特别能体现"三教合一"的特点。美猴王寻仙访道，找的老师是须菩提祖师。据佛经记载，须菩提是释迦牟尼的十大弟子之一，因此孙悟空实际上可以说是如来的再传弟子，但如来从来不公开承认自己有这么一个再传弟子，而孙悟空也从来不对外宣传他是如来的再传弟子。如来名正言顺的弟子须菩提给孙悟空讲经，既有禅宗的棒喝和机锋，也有道家的《黄庭经》，最后授给孙悟空的长生道术也是道家的内丹理论。孙悟空经常秉持和宣传的为人处世的理论，又基本上是儒家奋斗不止、忠于信仰、讲究诚信、除恶务尽等美德。

孙悟空手里的金箍棒更是精彩的"三教合一"的产物。孙悟空闹龙宫拿到的如意金箍棒是大禹治水时的定海神针。《西游记》写到第七十五回《心猿钻透阴阳窍　魔王还归大道真》，取经事业已接近尾声，吴承恩突然又用孙悟空的一首诗交代了如意金箍棒更深刻的来历。当狮驼国魔王问起孙悟空手里怎么拿根哭丧棒时，孙悟空用了长篇歌行来介绍他的如意金箍棒："棒是九转镔铁炼，老君亲手炉中煅。禹王求得号'神珍'，四海八河为定验。"最后两句是："全凭此棍保唐僧，天下妖魔都打遍！"如来再传弟子手里的这根如意金箍棒，竟然在中华文明史上有着这样显赫的来历：先经过道教始祖太上老君锤炼，又伴随大禹治水做定海神针，而历代儒家皆推崇大禹为圣贤，孙悟空从石头缝里蹦出来，又和大禹的儿子夏启生于石如出一辙！吴承恩的构思实在是厉害，只在如意金箍棒上轻轻一点，儒、释、道三教就顺理成章地混到一个炉子里炼了起来。

石头缝里蹦出来

曾有一段时期，学者分析古典小说人物时喜欢追究"阶级出身"，认为具有一定社会地位的人，其思想必定会打上阶级烙印。比如，宋江是"小吏"，他父亲宋太公算是地主阶级，这就影响到宋江"革命的不彻底性"，最后肯定会投降；阮氏三杰和李逵则是赤贫出身，这就造就了他们的坚定性，最终成为反对招安的中坚力量。宋江临终还把李逵当作"隐患"用毒酒除掉……

而这样的分析套到孙悟空身上，就不灵了。

孙悟空属于哪个阶级、哪个阶层？

什么阶级、什么阶层也不属于，人家是从石头缝里蹦出来的。

玉帝的最大麻烦来了

《西游记》第一回《灵根育孕源流出　心性修持大道生》，开头是一首诗：

混沌未分天地乱，茫茫渺渺无人见。

自从盘古破鸿蒙，开辟从兹清浊辨。

覆载群生仰至仁，发明万物皆成善。

欲知造化会元功，须看《西游释厄传》。

《西游释厄传》是《西游记》早期的传本之一。这首诗的意思是：宇宙混沌未分时处于无法认知的迷茫阶段，作为万物之灵的人类出现后，对自然界才有了基本认识。无论人类还是自然界都向仁、向善。如果想弄清奇妙的自然造化之功，那就请看《西游记》！

接着，吴承恩用邵雍的理论说明宇宙的产生。邵雍（1012—1077），北宋大儒，易学家，"康节"是他的谥号。他在《皇极经世书》中提出"元会运世"理论：三十年为一世，十二世为一运，三十运为一会，十二会为一元。邵雍的学说并不符合现代科学理论，但明代的吴承恩不可能知道什么宇宙大爆炸之类的自然科学理论，只能沿袭邵雍学说，来解释宇宙和人类的产生。

然后，吴承恩开始介绍孙悟空的"国籍"。他认为世界分为四大部洲：东胜神洲，西牛贺洲，南赡部洲，北俱芦洲。按洲划分，很像现代地理学概念。吴承恩生活的年代是明代后期，早在永乐年间（1403—1424），也就是明成祖时，郑和已经完成下西洋的壮举，但中国人还是相信天圆地方，把世界分成四大洲：南赡部洲是中国所在的地方，西牛贺洲是如来所在的地方，东胜神洲大概是太平洋上一些岛屿区，北俱芦洲大概是蒙古国和俄罗斯西伯利亚地区。接着，小说描写东胜神洲：海外有一傲来国，国近大海，海中有一座花果山。山上怪石奇峰，有瑶草奇花、青松翠柏、仙桃修竹、彩凤麒麟、寿鹿仙狐、灵禽玄鹤等。

那座山正当顶上，有一块仙石。其石有三丈六尺五寸高，有二丈四尺围圆。三丈六尺五寸高，按周天三百六十五度；二丈四尺围圆，按政历二十四气。上有九窍八孔，按九宫八卦。四面更无树木遮阴，左右倒有芝兰相衬。盖自开辟以来，每受天真地秀，日精月华，感之既久，遂有灵通之意。内育仙胞，一日迸裂，产一石卵，似圆球样大。因见风，化作一个石猴。五官俱备，四肢皆全。便就学爬学走，拜了四方。目运两道金光，射冲斗府。惊动高天上圣大慈仁者玉皇大天尊玄穹高上帝……

玉帝听到神将回报石猴诞生，轻描淡写地说："下方之物，乃天地精华所生，不足为异。"玉帝想不到，他最大的麻烦就要来了。

石中生：六亲不管六根净

大家都明白一个简单道理：人都是父母所生，隶属一定阶级，即使是神话形象，如《西游记》中的神魔，也都有父系、母系，如来也不例外。可孙悟空却是从石头缝里蹦出来的。"石中生人"并不是吴承恩的发明创造，《淮南子》中就有夏启生于灵石的记录。大禹治水时，化为力大无比的大熊劳作，他怀有身孕的妻子看到丈夫变成了这个样子，十分羞惭，离开后变成一块巨石。巨石裂开，大禹的儿子便诞生了，历史上叫作夏启，他是中国史书中记载的第一个世袭制朝代夏朝的始祖。

吴承恩安排神通广大的"魔头"从石头缝里蹦出来，意味深长。在君权、神权具有很大政治力量、宗教力量的封建社会，玉帝是三界万灵的主宰；阎罗王在阴司操生杀予夺大权；西方极乐世界中，如来佛法无边。孙悟空这个神通广大的叛逆者，敢于反抗一切统治力量，先后制服了龙王、阎罗王、玉帝，他的力量从何而来？他的根扎在哪里？这些问题连他的创造者吴承恩都无法解释。归于人间？显然不行。归于天庭、西方极乐世界，或者阴曹地府？这些地方都有固有的管辖者，都有一定的纪律，也不合适。那么，只能归于自然化育了。所以，孙悟空只能从石头缝里蹦出来。

李卓吾（其实是叶昼）在孙悟空向师父报告"我也无父母"处旁批："着眼。无父母，就是自家做祖了。""自家做祖"的说法颇有道理。孙悟空是古代小说中极端天才人物之"祖"，他的"后世儿孙"——其他神魔小说中的人物——没有一个可以超过他，看《封神演义》就知道了。

孕育孙悟空的那块石头，不是普通石头，也不是曹雪芹所写未能补天之石，更不是顽石。它是一块按照中国传统观念创造出来的灵石，完全符合中国古代若干约定俗成的法则：合周天之数、二十四气、九宫八卦，山川日月、精华灵秀都钟于它。其中暗含的哲理即为：孙悟空是博大精深的中国古代文化的结晶。

因为是从石头缝里蹦出来的，孙悟空不管和凡人相比，还是和神佛相比，都有特殊的先天优势：

"六亲"不需要认。

"六根"不需要管。

任何社会关系都不需要考虑。

他天生干干净净，澄澄清清，无拘无束。

灵根育孕源流出

"文学性"瀑布和美猴王

孙悟空是猴儿，这样安排非常合适、非常巧妙。猴是活泼好动、聪明伶俐的动物，日常生活中人们形容顽皮的孩子，通常都会说"皮得像猴儿一样"；形容聪明的人，则会说"精得像猴儿一样"。

那么，孙悟空到底是什么样子呢？读者朋友千万不要相信1986年版电视剧《西游记》中六小龄童扮演的"美猴王"孙悟空。孙悟空绝对没有那么体面，他身高不到四尺[1]，也就是不到一米三；他是从石头缝里蹦出来的石猴，像动物园里的普通猴子一样生存：食树果，饮涧泉，与狼虫虎豹为群。当时他还只是石猴，既不叫美猴王，也不叫孙悟空。吴承恩观察细致，活泼的小猴儿像顽童一样无忧无虑，嬉闹游戏。"抛弹子，邸么儿"，都是古代儿童常玩的游戏。抛弹子是男孩喜欢玩的弹玻璃球，邸么儿是女孩喜欢玩的"抓子儿"。《红楼梦》中也有丫鬟玩"抓子儿"的相关描述。小石猴爬树觅果、捉虱咬掐、理毛剔甲、推推擦擦、林中玩耍、水中嬉闹，完全是现实中小猴子的做派。《西游记》真是写得童趣盎然。

猴群有猴王是自然现象。自然界中，猴王位置是靠武力取得。《西游记》中，石猴做猴王却是靠勇气和智慧。从石头缝里蹦出来的石猴已有猴王征兆，他有责任心，有领导欲。之后一道瀑布的出现给石猴带来了机遇。《西游记》中的花果山瀑布是一道"文学性"瀑布，一道与不朽文学形象孙悟空相辅相成的瀑布。

1　身高不到四尺：此说见《西游记》第二回《悟彻菩提真妙理　断魔归本合元神》："魔王见了，笑道：'你身不满四尺，年不过三旬，手内又无兵器，怎么大胆猖狂，要寻我见甚么上下？'"——编者注

一派白虹起，千寻雪浪飞。

海风吹不断，江月照还依。

冷气分青嶂，余流润翠微。

潺湲名瀑布，真似挂帘帷。

　　人有人言，兽有兽语。花果山的猴子都想知道瀑布后面有什么，就说："那一个有本事的，钻进去寻个源头出来，不伤身体者，我等即拜他为王。"石猴便跳了进去，发现里面居然是一处世外桃源：无水无波，有一座铁板桥，上桥头，"再走再看，却似有人家住处一般"，有虚窗静室、石座石床、石锅石灶、石盆石碗、修竹梅花，还有一个石碣，上有一行楷书大字："花果山福地，水帘洞洞天。"真是奇妙，石猴不仅看懂了石碣上的汉字，还识得出是楷体！回到水帘洞外，石猴向众猴报告水帘洞的情况，居然还吟了一首有点儿像五言律诗的打油诗：

刮风有处躲，下雨好存身。

霜雪全无惧，雷声永不闻。

烟霞常照耀，祥瑞每蒸熏。

松竹年年秀，奇花日日新。

　　简单的一首诗，把水帘洞的美景形容了出来。众猴于是兑现承诺，拥戴石猴为王。石猴又把"石"字隐去，自称"美猴王"。以"美"易"石"，一字之差，已显示出未来的孙悟空爱戴高帽、喜欢被恭维、好大喜功的性格。

　　孙悟空是从花果山出来的，那么，花果山到底在什么地方？

2007年12月解放日报报业集团[1]举办第13届"文化讲坛",周思源讲《水浒传》,沈伯俊讲《三国演义》,钱文忠讲《西游记》,我讲《红楼梦》。闲谈时钱文忠告诉我,连云港的人跟他联系,说连云港是孙悟空的故乡。当时我就乐了,说孙悟空是虚构的小说人物,而且是只猴儿,哪个地方能是他的故乡? 2008年8月25日,星云大师在台湾佛光山主持我的《佛教和聊斋红楼》学术报告时,也谈到孙悟空的故乡。星云大师说:"据说吴承恩是连云港人,花果山就在江苏连云港。我在一年前到连云港去,还特地去看花果山。当然,我明知《西游记》中的花果山不是那个花果山,再说现实中也没有什么孙悟空、猪八戒,但是就像过去中国的神话故事'嫦娥奔月'是一个很美的故事,虽然阿姆斯特朗登陆月球后,把这个神话故事揭穿了,不过我们心里面还是觉得,这个人间很多的思想、想象、故事是很美的。"

那么,从石头缝里蹦出来的美猴王,到底来自何方?是国产猴,还是外来猴呢?

---

1 解放日报报业集团:成立于2000年10月9日,是以《解放日报》为龙头组建的具有相当影响力和综合实力的媒体集团。2013年10月,解放日报报业集团与文汇新民联合报业集团整合重组,更名为上海报业集团。——编者注

美猴王是国产的，还是进口的

　　《西游记》的绝对主角是孙悟空，孙悟空的活动是小说结构的脊梁骨。《西游记》歌颂反抗精神和坚韧斗志，主要体现在孙悟空的一系列战斗中，从孙悟空的性格、行动中生发出来。所以一定程度上，《西游记》简直可以叫作《孙悟空传》。《西游记》最有影响的英文译本的名字就叫作《猴》，取经五人中的唐僧、猪八戒、沙和尚与白龙马，都围绕着孙悟空而活动。大大小小的魔头都想挑战孙悟空，西天诸佛都尽力帮助孙悟空，孙悟空可以算是中国古典小说中的"第一神魔"。按照小说布局，他其实是从魔转化为神的。而在读者心中，他永远是美猴王。那么，美猴王又是从哪儿发展变化而来的呢？他到底是进口的，还是国产的？多年以来，学术界对此一直争论不休。

孙悟空"进口说"

　　早在20世纪初，就有俄罗斯学者提出，孙悟空形象是从佛经而来的。公元前3世纪印度史诗《罗摩衍那》里有个猴王哈奴曼，能在空中飞行，一跳就能从斯里兰卡蹦到印度，还能把喜马拉雅山背到身上行走⋯⋯

胡适在《中国章回小说考证》中说，他"总疑心这个神通广大的猴子不是国货，乃是一件从印度进口的"，"假定哈奴曼是猴行者的根本"。

胡适怀疑孙悟空是进口的。

而我认为这个说法靠不住。为什么呢？因为在吴承恩那个时代，《罗摩衍那》有没有汉语译文是《西游记》是否受到其影响的重要前提，而事实是《罗摩衍那》的汉语译文直到20世纪才经季羡林先生之手问世。所以，它怎么可能影响16世纪根本不懂梵文，也没出过国的吴承恩创作《西游记》呢？退一步说，即便当时有了《罗摩衍那》的汉语译文，吴承恩就肯定能看到？再退一步说，即便吴承恩看得到，或者从当时流行的"僧讲"[1]听到《罗摩衍那》的故事，他能否从这里面产生创作灵感，仍然值得怀疑。

孙悟空"国产说"

鲁迅先生认为孙悟空是国产的。元代吴昌龄《西游记》杂剧提到"无支祁"，源自唐代李公佐《古岳渎经》（又名《李汤》），是渔夫在淮水用铁链拉上来的水怪，"形若猿猴，缩鼻高额，青躯白首，金目雪牙，颈伸百尺，力逾九象，搏击腾踔疾奔，轻利倏忽"。鲁迅先生在《中国小说史略》中提出"吴承恩演《西游记》，又移其神变奋迅之状于孙悟空"，意即李公佐笔下的能力超强的水怪被吴承恩变

1　僧讲：指僧徒说法讲经。释赞宁《大宋僧史略·僧讲》："士行曹魏时讲《道行经》，即僧讲之始也。"——编者注

成了孙悟空。

刘毓忱《孙悟空形象的演化》（1984年《文学遗产》第三期）一文提出，孙悟空这个形象，依赖于中国古代多种神话传说的综合影响，其一，"石中生人"的出身，如《淮南子》记载夏启生于灵石；其二，"形若猿猴"的外貌，如《古岳渎经》中的"无支祁"和《补江总白猿传》中的白猿；其三，"铜头铁额"的特征，如与黄帝争位的蚩尤；其四，"与帝争位"的战斗精神，如与天帝抗争的刑天。这篇论文认为，从孙悟空的演化历史看，他的"形"是在中华民族文化传统中孕育的，他的"神"则立在明代中叶现实生活之上。总之，"我们的美猴王是具有中华民族的气质、民族风格、民族精神的神话英雄"。我认为，这篇论文分析得比较精准。

张锦池《西游记考论》在对孙悟空的形象演化进行详尽考证后，提出："孙悟空这一形象，是孕育于道教猿猴故事的凝聚。"打着宗教思想印记的猿猴故事，佛教居少数，道教居多数。《太平广记》所录猿猴故事共二十五条，其中打着道教印记的有二十一条，打着佛教印记的有四条。这些修炼成精的猿猴可以叫作"修炼猴"。道教猿猴的故事多数是反面形象，或性喜吃人，或荒淫成性，或偷窃仙品。"孙悟空的原型当是个既汇集了这三种猴精之神通，又汇集了这三种猴精之恶行的猴王。""不仅是个典型的'修炼猴'，并且是个典型的好为非作歹而又神通广大的恶魔。"张锦池认为，孙悟空的形象虽是孕育于道教猿猴故事的凝聚，却发展于释、道二教思想的争雄，血管里注入了中国民间佛教思潮的血。

按照张锦池的观点，孙悟空是儒、释、道共同影响的产物。

坚持孙悟空"国产说"的学者各有各的研究韬略，各有各的可取之处。我认为，在孙悟空身上，儒、释、道三种思想的影响都是

心神居舍魔归性

存在的，这是经过对吴承恩思想发展的考察得来的结论。这三种思想的影响不仅存在，而且随着吴承恩人生阅历的增加还在不断变化，这一点从吴承恩的诗词就可以看出来，他的部分诗词甚至直接放进了《西游记》中。

孙悟空到底来自何方

季羡林在《罗摩衍那初探》中提出："孙悟空这个人物形象基本上是从印度《罗摩衍那》中借来的，又与无支祁传说混合，沾染上一些无支祁的色彩。这样看恐怕比较接近于事实。"按照季羡林等学者的观点，孙悟空受到印度的《罗摩衍那》和唐传奇等中国古典文学的双重影响，有着"混血"特点。

设想《罗摩衍那》的故事曾通过"僧讲"的方式在明代的中国传播，那么，哈奴曼踢天弄井的本事大概会给吴承恩带来一定影响。不过这种影响仅仅是可能，而不是一定，更不是决定性的。因为比哈奴曼还能踢天弄井的神魔形象，中国自己早就产生出来了，在吴承恩之前，比如唐传奇中的白猿。

《补江总白猿传》是唐代前期非常重要的传奇作品。小说指名道姓地说唐太宗时期的大臣、著名书法家欧阳询是他母亲和白猿所生，所以他长得像猴子。鲁迅《中国小说史略》："（《补江总白猿传》）是知假小说以施诬蔑之风，其由来亦颇古矣。"意思是说，唐传奇早期作品《补江总白猿传》是用小说诬蔑他人的最早记录。

而《补江总白猿传》描写的白猿形象，我觉得特别值得注意。这个形象有亦神、亦物、亦人的特点，他有超凡的能力，力拔山，能飞翔，还能变化成风流倜傥的美男子，而本体却是满身白毛的猿。

我认为中国古代文学中猿猴形象的不断推进，才是孙悟空形象的最可靠来源。也就是说，孙悟空既不是进口的，也不是混血的，他就是国产的。从《补江总白猿传》中亦神亦物亦人的白猿，到《古岳渎经》中的水怪猕猴，再到《陈巡检梅岭失妻记》中降服猛兽的申阳公；从《大唐三藏取经诗话》中偷仙桃的齐天大圣，到《西游记》杂剧中花果山的猴王，都给长篇小说《西游记》中的孙悟空形象提供了可参考的素材。

但是，这些都不是决定性因素，孙悟空这个中国古代最精彩的神魔形象的产生，主要取决于吴承恩博览群书的学识、天马行空的想象力、放荡不羁的个性、乐观向上的性格和"善谐剧"的风格。

说到底，孙悟空来自哪里？

来自吴承恩的心中。

相不相信，吴承恩就是孙悟空？

美猴王漂游求学

从石头缝里蹦出来的天生石猴，因为水帘洞的发现，被花果山的猴子推举为猴王。他把石猴改成美猴，领导着猴群。

美猴王"一生无性"吗

美猴王和一般猴王的最大不同是，美猴王不具备自然界中猴王繁衍后代的本领。他没有性别。后来美猴王回答须菩提祖师的问题时说："我无性。人若骂我，我也不恼；若打我，我也不嗔，只是陪个礼儿就罢了。一生无性。"这句话中的"性"是指包含人的禀性和气质、性格、脾气的"性情"。其实孙悟空是越来越膨胀、越来越张扬的，他性如烈火，疾恶如仇。那么，美猴王是不是在忽悠须菩提祖师呢？他哪会那么温、良、恭、俭、让？他哪会骂不还口、打不还手，还给他骂他的人赔礼？孙悟空是睚眦必报的，有时还会加倍"报答"。孙悟空一直没有，也根本不懂的，反倒是男女之性，准确地说是雌雄之性。

关于美猴王"无性"，《西游记》做了多次风趣的描写。比如，在高老庄，当猪八戒想和孙悟空变化的高翠兰亲热时，出现了怎么也亲热不成的搞笑场面：

> 好行者，却不迎他，也不问他，且睡在床上推病，口里哼哼嗳嗳的不绝。那怪不识真假，走进房，一把搂住，就要亲嘴。行者暗笑道："真个要来弄老孙哩！"即使个拿法，托着那怪的长嘴，叫做个小跌。漫头一料，扑的掼下床来。那怪爬起来，扶着床边道："姐姐，你怎么今日有些怪我？想是我来得迟了？"行者道："不怪！不怪！"那妖道："既不怪我，怎么就丢我这一跌？"行者道："你怎么就这等样小家子，就搂我亲嘴？我因今日有些不自在，若每常好时，便起来开门等你了。你可脱了衣服睡是。"那怪不解其意，真个就去脱衣。行者跳起来，坐在净桶上。那怪依旧复来床上摸一把，摸不着人，叫道："姐姐，你往那里去了？请脱衣服睡罢。"行者道："你先睡，等我出个恭来。"

这段描写能把人肚子笑疼。孙悟空懂很多事，包括中医，但他就是不懂男女之情。他变成高翠兰，只是把想和高翠兰亲嘴的猪八戒推着跌一跌，对想和高翠兰上床的猪八戒假说要蹲马桶。孙悟空变女人哄男人，比如变成高翠兰哄猪八戒，几乎演砸了。孙悟空变丈夫骗妻子，比如变成牛魔王哄铁扇公主，露出不懂得夫妻相处的明显破绽，也几乎演砸了，只不过情急的猪八戒和盼望丈夫很久的铁扇公主一时都没看出来。这些描写实在是太好玩了。

明代"四大奇书"有个奇异现象：《金瓶梅》男主角西门庆用下半身思考，与他有性关系的女人有几十个，可谓恶俗至极的性游戏至上、"性"趣至上。《西游记》男主角孙悟空则"一生无性"，不跟任何女性发生感情上、肢体上的接触，从无花前月下、卿卿我我，更无颠鸾倒凤。可是古今中外的读者，无论老少，对孙悟空的兴趣都不比对西门庆少。我一直纳闷，这么重要的文学现象，专家们怎么就不好好研究研究呢？

孙悟空早就郑重说明了自己"无性"。在第二十三回《三藏不忘本　四圣试禅心》中，变化成中年寡妇的黎山老母要唐僧师徒留下招亲，唐僧只好敷衍："悟空，你在这里罢。"孙悟空回答："我从小儿不晓得干那般事，教八戒在这里罢。"说得非常明确："从小儿"，即天生；"不晓得干那般事"，哪般事？男女之事。

从生理学角度说，孙悟空是中国古代文学中绝无仅有的"无性"形象；从心理学角度说，孙悟空则是中国古代文学中出类拔萃、顶天立地的男子汉形象。

《西游记》在美猴王"无性"的描写上很有分寸，看看花果山，石猴虽是美猴王，但有哪只小猴是美猴王的直系后代？一只也没有。有哪只母猴是美猴王的配偶？同样一只也没有。经常和美猴王一起活动的，是那些智慧型的公猴。美猴王和大自然中的普通猴王有着根本区别：普通猴王是动物性的，美猴王是社会性的；普通猴王靠一群母猴繁衍后代，美猴王在求师问道前没有后代，求师问道后能用毫毛变出一只只小猴，算是"临时性"后代。仿佛几百年前吴承恩就已懂得体细胞克隆技术，有趣不？

为求长生去漂洋过海

美猴王与人间所有王一样，享受众星捧月的快乐。《西游记》喜欢把动物拟人化，让动物模仿人类活动。猴群居然有宴会，猴王"享乐天真，何期有三五百载。一日，与群猴喜宴之间，忽然忧恼，堕下泪来"。原来猴王欢乐之时，开始忧虑死亡，想求长生不老之术。他的部下通臂猿猴告诉他，天下唯有三等人不服阎罗王管束，即佛、仙、神圣，他们均住在"阎浮世界之中，古洞仙山之内"。美猴王听后，欢喜不已，立刻决定云游天涯海角，寻仙访道。

天才作家多识山林树木、花花草草、菜蔬水果，才能在创作天马行空的作品时信手拈来。花果山的猴子给猴王送行的"水果宴"，可以说是中华鲜果大集合：有南方的椰子、梅子、龙眼、荔枝、枇杷、杨梅及橘蔗柑橙，有北方的樱桃、葡萄、西瓜、柿子、石榴及桃杏梨枣，还有边疆的胡桃、银杏，做药材的山药、黄精、茯苓、薏苡。这是作家对美食跨地域、跨时间的天才调动，将中华大地四个季节的美味水果集中了起来。"人间纵有珍馐味，怎比山猴乐更宁？"孙悟空让小猴子去"折些枯松，编作筏子，取个竹竿作篙，收拾些果品之类"，他要出海了。现代的万吨巨轮也难以顶住海洋的狂风巨浪，美猴王却仅凭一只小木筏、一根竹篙就能漂洋过海！山上的猴儿去泛海，是极端天才人物孙悟空从猴到人闯的第一关。当然，这时人家还不叫孙悟空，叫美猴王。

美猴王寻仙并非一蹴而就，而是经过了艰苦的寻找过程。吴承恩生活的那个时代，人们都相信"天圆地方"之说，但吴承恩描写石猴寻仙问道，经过两大洲、两重大海，似乎横穿了亚洲、欧洲、大西洋和太平洋，暗合"地圆"的概念，实在好玩！

在有长城的地方初涉人世

美猴王的木筏在海上漂漂荡荡，从东胜神洲来到南赡部洲，弃

靈臺方寸山
斜月三星洞

心性修持大道生

掉木筏，跳上岸来，看到有人捕鱼、打雁、淘盐。这是人类求生存的活动，当然不是猴儿摘果子、捧山泉那样的求生存。在这之前美猴王还不知道宇宙间有"人"存在，他一见到人，做个鬼脸，把人吓跑，然后，立即见贤思齐，拿住一个跑不动的，剥掉他的衣裳，"学人穿在身上，摇摇摆摆，穿州过府，在市廛中，学人礼，学人话。朝餐夜宿，一心里访问佛仙神圣之道，觅个长生不老之方"。更有意思的是，美猴王还像思想家一样考察出"世人都是为名为利之徒，更无一个为身命者"：

> 争名夺利几时休？早起迟眠不自由！
> 骑着驴骡思骏马，官居宰相望王侯。
> 只愁衣食耽劳碌，何怕阎君就取勾？
> 继子荫孙图富贵，更无一个肯回头！

这首七律当然是吴承恩用来讽世的。吴承恩借"世人都是为名为利之徒"骂南赡部洲之人。南赡部洲是哪个洲？是一个有长城的"洲"。而除了中国，哪儿还有长城？所以，《西游记》虽然像半空飘荡的风筝，它的"线"却始终拴在"中国"这块巨石上，不管什么"洲"，都是神州。后来孙悟空保护唐僧西天取经，不管什么国，女儿国也好，朱紫国也罢，都是大唐。

《红楼梦》中甄士隐对《好了歌》作解注，最后两句说："甚荒唐，到头来都是为他人作嫁衣裳！"这句话和"争名夺利几时休"何其相似乃尔！学者们常常研究《金瓶梅》对《红楼梦》的深刻影响，其实，《西游记》对《红楼梦》的影响更深，十几年前我就在《趣话王熙凤》一书中详尽剖析过：《红楼梦》的核心人物王熙凤，可以说是"孙悟空的妹妹";贾母经常用"猴儿"调侃王熙凤;贾府看戏常点《西游记》……

美猴王在南赡部洲"串长城,游小县",待了八九年。不要小看这段时间,这是美猴王从猴王到彻底"封建化"的关键阶段,是花果山出身的美猴王在西天取经过程中能对社会现象洞若观火的前提。一只花果山上的猴子,为什么会对社会人心有深刻的认识呢?就是因为美猴王在正式拜师学艺前,已在有长城的南赡部洲,也就是中华大地初涉人世。

美猴王探讨樵夫歌

然后,美猴王离开南赡部洲这个"贪淫乐祸,多杀多争"的地方,漂过西洋大海,到达西牛贺洲。上岸后,他看到一座林麓幽深的秀丽高山,"奇花瑞草,修竹乔松,幽鸟啼声近,源泉响溜清。重重谷壑芝兰绕,处处巉崖苔藓生"。接着,他又听到樵夫在唱歌:

观棋柯烂,伐木丁丁,云边谷口徐行。卖薪沽酒,狂笑自陶情。苍径秋高对月,枕松根,一觉天明。认旧林,登崖过岭,持斧断枯藤。　收来成一担,行歌市上,易米三升。更无些子争竞,时价平平。不会机谋巧算,没荣辱,恬淡延生。相逢处,非仙即道,静坐讲《黄庭》。

此歌表现出与世无争、恬淡自然、怡然自得的人生态度,跟南赡部洲的人形成强烈对比。但是美猴王真的离开有长城的南赡部洲了吗?根本没有,因为歌词中引用的典故都是那个有长城的地方一直流传的。第一句"观棋柯烂",出自六朝小说《述异记》。王质入山砍柴,遇到两童子下棋,便在旁观看。结果一局下完,王质斧头的木柄居然朽烂了。山中一盘棋,相当于世上百年光阴。"伐木丁丁",则出自《诗经·小雅·伐木》。樵夫所唱之词引用六朝志怪小说典故、《诗经》名句,颂扬影响中国千年的道家经典《黄庭经》,美猴王漂洋过海,扑面而来的依然是中华传统文化!

樵夫告诉美猴王,歌词作者是须菩提祖师,并指点他到灵台方寸山斜月三星洞找须菩提祖师拜师学艺。那么,美猴王找到了一位什么样的老师呢?他又学到了什么本领呢?

拜师须菩提

须菩提是佛陀（如来）的十大弟子之一，《金刚般若波罗蜜经》（简称《金刚经》）就是如来对须菩提所提问题的解答。须菩提对"空""般若"的理解最为精深，佛陀称他是"解空第一"。"般若"是什么意思？是认清一切事物的终极智慧。而《黄庭经》则是道家经典。《西游记》中，须菩提祖师开坛讲课，讲的是"三教合一"，他"说一会道，讲一会禅，三家配合本如然"。《西游记》研究者认为吴承恩"混同三教"，把儒、释、道一锅煮了。其实不管什么教，关键在于经世致用，在于灵感汇于心，灵感聚于方寸之间。

灵台方寸山斜月三星洞

须菩提祖师住的地方必须叫"灵台方寸山斜月三星洞"。灵台、方寸，都是中国古代对"心"的另一称呼。斜月、三星则是形容"心"的字形结构：斜月像一勾，三星像三点，共同组成"心"字。所以，斜月三星洞实际上就是"养心洞"，暗喻"学仙不必在远，只在此心"。道家讲究"修身养性"，佛家讲究"明心见性"，晚明重要思想家王阳明讲究"良知"，这些都对吴承恩产生了很大影响。所以，孙悟空的师父住在斜月三星洞，西天取经路上孙悟空常和唐僧讨论《心经》。

有研究者认为，灵台方寸山斜月三星洞，不是实际存在，而是须菩提祖师点化出来的。这个说法有点儿隔靴搔痒。西方极乐世界本就是空中楼阁，还需要再具体点化一个传道所在吗？

美猴王寻到灵台山，看到的是老柏修篁、奇花瑶草、仙鹤凤凰、玄猿白鹿、金狮玉象，全部是祥瑞之物，既说明这里是世外桃源，又象征着须菩提法力无边。须菩提祖师给美猴王就身上取姓氏为"孙"（生气时仍叫他"猢狲"），因是第十辈小徒，正当"悟"字，便起法名为"悟空"。从此美猴王有了一个流传全世界的无比响亮的名字：孙悟空。

须菩提祖师的门徒分派起名，这十二个字排列大有禅机：广、大、智、慧、真、如、性、海、颖、悟、圆、觉。十二个辈分连到一起是三句话："广大智慧，真如性海，颖悟圆觉。"正是孙悟空求仙学道的基本方针，也是孙悟空为人处世的基本法则。

其实历史上有一位真实的"悟空大师"，不过他不姓孙，而姓车。据释赞宁《宋高僧传·唐上都章敬寺悟空传》记载，唐玄宗天宝年间（742—756）左卫泾州四门府别将车奉朝出家，后来唐德宗给他赐名"悟空"，他曾往天竺[1]求学，在那烂陀寺[2]进修三年。这样来看，历史上的"悟空大师"才是玄奘法师的徒弟。

1　天竺：是古代中国及其他东亚国家对当今印度和其他印度次大陆国家的统称。《后汉书·西域传》："天竺国一名身毒，在月氏之东南数千里。"——编者注

2　那烂陀寺：全称"那烂陀僧伽蓝"，为古代中印度摩揭陀国首都王舍城北方之大寺院。——编者注

"悟空"二字大有玄机，"孙悟空"是中国古典小说主角中最有哲理性、最带反讽意味的命名。曹雪芹也把"悟空"二字引进了《红楼梦》，被看作《红楼梦》的创作宗旨：

因空见色，由色生情，传情入色，自色悟空。

大意是：佛教把现实事物看成虚幻假象，谓"因空见色"；对假象产生感情，谓"由色生情"；用喜怒哀乐对待世间万物的"色"（假象），谓"传情入色"；对各种假象透彻了悟，知道世界归根到底万物皆空，谓"自色悟空"。回过头来再看《西游记》，自从有了"孙悟空"这个名字，美猴王先闹龙宫、冥府、天宫，后去西天取经，哪一次遵守了"万物皆空"？一次也没有！孙悟空面对的是先神后魔的血淋淋的磨难，信奉的是斗则生存的哲学。我怀疑曹雪芹用贾宝玉的"贾"，来暗示真假的"假"，即"假宝玉"，这种反讽式的命名，也是从《西游记》中学来的。

美猴王志心朝礼

起初，孙悟空跟须菩提祖师进修的课程与普通寺院的小和尚相似，前六七年学的都是洒扫应对、进退周旋、言语礼貌、讲经论道、习字焚香、扫地锄园、养花修树、寻柴燃火、挑水运浆等，一言以蔽之：从凡人到修行者的学习。之后开始学习"盘中暗谜"，即所谓长生不老法和七十二变化等，总共学了十年有余。这个刻苦认真的学习过程，非常符合美猴王拜见须菩提祖师时的话："弟子志心朝礼！志心朝礼！"

孙悟空好学深思，且触类旁通。须菩提祖师"开讲大道"，讲得"天花乱坠，地涌金莲"，孙悟空听得"抓耳挠腮，眉花眼笑"，忍不住手舞足蹈。不过，当祖师问他要学什么道时，孙悟空却挑剔起来。

祖师问：请仙扶鸾、趋吉避凶等"术道"，学不学？孙悟空回答：不学！不学！

祖师问：看经念佛的儒、释、道等"流道"，学不学？孙悟空回答：不学！不学！

祖师问：休粮守谷、参禅打坐等"静道"，学不学？孙悟空回答：不学！不学！

祖师问：采阴补阳、进铅炼石等"动道"，学不学？孙悟空回答：不学！不学！

结果孙悟空的回答一下子"恼恼"了须菩提祖师。不过从后文来看，他只是假装恼怒罢了。

祖师闻言，咄的一声，跳下高台，手持戒尺，指定悟空道："你这猢狲，这般不学，那般不学，却待怎么？"走上前，将悟空头上打了三下，倒背着手，走入里面，将中门关了，撇下大众而去。

须菩提祖师是在跟孙悟空打哑谜。这个哑谜并不是吴承恩的发明创造，禅宗五祖弘忍（602—675）就是在春米杵上敲了三下，于三更时分向禅宗六祖慧能传授衣钵的。禅宗五祖向六祖传法的历史比较著名，《红楼梦》中宝钗还给宝玉讲过这个典故，吴承恩则对其进行了艺术性发挥。

接着就是那段著名情节：孙悟空悟出师父暗谜，子时进入师父卧室，跪在榻前，听到他渴望把真本事传给真徒弟的吟诗：

悟彻菩提真妙理

难！难！难！道最玄，莫把金丹作等闲。

不遇至人传妙诀，空言口困舌头干！

金庸小说创造出个"独孤求败"，《西游记》则有个"独孤求徒"。祖师向孙悟空传授"长生妙道"，可见他终于找到了心仪的、满意的徒弟。他传给孙悟空的长生口诀，简言之曰："月藏玉兔日藏乌，自有龟蛇相盘结。相盘结，性命坚，却能火里种金莲。"这口诀真能长生不老吗？吴承恩其实是在跟亿万读者开玩笑。如果这个口诀真起作用，《西游记》的亿万读者岂不早就把地球挤得没地方住了？这口诀确实不太管用，看孙悟空后面闹冥府就知道了。

祖师向孙悟空传授躲避"三灾利害"之法，师徒关于猴儿形体的对话特别有趣：祖师说孙悟空"虽然像人，却比人少腮"，孙悟空妙答"我虽少腮，却比人多这个素袋，亦可准折过也"。《西游记》真是处处诙谐，字里行间充满着谐趣，无比好玩。祖师向孙悟空传授"地煞数"七十二变化和"筋斗云"。七十二变，是由女娲七十变演变而来。不过是变七十二类，还是七十二种，学术界素有争论，比较合理的解释是：孙悟空一天可变化七十二次。筋斗云既是孙悟空的重要法术，也成为他的重要标志。传说中的神仙都是飘然而起的，孙悟空却要翻筋斗。满场小猴像风车一般翻筋斗，也就成了中国猴戏最好看、最热闹的部分。

当孙悟空向师兄们卖弄变化时，受到了师父的训斥，并告诉他：人生在世，最重要的不是学本领，而是知道韬光养晦、趋利避害。祖师说：

"悟空，过来！我问你弄甚么精神，变甚么松树？这个工夫，可好在人前卖弄？假如你见别人有，不要求他？别人见你有，必然求你。你若畏祸，却要传他；若不传他，必然加害：你之性命又不可保。"

林庚先生《西游记漫话》提出，须菩提祖师是用市井智慧教育孙悟空："这些话听起来既无神仙家气味，也少佛家的色彩，说的正是市井江湖上复杂的人际关系和江湖上防身的手段。……这修行学道之所，因此实际上就正是闯荡江湖的预科班。"此话很有道理。西天取经路上，孙悟空表现出来的，有时甚至是老谋深算的处世智慧，就是从这里学来的。祖师在跟孙悟空论道时说的话，很多都是市井语言，比如，他说："若要长生，也似'壁里安柱'。"什么叫"壁里安柱"？祖师向孙悟空解释："人家盖房，欲图坚固，将墙壁之间，立一顶柱，有日大厦将颓，他必朽矣。""壁里安柱"和后面说的"窑头土坯""水中捞月"都是市井俗语，须菩提祖师不像仙风道骨的修行者，倒像市井中老于世故的长者。

孙悟空的师兄们不像他是来求长生不老之法的，他们只是想向师父学些本事，在江湖上混碗饭吃。当他们听到孙悟空要向师父学习筋斗云，而且一个筋斗就有十万八千里时，便纷纷向他表示祝贺："若会这个法儿，与人家当铺兵[1]，送文书，递报单，不管那里都寻了饭吃！"

看来孙悟空的求师问道没有那么空灵，没有那么神秘，这可真是对应到了《红楼梦》中的那副对联：

1　铺兵：指古代巡逻及递送公文的兵卒。《元史·兵志四》："初立急递铺时，取不能当差贫户，除其差发充铺兵。"——编者注

世事洞明皆学问

人情练达即文章

看到孙悟空不知道收敛，须菩提祖师就要他"从那里来，便从那里去就是了"。祖师还断定孙悟空"你这去，定生不良"，宣布："凭你怎么惹祸行凶，却不许说是我的徒弟。你说出半个字来，我就知之，把你这猢狲剥皮锉骨，将神魂贬在九幽之处，教你万劫不得翻身！"孙悟空便发誓道："决不敢提起师父一字，只说是我自家会的便罢。"

灵光一闪须菩提

孙悟空是从石头缝里蹦出来的，无父无母，好不容易找到一个师父，该是他在世界上最亲近的人了，可须菩提祖师却不愿当他未来的保护神，更没有所谓的"一朝为师，终身为父"。须菩提祖师坚信"师父领进门，修行在个人"。这样的安排很有道理，须菩提祖师知道孙悟空不安分，假如他一心想着这个弟子，关心这个弟子，他就成了三界主宰的对立面；倘若孙悟空总是惦记师父，他遇到困难，就不会去找观世音，而是会去找须菩提祖师了。所以，孙悟空跟师父是一朝分手，永不相见。这一段描写太有哲理了。

须菩提祖师是《西游记》灵光一闪的人物，睿智明断，孙悟空的灵魂多半都是由他塑造的。须菩提祖师欣赏孙悟空的聪明好学、不断进取。孙悟空从猴到人、从人到神，都依赖师父的教导。《西游记》第二回写孙悟空拜师须菩提祖师，回目就把这个道理讲得非常清楚了：《悟彻菩提真妙理　断魔归本合元神》。所谓"元神"，是道教用语：人的灵魂经过修炼，叫作元神，可以离开躯体自由来去。清代《西游记》点评家黄周星指出："'悟彻菩提''断魔归本'是此回中大眼目，亦此书中大眼目也。"什么意思？用现在的话来说，就是孙悟空向须菩提祖师拜师学道，领悟儒、释、道"三教合一"的妙理——儒者正心、释者明心、道者观心，与自己原本猢狲（"魔"）的身份完全脱离，得道成仙后的灵魂成了最自由的，这是第二回的关键，也是《西游记》全书的关键。

其实我们很多人在人生路上都遇到过自己的"须菩提"，在关键时刻狠狠推你一把，然后，相忘于江湖。须菩提是一个优雅的角色，只管耕耘，不管收获；只知道付出，不要求回报。这个人物实在太精彩了。

孙悟空有了本领，就要开始他著名的"三闹"了：闹龙宫，闹地府，闹天宫。而孙悟空的"第一闹"——闹龙宫——像不像空手套白狼？

金箍棒横空出世

孙悟空求仙访道，跨越两大洲，历经二十年时间学成回乡。纵起筋斗云，不到一个时辰，已看到花果山，这就是学习的成果。

孙悟空初出茅庐第一战

花果山的小猴向孙悟空汇报：水脏洞混世魔王欺凌花果山，抢夺财物，掠走小猴。孙悟空立刻腾云驾雾到水脏洞问罪。前有水帘洞，此处又有水脏洞，"帘"与"脏"，一字之差，景色不同，暗寓的道理也不同，水帘隐藏"道"，水脏隐藏"魔"。虽然水脏洞旁也是花木争奇、松篁斗翠，却带有几分邪恶，龙是熟驯的，虎是平伏的，铁牛在耕地，金钱豹在播种，"古怪跷蹊真恶狞"，怪不得住在这里的叫作"混世魔王"。

孙悟空在水脏洞外叫骂，混世魔王问手下小妖：水帘洞洞主怎生打扮，用什么兵器？小妖形容道：

"他也没甚么器械，光着个头，穿一领红色衣，勒一条黄丝绦，足下踏一对乌靴，不僧不俗，又不像道士神仙，赤手空拳。"

这是孙悟空求师问道后的第一次亮相。混世魔王头戴盔、身披甲、身高三丈、手执钢刀、"雄如上将"，怎能瞧得起"身不满四尺""手内又无兵器"的美猴王？孙悟空自吹，我虽然赤手空拳，却"两只手够着天边月"。混世魔王也讲好汉作风，你既然没有兵器，我就放下刀和你使拳。他哪儿想得到孙悟空的"华山论剑"毫不讲章法，专玩偷袭战术。两人使拳，孙悟空"掏短胁，撞丫裆"，几下就将魔王打重了。魔王拿起大刀就砍，孙悟空"拔一把毫毛，丢在口中嚼碎，望空喷去，叫一声'变'，即变做三二百个小猴"，把魔王"抱的抱，扯的扯，钻裆的钻裆，扳脚的扳脚，踢打挦毛，抠眼睛，捻鼻子，抬鼓弄[1]，直打做一个攒盘"。孙悟空夺过刀来，一刀劈了魔王，毫毛一抖，收回身上。收不回来的，都是原来在水帘洞被混世魔王掳走的小猴。孙悟空吹起狂风，带上这些小猴，抢回花果山的石盆、石碗等"财产"，得胜还乡。

孙悟空得意扬扬地告诉小猴们，我们现在有姓氏啦。我姓孙，法名悟空。小猴们高兴地说："大王是老孙，我们都是二孙、三孙、细孙、小孙——一家孙、一国孙、一窝孙矣！"

孙悟空初出茅庐第一战，玩的是什么战术？大概只能称之为"胡乱混打战"，或者"空手道"加"毫毛战"。这样的战术虽然不是那么光明正大，但充满了谐趣，好看又好玩。

"毫毛战"的再次使用，是孙悟空为花果山群猴配备武器。孙悟

1　抬鼓弄：指许多人把一个人抬起来让他翻倒。——编者注

空是天生的军事家，有统帅癖。他剿了混世魔王，夺了口大刀，算是有武器了，然后就教小猴们"砍竹为标，削木为刀"，扎起旗子，安营扎寨。这是不是很像人间的绿林好汉？孙悟空又担心禽王、兽王来伐，便采取老猴的建议，去傲来国搞兵器。他念动咒语，立刻狂风大作，飞沙走石，慌得三市六街关门闭户。孙悟空来到傲来国的兵器馆武库，拔出毫毛，变出千百个小猴，把武库中的刀、枪、剑、戟等十八般武器"尽数搬个罄净"，然后"径踏云头，弄个摄法，唤转狂风，带领小猴，俱回本处"。

孙悟空的这一系列作为，除了念咒语、刮狂风、变小猴的神奇外，是不是很像《水浒传》中水泊梁山的好汉安营扎寨、攻城掠县、打家劫舍？怪不得有研究者把花果山跟梁山类比。

孙悟空未得金箍棒之前，似乎只有"猴毛"可以当他的武器，"程咬金三板斧"之后就没了法术。孙悟空如果第三次还用毫毛，读者就没了看下去的兴致，所以，他必须去龙宫寻宝。

孙悟空有了武艺，却没有趁手的武器，他嫌从混世魔王手里抢来的大刀"着实榔槺[1]"，不遂意。四个老猴问："大王水里可能去得？"孙悟空自我吹嘘道："我自闻道之后，有七十二般地煞变化之功；筋斗云有莫大的神通；……上天有路，入地有门；……那些儿去不得？"老猴便告诉孙悟空，水帘洞的铁板桥下，水通东海龙宫，老龙王那儿什么好兵器都有！

---

1 榔槺：形容器物长大、笨重，用起来不方便。——编者注

断魔归本合元神

孙悟空进龙宫拉"赞助"

孙悟空进龙宫拉"赞助"循序渐进，颇有章法。孙悟空采取了什么办法呢？先靠两个字："吹"和"唬"。吹嘘自己，吓唬对方。他先对着巡海夜叉瞎吹："吾乃花果山天生圣人孙悟空，是你老龙王的紧邻。""紧邻"当然不错，但"天生圣人"是谁封的？两句话唬得憨厚的东海龙王带着龙子龙孙、虾兵蟹将出来迎接，尊称孙悟空为"上仙"，把他请进宫里，上坐献茶。接着，孙悟空又吹道，我有"无生无灭之体"，因为要教演儿孙、守护山洞，所以需要兵器，"久闻贤邻享乐瑶宫贝阙，必有多余神器，特来告求一件"。这话说得多么得体！先是恭维龙宫多宝贝，然后说告求一件"多余的"兵器。龙王听后，不好推辞，马上命手下取出大捍刀、九股叉、方天戟，听凭孙悟空挑选。可是，不管是重三千六百斤还是七千二百斤的兵器，孙悟空拿到手上试一试，都说"不趁手"，太轻。美猴王真是"力拔山兮气盖世"！龙王认输：我龙宫再没什么兵器了。孙悟空笑了，说："古人云：'愁海龙王没宝哩！'你再去寻寻看。若有可意的，一一奉价。"请注意：孙悟空许诺给了兵器，照价付款！当然啦，只是空头支票。

龙宫兵器一番展览之后，如意金箍棒横空出世。这段描写太精彩了：

> 正说处，后面闪过龙婆、龙女道："大王，观看此圣，决非小可。我们这海藏中，那一块天河定底的神珍铁，这几日霞光艳艳，瑞气腾腾，敢莫是该出现，遇此圣也？"龙王道："那是大禹治水之时，定江海浅深的一个定子，是一块神铁，能中何

用？"龙婆道："莫管他用不用，且送与他，凭他怎么改造，送出宫门便了。"老龙王依言，尽向悟空说了。悟空道："拿出来我看。"龙王摇手道："扛不动！抬不动！须上仙亲去看看。"悟空道："在何处？你引我去。"龙王果引导至海藏中间，忽见金光万道。龙王指定道："那放光的便是。"悟空撩衣上前，摸了一把，乃是一根铁柱子，约有斗来粗，二丈[1]有余长。他尽力两手挝过道："忒粗忒长些！再短细些方可用。"说毕，那宝贝就短了几尺，细了一围。悟空又颠一颠道："再细些更好！"那宝贝真个又细了几分。悟空十分欢喜，拿出海藏看时，原来两头是两个金箍，中间乃一段乌铁；紧挨箍有镌成的一行字，唤做"如意金箍棒"，重一万三千五百斤。心中暗喜道："想必这宝贝如人意！"一边走，一边心思口念，手颠着道："再短细些更妙！"拿出外面，只有丈二长短，碗口粗细。

丈二长短，碗口粗细，那么长，那么粗，身高不到一米三的猴王怎么用？所以还得再小些、再细些。东海龙王珍藏密敛在海藏的神铁，从此变成孙悟空手中可大可小的如意金箍棒。中国古代第一神魔当然得使用中国古代第一神器。神铁多重呢？一万三千五百斤！按照常理，这根金箍棒得用巨型起重机才能吊起来，但孙悟空却舞动得像风车一般。孙悟空得了兵器，应该向龙王照价付款了吧？结果人家早就忘到九霄云外了！孙悟空立即将如意金箍棒挥舞起来："你看他弄神通，丢开解数，打转水晶宫里，唬得老龙王胆战心惊，小龙子魂飞魄散；龟鳖鼋鼍皆缩颈，鱼虾鳌蟹尽藏头。"

---

[1] 丈：长度单位，一丈约合 3.33 米。——编者注

不给披挂就"试试此铁"

孙悟空一字不提照价付款之事，露出光棍无赖白抢白夺之相，而且还得寸进尺，对龙王说："这块铁虽然好用，还有一说。"龙王问他还有什么要求，孙悟空说："当时若无此铁，倒也罢了；如今手中既拿着他，身上更无衣服相趁，奈何？你这里若有披挂，索性送我一副，一总奉谢。"这不是讹诈吗？"一总奉谢"当然还是说说而已。孙悟空在整部《西游记》中，使唤了无数神佛，什么时候谢过人家？他对那些神仙说句"有劳""聒噪"，对玉帝说声"老官儿，累你"，就算诚心感谢了。东海龙王推托：我没有披挂。孙悟空干脆耍赖，说："'一客不犯二主。'若没有，我也定不出此门。"龙王请"上仙再转一海"找找披挂，孙悟空却说"走三家不如坐一家"，死活赖上了东海龙王。如果不给，就"试试此铁"！东海龙王只好把自家三个兄弟交代出来，请孙悟空到南海、北海、西海去找披挂，孙悟空还是不走，又来了句"赊三不敌见二"，不给披挂，绝不出此门。听听孙悟空嘴里这些话，"一客不犯二主""走三家不如坐一家""赊三不敌见二"，满满的市井俗语，不知道出身花果山的他都是从哪儿学的。吴承恩用世俗语言写神异故事，使天马行空的人物和情节好像确实存在一样，而且是充满谐趣的存在。这样的小说真是太好看了！

东海龙王没有办法，只好招集其他三海龙王兄弟，一起来资助这不讲理的"花果山甚么天生圣人"：北海龙王敖顺送藕丝步云履，西海龙王敖闰送锁子黄金甲，南海龙王敖钦送凤翅紫金冠。孙悟空从头到脚有了漂亮装备，"将金冠、金甲、云履都穿戴停当，使动如意棒，一路打出去，对众龙道：'聒噪！聒噪！'"扬长而去，把四海龙王吓得目瞪口呆，气得吹胡子瞪眼。"聒噪"是什么意思呢？意思是打扰了。这是孙悟空经常使用的客气话。

人生在世，如果遇到孙悟空这样的"高邻"，那你算是倒了八辈子霉了。

孙悟空明抢明夺东海龙王的定海神针，二人之仇会不会不共戴天？非也非也，孙悟空闹龙宫，反而闹出一个五百年后直言进谏、倾力帮忙的真朋友！

闹龙宫交下真朋友

孙悟空在花果山老猴的提醒下，去龙宫寻宝，得到如意金箍棒，穿着龙王送的披挂，"金灿灿的，走上桥来"，唬得众猴们一齐跪下："大王，好华彩耶！"

"光棍"必须拎根棍子

接着，孙悟空来了一番分外卖弄的表演：

悟空满面春风，高登宝座，将铁棒竖在当中。那些猴不知好歹，都来拿那宝贝，却便似蜻蜓撼铁树，分毫也不能禁动。一个个咬指伸舌道："爷爷呀！这般重，亏你怎的拿来也！"悟空近前，舒开手，一把挝起，对众笑道："物各有主。这宝贝镇于海藏中，也不知几千百年，可可的今岁放光。龙王只认做是块黑铁，又唤做天河镇底神珍。那厮每都扛抬不动，请我亲去拿之。那时此宝有二丈多长，斗来粗细；被我挝他一把，意思嫌大，他就小了许多；再教小些，他又小了许多；再教小些，他又小了许多；急对天光看处，上有一行字，乃'如意金箍棒，一万三千五百斤'。你都站开，等我再叫他变一变着。"他将那宝贝颠在手中，叫："小！小！小！"即时就小做一个绣花针儿相似，可以揌在耳朵里面藏下。众猴骇然，叫道："大王！还拿出来耍耍！"猴王真个去耳朵里拿出，托放掌上叫："大！大！大！"即又大做斗来粗细，二丈长短。他弄到欢喜处，跳上桥，走出洞外，将宝贝捽在手中，使一个法天象地的神通，把腰一躬，叫声"长！"他就长的高万丈，头如泰山，腰如峻岭，眼如闪电，口似血盆，牙如剑戟；手中那棒，上抵三十三天，下至十八层地狱，把些虎豹狼虫，满山群怪，七十二洞妖王，都唬得磕头礼拜，战兢兢魄散魂飞。霎时收了法象，将宝贝还变做个绣花针儿，藏在耳内，复归洞府。慌得那各洞妖王，都来参贺。

极端天才人物总不按常规办事，总不守大家通常都遵守的规则，总认为自己无所不能。孙悟空就是如此。闹龙宫、闹地府、闹天宫是对孙悟空性格淋漓尽致的展示。这三闹，一闹胜过一闹，越闹越出格，越闹越精彩。但是这些"闹"是不是像某些总是对美猴王推崇备至的研究者所说的那样都有道理，都合理合情呢？我看未必。至少，闹龙宫的合法性就值得商榷。

有研究者认为，闹龙宫是孙悟空叛逆性格的行动化。龙宫的主人是龙王。龙王乃水神，在生活中，水十分重要，洪水泛滥又是常见的自然灾难，关乎民生。中国古代有许多与水有关的神话传说故事，如鲧禹治水、李冰治水等，都反映了劳动人民战胜自然的愿望。因此，有的学者说，孙悟空闹龙宫，在一定程度上烙印着人与自然斗争的色彩，是《西游记》叛逆主题的组成部分。

这样的说法是否过于上纲上线，过于将文学作品政治化？我认为孙悟空闹龙宫的原因没那么深刻，他没那么忧国忧民。孙悟空闹龙宫的价值，就在于让中国古代第一神魔取得至关重要的、标志性的、性格化的武器——如意金箍棒。汪澹漪在《西游证道书》中说：《西游》一书总以心猿为主，而心猿又以如意棒为主，心猿非如意棒不能施展。如意棒能大能小，能长能短，倏而绣花针，倏而复为柱，神明变化似乎一一与心猿相配而成。"此猴既称天生圣人，则此棒亦可称天生圣物。"

孙悟空在龙宫得到如意金箍棒，又得到相辅相成的美猴王披挂，很像"空手套白狼"。为什么？因为虽然龙宫多宝，但龙王并不欠孙悟空的。孙悟空却蛮不讲理，将龙宫的定海神针变成自己的如意金箍棒。当然，也可以理解为此宝是为孙悟空而出世的。

如意金箍棒是什么武器呢？表面来看，只是一根棍子。中国古典小说人物经常使用跟身份、性格相符的武器：三国英雄关羽抡着青龙偃月刀，关老爷的性格很像天上飞龙和皎洁明月；水浒英雄花荣和燕青擅长射箭，燕青的飞箭小巧得像儿童玩具，花荣和燕青的为人也很像精细玲珑的飞箭。吴承恩给孙悟空安排的武器是一根棍子。这根棍子有没有什么寓意？和人物性格有没有必然性的联系？我认为是有的。孙悟空这么单纯、这么直来直去，就该叫他简简单单地拎根棍子。棍子，棍子，孙悟空是中国古典小说中从不谈情说爱的角色，岂不也是"光棍"一条？他无父无母无妻无子，赤条条来去无牵挂。不过，如意金箍棒的文化内涵也不简单，它是太上老君炼制而成，大禹治水时用来定河海深浅的，是不是就因此它才可长可短？孙悟空是如来的再传弟子，他拿着太上老君锻造、古圣先贤大禹用来定海的神针，就轻轻松松地把儒、释、道的"法力"合而为一了。

东海龙王成挚友

被拿走了定海神针的东海龙王可算是孙悟空的诤友，他不仅给孙悟空提供了如意金箍棒，还在孙悟空的未来取经事业中多次帮助他，主要体现在第十四回。孙悟空刚当上唐僧的徒弟，就因为打死几个毛贼，被师父絮絮叨叨地教训，一气之下飞回花果山，途中找东海龙王要碗茶吃。龙宫中竟然恰好挂着一幅画——《圯桥三进履》，龙王便趁机对孙悟空做了一番推心置腹的思想工作。他指着那幅画，介绍当年张良如何在圯桥向黄石公三进履——给那个老头提鞋，"石公遂爱他勤谨，夜授天书，着他扶汉。后果然运筹帷幄之中，决胜千里之外"，然后语重心长地对孙悟空说："大圣，你若不保唐僧，不尽勤劳，不受教诲，到底是个妖仙，休想得成正果。""大圣自当裁处，不可图自在，误了前程。"孙悟空从善如流，立即表示："老孙还去保他便了。"待到朱紫国行医，孙悟空无师自通地要用"无根水"给国王服药。无根水，就是还没落到地上的雨水，那就得让老天爷立即下雨。孙悟空念动咒语把东海龙王请来，这次见面已像老朋友般亲切："无事不敢捻烦，请你来助些无根水与国王下药。"老龙王未奉上天行雨的旨意，居然马上变通道："待我打两个喷涕，吐些涎津溢，与他吃药罢。"东海龙王这样的朋友真像"及时雨"，也确实送来了及时雨。

东海龙王及其兄弟们对孙悟空有求必应，算得上神仙界虽然地位不高，却对孙悟空随时提供无私帮助的朋友，这也是神魔小说

四海千山皆拱伏

《西游记》特别有人情味的地方。

西游龙和传统龙

吴承恩写龙宫，龙王的家庭成员——龙母、龙女、龙子、龙孙及兄弟——都陆续出场了。孙悟空闹龙宫时，巡海夜叉、虾兵蟹将、鳜都司、鲌大尉、鳝力士、鳊提督、鲤总兵等先后出来，一概是水族角色，不知道龙宫还有没有鳖宰相、龟学士。吴承恩写天上神仙、水中精灵，神仙有神仙的社会关系，精灵有精灵的上下职级，真是信手拈来，妙趣横生。

《西游记》有一个严整有序的"龙网"。凡有水的地方就有龙王，海有海龙王，河有河龙王，潭有潭龙王，井有井龙王。各龙王都跟西天取经发生着联系。唐僧的坐骑白龙马原是西海龙王之子；西海龙王妹夫泾河龙王和算命先生打赌，错行雨数，被玉帝斩杀；泾河龙王之子成了阻挡西天取经的黑水河鼍龙……围绕西天取经，散落在各个章回的龙结成了一张"龙网"，东海龙王敖广可算"龙首"，不知在什么地方，就会冒出点儿与龙有关的"龙事纠纷""龙情瓜葛"，成为《西游记》中非常好看的情节。

这里就有个问题了，《西游记》中的龙王，和中华民族传统观念中的龙是一回事吗？吴承恩描写的龙王跟古代图腾崇拜的龙似乎有些相近，又不完全是一回事，甚至可以说完全不是一回事。根据中国古代典籍描绘，龙有尾巴，主要生活在水里，不过也能够飞翔。罗愿《尔雅翼·释龙》："角似鹿，头似驼，眼似兔，项似蛇，腹似蜃，鳞似鱼，爪似鹰，掌似虎，耳似牛。"描绘的形状非常细致。许慎《说文解字》："龙，鳞虫之长，能幽能明，能细能巨，能短能长。

春分而登天，秋分而潜渊。"但是现实中没有任何一种实际存在过的动物，包括现在发现的动物化石，能跟中国古代典籍所记载的龙相比附。龙，是中华民族传统文化中代表最高祥瑞的虚拟动物。龙象征着天，象征着吉祥，象征着权威，象征着帝王。龙神秘地隐藏在若干物种之中，古人对它津津乐道，比如说，龙有四种：天龙，代表着天的强大力量；神龙，能够兴云布雨；地龙，掌管着地上的水源；护藏龙，看守着天下的珍宝。另外一种比较著名的说法是，龙生九种，如驮碑的赑屃等。还有比较艺术化的说法，按颜色将龙分成苍龙、黑龙、黄龙（或金龙）、赤龙、紫龙、白龙等。唐僧的白龙马就是小白龙变成的。《西游记》中的龙王被吴承恩移入他的神话"5G网络"里，成为接受玉帝领导，却连蟠桃会也没资格参加的所谓"中下层神仙"。东海龙王还有资格向玉帝奏本，小河、小湾、井里的龙王就都是无名小卒了。

东海龙王被孙悟空抢走镇海之宝，得向玉帝打报告，他是带着表章到达天宫的，同时前来的还有带着主管冥府的地藏王菩萨的表章的秦广王。接下来，孙悟空是如何斗则生存闹冥府的呢？

斗则生存闹冥府

学艺归来，龙宫寻宝，孙悟空可谓顺风顺水，但是关乎生死的考验马上就来了。

猴王封官，冥王勾魂

龙宫寻宝后，孙悟空在花果山把手下四只老猴封为"健将"，把两只赤尻马猴封为"马、流二元帅"，把两只通背猿猴封为"崩、芭二将军"……不知道美猴王有没有等级观念，元帅封在"健将"之后，且是"赤尻（红屁股）"；将军叫作"崩、芭"，是想和"哼哈二将"相对应呢，还是故意用"从下部出矣"的不雅之声作比喻？猴儿不伦不类、令人喷饭的封官，把读者都乐得找不着北了！吴承恩"复善谐剧"，随手一写，妙极、趣极。

接着孙悟空将权力下放，让花果山将军、元帅主事，自己则遨游四海，广交贤友，与人结为七兄弟，奉牛魔王为大哥。这些"猴朋牛友"整天"讲文论武，走羿传觞，弦歌吹舞，朝去暮回，无般儿不乐"，日子过得十分舒心，却没想到地府的勾魂使者忽然来了。

孙悟空打败混世魔王后，曾向小猴们吹嘘老祖传了他"与天同寿的真功果，不死长生的大法门"，谁想到长生不老的牛皮很快就被戳破了。有一天，喝得酩酊大醉的孙悟空被两个勾魂使者索了去，跟跟跄跄，一抬头，哟，"幽冥界"。孙悟空困惑：我不是长生不老了吗？怎么勾我到阎王殿来？勾魂使者定要拖他进去，孙悟空一棒把两人打成肉酱，然后一路打进幽冥城。十代冥王慌忙整衣来看，叫道："上仙留名！"孙悟空教训冥王："汝等既登王位，乃灵显感应之类，为何不知好歹？我老孙修仙了道，与天齐寿，超升三界之外，跳出五行之中，为何着人拘我？"冥王在如意金箍棒前只好撒谎，说："敢是那勾死人错走了也？"孙悟空世事洞明，来了句市井俗语"官差吏差，来人不差"，坚持要看生死簿，果然看到生死簿上"注着孙悟空名字，乃天产石猴，该寿三百四十二岁，善终"。孙悟空说："我也不记寿数几何，且只消了名字便罢！"要过笔来，勾掉自己的名字，接着又"把猴属之类，但有名者，一概勾之。掼下簿子道：'了帐！了帐！今番不伏你管了！'一路棒，打出幽冥界"。

颠覆冥界趣味横生

　　自从阎罗殿出现在古代文学作品中，孙悟空闹冥府是开天辟地第一回，掌握他人命运者对被掌握者一筹莫展。

　　《西游记》是中国古代"三界"的总汇合。它对幽冥界的描写虽然与此前小说大体相似，但很多地方又呈现出调谑性、搞怪性。最典型的是冥王、判官的欺软怕硬，对待孙悟空如此，对待唐太宗也是如此，而且冥王趋炎附势，判官弄虚作假。

九幽十类尽除名

十代冥王本来对世间万物有"最后裁判权",可在孙悟空的棍棒下却状如伏鼠。孙悟空一棒打死勾魂使者,"自解其索,丢开手,轮着棒",打进幽冥城时,"唬得那牛头鬼东躲西藏,马面鬼南奔北跑"。孙悟空催促冥王:"快报名来,免打!"冥王便老老实实报上名来:"我等是秦广王、初江王、宋帝王、仵官王、阎罗王、平等王、泰山王、都市王、卞城王、转轮王。"孙悟空"执着如意棒,径登森罗殿上,正中间南面坐下",大模大样;生死簿上的名字,说勾就勾。孙悟空好像成了幽冥界的临时主宰。在他的棍棒之下,那么厉害的、掌握世间万物生杀大权的森罗殿显得苍白无力。

十代冥王是如何分工的?哪位级别最高、权力最大?《西游记》只提出了"十王"的名字,没有交代他们的职级。据民间传说,泰山王是老资格鬼王。汉武帝时,已有人死魂归泰山的说法。汉乐府《蒿里》:"蒿里谁家地?聚敛魂魄无贤愚。"所有鬼魂都要聚集泰山蒿里,归泰山王"领导"。佛教传入中国后,地狱的概念有了较大改变。宋代之后,有了更完备的"鬼魂之都",在重庆丰都,有天子殿、鬼门关、阴阳界、奈何桥、十王殿、东西地狱、无常殿等。幽冥界构造更为繁复,主宰叫北阴大帝,又叫阎罗王。而《西游记》中,秦广王是领头的,阎罗王在十王中排名第五,泰山王还排在他之后。幽冥界在《西游记》里乱套啦!

一般认为阎罗王是幽冥界的主宰。《西游记》中阎罗王上面还有领导,即地藏王菩萨。佛界菩萨成了冥府的"总领导"。孙悟空勾掉生死簿后,幽冥十王便去翠云宫,拜见地藏王菩萨,"商量启表,奏闻上天"。地藏王菩萨修好表章,由秦广王到玉帝那儿汇报。地藏王菩萨可以说是神佛界在幽冥界的"钦差大臣"。

《西游记》的好玩之处还在于,幽冥界后面还出现了一个有特殊功能的神兽"谛听"。第五十八回六耳猕猴变作孙悟空的模样，南海观世音不能辨别，玉帝的照妖镜也照不出，两个"齐天大圣"便打到幽冥界找十殿冥王辨别真假。地藏王菩萨经案下伏着的神兽"谛听"听了出来，但它没说到底是什么妖精，怕假猴王搅挠冥府，只是提醒"佛法无边"，让真假猴王到如来跟前辨别。

前代所不见，传奇从来无

孙悟空闹冥府，说明须菩提祖师的长生不老术不灵。真灵的，是如意金箍棒。闹冥府体现了斗争哲学。斗，则胜，则存，则回花果山称王称霸；不斗，则败，则亡，则在阴冷的冥府进入轮回。张书绅《新说西游记》这样评论道："写龙宫已难，写地府更难。以一回之内，兼写两处，且俱是绝世奇文，读之……不惟文章另开生面，即读者心目中，亦若果有一地府龙宫，如亲历其境者，真乃前代所不见，传奇之所绝无者也。……真乃妙笔，真正奇文。"

传说中，十殿冥王决定世间万物的生死，孙悟空居然抢着如意金箍棒打上阎罗殿，这是多么大胆的反抗精神！孙悟空闹冥府被研究者们赋予各种美妙评论，比如，我们山东大学的李希凡先生说："孙悟空的英雄行为，恰恰是对那表面上神圣庄严世界的强烈反抗。"

孙悟空闹地府可以解释为反抗社会公认的神权。在《西游记》产生的时代，人们相信宗教，相信人死后有鬼神，相信幽冥界有十殿冥王、判官、小鬼等，相信地狱无奇不有的惩罚：上刀山、下油锅……这种迷信成为威慑力量，迫使老百姓听天由命，把一切不幸归于前世罪孽深重，直到鲁迅先生笔下的祥林嫂，仍反映着这种精神枷锁。而孙悟空闹地府，表现出神猴的大无畏精神，吓得十殿冥王唯命是从，是对阴森恐怖的阴曹地府、凶恶狰狞的阎罗王的尽情嘲笑。这是一种乐观主义精神，当然也是理想主义的。

孙悟空闹龙宫、闹地府，结果是东海龙王和地藏王菩萨把猴王告到玉帝那里去了，而玉帝竟然不仅不处罚，还把这只不知天高地厚的猴子请到天宫去了。孙猴子进天宫求官又会发生什么有趣的事呢？

孙悟空天宫求官

吴承恩真是想象飞驰，一只无法无天的野猴居然进天宫求职，当起官来。

天宫奏本华丽出彩

古代杰出作家都擅长多种文风，既能调谑嬉笑，也能正襟危坐；既能写金戈铁马，也能画锦瑟银筝；既能写出令人喷饭的市井笑话，也能写出台阁应对的锦绣文章。而给皇帝的奏本，是中国古代作家，尤其是很多还没当上官的作家，一直在练的"硬功夫"。苏东坡科举考试的文章被广为传诵；汤显祖和归有光都是写八股文的名家；蒲松龄做了五十年秀才，写了很多给皇帝的"拟本"，即模拟撰写奏本，为科举考试做准备。吴承恩比蒲松龄早一百多年，也做了几十年秀才，估计他平时也得练习怎样写奏本，而这个本事又被他天衣无缝地放到《西游记》里了。东海龙王和地藏王菩萨给玉帝上的奏本非常出彩。

先看东海龙王的奏本：

水元下界东胜神洲东海小龙臣敖广启奏大天圣主玄穹高上帝君：近因花果山生、水帘洞住妖仙孙悟空者，欺虐小龙，强坐水宅，索兵器，施法施威；要披挂，骋凶骋势。惊伤水族，唬走龟鼍。南海龙战战兢兢，西海龙凄凄惨惨，北海龙缩首归降，臣敖广舒身下拜，献神珍之铁棒，凤翅之金冠，与那锁子甲、步云履，以礼送出。他仍弄武艺，显神通，但云'聒噪！聒噪！'果然无敌，甚为难制。臣今启奏，伏望圣裁。恳乞天兵，收此妖孽，庶使海岳清宁，下元安泰。奉奏。

龙宫的上表不知出自哪位水族之手，写得简明扼要、生动精彩，把孙悟空闹龙宫的经过、孙悟空的代表性动作、孙悟空的独特语言（"聒噪"）都表现了出来。这是如实陈述，只是对四海龙王神情的形容略有夸张。这个奏本写得像老吏断狱，针针见血。

再看地藏王菩萨的奏本：

幽冥境界，乃地之阴司。天有神而地有鬼，阴阳轮转；禽有生而兽有死，反复雌雄。生生化化，孕女成男，此自然之数，不能易也。今有花果山水帘洞天产妖猴孙悟空，逞恶行凶，不服拘唤。弄神通，打绝九幽鬼使；恃势力，惊伤十代慈王。大闹森罗，强销名号。致使猴属之类无拘，猢狲之畜多寿；寂灭轮回，各无生死。贫僧具表，冒渎天威。伏乞调遣神兵，收降此妖，整理阴阳，永安地府。谨奏。

地藏王菩萨的奏本雄辩滔滔，要言不烦地解说地府"功能"，简练地描述孙悟空在幽冥界的作为。阴司的报告对孙悟空的"劣行"也没有夸大其词。不过，在传统观念中，森罗殿恐怖，阎罗王可怕，地藏王菩萨却偏偏说阎罗王是"慈王",滑不滑稽?

龙王和地藏王菩萨的奏本,对孙悟空的所作所为有没有夸大造谣、栽赃陷害呢?一概没有。龙王的奏表对孙悟空的描述生动传神,地藏王菩萨对地府责任的叙述言简意赅。平心而论,龙王和地藏王菩萨该不该告孙悟空?该告。他们告得有没有道理?有道理。如果说孙悟空到龙宫仅仅犯个"抢"字,让东海龙王丢了镇海之宝,那么他闹地府,就是对传统秩序的极大破坏,因此玉帝不能不管。不过,玉帝刚想出手治理三界秩序,天宫"怀柔派"就出来掣肘了。

天宫"怀柔派"和地上"小官迷"

民间出现起义时,台阁重臣总会分为两派,一派叫"胡萝卜派",一派叫"大棒派"。天上宫廷和人间朝廷是一个道理。《西游记》中的天宫就像人间朝廷的缩影,也分为两派。太白金星是"胡萝卜派"的领军人物,他建议玉帝降一道招安圣旨,把孙悟空招来上界,"授他一个大小官职,与他籍名在箓,拘束此间。若受天命,再后升赏;若违天命,就此擒拿。一则不动众劳师,二则收仙有道也"。这个息事宁人的办法,玉帝照单全收。看来活了两亿年的玉帝现在是得过且过,不再那么奋发有为,也不再管他治下的三界秩序有没有受到破坏了。

太白金星作为天宫的钦差大臣来到花果山,受到美猴王的热诚欢迎。孙悟空先是笑说"多感老星降临",然后令小猴们"安排筵宴款待",又对太白金星说"承光顾",真是喜气洋洋,谦逊和气。美猴王这是干什么呢?怎么如此见不得世面?一个口头的天宫官职,就把他给收买啦？孙悟空"强烈的叛逆精神"哪儿去了？看来美猴王也未能免俗，有点儿"官本位"。其实以今视古，孙悟空的心理完全可以理解，吴承恩在第三回回末用两句诗透露出他确实想当官：

> 高迁上品天仙位，名列云班宝箓中。

美猴王进入南天门，比几百年后的"刘姥姥进大观园"还好看，还有趣。《西游记》对《山海经》、《神仙传》、唐传奇、宋元话本、古代戏剧中所描写的天宫，做了诗意化和谐趣性的归纳，写得气势非凡、诗情画意。先看看这首诗：

> 天宫异物般般有，世上如他件件无。
> 金阙银銮并紫府，琪花瑶草暨琼葩。

南天门用宝玉砌成，入内，几根大柱上缠绕着金鳞耀日的赤须龙，长桥上盘旋着彩羽凌空的丹顶凤；三十三座天宫吞金隐兽，七十二重宫殿列玉麒麟；寿星台上有千年不谢的名花，炼丹炉旁有万载常青的瑞草；星辰灿烂，金碧辉煌；来到灵霄宝殿，"金钉攒玉户，彩凤舞朱门"，"天妃悬掌扇，玉女捧仙巾"……玉帝的排场，花果山水帘洞实在是比不了。

天宫"怀柔派"代表太白金星闪亮登场，帮助地上的"小官迷"孙悟空天宫求职。此后，太白金星还会不断"怀柔"，成为孙悟空的"铁杆粉丝"、义务宣传员，以及取经四众的保护神。

金星

太白金星

“老孙”得官唱大喏

孙悟空见玉帝时的应答，被某些研究者说成具有一种桀骜不驯的反抗精神。

真需要这样上纲上线？非也非也。

我的看法与许多传统学术研究者恰好相反：孙悟空表现出了官位吸引下的“修养”。

当孙悟空在南天门遇到阻碍时，曾对太白金星说“你说奉玉帝招安旨意来请”，很明确，他是接受“招安”，见玉帝求官来的，哪说得上反抗精神？孙悟空见玉帝时还挺有涵养：

> 太白金星，领着美猴王，到于灵霄殿外。不等宣诏，直至御前，朝上礼拜。悟空挺身在旁，且不朝礼，但侧耳以听金星启奏。金星奏道：“臣领圣旨，已宣妖仙到了。”玉帝垂帘问曰：“那个是妖仙？”悟空却才躬身答应道：“老孙便是。”仙卿们都大惊失色道：“这个野猴！怎么不拜伏参见，辄敢这等答应道：‘老孙便是！’却该死了！该死了！”玉帝传旨道：“那孙悟空乃下界妖仙，初得人身，不知朝礼，且姑恕罪。”众仙卿叫声“谢恩！”猴王却才朝上唱个大喏。

这段描写太好玩、太生动了。此后，“老孙”一词便成为孙悟空自报家门时的习惯性用语，在玉帝面前也照样自称“老孙”。那么，为什么说孙悟空见玉帝时颇有涵养呢？这得和他见阎罗王时相比。当初十殿冥王皆恭称他为“上仙”，他拿着大棒奔到主位上坐；玉帝随着太白金星叫他“妖仙”，在“仙”字前加个“妖”字，分明是蔑称，孙悟空却忍住了，老老实实地站在玉阶下，且在玉帝询问"那个是妖仙"时，"躬身答应"，恭恭敬敬。众仙卿对"老孙便是"之语大惊小怪，其实孙悟空能躬身回答，已不容易。孙悟空对冥王和玉帝的态度为什么如此不同？因为求人低三分。对冥王，他必须拼命，否则就会没命；对玉帝，他则是来求官的。要不人们总说"无欲则刚"，凡头脑中有"名利"二字，任何人在有权有势之人面前都难免直不起腰。孙悟空猴儿精，他侧耳细听太白金星汇报，玉帝慢条斯理地封官。此时，一刻不得安宁的猴儿居然能耐住性子仔细倾听，看来"官"的吸引力真是大啊！按照孙悟空在森罗殿的蛮悍作风，叫他"野猴""妖猴"的众仙卿，早该像之前的勾魂小鬼一样被打成肉酱了，他却非但没有挥舞如意金箍棒，还在众仙卿的"挟持"下，向玉帝唱了个大喏。为什么？因为有乌纱帽的诱惑。"唱喏"是什么意思？是自己满意时向对方表示感谢的动作。怎么唱？一边弯腰拱手作揖，一边嘴里说着"是"或"喏"。"唱个大喏"或"唱个肥喏"，就是腰弯得很低，感谢的声音很大。孙悟空见玉帝求官的这段描写，太有趣、太滑稽，也太有现实性了。我每每看到这个地方，都会禁不住笑出声来。

那么，玉帝给孙悟空封了什么官呢？地球人都知道：弼马温。

官封弼马温

孙悟空闹龙宫、闹地府，被龙王和地藏王菩萨告到了玉帝跟前，玉帝刚想下令捉拿孙悟空，天宫的"怀柔派"代表太白金星就给他出主意，说可以把孙悟空招到天宫，给他安排个官职，如果他老老实实的，那就算了；如果他继续捣蛋，再作别议。玉帝采用了太白金星的建议，把孙悟空招上了天宫。孙悟空像乡巴佬进城似的看到了美丽的天界。《西游记》中的天界，是对中国古代神话传说中关于天庭和神佛描写的汇总和拼装，也是封建王朝的投影。天宫最外围是南天门，把门的是增长天王率领的一干将领。孙悟空翻筋斗云，比太白金星走得快，率先到达南天门，增长天王率领几位天兵天将，挡住他的去路。后来增长天王成了与孙悟空一起喝酒玩耍的好朋友，增长天王输给孙悟空的瞌睡虫，在西天取经路上经常派上用场。太白金星既像人间德高望重、与人为善的好人，也像朝堂上喜欢和稀泥的老臣，他给玉帝出"加空衔"的主意，当然是替玉帝着想，替天庭的安宁着想，但是太白金星也算得上孙悟空的挚友，在西天取经过程中多次帮助孙悟空、唐僧及猪八戒。太白金星就像长者一样，时刻提醒孙悟空应该如何为人处世。

弼马温和御马监

玉帝似乎比太白金星想得更加周到，他没有给孙悟空空衔，而是给了他一个实职——弼马温。

参照明代官职，弼马温对应御马监，这是多大的官儿呢？正四品，相当于知府或御史，是相当风光、相当有权势的官儿。

明代宦官掌权，二十四衙门中，司礼监和御马监最有权势。司礼监代皇帝审批内阁奏章，与内阁同掌机要，人称"内相"；御马监和兵部共执兵权，有内廷"枢府"之称。御马监还管理皇家草场、皇庄，和户部分理财政，成为明代朝廷实际的"内当家"。后世称为"特务组织"的两厂，其中西厂是御马监提督，和司礼监提督的东厂分庭抗礼，占国家"安全局"半壁江山。御马监统领的禁兵在京军中的地位也很重要，明代正德年间（1506—1521）的兵部尚书许进曾说御马监"名虽养马，实为禁兵，防奸御侮，关系重大"。2013年南京天隆寺挖出明代南京御马监太监黄海的墓志铭。黄海以八十二岁高龄出任南京御马监，可见"御马监"这个官职多么重要。

人间书生经过一次次考试，从秀才、举人、贡士到进士，才可能被任命为七品芝麻官，而玉帝却将一只野猴封为相当于知府的"御马监"，这猴子简直一步登天。

然而，现实中权势熏天的御马监却被小说家吴承恩调侃性地消解、变异了。

《西游记》第六回，玉帝向观世音菩萨解释孙悟空为什么大闹天宫时提到，他给孙悟空封的官是"御马监弼马温"。明代正四品官名"御马监"已在前文出现，为什么这里玉帝提到孙悟空的官职时，还要叠屋架床，在"御马监"之后加个"弼马温"呢？因为，吴承恩是成心拿美猴王开涮！

弼马温，谐音"避马瘟"。中国古代早就有在马厩养母猴以避马瘟的传统，北魏贾思勰在《齐民要术》中说："常系猕猴于马坊，令马不畏，辟恶，消百病也。"明代李时珍《本草纲目》记载："马厩畜母猴辟马瘟疫。"具体操作是：养马人将母猴经血拌到草料中，可以趋避马的瘟疫。灵石孕育、天然无性的孙悟空居然跟母猴经血混为一谈，岂不令人笑倒？所以，吴承恩故意让玉帝派孙悟空做"弼马温"，简直就是耍猴！

弼马温兢兢业业

孙悟空在弼马温这个岗位上兢兢业业，他会聚了监丞、监副、典簿、力士等大小官员，"查明本监事务"，把御马监管理得井井有条：

> 这猴王查了文簿，点明了马数。本监中典簿管征备草料；力士官管刷洗马匹、扎草、饮水、煮料；监丞、监副辅佐催办；弼马（温）昼夜不睡，滋养马匹。日间舞弄犹可，夜间看管殷勤：但是马睡的，赶起来吃草；走的捉将来靠槽。那些天马见了他，泯耳攒蹄，都养得肉肥膘满。

谁能说孙悟空不尽职、不敬业？人家都夜以继日，二十四小时值班啦。这说明刚到天宫的孙悟空还是想做个"好官"的，如果这个官足够大。

当了弼马温的孙悟空常常带着部下一起喝酒。有一天正高高兴兴地喝着，猴王忽然停杯问道："我这'弼马温'，是个甚么官衔？"

官封弼馬心何足

他的部下聪明地回答："官名就是此了。"意思是就叫弼马温，管他什么级别！孙悟空又问："此官是个几品？"众人不得不认真回答："没有品从。"猴王异想天开地说："没品，想是大之极也。"众人说："不大，不大，只唤做'未入流'。"猴王没有官场经验，不懂这个词，又问："怎么叫做'未入流'？"众人说："末等。这样官儿，最低最小，只可与他看马。似堂尊到任之后，这等殷勤，喂得马肥，只落得道声'好'字；如稍有些尪（wāng）羸，还要见责；再十分伤损，还要罚赎问罪。"

美猴王心中永远的痛

孙悟空听到"弼马温"根本没有品、"未入流"，而且马养得好时只会被夸奖个"好"字，养不好时还要被"罚赎问罪"，立即心头火起，咬牙大怒道：

> "这般藐视老孙！老孙在那花果山，称王称祖，怎么哄我来替他养马？养马者，乃后生小辈，下贱之役，岂是待我的？不做他！不做他！我将去也！"

这半个月孙悟空明明正儿八经、相当专业地给玉帝养马，怎么忽然说养马者是"后生小辈，下贱之役"啦？就是因为孙悟空初到任，不知道自己是什么级别，"只在御马监中顽耍"，觉得养马很好玩，待他知道弼马温根本算不上什么官时，立即火冒三丈，推倒席案，取出如意金箍棒，一路打出南天门去了。

孙悟空这一次反天宫是因为"反抗精神"吗？非也非也，他是嫌官小。

从此，"弼马温"三字成了孙悟空心中永远的痛。

就像阿Q因为癞痢头，忌讳说"疤""光""亮"，孙悟空也最讨厌别人揪他"弼马温"的小辫子。西天取经路上，只要出现"弼马温"三字，就必然会伴随一段令人喷饭的情节。

各路妖魔都知道什么话最能伤害美猴王的自尊心：只要跟孙悟空提"弼马温"，就是"哪壶不开提哪壶"，肯定会惹得他暴跳如雷。

愚笨如猪八戒，也知道什么话最能戳中美猴王的神经。当他需要孙悟空出力帮忙时，就会甜甜地一口一个"猴哥"；当他贬低、耍笑孙悟空时，就叫"弼马温"，孙悟空气急败坏，猪八戒开心不已。这个办法猪八戒屡试不爽。

而各路神仙，如寿星、龙王，总是客气地尊称孙悟空为"大圣"。因为关系越来越好，后来就连托塔李天王、哪吒三太子、二郎神都对孙悟空称之为"大圣"了。

妙不妙？神魔小说跟人情小说一样，也是好言一句三冬暖，歹话一句六月寒。

喜欢戴高帽的孙悟空马上就要给自己戴个大高帽，自封"齐天大圣"了。

自封"齐天大圣"

孙悟空三次大闹天宫，第一次跑回花果山，是嫌弼马温的官职小；第二次和天兵天将对打，是嫌待遇低；第三次从太上老君的八卦炉里逃出来，是要对玉帝取而代之。

鬼王送高帽，天宫派伐师

孙悟空弃了芝麻绿豆的小官"弼马温"，反出天宫，刚回花果山，就有独角鬼王来献赭黄袍。猴儿"黄袍加身"，接受众人朝拜，封鬼王为"前部总督先锋"。擅长阿谀的势利鬼王听到孙悟空的官职后，说："大王有此神通，如何与他养马？就做个'齐天大圣'，有何不可？"孙悟空大喜，立刻张挂起"齐天大圣"的旌旗。其实"齐天大圣"并没有什么实际意义，只是唬人的噱头。爱戴高帽的孙悟空却很得意，好像只要有这么个名头，他就能跟玉帝分庭抗礼了。孙悟空就有这点儿好处（当然不只这点儿好处），凡事都往"高大上"去想，研究者称之为"乐观主义"。

齐天大圣大展神威，让牛魔王等六兄弟都跟着称"大圣"：牛魔王自封"平天大圣"，蛟魔王自封"覆海大圣"，鹏魔王自封"混天大圣"，狮狝王自封"移山大圣"，猕猴王自封"通风大圣"，獝狖王自封"驱神大圣"。你也"大圣"，我也"大圣"，七魔王全部都是"大圣"，还不是换汤不换药？

玉帝封托塔李天王为"降魔大元帅"，封哪吒三太子为"三坛海会大神"，带着天兵天将杀向花果山。抢着宣花斧的巨灵神率先上阵，大骂孙悟空"泼猴""欺心的猢狲"，扬言让他"顷刻化为齑粉"。按说心高气傲的孙悟空挨了骂，还不得一棒就把巨灵神捣成肉酱？但他却并不急着挥金箍棒，却要巨灵神"快早回天，对玉皇说：他甚不用贤！老孙有无穷的本事，为何教我替他养马？你看我这旌旗上字号。若依此字号升官，我就不动刀兵，自然的天地清泰；如若不依，时间就打上灵霄宝殿，教他龙床定坐不成！"吴承恩这里是有意调侃，连天兵天将也不放过。《隋唐演义》中程咬金的宣花斧成了巨灵神的武器，可惜连三斧子都没用上，就被孙悟空打得落花流水。巨灵神举着斧头劈头砍来，被孙悟空一棒将斧柄打做两截。巨灵神慌忙逃回报信。孙悟空与天宫武将第一次交手，旗开得胜，却不下狠手。

孙悟空自视甚高，不仅以"能"自居，还以"贤"自许。他对小猴们说"玉帝不会用人"，对鬼王说"玉帝轻贤"，对巨灵神说玉帝"甚不用贤"，用的都是"天生圣人"的口吻，戴的都是"齐天大圣"的高帽。他没把巨灵神一棒打死，还让他"快去报信"，向玉帝汇报，就是想跟玉帝讨价还价，想做更高一点儿的官。

第一神魔·第一"童星"·第一和稀泥

孙悟空与哪吒三太子是棋逢对手。哪吒三太子是中国古代小说的

花果山水簾洞

齊天大聖

令 令

宁未意齊天注名

第一"童星",《西游记》对他的描写是:"总角才遮囟,披毛未苫肩。神奇多敏悟,骨秀更清妍。"好像人间的天真儿童。孙悟空是天生美猴王,哪吒三太子是"天上麒麟子""烟霞彩凤仙"。这场恶斗非常好看:哪吒三太子变成三头六臂,手持斩妖剑、砍妖刀、缚妖索、降妖杵、绣球儿、火轮儿;孙悟空也变成三头六臂,举着三条如意金箍棒。两人"各骋神威,斗了个三十回合。那太子六般兵,变做千千万万;孙悟空金箍棒,变作万万千千"。两人斗得地动山摇,不分胜负。孙悟空最后来了个偷袭战:拔根毫毛变作自己模样,与哪吒三太子对峙;真身却赶到哪吒三太子身后,一棒打到其左臂。哪吒三太子负伤败阵。

哪吒三太子也是中国古代神话传说中著名的小英雄,算得上"正能量"。"哪吒闹海"的知名度相当高。孙悟空战胜哪吒三太子的招数,不能算正大光明,但是没办法,两军对阵,赢得战斗才是硬道理。

托塔李天王和哪吒三太子回到天宫汇报,玉帝要"着众将即刻诛之"时,太白金星又出主意了:那妖猴只要"齐天大圣"的称号,并不知道"齐天大圣"的实际内涵和应享待遇,"只是加他个空衔,有官无禄便了"。这可真是"弯刀对着瓢切菜",用"虚高官衔"对付喜欢戴高帽的家伙,太白金星真是心理学家!玉帝听后,又是照单全收。孙悟空听说太白金星又来了,立即惊喜地说"来得好""今番又来,定有好意",亲自迎到水帘洞外,躬身施礼。太白金星还没进水帘洞,就先把"大圣"叫上了;进到洞中,又"面南立着",一副宣布圣旨的模样。他虚构了一番玉帝的"官员循序渐进提拔经",告诉孙悟空:你不是嫌官小,"躲离御马监"吗?玉帝说啦,"凡授官职,皆由卑而尊"。所以,你在天宫等着慢慢往上升就是啦!你要做什么"齐天大圣","众武将还要支吾,是老汉力为大圣冒罪奏闻,免兴师旅,请大王授箓。玉帝准奏,因此来请"。这段话说得多么得体!众武将还要来战，太白金星却用"支吾"含混道之；玉帝还没封官，他就把"大圣"高帽给孙悟空戴上了；地位那么高的太白金星居然自称"老汉"，好像是长安街头卖切糕的。孙悟空是"顺毛驴"，只要顺着他的话胡诌，他肯定上钩。他问太白金星：天上真有"齐天大圣"的官衔吗？太白金星回答："老汉以此衔奏准，方敢领旨而来；如有不遂，只坐罪老汉便是。"太白金星拍着胸脯做玉帝的担保，孙悟空就又乖乖地随他回了天宫。这次玉帝对美猴王更加客气，不再叫他"妖仙"，也不提"弼马温"三字，只说："那孙悟空过来。今宣你做个'齐天大圣'，官品极矣，但切不可胡为。"玉帝忽悠美猴王，下令在蟠桃园旁建起一座齐天大圣府，并设立二司：一曰"安静司"，一曰"宁神司"；又赏赐仙酒两瓶、金花十朵，把孙悟空安顿下来。

李卓吾在《西游记》这一回后总评道：

> 定要做齐天大圣，到底名根不断，所以还受人束缚，受人驱使。毕竟并此四字抹杀，方得自由自在。
>
> 齐天大圣府内设安静、宁神两司，极有深意。若能安静宁神，便是齐天大圣；若不能安静宁神，还是个猴王。读者大须着眼。

孙悟空虽然好大喜功、爱戴高帽，却是个心中没有成算的家伙。他没有什么级别概念，"到底是个妖猴，更不知官衔品从，也不较俸禄高低，但只注名便了"。

心高气傲却社会经验不足的中国第一神魔，遇到天真烂漫的中国第一"童星"，好一场精彩漂亮的交战，结果却被中国第一"泥瓦匠"太白金星和了稀泥，真是令人笑破肚皮。可是仔细想想，却又有几分启悟，幻想世界亦如滚滚红尘，人是社会关系的总和。

有禄小官变无禄闲人

那我们就要问问了，"齐天大圣"在天宫算是什么官儿呢？什么官儿也不是。孙悟空十分鄙视的弼马温虽然在天宫没有品级，但毕竟是"体制内干部"，而齐天大圣却根本不在"体制"之内！《西游记》第六回玉帝向观世音菩萨解释，他接受太白金星的建议，封孙悟空做个"齐天大圣"，"只是有官无禄"；王母娘娘设蟠桃会，齐天大圣"乃无禄人员，不曾请他"。孙悟空嫌弃官小，大闹天宫，结果却从有禄的小官变成了无禄的编外闲人，岂不成了俗话所说的"王小二过年，一年不如一年"？妙哉！

玉帝用"齐天大圣"的虚衔忽悠孙悟空，没有官场斗争经验的猴儿果然上钩。玉帝赏他仙酒、金花，他就"遂心满意，喜地欢天"。看来他只是要"齐天大圣"的名头，而不管什么品级、待遇，得到这个虚名后，就在天宫安居乐业起来。而天宫不管有无俸禄，不管是否在编，一律管吃管住。孙悟空就这样一日"三个饱，一个倒"，无牵无挂，自由自在，在天宫搞起他那套"猴朋牛友"式的"外交"，呼朋唤友，聚会闲游。他见到三清，称个"老"字；遇到四帝，道个"陛下"；与九曜星、五方将、二十八宿、四大天王、十二元辰、五方五老、普天星相、河汉群神，"俱只以弟兄相待"，东游西荡，云去云来……美猴王在天宫闲游岁月中的最大收获是什么？是天上神仙都知道有"齐天大圣"孙悟空这么一个"浑不论"[1]的角色。孙悟空将来西天取经遇难的时候，他们都能帮一把就帮一把。

孙悟空马上又会闹出点儿事了，什么事呢？搅黄蟠桃会。

1　浑不论：又作"混不论"，意为愚蛮无礼，肆意妄为。——编者注

搅黄蟠桃会

大闹天宫是中国古代神魔小说最精彩的桥段，而搅黄蟠桃会就是大闹天宫的开始。

孙悟空知道弼马温没有品级后，反出天宫，并说玉帝不会用人。等他再回天宫，虽然得到了"齐天大圣"的封号，玉帝却越发不会用人了。

玉帝派山羊看守大白菜

古代小说家都喜欢采取"拿来主义"，对前辈作家创造的神话人物信手拈来，为我所用。道教有四大天师，又称为道教神，分别是：张道陵、葛仙翁、许旌阳与邱弘济[1]，他们都是在人间苦修后得道升天的。不少小说家都曾派这些亦真亦幻的人物到小说里担任角色，比

---

[1] 邱弘济：《西游记》中的神仙，与张道陵、葛仙翁、许旌阳并称为道教"四大天师"，辅佐玉帝。不过，通常来说，道教"四大天师"应为张道陵、葛仙翁、许旌阳与萨守坚。萨守坚是中国民间信仰的神仙之一，又称"萨真人"。——编者注

如，张道陵出现在《水浒传》《西游记》《聊斋志异》中；许旌阳出现在《西游记》中。许旌阳，是魏晋时人，本名许逊，因曾任旌阳令，遂被称为"许旌阳"，又叫旌阳真人，冯梦龙《警世通言·旌阳宫铁树镇妖》曾演义过他的故事。《西游记》里，又是这位爱管闲事的天师引出了孙悟空搅黄蟠桃会的事。

"齐天大圣"孙悟空在天宫闲逛一段时间后，许旌阳向玉帝启奏说，孙悟空如此闲游，影响不好，何不交给他一件事来管，以免别生事端？玉帝听后准奏，遂命孙悟空"权管那蟠桃园"。

玉帝真是昏庸之至、颠顸至极。派猴儿管蟠桃园，这和派山羊看守大白菜、派狼看守羊群有什么区别？孙悟空两次被玉帝封官——第一次封"弼马温"，第二次封"齐天大圣"，都只"唱喏"而已，这次被派去管蟠桃园，他却"欢喜谢恩"。猴儿对封官和管蟠桃园为什么反应不同？其实再好理解不过：孙悟空终于得了一个对他来说油水最大的美差！俗话说"猴子手里掉不了枣"，猴子手里更掉不了桃。

孙悟空"等不得穷忙，即入蟠桃园内查勘"。孙猴子为什么这么积极、这么敬业？因为好吃的桃子在向他招手呢。吴承恩这时像炫耀才华一样来了段骈文，把美丽的蟠桃园形容得如诗如画：

夭夭灼灼，棵棵株株。夭夭灼灼花盈树，棵棵株株果压枝。果压枝头垂锦弹，花盈树上簇胭脂。时开时结千年熟，无夏无冬万载迟。先熟的，酡颜醉脸；还生的，带蒂青皮。凝烟肌带绿，映日显丹姿。树下奇葩并异卉，四时不谢色齐齐。左右楼台并馆舍，盈空常见罩云霓。不是玄都凡俗种，瑶池王母自栽培。

吴承恩博览群书，经常在不经意的地方巧妙化用前人诗句，写出新意境。"不是玄都凡俗种，瑶池王母自栽培"，就是巧妙化用唐代著名诗人刘禹锡的"玄都观里桃千树，尽是刘郎去后栽"。

欢喜无任啖仙桃

蟠桃园土地和锄树力士、运水力士、修桃力士、打扫力士都来拜见孙悟空。孙悟空看到"棵棵株株果压枝"的蟠桃，大概馋得口水都流下来了，他却假门假事地做起新官上任的调查研究，询问园里有多少棵树。他的新部下向他汇报：王母娘娘亲自栽培的蟠桃有三种，各一千二百株，是仙界奇珍。三千年一熟的，吃了体健身轻；六千年一熟的，吃了长生不老；九千年一熟的，吃了与天地齐寿。猴儿一听"欢喜无任"。孙悟空为什么会"欢喜无任"？因为他已经在心里打起了小算盘，准备把王母娘娘辛辛苦苦精心培育的蟠桃、玉帝用来招待普天神仙的天上奇果，当成日常解饥解渴的美食。孙悟空自此也不外出，也不找天宫的神朋仙友聚会去了。他在干什么呢？他在琢磨如何吃桃。当年须菩提祖师号称传给了孙悟空长生不老之术，可他回到花果山没多久，勾魂使者就来了。现在呢？蟠桃既可解饥解渴，还能长生不老！民间俗话"桃三杏四梨五年"，桃树三年结桃，那么短的生长期，实在只能充饥解渴。如今眼前这现成的蟠桃，九千年一熟的，吃一个就可与日月同庚，如果吃很多个呢？而且猴儿最爱吃的就是桃子，何况是王母娘娘亲手培育的异种！《智取威虎山》中有句话："想吃奶，来了妈妈！"猴王是想吃桃就有蟠桃园可管，真是好口福！

孙猴子于是来了个调虎离山之计，把土地、力士等骗出园外，"脱了冠服"，爬上九千年一熟的桃树，摘了许多桃子，"自在受用"。

乱蟠桃大圣偷丹

吃饱了，便"簪冠着服，唤众等仪从回府"。然后过几天，又去偷桃。

孙悟空绝对算"监守自盗"。这时，王母娘娘派七衣仙女来摘桃办蟠桃会了。

七衣仙女摆美丽姿势

这七衣仙女还能沿袭曹植的说法，算作玉帝的女儿吗？我认为不能。她们不是由若干侍女服侍、养尊处优的玉帝女儿，而只是天宫若干仙女群中的一组仙女，就像嫦娥等仙女负责跳舞一样，七衣仙女负责摘桃，安排玉帝和王母娘娘的宴会。这一点，小说写得很清楚："一朝，王母娘娘设宴，大开宝阁，瑶池中做'蟠桃胜会'，即着那红衣仙女、青衣仙女、素衣仙女、皂衣仙女、紫衣仙女、黄衣仙女、绿衣仙女，各顶花篮，去蟠桃园摘桃建会。"七衣仙女分别在三千年一熟和六千年一熟的桃树上摘了几篮桃后，来到九千年一熟的桃树下，惊讶地看到"那树上花果稀疏，止有几个毛蒂青皮的。原来熟的都是猴王吃了"。这个时候，变作小人睡在树上的孙悟空现出本相，逼问仙女来此何事。仙女们跪下说，摘桃为王母娘娘办"蟠桃胜会"。这一段描写特别有意思：

> 大圣闻言，回嗔作喜道："仙娥请起。王母开阁设宴，请的是谁？"仙女道："上会自有旧规。请的是西天佛老、菩萨、圣僧、罗汉，南方南极观音，东方崇恩圣帝、十洲三岛仙翁，北方北极玄灵，中央黄极黄角大仙，这个是五方五老。还有五斗星君，上八洞三清、四帝、太乙天仙等众，中八洞玉皇、九垒、海岳神仙；下八洞幽冥教主、注世地仙。各宫各殿大小尊神，

俱一齐赴蟠桃嘉会。"大圣笑道："可请我么？"仙女道："不曾听得说。"大圣道："我乃齐天大圣，就请我老孙做个席尊，有何不可？"仙女道："此是上会旧规，今会不知如何。"

　　孙悟空和七衣仙女的对话特别有趣，且非常有内涵。我们从三个方面解读：第一，孙悟空一听说王母娘娘开蟠桃会，就"回嗔作喜"，为什么？因为他判断出马上要有一场好饭局啦。孙悟空总是自我感觉良好，他认为自己是堂堂齐天大圣，玉帝亲口说这个官是极品，那么理所当然会受到蟠桃会的邀请，而且应该"做个席尊"。第二，七衣仙女开出的"神界高级干部名单"，是中国古代神魔小说中关于仙界的完备"档案"。从这个名单来看，四海龙王能否归入中八洞的"海岳神仙"还值得考证。我怀疑"海岳神仙"是所有龙王的上级，只是没在《西游记》中正式出现。不过，也可能是东海龙王兼做所有龙王的上级？不得而知。这些佛老、仙翁、三清、幽冥教主等"高级干部"将来会在一个个西天取经故事中陆续登场。第三，七衣仙女作为王母娘娘的亲随，当然知道孙悟空不在蟠桃会的邀请范围之内，一个给玉帝养马、给王母娘娘看桃园的角色，一个连俸禄都没有的"官"，怎么可能参加这么高档的宴会？七衣仙女先是老老实实地说没听说请齐天大圣，接着就强调是"上会旧规"，言外之意就是您这位齐天大圣是上次蟠桃后封的官儿，这次有没有请您，自己去问吧！天才小说家就是有不同寻常的写作手法，即使完全克里空的小说，即使小说中只露一面的角色，他也会信笔一描，令人物栩栩如生。在这番对话中，七衣仙女就活像人间有修养、有家教、说话绝不得罪人的乖巧女孩。

　　孙悟空对美丽的七衣仙女不忍加害，只对她们来个定身法，仙女们一个个在蟠桃树下摆起了美丽的姿势，不能及时回去向王母汇报，这样就给孙悟空留出了在蟠桃会捣乱的时间。

每次看到这个地方，我都会联想到小朋友们喜欢玩的游戏"我们都是木头人"。在那个时代，是不是也有这种游戏，并且启发了吴承恩呢？

接下来就是读者耳熟能详的情节：孙悟空在路上遇到赤脚大仙，骗他说奉玉帝旨意，要他"先至通明殿下演礼"，自己则变作赤脚大仙模样直奔瑶池。孙悟空来到瑶池后，看到桌上龙肝凤髓诸般美味，嗅到酒香扑鼻，立即拔下几根毫毛变成瞌睡虫，抛向正在准备宴会的"服务人员"。所有人立即全部睡倒。猴王拿了些佳肴异品，在酒缸和酒瓮边将给各路神仙准备的玉液琼浆痛喝一气，酩酊大醉后便"任情乱撞"，进了兜率天宫。恰好太上老君和他的童子都不在，猴王就将太上老君五个葫芦里的金丹——给玉帝开蟠桃会准备的——一股脑儿像吃嘎嘣豆一般吞到肚里。接着猴王自知闯下大祸，便"使个隐身法"逃回花果山，向猴群好一阵卖弄后，又返回天宫，偷了几瓮仙酒，回到花果山开了个"仙酒会"。

有位前辈点评家说，《西游记》笔墨纵横，在"乱蟠桃"这回登峰造极。孙悟空做了齐天大圣，"已觉水尽山穷"，忽从蟠桃园出来，私赴蟠桃会偷吃仙酒仙肴，大醉信步，偏偏进了太上老君的丹房饱吃仙丹，逃回花果山后又再次上天偷酒，与花果山上的小妖共享。作者"极力描写心猿之灵妙天纵，一至于此"，是"绝大手笔，写得淋漓满志"。

搅黄蟠桃会非常好看，为什么？因为孙悟空玩得太出奇，耍得太开心。接下来他还要继续玩下去、耍下去，大闹天宫，踢天弄井。

孙悟空绝不能类比盗贼

《西游记》第五回《乱蟠桃大圣偷丹　反天宫诸神捉怪》，在描写瑰丽天宫的同时，把孙悟空的瞒天过海、踢天弄井充满谐趣地展示了出来。孙悟空偷仙桃、偷仙酒、偷仙丹，似乎显示出了"偷术妙全"，我却不同意把他与白话小说中的盗贼类比，因为他们的本质是南辕北辙的。

孙悟空闹天宫的能耐

孙悟空闹天宫表现出中国古代小说第一神魔的各种能耐，给读者带来了新奇有趣的享受。

第一是腾挪变化。孙悟空偷完仙桃，变成两寸长的小人待在蟠桃树的浓叶下休息，多么惬意，可偏偏这棵蟠桃树上剩了个半红半白的桃子，被"青衣女用手扯下枝来，红衣女摘了"，把猴王的美梦惊醒了。这是多么富有谐趣的巧合！孙悟空在果枝上休息，可能是打算睡醒了再吃那个九千年一熟的蟠桃树上仅存的硕果，却没想到被仙女给摘了，而他变作两寸小人，也太有童心了。

孙悟空去蟠桃会，路遇赤脚大仙，立即巧动唇舌，把大仙骗往通明殿，自己则变作"相貌昂然丰采别"的赤脚大仙模样。这大概是孙悟空七十二般变化变得最体面的一次。赤脚大仙是传说中的道教散仙，云游四方，笑口常开，与人为善，双脚是最有力的武器。明代吴元泰《东游记》将"八仙过海"中的蓝采和定为赤脚大仙的化身，《水浒传》则说宋仁宗是赤脚大仙下凡。孙猴子惯会捣鬼，竟然鼓动三寸不烂之舌，几句话就把善良的赤脚大仙骗过去了。

第二是定身法。孙悟空要到蟠桃会打听消息，"看可请老孙不请"，他念动咒语，对七衣仙女说声"住"，众仙女便摆起美丽姿势，"一个个睃睃睁睁，白着眼，都站在桃树之下"。

第三是瞌睡虫。孙悟空赶到蟠桃会，嗅到天宫美酒的香味，便迈不动腿了。但是造酒师还在那儿忙活，怎么办呢？他就拔下几根毫毛嚼碎，念声咒语，变成瞌睡虫，爬到众人脸上。那伙人立刻酣睡，方便孙悟空大吃二喝[1]。

第四是隐身法。孙悟空搅了蟠桃会，偷了太上老君的金丹，知道自己闯下了弥天大祸，便"从西天门，使个隐身法逃去"。

孙猴子在蟠桃会上放开量，痛饮一番，虽然醉了，却又清醒地揣摩："一时拿住，怎生是好？不如早回府中睡去也。"他"摇摇摆摆，仗着酒，任情乱撞"，没到齐天府，却到了太上老君的兜率天宫。小说家真是奇思迭出，偏偏有此一差，差出许多趣事，差出无限奇文，也差出了太上老君和孙悟空无穷无尽的斗法。真是不如此，不见构思之佳、文字之妙。

猴王闹蟠桃会，偷桃有吃桃之趣，偷酒有痛饮之趣，偷金丹则

1　大吃二喝：冀鲁官话，意为大吃大喝。——编者注

像顽童吃嘎嘣豆一样。吴承恩写得花团锦簇、妙趣横生、雅俗共赏，真是神来之笔！

孙悟空惹出的这场祸事，导致十万天兵围攻花果山，成了广大读者百读不厌的情节。

猴王和江湖好汉相似吗

孙悟空搅黄蟠桃会，偷吃仙酒、金丹，再次反了天宫，这是什么性质的行为？从偷吃蟠桃，到偷喝仙酒，再到偷吃金丹，孙悟空一路行来，离不开一个字：偷。于是有些专家，而且是很有名的专家，就用"偷"字来解析孙悟空与市井小说中某些人物的共通性。

林庚先生在《西游记漫话》中把孙悟空大闹天宫和《喻世明言·宋四公大闹禁魂张》中的赵正闹京师、《七侠五义》中的白玉堂闹东京作对比，认为赵正大闹开封府，是凭借骗和偷的手段；白玉堂闹东京，则更多一些江湖好汉的习气，而"这二者便都集中在孙悟空一人身上"。林庚先生说："在大闹天宫这场戏中，功夫和武力是他的后盾，而大显身手的是神偷的伎俩和灵巧变化的手段……将孙悟空还原到民间传奇中来，便是与市井神偷和江湖好汉有着更多的相似之处。"

林庚先生又进一步将孙悟空形象与《二刻拍案惊奇·神偷寄兴一枝梅》中的神偷懒龙作具体比较：二人都是一身武艺，却并非身高马大；瘦小灵巧为他们偷盗行骗提供了方便；孙悟空变化的瞌睡虫可与懒龙擅长的熏香、蒙汗药类比……林庚先生接着说：

> 如果说《西游记》前七回中的孙悟空大闹天宫的故事情节，颇近似于《宋四公大闹禁魂张》中的"赵正激恼京师"和《七

孫行者

孫悟空

侠五义》中的白玉堂闹东京，那么，他后来护送唐僧历尽劫难的西天之行则不妨可以说是英雄好汉的闯荡江湖了。

吴承恩创作《西游记》的年月，白话小说《三言二拍》等大行其道，他不可能不读这些小说，极可能会受到潜移默化的影响。以林庚先生的博学深思，注意到这样一个文学史现象，从市井英雄的角度剖析孙悟空，当然具有相当的说服力，成为非常重要的一家之说。

但普通读者，尤其是青少年读者，大概不会这样看。我也认为这样来解读孙悟空大闹天宫，太学术化，有点儿疏离文本，有点儿绕远了，也不完全合情合理。我非常喜欢林庚先生那本很薄的《西游记漫话》，不知道读了多少遍，但我还是不太赞同他把孙悟空跟明代白话小说中的神偷赵正、白玉堂、懒龙等加以类比，甚至等同。

仔细想一想，偷桃、偷酒、偷金丹、偷人参果……整部《西游记》读下来，孙悟空确实好像是在诠释"偷术大全"或"偷术妙全"，但有几位读者，即使是读过《三言二拍》《七侠五义》《水浒传》的读者，会把孙悟空和赵正、白玉堂、懒龙、时迁一勺烩？恐怕很少。我这个从八岁读到八十一岁的读者，就从来不把孙悟空和白话小说中的盗贼联系到一起。孙悟空跟他们的为人，跟他们的人生观、世界观太不一样了。试问：

孙悟空何曾像某些神偷那样信仰"人为财死，鸟为食亡"？

孙悟空何曾像某些神偷那样对身外之物斤斤计较、财迷心窍？

孙悟空何曾像某些神偷那样损人利己、见利忘义？

孙悟空何曾像某些神偷那样猥猥琐琐、丢人现眼？

……

所以，孙悟空和市井神偷绝对不是一回事！

孙悟空和市井神偷有天壤之别

《三言二拍》等小说中的市井神偷，是一些有致命人格缺陷的人物，他们思想缺少阳光，性格缺乏魅力。他们面不改色心不跳地把他人辛辛苦苦积攒的财物瞬间占为己有，常常带给读者很不舒服的阅读感受。《水浒传》中，同为义士的"托塔天王"晁盖就曾表示不屑与时迁为伍。而孙悟空的所作所为，却总是让读者赏心悦目。因为孙悟空从来不曾用苟且之心求取个人私利。孙悟空固然也在偷，但是他偷得理直气壮，偷得妙趣横生，甚至可以说，偷得光明正大。这是为什么呢？因为孙悟空与其他白话小说中的"神偷"有着极大的不同、根本的不同，主要表现在下面几点。

第一，孙悟空身上绝无铜臭气，他对"俸禄""钱财""珠宝"等一般世人趋之若鹜的东西，有超然物外的"四无"之感，即无兴趣、无感觉、无追求，甚至无概念。孙悟空之偷，常出于口腹之欲，如偷蟠桃、偷仙酒。这种口腹之欲，是由人饿了得吃饭的本性，更确切地说，是由饿了想摘桃的猴性决定的。猴儿本嗜桃，偷蟠桃是其原始的生存冲动。

第二，《西游记》是一部充满童话气息的神魔小说。孙悟空充满童心，他如儿童般天真，也如儿童般不知天高地厚。孙悟空之偷，就像儿童做恶作剧，通常是临时起意、顺手牵羊，不像那些巨盗、神偷，是觊觎已久、处心积虑、预先谋划。孙悟空除了对他太爱的蟠桃耍了点儿心机，将随从调出园外，自己再去偷桃之外，他偷喝仙酒、偷吃金丹，都是误打误撞。偷吃人参果，就更不用说了，那是馋痨猪八戒出的主意。

第三，孙悟空之偷，尤其应与"猴"联系到一起。《李卓吾先生批评西游记》就特别注意到孙悟空的行为与猴性的联系。《西游记》

第五回写孙悟空溜进瑶池，嗅到酒香，馋虫大动，"他就弄个神通，把毫毛拔下几根，丢入口中嚼碎，喷将出去，念声咒语，叫'变'，即变做几个瞌睡虫，奔在众人脸上"，李卓吾于此处评了一个字：猴。灵巧掏摸正是猴子猎取食物的特点。

第四，孙悟空之偷，还要和自尊心联系到一起，比如偷喝仙酒，除馋虫吸引外，多半还带着点儿受到伤害后的报复心理。七衣仙女罗列了那么多神灵，得有好几百位吧，居然没有齐天大圣？这对自诩得坐首席的孙悟空来说是多么大的讽刺！原来"齐天大圣"跟"弼马温"没有任何区别，他在天庭仍是没有地位的小角色！太白金星和玉帝既然联手忽悠了他，既然不请他赴蟠桃会，那好吧，爷就自己请自己一把，提前把这些给仙界"知名人士"准备的美酒佳肴享用了！

更重要的是，孙悟空所偷的是什么东西？是神话故事中的幻想物品，不是现实生活中一旦损失就会影响普通百姓生存的钱和物。人生不过百年，九千年一熟的蟠桃，谁见过？蟠桃会上的龙肝凤髓佳肴，谁见过？当然都是小说家虚构的。玉帝能吃，王母娘娘能吃，如来能吃，孙猴子吃吃又何妨？太上老君给玉帝炼的金丹成了孙猴子的"零食"，又有什么了不起？既然佛祖认为众生平等，凭什么只有玉帝可以吃金丹，孙猴子就不能吃？

如果把亿万民众，特别是天真烂漫的少年儿童都喜欢的大闹天宫，与《三言二拍》等小说里的"神偷"类比，乃至等同，未免就将神魔小说世俗化，消解了神话形象孙悟空的正能量和谐趣性。不知我这样解释，读者朋友以为然否？

孙猴子闯了大祸，玉帝老儿派天兵围困花果山，美猴王要迎战天兵天将了。

战天将妙绝、趣绝

　　孙悟空大战天兵天将，不是《三国演义》现实主义的攻城略地，也不是《水浒传》确实存在的刀枪剑鸣，而是幻想世界中的战斗，却同样精彩，同样合理，妙绝、趣绝，令人眼花缭乱、目不暇接，煞是好看！

　　孙悟空逃往下界，向玉帝告状的神仙一拨又一拨地来了。

　　先是美丽的七衣仙女，她们被孙悟空用定身法定住，一个周天才能解脱。她们回来向王母娘娘汇报，王母娘娘问："汝等摘了多少蟠桃？"仙女们回答："只有两篮小桃，三篮中桃。至后面，大桃半个也无，想都是大圣偷吃了。"七衣仙女还有两只篮子，是准备摘九千年一熟的蟠桃的，却摘不到，因为都进猴王肚里了。这里稍微有个"漏洞"：仙女们不是曾摘了个九千年一熟的半红半白的桃子吗？仙界的珍贵果品，最能给玉帝和王母娘娘带来面子的仙品，吃一个就能与天地同寿的蟠桃，被孙猴子当作解饥解渴的寻常桃子吃净了。七衣仙女接着向王母娘娘汇报：大圣问都宴请了谁，然后就把我们定住了。七衣仙女的汇报确定了孙悟空的一桩大罪：他把一千二百株九千年一熟的蟠桃吃光了。这是不是有点儿不合常理？一千多株桃树，怎么也得结几万个桃子，猴王怎么可能在这么短的时间内全部吃掉？小说后面多次提到孙悟空的食量很小，那是和猪八戒的食量对比着写的。怎么在蟠桃园，他忽然变成大肚"食王"了？其实，神魔小说本就是向壁虚构，不能用人世常理来论。这也是《西游记》研究中常常会遇到的问题，有的学者喜欢用人间正常理论来分析，比如，哪个地方的佛教理论不准确，哪个地方的道教说法不妥当。天才小说家吴承恩天马行空地虚构，当然会有漏洞，会有不合理，但最大的"不合理"，其实就是《西游记》写的是根本不可能存在的事。

接着，瑶池仙官报告：不知什么人搅乱了蟠桃会，把玉液琼浆、八珍百味都偷吃了。如果胶柱鼓瑟，可能就得提出疑问："准备招待几百位神仙的偌大宴席，能被一个人偷吃完吗？这里有没有不合理的地方？"这时，太上老君也来报告：给玉帝做"丹元大会"而炼的"九转金丹"被偷走了。单只这两桩失窃案，好像还没法确定作案者，但是赤脚大仙的报告马上就揭开了谜底，原来是孙悟空采用调虎离山之计，然后去偷盗的。玉帝弄清是孙悟空作乱后，便立刻派纠察灵官缉访他的行踪。灵官出手，效率很高，马上"尽得其详细"。蟠桃，是孙悟空偷吃的；蟠桃会，是孙悟空搅黄的；金丹，也是孙悟空偷吃的。玉帝大恼，立即下令天宫武将倾巢而出，派四大天王，协同托塔李天王父子，点二十八宿、九曜星官、十二元辰、五方揭谛、四值功曹、东西星斗、南北二神、五岳四渎、普天星相，可谓来了一次天界"兵力"大展示。其实他们就是原来蟠桃会打算宴请的天庭武官，只是好像水军统帅天蓬元帅没有出现。天兵天将"停云降雾临凡世"，"黄风滚滚遮天暗，紫雾腾腾罩地昏"。十万天兵布下十八架天罗地网，把花果山围得水泄不通。

十万天兵天将，十八架天罗地网，这么严重的敌情，孙悟空是怎样对待的呢？吴承恩骨子里的"好谐剧"这时又起作用了。天兵天将打上门，争强好斗、性情如火的孙悟空却根本不迎敌，他正忙着饮酒念诗哩。小妖报告：祸事了，凶神打上门了！孙悟空正和牛魔王等分饮从天上偷来的仙酒，听说有人打上门，不仅公然不理，还念了两句诗："今朝有酒今朝醉，莫管门前是与非。"刚念完，又一起小妖报告："那九个凶神，恶言泼语，在门前骂战哩！"孙悟空又笑了。"莫睬他。'诗酒且图今日乐，功名休问几时成。'"古今中外两军对垒，谁见过这样的统帅？只有吴承恩创造的神魔小说中的猴统帅会这样做，而且还会让亿万读者觉得猴统帅就得这样做。

打头阵的九曜恶星先是向花果山小妖宣扬"到此降你这造反的大圣"，待把孙悟空从洞中激出来，却故意不叫"大圣"，而叫"弼马温"，专提美猴王那把不开的壶气他："你这不知死活的弼马温！你犯了十恶之罪，先偷桃，后偷酒，搅乱了蟠桃大会，又窃了老君仙丹，又将御酒偷来此处享乐，你罪上加罪，岂不知之？"孙悟空在天宫优哉游哉做大圣时，经常和包括九曜星在内的天上星官吃吃喝喝，拉拉扯扯，"烂板凳，高谈阔论"，此时听到酒友问罪，他几乎是快快乐乐地承认道："这几桩事，实有！实有！但如今你怎么？"言外之意是："好兄弟，你好意思把老哥我怎么样吗？"而后听到九曜星要踏平花果山，孙悟空立即挥起金箍棒。昔日推杯换盏、称兄道弟，今日舞刀弄枪、你死我活！神魔小说也没错过那句老话：没有永恒的朋友，只有永恒的利益。

九曜星一个个败下阵来，李天王急调四大天王和二十八宿出战，孙悟空则派独角鬼王、七十二洞妖王迎敌，"这一场自辰时布阵，混杀到日落西山"。花果山下，既是想象的战场，也有真实的成分；既有鬼神界的"寒风飒飒，怪雾阴阴"，也有普通战场使用的各类武

反天宫诸神捉怪

器，大捍刀、楮白枪、方天戟、虎眼鞭、弯弓硬弩、短棍蛇矛，亦真亦幻，繁复多彩。

结果，鬼王和妖王都被天王捉走了。孙悟空一条棒抵住了托塔李天王父子和四大天王，然后再次祭起"毫毛战"，变出千百个大圣，挥动如意金箍棒，杀退哪吒三太子和五个天王。美猴王是越战越勇！上次大闹天宫，孙悟空与哪吒三太子对阵，最后还得靠点儿阴招，从背后偷袭；这次正面作战，孙悟空居然把哪吒父子一起打败，还饶上了四大天王。

对阵两方都奏凯歌：孙悟空胜了哪吒三太子和五个天王；天将捉了鬼王和七十二洞妖王。七十二洞妖王中有没有牛魔王呢？从理论上讲，应该有。但第五回《反天宫诸神捉怪》，天王们报功时却没出现"牛"："有拿住虎豹的，有拿住狮象的，有拿住狼虫狐狢的。""狢"，就是一丘之貉的"貉"。"牛"字没出现。孙悟空西天取经时，牛魔王再出江湖，是当年被捉刑满释放了，还是当年只有他逃出法网了？不得而知。吴承恩不是写侦探小说的阿加莎·克里斯蒂，即便有小小破绽，也不足为奇。

当小猴们向孙悟空汇报，七十二洞妖王和独角鬼王都被天兵天将捉走了时，孙悟空说："胜负乃兵家之常。古人云：'杀人一万，自损三千。'况捉了去的头目乃是虎豹、狼虫、獾獐、狐狢之类，我同类者未伤一个，何须烦恼？"听到孙悟空这番话，读者朋友会不会像我一样感叹：猴王差矣！"我同类者未伤一个，何须烦恼？"与美猴王同仇敌忾共患难的狼虫虎豹被捉，他竟如此不在意，真是太不够朋友，太不像话了。还没成什么气候，就搞嫡系、旁系，如此怎能顾全大局、统御宇内？所以，孙悟空虽然有"战神"气质，却缺乏"领袖"气概，尤其缺少包容万物的胸怀。看来，咱们美猴王还在成长，有待磨炼。

花果山正紧锣密鼓战斗时，观世音菩萨见了玉帝，知道孙悟空大闹天宫的详细情况之后，便命弟子惠岸行者到花果山打探军情，"如遇相敌，可就相助一功"。惠岸乃是李天王二太子木叉。惠岸与悟空大战五六十个回合，"臂膊酸麻，不能迎敌，虚幌一幌，败阵而走"。李天王的两个儿子都败了，只好写表向玉帝求助。这时，观世音菩萨不失时机地给玉帝举荐神通广大的二郎真君。

　　二郎神是中国古代非常有名的神话人物。其实传说中有两个完全不同的"二郎"：一个是杨戬，乃玉帝之妹与凡人所生，有劈山救母壮举；另一个则是李冰的二儿子。宋代《朱子语类》卷三记载："蜀中灌口二郎庙，当是因李冰开凿离堆有功立庙，今来现许多灵怪，乃是他第二儿子。"传说二郎是李冰的第二个儿子，喜欢打猎。李冰担任蜀郡守，蜀地多水患，二郎随父治水，射杀猛虎后，跟七位猎人成为好友，拿着三尖两刃刀，带领七友战孽龙，把孽龙锁到伏龙观石柱下深潭中，从此蜀地没了水患。这是把历史上真实的李冰治水，说成是李二郎制服孽龙。李二郎的七位猎人朋友，就是所谓的"梅山七圣"[1]。《西游记》这棵中国古代神话的参天大树，经常把传统神话的枝枝叶叶嫁接到自己的树干上，二郎神就是吴承恩把两个"二郎"合而为一，综合创造出来的：他是玉帝的外甥，又有梅山兄弟，还喜欢打猎，用三尖两刃刀，带着一只哮天犬，神庙在李冰治水的灌江口。吴承恩像无锡捏泥人的能工巧匠一般，用各种颜色的泥，把杨二郎和李二郎捏合成一个眉目如生、跟孙悟空对阵的二郎神，还赋予他非常鲜明有趣的性格。那么这个二郎神到底是什么样子，又有什么性格特点呢？我们先听听观世音菩萨是怎么介绍的吧！

1　梅山七圣：即"眉山七圣"，二郎神的部下。梅山，即四川眉山。——编者注

孙悟空大战二郎神

观世音菩萨来参加蟠桃会，看到瑶池"荒荒凉凉，席面残乱"，几位天仙在那里"乱纷纷讲论"。随后，菩萨由天师邱弘济带领，进入灵霄宝殿。玉帝见了菩萨，便把孙悟空如何出世，如何先因为弼马温官小反出天宫，后又作为无禄人员偷吃蟠桃、仙酒仙肴及老君仙丹之事讲述了一番。只因未获邀参加蟠桃宴，便惹下泼天大祸，孙悟空大概算是古今中外闹待遇最轰轰烈烈的了。孙悟空大战二郎神，堪与关羽过五关斩六将、赵云大战长坂坡、武松大闹飞云浦并称"经典战"。

天界奇葩二郎神

观世音菩萨的弟子惠岸又败下阵来，菩萨便对玉帝说："贫僧举一神，可擒这猴。"玉帝问："所举者何神？"菩萨回答："乃陛下令甥显圣二郎真君，见居灌洲灌江口，享受下方香火。他昔日曾力诛六怪，又有梅山兄弟与帐前一千二百草头神，神通广大。奈他只是听调不听宣，陛下可降一道调兵旨意，着他助力，便可擒也。"吴承恩用了不到一百字，便把神话传说中的两个"二郎"合并了起来：他是玉帝外甥，又有梅山兄弟，神庙在灌江口，享受下方香火，而且个性鲜明，听调不听宣。真是太妙了！当年玉帝对妹妹和人间情郎的婚事横加干涉，把妹妹压到桃山下。二郎真君劈山救母，美名远扬。偌大天庭，玉帝对哪路神仙都可随便宣召，只有亲外甥"听调不听宣"。什么意思？作为战斗人员，玉帝调本神去战顽敌，那没的说，这本就是我的职责和爱好；而作为享受下方香火、不享天庭俸禄的神仙，玉帝如果像对待一般朝臣那样"宣"我见驾，那对不起，即便是亲舅舅，本神也不伺候！

二郎真君对战胜孙悟空很有把握，他说，我不要天兵天将相助，若我输给孙悟空，自有兄弟们帮扶；若我胜了孙悟空，也有兄弟们动手绑缚。只需要托塔李天王在空中用照妖镜把孙悟空牢牢地照住，不让他逃脱就行了。

特殊年代的文学作品中，好人好到像天使，不是"三突出"就是"高大全"，坏人坏到头顶长疮、脚底流脓，而中国古代作家早就懂得要将人物写出丰富性、立体感，不要简单化、脸谱化。人情小说《红楼梦》如此，神魔小说《西游记》亦如此。孙悟空、猪八戒都是所谓"有缺点的好人"或"有缺点的英雄"。哪吒三太子和二郎真君都和所谓正面的"男一号"孙悟空斗了个你死我活，可他们同样堂堂正正、体体面面，他们身上也有"正能量"。而在千奇百怪的天庭武将中，"心高不认天家眷，性傲归神住灌江"的二郎真君最为帅气秀美：

> 仪容清俊貌堂堂，两耳垂肩目有光。
> 头戴三山飞凤帽，身穿一领淡鹅黄。

缕金靴衬盘龙袜，玉带团花八宝妆。

腰挎弹弓新月样，手执三尖两刃枪。

二郎真君不仅比孙猴子体面得多，本领也大得多。

斗得眼花缭乱，变得妙趣横生

孙悟空跟二郎真君的战斗算得上古代神魔小说、神话乃至童话中从未有过的精彩战斗、经典战斗。孙悟空跟二郎真君大战三百多个回合，不分胜负。二郎真君摇身一变，变得身高万丈，青面獠牙，两手举着像华山之峰的三尖两刃神锋，砍向孙悟空；孙悟空变得跟二郎真君身躯、面目一样，举着像昆仑擎天柱一样的如意金箍棒，抵挡住二郎真君。天兵天将被他们吓得战战兢兢，使不得刀剑。二郎真君的梅山兄弟趁乱把花果山群猴捉了两三千。孙悟空看到众猴惊散，不再恋战，抽身就走，却被梅山兄弟拦住。孙悟空只好玩起变化动物的小儿科戏法，却没想到二郎真君玩得比他还溜，而且总是压他一头：

孙悟空变麻雀，二郎真君就变饿鹰；

孙悟空变大鹚老，二郎真君就变大海鹤；

孙悟空入涧变鱼，二郎真君就变鱼鹰儿；

孙悟空变水蛇，二郎真君就变灰鹤；

……

战神斗法变动物，两段描写妙趣横生，先看第一段：

那大圣变鱼儿，顺水正游，忽见一只飞禽，似青鹞，毛片不青；似鹭鸶，顶上无缨；似老鹳，腿又不红："想是二郎变化了等我哩！……"急转头，打个花就走。二郎看见道："打花的鱼儿，似鲤鱼，尾巴不红；似鳜鱼，花鳞不见；似黑鱼，头上无星；似鲂鱼，腮上无针。他怎么见了我就回去了？必然是那猴变的。"

两个擅长七十二般变化的高手斗法，虽是神魔小说情节，但人物心理活动真切可信：孙悟空变个"四不像"的鱼儿想逃走，二郎真君就变个"三不像"的鸟儿去捉拿。正在水中游的孙悟空发现水面上来了只既不像青鹞，也不像鹭鸶，更不像老鹳的鸟，判断是二郎真君变的，立即掉头逃走。二郎真君变成在天上飞的鸟，发现水里有条急转身的鱼儿，既不像鲤鱼，也不像鳜鱼，更不像黑鱼和鲂鱼，便确定是孙悟空变的。他们多么博学多识，他们的判断又多么富有逻辑。吴承恩如果只知道枯守书斋读圣贤书，而不对植物、动物等学科杂学旁收，怎么可能写出"四不像"的鱼儿和"三不像"的鸟儿？怎么可能写出这么有趣的心理战？所以，对杰出的作家来说，没有什么知识是多余的。

再看第二段：

> 水蛇跳一跳，又变做一只花鸨，木木樗樗的，立在蓼汀之上。二郎见他变得低贱，——花鸨乃鸟中至贱至淫之物，不拘鸾、凤、鹰、鸦都与交群——故此不去拢傍，即现原身，走将去，取过弹弓拽满，一弹子把他打个踉蹡。

不管孙悟空变成什么动物，二郎真君都能变出可立即咬死他、

小圣施威降大圣

啄死他的"上线动物"。孙悟空被二郎真君逼急了，便像《金瓶梅》中被西门庆妻妾逼急的陈经济使用非常低档的"脱裤子战术"一样，变成一只贱而淫的花鸨。对野猴出身的孙悟空来说，什么体不体面、高不高贵、身不身份，生存是硬道理。只要能逃脱，他连至贱至淫的鸟儿也愿意变。而玉帝外甥出身的二郎真君却品性高傲，十分看重名誉，他看到孙悟空变成至贱至淫的鸟儿，就不再陪孙悟空玩了，立刻变回原形，用弹弓对付。这段情节虽然奇异，却和人物的身份、性格密切相关。而且，吴承恩居然连各类鸟儿的习性都知道，真是厉害！

两将对阵，却幻化出光怪陆离的"动物世界"，天上飞的，水中游的，一物降一物。战场上竟有这样的"兵来将挡，水来土掩"，真是奇哉妙哉，趣味盎然，令人拍案叫绝。

孙悟空被二郎真君的弹弓击中，滚下山变作土地庙，牙齿变作门板，舌头变作菩萨，眼睛变作窗棂。二郎真君寻到山下，不见了花鸨，只看到一座怪异的土地庙。二郎真君说："我也曾见庙宇，更不曾见一个旗竿竖在后面的。断是这畜生弄喧！"二郎真君扬言要捣窗踢门，猴王一听，立即跳到空中不见了。这时，李天王的照妖镜发现：美猴王跑到灌江口二郎真君的神庙去了！孙悟空变成二郎真君在灌江口理起政来，煞有介事地"坐中间，点查香火：见李虎拜还的三牲，张龙许下的保福，赵甲求子的文书，钱丙告病的良愿"，真是有趣！

孙悟空和二郎真君战斗的描写当然是神话，是天马行空的想象，但人物个性非常突出。他们都有惊天动地、神鬼莫测的本领，都擅长变化，但孙悟空始终具有野猴特性，不管怎么变，总有根猴子尾巴，比如，变成庙宇时，他不伦不类地把尾巴当成旗杆竖在庙后，就被二郎真君识破了。孙悟空跑到二郎庙天真地宣布"庙宇已姓孙了",这是战神之间的斗法,还是顽皮男孩间的开玩笑?应该都有点儿吧,也难怪男孩们都对孙悟空津津乐道。吴承恩写紧张激烈的战斗时,还不忘开玩笑,而且描写得精致巧妙,出人意料又入人意中。在古今中外的小说作品中,估计找不出第二段孙悟空大战二郎真君这么好看、这么好玩的妙趣情节了。

施暗器还算好汉吗

孙悟空和二郎真君"半雾半云",又杀回花果山。玉帝与观世音菩萨、太上老君等从南天门观战,商量如何偷袭孙悟空。菩萨要用杨柳净瓶打孙悟空,助二郎神一臂之力。太上老君说,你那个净瓶是瓷器,碰到金箍棒就碎了,还是我来吧。这样安排很合理,观世音菩萨救苦救难,岂能"助纣为虐"?太上老君好不容易炼了那么多金丹,却都被孙悟空当零食吃了,由他敲猴儿一下很合理。太上老君拿出锟钢抟炼、还丹点成、水火不侵、能套诸物的金钢琢,"往下一掼",打中孙悟空的天灵盖。孙悟空跌了一跤,爬起来就跑;二郎真君的哮天犬赶上,照腿肚子咬一口,孙悟空又跌了一跤,"被七圣一拥按住,即将绳索捆绑,使勾刀穿了琵琶骨,再不能变化"。

这里有个"化胡为佛"的典故。太上老君对观世音菩萨说,他用来打孙悟空的圈子,"一名'金钢琢',又名'金钢套'。当年过函关,化胡为佛,甚是亏他"。道教把老子奉为"太清道德天尊"、太上老君,《道德经》被当成道教最重要的经典。《史记》则笼统地说老子离开洛阳,西出函谷关,不知所终。道教徒为了神化老子，便编出老子出函谷关后，化胡为佛，变成佛陀，建立佛教，对印度人实行教化的故事。佛教界却从来不承认"化胡为佛"的说法。吴承恩让太上老君在观世音菩萨面前信口开河，当然带有调侃意味。

一件当年保护老子过函谷关的金钢琢、一只细犬和七位凶神恶煞的战将，齐心合力，总算捉住了齐天大圣。太上老君的这件兵器，将来还会在西天取经路上出现，给孙悟空制造不小的麻烦。向来嘴不饶人的美猴王被捉后，怎么没点评一句"施暗器不算好汉"呢？

孙悟空被捉，面临着最严酷的惩罚，他的命运将会怎样呢？

八卦炉中逃大圣

太上老君在二郎神和孙悟空战斗时，从上空施放"暗器"金钢琢，敲到孙猴子的天灵盖。孙悟空跌了一跤，之后上天入地的猴王居然被一只猎狗咬住了腿，给二郎神的兄弟们捉住，实在是败得可惜，也败得狼狈。英勇盖世的二郎神早就说过不需要李天王派人协助他，现在却半路杀出个太上老君，估计心高气傲的他未必不埋怨这多管闲事的糟老头儿：用暗器伤强敌取胜，岂不叫堂堂二郎神栽面儿？

玉帝老儿食言而肥

玉帝当初调二郎真君来对付孙悟空时曾许诺："今特调贤甥同义兄弟即赴花果山助力剿除。成功之后，高升重赏。"二郎真君取得成功后，玉帝却既没给二郎真君升职，比如赏个李天王"副帅"，也没把二郎真君留在身边，只是"赏赐金花百朵，御酒百瓶，还丹百粒，异宝明珠，锦绣等件"，让二郎真君和他的义兄弟分享。玉帝为什么这样做？著名政治学家萨孟武在《〈西游记〉与中国古代政治》中提出：玉帝对孙大圣，应刑而不敢刑；对小圣，应赏而不肯赏，是"乱政"表现。萨孟武还认为，玉帝对二郎真君赏金帛，让他仍回灌江口，大概率是汉文帝遣周勃就国之意，因为皇室宗亲和外戚极易形成难以节制的政治威胁。学者们从各种角度研究《西游记》，真是研究出了花样，研究出了名堂。

二郎真君似乎也没把舅舅的食言而肥当回事儿，既担当重任、扬名立万，又潇洒自在、不受拘束，大概是他更感兴趣的。虽然二郎真君是降服孙悟空的战神，我们却不觉得他有多可恶。老实说，我还有点儿喜欢孙悟空的对头哪吒三太子和二郎真君。二郎真君跟孙悟空有些相似，是特别纯粹的男子汉，从不跟什么仙女、美女卿卿我我，总跟梅山兄弟一起活动，驾着猎鹰，领着猎犬，风来雾去，自由自在，这种做法很像《三国演义》里的关羽。更可贵的是，二郎真君还和孙悟空惺惺相惜。后来，在西天取经接近尾声时，二郎真君给遇到困难的孙悟空提供帮助，两个大英雄在同一片星空下饮酒，以兄弟相称，不亦快哉。

老君炉有"安全岛"

孙悟空被捉之后，玉帝下令立即处死。但是，"刀砍斧剁，雷打火烧"，都不能动孙悟空分毫。玉帝的斩杀令执行不了，太上老君又勇挑重担，要把孙悟空放到他的八卦炉里："那猴吃了蟠桃，饮了御酒，又盗了仙丹，——我那五壶丹，有生有熟，被他都吃在肚里，运用三昧火，煅成一块，所以浑做金钢之躯，急不能伤。不若与老道领去，放在八卦炉中，以文武火煅炼。炼出我的丹来，他身自为灰烬矣。"

太上老君打起如意算盘：既炼还他的金丹，又帮玉帝杀死孙悟空。但是他却没想到他的八卦炉只不过给孙悟空增加了吹牛"新资本"，仍没能消灭孙悟空。

另外，太上老君的八卦炉不仅使《西游记》有了第七回的"八卦炉中逃大圣"，还使得汉语至少增添了三个常用词语及俗语："火眼金睛""人生没有过不去的火焰山""如来的手掌心"。

《西游记》一段情节，就给汉语带来了几个常用词汇，吴承恩实在是才大如海。

我们先看看孙大圣是怎么从八卦炉中逃出来的。

什么是八卦炉？"原来那炉是乾、坎、艮、震、巽、离、坤、兑八卦。"太上老君命人把孙悟空推进八卦炉里，猴精的孙悟空一进炉子就钻到了"巽宫"位下。巽者，风也，有风就没有火，所以八卦炉中的火烧不到孙悟空身上。但是风能把烟卷过来，于是把孙猴子的一双眼睛熏红了，"弄做个老害病眼"，所以叫作"火眼金睛"。后人则用"火眼金睛"形容眼力过人，明察一切。其实《西游记》中的"火眼金睛"，原意是孙猴子的眼睛被火熏了，成了红眼猴，常害眼病，常须点眼药。吴承恩真是太幽默了！

这里又有个问题：孙悟空既然进了八卦炉，不管是否直接被火烧着，炉膛的温度绝对很高，即使待在"巽宫"位下，又怎能经受得住？一般来说，仅仅是炉壁炙烤，也能把普通妖魔烤煳了，但孙悟空不怕。美猴王是从哪儿来的？石头缝里蹦出来的。人家本就不是肉眼凡胎、血肉之躯，而是石猴。石头用极高温度也烧不坏，白居易不是说过"试玉要烧三日满，辨材须待七年期"吗？八卦炉烧了七七四十九天，当年的石猴应该都给烧成"玉猴"了，真是越炼越精，越炼越纯，越炼越玲珑剔透。吴承恩虽然没有直接写出来，

八卦炉中逃大圣

我却觉得有这么点儿暗示意味。

八卦炉七七四十九天的煅烧，特别具有哲理意味。中国古代的英雄传说人物，都要经受各种考验，孙悟空在八卦炉中受到的考验，跟夸父逐日、精卫填海、刑天舞干戚，性质相同。孙悟空闹龙宫、闹地府、闹天宫之后，又经历了八卦炉这一炼，自此，这个中国最有名的神魔越来越成熟了。

"八卦炉中逃大圣"怎么还能跟"人生没有过不去的火焰山"这句俗语联系起来呢？原来孙悟空踢倒太上老君的八卦炉时，有几块火砖砸穿兜率宫的地面，掉到了人间，化为火焰山，成了后来九九八十一难中的重要一难——"唐三藏路阻火焰山"。原来守炉的道人，也被贬到下界成了火焰山土地神。不过，太上老君的兜率宫怎么成了"豆腐渣工程"？原来它是为天才小说家细针密线的构思而服务的！

还有"如来的手掌心"这句俗语。孙悟空踢倒八卦炉，再次大闹天宫，玉帝只好请来佛祖，如来一翻掌，将五指化成五行山，把孙悟空压到了山下。后来人们就用"如来的手掌心"来形容一个人不管有多大本事，也逃不出某人或某种势力的掌握。如来的手掌心把孙悟空压到五行山下，是孙悟空从大闹天宫到西天取经的精彩转折和必要过渡。

一脚蹬倒八卦炉

太上老君把孙悟空炼了七七四十九天后，很有把握地认为他已化为灰烬，金丹应该也炼出来了，却没想到一开炉，孙悟空就毫发无损地从炉子里跳了出来，并一脚蹬倒了八卦炉。架火、看炉与丁甲一班人来扯，都被孙悟空一个个放倒；太上老君赶上去抓了一把，也被孙悟空一捽，"捽了个倒栽葱"。孙悟空扬长而去。太上老君想一箭双雕，却没想到"偷鸡不成蚀把米"，八卦炉都给损坏了。

神魔小说也像人情小说一样，在人世中，或在神魔世界中，总有人雪中送炭，有人釜底抽薪。太白金星就是孙悟空命中的福星，他两次把孙悟空请上天，先封"弼马温"，后封"齐天大圣"。太白金星还曾给天蓬元帅说情，帮助他免除死罪；西天取经路上，也亲自救过唐僧，几次帮过孙悟空。而太上老君则是孙悟空命中的魔星，是他在孙悟空跟二郎真君的交战中，用金钢琢敲了猴儿的天灵盖；是他用八卦炉把孙悟空炼了七七四十九天；是他的烧火童子和青牛，成了孙悟空西行路上的重大障碍，怪不得孙悟空在车迟国要把太上老君和另外两位道教天尊丢到茅厕里。

孙悟空蹬倒了八卦炉，从耳朵里掣出如意金箍棒，再次大闹天宫，玉帝只好派人去请如来降伏。

如来出场两关键

孙悟空蹬倒八卦炉，耳朵里掣出如意金箍棒，再次大闹天宫，"打得那九曜星闭门闭户，四天王无影无形"。打到通明殿外时，数十名灵官雷将把孙悟空团团围住。孙悟空三头六臂法象再次显露，"无穷变化闹天宫，雷将神兵不可捉"。

二郎神已回灌江口，玉帝只好派人去西天如来处求救。

《西游记》写到如来出场时，有两个关键问题：其一，吴承恩有没有混淆两佛？其二，如来给五行山贴的咒语到底是什么意思？

吴承恩不曾混淆两佛

谈判高手如来登场，他止住刀兵，斥问孙悟空："猖狂村野，屡反天宫，不知是何方生长，何年得道，为何这等暴横？"

《西游记》的通行版本，如人民文学出版社和华东师范大学古典文学教研室整理本、北京大学出版社和北京大学语文教育研究所点评本，在如来亮相时，都给吴承恩制造了一个"混淆两佛"的冤案。如来出场时，两个版本是这样说的："我是西方极乐世界释迦牟尼尊者，南无阿弥陀佛。"人民文学出版社版注解："作者这里是有意或无意地误用。"北京大学出版社版点评："作者……多有戏说、杜撰之处。"其实吴承恩既没有误用，也没有戏说、杜撰，是研究者自己没弄明白。

我对这段文字的解释完全不一样。如来先对孙悟空自我介绍："我是西方极乐世界释迦牟尼尊者。"然后，又像普通佛教信徒一样念道，"南无阿弥陀佛！"

在中国古典小说研究领域，我并不是所谓专门研究《西游记》的，但我能做出自认为正确的解释，而这种解释是从当代大德高僧那里得到的启示。2008年8月，星云大师派他在北京大学读博士的弟子，接我们夫妇访问台湾佛光山。8月25日，星云大师在佛光山主持了我们夫妇二人的学术报告，我向世界各地来此的佛光弟子讲《佛教和聊斋红楼》。我们在佛光山住了一个星期——佛教谓之"挂单"，常和星云大师同桌共餐、闲谈。有一天，星云大师幽默地对我说，你知道吗，佛教信徒常念"阿弥陀佛"，有时佛也念"阿弥陀佛"，这叫"求人不如求己"！

我由此知道，佛也会念佛，而且是念"阿弥陀佛"。

这个故事不是星云大师创造的，《东坡志林》里就有记载。

当我读到吴承恩对如来登场的仿佛"疏忽性"的描写时，忽然想到星云大师的话，不禁豁然开朗。这才叫"哪个庙都有冤死的鬼"。原来吴承恩并没有把如来和阿弥陀佛混为一佛，这是研究者给他妄加的罪名，认为他把如来和阿弥陀佛当成"同佛"了。其实，吴承恩怎么可能犯这种小儿科的错误呢？《西游记》本身就有明确证据，第一百回《径回东土 五圣成真》吟诵四十八尊佛名时，"南无释迦牟尼佛"排第三，"南无阿弥陀佛"排第九。吴承恩从不曾混涪两佛，是研究者弄错了。

猴王大闹天宫和农民起义南辕北辙

因此，如来在《西游记》里出场时自我介绍说："我是西方极乐世界释迦牟尼尊者。"然后念了声佛，"南无阿弥陀佛！"

孙悟空则吟了一首七律回答如来：

> 天地生成灵混仙，花果山中一老猿。
> 水帘洞里为家业，拜友寻师悟太玄。
> 炼就长生多少法，学来变化广无边。
> 因在凡间嫌地窄，立心端要住瑶天。
> 灵霄宝殿非他久，历代人王有分传。
> 强者为尊该让我，英雄只此敢争先。

这首诗明白晓畅。孙悟空自我介绍，说他是天然生长的花果山老猴，学到本事，练会长生不老之法，有七十二般变化，打遍三界无敌手；花果山太小，天宫不错，人间既然历来有改朝换代之事，玉帝老儿也干脆把天宫让给他算了。这个世界不就是拳头大的是哥哥？

按照孙猴子这套"强者为尊"的逻辑，玉帝早该把天宫让给外甥二郎真君了。二郎真君是真正的强者，齐天大圣和他交手也没占到便宜。

如来对这套"猴论"不以为然，呵呵冷笑，接着提出"修持岁月为尊"的理论。如来说，你这猴头只不过在宇宙间混了几百年，那玉帝苦历过一千七百五十劫，每劫十二万九千六百年，你算算他修了多少岁月，"方能享受此无极大道"？孙悟空听后，虽然承认玉帝苦修时间长，但是"皇帝轮流做，明年到我家"，如果玉帝不让天宫，定要搅攘得天地不宁！

当年项羽看到秦始皇后说"彼可取而代之"，孙悟空的"皇帝轮流做，明年到我家"，与项羽何其相似乃尔！如此，某些把大闹天宫和农民起义联系起来的学者可算找到"理论根据"啦。

其实，把孙悟空的大闹天宫和历史上的农民起义——如黄巢起义、宋江起义——挂钩，非常牵强。孙悟空说这番话，不过是因为武功挑动起野心，懵懵懂懂地以为"政权"只需要金箍棒，不需要文治韬略，也不需要良相辅佐。孙悟空有种不服输、不怕死的精神，但他没有改朝换代的政治纲领，也没有执政主张。

孙悟空可曾对天宫的基本秩序提出异议？

孙悟空可曾在哪个水深火热的天界杀狗官、救良善？

孙悟空可曾在天宫哪个地方劫富济贫？

孙悟空可曾在天宫建过水泊梁山式的"乌托邦"？

一概不曾。不管是做弼马温，还是做齐天大圣，孙悟空在天宫都如鱼得水、优哉游哉。严格来说，孙悟空是承认并遵守像封建朝廷统治秩序那样的天宫秩序的。大闹天宫不过是无拘无束的野猴在耍脾气罢了，哪有农民起义那么深刻的社会意义？

如来懒得和孙悟空做口舌之争，便和孙悟空打赌：你不是一个筋斗十万八千里吗，如能跳出我的手掌心，我就请玉帝到西方居住，把天宫让给你；如果跳不出我的手掌心，你还是下界为妖，再修几劫吧。

美猴王果然跳到如来手中，翻起筋斗云来，"佛祖慧眼观看，只见那猴王风车子一般相似不住，只管前进"。美猴王像不停转的风车一般翻着筋斗云，直到看到"五根肉红柱子"。他以为此处是天尽头，就拔根毫毛变成毛笔，在中间柱子上写下"齐天大圣到此一游"，然后又撒了一泡猴尿。看到这个地方，真是让人忍俊不禁，太好玩了！自然界中，动物撒尿是为了说明"这个地方是我的势力范围"，孙悟空已是齐天大圣，却仍不脱猴儿本色。吴承恩的奇思妙想令人绝倒。待孙悟空翻着筋斗云回来想和佛祖理论时，如来直接骂他是"尿精猴子"。骂得何等巧妙，何等有趣！看来，如来很有幽默感啊！

孙悟空没有跳出如来的手掌心，他留的记号清清楚楚地在如来的右手中指上。如来"翻掌一扑，把这猴王推出西天门外，将五指化作金、木、水、火、土五座联山，唤名'五行山'，轻轻的把他压住"。

如来的手掌心那么大，孙悟空跳不出去，但他在如来手掌心撒尿的情节，却受到前辈"西学家"，特别是清代点评家的热情赞扬。张书绅《新说西游记》："奇思天纵，妙想非凡。"《李卓吾先生批评西游记》："趣甚！妙甚！何物文人，思笔变幻乃尔！"汪澹漪《西游证道书》："文字奇妙至此，真正笔歌墨舞，天花乱坠，顽石点头矣。"

几家欢乐几家愁。天宫，开起"安天大会"。如来出手，佛法无边，一个巴掌超过十万天兵天将，成了天宫救世主。玉帝设宴招待如来，王母娘娘亲手摘蟠桃，寿星老儿送紫芝瑶草，赤脚大仙献交梨、火枣。原定的"蟠桃胜会"，如来当然是席尊；如今的"安天大会"，如来则成了当之无愧的中心。一时间，仙乐玄歌，琼香缭绕，龙肝凤髓，异品奇珍，仙女们唱的唱，舞的舞。这时，被压在五行山下的孙悟空还没从莫名其妙的失败中醒过神来，就已顽强地伸出脑袋。如来让弟子阿傩把一个帖子贴到山顶，"那座山即生根合缝"。可怜的猴王，头能伸出，手能摇挣，身体却动弹不得。如来又令五行山土地，"但他饥时，与他铁丸子吃；渴时，与他溶化的铜汁饮"。如来是大发慈悲，还是追加责罚？

出来混总是要还的，之前吃了那么多九千年一熟的美味蟠桃，如今却落了个吃铁丸、饮铜汁的结果。这是何等难以想象的"享受"，又多么富有哲理意味，怪不得孙悟空将来越发的"钢筋铁骨"！

如来为什么不一下子就把孙悟空压死呢？是因为佛祖宅心仁厚，还是他知道孙悟空是自己的"徒孙"，或者预测到将来孙悟空得跟自己的第二个弟子金蝉子历尽艰险地去取经？佛法无边，大概都有可能吧。

孙悟空从此被压到五行山下。其实，"金、木、水、火、土"是道教观念，佛教一般称五行为"布施、持戒、忍辱、精进、止观"，要不说《西游记》"混同三教"呢。

"唵、嘛、呢、叭、咪、吽"暗藏玄机

如来在五行山顶上贴的咒语是佛教密宗的"唵、嘛、呢、叭、咪、吽"。这句咒语是什么意思呢？钱锺书《管锥编》考证《史记·封禅书》时，引用明代成化年间姚福《青溪暇笔》中的话，将这句咒语解释为："俺那里把你哄也。"这个解释很幽默、很风趣，被广泛引用。吴承恩是不是读过《青溪暇笔》，然后故意用这句咒语来调侃佛祖呢？如来把孙悟空哄了，这也是孙悟空的判断。如来原本说，如果你跳不出我的手掌心，就仍下界为妖，怎么又把孙悟空

唵嘛呢叭咪吽

五行山下定心猿

压到山下了？难道至高无上的佛祖真的哄骗了花果山野猴？其实这里是吴承恩巧藏机关。

其实，"唵、嘛、呢、叭、咪、吽"是佛教密宗的六字大明咒，每个字都有特殊的内涵：

"唵"，指皈依。

"嘛呢"，是摩尼珠。

"叭咪"，是莲花。

"吽"，是摧破。

六个字连到一起，意思就是：皈依莲花宝座上的观自在菩萨摧破四魔三障。也就是说，孙悟空要听从观世音菩萨的教导，跟随唐僧西天取经。如来离开时说："待他灾愆满日，自有人救他。"这句话清清楚楚地说明，"唵、嘛、呢、叭、咪、吽"正是如来对孙悟空命运的安排。

我们还要注意如来的用词。如来收服孙悟空不叫"降妖"，而叫"炼魔"，他要让魔头美猴王被压在五行山下，经过五百年的磨炼、思考，然后再去西天取经。如来真是语言大师。

孙悟空闹龙宫、闹地府、闹天宫，特别是大闹天宫，既是他可以把尾巴翘得高高的"政治资本"，也是他将来西天取经路上震慑妖魔的"武力资本"。孙悟空这"三闹"，使得爱跟人称兄道弟的猴王在龙宫、地府乃至天宫结交到了很多朋友。当他在西天取经过程中遇到困难时，不管是天兵天将——托塔李天王、哪吒三太子、二郎真君、"三清"及二十八宿，还是福禄寿三星、乐呵呵的大肚子菩萨，都是招之即来，来之即帮。比如，需要下雨时，龙王就会来打喷嚏；需要辨别真假孙悟空时，地府的谛听就会听个明白，然后告诉他们"佛法无边"，可到如来跟前分辨真假。孙悟空通过闹龙宫、闹地府、闹天宫，俨然成了龙宫、地府和天宫的"关系户"，人头熟得很，见了寿星叫"老弟"，见了玉帝叫"老官儿"，动不动把诸天神佛麻烦个够，然后一句"列位，起动了"就了事。所以，西天取经路上的个把妖精当然不在他眼里，他常说的话是："有我哩，怕他怎的？走路！走路！"

现在教育部安排中小学生读《西游记》，特别要读好、读懂前七回。

胡适在《〈西游记〉考证》中说，《西游记》前七回"乃是世间最有价值的一篇神话文学""美猴王的天宫'革命'虽然失败，究竟还是一个'虽败犹荣'的英雄""如果著者没有一肚子牢骚，他为什么把玉帝写成那样一个大饭桶？为什么把天上写成那样黑暗、腐败、无人？为什么教一个猴子去把天宫闹得那样稀糟？""他又是一个玩世不恭的人，故这七回虽是骂人，却不是板着面孔骂人。他骂了你，你还觉得这是一篇极滑稽、极有趣，无论谁看了都要大笑的神话小说，……是一部极滑稽的神话小说"。

孙悟空闹完龙宫、地府和天宫，被如来压在五行山下，就像一部大戏的主角演完第一场，暂时回到幕后休息。接着，另一个名义上的取经主角唐僧即将登场。

玄奘西行和唐僧取经

历史上的玄奘西行和《西游记》中的唐僧取经是不是一回事？

《西游记》中的唐僧取经虽然有一点儿历史线索，但和玄奘西行的史实完全不是一回事。

唐太宗李世民曾夸奖玄奘西行取经是"乘危远迈，杖策孤征"。玄奘西行，不仅让《大唐西域记》《大慈恩寺三藏法师传》这类带有神异色彩的古代"报告文学"由此产生，更使得明代"四大奇书"之一的《西游记》横空出世。

历史上的玄奘不是唐太宗御弟

玄奘西行和唐僧取经，史实不同。

《大唐西域记》和《大慈恩寺三藏法师传》的主角是玄奘，《西游记》的"男一号"则是孙悟空。

从《大慈恩寺三藏法师传》到《西游记》，纪实文学向虚构文学做了脱胎换骨的转变。

那么，历史上的玄奘西行与《西游记》中的唐僧取经具体有什么不同呢？历史上的玄奘是唐太宗的御弟吗？

先看玄奘天竺取经的历史事实。唐代皇帝姓李，以老子为祖，以道教为宗，道教成为"国教"，佛教受到压制。玄奘（602—664）是洛阳缑氏（今河南偃师缑氏镇）人，俗姓陈，名叫陈祎，十三岁出家为僧。他苦读翻译过来的佛经，发现不同的译本有不同的解释，所以歧说并出、互相矛盾。为了弄清佛经真谛，他决心亲自到佛教发源地天竺取经。贞观三年（629），玄奘要求到天竺"留学"，唐太宗不予批准，他只好混进商队偷渡出境，经河西走廊，出玉门关，取道北疆，越葱岭，渡热海，历时四年，经过西域十几个国家，最终到达天竺摩揭陀国那烂陀寺，拜九十多岁的高僧戒贤法师为师。玄奘在天竺游学十多年，考察名胜古迹，领会佛教教义，成为天竺著名高僧。在曲女城[1]举行的佛教界辩论大会上，无论大乘、小乘，没人辩得过他。贞观十九年（645），玄奘载誉归国，当初不同意他出国的唐太宗给了他很高的礼遇，派宰相房玄龄迎接于东都洛阳。然后，唐太宗亲自接见玄奘，希望他还俗为官。玄奘谢绝了，唐太宗就在长安名刹慈恩寺为他设立译场。玄奘中文、梵文的修养都很高，他边念梵文佛经，边口头翻译成汉语，由弟子记录下他的译文。玄奘用十几年时间先后翻译了七十五部共一千多卷佛经，相当于从汉代到唐初几百年间翻译佛经的总和。

玄奘是唐代真实的大德高僧，对佛教在中国的传播厥功至伟。现在西安的大雁塔就是当年玄奘的藏经塔。佛学大师玄奘对中印文化交流也做出了突出贡献，在中国和印度都有很高的威望，印度前

1　曲女城：印度戒日王朝时期都城，今为印度北方邦卡瑙杰县的一个城镇，地处恒河西岸。——编者注

总理尼赫鲁曾把他列为世界历史上"四大伟人"之一。

《西游记》中的唐僧，其性格与历史人物玄奘则是错位的。历史上的玄奘大智大勇，聪明过人，气度恢宏；小说人物唐僧则既慈悲为怀，又善恶不分、人妖不辨。唐僧一遇到困难，就一筹莫展；一听说有妖精，就战战兢兢、泪流满面、两腿酸软、念佛不止。徒弟孙悟空曾当面说他是"脓包"，还给师父创造了一个风趣的特有名词——皮松。第五十六回，孙悟空挖苦师父："天下也有和尚，似你这样皮松的却少。"当然，小说家必须让唐僧"皮松"，如果唐僧与孙悟空"强强联合"，那就写不出那么多唐僧遇难、悟空救难的变故层生的故事了。

《西游记》中的唐僧是小说家根据构思需要创造的人物，和真实的历史人物有很大差距。这就产生了一个悖论：佛教广为人知，一定程度上跟《西游记》有关，但是佛教界却从来不承认《西游记》描写的佛教，也不承认《西游记》中的唐僧是历史上真实的大智大勇的玄奘，更不承认《西游记》最后安排取经四众成佛、成菩萨。可能是因为《西游记》有不少地方违背佛教常识，甚至拿佛教至高无上的神佛，如如来、观世音菩萨开涮吧。而道教界也不承认《西游记》对"三清"的描写和对道教的调侃，然而道教"三清"广为人知，同样是因为《西游记》，这也是个悖论。对于天才作家吴承恩的出现，广大读者认为是福音，佛、道两大宗教却认为是灾难。

那么，历史上的玄奘到底是谁的御弟？是高昌国国王的御弟。历史上的玄奘西去天竺求经，来到高昌国时，国王麹文泰知道大唐高僧来了，想把他留在高昌传经，受全国供养。玄奘坚决不留，绝食三天，气息奄奄。高昌国国王只好表示："任法师西行，乞垂早食。"然后指日发誓，并与玄奘结为兄弟。玄奘在高昌讲经一月，动

度孤魂蕭瑀正空門

身继续西行，高昌国国王为他剃度了四个小和尚做侍从；给他制作了三十套法衣，因为前面经过的国家比较寒冷，又制作了棉衣、皮靴、毛袜、面罩等；还给他带了一百两黄金、三万银钱、五百匹绫绢，配备了二十匹马、二十五个跟班。高昌国国王几乎一次性补足了玄奘往返天竺所需要的全部物资。当时突厥叶护可汗镇服西域各国，高昌国国王便派遣殿中侍御史将五百匹绫绢和两车果味献给叶护可汗，同时在给叶护可汗的信中说：唐朝法师是我的弟弟，他要到婆罗门国求法，恳请可汗像关照我一样关照他。高昌国国王还给西域各国发通知，让他们帮助玄奘前行。他还写了二十四封书信，由玄奘交给路途中所要经过的二十四国，每封信里都附"大绫"一匹为信。有高昌国国王这般护持，玄奘后面的活动就完全成了胡适先生所说的"阔留学"。

吴承恩给唐僧换个皇帝哥

到了《西游记》中，唐僧成了唐太宗的御弟，带着唐朝皇帝发的通关文书西行取经。唐僧向宝象国国王呈递国书时，出现过这样一段文字：

> 南赡部洲大唐国奉天承运唐天子牒行：切惟朕以凉德，嗣续丕基，事神治民，临深履薄，朝夕是惴。前者，失救泾河老龙，获谴于我皇皇后帝，三魂七魄，倏忽阴司，已作无常之客。因有阳寿未绝，感冥君放送回生，广陈善会，修建度亡道场。感蒙救苦观世音菩萨，金身出现，指示西方有佛有经，可度幽亡，超脱孤魂。特着法师玄奘，远历千山，询求经偈。倘到西

邦诸国，不灭善缘，照牒放行。须至牒者。大唐贞观一十三年，秋吉日，御前文牒。

唐僧的取经缘由与历史上玄奘的取经缘由完全不一样。唐僧取经成了唐朝皇帝的个人需要。这位唐太宗御弟，只有一个紫金钵盂、两个随从、一匹银骢马，没有任何金银，结果不仅随从被魔王杀了，马匹也被西海龙王三太子给吃掉了，自己多次被妖怪掳走，其间收了孙悟空、白龙马、猪八戒、沙和尚做弟子。与历史上接受高昌国国王的馈赠完全相反，唐僧西行路上只接受人们布施斋饭，拒绝任何金银财物。《西游记》第四十回，唐僧在乌鸡国帮国王复活并夺回王位，国王与后妃、太子等要把镇国宝贝、金银缎帛献给唐僧，"那三藏分毫不受，只是倒换关文，催悟空等背马早行"。国王过意不去，便与后妃、太子等送到郊外，依依惜别。真实的玄奘因为西行取经需要，该收钱财时就大大方方地收，绝不故意难为自己；虚构的唐僧则总以"苦行"自勉，经常自讨苦吃。

《三国演义》和《西游记》都是有世代积累前提的中国古典文学名著，郑振铎在《〈西游记〉的演化》中认为吴承恩的地位当在罗贯中、冯梦龙之上，说吴承恩将古本《西游记》改造得"神骏丰腴，逸趣横生"，"其功力的壮健，文采的秀丽，言谈的幽默，确远在罗氏改作《三国志演义》、冯氏改作《列国志传》以上"。

对历史上西行取经的玄奘法师的个性进行颠覆性描写，是吴承恩获得重要文学史地位的原因之一，而更重要的原因在于，孙悟空取而代之成了《西游记》的主角。

那么，从历史上的玄奘西行，到《西游记》中的唐僧取经，中间又经过了哪些演变呢？

取经故事的题材演变

取经故事的题材是怎样一步一步演变为绝妙好文《西游记》的呢？

唐代取经描写

唐三藏取经是历史上的真事，《旧唐书·方伎传》及其他野史都有记载。玄奘法师去天竺途中和在天竺的日子里，经历过很多奇闻，在长安翻译佛经的时候，他又口述，由弟子辩机记录并整理出版了《大唐西域记》，这是一部涉及地理、历史两个领域的辉煌巨著。玄奘声明《大唐西域记》"皆存实录，匪敢雕华"，是严谨的纪实作品，但佛教本身固有的神异现象、佛教徒对事件的神异解读，又使这部书具有一定的神异性。

玄奘弟子慧立和彦悰整理、撰写的《大慈恩寺三藏法师传》，是记述玄奘生平的传记文学。弟子们对恩师西去天竺取经的非凡勇气和毅力极力赞颂，作品也有一定神异色彩。"唐三藏"则成为后世对玄奘的固定称呼。

《大慈恩寺三藏法师传》中的许多描写，既可以看成虚拟的，也可以看成纪实的。比如，书中写到唐三藏跋涉沙漠时有这样一段文字：

> 忽见有军众数百队，满沙碛间，乍行乍息，皆裘褐驼马之象，及旌旗槊纛之形，易貌移质，倏忽千变。遥瞻极著，渐进而微。法师初睹，谓为贼众，渐近见灭，乃知妖鬼。又闻空中声言"勿怖，勿怖"，由此稍安。

这段文字用白话描述，大致意思是：唐三藏在跋涉沙漠时，忽然看到一支几百人组成的军队，在满布的沙石之间，一会儿走，一会儿停。这些军人都穿着皮衣，骑着骏马，打着高高的大旗和各色彩旗，举着各种各样的兵器，一会儿变一个模样，一会儿变一个队形，瞬息万变，远远看去，非常清楚，渐渐走近，却又模模糊糊。三藏法师刚刚看到时，以为是强盗，后来近看，他们又逐渐消失，才知道是妖魔鬼怪。他听到空中有声音告诉他"不要害怕，不要害怕"，他的心才安定下来。

这段描写，从纪实文学角度看，是唐三藏慌乱中的幻觉；从虚拟角度看，则是唐三藏取经途中的惊险经历和神佛保佑。

唐代传奇中已开始出现对唐三藏天竺取经的神异化描绘，如李冗《独异志》，我们看其中一条的记载：

> 唐初有僧玄奘往西域取经，一去十七年。始去之日，于齐州灵岩寺院，有松一本立于庭，奘以手摩其枝曰："吾西去求佛教，汝可西长；若归，即此枝东向，使吾门人弟子知之。"及

去，年年西指，约长数丈。一年，忽东向指，门人弟子曰："教主归矣。"乃西迎之。奘果还归，得佛经六百部，至今众谓之"摩顶松"。

这段文字用白话叙述，大致意思是：唐代初年僧人玄奘往西域取经，一去十七年。他走的时候，到齐州灵岩寺院，看到庭院中有棵松树，就用手摩挲着树枝，说："树啊树，我西行天竺去求佛教真经，你可以朝着西边长；如果回来，你的枝条就指向东边，使我的弟子们知道我回来了。"玄奘西行取经，这棵松树的树枝果然年年都朝着西方生长，长了数丈。有一年，树枝忽然指向东方，玄奘的门人弟子说："我们的教主回来啦。"于是一起往西边迎接。玄奘果然取经归来，共得佛经六百部。至今大家都把齐州灵岩院的这棵松树叫作"摩顶松"。

这段情节，后来被吴承恩化用到了《西游记》里，唐僧离开长安和回到长安时的描写都提到了摩顶松。

除了《独异志》，《大唐新语》《酉阳杂俎》中也有关于玄奘法师的记载。在唐代，有关唐三藏取经的作品，大部分都处于基本写实和宗教神话相融合的阶段。

宋、元的唐僧取经

进入宋、元时代，唐僧取经离史实越来越远，渐渐转变为文学故事。

《太平广记·异僧六》记载：

唐初有僧玄奘往西域取經一去十七年始去之日

於齊州靈嚴寺院有松一本立於庭奘以手摩其

枝曰吾西去求佛敎汝可西長若歸即此枝東向

使吾門人弟子知之及去年年西指約長數丈一

年忽東向指門人弟子曰敎主歸矣乃西迎之奘

果還歸得佛經六百部至今衆謂之摩頂松

東晉大將軍趙固所乘馬暴卒將軍悲惋客至吏不

敢通郭璞造門語曰余能活此馬將軍遽召見璞

令三十人悉持長竿東行三十里遇丘陵社林即

李冗《独异志》

沙门玄奘，俗姓陈，偃师县人也。幼聪慧，有操行。唐武德初，往西域取经。行至罽宾国，道险，虎豹不可过。奘不知为计，乃锁房门而坐。至夕开门，见一老僧，头面疮痍，身体脓血，床上独坐，莫知来由。奘乃礼拜勤求，僧口授《多心经》一卷，令奘诵之。遂得山川平易，道路开辟，虎豹藏形，魔鬼潜迹。遂至佛国。取经六百余部而归。

这段文字用白话来说，大致意思是：僧人玄奘，俗姓陈，河南偃师县人，自幼聪慧异常，品德高尚。唐代武德初年，他往西域取经，走到罽宾国，道路艰险，有狼虫虎豹，很难通过。玄奘想不出什么办法，就锁上房门，在外面静坐。到晚上他打开门，看到房里有一位老和尚，头上、脸上都是疮疤，身上脓血淋漓，正在他的床上独自坐着。玄奘不知道这位老和尚是从哪儿来的，又是怎么进到房间的。他披好袈裟，虔诚地向老和尚行礼，求他指点。老和尚向玄奘口授《心经》一卷，让他经常诵读。玄奘诵读《心经》之后，不仅前面的道路平坦了、通畅了，狼虫虎豹也都不见了。他顺利地到达佛国，取经六百余部回到大唐。

授予唐三藏《心经》的疥癞老僧在《西游记》中变成了风神飘逸、幽默机智的乌巢法师，把孙悟空和猪八戒调侃了一番。他的《心经》对取经僧，包括唐僧和孙悟空在内，都起到了相当重要的作用。

南宋刊行的《大唐三藏取经诗话》则标志着唐僧取经故事的转化。《大唐三藏取经诗话》共一万六千多字，以俗讲形式出现，是说话人粗糙的底本。当时社会上的说书形式主要有两种：一种是僧讲，在寺院里说书，主要讲佛教因果报应故事；另一种是俗讲，在市井说书，主要讲人生悲欢离合。《大唐三藏取经诗话》以俗讲形式出现，说明取经故事已深入市井。

《大唐三藏取经诗话》出现了两个重要转折：其一，出现了猴行者，自称花果山紫云洞八万四千铜头铁额猕猴王，代替唐僧成为取经路上的主角，他保护唐僧取经时已两万七千八百岁，曾九次见到黄河水清；其二，历史人物由虚构人物代替，除猴行者外，还出现了深沙神，即后来的沙僧；其三，宗教故事转为神魔故事，后来《西游记》中几个重要故事的原型，如女儿国、火焰山，都出现了。

《大唐三藏取经诗话》中，唐僧有三件大梵天王送的法宝：一顶隐形帽、一条金环锡杖和一只钵盂，后来也都被吴承恩化用到小说里了。

元杂剧的取经故事主要有：

吴昌龄《唐三藏西天取经》（残存两出）。

无名氏《二郎神醉射锁魔镜》《二郎神锁齐天大圣》。

而且元杂剧里，孙悟空是有兄弟姐妹的。《二郎神锁齐天大圣》中的齐天大圣宣布"我与天地同生，日月并长"，哥哥是通天大圣，弟弟是耍耍三郎，姐姐是龟山水母，妹妹是铁色猕猴。

元代杨景贤有二十四折《西游记杂剧》。有学者认为现存的杨景贤杂剧不是本来面貌，而是根据小说增补的。

除吴昌龄的杂剧以唐僧为主角外，其余杂剧都以孙行者为主角。《西游记杂剧》中孙行者自报来历道："小圣弟兄姊妹五人：大姊骊山老母，二妹巫枝祇圣母，大兄齐天大圣，小圣通天大圣，三弟耍耍三郎。喜时攀藤揽葛，怒时搅海翻江。金鼎国女子我为妻，玉皇殿琼浆咱得饮。"他还盗了太上老君的仙丹，偷了王母娘娘的仙桃，又从天上偷了套仙衣给媳妇穿。《西游记杂剧》增加了许多故事，猪八戒、红孩儿、铁扇公主等也都出现了。

《曲海总目提要补编·北西游》记录元杂剧中有关唐僧取经的情节："花果山水帘洞有石猴窃食老子金丹，遂成铜筋、铁骨、火眼、金睛，又能七十二变。大闹天宫，入地府取金鼎国母为妻。又偷王母蟠桃百颗，仙衣一袭。上帝怒，命李天王、哪吒太子率天兵搜讨，不能服。菩萨以神通移花果山压其顶。书一字封记，欲使三藏收为弟子，护以西行。"此时，石猴已有了《西游记》中孙悟空最重要的资质：火眼金睛和七十二变，并且曾大闹天宫，被菩萨压在山下，等待取经人。

《西游记平话》的重要性

取经故事的另一个重要发展是元代的《西游记平话》，原书已找不到了，现存两处：

一处是《永乐大典》第一万三千一百三十九卷的《梦斩泾河龙》，共一千二百多字，跟《西游记》第九回《袁守诚妙算无私曲　老龙王拙计犯天条》内容相似。我将在后面全文引用《西游记平话·梦斩泾河龙》，并把它和吴承恩的《西游记》对照分析。

另一处是朝鲜汉语教科书《朴通事谚解》中的八条《西游记平话》注，记有唐僧取经路上遇到猛虎、毒蛇、黑熊精、黄风怪、地涌夫人、蜘蛛精、狮子怪、多目怪、红孩儿怪，几死仅免；又过棘钩洞、火炎山、薄屎洞、女儿国等恶山险水。

《朴通事谚解》转引《西游记平话》，说猴行者的来历："西域有花果山，山下有水帘洞，洞前有铁板桥，桥下有万丈洞，洞边有万个小洞。洞里多猴，有老猴精，号齐天大圣。"这个老猴精神通广大，曾入天宫偷仙桃、盗金丹、窃仙衣，还搞"庆仙衣会"。玉帝派李天王率十万天兵征讨，打不过老猴精，最后是二郎神将其抓住，理当斩首，观世音说情，于是压在花果山下等待取经人。

　　唐僧取经的故事经过唐、宋、元三代的素材积累，到天才作家吴承恩手里，才成为我们现在看到的《西游记》，在中国古典小说中占有崇高地位。《西游记》既是神魔小说的巅峰，不可替代，又与《三国演义》《水浒传》《红楼梦》一起，成为中国古典小说四大名著。但是，吴承恩被承认是《西游记》的作者，却经过了几百年的争论。

《西游记》作者之争

唐僧取经的故事，经过唐、宋、元三个朝代演化，从纪实转为神异，尤其到元代《西游记平话》，已经有了统一的故事线索，为吴承恩创作《西游记》奠定了基础。鲁迅先生在《中国小说史略·明之神魔小说》中说："似取经故事，自唐末以至宋元，乃渐渐演成神异，且能有条贯，小说家因亦得取为记传也。"他认为，从唐代末年到宋元，取经故事渐渐从真实的历史事实，演变成民众喜闻乐见的神异故事，有了统一连贯的线索，小说家可以根据这些素材写成一部完整的《西游记》了。

《西游记》是天才作家的全新创造

吴承恩写作《西游记》的主要依据应是《西游记平话》。但《西游记》不是《西游记平话》的扩大、改写，而像鲁迅先生所说，"翻案挪移则用唐人传奇""讽刺揶揄则取当时世态""铺张描写，几乎改观"，是天才作家的全新再创造。

鲁迅先生的三段话说明了《西游记》写作上的三个特点：

一是"翻案挪移则用唐人传奇"。《西游记》把历史人物玄奘的案翻过来，采用唐传奇等前人作品的描写。比如，唐僧取经离开长安和回到长安时的"摩顶松"，不知名的传授《心经》的疥癞老僧变成风神飘逸的乌巢法师，而且小说里还反复渲染《心经》对唐僧和孙悟空起到的作用。

二是"讽刺挪揄则取当时世态"。《西游记》虽然是写唐代的故事，但又具有鲜明的明代特点，晚明思想解放的浓厚色彩在小说里有所体现。《西游记》中的一些官职名称，有着明显的明代特点，比如，锦衣卫是明太祖设立的，兵马司、司礼监都不是唐代官职，也不是宋代和元代的官职。皇帝想长生不老，信用道士，道士从而做大官，都是明中叶以后的事情，到明武宗、明思宗时成为比较普遍的现象。

三是"铺张描写，几乎改观"。《西游记》中的唐僧和历史人物迥然不同，孙悟空也有了更完美、更积极、更多样的性格，诸天神佛都不同程度地丧失了庄严的威仪。吴承恩在古老的宗教故事中，注入了反宗教精神，增加了对禁欲主义、佛教教义的调侃，而且带有对封建社会政治批判的因素。

吴承恩"复善谐剧"，使神魔皆有人情，精魅亦通世故，且含有玩世不恭之意，使《西游记》成为一部特别有趣、特别好玩的奇书。

鲁迅先生所说的"翻案挪移则用唐人传奇""讽刺挪揄则取当时世态""铺张描写，几乎改观"，基本上把从唐三藏取经的素材演变为《西游记》的过程说清楚了。

鲁迅先生提到《西游记》将唐传奇翻案，其实吴承恩翻的案不只唐传奇，他是把所有取经故事包括杂剧全部打碎，然后按照自己的构思需要重新书写。经典小说跟原来的诗话、平话、杂剧完全不同，构思严密，人物丰满，艺术描写细致独特，成为中国古代神魔小说不可逾越的艺术高峰。

但吴承恩作为《西游记》的作者，却经过两个朝代、几百年争论，直到20世纪20年代胡适与鲁迅书信往来，进行学术文化交流，然后鲁迅写成《中国小说史略》，才确定下来。

纪昀戳穿丘处机"作者"漏洞

这是怎么回事？我们简单回顾一下。

相当长时间内，《西游记》的作者都被认为是元代初年的道士丘处机。

明代最早印刷出版的三种《西游记》，最有代表性的是世德堂本，全称《新刻出像官板大字西游记》，二十卷一百回，金陵唐氏世德堂刊本，题有"华阳洞天主人校"，有校者，没作者。"华阳洞天主人"是谁？具体人名考证出好几个，渐渐占据上风的，是元代全真教"北七真"之一、创立全真教龙门学派的丘处机，并且认定他就是一百回《西游记》的作者。

据历史记载，丘处机曾受到元太祖成吉思汗召请，率领十几个门徒，历时两载，行万里路，到达雪山。他给成吉思汗提出了一些很好的建议，成吉思汗尊他为"仙翁"。丘处机写过《大丹直指》之类弘扬道教的书，他的门人李志常则写了一部《长春真人西游记》。因为明刊本《西游记》没有作者名字，《长春真人西游记》就与一百回《西游记》混为一谈，其实两者完全不是一回事。元代初年的丘处机，绝对不会写出许多明代才有的官职、明代中后期才有的社会现象。

李老君

太上老君

丘处机绝对不会是一百回《西游记》的作者，这一点，在清代就被大学者纪昀用志怪小说给戳破了。《聊斋志异》虽然是中国古代最好的短篇小说集，但纪昀并没有把这本书收进《四库全书》，因为他不赞同蒲松龄的一些写法。不过，如果看看纪昀自视甚高的《阅微草堂笔记》就会发现，纪大学士的写法实际上和蒲秀才是基本相同的。《阅微草堂笔记》中有个故事写道：吴云岩在家里扶乩，扶乩时会有人互相问答，装神仙的人自称《西游记》作者丘处机，有客人问他："如果《西游记》真是你写的，你是用来证明金丹之妙的吗？""丘处机"回答："然。"客人又问："先生，您的书写在元代初年，可是书里有几件事都是明代才有的，那是怎么回事？"客人一一列举哪几件事是明代才有的，而元代初年的丘处机绝对不可能知道：唐僧经过祭赛国，这个国家有锦衣卫，而明代之前的中国从来没有"锦衣卫"这个官职；唐僧到朱紫国，这个国家有司礼监，而明代之前的中国也从来没有"司礼监"这个官职；唐僧到了灭法国，这个国家有东城兵马司，也是明代才有的官职；还有，唐太宗手下有大学士、翰林院、中书科，这都是明代才设立的机构和官职。"你自称写了《西游记》，可在你的书里明代机构和官职怎么都有了呢？"客人问了这几个问题后，乩忽然不动了，自称《西游记》作者的"丘处机"逃走了。

纪昀记录的这个故事非常有趣、非常好玩，他写完后，感慨道："然则《西游记》为明人依托无疑也。"纪昀认为，《西游记》是明代人写的，只不过假托元代初年丘处机的名义而已。

纪昀的这篇小说等于是一篇对《西游记》作者充满谐趣的考证文章，写得真是漂亮！而且他确确实实地抓住了《西游记》作者不可能是丘处机的要害。不过遗憾的是，纪昀没有考证出写作《西游记》的明代人到底是谁。

鲁迅先生一锤定音

就在乾隆年间（1736—1796），吴玉搢、阮葵生根据《淮安府志》记载，提出《西游记》的作者是吴承恩。嘉庆年间（1796—1820）著名学者焦循在《剧说》里也肯定吴承恩是《西游记》的作者。

1921年汪原放用新式标点刊印《西游记》，胡适在写作《〈西游记〉序》时，说《西游记》是一位明代无名小说家作的。

1922年鲁迅在写给胡适的信中指出：《西游记》的作者是淮安人吴承恩。胡适在《中国章回小说考证》中说，我前年作《〈西游记〉序》还不知道《西游记》的作者是谁，只能说《西游记》小说必作于明中叶之后，是"明朝中叶之后一位无名的小说家做的"，"现承周豫才先生把他搜得的许多材料抄给我，转录于下"。周豫才即周树人，也就是鲁迅先生。

对于胡适转录的材料，鲁迅先生在1923年出版的《中国小说史略》中做了进一步的精炼整理，得出最终结论：根据天启年间（1621—1627）的《淮安府志》及吴玉搢、纪昀、阮葵生、丁晏等人的论见，吴承恩是《西游记》的最后加工与写定者。

《西游记》的作者终于尘埃落定。后来还有一些不同意见与论战，但大部分学者都认为《西游记》的作者是吴承恩。那么，《西游记》的内容是不是都为吴承恩所写？唐僧父亲陈光蕊的故事又是不是出自吴承恩之手呢？

陈光蕊的故事

陈光蕊是谁？看过1986年版电视剧《西游记》的观众都知道，他是唐僧的老爹。唐僧跟他长得一模一样，因为是同一个演员扮演的。我一直认为，山东话剧院的徐少华扮演的唐僧是最理想的，可惜他没有一直演下来。

吴承恩给唐僧安个新爹

《西游记》中描写陈光蕊的这段文字，最早并非出于吴承恩。读书人陈萼，表字光蕊，是吴承恩给唐僧造的老爹，不是历史人物玄奘真实的老爹。历史人物玄奘真正的老爹是隋朝人，名陈慧，洛阳人，出身官宦之家，做过县令，没中过状元，他的妻子也不曾被强盗霸占并死在他前面。玄奘也不是陈慧唯一的儿子，而是他的第四个儿子。玄奘的母亲在他五岁时去世，父亲在他九岁时去世，二哥很早就出家了，法名长捷。父母双亡的玄奘，十岁时跟着二哥到了洛阳净土寺，十三岁正式出家。历史上真实的玄奘身世虽然也有些坎坷，但绝对不是自幼就被金山寺法明长老从江里捞出来并抚养长大的江流儿。他的父亲绝对不是小说里的陈光蕊，母亲当然也不是小说里的满堂娇，当丞相的外祖父更是子虚乌有。

到了《西游记》中，玄奘的身世和性格都被改写了。《西游记》第九十九回，保护唐僧的五方揭谛等向观世音菩萨汇报西天取经的九九八十一难，前四难都是唐僧自己经历的：

> 金蝉遭贬第一难　出胎几杀第二难
> 满月抛江第三难　寻亲报冤第四难

这四难和历史上真实的玄奘没有一点儿关系。清代陈士斌的百回本《西游真诠》写唐僧的父亲陈光蕊高中状元，和殷小姐在贞观十三年（639）结婚，而历史人物玄奘在此前十年，也就是贞观三年就已经"出国"了。玄奘在《还至于阗国进表》中说："遂以贞观三年四月，冒越宪章，私往天竺。"也就是说，真实历史人物玄奘"出国"时，《西游记》中唐僧的父亲还没结婚。还有学者考证，玄奘"出国"是在更早一点儿的贞观元年（627），那就和《西游记》中描写的时间差得更多了。

据版本学家考证，对历史人物玄奘命运的改写有一个渐进过程：吴承恩提出简单思路，朱鼎臣做了详细铺写。嘉靖、隆庆年间（1522—1572）的《西游记》第十一回用一首古歌叙述唐僧本是金蝉子，因无心听佛讲，被贬到凡尘受苦：

> 父是海州陈状元，外公总管当朝长。
> 出身命犯落江星，顺水随波逐浪决。
> 海岛金山有大缘，迁安和尚将他养。

唐僧

唐僧

有的研究者认为，这就是吴承恩对唐僧命运的构思。我有点儿怀疑，这么有趣的一个故事，吴承恩自己为什么不写出来呢？还是他虽然写出来，却散佚了？到了隆庆、万历年间（1567—1620），朱鼎臣改写《唐三藏西游释厄传》时，洋洋洒洒地加了一大段关于唐僧身世的描写：唐僧前身是如来的第二个弟子金蝉子，因犯"不听说法""轻慢吾（如来）之大教"罪，被贬了真灵，罚到人间赎罪。他转生东土，出生就遭磨难，出娘胎险些被杀，满月被抛江中，成为"江流儿"，最终寻亲报冤。

陈光蕊的故事像杂凑的一锅

《陈光蕊赴任逢灾　江流僧复仇报本》常常作为《西游记》第八回《我佛造经传极乐　观音奉旨上长安》的附录。我们简单概括一下"陈光蕊赴任逢灾，江流僧复仇报本"这个故事：

海州读书人陈光蕊考中状元，丞相殷开山之女满堂娇抛绣球择夫打中了他。夫妇二人赴江州上任时，陈光蕊被船夫刘洪所杀。刘洪霸占已经怀孕的满堂娇，冒名顶替陈光蕊做了十八年江州太守。满堂娇生下儿子后，写下血书，咬下儿子一个脚趾，作为将来相认的证据，然后把儿子放在木板上推进江中。这个婴儿被金山寺法明长老所救，长大后出家，法名玄奘。玄奘十八岁时知道了自己的身世，找到了母亲，又根据母亲的指点，找到失散的祖母和仍然担任丞相的外祖父。外祖父根据唐太宗的旨意带兵剿杀刘洪。被刘洪所杀的陈光蕊因为曾放生过一尾鲤鱼，而鲤鱼恰好就是龙王，龙王感恩，便用定颜珠把陈光蕊暂时留在龙宫里。当玄奘和外祖父、母亲一起到江边祭奠父亲陈光蕊时，龙王放陈光蕊复活，全家团聚。最后的结局是：玄奘的母亲满堂娇从容自尽。

大家看看，这个短篇小说规模的故事像不像杂凑的一锅？既有丞相之女抛绣球的故事，江洋大盗杀人越货、冒名顶替的故事，母子之间凭借血书和咬掉的脚趾团圆的故事，还有龙王报恩的故事，以及贞节烈女从容自尽的故事。我觉得这段故事明显受到《醒世恒言·蔡瑞虹忍辱报仇》的影响，很大程度上是对蔡瑞虹复仇故事的模仿。蔡瑞虹复仇的故事很有名，主要内容是一位弱女子为了给家人报仇，多年来忍受几个坏人的污辱与欺骗，最终给父母报了仇，从容自尽。陈光蕊的故事有两点特别值得推敲：第一，刘洪怎么可能在十八年中一直担任江州太守，就算他有一定的文化水平，就算他用了一些师爷之类的秘书帮助自己处理事务、应对给朝廷和上级的公文，但是一个毫无官场生活经验的撑船的粗人，怎么可能在十八年里顺利通过朝廷一次又一次对官员的严格考察？第二，玄奘投胎，是南极星君奉观世音菩萨指示给满堂娇送来的。南极星君在梦中告诉满堂娇，你的丈夫已经得到救助，将来你的儿子可以为父母报仇，最后夫妻、母子团聚。这说明，玄奘从投胎开始，到他后来西天取经，都是观世音菩萨安排的。而玄奘又是特别纯洁的，他是十世修行，后来成为各路妖精都想得而食之的珍品，但是他还在娘肚子里时，他的母亲却跟杀夫仇敌同床共枕，这岂不是对如来转世弟子佛头加秽？

姑妄存之，姑妄读之

中国古代几部重要的长篇小说都有缺陷。曹雪芹丢失了《红楼梦》已经写成的后几十回，现存曹雪芹名下的前八十回中的第六十七回，也完全不像他的文笔，我们现在看到的一百二十回本，是高鹗、程伟元根据无名氏的续书整理而成的。《金瓶梅》第五十三回到五十七回也不是兰陵笑笑生的手笔，沈德符在《万历野获编》里说是一个"陋儒"补成的。《红楼梦》后四十回、《金瓶梅》"陋儒"补缀的五回，跟曹雪芹、兰陵笑笑生所作，简直是两个天地，而《西游记》这篇经常作为第八回附录的《陈光蕊赴任逢灾　江流僧复仇报本》，跟吴承恩的笔墨也有很大不同，它很像是市井中的说书人补进去的，而且确实一再出现说书人经常使用的话语。比如，却说刘洪杀死的家童如何如何、却说殷小姐如何如何、却说此子在木板上如何如何，这样的文字、这样的叙述方式、这样的语言格式，还有这些情节中的人物对话、细节描绘，跟吴承恩的写作风格很不一样。我们只能感叹：幸亏《西游记》的缺陷比《红楼梦》《金瓶梅》少得多，而这篇不是出自吴承恩之手的文字，总算也交代了唐僧这位苦行僧的身世，所以现在各种《西游记》版本就姑妄存之，我们也姑妄阅读之。好在《西游记》再往下读，就像"山阴道上行"，美景纷至沓来，因为那都是出自天才作家吴承恩的手笔。吴承恩借鉴前人成果，往往也能点铁成金。我们从《西游记平话》保留下来的"梦斩泾河龙"，到吴承恩写的"梦斩泾河龙"，就能发现其间发生了多么深刻的变化。

点铁成金：梦斩泾河龙

如果看看《西游记》中与取经缘起有关的情节"梦斩泾河龙"，并对这个情节的演变稍作考察，就能充分明了天才作家是如何把前人原有的素材点铁成金的。

唐僧取经的缘起，是因为唐太宗进冥府又复活，对佛教产生了浓厚兴趣，观世音菩萨便不失时机地劝导唐太宗派人去西天取经。而唐太宗之所以会病重且进入冥府，则是因为被泾河龙王的鬼魂吓病了。由此，魏徵"梦斩泾河龙"就成了取经缘起中不可或缺的一部分。

《永乐大典》：梦斩泾河龙

有确切的文字资料可以说明，"梦斩泾河龙"的故事是吴承恩直接从《西游记平话》裁长补短放到《西游记》里的。"梦斩泾河龙"这段故事被收录在《永乐大典》里，实在是太珍贵了。

《永乐大典》第一万三千一百三十九卷"梦"字条下，收《梦斩泾河龙》，来源是《西游记平话》：

长安城西南上，有一条河，唤作泾河。贞观十三年，河边有两个渔翁，一个唤张梢，一个唤李定。张梢与李定道："长安西门里，有个卦铺，唤神言山人。我每日与那先生鲤鱼一尾，他便指教下网方位。依随着，百下百着。"李定曰："我来日也问先生则个。"这二人正说之间，怎想水里有个巡水夜叉，听得二人所言。"我报与龙王去！"

龙王正唤做泾河龙。此时正在水晶宫正面而坐。忽然夜叉来到，言曰："岸边有二人，却是渔翁。说西门里有一卖卦先生，能知河中之事，若依着他算，打尽河中水族。"龙王闻之大怒。扮作白衣秀士，入城中。见一道布额，写道："神翁袁守成于斯讲命"。老龙见之，就对先生坐了。乃作百端磨问，难道先生。问："何日下雨？"先生曰："来日辰时布云，午时升雷，未时下雨，申时雨足。"老龙问："下多少？"先生曰："下三尺三寸四十八点。"龙笑道："未必都由你说。"先生曰："来日不下雨，到了时，甘罚五十两银。"龙道："好，如此来日却得厮见。"辞退，直回到水晶宫。须史，一个黄巾力士言曰："玉帝圣旨道：你是八河都总泾河龙，教来日辰时布云，午时升雷，未时下雨，申时雨足。"力士随去。老龙言："不想都应着先生谬说。到了时辰，少下些雨便是，问先生要了罚钱。"次日，申时布云，酉时降雨二尺。第三日，老龙又变为秀士，入长安卦铺，问先生道："你卦不灵，快把五十两银来。"先生曰："我本算术无差。却被你改了天条，错下了雨也。你本非人，自是夜来降雨的龙。瞒得众人，瞒不得我。"老龙当时大怒，对先生变出真相，霎时间：

黄河摧两岸，华岳振三峰。

威雄惊万里，风雨喷长空。

那时走尽众人，唯有袁守成巍然不动。老龙欲向前伤先生，先生曰："吾不惧死。你违了天条，刻减了甘雨，你命在须臾，剐龙台上难免一刀。"龙乃大惊悔过，复变为秀士，跪下告先生道："果如此呵，却望先生明说与我因由。"守成曰："来日你死，乃是当今唐丞相魏徵来日午时断你。"龙曰："先生救咱。"守成曰："你若要不死，除是见得唐王，与魏丞相行说劝救时节，或可免灾。"老龙感谢，拜辞先生回也。（玉帝差魏徵斩龙）天色已晚，唐皇宫中睡思半酣，神魂出殿，步月闲行。只见西南上有一片黑云落地，降下一个老龙，当前跪拜。唐皇惊怖曰："为何？"龙曰："只因夜来错降甘雨，违了天条，臣该死也。我王是真龙，臣是假龙，真龙必可救假龙。"唐皇曰："吾怎救你？"龙曰："臣罪正该丞相魏徵来日午时断罪。"唐皇曰："事若干魏徵，须救你无事。"龙拜谢去了。天子觉来，却是一梦。

次日设朝，宣尉迟敬德总管上殿，曰："夜来朕得一梦，梦见泾河龙来告寡人道：'因错行了雨，违了天条，该丞相魏徵断罪。'朕许救之。朕欲今日于后宫里宣丞相与朕下棋一日，须直到晚乃出，此龙必可免灾。"敬德曰："所言是矣。"乃宣魏徵至。帝曰："召卿无事，朕欲与卿下棋一日。"唐王故迟延下着。将近午，忽然魏相闭目笼睛，寂然不动。至未时，却醒。帝曰："卿为何？"魏徵曰："臣暗风疾发，陛下恕臣不敬之罪。"又对帝下棋。

未至三着，听得长安市上百姓喧闹异常。帝问何为。近臣所奏："千步廊南，十字街头，云端吊下一只龙头来，因此百姓喧闹。"帝问魏徵曰："怎生来？"魏徵曰："陛下不问，臣不敢言。泾河龙违天获罪，奉玉帝圣旨，令臣斩之。臣若不从，臣罪与龙无异矣。臣适来合眼一霎，斩了此龙。"正唤作《魏徵梦斩泾河龙》。唐皇曰："本欲救之，岂期有此。"遂罢棋。

老龙王拙计犯天条

《西游记》与《西游记平话》有哪些不同

《西游记平话》中的这段故事情节和吴承恩《西游记》第九回《袁守诚妙算无私曲　老龙王拙计犯天条》基本相同，但也有三点明显不一样之处。

第一，字数相差很多。《西游记平话》中的"梦斩泾河龙"只有一千字出头，而《西游记》中的"老龙王拙计犯天条"共有四千多字。《西游记平话》里的渔夫，在《西游记》里是两个人——一个渔翁、一个樵夫，他们是"不登科的进士，能识字的山人"，在第九回里大段大段地互诵诗词，你来一段《蝶恋花》，我来一段《鹧鸪天》；你来一段《天仙子》，我来一段《西江月》，用这些诗词抒发逍遥自在的隐逸高人的情怀，然后才说到算命先生指示如何打鱼。这两个隐士的诗词唱和几乎占了这一回的一半篇幅，且这些诗词和《西游记》的主要情节也没有什么联系。在正文里插进诗词韵文，是明代小说的一种特殊现象，《金瓶梅》里就经常插进其他人的作品，吴承恩有时还会插进他自己的作品。《西游记》第九回插进渔夫、樵夫的那些诗词，表现的都是吴承恩本人对官场的厌恶，对平静淡泊生活的向往。比如：

闲看天边白鹤飞，停舟溪畔掩苍扉。
倚篷教子搓钓线，罢棹同妻晒网围。
性定果然知浪静，身安自是觉风微。
绿蓑青笠随时着，胜挂朝中紫绶衣。

渔翁的这首诗含有多么明显的隐士思想。吴承恩曾经在官场短暂待过，他做县丞时，做县令的恰好是明代另一位大文学家归有光，不知为什么他们两人偏偏有了矛盾，吴承恩还因此蹲过短时间的监狱，后来就对官场心灰意懒，辞官回家了。他的这种情绪在小说人物的诗词中表现了出来，所以大段大段的诗词唱和也可以理解为作家本人心情的表达。

第二，《西游记平话》和《西游记》里的人物形象描写有粗、细之分，不管是龙王、袁相士还是渔翁，性格都迥然不同。比如，龙王决定错行雨，在《西游记平话》中，是龙王自己的主意，而在《西游记》中，则是鲥军师等出的主意，这就颇有点儿幽默意味。鲥鱼本来是味道鲜美的一种鱼——张爱玲不是在《红楼梦》未完、海棠无香两恨之外，还有鲥鱼多刺一恨吗？——但是，"鲥"的谐音正是五谷轮回最后的"屎"。鲥军师真是给泾河龙王出了个臭极了的"溲"主意，害得一个好好的龙王被玉帝下令斩了首。吴承恩这类暗藏的幽默，这类出其不意的诙谐，无处不在。

第三，艺术描写上，《西游记平话》和《西游记》有朴野和细腻之分。《西游记平话》里，龙王来找算命先生算账时，大发神威，"黄河摧两岸，华岳振三峰。威雄惊万里，风雨喷长空"。黄河发大水了，山峰崩裂了，整个长安暴风骤雨，将要被水淹没，这是多么夸张的描写，而《西游记》就把这段不合理的描写去掉了。

环环相扣套路深

《永乐大典》里这段引自《西游记平话》的文字，对中国小说史来说非常珍贵。《三国演义》和《水浒传》虽然也都有从集体写作到个人天才创作的经历，但在题材演变过程中却没有相关作品出现，而《西游记》独得此妙。

唐太宗答应帮助泾河龙王免除死罪，却没想到他的丞相居然能够在跟他下棋时"梦斩泾河龙"，于是这条自认为冤死的龙就把唐太宗告到阎罗王那儿去了，也就有了唐太宗进入冥府的故事。而唐太宗进冥府的结果，是他返回人间之后必须超度那些被他杀害的亡魂，唐僧取经也就提到日程上了。

由一段因果推出下一段因果，天才小说家吴承恩还真有点儿像现代西方那些擅长前后勾连的推理小说家。先是由"梦斩泾河龙"引出唐太宗入冥府，接着由唐太宗入冥府引出唐僧设坛超度亡魂，最后由唐僧设坛超度亡魂，引出观世音菩萨，吴承恩的小说布局真是"草蛇灰线，伏脉千里"，环环相扣套路深。青少年读《西游记》时，千万不要只看热闹，得从小说里琢磨和学习写作技巧，不管是写长篇小说，还是写短篇散文，胸中有全局，才能笔下有春秋。

唐太宗入冥府

唐太宗入冥府的情节，有没有前人作品的依据呢？还真有。敦煌写本就有《唐太宗入冥记》，可见唐太宗入冥府的故事早就在民间传扬了。吴承恩把这个故事脱胎换骨，改写成了玄奘取经的必要前提，又让历史上尊道教为国教的唐太宗转而尊奉佛教，让历史上不许玄奘"出国"求经的唐太宗主动派他西行取经。历史上的唐三藏取经，开始产生了本质性的改变，真实历史已不存在，从此我们面对的是向壁虚构的魔幻小说。可以说，从唐太宗入冥府开始，吴承恩就彻底抛开历史真实的《大慈恩寺三藏法师传》，进入了吴承恩式的西天取经故事。在西天佛祖的操纵下，在观世音菩萨的具体掌控下，以孙悟空为主角的西天取经故事就要开始了。

判官：人情大于王法

虽然有传说中后来成为门神的秦叔宝和尉迟敬德在皇宫门外保护，唐太宗还是因泾河龙王告状，死翘翘了。他进入冥府，先是听到有人高叫"大唐皇帝，往这里来"，原来是冥府的崔判官跪在地上迎接。唐太宗恰好带着魏徵写给莫逆之交崔判官的信。原来冥府判官崔珏是李世民父亲李渊驾下的礼部侍郎，和魏徵是八拜之交，他死后在冥府做了判官，而魏徵一直看顾着他在人世间的子孙。魏徵在给崔判官的信里嘱托"万祈俯念生日交情，方便一二，放我陛下回阳"，崔判官马上许诺：一定送陛下还阳！这叫什么？这叫人情大于王法。不管生死簿上唐太宗是不是阳寿已尽，只要有好朋友求情，判官就放他还阳。

青衣童子执着帝王出行的仪仗，说："阎王有请，有请。"唐太宗便与崔判官、童子举步前进，忽然看到一座城，城门上挂着"幽冥地府鬼门关"的匾额。唐皇确实是死了，也见到了因他而死的哥哥和弟弟。李建成和李元吉一把扯住李世民，向他索命，崔判官赶紧唤青面獠牙的鬼使驱散两个冤魂。接着，唐太宗终于看到了阴曹地府中碧瓦楼台、壮丽辉煌的森罗殿：

> 飘飘万叠彩霞堆，隐隐千条红雾现。
> 耿耿檐飞怪兽头，辉辉瓦迭鸳鸯片。
> 门钻几路赤金钉，槛设一横白玉段。
> 窗牖近光放晓烟，帘栊幌亮穿红电。
> ……

自从阎罗殿在文学作品中出现以来，哪儿这么"光明"、这么"洁净"、这么"透亮"过？没有阴风，没有煞气，也没有浓云惨雾，反倒有彩霞，有红雾？吴承恩是调侃性地把大明皇帝的宫殿"嫁接"了过来，还是想说明地狱比现实光明？天才作家的思路实在是凡庸作家想破脑袋也想不出来的。

对阴司的谐趣颠覆

听说大唐皇帝驾到，十殿冥王焚香提烛、"降阶而至"，"出在森罗宝殿，控背躬身，迎迓太宗"，"太宗前行，径入森罗殿上，与十王礼毕，分宾主坐定"。

按照传说，任何人死了，都得到森罗殿接受功过考核，该下油锅就下油锅，该上刀山就上刀山，该变畜生就变畜生。可是《西游记》里的唐太宗到冥府却不但没有接受审判，反而成了尊贵的客人！

自从阴司在传统文化中出现，自从佛教地狱在传统文化中出现，唐太宗入冥府，就和孙悟空入冥府一样，是非常重要的颠覆。如果说孙悟空闹冥府是"棍棒之下出权力"，唐太宗入冥府就是"皇帝虽死皇权在"；如果说孙悟空闹冥府撕下了传统观念中幽冥界执掌世间万物生死的庄严外衣，唐太宗入冥府就又撕下了传统观念中幽冥界公正无私的华丽外衣。冥府成了封建官府的缩影，这里趋炎附势，这里上下其手，这里钱能通鬼，这里人情大于王法。

冥王在人间皇帝跟前直不起腰，判官为大唐皇帝弄虚作假。崔判官查生死簿，"只见南赡部洲大唐太宗皇帝注定贞观一十三年"寿终，立即取过笔来，在"一"字上添了两画，于是本应死于贞观十三年的李世民，也就是进了冥府不应返回人世的唐太宗，又获得了二十年阳寿。魏徵照顾崔判官在阳世的亲属，崔判官则照顾入冥府的唐太宗，可谓用徇私舞弊来投桃报李。

吴承恩又把传统故事"刘全进瓜"编到这一章里。元代杨显之有部杂剧叫《刘泉进瓜》，主人公的名字是泉水的"泉"，不是安全的"全"。唐太宗为了感谢冥王放他还阳，想回到人间之后给冥王送点儿"土特产"。冥王说，我们这个地方什么都不缺，西瓜也有，冬瓜也有，

唐太宗地府还魂

就是没有南瓜。唐太宗答应道，我回去就派人给你们送来。吴承恩把传统的"刘全进瓜"的故事改得妙趣横生：刘全因为跟妻子李翠莲闹矛盾，妻子自杀，刘全心疼妻子，也不想活了，便自告奋勇帮唐太宗送南瓜到冥府。刘全服了毒药，头顶南瓜进入冥府。冥王查生死簿，刘全夫妇还不该死，但李翠莲死的时间比较长，尸首已经腐烂了，怎么办？恰好唐太宗的妹子李玉英的寿限到了，冥府就来了个借尸还魂，把李玉英的生魂捉走，将李翠莲的灵魂推进公主身体里面。这就出现了一个非常好玩、非常有趣的情节：从来没有出过宫门的金枝玉叶李玉英，此时灵魂却是李翠莲，她有丈夫和两个儿女，在御医想给她吃药时，乱嚷道："我吃甚么药！这里那是我家！我家是清凉瓦屋，不像这个害黄病的房子，花狸狐哨的门扇！放我出去！放我出去！"只有皇宫才能用的黄瓦在她嘴里成了"害黄病的"；装着金饰的宫门，在她嘴里成了"花狸狐哨"，实在太好玩、太有趣了。

地狱的道德教育

唐太宗游地府，给读者带来了另一种新鲜的阅读感受，因为《西游记》具体描写了十八层地狱都是哪些。唐太宗在判官的保护下还阳，过了阴山，"一处处俱是悲声振耳"。判官告诉唐太宗，这些地方就是十八层地狱，分别是：吊筋狱、幽枉狱、火坑狱、丰都狱、拔舌狱、剥皮狱、磨捱狱、碓捣狱、车崩狱、寒冰狱、脱壳狱、抽肠狱、油锅狱、黑暗狱、刀山狱、血池狱、阿鼻狱、秤杆狱。多么新奇啊！

判官还告诉唐太宗：这些地狱里有赤发鬼、黑脸鬼、牛头鬼与马面鬼，"只打得皱眉苦面血淋淋，叫地叫天无救应"。判官最后告诉唐太宗："人生却莫把心欺，神鬼昭彰放过谁？善恶到头终有报，只争来早与来迟。"

这是唐太宗游冥府接受到的最深刻的道德教育。更有甚者，唐太宗还要直面自己曾经造过的孽。他在判官的保护下"过了奈河恶水，血盆苦界"，只要再迈过枉死城，就可以回到人间，却突然在枉死城被一群"拖腰折臂、有足无头"的鬼包围，他们纷纷喊着"李世民来了"，要向他索命。崔判官告诉唐太宗，这些鬼都是"六十四处烟尘，七十二处草寇，众王子、众头目的鬼魂"，他们是"枉死的冤业"，不得超生，又没有钱，都是些"孤寒饿鬼"，得给他们些钱，我才能救你。唐太宗说，我孤身一人到这儿来，哪儿有钱？判官便让他借阳间开封府相良存在阴司里的钱，回到人世间再还给他。于是，高高在上的唐太宗立下字据，借了"金银一库"向冤魂发放，这才得以脱身回到人世。

神魔情节包含真实人生

冤鬼包围唐太宗的怪异情节，又把神魔小说扯回到了真实人生。这些冤魂涉及几段重要历史，那就是唐朝建国时四处征战杀戮的历史，以及唐太宗夺位时兄弟争斗的血腥历史。

隋朝末年，大业十三年（617）六月，李渊、李世民父子在晋阳正式起兵，经过山西霍县之战、河东之战，杀戮激战，战强敌，灭对手，十一月即攻入长安。李渊被封唐王，控制隋朝大权，第二年逼隋恭帝逊位，改国号为唐，是为唐高祖。随后，李渊立长子李建成为太子，封次子李世民为秦王。李唐王朝立国之初，天下未定，秦王李世民率兵将剿灭群雄。唐王朝基本稳定下来之后，又发生了"玄武门之变"。李建成虽是太子，但建立李唐王朝功劳最大的却是秦王李世民。李世民手下集中了大量的名将和谋士，形成了一股强大的势力，他的野心也渐渐萌发。太子李建成和齐王李元吉便串通几个后宫嫔妃，在李渊面前诋毁李世民。李渊则态度不明确，他既要在军事上依靠李世民，又不想破坏封建正统的嫡长子继承制，废除李建成，改立李世民为太子。秦王和太子、齐王之间的明争暗斗愈演愈烈。武德九年（626），突厥入塞边防，太子李建成便推荐齐王率兵出征，并乘机请求调秦王府猛将尉迟敬德等人随行，欲控制秦王的精兵，将秦王架空再谋害之。秦王得知消息后，通过已经被他收买的太子宫中官员，掌握了太子和齐王的动向，亲自带领长孙无忌、尉迟敬德等将领，埋伏在玄武门。太子李建成、齐王李元吉一起入朝，骑马来到临湖殿时，发觉有变，刚想拨马东归，秦王就一箭射死太子、他的亲哥哥李建成，尉迟敬德则纵马追杀了齐王李元吉。李渊听说发生了"玄武门之变"，不得不立秦王李世民为太子，且当年便传位给了太子。历史上著名的唐太宗，于即位后第二年正月改元贞观，开启了著名的"贞观之治"。

唐太宗用一库金银买通了冤魂放行，回到人间后便安排了"刘全进瓜"，然后还要还相良寄存在阴司里的钱。相良坚决不收，唐太宗便下令用那笔钱买了块地皮盖起相国寺，并在寺庙左边建起相公相婆的生祠，然后出榜招僧，大办水陆道场，追荐在改朝换代和政权更迭中冤死的亡灵。这样一来，继孙悟空大闹天宫，如来把孙悟空压到五行山下之后，吴承恩又从魏徵"梦斩泾河龙"，引出了唐太宗游冥府、出冥府、亲自为水陆道场选择高僧之事。西天取经的主角唐三藏便应运而出了。

然而，西天取经却是如来一手操控的，他才是这部大片的"制片人"。

取经大片谁"制片"

在影视界，制片人是大拿。经费从哪儿出，片子什么时间上，都是制片人说了算。总导演只管选好剧本、选准演员和具体拍摄。

那么，"西天取经"这部大片，谁是制片人？如来。谁是总导演？观世音菩萨。谁是主演？孙悟空。

佛祖斥贞观盛世"贪淫乐祸，多杀多争"

如来翻掌把孙悟空压到五行山下，西方极乐世界优哉游哉，日子如白驹过隙，不知不觉过去。有一天，如来对弟子们说，咱们这里不知岁月，从我参加"安天大会"后回到西方极乐世界，人世大概已经过去"半千年"了。"半千年"！孙悟空已经被压在五行山下五百年了。而人世间，中华大地上，此时正是唐太宗做皇帝，贞观十三年。那么，连"诗圣"杜甫都歌颂路不拾遗的贞观盛世，在佛祖眼里又是什么样呢？可能要让那些歌颂盛唐、颂扬"贞观之治"的历史学家及杜甫失望了：如来认为，唐太宗当皇帝的地方，是全世界最坏的地方。他说："我观四大部洲，众生善恶，各方不一：东胜神洲者，敬天礼地，心爽气平；北俱芦洲者，虽好杀生，只因糊口，性拙情疏，无多作践；我西牛贺洲者，不贪不杀，养气潜灵，虽无上真，人人固寿；但那南赡部洲者，贪淫乐祸，多杀多争，正所谓口舌凶场，是非恶海。"

如来认为全世界四大洲中，东胜神洲、西牛贺洲是一片清净乐土；北俱芦洲虽然杀生，但他们仅是为了糊口；只有南赡部洲"多杀多争"，争名夺利，道德沦丧，善恶不分，人妖不辨，乃"是非恶海"。如来的这番话，其实暗喻的是明代中后期的社会现象。明代皇帝都追求长生不老，荒淫无度，以致社会混乱黑暗。但如来说的南赡部洲，对照的时间点却恰好是大唐盛世。

其实我们也可以把如来的话跟唐太宗游冥府对应起来。泾河龙王不过是意气之争，错行雨数，就被斩首。唐太宗害死过那么多人，包括自己的亲哥哥、亲弟弟，而且他阳寿已尽，还被判官改了生死簿放回人间，这不是黑白颠倒？这不是是非混淆？这不是"窃钩者诛，窃国者侯"？唐太宗走到枉死城，被索命的冤鬼拦住，崔判官告诉他，这些冤鬼都是"六十四处烟尘，七十二处草寇，众王子、众头目的鬼魂"。实际上，他们都是李唐王朝建立时，在战乱中失去生命的兵士和平民，以及唐初在李世民和李建成的权力之争中失去生命的兵士、将领、官吏，甚至后宫的女人，而他们只不过是南赡部洲"多杀多争"牺牲品中的一小部分。

如来还真是目光敏锐，思想犀利，高瞻远瞩。

《西游记》中的"三藏真经"非佛教真经

如来要用自己的佛经拯救南赡部洲。那么是什么经呢？三藏真经。

如来说："我有《法》一藏，谈天；《论》一藏，说地；《经》一藏，度鬼。三藏共计三十五部，该一万五千一百四十四卷，乃是修真之经，正善之门。"

如来要把他这"三藏真经"传到南赡部洲。

读古代小说经常会遇到一个问题：小说家有时会在书里写药方、写佛教、写道教，那么他们是真正的中医，真正的佛教徒、道教徒吗？读者朋友一定要清楚，隔行如隔山，在这些事上听作家的，那就上了大当了。比如，《红楼梦》中有好几个章节写到具体药方，给秦可卿治病的，给晴雯治病的，你能不能用这些药方治病呢？绝对不能。那是小说家根据人物性格的需要而写出来的"文学性"药方，如果照方抓药，出了事只能自己负责。同样，《西游记》中经常写到佛经，有的多少还有点儿是真经，有的就实在离谱。比如，第八回《我佛造经传极乐 观音奉旨上长安》，通过佛祖说出来的"三藏真经"，真是佛教信奉的"三藏经"吗？根本不是。不过，这是吴承恩的故意调侃，还是他的宗教常识出了错，我们就不得而知了。

佛教经典"三藏十二部经"，全称《大藏经》。三藏，是佛教经典的分类学；十二部是佛陀的教法。这"三藏"是《经藏》《律藏》《论藏》，并不是小说里佛祖说的《法藏》谈天、《论藏》说地、《经藏》度鬼。"三藏经"阐述的法要，可以归纳为：一曰苦聚，二曰无常，三曰无我，四曰空性，五曰业感，六曰因果，七曰缘起，八曰中道，九曰般若，十曰涅槃。

"三藏经"告诉佛教徒：要离"苦"，才能得安乐；要知"无常"，才能有希望；要懂"无我"，才能融入大众；要明"空性"，才能真空妙有；要消"恶业"，才能美善人生；要识"因果"，才能心甘情愿；要透"缘起"，才能真相大白；要行"中道"，才能安身立命；要证

如来暗示主人公

"般若"，才能自由自在；要圆满"涅槃"，才能究竟人生。

观世音菩萨闪亮登场

如来确定要东土派人西天取经后，便问西天诸佛：谁愿意前往东土执行选取取经人的任务？这个时候，"解八难，度群生，大慈悯""万称万应，千圣千灵"的观世音菩萨闪亮登场了，她说：弟子愿往。

观世音菩萨是男是女？在中国最早的神话传说中，观世音菩萨是男的；在后世的杂记、小说中，观世音菩萨渐渐时男时女、非男非女、亦男亦女。而到了《西游记》，"活观音"明确以美女形象登场，从面貌到发型、着装、神态，活脱脱是曹植笔下的洛神出水："眉如小月，眼似双星"，樱桃红唇，"乌云巧叠盘龙髻，绣带轻飘彩凤翎"，身穿素罗袍、锦绒裙。这面容，这装扮，既像长安城中美丽的大家闺秀，又能与月中嫦娥相媲美。不过，与凡尘女子不同的是，观世音菩萨有着她特有的造型：手执净瓶，瓶蓄甘露，斜插垂杨；还有救苦救难的特有氛围：理圆四德，智满金身，瑞气遮迎。

如来对观世音菩萨的要求是：你到东土寻找取经人，"不许在霄汉中行"，不可一片祥云直飘东土，需要"半云半雾"，踏看道路，"目过山水，谨记程途远近之数"，以"叮咛那取经人"。也就是说，观世音菩萨要对取经路途做"先验性体验"，一切心中有数，未雨绸缪，不可对取经人"大撒手"，让他自生自灭。取经人的一举一动，时时刻刻都得在他们掌控之下。

好厉害的如来！"大方向"把控得严丝合缝。

好厉害的"制片人"，把整部大戏计划得周密极了。

如来先是给了观世音菩萨两件宝贝：锦襕袈裟和九环锡杖，交付取经人使用。又取了三个紧箍儿，递给观世音，说：我有紧、金、禁三篇咒语。你去东土的路上假若撞见神通广大的妖魔，需要劝他学好，给取经人做个徒弟，他若不服使唤，可将这箍儿给他戴在头上。箍儿见肉生根，只要念动相应的咒语，再神通广大的妖精都会"眼胀头痛，脑门皆裂"，肯定服服帖帖地皈依我佛门。

如来交代得很清楚，三个紧箍儿都要戴到取经僧的徒弟头上，并用咒语管辖。然而三箍交到观世音手中后，就"菩萨在外，佛命有所不受"啦。观世音打了偏手，只把一个箍儿套在孙悟空头上，其余两个箍儿，她在取经事业还没进展到一半时就挪作他用了：一个套住黑熊精，让他做落伽山守山大神；一个套住红孩儿，让他做自己的侍童。俗话说"自己的耙子上柴火"[1]，看来观世音菩萨也未能免俗。洞察一切的如来，肯定知道观世音菩萨在"帮人同时贴己"，不过反正取经事务是观世音总协理，只要大差不差，他也乐得睁一只眼，闭一只眼。

其实，"金紧禁"三箍，真不宜一股脑儿戴到唐僧徒弟头上。倘若老和尚稀里糊涂，该念《金箍儿咒》时忘了《禁箍儿咒》，岂不成了沙和尚犯错，猪八戒受罚？另外，从小说家编故事的角度看，唐僧对三个徒弟也不宜一律用紧箍儿咒语来管，只消拿最有能力、最捣蛋的孙悟空来整肃纪律，整猴给猪看就行了。

菩萨招降纳叛

观世音菩萨"半云半雾"地前往东土，一路上招降纳叛，给取经人准备徒弟。她收服取经人徒弟的顺序与未来唐僧取经路上收徒

1　自己的耙子上柴火：山东俗语，意为只能靠自己，没有救世主。——编者注

的顺序恰好相反：

第一步，流沙河招纳沙僧。

观世音菩萨路过流沙河，遇到一个十分丑恶的妖魔：青不青、黑不黑的晦气脸，眼光如灯，獠牙似剑，红发蓬松，"一声叱咤如雷吼，两脚奔波似滚风"。妖怪与惠岸昏漠漠、雾腾腾地大战数十回合后，询问惠岸是哪儿来的和尚，得知观世音菩萨降临，诺诺连声，收起宝杖，听凭惠岸揪去见观世音。他见到菩萨便"纳头下拜"，诉起苦来：我本是灵霄殿下侍銮舆的卷帘大将，只因在蟠桃会上，失手打碎了玻璃盏，被玉帝打了八百锤，贬下界变成这副模样，还七日一次，被飞剑穿胸胁百余下……为了生存，只好隔三岔五出流沙河寻个行人吃了充饥。观世音菩萨说，你在天有罪，贬到下界又如此伤生，是罪上加罪。何不入我门来，皈依善果，给取经人做个徒弟，上西天拜佛求经？观世音菩萨语重心长地劝诫妖怪，并提出交换条件，说只要"入我门来"，飞剑就不来穿你，既不再每天受罪，功成后还可官复原职。这样一番"思想工作"后，昔日的卷帘大将立即皈依。观世音菩萨于是为他"摩顶受戒，指沙为姓"，起法名"悟净"，世称"沙僧"，后来又有一个更响亮的名字——沙和尚。

下一步，观世音菩萨就要收服一个最好玩的妖魔给唐僧做徒弟了，《西游记》中最大的笑点马上就出来了。

取经大片"总导演"

取经大片"总导演"观世音菩萨继续"半云半雾"地向南赡部洲前进，勘察取经人必须经过的路线，给取经人挑徒弟。

苦口婆心劝猪精

菩萨收服沙悟净之后，又在福陵山招纳了猪悟能，而猪悟能后来也有一个更响亮的名字——猪八戒。

观世音菩萨路过"恶气遮漫"的福陵山时，狂风刮出一个巨型猪精：

卷脏莲蓬吊搭嘴，耳如蒲扇显金睛。

獠牙锋利如钢锉，长嘴张开似火盆。

猪精一见菩萨"举钉钯就筑"，惠岸和他对打起来。菩萨"抛下莲花，隔开钯杖"，猪精知道是观世音来了，纳头就拜，求菩萨恕罪。菩萨问道："何方作怪的老彘，敢在此间挡我？"猪精回答：我本是天河里的天蓬元帅，只因带酒戏弄嫦娥，被玉帝打了两千锤，贬下尘凡，错投猪胎。我咬杀母猪，打死群彘，在此处占了山场，吃人度日。不期撞着菩萨，万望拔救拔救。观世音菩萨听后，便依样画葫芦，像对沙僧一样，给猪精做了一番"思想工作"。她先说了句"若要有前程，莫做没前程"的至理名言，再对猪精道：你既上界违法，现在又伤生造孽，却不是二罪俱罚？哪知猪精的回答却与沙僧完全不一样，只见他回道：

> "前程！前程！若依你，教我嗑风！常言道：'依着官法打杀，依着佛法饿杀。'去也！去也！还不如捉个行人，肥腻腻的吃他家娘！管甚么二罪，三罪，千罪，万罪！"

这是猪八戒标志性的、个性化的语言。汪澹漪《西游证道书》这样评点道："一团天趣，觉李逵、鲁智深无此爽快。"凡事讲究实际利益，遇事先在心里掂量"是否对我有利"的小九九，是猪八戒为人处世，或者"为猪处世"之道。这么精彩的语言将会一直延续在西行路上。猪八戒是有话直说，而且还要说个痛快，绝不遮着掩着、藏着掖着，绝不"话到嘴边留半句"，绝不口是心非。继《三国演义》中的张飞和《水浒传》中的李逵之后，神魔小说似乎又出来一个竹筒倒豆子的"浑不论"的主儿，但其实他是心里暗拨利己小算盘呢。吴承恩写的虽然是神魔人物，但这个长嘴大耳的家伙却比张飞、李逵更接地气。因为吴承恩赋予了他更多凡人，而且是市井凡人的思维和需求。

观世音菩萨苦口婆心地说服猪精做取经人的徒弟，答应他"将功折罪""脱离灾瘴"，然后为猪精"摩顶受戒，指身为姓"，叫作

"猪悟能"。至于"猪八戒"这个最响亮的名字，则是将来他师父唐僧给取的。

沙悟净和猪悟能都是从天上贬下来的，卷帘大将只不过在蟠桃会上失手打碎了玻璃盏，竟然就先被打八百锤，再贬到下界，还每七日被飞剑穿胸；天蓬元帅在天宫调戏嫦娥，被打了两千锤贬到下界，任凭他吃人度日，昏庸的玉帝也不闻不问。玉帝真是随心所欲、赏罚不公。"上纲上线"的研究者们便又将这些情节与明代社会的黑暗联系到了一起。

沙悟净送菩萨过流沙河后，就"洗心涤虑，再不伤生，专等取经人"，而猪悟能送菩萨离开福陵山后，却到高老庄做起了女婿。

鹰愁涧招纳小白龙

收服猪精后，观世音菩萨继续"半云半雾"前进，忽然听到空中有条玉龙叫唤。玉龙自称"西海龙王敖闰之子"，因纵火烧了殿上明珠，父王在玉帝跟前告了他忤逆，不日将被诛杀。玉龙说完，大叫道："望菩萨搭救搭救！"观世音菩萨于是上南天门，求见玉帝，要求把悬吊着的将被斩首的孽龙"赐与贫僧，教他与取经人做个脚力"。后来，唐僧得了白龙马，又担心："那无鞍辔的马，怎生骑得？"观世音菩萨便派落伽山土地变幻为西番哈咇国的里社庙祝，谎称自己年少时也好骑骏马，因处境困顿，做了庙祝，倒是有副心爱的鞍辔，情愿奉送唐僧。唐僧已有一匹与原马毛片相同却"肥厚"了些的龙马，再将"庙祝"送的鞍辔配上，"就似量着做的一般"，雕鞍、宝镫、辔头、云扇、嚼铁、垂缨，另外还有紫丝绳牵缰，以及马鞭子。唐僧知道是"菩萨差送鞍辔"后，叩头不已。观世音菩萨对取经人的照顾，实在是无微不至，既有大慈大悲的菩萨心肠，又有温柔女性的细心周到。

这时，观世音菩萨替取经人招徒走到了第四步，也是最关键的一步——五行山招纳孙悟空。千万不要把它看成小说中的普通情节，这是《西游记》两个核心人物的关键对接，是两个智商、情商双高人物的绝妙交流。

"姓孙的，你认得我么？"

观世音菩萨来到五行山，知道五百年前大闹天宫的齐天大圣被压在山下，又看到"唵、嘛、呢、叭、咪、吽"的帖子，"叹惜不已"。沙僧、猪八戒、小白龙和孙悟空都是因为犯了错而受到惩罚，观世音菩萨为何唯独对孙悟空表示同情和惋惜呢？

说观世音菩萨同情和惋惜孙悟空，是因为观世音菩萨此时忽然变成了诗人，口占一首明显同情和讴歌孙悟空的七律：

> 堪叹妖猴不奉公，当年狂妄逞英雄。
> 欺心搅乱蟠桃会，大胆私行兜率宫。
> 十万军中无敌手，九重天上有威风。
> 自遭我佛如来困，何日舒伸再显功！

前四句写孙悟空狂妄造反，后四句则几乎成了"齐天大圣颂"。观世音菩萨认为孙悟空本是了不起的大英雄，可惜被如来困在这里，他什么时候能像大战十万天兵那样再建奇勋呢？

孙悟空和观世音菩萨在五行山见面时的对话有趣、好玩，且特

观音赴会问原因

别富有内涵。

孙悟空："是那个在山上吟诗，揭我的短哩？"

观世音："姓孙的，你认得我么？"

孙悟空："我怎么不认得你？你好的是那南海普陀落伽山救苦救难大慈大悲南无观世音菩萨。承看顾！承看顾！我在此度日如年，更无一个相知的来看我一看。你从那里来也？"

这段对话太精彩了，哪像菩萨居高临下看落难的美猴王，倒像好朋友久别重逢！菩萨熟稔地称孙悟空为"姓孙的"，孙悟空则回她一句"承看顾"，诉苦说没有"相知"的人来看他。孙悟空俨然将观世音菩萨看成了"相知"之人。而且，经常对太白金星自称"老哥"的孙悟空，这次居然不厌其烦地把观世音菩萨的头衔一一罗列了出来，言外之意就是：您看我如此落难，岂能不管？您可是大慈大悲、救苦救难、普渡众生的菩萨啊！

聪明的孙悟空看到观世音菩萨给自己带来了生路！

俗话说"穷在路边无人问，富在深山有远亲"。赫赫有名的齐天大圣，"天灾苦困遭磨折，人事凄凉喜命长"，被压在五行山下五百年，栉风沐雨，吃铁丸、饮铜汁，天界那么多称兄道弟的酒肉仙友，花果山那么多结拜的妖魔兄弟，居然没有一个来瞧他一眼！而现在，观世音菩萨来了。

孙悟空"情愿修行"

观世音菩萨经过五行山，是不是只因好奇，才"特留残步"来看看可怜的齐天大圣的？她一开始就想将孙悟空收为取经人的徒弟吗？好像并不想。菩萨可能考虑到孙悟空能力太强、不好领导，在孙悟空叙述"如来哄了我，把我压在此山，五百余年了"，万望菩萨搭救时，她仍没下定决心接纳"姓孙的"进取经队伍。菩萨说："你这厮罪业弥深，救你出来，恐你又生祸害，反为不美。"孙悟空回答："我已知悔了。但愿大慈悲指条门路，情愿修行。"

观世音菩萨好像受到感动，发表了一番高论：

> "圣经云：'出其言善，则千里之外应之；出其言不善，则千里之外违之。'你既有此心，待我到了东土大唐国寻一个取经的人来，教他救你。你可跟他做个徒弟，秉教伽持，入我佛门，再修正果，如何？"

沙悟净、猪悟能、小白龙都是观世音菩萨要求他们跟取经人修行，将功赎罪，而孙悟空似乎是自己提出"情愿修行"，然后观世音菩萨才顺水推舟的。其实绝对不是这么回事！这是高超的"思想工作者"观世音菩萨循循善诱的结果：她知道孙悟空是条汉子，一言既出，驷马难追，所以必须让他自己把"情愿修行"的话郑重其事地说出来。这样，将来西行路上不管遇到什么艰难险阻，那都是他自己"情愿"的，而艰难险阻也正是他"修行"的必修课。

"情愿修行"是被压在五行山下的孙悟空思考了五百年的结论。

一条路走到黑的人没有前途；

不知道调整方向的人没有未来；

遇到绝路，另找出路，才是最佳选择。

大闹天宫的齐天大圣从此要换一种活法了。

大约此时观世音菩萨已在琢磨：有这打遍天界无敌手的猴头保护，取经人应该能安全西行了吧？只是这"姓孙的"顽皮惯了，自由散漫惯了，不服从领导惯了，必须有些管守[1]。那就瞅个机会，通过一个机缘，把佛祖的紧箍儿套到这不安分的"妖猴"头上吧，只要不听话，就叫他师父念《紧箍儿咒》。

菩萨收妖乃《西游记》大纲

选中沙悟净、猪悟能、小白龙和孙悟空这四个徒弟后，观世音菩萨来到长安，又选了陈玄奘做取经僧。从此，唐僧按照观世音菩萨预先踩好的点儿，一步步走上了西行取经之路。他先收下四个徒弟，再和妖精打交道。

不要小看观世音菩萨聚拢取经队伍，不要将这段故事看作《西游记》中的普通情节，它其实是《西游记》的大纲，就像第五回是《红楼梦》的总纲一样。贾宝玉梦游太虚幻境看到十二金钗的判词，此后，贾府女性的命运就照着这些判词发展了下去。观世音菩萨"半云半雾"地踏看取经路，组建取经队伍，西行取经前期的遇妖故事就是完全照此葫芦画瓢的。

《西游证道书》第八回有条评语讲得非常有道理：

> 凡作一部大文字，必有提纲挈领之处，然后线索在手，丝丝不乱。如此书拜佛取经，以唐僧为主。而唐僧所恃者，三徒一马。此三徒一马者，固非长安所随，唐王所赐者也。若必待登程之后，逐一零星凑合，便是《水浒传》中之李逵、武松、鲁智深矣。此书作者之妙，妙在于此一回内，尽数埋伏，一沙

1　管守：冀鲁官话，意为管着、约束。——编者注

二猪三马四猿，先后次第，灼然不紊。及至唐僧出了长安城，过了两界山，一路收拾将来，便有顺流破竹之势，毫不费力，此一书之大纲领也。作文要诀，总不出此，岂独小说为然。

这段话的意思是：有才能的作家总会推陈出新，后来居上。观世音菩萨聚集取经队伍，有点儿像水浒英雄上梁山。但《西游记》的构思手法高于《水浒传》。《水浒传》以"逼上梁山"之线，用很长篇幅串起"宋（江）十回""武（松）十回""石（秀）十回"，而《西游记》则是四两拨千斤，仅借观世音菩萨"东征"，用大半回篇幅就完成了组建取经队伍的任务。

张书绅在《新说西游记》中也这样认为：

五圣之散处如珠，菩萨之贯串有线。以极难之题目，竟成极易之文章。真是大手笔，真是妙手笔。

其实四大名著各有章法，各有妙诀，也不宜抬一书，压一书。《西游记》的主题话语是猴王出世和西天取经，《水浒传》的主题话语是逼上梁山；《西游记》的重点是主角孙悟空的故事和西天取经的过程，《水浒传》的重点是各路英雄上梁山和结局的大悲剧；《西游记》用一回写观世音菩萨聚拢取经队伍，《水浒传》用几个"十回"写各路英雄上梁山，二者可谓各有千秋。

经过观世音菩萨的运筹帷幄，西行取经大片的两大"主演"就这样尘埃落定：

唐僧是"灾难"主演。西行路上，群妖出洞，有的想吃唐僧肉，有的想做唐僧妇，可怜的唐僧今儿被这个妖精抓住，明儿被那个妖精逮住，不断忍受皮肉之苦，反复接受考验。

孙悟空是"战妖"主演。西行路上，孙悟空保护师父，过了一山又一山，迈了一水又一水。妖精从天宫、海底、深山老林，纷至沓来，各有各的"先进"武器。孙悟空不停地打，不停地斗，不停地上天入地，奔南海、到西天求援兵，不断接受战斗的新考验、才智的新检验、斗争的新洗礼。

"总导演"观世音菩萨就位，取经大片的序幕徐徐拉开，好戏在后面。

唐僧必须西天取经

　　唐太宗被放回人世，遵照判官崔珏的嘱咐，做"水陆大会"，超度冤魂，接着又召宰相魏徵、萧瑀和太仆卿张道源，选拔有大德行的坛主：

> 　　当日对众举出玄奘法师。这个人自幼为僧，出娘胎，就持斋受戒。他外公见是当朝一路总管殷开山，他父亲陈光蕊，中状元，官拜文渊殿大学士。一心不爱荣华，只喜修持寂灭。查得他根源又好，德行又高；千经万典，无所不通；佛号仙音，无般不会。

　　朝廷正式确定了水陆道场的坛主，观世音菩萨也恰好来到长安寻找取经人。小说构思细针密线。唐王选中玄奘大做法会，观世音菩萨则深知玄奘的"佛门来历"：他原是如来的第二个弟子金蝉子，是观世音菩萨引送投胎的。这一点，跟陈光蕊的故事不完全相同。在陈光蕊的故事中，是满堂娇梦到南极星君奉观世音菩萨旨意来告诉她，你肚子里的儿子将来会"声名远大，非比等闲"。如来给取经人准备了两件宝物：锦襕袈裟一领，九环锡杖一根。如来说："穿我的袈裟，免堕轮回；持我的锡杖，不遭毒害。"为了把如来的两件法宝送给他的前徒弟，观世音菩萨变成疥癞僧，捧了锦襕袈裟、九环锡杖到长安街上叫卖，要价七千两纹银。这个价格非常高。"艳艳生光"的锦襕袈裟先是惹动长安城里没被唐王选中的愚僧来问，接着又引起散朝宰相萧瑀的关注。"疥癞僧"宣扬：着了我这袈裟，不入沉沦，不堕地狱，不遭恶毒之难，不遇虎狼之灾。贪淫乐祸的愚僧，不斋不戒的和尚，毁经谤佛的凡夫，难见我袈裟之面。对不遵佛法，不敬三宝，强买袈裟、锡杖者，定要卖他七千两；若敬重三宝，见善随喜，皈依我佛，承受得起，情愿送他，结个善缘。萧瑀闻言，便邀请"疥癞僧"一起去见唐王。"疥癞僧"到唐王驾前滔滔不绝地说起锦襕袈裟的好处。这篇《袈裟颂》简而言之，即：袈裟是冰蚕抽丝，仙娥织就，上有舍利子、夜明珠、如意珠、摩尼珠、辟尘珠、定风珠、红玛瑙、紫珊瑚、祖母绿。穿上它，照山川，惊虎豹；影海岛，动鱼龙。万神朝礼，七佛随身，满身红雾，身心清净。九环锡杖"不染红尘些子秽，喜伴神僧上玉山"。听说唐太宗要买下袈裟和锡杖赐给正在长安弘扬佛法的玄奘法师，"疥癞僧"表示："陛下明德止善，敬我佛门，况又高僧有德有行，宣扬大法，理当奉上，决不要钱。"

观世音菩萨接受如来的任务后，为什么不直接把锦襕袈裟和九环锡杖交给玄奘，还要在长安城大造舆论后，再由唐太宗交给玄奘呢？因为由唐太宗交给玄奘，袈裟和锡杖就有了双重价值：它们既是佛祖给的，又是唐朝天子赏的。玄奘既获得了佛门护身法宝，又获得了朝廷信赖。观世音菩萨把佛祖法旨和皇帝恩惠融为一体，真是一位"策划"大师。

玄奘法师披上锦襕袈裟后是什么样儿呢？

> 凛凛威颜多雅秀，佛衣可体如裁就。
> 辉光艳艳满乾坤，结彩纷纷凝宇宙。
> 朗朗明珠上下排，层层金线穿前后。
> 兜罗四面锦沿边，万样稀奇铺绮绣。
> 八宝妆花缚钮丝，金环束领攀绒扣。

玄奘虽然人物出众，却只是寻常和尚而已，锦襕袈裟和九环锡杖则把他变成了"圣僧"。看到披上袈裟的玄奘法师，唐太宗"喜之不胜"，文武大臣"阶前喝采"；长安城里老老少少都夸奖他是"活罗汉下降，活菩萨临凡"，寺庙僧人也"都道是地藏王来了"。

从此，身披锦襕袈裟，手执九环锡杖，成为唐僧的经典造型。在西天取经途中，唐僧多次因相貌出众引来人们赞叹，当然也引来了女儿国国王和若干女妖的"爱慕"，惨遭一次又一次的劫难。如来的锦襕袈裟和九环锡杖似乎并没有起到佛祖宣扬的"不遭毒害"之功用，袈裟本身反而还引来一次磨难。真正战胜磨难，还得靠孙悟空的"斗争"哲学。

玄奘在《西游记》里为什么叫"唐僧"呢？第十四回《心猿归正　六贼无踪》写道，唐僧将孙悟空从五行山下救出来后，到山旁的小村借宿。老翁姓陈，唐僧立即认为是"华宗"[1]，告诉老翁："我俗家也姓陈，乃是唐朝海州弘农郡聚贤庄人氏。我的法名叫作陈玄奘。只因我大唐太宗皇帝赐我做御弟三藏，指唐为姓，故名唐僧也。"这

1　华宗：对同族或同姓者的美称。——编者注

就是"唐僧"的来历了。

玄奘又叫"唐三藏",因为历史上就叫这个名字,如《大慈恩寺三藏法师传》。《西游记》第八回《我佛造经传极乐 观音奉旨上长安》,如来要用"三藏真经"改变东土南赡部洲的"多杀多争",所以,唐三藏的实际含义是"唐朝求取'三藏真经'的和尚"。

观世音菩萨到东土寻找取经人时进一步说明了"三藏真经"是怎么回事。当玄奘在台上念《受生度亡经》等时,幻化为疥癞僧的观世音菩萨"近前来,拍着宝台,厉声高叫道:'那和尚,你只会谈小乘教法,可会谈大乘么?'"玄奘表示:我们这些僧人向来都讲小乘教法,不知大乘教法如何。菩萨说,小乘教法,度不得亡者升天,而大乘佛法三藏,"能超亡者升天,能度难人脱苦,能修无量寿身,能作无来无去"。

小乘教法产生在前,大乘教法产生在后,自然后者更加完善。通俗点儿说,小乘教法帮助自我修炼,大乘教法却能普渡众生;小乘教法只能管此生此世,大乘教法却能管过去未来。小乘对大乘,确实是小巫见大巫。

我很怀疑《红楼梦》里智慧化身的癞头和尚就是模仿《西游记》里观世音菩萨化成的疥癞僧。"疥癞僧"告诉玄奘必须到西天取经后,便现真身,只见"那菩萨祥云渐远,霎时间不见了金光。只见那半空中,滴溜溜落下一张简帖,上有几句颂子,写得明白。颂曰:'礼上大唐君,西方有妙文。程途十万八千里,大乘进殷勤。此经回上国,能超鬼出群。若有肯去者,求正果金身。'"

玄奘自告奋勇要去西天取经,唐太宗便与他结为兄弟,称"御弟圣僧",发牒出行,亲自送至关外,又为玄奘指经为号作"三藏"。从此,唐僧又有了一个响亮的名字——御弟,女妖精和女儿国

还受生唐王遵善果

国王都甜甜地叫他"御弟哥哥"。

《西游记》的读者常常会提一个问题：既然"三藏真经"有这么好的效果，大慈大悲、救人于水火的如来何不亲驾祥云，将其送到东土？孙悟空一个筋斗十万八千里，都蹦不出如来的手心，他若真想把"三藏真经"送到东土，岂不是易如反掌？可是，这么简单易行的事，如来愣是不干。李卓吾在如来提出东土必须派人取经处评了一句"如来忒也妆腔"，我倒觉得，如来是否要直接派人把"三藏真经"送给东土，根本就是个伪命题。如来如果这样做，还有这么好看的《西游记》吗？所以，如来必须故弄玄虚，必须高踞灵山，等待唐僧师徒千辛万苦地拜佛求经。

其实按照常理，亲自送经上门，岂不失了如来身份？我的祖父是青州名医，他一生恪守"三治三不治"原则：街坊邻里治，市井穷人治，疑难大症治；高官不治，豪强不治，汉奸不治。还有一个原则：不管什么人，得什么病，你都得上门请我看病，我不会主动跑到你家里去看，这叫"医不叩门"。而比医生能耐得多的佛祖更不能"叩门"啦。佛祖说：

> "我待要送上东土，叵耐那方众生愚蠢，毁谤真言，不识我法门之旨要，怠慢了瑜迦之正宗。怎么得一个有法力的，去东土寻一个善信，教他苦历千山，询经万水，到我处求取真经，永传东土，劝化众生。却乃是个山大的福缘，海深的善庆。谁肯去走一遭来？"

佛祖要取经者"苦历千山，询经万水"，受尽苦难，才给真经。孙悟空早就明白这点，所以，性急如火的他才能在西行路上耐心地与一个又一个层出不穷的妖精搏斗，还会把"磨难说"的大道理讲给师弟们听。猪八戒大战流沙河时，曾大惑不解地问孙悟空，你既然一个筋斗十万八千里，你背着师父，点点头，躬躬腰，流沙河就跳过去了，何苦和妖精苦战？孙悟空问他，你不是也会驾云？你怎么不把师父驮过河？猪八戒说，师父骨肉凡胎，重似泰山，我如何驮得起？孙悟空说，我也是驾云，你驮不动，我如何驮得动？"携凡夫难脱红尘"，像这些泼魔毒怪，使摄法，弄风头，扯扯拉拉，就地而行，也不能带得从空中而去。那摄法，老孙也会弄；隐身法、缩地法，老孙件件皆知，"但只是师父要穷历异邦，不能够超脱苦海，所以寸步难行也。我和你只做得个拥护，保得他身在命在，替不得这些苦恼，也取不得经来；就是有能先去见了佛，那佛也不肯把经善与你我：正叫做'若将容易得，便作等闲看'。"

所以必须东土派人来求取真经，还得经过千山万水，历尽磨难，才能求得！

于是，便有了观世音菩萨勇挑重担到东土挑选取经人，有了观世音菩萨苦心经营、组建取经队伍，有了西天取经路上的一系列"遇难故事"，那才是要怎么有趣就怎么有趣，要怎么好看就怎么好看，要怎么好玩就怎么好玩。全世界的读者，特别是小朋友们，才能大饱眼福。

如果搞营销评比，如来绝对算得上"最佳推销员"。多亏他如此操作，否则哪会有这么好看的《西游记》？阿弥陀佛，善哉善哉。

观世音菩萨是如来这番传经大计的具体执行者。我认为，她其实还是长篇小说《西游记》的女主角。

《西游记》也有女主角

西行取经大片的"制片人"是如来，"总导演"是观世音菩萨，两个男主角是孙悟空和唐僧，那么也应该有个女主角吧？

《西游记》的女主角是观世音菩萨

研究者们通常认为明代"四大奇书"《三国演义》《水浒传》《西游记》《金瓶梅》，除潘金莲是《金瓶梅》的女主角之外，其他三部，都没有女主角。《三国演义》从貂蝉到孙夫人，《水浒传》所谓的"四大淫妇"，《西游记》层出不穷的女妖，都是转眼即逝，没有一人能贯穿小说始终，能影响整部小说情节，能与"男一号"息息相关，保持长久联系，更不用说影响他的命运。

而我认为，《西游记》也有女主角，她就是大慈大悲的观世音菩萨。

观世音菩萨是《西游记》中基本贯穿始终的女性形象。

观世音菩萨是和"男一号"孙悟空交往最多的女性形象。

观世音菩萨是掌控《西游记》情节走向的核心人物，就像王熙凤是掌控《红楼梦》情节走向的核心人物一样。

孙悟空大闹天宫时，玉帝束手无策，是观世音菩萨向玉帝举荐二郎神，才引出一场惊天动地的"小圣施威降大圣"。

又是观世音菩萨执行如来法旨，挑选取经人、组建取经团队。如来并没有具体指导哪个妖魔可以改邪归正，进入取经团队。孙悟空被如来压到五行山下五百年，是观世音菩萨慧眼识英雄，把他确定为取经队伍的骨干。为便于唐僧辖制孙悟空，观世音菩萨又给了唐僧一件法宝——小花帽，即紧箍儿。孙悟空对此一直心怀怨愤。在鹰愁涧收服小白龙之后，他好像受了委屈的孩子对父母撒娇要赖一样，对观世音菩萨倒苦水、撂挑子，说了四个"我不去了"。观世音菩萨苦口婆心地给猴儿做思想工作，还答应急难时刻亲自来帮他。这一段描写特别有趣：

> 行者扯住菩萨不放道："我不去了！我不去了！西方路这等崎岖，保这个凡僧，几时得到？似这等多磨多折，老孙的性命也难全，如何成得甚么功果！我不去了！我不去了！"菩萨道："你当年未成人道，且肯尽心修悟；你今日脱了天灾，怎么倒生懒惰？我门中以寂灭成真，须要信心正果；假若到了那伤身苦磨之处，我许你叫天天应，叫地地灵。十分再到那难脱之际，我也亲来救你。你过来，我再赠你一般本事。"菩萨将杨柳叶儿，摘下三个，放在行者的脑后，喝声"变！"即变做三根救命的毫毛，教他："若到那无济无主的时节，可以随机应变，救得你急苦之灾。"
>
> 行者闻了这许多好言，才谢了大慈大悲的菩萨。那菩萨香风绕绕，彩雾飘飘，径转普陀而去。

救苦救难，频频出手

观世音菩萨说到做到。唐僧西天取经路上，遇到各种各样的妖精，孙悟空到处求援，诸天神佛都因接到观世音法旨，无条件帮助唐僧师徒。唐僧取经几乎变成诸天神佛共襄盛举的大业。在这些"救火队员"中，观世音菩萨出现得最频繁，为孙悟空排忧解难最多。黑风山降黑熊精的是她，降红孩儿的是她，救活人参果树的还是她。为了收服吃了若干童子的鱼妖，在孙悟空的催促下，观世音菩萨亲手编个竹篮，头也没梳，就素面朝天地来了。不可思议的是，降黑熊精时，孙悟空提了个绝对无理的要求，让观世音菩萨变成苍狼精，和他一起去骗黑熊精。神圣的菩萨岂能自降身份，变成龌龊的妖精？岂不乱套了？可是观世音菩萨竟然应允了！

更不可思议的是，观世音菩萨还约上普贤菩萨、文殊菩萨，叫上黎山老母，跟取经僧玩了一场令人绝倒的美人计！这是西天取经最有趣、最搞笑的情节。《西游记》之所以能够吸引读者眼球，和这段故事有很大关系。

佛教传说中，大肚子弥勒佛算是"办公室主任"，笑迎宾客；韦陀菩萨算是"公安部长"，负责保卫工作，而《西游记》中的观世音菩萨却把这两位神灵的工作都担起来了。她不仅像办公室主任一样安排如来吩咐的东土取经事宜，还像韦陀菩萨一样细心为唐僧安排护卫，派出"六丁六甲、五方揭谛、四值功曹、一十八位护教伽蓝"沿途护卫唐僧。第十五回《蛇盘山诸神暗佑 鹰愁涧意马收缰》写到藏在鹰愁涧的小白龙吃了唐僧的马，孙悟空要去寻找，唐僧又担心那条龙再出来把他吃了，扯住孙悟空不让走，孙悟空暴躁地对师父叫喊："你忒不济！不济！又要马骑，又不放我去，似这般看着行李，坐到老罢！"这时，空中有人说道："孙大圣莫恼，唐御弟休哭。我等是观音菩萨差来的一路神祇，特来暗中保取经者。"唐僧听说，慌忙礼拜。孙悟空立即神气起来，问："你等是那几个，可报名来，我好点卯。"观世音菩萨派出这么多神将护卫唐僧，让猴儿过了一把"领导瘾"。不过，孙悟空大战金角大王、银角大王，向玉帝"借天装"时，玉帝又说："前者观音来说，放了他保护唐僧，朕这里又差五方揭谛、四值功曹，轮流护持。"保护唐僧的天将似乎是他玉帝老儿派来的。佛门弟子西天取经，道家派人护卫，这是哪儿跟哪儿啊？看来诸天神佛也时兴有粉都往自个儿脸上搽。

西行路上的一抹柔美暖色

《西游记》中，观世音菩萨既世事洞明、通情达理，也非常可爱。她赏识孙悟空，觉得孙悟空是难得的人才。孙悟空无父无母无兄弟姐妹，对观世音菩萨有一份亲情和依赖。西行路上受了委屈，遭师父驱逐时，孙悟空绝不去天宫找玉帝，也不去西天找如来，而是到观世音菩萨身边，好像遇到困难的小弟弟躲到大姐姐身边一样。孙悟空绝对不会在玉帝、如来跟前掉一滴泪，只会到观世音菩萨面前号啕大哭，就像受到欺负的小弟弟需要大姐姐安慰一样。观世音菩萨对孙悟空是有求必应、慈祥和蔼，不仅帮助猴儿，还常像哄小孩一样哄着猴儿，也像好朋友一样听猴儿说知心话，跟猴儿开玩笑。观世音菩萨给打打杀杀、腥风血雨的西行路平添了一抹柔美暖色。而对犯上作乱的猴儿，观世音菩萨也会狠狠教训。唐僧来到鹰愁涧，被玉龙吃了马，孙悟空与玉龙争斗，玉龙潜水不出，孙悟空只得去请菩萨。而在之前，唐僧刚刚按照菩萨的吩咐给猴儿戴上了紧箍

观音显象化金蝉

儿。因此，孙悟空见了菩萨就大叫大嚷道："你这个七佛之师，慈悲的教主！你怎么生方法儿害我！"跟菩萨计较紧箍儿的账。菩萨也毫不客气地痛骂孙悟空，而且居然骂出了两个新颖至极的词："大胆的马流，村愚的赤尻。"这两句巧语该如何解释？"大胆的马流"，其实是"大胆的猴头"；"村愚的赤尻"，则是"愚蠢的红屁股乡巴佬"。观世音菩萨骂得何等生动、巧妙、有趣！接着，菩萨又耐心地教育孙悟空：你这猴子，不如此拘系，你又会诳上欺天！孙悟空被她说得哑口无言。

观世音菩萨在佛界地位崇高，与文殊菩萨、普贤菩萨、地藏王菩萨通称"四大菩萨"。观世音菩萨，汉语译名曰"观世自在""观世音自在"，通译"观世音"，因避唐太宗李世民名讳才改称"观音"。观世音本是"外来"菩萨，成佛前是转轮圣王无净念的太子，男性。佛教传入中国后，本土观世音传说出现，如朱鼎臣《观音传》，开始有了白衣观音、千手千眼观音、鱼篮观音、送子观音等。印度的"勇猛丈夫"观世音虽然变成了中国的"美女"观世音，但其救苦救难、大慈大悲的宏愿却没有改变。

观世音中华化、文学化、世俗化到极致

吴承恩描绘观世音菩萨的美貌和神采绝不吝惜笔墨。

第十二回《玄奘秉诚建大会　观音显象化金蝉》，化身疥癞僧的观世音菩萨，在长安城飞上高台，踏祥云，至九霄，现原身：

> 瑞霭散缤纷，祥光护法身。九霄华汉里，现出女真人。那菩萨，头上戴一顶：金叶纽，翠花铺，放金光，生瑞气的垂珠

缨络；身上穿一领：淡淡色，浅浅妆，盘金龙，飞彩凤的结素
蓝袍；胸前挂一面：对月明，舞清风，杂宝珠，攒翠玉的砌香
环珮；腰间系一条：冰蚕丝，织金边，登彩云，促瑶海的锦绣
绒裙；面前又领一个飞东洋，游普世，感恩行孝，黄毛红嘴白
鹦哥；手内托着一个施恩济世的宝瓶，瓶内插着一枝洒青霄，
撒大恶，扫开残雾垂杨柳。玉环穿绣扣，金莲足下深。三天许
出入，这才是救苦救难观世音。

这是《西游记》第二次细致如画地描写观世音菩萨的美丽形象，
与第一次描写，即第八回《我佛造经传极乐　观音奉旨上长安》，只
隔三回。这次对观世音菩萨的工笔素描，除了徒弟木叉执棍侍立外，
还有传说中总与菩萨一起出现的鹦哥与净瓶、杨柳。但是传说中观
世音菩萨的坐骑金毛犼却没有出现，可能是顾忌到猛兽出现不利于
菩萨的善相？第八回已经细腻地描绘过观世音菩萨的发髻、眉眼与
樱唇，也描绘过观世音菩萨的绣带、裙衫与罗袍，第十二回就重点
描绘菩萨头上的垂珠缨络，身上绣金龙彩凤、彩云瑶海的袍裙。观
世音菩萨不仅像民间仕女一样环佩叮当，还是三寸金莲！这是吴承
恩心目中理想美女幻化而成的菩萨。如果我们胶柱鼓瑟，要求严格
遵守历史事实，那么这段描写就过于超前了。众所周知，中国古代
女性的缠足风俗开始于晚唐五代，是李后主因其舞娘在莲池缠足跳
舞而创造出来的。《西游记》则把它提前了几百年，让在唐太宗面前
显圣的观世音菩萨"金莲足下深"。

关于菩萨的生存环境，《西游记》借孙悟空到落伽山向观世音
菩萨求援做过多次描写。第十七回，孙悟空降不了黑熊精，驾筋斗
云到南海落伽山向观世音菩萨求助，他看到南海千层雪浪、万叠烟

波，落伽山峰高耸，"千样奇花，百般瑞草。风摇宝树，日映金莲。观音殿瓦盖琉璃，潮音洞门铺玳瑁。绿杨影里语鹦哥，紫竹林中啼孔雀"。观世音菩萨住的地方有山、有水、有树、有鸟，不像玉帝天宫，虽然巍峨，却有一分静穆；也不像如来的西天，虽然庄严，却有温情。落伽山"异景非常"，真是全世界最宜居住的地方。

《西游记》中的观世音菩萨，是吴承恩按照中华民族的愿望，按照明代士子的审美需求创造出来的，是中华化、文学化、世俗化到极致的观世音，和舶来品的传统观世音大为不同。

《西游记》中的观世音菩萨是女真人、女善人、大美人，真、善、美齐备。

《西游记》中的观世音菩萨以慈悲为怀，美丽聪慧、善解人意、妙语如珠。

《西游记》中的观世音菩萨是吴承恩浓墨重彩的唯一女性。

说观世音菩萨是《西游记》的女主角，有几分道理吧？

唐僧马上就要踏上西行路途了，他有没有想到西行路上魔障多呢？

西行路上魔障多

唐僧西天取经路上，群妖出洞，各显神通，演绎了一个个妙趣横生、绝不雷同的故事。可以说，《西游记》作为全世界最杰出的神魔小说，不仅创造了严整有序、优美完备的天宫世界和各司其职的诸神形象，金光满地、威严肃穆的西方极乐世界和分工不同的群佛形象，还创造了丰富多彩、谐趣横生的妖精世界和妖精群像。论构建妖精世界，模仿动植物并寄寓哲理意蕴的妖精造型，以及别出心裁的妖精武器，没有任何一部小说能超过《西游记》，包括《封神演义》和《聊斋志异》。孙悟空西天路上降妖捉怪的故事，脍炙人口、妇孺皆知。

"人为"灾难和妖精转徒弟

唐僧西行路上的魔障，有几难属于"人为"灾难，比如：

孙悟空五行山出山第一棒，打死剪径的毛贼；

唐僧丢了锦襕袈裟，起因是百岁老和尚的贪婪；

西梁国留婚唐僧，因为女王多情；

铜台府被监禁，因为寇员外家人诬陷；

……

而更多的却是遇妖，形形色色、好玩好看的妖。其中，最重要的是妖精转化成徒弟：

孙悟空是猴妖，因为五百年前大闹天宫，被如来压在五行山下，战黑熊精时曾吹嘘"你去乾坤四海问一问，我是历代驰名第一妖"。孙悟空原本是中国古典小说第一妖魔，变成唐僧徒弟后，成为西天取经的最大保障。

猪八戒是猪妖，原为天宫天蓬元帅，因"带酒戏弄嫦娥"，被贬下界，错投猪胎。

沙和尚原为天宫卷帘大将，因打碎玻璃盏，被贬下界做妖精。

从天界贬下来的前天蓬元帅和前卷帘大将，在下界却都以吃人为生。

白马原是西海龙王三太子，因烧了父亲的殿上明珠，被告忤逆，玉帝准备把玉龙开刀问斩。

这四个妖怪，经观世音菩萨安排，成了唐僧取经路上的四个徒弟。

四兄弟来历不同、禀性不同，在西行路上起到的作用也不相同：

孙悟空智勇双全，富有挑战精神，是"战妖"主力。

猪八戒好吃懒做，还有点儿好色，但能吃苦，也能战斗。

沙和尚忠心耿耿，擅长在师兄弟间调和。

白龙马任劳任怨、聪慧精明，西行路上偶尔露峥嵘。

唐僧这四个徒弟，"你挑着担，我牵着马，迎来日出，送走晚霞"。

四个徒弟，"你方唱罢我登场"，都不是"为他人作嫁衣裳"，既为西天取真经、保师父平安无事，又在奔自己的锦绣前程。

一师四徒，各有个性，各有招数，碰撞出一个又一个"师徒矛盾""师兄弟矛盾"的精彩故事。

妖精转化为徒弟，再去降妖，是哲学所谓的"前定的调和"。

魔障未除，百灵下界

如来要向东土传真经，却不肯自己亲自送去，必须东土派人来取，还必须经过九九八十一难后再交点儿"人事"。取经路途中没有那么多劫难，怎么办？为完成八十一难的"九九"归真之意，各路神仙、菩萨或亲手设计灾难，或故意疏于管理，放纵坐骑下界成妖，给唐僧"制造"磨难：

黄风岭的黄风怪是如来让灵吉菩萨镇压的灵山黄毛貂鼠；

黎山老母、普贤菩萨、文殊菩萨和观世音菩萨变成母女，引诱唐僧师徒，"试禅心"；

黑松林的黄袍怪是天宫二十八宿之一的奎木狼星下界；

平顶山的金角大王、银角大王是太上老君的两个童子，观世音菩萨向他借来"客串"妖精；

取代乌鸡国国王的终南全真怪，是文殊菩萨的青毛狮子变的；

黑水河的鼍龙怪，是西海龙王的外甥；

通天河的水怪，是观世音菩萨莲花池里的金鱼成精；

金峺山的金峺大王，是太上老君的青牛成精；

小雷音寺冒充如来的黄眉怪是弥勒佛的黄眉童儿；

麒麟山的赛太岁是观世音菩萨的坐骑金毛犼；

狮驼岭三怪分别是文殊菩萨的青毛狮、普贤菩萨的白象、佛母孔雀大明王菩萨的兄弟大鹏，论辈分第三怪得算如来的舅舅；

比丘国的国丈，是南极寿星骑的白鹿；

无底洞的老鼠精，因在灵山偷吃香花宝烛，被如来派天兵捉住，后来成为托塔李天王的义女、哪吒三太子的义妹；

九曲盘桓洞的九灵元圣，是太乙救苦天尊的九头狮；

天竺假公主是月宫嫦娥的玉兔；

……

唐僧取经本来走得好好儿的，突然遇到一个又一个妖精；各路神佛、星辰、瑞兽本来在天宫或西方极乐世界待得好好儿的，突然不厌其烦地下界当妖精。文殊菩萨至少下界三次：第一次是来试唐僧是否贪女色、富贵，后两次则是来领回自己的坐骑。他的青毛狮子也下界两次，先到乌鸡国，后到狮驼岭。讲究"色即是空"的菩萨竟然亲自变成美女到尘世勾引男人，真是匪夷所思，更不要说观世音菩萨还亲自变过一次妖精了。这些菩萨怎么这么忙活？为了帮如来凑齐"九九八十一难"，观世音莲花池中的金鱼、月宫中的玉兔都算是"主动下界"，另外一些下界者，则是观世音菩萨特地向他们的主人借来给唐僧制造劫难的。鲁迅先生百年前就认为《西游记》"游戏"笔墨多。现在看西天取经路上降魔，真有点儿像现在的电脑游戏：厂家设计好若干程序，布置好若干关口，玩家必须一个个通过，否则就不得分。如来和观世音就是这个"游戏厂家"，不按他们的游戏规则来做，唐僧师徒就修不成正果；而天宫诸神、西天诸佛，都转圈儿坐，玩起了"丢手帕"游戏，给如来凑趣。有不有趣？

有个段子曾说，《西游记》中那些有背景的妖精，都被赦免或回到主人身边了，而没有背景的妖精，都被孙悟空的金箍棒打死了。这样说有没有道理？有一点儿道理。那些有背景的妖精本来就是下界执行"卧底"任务的，是天宫和神佛的工作人员，怎么能把他们

蛇盘山诸神暗佑

打死呢？应该论功行赏才对。实际上，某些没有背景的妖精也可以"终成正果"，比如，土生土长的黑熊精就被观世音收走做了守山大神，红孩儿也被观世音收走变成了她的童子，罗刹女最后也成了正果。

如假包换真妖精

如果说观世音菩萨借来的天上星宿或瑞兽变成妖精，像西天取经路上神佛的"卧底"，虽然变来变去、打来打去，却反而说明"神魔本是一家"，那么，本地出产的真正妖精就是取经僧命中注定的魔星。

这些"土妖精"有时单打独斗，比如：

害唐僧在琵琶洞受苦的是蝎子精；

闹"真假美猴王"的是六耳猕猴；

隐雾山遇到的魔是豹子精；

玄英洞遇到的魔是犀牛精；

通天河落水是因为唐僧失信于老鼋；

……

有时他们还会拉帮结伙，比如：

唐僧在唐朝边城河州卫遇到"处士"野牛精、"山君"熊罴精、"寅将军"老虎精，他们带着五六十个妖邪，将唐僧的两个随从吃了；

黑熊精与白蛇精、苍狼精结为朋友，又与金池长老做朋友，借看朋友之机偷走唐僧的锦襕袈裟，再和白蛇精、苍狼精一起开"佛衣会"；

车迟国的虎力大仙、鹿力大仙、羊力大仙分别是虎、鹿、羊成精，老虎不但没把鹿和羊吃了，还结伴成精；

蜘蛛精与蜈蚣精是结义兄妹；

白面狐狸与南极寿星的白鹿联手在比丘国作祟；

……

妖精间的"友谊"形成了连锁反应，孙悟空降妖时经常按下葫芦起来瓢，一波未平一波又起。小说情节跌宕起伏，曲折多变。

更好玩的是，有时还会出现"妖精家庭"，甚至能与取经僧扯上"亲戚"关系。

红孩儿吃唐僧肉，要去请父亲一起来吃，结果他父亲就是牛魔王，孙悟空的拜把兄弟。孙悟空自称"叔父"，却差点儿被"大侄子"烧死。取经僧路过火焰山，罗刹女不借芭蕉扇，是因为她对孙悟空把儿子送进空门怀恨在心。孙悟空开始还天真地以为他和牛魔王的"结义"之情会帮助他，在发现"亲情"不灵后，就玩起了"亲情讹诈"，变成牛魔王哄骗铁扇公主……牛魔王、铁扇公主、红孩儿，一夫一妻一独子，外加牛魔王的外室玉面狐狸，还有看守落胎泉的弟弟，这样的"妖精家庭"，简直就是"家族企业"了。

西行取经路上其实还有一些基本无害的妖精。第六十四回《木仙庵三藏谈诗》，唐僧在荆棘岭被一老者摄走，半夜三更，花前月下，遇到几位谈吐古拙的诗人，其实他们都是树妖。不过，他们谁也没想吃唐僧肉，只是来跟唐僧聊会儿天、听唐僧讲人生感悟的，所以办了个"赛诗会"，似乎是想帮帮一直生活在猴、猪等"动物世界"中，没法与正常人抒情言志的唐僧抒发一下情怀。如果没有后来杏妖出现，并要求跟唐僧成亲，那么这段故事几乎算不上遇妖，只是唐僧抒发"小资情结"的诗友会而已。妖精还可以这样写？吴承恩实在是太有才了。不过，煞风景的是，猪八戒那个呆子，一顿钉耙，将这些多年成精的树精都消灭了，可怜！

一物降一物

西行取经路上的妖精，多种多样、多彩多姿，而降妖的办法，同样是多种多样、精彩无比。

唐僧还没离开唐朝地界，就已开始遭难。受佛祖命令，在途中保护唐僧的五方揭谛记载道：出城逢虎第五难，折从落坑第六难，双叉岭上第七难。帮助唐僧脱难的是太白金星和打虎英雄刘伯钦。一神一人都是在唐僧极其危难的时刻出现的。太白金星化为老叟，拂掉唐僧身上的绳索，把他领出坑坎，然后化为清风，骑上朱顶白鹤走了，只留诗一首宽慰唐僧。接着，唐僧又遇到一只猛虎，所幸被刘伯钦解救。唐僧可怜兮兮地请求：您再送我一程吧。刘伯钦回答：过了两界山就不是唐朝地界了。唐僧只好流着眼泪和刘伯钦分手，这时，"只听得山脚下叫喊如雷道：'我师父来也！我师父来也！'"，衔接得多么紧凑！

自从刘伯钦帮助唐僧解救出被压在五行山下的孙悟空，降妖重担就落到了孙悟空身上。打遍天宫无敌手的孙悟空，跟妖精对打却经常磕磕绊绊，因为妖精常有他对付不了甚至不知如何对付的"超级"武器。怎么办？一物降一物，一神降一妖。于是，孙悟空开始上天入地寻找"唯一"能降"此妖"的"那神"。玉帝老儿还真的帮了他不小的忙，实在没办法时，"佛法无边"，还有如来和观世音菩萨呢。

幻想的神佛魔怪和现实人生有什么关系？萨孟武在《〈西游记》

和中国古代政治》中说："人类的一切观念，甚至一切幻想都不能离开现实社会，从空创造出来。伦理、宗教、政治、法律的思想固然如此，而人类所想象的神仙鬼怪也是一样。《西游记》一书谈仙说佛，语及恶魔毒怪。然其所描写的仙佛魔怪，也是受了中国社会现象的影响。换言之，社会现象映入人类的脑髓之中，由幻想作用，反射出来，便成为仙佛魔怪。"这样的分析就不能不说是非常深刻了。

西行路上磨难多，唐僧刚刚踏上取经之路，怎么会掉进老虎洞，又是谁救了他呢？

唐僧掉进老虎洞

取经大片是"制片人"决定大政方针，"总导演"确定"灾难"主演和"战妖"主演。唐僧马上就要踏上取经之路了，此时，他未来的四个徒弟——孙悟空、猪八戒、沙和尚和白龙马，还都在大唐王朝地界外。唐僧还没迈出国门，就先迎来九九八十一难的前几难，差点成了老虎的口中餐。

唐三藏立志战心魔

历史上的玄奘向唐太宗申请"出国"取经，没有得到批准，《西游记》里的玄奘法师自告奋勇西天取经，却得到了唐太宗的鼎力支持、全面帮助。

唐太宗先是和玄奘"拜了四拜"，结为兄弟，从此唐僧成了御弟；又因为玄奘是西行取"三藏真经"，唐太宗便给唐僧送了个雅号"三藏"，不过，玄奘在历史上就叫作唐三藏，不是唐太宗给取的，这是小说家的"移花接木"；接着，唐太宗送给唐僧一个紫金钵盂，叫他途中化斋用，又派了两个随从并一匹纯白的马，作为远行脚力。

最后，唐太宗又亲自送行，递给唐僧一杯御酒。唐僧表示僧人生平不饮酒，唐太宗说这是素酒，你只饮此一杯，"以尽朕奉饯之意"。这句话是什么意思呢？意思是，这杯酒是我堂堂大唐皇帝亲手敬你，为你饯行的，你得喝。唐太宗说完，还亲自捻起一撮土，放到酒里，像借景生情的诗人一样说："御弟可进此酒：宁恋本乡一捻土，莫爱他乡万两金。"

唐僧离开长安西行取经的时候已经有徒弟了，可奇怪的是，没有一个徒弟追随他而去，这看起来似乎有点儿不合情理，但是小说家必须这样安排。如果他本来就有追随的徒弟，那么还需要再收徒弟吗？唐僧告诉徒弟们：我这一去，或者三二年，或者五七年，你们看到山门里松枝头向东，我就回来了。这个细节当然是从唐传奇直接挪用过来的。

唐太宗把唐僧直接送出长安，唐僧到了法门寺，和尚们议论：西天取经水远山高，路多虎豹，峻岭陡崖难度，毒魔恶怪难降。唐三藏说："心生，种种魔生；心灭，种种魔灭。"唐僧的这段话，被研究者看成《西游记》的要旨。西行路上的种种妖魔毒怪磨难，是对取经人意志和志向的考验，要战胜妖魔，先得战胜心魔。

唐僧两次遇虎难

唐僧和他的两个随行人员，过巩州城，到河州卫，快到唐朝边界时，眼前一座山崎岖难走，三人一马忽然跌落坑中。狂风滚滚，五六十个妖邪把他们揪上去，唐僧偷眼看那魔王，电目、锯牙、钢须、钩爪，原来是"南山白额王"——大老虎成精。老虎精刚要安排吞食他们，就有人报"熊山君和特处士二位来也"，熊黑精和野牛精来了。原来野兽之间也有朋友来往，特别是成精之后，妖精之间都有友情往来。老虎精立即吩咐把唐僧的两个随从剖腹剜心，将首级与心肝献给客人，将四肢自己咯吱咯吱啃了，其他骨肉分给小妖。唐僧亲眼看到自己的随从被魔王吃掉，听到他们咀嚼的声音，几乎被吓死，实在是太恐怖了。

就小说构思来说，两个随从对西天取经本来就是多余的，但是安排他们这样死去，未免太惨、太血腥了。

就在唐僧昏昏沉沉，分辨不了东西南北时，一个老叟把他救了。老叟用手一拂，绳索就断了；吹一口气，唐僧就苏醒了。老叟又帮唐僧找到白马和两个包袱，告诉他：抓你们的是老虎精、熊罴精和野牛精，因为你本性元明，所以妖精吃不得你。你跟我来，我引你上路。唐三藏便随着老叟出了坑坎，走上大路，老叟随即化为一阵清风，跨上一只朱顶白鹤腾空而去，只留下一张简帖："吾乃西天太白星，特来搭救汝生灵。前行自有神徒助，莫为艰难报怨经。"

看来，善良的太白金星虽然没有去看望被压在五行山下的孙悟空，却一直关心着孙悟空的命运，知道孙悟空厄运将满，要追随唐僧去西天取经。在孙悟空还没能从山底下出来帮助师父之前，太白金星就亲自前来解救唐僧了。太白金星真是一个善良的老人。

唐僧的神徒孙悟空现在还不能出现。由于唐僧"法定"的九九八十一难，离开唐朝地界之前，他还得再次和老虎相遇，而这次救他的是唐朝猎户刘伯钦。唐僧遇到老虎精时，小说里写他"魂飞魄散"；妖精吃他的随从时，他"几乎唬死"。被太白金星救出后，他在山路上走了半日，没有见到人烟村舍，"只见前面有两只猛虎咆哮，后边有几条长蛇盘绕"。唐僧没有一点儿办法，只好听天由命。他的马，当然是凡马，吓得"腰软蹄弯，便屎俱下"，真是狼

陷虎穴金星解厄

狈。这匹马趴在地上，打也打不起，牵也牵不动，唐僧"万分凄楚，已自分必死"。幸亏这个时候来了一条好汉，只见"猛虎潜踪，长蛇隐迹"，原来它们都怕这好汉。好汉刘伯钦是唐朝猎户，他邀请唐僧到自己家住一晚，第二天送唐僧出边境。唐僧便高高兴兴地牵上马，跟刘伯钦走了。谁想刚过山坡，又来了只老虎，唐僧"胆战心惊，不敢举步"。

唐僧是所谓圣僧，但遇到危难时，他是什么表现呢？"魂飞魄散""几乎唬死""万分凄楚，已自分必死""胆战心惊，不敢举步"。这位高僧的胆子是真小，一点儿斗争性也没有，不管遇到什么妖魔，只有束手就擒，被杀、被吃的份儿。如果没有那些徒弟，特别是没有能踢天弄井的孙悟空，他想少则三二年，多则五七年就取回经来，做梦去吧。

小乘教法显神通

《西游记》中关于刘伯钦杀虎的描写，像不像《水浒传》中武松打虎的变形？刘伯钦很有些水浒英雄的气魄和作风，是能震慑狼虫虎豹的太岁。这个地方的老虎、毒蛇见到他都得躲避起来。刘伯钦杀了老虎，热心地想用热气腾腾的虎肉招待唐僧。唐僧告诉他：我自出娘胎，不晓得吃荤。刘母和刘妻便给唐僧安排素饭，先是细心地把煮虎肉的锅刷了又刷，洗了又洗，然后给唐僧煮些干菜，做上黄米饭，招待唐僧吃斋。

无巧不成书，第二天恰好是刘伯钦父亲的周年忌日，刘伯钦的母亲求唐僧念经，唐僧便念了一天经——《度亡经》《金刚经》《观音经》《法华经》《弥陀经》《孔雀经》等。估计唐僧诵经的声音会非常好听。我有位好朋友,是无锡大觉寺的住持。我在大觉寺"挂单"的时候,早上特地起来听美丽的妙士法师诵经。她念《观音经》的声音,比著名歌唱家唱歌还好听。

化身疥癞和尚的观世音菩萨曾经对玄奘法师说,你们的小乘教法,不能超度亡灵,但是唐僧还没取到"三藏真经",还没学会大乘教法,甚至还没出大唐,只是用他原来熟悉的小乘教法念经,就已经起到了超度亡灵的作用。小说随后写道:"佛事已毕,又各安寝。"刘伯钦父亲之灵,"超荐得脱沉沦",鬼魂来到宅内,托梦与合宅长幼:"我在阴司里苦难难脱,日久不得超生。今幸得圣僧,念了经卷,消了我的罪业,阎王差人送我上中华富地,长者人家托生去了。"有不有趣?小乘教法已经能够成功地超度亡灵,那还有什么必要千里迢迢、千辛万苦地去西天取经?这是吴承恩故意调侃佛祖,还是唐僧志诚则灵?

刘伯钦家送给唐僧一两银子,唐僧坚决不接受,这成了他在西行路上的法则:绝不接受金钱,只接受粗茶淡饭。刘家人只好送他一些粗面烧饼干粮,他高高兴兴地接受了。刘伯钦带领家童陪着唐僧走了半日,看到一座高接云霄的大山。走到半山腰时,刘伯钦向唐僧告别,唐僧依依不舍,希望他再送自己一程。正难舍难分之时,忽然听到山脚下喊声如雷:"我师父来也!我师父来也!"唐僧吓呆,刘伯钦愣住。原来是西天取经最重要的人物来了。

天喜文化

第十五回　蛇盘山诸神暗佑　鹰愁涧意马收缰

第二十一回　护法设庄留大圣　须弥灵吉定风魔

第二十五回　镇元仙赶捉取经僧　孙行者大闹五庄观

第三十二回　平顶山功曹传信　莲花洞木母逢灾

第四十二回　大圣殷勤拜南海　观音慈善缚红孩

第四十九回　三藏有灾沉水宅　观音救难现鱼篮

插图典藏本

品读西游记

（中）

马瑞芳 著

天 地 出 版 社 | TIANDI PRESS

白鹿
© Bailu Studio

目录

我师父来也

　　唐僧西行取经，不带随从不行，随从总跟着他也不行，吴承恩的安排是：唐僧取经开始时有随从，有坐骑，随从是凡人，坐骑是凡马，都是唐太宗派给他的。但是这人和马，都必须得尽快换掉，随从换成猴精、猪精、水怪，马换成白龙马。唐僧必须在大唐境内把随从"丢"完，当他凄凄惨惨独自上路时，神猴的再次出世才显得非常重要。

妙趣横生两界山

　　唐僧的随从被老虎精、熊精、野牛精吃掉了，唐僧在太白金星的救助下逃出了虎口。幸好马还在，唐僧又在猎人刘伯钦的帮助下，走到了唐朝的边界。刘伯钦向他告别，说，这座山叫两界山，东半边属于我们大唐所有，西半边属于鞑靼地界。

　　过了两界山，就出了大唐国界。惊艳不惊艳？"两界山"，吴承恩是怎么想出这么个妙不可言的地名的？！

　　两界山不仅在地理上隔开了两个国家，在情节上又是整部小说的分界点。唐僧越过两界山，就正式踏上了为大唐皇帝西行取经的路途。《西游记》这部世界名著，也从异常吸引眼球的大闹天宫的美妙故事，转入同样吸引眼球，但是性质完全不同的西天取经的瑰丽故事。

吴承恩这个小说家真是天才，他的巧妙构思，他的确切用词，他那极其简练的用词当中蕴含的深刻寓意，真是让人叹为观止！

迈过了两界山，孙悟空、猪八戒、沙僧、白龙马四师兄弟就伴随着他们那些引人入胜的故事——比如孙悟空再次出世，猪八戒心心念念离不开高老庄，小白龙和孙悟空唇枪舌剑——相继投奔到师父唐僧的身边。西天取经团队组建完毕，正式开启艰苦卓绝而有趣极了、诙谐极了的取经之路。西天取经的每一个故事，都像万花筒一样奇妙，叫人大开眼界！而且，奇异有趣的情节总会带给人一点儿人生的启迪和为人处世的教益。

我师父来也

刘伯钦对唐僧说，鞑靼那边的虎狼不伏我降，我也不能过界，你自己去吧。唐三藏拉住刘伯钦的衣服不放，滴泪难分。刘伯钦只能谆谆叮咛，叫唐僧千万自己小心。就在这时，山脚下传来一阵雷一般的喊声："我师父来也！我师父来也！"唐僧又给吓蒙了。

唐僧不知道，读者朋友却知道，这是孙悟空在叫喊。他迫不及待、激情万丈地喊着"我师父来也"，因为经过这五百年的苦撑苦熬，他终于看到了一点儿希望。

刘伯钦是怎么样叮咛唐僧的，吴承恩没有写，这是小说家采用省笔，但是他们的对话肯定透露出极其重要的信息，使得压在山下的猴王得知，这个将要迈过大唐边界进入鞑靼地界的人，正是唐朝派往西天取经的和尚，也是他孙悟空从灾难中解脱的唯一希望。

自从观世音菩萨告诉孙悟空，自己要从东土找一个取经人，孙悟空可以给他当徒弟之后，孙悟空的猴耳朵就整天竖得直直的，听有没有取经人到来，现在取经人终于来了。

这是一个多么重要的时刻。《西游记》点评家们为之欢呼雀跃，有的版本这样评："看到此处，令人人踊跃、欢喜，如出暗室而睹青天，如泛苦海而登彼岸，无数重负，一朝顿释矣。乐极，乐极！"

当然，真正乐晕了的是孙悟空。孙悟空总是自我感觉良好，即使被压在五行山下，大概他也会不断回味自己大闹天宫的经历吧！美猴王创造了一段多么辉煌的历史！孙悟空经常吹嘘的一句话就是：本人是五百年前大闹天宫的齐天大圣。孙悟空被压在五行山下时，得像佛教教义主张的那样，持戒、忍辱，思考自己为什么失败了，失败后还能做些什么。他这一思考，就是五百年。自从观世音菩萨告诉他做取经人的徒弟可以获救，孙悟空就日日夜夜、时时刻刻提心吊胆，等着师父来救他脱身。

正当唐僧和刘伯钦听到有人大喊"我师父来也"，吓得惊慌失措时，刘家的家童说，这叫喊的是山脚下石匣中的老猿。刘伯钦也想起来了，说："是他！是他！"

刘伯钦告诉唐僧，这座山本来叫五行山，是大唐王征西定国后，才把山名改为两界山的，先前曾听老人说过，王莽篡汉时天降此山，下边压着一只神猴。这神猴由土神监押，饥吃铁丸，渴饮铜水，冻饿不死。刘伯钦领着唐僧到山脚下看，石匣中果然有只猴，露着头，伸着手，乱招手说："师父，你怎么此时才来？来得好！来得好！救我出来，我保你上西天去也！"

神话整合历史片段

从如来翻掌一扑，把五指变成五行山压住神猴，到唐僧取经的贞观年间，历时五六百年。吴承恩借刘伯钦和唐僧闲谈，把孙悟空被压五行山的神话和中国历史联系了起来。从王莽篡汉到贞观年间，恰好五六百年。瑰丽的神话跟历史片段被整合起来了，吴承恩构思绝妙。

当年叱咤风云的齐天大圣，被压在原来的五行山、后来的两界山下，狼狈之极。天不怕地不怕、英雄气概冲云天的齐天大圣，如今连鬓角都长了草！刘伯钦替他拔去了鬓角边的草，神猴细心地问唐僧，你是不是东土大王派去西天取经的？唐僧说，正是。孙悟空就说，我被如来压在五行山下，观世音菩萨领佛旨意，上东土寻取经人，我请菩萨救我，菩萨劝我莫再行凶，皈依佛法，尽心保护取经人，往西方拜佛，功成后自然有好处，于是我"昼夜提心，晨昏吊胆，只等师父来救我脱身。我愿保你取经，与你做个徒弟"。然后，孙悟空告诉唐僧，你爬到山顶，把金字压帖揭下来，我就出来了。唐僧来到山顶，叩拜祝祷后，把如来的金字压帖揭下。一阵香风把压帖刮到了空中，未现真身的监押神说，如今孙悟空难满，我拿着这压帖去向如来交差。孙悟空叫已经走出六七里远的唐僧和刘伯钦再走远些。唐僧和刘伯钦下了山，只听得一声巨响，地裂山崩，被压了五百年的齐天大圣重见天日！

齐天大圣新的战斗历程马上就要开始了，吴承恩这个大作家，非常懂得艺术的辩证法，他总是在人物最顺风顺水的时候提醒道：你也有过不那么光彩的经历，不要总是尾巴翘到天上去！孙悟空向师父吹了一通，说自己是五百年前大闹天宫的齐天大圣，这当然是

心猿归正

孙悟空最光荣的历史。战天神、斗天将，何等威风！但孙猴子也有走麦城的经历，那就是他忌讳的弼马温事件。孙悟空刚刚被师父从山下解救出来，吴承恩就不失时机地用一个细节调侃猴王一下，提醒他这段不光彩的过往。

孙悟空从石匣中挣脱出来，谢完师父的解救，谢完刘伯钦给自己鬓角拔草后，立即干起徒弟该干的活儿，给师父收拾行李，给马装好鞍辔。唐僧的白马一见到孙悟空就腰软蹄挫，战战兢兢站立不住，几乎要被吓得趴到地上。这是为什么？因为孙悟空在天宫做过给玉帝看养龙马的弼马温，当然让凡马害怕了。这个似乎微不足道的细节令人忍俊不禁，这也是提醒孙悟空：你有过做弼马温的历史，还是乖乖地夹着你那猴尾巴做"人"为妙！吴承恩的幽默无处不在，调笑笔墨信手就来。《西游记》这部神魔小说会不断给凡人提供关于人生，关于蹉跌，关于跌倒了怎样爬起来的社会经验，你能说它仅仅是休闲解闷之作吗？

孙悟空本来是大闹天宫的美猴王，做了唐僧的徒弟后，又有了个新称号——孙行者，也有了新的经典造型。

孙悟空的经典造型

孙悟空是中国戏剧、影视舞台上最经典、最受欢迎的艺术形象之一。只要他一出现，总能给观众带来愉悦感。李希凡先生曾在《〈西游记〉的主题和孙悟空的形象》一文中说道："孙悟空是一个被创造得最完整的神魔英雄形象。"那么，离开纸面描写，孙悟空该是个什么样儿呢？

流光溢彩美猴王

孙悟空这个形象具有魔幻色彩，有神话乃至童话意味，能给中国读者带来正能量，能给外国读者带来新奇有趣的感受。难道吴承恩未卜先知？他早知道孙悟空会成为家喻户晓的明星，早知道孙悟空会不断地在戏剧舞台、电影电视、新媒体上露面，于是提前四百年给孙悟空准备下赏心悦目的经典造型？

孙悟空的经典造型有两个：一个是花果山美猴王的形象，一个是西天取经孙行者的形象。这两个造型在中国各个剧种中迭次出现，流光溢彩。

孙悟空是猴，但不是一般的猴，是"美猴"。美猴王的服装基本是四海龙王赞助的。这套装扮非常神气：头戴凤翅紫金冠，身穿锁子黄金甲，腰系蓝田碧玉带，脚蹬藕丝步云履。在某些戏剧中，美猴王头上还经常多出元帅佩戴的雉鸡翎。这是"战神+领导者"造型。以这个造型出现时，孙悟空身边必定有群猴前呼后拥、吱吱喳喳、大呼小叫，非常热闹。

孙悟空不安于做弼马温，第一次反回花果山时，独角鬼王送给他一件赭黄袍。"猴王大喜，将赭黄袍穿起，众等忻然排班朝拜。"从此美猴王多出一件新大衣，戏剧舞台则通常给美猴王披上一件非常有气派的龙袍样披风。孙悟空做齐天大圣时这样装扮，取经路上被唐僧贬回花果山，再做起美猴王时，还是这样装扮。戏剧、影视舞台上装扮得最传神的，我印象中是六龄童和六小龄童。

我八岁时，一从学校放学就会到县图书馆去，捧起一本《西游记》，津津有味地看下去。到了晚上，戏迷三哥"猫"常溜到县戏院去，看各种各样的京剧节目，从《苏三起解》到《空城记》，从《钓金龟》到《八大锤》，天天看，不厌其烦地看。如果哪天猫哥开恩带我去看《美猴王大闹天宫》，看头戴凤翅紫金冠、身穿锁子黄金甲、肩披帅气赭黄袍的孙悟空，那就是我童年最盛大的节日了。

光腚猴有了虎皮裙

孙悟空和如来打赌，却一个筋斗没有跳出如来手心，被如来反掌压在五行山下。唐僧取经，在两界山见到孙悟空时，孙悟空一副狼狈相，被打回猴儿的自然状态，混得连件衣服都没得穿，小说是这样写孙悟空那副尊容的：

尖嘴缩腮，金睛火眼。头上堆苔藓，耳中生薜萝。鬓边少发多青草，颔下无须有绿莎。眉间土，鼻凹泥，十分狼狈；指头粗，手掌厚，尘垢余多。还喜得眼睛转动，喉舌声和。语言虽利便，身体莫能那。正是五百年前孙大圣，今朝难满脱天罗。

唐僧揭开如来命阿傩尊者贴在五行山顶上用于镇压孙悟空的金字压帖，"只闻得一声响亮，真个是地裂山崩。众人尽皆悚惧。只见那猴早到了三藏的马前，赤淋淋跪下，道声：'师父，我出来也！'"

请注意三个字——"赤淋淋"，这个时候的孙悟空是个光腚猴哩。唐僧要给徒弟取名字，神猴说，我早有名字，我叫孙悟空。唐僧听了很欢喜，说正合我们的宗派，又说："你这个模样，就像那小头陀一般，我再与你起个混名，称为行者，好么？"头陀一般指行脚乞食的僧人，《水浒传》里武松就打扮成头陀，唐僧很会形容，孙悟空现在的狼狈相确实像个到处要饭的。孙悟空从师父那里得到新名字"孙行者"。他背着行李，"赤条条，拐步而行"。这七个字太传神了！孙悟空刚从石匣出来，身上不着寸缕，赤条条，完全是猴的自然形态；走路一拐一拐，是罗圈腿，既像猴儿学人行走，又像是被五行山压了五百年，一时间还不太会行走。接着，孙悟空自己创造起行者的披挂来：

忽然见一只猛虎，咆哮剪尾而来。三藏在马上惊心。行者在路旁欢喜道："师父莫怕他。他是送衣服与我的。"放下行李，耳朵里拔出一个针儿，迎着风幌一幌，原来是个碗来粗细一条铁棒。他拿在手中，笑道："这宝贝，五百余年不曾用着他，今日拿出来挣件衣服儿穿穿。"……那只虎蹲着身，伏在尘埃，动也不敢动动。却被他照头一棒，就打的脑浆迸万点桃红，牙齿喷几珠玉块，唬得那陈玄奘滚鞍落马，咬指道声："天那！天那！刘太保前日打的斑斓彪，还与他斗了半日；今日孙悟空不用争持，把这虎一棒打得稀烂，正是'强中更有强中手'！"

孙悟空拔下一根毫毛，将其变成一把牛耳尖刀，剥下虎皮，"割个四四方方一块虎皮"，裁成两幅，收起一幅，把剩下一幅围在腰间，又随手在路边扯下一条葛藤紧紧束起，遮住下体。这个举动说明孙悟空形体是猴，内心却是个有礼仪意识的人。他不能当光腚猴，他的标志性服装虎皮裙就此诞生了。自然界的猴儿，只能是老虎的腹中餐，孙悟空这只猴却用虎皮做自己的"时装"！

白布直裰换"承赐"唱喏

孙悟空和唐僧来到五行山下的陈家借宿，孙悟空向陈老头儿诉说："我有五百多年不洗澡了。你可去烧些汤来，与我师徒们洗浴洗浴。"洗完澡，孙悟空借来针线，看到唐僧洗浴换下一件白布短小直裰，就披在身上。直裰是一种传统的僧侣法衣，据宋朝赵彦卫《云麓漫钞》谓："古之中衣，即今僧寺行者直裰。"孙悟空把他师父这件直裰穿在身上，也就意味着从此他就成和尚了。他又"将那虎皮脱下，联接一处，打一个马面样的折子，围在腰间，勒了藤条"，走到师父跟前问："老孙今日这等打扮，比昨日如何？"野猴品性不改，在师父面前竟然自称"老孙"。唐僧夸奖他更像个行者了。唐僧说，我这件白布直裰就送给你。孙悟空立即唱喏："承赐！承赐！"我看到这里，心里酸酸的，可怜的猴王！当年闹龙宫的猴王是什么态度？四海龙王送给他那么华丽的服饰，也没从他嘴里换回一句"承赐"，只是说了句"聒噪"，如今唐僧一件旧白布直裰就换回两句"承赐"，真是"落难的凤凰不如鸡"。也许是猴王修养变高啦？孙悟空真是个好学生，不管对菩提祖师还是对唐僧，他这个学生都是真心爱戴、全力维护、认真听训。

灭六贼戴金箍

虎皮裙"时装"意味着孙悟空从"美猴王"到"孙行者"的转型。和转型密切相关的还有两个关键情节：一个是灭六贼，一个是戴金箍。

第十四回写孙悟空从五行山脱困出来，回目名为《心猿归正 六贼无踪》。"心猿归正"是指孙悟空终于走上正路；"六贼无踪"表面上是说孙悟空打死六个贼人，实际上里边有精深的佛教内涵。

唐僧师徒从陈家出来，刚踏上取经路，路旁突然闪出六个拦路抢劫的人。在传统观念里，六是个阴数。《金瓶梅》中联手把西门庆送上西天的两个女人，一个叫潘六儿也就是潘金莲，一个叫王六儿，这就是"重阴"了。强盗为什么是六个？为什么不是四个、五个、七个、八个？那是因为必须是六个才符合佛教对"六贼"的论述。更妙的是六贼自己供出了他们的名字："一个唤作眼看喜，一个唤作耳听怒，一个唤作鼻嗅爱，一个唤作舌尝思，一个唤作意见欲，一个唤作身本忧。"《百家姓》里有没有姓"眼""耳""鼻""舌""意""身"的？我没查过，如果有，想必姓这些姓氏的人数也非常少，而他们偏偏组合到了一起！什么意思？《李卓吾先生批评西游记》第十四回回末总批说了一段很有哲理的话：

六贼无踪

"'心猿归正，六贼无踪'八个字已分明说出，人亦容易明白。但篇中尚多隐语，人当着眼。不然，何异痴人说梦，却不辜负了作者苦心？"篇中隐语"灭六贼"乃从佛教教义衍化而来。佛教把眼、耳、鼻、舌、身、意称作"六贼"，"六贼"在身，则"六根"不净，"六尘"随身。孙悟空打死六贼，等于断了"六根"，弃了"六尘"，消灭了一切物欲诱惑，清清净净，无牵无挂，专心向佛。

奇怪的是，唐僧明明听到这六个贼人如此稀奇的名字，他也肯定知道佛教中"六贼"是什么，却愣是没搞明白孙悟空打死六贼意味着什么。他只知道在那儿一个劲儿地絮絮叨叨，把孙悟空给气跑了。难道身为大唐高僧的师父倒比刚刚收的徒弟还后知后觉？

孙悟空被唐僧气跑后，观世音菩萨化身一位老母，给唐僧送来绵布直裰和嵌金花帽。孙行者的又一经典造型来了：头戴小花帽，上身着绵布直裰，下身围虎皮裙。此后小花僧帽又被金光闪闪的金箍取而代之。

佛家不是不打诳语吗？有趣的是，不管是观世音菩萨还是唐僧，为了把小花帽也就是如来的金箍戴到孙悟空头上，都故意撒谎。孙悟空丢下唐僧跑了后，唐僧一个人凄凄凉凉地独自前进。观世音菩萨变成一位老母，谎称她有个做了三天和尚就短命身亡的儿子，留下锦衣、花帽，情愿送给长老的徒弟，又教给唐僧"定心真言"也就是《紧箍儿咒》，告诉他，你那个徒弟"若不服你使唤，你就默念此咒，他再不敢行凶，也再不敢去了"。然后，观世音菩萨化作一道金光而去。我前边已经说过，《西游记》的女主角是观世音菩萨。观世音菩萨总是在关键时刻出现。唐僧得到辖制徒弟的法宝，他并不主动拿出来，而是让孙悟空打开包袱拿食物时"偶然"发现。这个好奇的猴儿立即对锦衣、花帽产生兴趣，唐僧编了套鬼话：绵布直褛和嵌金花帽，"是我小时穿戴的。这帽子若戴了，不用教经，就会念经；这衣服若穿了，不用演礼，就会行礼"。天真烂漫的孙悟空道："好师父，把与我穿戴了罢。"孙悟空穿戴好，唐僧念起《紧箍儿咒》，嵌金花帽变成金箍勒紧猴儿脑袋，在上面生了根，把个孙悟空痛得"竖蜻蜓，翻筋斗，耳红面赤，眼胀身麻"。孙悟空知道这是观世音菩萨想的奈何自己的法子，只好向唐僧保证：我愿保你，再无退悔之意。

孙悟空头上的金箍相当有哲理性。极端天才的人物，往往有极端自由的倾向，不受世俗管束，不服从上级领导。观世音菩萨给手无寸铁的唐僧送来掌管孙悟空的法宝，唐僧只要念《紧箍儿咒》，孙悟空就头痛欲裂，只能乖乖听话。

孙悟空成了唐僧的第一个徒弟，唐僧马上还要再收几个徒弟，接下来的，是聪慧精明的小白龙。

聪慧精明小白龙

看电视连续剧《西游记》，可以看到唐僧的坐骑马身纯白，鬃毛长长，鞍鞯金光闪闪，成为唐僧取经路上一道不可或缺的亮丽风景。

白马本来是唐太宗所赐，是凡马，后来换成了白龙马。

白龙马有四种形态：原形是喷云吐雾的云中玉龙；应菩萨之命变幻为英俊潇洒的白马；到了菩萨跟前是英俊小伙儿；在妖怪跟前还能变成美女。按照拜师顺序，小白龙应是猪八戒和沙僧的师兄，但是小白龙谦虚低调，很懂"敬人一步天地宽"的人情世故。小白龙称呼晚于他拜师的猪八戒为"二师兄"，猪八戒也大大咧咧地接受了。

孙悟空辩不过小白龙

小白龙会抓机会，善于辞令。观世音菩萨在去东土考察取经人的路上，偶遇了小白龙，彼时他还是玉龙真身。玉龙因犯忤逆罪，被他父王告到玉帝驾前，悬吊空中准备处斩。玉龙诚恳而悲切地祈求观世音菩萨怜悯，观世音菩萨转求玉帝饶了他的性命，叫他将来给取经僧做个脚力。玉龙叩头谢菩萨活命之恩。菩萨把玉龙送在深涧中，叫他在这儿等取经人。玉龙从此在鹰愁涧潜踪，饿了就上岸扑些鸟鹊、獐鹿充饥。

　　前缘注定：唐僧和孙悟空经过鹰愁涧，饥饿的玉龙扑上岸来吞食了唐僧的白马。孙悟空听到师父抱怨没了马，"这万水千山，怎生走得"，看着师父"泪如雨落"，暴躁地说师父"脓包形"。孙悟空来到鹰愁涧边，大骂玉龙"泼泥鳅"，让他还马。这就好像叫孙悟空是弼马温，特别伤害玉龙自尊心。玉龙气不过，出涧与孙悟空斗了一阵子，玉龙渐渐不支，转身躲到涧底不出来了。孙悟空只得回到唐僧身边。唐僧怀疑孙悟空的能力，说："你前日打虎时，曾说有降龙伏虎的手段，今日如何便不能降他？"孙悟空最受不了别人激他，于是来到涧边，用如意金箍棒把鹰愁陡涧搅得像黄河涨波一样。玉龙问孙悟空："你是那里来的泼魔？"已有潜台词：你该不是和取经有关？孙悟空只顾报失马之仇，压根儿不提西天取经的事。后来，鹰愁涧当坊土地和本地山神还明确告诉孙悟空："观音菩萨因为寻访取经人去，救了一条玉龙，送他在此，教他等候那取经人。"话已经说得很清楚：这条龙和取经人有关。孙悟空却仍没意识到自己师父又要收新徒弟了，仍然在涧边乱骂，绝口不提"取经"二字。这叫什么？傻斗傻骂傻叫唤。结果还得观世音菩萨亲临鹰愁涧，派揭谛叫出玉龙，告诉他取经人到了，向玉龙介绍孙悟空：

　　　　"这不是取经人的大徒弟？"小龙见了道："菩萨，这是我的对头。我昨日腹中饥馁，果然吃了他的马匹。他倚着有些力量，将我斗得力怯而回；又骂得我闭门不敢出来。他更不曾提着一个'取经'的字样。"行者道："你又不曾问我姓甚名谁，我怎么就说？"小龙道："我不曾问你是那里来的泼魔？你嚷道：'管甚么那里不那里！只还我马来！'何曾说出半个'唐'字！"菩萨道："那猴头，专倚自强，那肯称赞别人？"

这段对话多么好玩！向来能说会道、强词夺理的孙悟空，居然辩不过玉龙！其实错在玉龙，本是他吃了唐僧的白马，但照他这番叙述，因为孙悟空不肯透露自己是取经人徒弟，所以有错的不是他，倒成孙悟空了。玉龙的话合乎逻辑，观世音菩萨马上支持玉龙。能言善辩的孙悟空哑口无言。这大概是口若悬河的孙悟空在口舌之争上少有的吃亏经历。

好马还得配好鞍

观世音菩萨把玉龙项下明珠摘了，用杨柳枝在净瓶里蘸些甘露洒到玉龙身上，吹口仙气，玉龙便变成他先前吃掉的、唐太宗送给唐僧的白马。孙悟空揪着马的顶鬃去见师父。唐僧惊奇，这马怎么比原来还肥盛些？孙悟空告诉师父，这是观世音菩萨把鹰愁涧的龙变成你的马了。唐僧赶紧撮土焚香，向菩萨顶礼膜拜。师徒二人和马到了一座庙宇，里边儿一个老头儿自称是这个地方的庙祝，听说他们那没有鞍辔的马是观世音菩萨用玉龙变成的，老头儿当即表示：我倒有副鞍辔，即使落得如此贫穷也没舍得卖掉，既然菩萨都愿意救护你们，把神龙变成马，我就把鞍辔送给你们吧。孙悟空在天宫养过马，当然懂得好马配好鞍的道理，他检查起这位庙祝送的鞍辔，发现果然非常高档：

鷹愁澗意馬收繮

雕鞍彩晃束银星，宝凳光飞金线明。

衬屉几层绒苫叠，牵缰三股紫丝绳。

辔头皮札团花粲，云扇描金舞兽形。

环嚼叩成磨炼铁，两垂蘸水结毛缨。

孙悟空把鞍辔放到白龙马身上，就像量身定做的一般，这是当然啦，因为这位"庙祝"，是观世音菩萨让落伽山土地变的，而鞍辔是细心的菩萨给配备的。观世音菩萨这位西行路上的"装备部长"简直太敬业了。

危难时白龙露峥嵘

从此，小白龙变成白龙马，跨千山，渡万水，任劳任怨地驮着师父。读者似乎忽略了唐僧的徒弟中还有个小白龙，而小白龙一直不显山不露水，只在必要时露峥嵘。

小白龙在唐僧被黄袍怪变成老虎的危急关头，先机智地去搭救师父，受伤后又想出请回猴王的办法，劝猪八戒实行。这是第三十回《邪魔侵正法　意马忆心猿》的内容，白龙马和孙悟空并列出现在回目中。这一回讲的是：孙悟空因为三打白骨精被唐僧轰走，天上的二十八星宿之一奎木狼思凡下界，幻化为黄袍怪，摄走宝象国公主，唐僧师徒向宝象国国王报告公主下落，声称最会捉妖的猪八戒，还有他的师弟沙僧都打不过黄袍怪。黄袍怪将唐僧变作老虎。消息传到正在吃草料的白龙马耳朵里。白龙马想："我今若不救唐僧，这功果休矣！休矣！"白龙马想到的是保师父西天取经，将来成为一条金龙。他化作龙形，驾云来到宝象国金殿，看到妖魔正边饮酒边吃人，于是变作一个仪容娇媚的宫娥，甜言蜜语地说："驸马呵，你莫伤我性命，我来替你把盏。"小白龙用龙的特技"逼水法"，将酒斟得高出酒盏，越斟越高，"就如十三层宝塔一般，尖尖满满，更不漫出些须"。这样的特技引起妖魔的兴趣，小白龙又唱曲讨好妖魔。妖魔放松警惕，问，你会舞吗？小白龙聪明地说素手舞得不好看，哄骗妖魔将佩刀给他。小白龙边舞边观察，然后"丢了花字，望妖精劈一刀来"，差一点儿就偷袭成功了！但妖魔手段太高明，小白龙受了伤。他回到马厩，恰好此时猪八戒回来了。猪八戒听说了师父的遭遇后，对白龙马说，你要是还挣得动，就回大海去吧，我呢，继续回高老庄做女婿去。此时小白龙成了中流砥柱：

> 小龙闻说，一口咬住他直裰子，那里肯放。止不住眼中滴泪道："师兄呵！你千万休生懒惰！"八戒道："不懒惰便怎么？沙兄弟已被他拿住，我是战不过他，不趁此散火，还等甚么？"小龙沉吟半晌，又滴泪道："师兄呵，莫说散火的话。若要救得师父，你只去请个人来。"……（请孙悟空）"他决不打你。他是个有仁有义的猴王。你见了他，且莫说师父有难，只说：'师父想你哩。'把他哄将来。到此处，见这样个情节，他必然不忿，断乎要与那妖精比拼，管情拿得那妖精，救得我师父。"

小白龙有心计，小白龙的精神也感动了猪八戒，猪八戒果然从花果山请回了美猴王。

马尿"药效"显神通

白龙马从此又默默无闻地驮着唐僧，一路风餐露宿，来到了朱紫国。孙悟空要当医生，又把白龙马提溜出来参加他的制药活动，怎么参加？孙悟空虚张声势地弄来几千斤中药，实际上最起作用的，是他让猪八戒去接的马尿，小说中这一段特别有趣：

> 行者又将盏子递与他，道："你再去把我们的马尿等半盏来。"八戒道："要怎的？"行者道："要丸药。"沙僧又笑道："哥哥，这事不是耍子。马尿腥臊，如何入得药品？我只见醋糊为丸，陈米糊为丸，炼蜜为丸，或只是清水为丸，那曾见马尿为丸？那东西腥腥臊臊……"行者道："你不知就里。我那马不是凡马，他本是西海龙身。若得他去便溺，凭你何疾，服之即愈。但急不可得耳。"……（猪八戒就去叫马溺尿）那马跳将起来，口吐人言，厉声高叫道："师兄，你岂不知？我本是西海飞龙，因为犯了天条，观音菩萨救了我，将我锯了角，退了鳞，变作马，驮师父往西天取经，将功折罪。我若过水撒尿，水中游鱼，食了成龙；过山撒尿，山中草头得味，变作灵芝，仙僮采去长寿。我怎肯在此尘俗之处轻抛却也？"

孙悟空和猪八戒坚持让白龙马撒尿。白龙马"咬得那满口牙齝支支的响亮，仅努出几点儿"，惹得猪八戒抱怨说："这个亡人！就是金汁子，再撒些儿也罢！"这段马尿和药的故事，是《西游记》中颇为风趣的一段文字。

西天取经圆满完成后，如来下令：小白龙晋升为八部天龙马。

"揭谛引了马下灵山后崖化龙池边，将马推落池中。须臾间，那马打个展身，即退了毛皮，换了头角，浑身上长起金鳞，腮颔下生出银须，一身瑞气，四爪祥云，飞出化龙池，盘绕在山门里擎天华表柱上。"从戴罪的玉龙，到体面的天龙，他完成了命运大逆转。只是不知道小白龙有没有想过，在鹰愁涧做只"泼泥鳅"与在华表柱上做条装饰龙，到底哪个更自由自在，哪个更快乐？

亦龙亦马亦俊美少年，白龙马是《西游记》中一个形象十分生动的人物。白龙马变宫娥救师父，劝猪八戒求回大师兄，参与制药等情节，作者都是拿"马"和"龙"的身份转化做的文章，故事充满谐趣。

孙猴逞能丢袈裟

研究者常说，《金瓶梅》一粒花中见世界，《红楼梦》半杯水里写人情。比如，西门庆的嫡妻吴月娘凭着潘金莲头上戴着邻居花子虚妻子李瓶儿一模一样的宫样金簪，判断出在潘金莲的包庇下，西门庆和结义兄弟的妻子李瓶儿有了私情。西门府内外的女人演出了一番不次于战场搏杀的情斗。又比如，贾宝玉喝一碗小荷叶儿小莲蓬儿汤，写尽贾府的繁华和人物关系的微妙。其实，神魔小说巅峰之作《西游记》也擅长用小物件做大文章。唐僧的袈裟就引出一段非常有趣的故事。

锦襕袈裟是唐僧礼服

唐僧袈裟的来历非同寻常。如来要向东土传经，观世音菩萨负责挑选取经人，如来准备下两件宝物：锦襕袈裟一领，九环锡杖一根。唐太宗选中玄奘大做法会，观世音菩萨变作疥癞僧捧了锦襕袈裟、九环锡杖向宰相萧瑀宣扬："着了我袈裟，不入沉沦，不堕地狱，不遭恶毒之难，不遇虎狼之灾。"宰相带"疥癞僧"往见唐太宗。菩萨在唐太宗驾前滔滔不绝地说起袈裟的好处。听说唐太宗要买下袈裟、锡杖赐给正在长安弘扬佛法的玄奘法师，"疥癞僧"表示："陛下明德止善，敬我佛门，况又高僧有德有行，宣扬大法，理当奉上，决不要钱。"由唐太宗把如来的袈裟、锡杖交给玄奘，这就有了双重价值：锦襕袈裟既是佛祖给的，又是唐朝天子赏的。唐僧既获得佛门护身法宝，又获得朝廷信赖。从此，身披锦襕袈裟，手执九环锡杖，成了唐僧的经典造型。在西行路上，唐僧确实一直把九环锡杖抓在手里，锦襕袈裟却不常穿，平时用几层油纸包裹着，放在包袱里，只有在寺庙拜佛或到西域各国投换关文时，唐僧才会披上锦襕袈裟。因为观世音菩萨早就对唐太宗说过，锦襕袈裟是礼服，"闲时折叠，遇圣才穿"。

师徒处世迥然不同

按照观世音菩萨的说法，锦襕袈裟本可以保护唐僧免受灾难，没想到却引来九九八十一难中的两难——"夜被火烧第十难""失却袈裟十一难"。《李卓吾先生批评西游记》第十七回总批："只为一领袈裟，生出多少事来。"

追根究底，袈裟风波是孙悟空心高气傲、调皮好动、好卖弄引出来的。

孙悟空刚拜唐僧为师，一师一徒就显示出两种完全不同的个性：师父为人谦恭和蔼、礼貌周全；徒弟为人牛气冲天、桀骜不驯。他们在鹰愁涧时，观音菩萨把玉龙变成马，孙悟空挑着行囊来到涧边，这是个有趣的小细节。今非昔比，美猴王炮换弹弓，大闹天宫的齐天大圣变成了挑夫，大材小用了不是？还好，不久就有人来替他挑了。这时，有个渔翁撑着枯木筏子出现，将他们渡过了鹰愁涧。唐僧非常感激渔翁，要送钱给他。渔翁不要钱，唐僧虔诚地合掌向渔翁致谢。孙悟空说，师父不要谢他，他是这涧里的水神，他不来接我老孙，老孙还要打他哩。这么一件小事，师父合掌感谢人家，徒弟则说他能免打就算走运。等到他们住到一个庙祝家里，庙祝向唐僧赠送鞍辔，唐僧拜谢，庙祝又奉送一条马鞭，唐僧赶紧诚惶诚恐地说"多承布施"。然后庙祝忽然不见，空中有人说，圣僧，我是落伽山土地，是菩萨派我送鞍辔给你的。唐僧一听，立即"滚鞍下马，望空礼拜"，朝天叩头无数。师父在那儿叩头，徒弟却在一边哈哈大笑。唐僧怪罪孙悟空怎么不拜一拜，孙悟空说，他这样藏头露尾，我不打他就够了。孙悟空又说："老孙自小儿做好汉，不晓得拜人，就是见了玉皇大帝、太上老君，我也只是唱个喏便罢了。"唐僧说："不当人子！莫说这空头话！"意思是孙悟空吹牛。这些小事恰好表现出师徒二人完全不同的处世态度。

在第十六回《观音院僧谋宝贝　黑风山怪窃袈裟》中，孙悟空的调皮捣蛋、张扬吹嘘，唐僧的小心翼翼、谨慎守拙，更是鲜明地对比出来。

顽皮乱动的皮猴子

唐僧师徒来到"层层殿阁，叠叠廊房。三山门外，巍巍万道彩云遮；五福堂前，艳艳千条红雾绕"的观音禅院。请注意，这是观世音菩萨的留云下院。唐僧和孙悟空刚刚接受了观世音菩萨的亲自帮助，应该对菩萨感恩戴德，对菩萨的留云下院恭恭敬敬。唐僧一听说是观音禅院，就大喜道："弟子屡感菩萨圣恩，未及叩谢；今遇禅院，就如见菩萨一般，甚好拜谢。"说完唐僧便朝着观世音菩萨金像叩头。观音禅院的和尚便去打鼓，孙悟空就去撞钟。美猴王是诚心撞钟吗？非也非也，他是在捣蛋。唐僧祝拜完了，和尚停了鼓，孙悟空只管撞钟不歇，或紧或慢，撞了许久，自称："我这是'做一日和尚撞一日钟'的。"这不是故意调皮捣蛋是什么？观音禅院里的大小僧人、上下房长老，听到钟声乱响，便问："那个野人在这里乱敲钟鼓？"孙悟空跳出来说："是你孙外公撞了耍子的！"一个没有女儿的家伙自封外公，令人忍俊不禁。我读了几十年的《西游记》，一直解不开一个疑问，那就是孙悟空为什么喜欢自称是妖魔的外公，却从来不称他是妖魔的爷爷？难道外公比爷爷高贵？

观音禅院的和尚们被孙悟空的相貌吓得跌跌滚滚，都趴在地上叫："雷公爷爷！"孙悟空道："雷公是我的重孙儿哩！起来，起来，不要怕，我们是东土大唐来的老爷。"唐僧和孙悟空两个行脚僧，到了别人的地盘上，师父五体投地拜菩萨，徒弟乱撞钟、瞎咋呼、吹大牛，自称是和尚的外公，是雷公的曾祖父，是东土大唐来的老爷，而撞钟是"做一日和尚撞一日钟"，其实是为了玩耍！人们经常把顽皮捣蛋的男孩叫"皮猴子"，孙悟空是登峰造极的皮猴子。为什么儿童都喜欢孙悟空？因为孙悟空是一个最接近儿童品性的成人形象。

争强好胜，膨胀炫耀

孙悟空的争强好胜愈演愈烈。唐僧请教观音禅院的老院主高寿，老院主介绍说："痴长二百七十岁了。"即使在《西游记》里，一个凡人能活二百七十岁也相当不简单。历史上的唐三藏也只不过活了六十多岁。孙悟空立即抢话道："这还是我万代孙儿哩！"唐僧教训他："谨言！莫要不识高低，冲撞人。"金池长老，也就是老院主，用法蓝镶金的茶盅请师徒俩用香茶。唐僧礼貌性地夸道："好物件！好物件！

真是美食美器！"老和尚问："老爷自上邦来，可有甚么宝贝，借与弟子一观？"唐僧谦虚地说："可怜！我那东土，无甚宝贝；就有时，路程遥远，也不能带得。"谁知，一旁的孙悟空立即建议把袈裟拿出来显摆显摆。一听说是袈裟，观音禅院的和尚们便不以为意，为了卖弄老院主有七八百件好袈裟，他们一下子抬出十二个柜子，将里面的袈裟一件一件挂起来，"满堂绮绣，四壁绫罗"。孙悟空一看，哦，"都是些穿花纳锦，刺绣销金之物"，不过是些市井上的东西，比我师父的袈裟差远啦。他的虚荣心立刻膨胀起来，开始炫耀：

> （孙悟空）笑道："好，好，好！收起！收起！把我们的也取出来看看。"三藏把行者扯住，悄悄的道："徒弟，莫要与人斗富。你我是单身在外，只恐有错。"行者道："看看袈裟，有何差错？"三藏道："你不曾理会得。古人有云：'珍奇玩好之物，不可使见贪婪奸伪之人。'倘若一经入目，必动其心；既动其心，必生其计。汝是个畏祸的，索之而必应其求，可也；不然，则殒身灭命，皆起于此，事不小矣。"行者道："放心！放心！都在老孙身上！"

慢藏诲盗，炫富引贼。唐僧讲的是实实在在的人生经验。唐僧是和尚，但毕竟有父亲被害的惨烈身世。孙悟空是花果山的猴子，对人心难测一无所知。后来的事实正是按照唐僧的预言发展的：袈裟异宝果然勾起老院主的贪心，他先哭哭啼啼地向唐僧借袈裟看一个晚上，再向徒弟哭诉自己做了二百多年和尚，却不能长久享用唐僧的袈裟。老院主的弟子建议杀人越货：害死唐僧师徒，霸占唐僧的袈裟。

一场因为孙悟空争强好胜而引发的袈裟风波开始了。

观音院僧谋宝贝

孙猴"敲诈"，菩萨变妖

大慈大悲、至洁至美的观世音菩萨怎么会变成野狼精，有没有搞错？

广智、广谋超级愚蠢

观音禅院二百七十岁的老和尚金池长老，虽然有十二柜袈裟，但是没有一件可以跟唐僧的袈裟相媲美，他先是可怜兮兮地找唐僧借一晚上袈裟，表示要好好欣赏它，然后一步一步表现出想要占有袈裟的黑心愿望。

金池长老的徒弟看到师父对着袈裟哭，于是建议好茶好饭地招待唐僧师徒，把他们多留些日子，师父就可以多穿几天了。老和尚说，就算留个半载，到时他们还是会把袈裟拿走。他的两个徒弟，一个叫广智，一个叫广谋，其实是两个最愚蠢的家伙，他俩给老和尚出了两个缺德带冒烟的主意。广智说，咱们把唐朝和尚杀了埋在后花园，占了他们的马和袈裟。广谋说，杀白脸的和尚容易，杀毛脸的难，不如舍了那三间禅堂，放火把他们连马一块儿烧死，袈裟就归咱们师父了。

修行了两百多年的金池长老听到两个徒弟杀人劫财的主意，竟然擦干眼泪叫好。这吃斋念佛的和尚，和《水浒传》里开黑店、吃人肉包子的强盗有什么区别？按理说修行了两百多年，应该六根清净了，金池长老却因为一件袈裟萌生杀人之心，便是六根不净，是第十四回写的"六贼"之一——"眼见喜"。

孙悟空虽然不同意师父人心险恶的话，但他是只灵猴，躺在床上存神炼气，没有睡着，听到外边不断有人走动，他警觉起来，变成蜜蜂飞出去侦察，发现观音禅院的笨和尚们踏着重重的脚步，在办一件杀人放火的机密事——他们要在禅房周围堆柴火，烧死唐僧、孙悟空和白马。他们为什么要这么做？自然是为了劫夺唐僧的袈裟，猴儿心里门儿清，但他不认为是自己炫富招来的祸。

歹人放火，猴王吹风

发现了他们的秘密，孙悟空是怎么应对的？孙悟空考虑：可以用如意金箍棒对付这帮和尚，一顿棍打死，只是那样师父又会怪我行凶，看来这条路行不通。

其实我们还可以替孙猴子想出个好办法：叫起师父，牵上白马，离开禅院，如果有和尚来阻拦，就施个定身法，像曾经对付七仙女那样，把和尚定住，七仙女都能被定住一个周天，凡人和尚岂不更容易定住？等他们恢复行动能力，唐僧和孙悟空早跑出几十里之外了，这不是个息事宁人的好办法吗？

然而躲灾避祸、息事宁人，岂是唯恐天下不乱的孙猴子办的事？更何况，"文似看山喜崎岖"，多一些波折，人物性格才有展示的机会，多一些波折，故事才有趣好看。

孙悟空不救火却吹风，"与他个顺手牵羊，将计就计，教他住不成罢"，除师父所在的禅房和袈裟所在的老院主禅房，孙悟空要让巍巍峨峨、坐拥七八十间僧房的观音禅院烧个精光。不看僧面看佛面，这可是猴头的恩人观世音菩萨的留云下院！不知道潜意识中，孙悟空有没有"菩萨给我戴个金箍，我就烧了菩萨的下界禅院"的念头？

孙悟空跑到天宫向广目天王借辟火罩。广目天王说："既是歹人放火，只该借水救他，如何要辟火罩？"孙悟空说："借水救之，却烧不起来，倒相应了他；只是借此罩，护住了唐僧无伤，其余管他，尽他烧去。"广目天王笑道："这猴子还是这等起不善之心，只顾了自家，就不管别人。"其实孙猴子岂止"不管别人"，他还"有意行凶，不去弭灾，返行助虐"。他用辟火罩护住师父，自己护住袈裟，接着念个咒语，"望巽地上吸一口气吹将去"，一阵狂风起，刮得大火烘烘乱烧！"烧得那当场佛像莫能逃，东院伽蓝无处躲。胜如赤壁夜鏖兵，赛过阿房宫内火！"

菩萨被孙猴子诬陷

泼猴儿够歹毒，却没想到偷鸡不成蚀把米。漫天大火惊动了观音禅院附近的黑风山里的妖精，黑风山大王黑熊精本想帮朋友金池长老救火，因发现了锦襕袈裟这佛门异宝，便趁火打劫，拿了袈裟转回东山。这又是一个眼见喜的。于是，唐僧又来一难：真正丢了如来给的、唐朝皇帝赏的袈裟。孙悟空还得用尽法儿找袈裟。他找到黑风山黑风洞，先当着黑熊精的面大吹一通，用长篇歌行诉说自

孙行者大闹黑风山

己的丰功伟绩，最后说："你去乾坤四海问一问，我是历代驰名第一妖！"谁知黑熊精先提了提孙悟空那把不开的壶，叫他"弼马温"，把孙悟空气了个七窍生烟，接着，"老子天下第一"的齐天大圣跟黑熊精前后斗了两回，吐雾喷风，飞沙走石，不分胜败。唐僧问，你们战斗的情况如何？孙悟空老老实实承认："我也硬不多儿，只战个手平。"

怪不怪？当年在天宫打遍天将少逢敌手的齐天大圣，一个人能独战四大天王的美猴王，怎么从五行山脱困后连个笨熊都打不过？是五行山把他的战斗力压垮了，还是小说家需要孙悟空不做常胜将军，免得小说单调难看？

更不可思议的是，黑熊精动不动就缩回洞府关起洞门，孙悟空对此居然毫无办法。当年他大闹天宫时，能把金箍棒变得像华山柱一样，一棍子捣开洞门不就成了？大名鼎鼎的齐天大圣居然对一只笨熊、一扇铁门无可奈何，怎么办？遇到困难就上交！

孙悟空找到南海观世音菩萨，来了个颠倒黑白、恶人告状："我师父路遇你的禅院，你受了人间香火，容一个黑熊精在那里邻住，着他偷了我师父袈裟，屡次取讨不与，今特来问你要的。"这叫什么话？观世音菩萨远在南海，黑熊精竟然是观世音菩萨容他邻住，唐僧的袈裟竟然是观世音菩萨"着他偷"？孙猴子胡搅蛮缠的功夫可见一斑。观世音菩萨回答："这猴子说话，这等无状！既是熊精偷了你的袈裟，你怎来问我取讨？都是你这个业猴大胆，将宝贝卖弄，拿与小人看见，你却又行凶，唤风发火，烧了我的留云下院，反来我处放刁！"

妖精菩萨还是菩萨妖精

孙悟空知道菩萨晓得过去未来之事，只好实话实说道，我如果弄不回袈裟，师父就要念《紧箍儿咒》了，求菩萨帮忙！接着，他要求菩萨照他的计谋行事，还威胁菩萨说："菩萨要不依我时，菩萨往西，我悟空往东，佛衣只当相送，唐三藏只当落空。"

孙悟空的要求非常出格：他要求菩萨变作妖精，他自己变作仙丹，让菩萨假装送仙丹给黑熊精，他好趁机钻到黑熊精的肚子里去。菩萨居然真的按照孙悟空的要求变成苍狼精凌虚子的模样，托着孙悟空变成的仙丹，前往黑风山骗黑熊精。

这样一来，观世音菩萨变妖精，就成为《西游记》里著名的桥段之一：

> 尔时菩萨乃以广大慈悲，无边法力，亿万化身，以心会意，以意会身，恍惚之间，变作凌虚仙子：鹤氅仙风飒，飘摇欲步虚。苍颜松柏老，秀色古今无。……
>
> 行者看道："妙啊！妙啊！还是妖精菩萨，还是菩萨妖精？"
>
> 菩萨笑道："悟空，菩萨、妖精，总是一念；若论本来，皆属无有。"行者心下顿悟。

《西游记》的研究者们对这一段加以各种剖析，有的说这是"禅语"，有的说这叫"了悟"，有的干脆说这是"《西游记》主题思想"。

其实，孙悟空"敲诈"观世音菩萨的情节很温馨，很像一个家庭中，任性、爱闯祸的小皮孩跟父母耍赖放刁，而长辈只能容忍也乐意容忍，没准儿还暗暗为自家顽童的"能耐"欣喜呢。观世音菩萨对孙悟空就是既欣赏又呵护，当然也得经常训着点儿。

黑风山的黑熊精是唐僧收服孙悟空、白龙马后遇到的第一个妖怪。在孙悟空的眼中，黑熊精"如烧窑的一般，筑煤的无二"，这个浑身黪黑的笨熊，洞中居然有一副带有明显隐士特点的对联：

> 静隐深山无俗虑
> 幽居仙洞乐天真

孙悟空因此暗道黑熊精"是个脱垢离尘、知命的怪物"。而等到观世音菩萨看到黑风山柏苍松翠，涧泉潺潺，崖前有鹿，林中有鹤，也暗喜这占了山洞的孽畜有些道分。

吴承恩搞熊崇拜

袈裟风波的结果是：孙悟空拿回师父的袈裟，师徒二人继续踏上西行路；观音禅院活了两百多岁的金池长老因一丝恶念而不得善终，禅院众僧人助纣为虐，终落得流离失所；黑熊精戴上如来给观世音菩萨的"紧、金、禁"三箍中的第三箍——禁箍，成了落伽山后山守山大神。《西游记》第十七回《孙行者大闹黑风山　观世音收伏熊罴怪》只说观世音菩萨"把一个箍儿丢在那妖头上"，没有明确说是个箍。一直到第四十二回《大圣殷勤拜南海　观音慈善缚红孩》，观世音菩萨对孙悟空说："这宝贝原是我佛如来赐我往东土寻取经人的'金紧禁'三个箍儿。紧箍儿，先与你戴了；禁箍儿，收了守山大神；这个金箍儿，未曾舍得与人。今观此怪无礼，与他罢。"

始知三箍的分配情况。吴承恩用三个同音字，造了三个箍，观世音菩萨因怪送箍，很有意思。

一只笨熊怎么还能到观世音菩萨身边担任这么重要的职位？学者们对此做出了五花八门的解释，有种说法是：《西游记》如此善待黑熊是因为中国古代有熊崇拜。这样说当然有一定的依据。例如，《楚辞·天问》《国语·晋语》《史记·夏本纪》这些经典著作就曾写到中华民族的大英雄和熊的关系：鲧为了治水，像普罗米修斯偷火种一样，偷了天帝的息壤，被天帝处死后，他的遗体化为了黄熊；鲧的儿子大禹为了治水，变成一只力大无比的熊；等等。不过，吴承恩创作《西游记》的时候想没想到这些，研究者们只能去猜了。

失袈裟、寻袈裟、寻回袈裟。围绕一领佛衣，一个一个人物登场。情节波澜起伏，人物穷形尽相。金池长老贪婪昏庸，唐僧谨慎小心，孙悟空踢天弄井，观世音菩萨大慈大悲。孙悟空烧了观世音菩萨的留云下院，倒换来观世音菩萨的全力相助。

一场袈裟风波，唐僧受了些惊吓，菩萨受了些劳碌，孙悟空则大获全胜。可见，对恶人，对妖精，甚至对菩萨，都讲不得温良恭俭让，拼搏才是硬道理。

按照"西行大片总导演"观世音菩萨的安排，唐僧收了孙悟空、白龙马为徒弟之后，就该轮到收猪八戒了，可是吴承恩却在这之前安排了占两回的袈裟风波，这是故意给唐僧师徒提供表演机会。由观音禅院众僧的贪心故事，引出黑风山妖魔的贪心故事，就像侦探小说里的案中案、计中计。凡人的贪心引出妖魔的诡计，妖魔的贪心引出菩萨的善心。山重水复疑无路，柳暗花明又一村，跌宕起伏的降妖故事，将唐僧师徒不同的性格鲜明地展示了出来。孙悟空已经跟大闹天宫时的他有了很大不同，他面对能念《紧箍儿咒》的师父，老老实实；面对一直爱护甚至纵容他的观世音菩萨，施刁发赖；面对寺院的愚蠢群僧和山中的妖魔，则自吹自擂。孙悟空的性格有了更多侧面，变得更成熟老练了，不再一味勇猛冲锋，也会用点儿心计，这大概是被压在五行山下思考了五百年的结果吧。

美猴王收猪八戒

《西游记》里，读者缘、观众缘不比孙悟空差的是猪八戒，坊间甚至有"春光灿烂猪八戒""嫁人要嫁猪八戒"等说法。

老猪的名字和性情

其实人家老猪有五个名字，每个名字都对应着他的一段经历和性情。

第一个是老猪最乐意吹嘘的名号——"天蓬元帅"，可惜他因为带酒戏嫦娥，不仅名号被削了，连元帅的帅气本体也丢了，变成了猪。

第二个名字"猪刚鬣"，是老猪形体带来的名字。鬣是猪脑袋后边坚硬的毛，刚鬣是古代祭祀所用猪的专称，也说明这头猪非常强壮。猪刚鬣是他在高老庄的正式名字。

第三个名字"猪悟能"，其实是在猪刚鬣之前，观世音菩萨给取的。这就是他以后做和尚的法名了，恰好跟孙悟空、沙悟净排成兄弟。

第四个名字"猪八戒"最常用，是师父唐僧给取的。

第五个名字"呆子"，应该算作外号，是孙悟空给起的。孙悟空认为这位师弟呆头呆脑，所以给起了个蔑视性的称呼。跟"呆子"类似，孙悟空有时还称呼他为"夯货"。"夯"字有两种读音，一种读hāng，另一种读bèn。读hāng时，指建筑工地用来敲打地基使其结实的工具。我曾琢磨，吴承恩会不会用这个读音和内涵，拐弯抹角形容猪八戒像夯地的木夯一样笨重？不过，这个词通常都直接读成"笨货"，"夯"同"笨"。孙悟空的性格就像他手里那根棍子，直来直去，他认为师弟笨，就直接叫他"笨货"。其实，寸有所长，尺有所短，猪八戒在很多方面一点儿也不笨，一点儿也不呆。比如，需要承担责任时，这头猪跑得比兔子还快；见到美女和美食时，又挪不动步子。他会瞅准机会给师兄上眼药，在师父跟前给猴哥进谗言，还会见缝插针在猪耳朵里藏点儿私房钱，这些都是自认精明的孙悟空想都想不到，也望尘莫及的。

天蓬元帅因为调戏嫦娥，被玉帝打了两千锤，贬到下界，谁知错投猪胎，成了猪刚鬣，被卯二姐[1]招赘。不到一年，卯二姐死了，把家产尽丢给猪刚鬣。猪刚鬣从此有了妖精洞府。卯二姐是个什么妖精，小说没写。她是个没有情节的过渡因素。有了她，说明前天蓬元帅时刻离不了女人。有了她，前天蓬元帅有了妖精的洞府。但是她必须尽快离开小说舞台，因为故事需要推出高老庄的高翠兰，这是人家老猪心中最柔软的角落。

观世音菩萨领如来佛旨前往东土寻找取经人时，曾在半路点拨这

---

1 通行本多写作"卯二姐"，就现存刻本来看，"卯"应为传抄讹误，原文是"卯"。——编者注

位前天蓬元帅，改其名为猪悟能，让他等待取经人。猪悟能领命归真，在饮食上持斋把素，不再吃肉，更不吃人，却不守佛门规矩，跑到高老庄"倒插门"。当然这也可以理解，毕竟人家老猪还没拜师呢。

猪悟能追求的，不是高官厚禄，不是玉堂金马，而是平凡的夫妻情爱。

观世音菩萨降服了黑熊精，把禁箍套在黑熊精头上，带着它回了普陀山。孙悟空一把火烧了黑风洞，取回师父的袈裟，回到观音禅院。第二天，师徒二人登程，走了五七日，来到一处地方。出现在他们面前的，不是险山恶水，不是妖魔洞穴，而是美丽、富足、宁静，非常适合居住的高老庄：

> 竹篱密密，茅屋重重。参天野树迎门，曲水溪桥映户。道旁杨柳绿依依，园内花开香馥馥。此时那夕照沉西，处处山林喧鸟雀；晚烟出爨，条条道径转牛羊。又见那食饱鸡豚眠屋角，醉酣邻叟唱歌来。

多么宁静、多么舒适的乡村！人家猪悟能现在就生活在这个桃花源一般的小村里，有一个美丽的妻子，过着自食其力的生活，可能再让他做天蓬元帅他都不想干了。高老庄啊高老庄，老百姓的温暖小窝，高翠兰的温暖怀抱，你叫猪悟能怎么可能舍得离开？

但是，大唐来了取经僧。猪悟能得换种活法了。

猴哥寻摸"凑四合六的勾当"

"高老庄收猪八戒"是《西游记》中妙趣横生的著名段落。

这次仍然是孙悟空没事找事闹出来的。

唐僧师徒走到庄前，遇到个小伙子，孙悟空问他此间是什么地方，小伙子急着走路，并不理睬孙悟空。孙悟空死揪着这个小伙子不放。小伙子不得不告诉他，这里是乌斯藏国的高老庄。孙悟空仍揪着他不放，说，你这样子不是个走近路的，你告诉我你要往哪里去、去干什么，我才放你。

人家一个路人，他要走远路还是走近路，要办什么事，和你这个猴儿有何相干？孙悟空偏偏要寻根问底，结果就问出路人家里出了妖精，请来降妖的不是不济的和尚就是脓包的道士。孙悟空一听，大喜，对着这个小伙子，也就是高太公家的伙计高才，来了番油嘴滑舌的市井话："你的造化，我有营生。这才是凑四合六的勾当。"孙悟空比卖假药的还会吹，他大打广告："你也不须远行，莫要花费了银子。我们不是那不济的和尚，脓包的道士，其实有些手段，惯会拿妖。这正是'一来照顾郎中，二来又医得眼好'。烦你回去上复你那家主，说我们是东土驾下差来的御弟圣僧，往西天拜佛求经者，善能降妖缚怪。"孙悟空因地制宜，不再吹自己是五百年前大闹天宫的齐天大圣，因为大闹天宫跟普通老百姓半毛钱关系都没有。在西域乌斯藏国，大唐的名头却有号召力，大唐皇帝的御弟更有号召力。所以孙悟空大吹唐僧是大唐御弟圣僧，好像能降妖的是唐僧一样，等高才领着他们见了高太公，孙悟空又说："因是借宿，顺便拿几个妖怪儿耍耍的。"这就是孙悟空，人命关天的事在他这儿也是玩耍。不管多么艰难、多么危险的事，对孙猴子来说，都是有趣的挑战，是对他战斗力的挑战，对他运筹帷幄的能力的挑战。孙悟空像现代电脑游戏高手一样，游戏越是障碍多，越是需要高超的技巧，他就越是有玩的兴趣，越能够享受其中，感受到快乐。降妖捉怪比起整天伺候絮絮叨叨的唐僧，更叫孙悟空感到有意思。

猪刚鬣 "模样儿倒也精致"

高老头向唐僧和孙悟空介绍说，他有三个女儿，大女儿和二女儿嫁给了普通人家，小女儿高翠兰三年前招了个女婿，这个上门女婿却变成了妖精：

> "三年前，有一个汉子，模样儿倒也精致，他说是福陵山上人家，姓猪，上无父母，下无兄弟，愿与人家做个女婿。我老拙见是这般一个无根无绊的人，就招了他。一进门时，倒也勤谨：耕田耙地，不用牛具；收割田禾，不用刀杖……初来时，是一条黑胖汉，后来就变做一个长嘴大耳朵的呆子，脑后又有一溜鬃毛，身体粗糙怕人，头脸就像个猪的模样。食肠却又甚大：一顿要吃三五斗米饭；早间点心，也得百十个烧饼才够。喜得还吃斋素，若再吃荤酒，便是老拙这些家业田产之类，不上半年，就吃个罄净！"

猪刚鬣会三十六般变化，所以他刚到高老庄时，是个模样也还精致的黑胖汉子，站稳脚跟之后，不需要时时收敛，猪的嘴脸就露出来了，但是他并没有完全变成猪的样子，头脸像猪，长出了长嘴、大耳朵，脑后有鬃毛，身体还是人的身体，只是比较粗糙。电视连续剧《西游记》里猪头人身的猪八戒形象比较符合原著小说的描写。猪刚鬣虽然"变脸"，但其实他并没有骗婚。他说他是福陵山人家，这点说得不错，只不过他是住在福陵山的山洞里；他说他上无父母，

高老庄行者降魔

下无兄弟，也对，因为他本就是从天上被贬到下界的天蓬元帅。至于他吃得多，那是人家猪刚鬣劳动所得，这是由猪刚鬣亲口对化作高翠兰的孙悟空说出来的：

> "我得到了你家，虽是吃了些茶饭，却也不曾白吃你的：我也曾替你家扫地通沟，搬砖运瓦，筑土打墙，耕田耙地，种麦插秧，创家立业。如今你身上穿的锦，戴的金，四时有花果享用，八节有蔬菜烹煎，你还有那些儿不趁心处，这般短叹长呼，说甚么造化低了！"

高太公抱怨妖精女婿太能吃，唐僧通情达理地说："只因他做得，所以吃得。"高太公把妖精女婿如何弄风，如何云来雾去、飞沙走石，如何关起高翠兰，不许她见父母，叫他在亲戚朋友面前没面子等劣迹讲了出来，请求唐僧师徒帮忙除妖。孙悟空吹嘘说，老儿只管放心，我今晚就替你捉住这妖精，叫他给你写退亲文书算了。高老头说："我为招了他不打紧，坏了我多少清名，疏了我多少亲眷！但得拿住他，要甚么文书？就烦与我除了根罢。""除了根"是什么意思？高太公没直接说，实际是让孙悟空干脆把这个妖精女婿杀了。高太公有点儿忘恩负义。妖精女婿帮你家做活当差，对你女儿也算得上情深意重，怎么能说杀就杀？

孙悟空不是说他来这里是捉个妖精要要的吗？猴头果然处处取乐，时时耍笑。愁云惨雾的高太公领他到后宅，也就是妖精女婿囚禁高翠兰的地方，那里锁着门。孙悟空故意叫高太公去取钥匙来。高太公说，我如果有钥匙，还用找你啊？孙悟空乐了，嘿，你个老头儿，竟然不懂我在开玩笑！人家高太公父女分离，请了几次捉妖的，都拿妖精女婿没有办法，因此高太公对这位唐朝御弟徒弟的本事，本就半信半疑，在这种性命交关的时刻，孙悟空却成心跟他开玩笑！随后，孙悟空拿金箍棒一捣，将铜汁灌的锁和门扇捣开，高太公的宝贝女儿病恹恹地出来了。假高翠兰，也就是化身为高翠兰的孙悟空进入妖精的房子，好戏马上开场。

舍不下的高老庄

孙悟空答应帮高太公抓妖精女婿，变成高翠兰的模样在房里等。妖精未到，狂风先到，凋花折柳，倒树摧林，"翻江搅海鬼神愁，裂石崩山天地怪"。

猪精也有光荣史

一阵狂风过后，真正出现在孙悟空面前时，妖精除了丑得没个人样外，他的装扮倒真像个努筋拔力干农活的庄稼汉："黑脸短毛，长喙大耳；穿一领青不青、蓝不蓝的梭布直裰，系一条花布手巾。"这样一副打扮，和当时的老农民有什么不一样？化身为病恹恹、娇滴滴的高翠兰的孙悟空一片虚情假意，其实是想套妖精的话，查妖精的底细。而猪精对心爱的媳妇却一片真诚，满腹率真。

"高翠兰"故意叹气说"造化低了"，嫁给他连他的底细都不知道，骗得猪精说出自己家住福陵山云栈洞，以相貌为姓，名叫猪刚鬣。孙悟空暗暗高兴，知道了老巢所在之处和姓名，这妖精就好捉了。接着他故意说，我爹要请法师降你。猪刚鬣马上吹嘘起来，说，我有天罡数的变化（三十六变），有九齿钉耙，怕什么法师？你爹就是请下九天荡魔祖师，也是我的旧相识，不怕，不怕！这话已经透露出老猪的来历不简单——他跟天宫有点儿关系。等到他听说高翠兰的爹请了齐天大圣来捉他，他马上说："我去了罢。两口子做不成了……那闹天宫的弼马温，有些本事，只恐我弄他不过，低了名头，不像模样。"这个时候，假扮高翠兰的孙悟空立即恢复原形，猪刚鬣化作狂风脱身，孙悟空宣布："你若上天，我就赶到斗牛宫！你若入地，我就追至枉死狱！"这两句话很能代表孙悟空除妖的宏大誓愿，就像此后成为他师弟的猪八戒所说，只要听到有人请他降妖捉怪，孙悟空就比见他外公还要亲热。

孙悟空追到猪精洞穴，听到猪精介绍自己的光荣史：

> 自小生来心性拙，贪闲爱懒无休歇。
> 不曾养性与修真，混沌迷心熬日月。
> 忽朝闲里遇真仙，就把寒温坐下说。
> 劝我回心莫堕凡，伤生造下无边业。
> 有朝大限命终时，八难三途悔不喋。
> 听言意转要修行，闻语心回求妙诀。
> 有缘立地拜为师，指示天关并地阙。
> 得传九转大还丹，工夫昼夜无时辍。
> ……
> 功圆行满却飞升，天仙对对来迎接。
> 朗然足下彩云生，身轻体健朝金阙。
> 玉皇设宴会群仙，各分品级排班列。
> 敕封元帅管天河，总督水兵称宪节。

看来，猪八戒的前身天蓬元帅在天宫的地位比弼马温以及只是个空衔的齐天大圣要高。

然后他又说了读者耳熟能详的堕落史：调戏嫦娥、误投猪胎。

前天蓬元帅和前齐天大圣从二更时分斗到东方发白，不知道打了多少回合，"钯去好似龙伸爪，棒迎浑若凤穿花"，九齿钉钯和金箍棒较量上了。孙悟空倒对猪刚鬣产生了一丝同情，猪刚鬣败逃回洞府后，孙悟空回到高老庄，高太公表示：宁可把一半家私送给孙悟空，也一定要除掉这妖精女婿。孙悟空却劝高太公："据他说，他是一个天神下界，替你巴家做活，又未曾害了你家女儿。想这等一个女婿，也门当户对，不怎么坏了家声，辱了行止。当真的留他也罢。"孙悟空难得发了善心，只是当然没法施行。孙悟空还得继续去降妖。

九齿钉耙非寻常

可怜的天蓬元帅，因为一点儿"作风问题"，不仅丢了元帅之位和天仙资格，还投胎到了愚笨的动物肚子里。幸亏他的法力还在，性灵仍存，九齿钉耙也跟着下凡来了。猪精能跟孙悟空恶斗，全仗着有九齿钉耙。孙悟空嘲笑说："你这钯可是与高老家做园工筑地种菜的？"这句话引出猪刚鬣一段音韵铿锵的《九齿钉耙颂》。看《西游记》时，读者一般不会仔细看书中的诗词，其实，里面有些诗词非常有内涵。比如这首《九齿钉耙颂》，就说明猪八戒像阿Q说的"先前阔"：

此是锻炼神冰铁，磨琢成工光皎洁。

老君自己动铃锤，荧惑亲身添炭屑。

五方五帝用心机，六丁六甲费周折。

造成九齿玉垂牙，铸就双环金坠叶。

身妆六曜排五星，体按四时依八节。

短长上下定乾坤，左右阴阳分日月。

六爻神将按天条，八卦星辰依斗列。

名为上宝逊金钯，进与玉皇镇丹阙。

因我修成大罗仙，为吾养就长生客。

敕封元帅号天蓬，钦赐钉钯为御节。

……

随身变化可心怀，任意翻腾依口诀。

……

也曾佩去赴蟠桃，也曾带他朝帝阙。

……

天蓬元帅有资格参加蟠桃会，可见地位比原来的弼马温、齐天大圣高得多，而且他的钉钯非常有来历。孙悟空的如意金箍棒是从东海龙王那儿讹来的，原本是大禹治水时用的神铁，后成为东海龙王的镇海之宝。究其历史，也是老君炉里炼过的。而猪八戒的九齿钉钯是天宫的镇天之宝。这钉钯原是太上老君、五方五帝、六丁六甲等众多神仙合力锻造而成的，是献给玉帝的乾坤日月神器。玉帝器重天蓬元帅，把这件稀世珍宝赐给了他，派他统率天河水师，可见这钯很了不起。"这钯下海掀翻龙鼍窝，上山抓碎虎狼穴。"怪不得第八十九回，黄狮精偷走悟空师兄弟三人的兵器后，要搞个什么"钉钯宴"而不是"金箍棒宴"，因为从天宫下来的黄狮精知道九齿钉耙是了不得的宝贝。没想到天宫对九齿钉耙这类神兵利器的管理如此松懈！天蓬元帅被治罪，他的兵器居然没被收回，被他从天上带到了下界。

老猪诚心向往取经

孙悟空和猪刚鬣对打，边打边"辩论"，这段写得非常热闹，非常搞笑：

> 那怪正喘嘘嘘的睡在洞里，听见打得门响，又听见骂馕糠的夯货，他却恼怒难禁，只得拖着钯，抖擞精神，跑将出去，厉声骂道："你这个弼马温，着实忒懒！与你有甚相干，你把我大门打破？你且去看看律条，打进大门而入，该个杂犯死罪哩！"行者笑道："这个呆子！我就打了大门，还有个辩处。像你强占人家女子，又没个三媒六证，又无些茶红酒礼，该问个真犯斩罪哩！"

听听，这是降妖除魔呢，还是市井人物互相揭短、互相拌嘴呢？

这正是《西游记》好看、耐看、引人入胜之处。

其实，前天蓬元帅大是大非的观念很明晰，人生目标非常明确。猪刚鬣接受菩萨安排后，真心诚意向往取经大业。他虽然爱高翠兰，却知道如果一直待在高老庄陪伴高翠兰，自己只能过妖精生涯，还是将功折罪、重新位列仙班更重要。因此，当他在跟孙悟空边打边"辩论"的过程中，听说孙悟空就是西天取经僧的大徒弟，他立即表示自己也要拜师西行。孙悟空叫他发誓，他就发誓；叫他烧洞府，他就烧洞府；叫他交出钉钯，他就交出钉钯；叫他受绑，他就老老实实背过手让孙悟空绑住。前天蓬元帅的归降诚心天地可鉴，日月可表。这一段特别精彩：

那怪一闻此言，丢了钉钯，唱个大喏道："那取经人在那里？累烦你引见引见。"行者道："你要见他怎的？"那怪道："我本是观世音菩萨劝善，受了他的戒行，这里持斋把素，教我跟随那取经人往西天拜佛求经，将功折罪，还得正果。教我等他，这几年不闻消息。今日既是你与他做了徒弟，何不早说取经之事，只倚凶强，上门打我？"行者道："你莫诡诈欺心软我，欲为脱身之计。果然是要保护唐僧，略无虚假，你可朝天发誓，我才带你去见我师父。"那怪扑的跪下，望空似捣碓的一般，只管磕头道："阿弥陀佛，南无佛，我若不是真心实意，还叫我犯了天条，劈尸万段！"行者见他赌咒发愿，道："既然如此，你点把火来烧了你这住处，我方带你去。"那怪真个搬些芦苇荆棘，点着一把火，将那云栈洞烧得像个破瓦窑，对行者道："我今已无挂碍了，你却引我去罢。"行者道："你把钉钯与我拿着。"那怪就把钯递与行者。行者又拔了一根毫毛，吹口仙气，叫："变！"即变做一条三股麻绳，走过来，把手背绑剪了。那怪真个倒背着手，凭他怎么绑缚。却又揪着耳朵，拉他，叫："快走！快走！"那怪道："轻着些儿！你的手重，揪得我耳根子疼。"行者道："轻不成！顾你不得！常言道：'善猪恶拿。'只等见了我师父，果有真心，方才放你。"……（两人来到唐僧跟前）那怪走上前，双膝跪下，背着手，对三藏叩头，高叫道：

云栈洞悟空收八戒

"师父，弟子失迎。早知是师父住在我丈人家，我就来拜接……"

猪刚鬣拜了师父，唐僧给他起了一个别号"猪八戒"。已经做了和尚的猪八戒居然还端着女婿的架子，异想天开地想让他媳妇出来拜见，认公爹（唐僧），认大伯（孙悟空），似乎想让唐僧和孙悟空都随他一起还俗：

> 八戒上前扯住老高道："爷，请我拙荆出来拜见公公、伯伯，如何？"行者笑道："贤弟，你既入了沙门，做了和尚，从今后，再莫题起那'拙荆'的话说。世间只有个火居道士，那里有个火居的和尚？"

猪八戒特别讲究实际。离开高老庄时，唐僧和孙悟空拒绝了高太公所赠衣物，猪八戒却说："师父、师兄，你们不要便罢，我与他家做了这几年女婿，就是挂脚粮也该三石哩。"

如果说嫦娥是猪八戒可望而不可即的单相思，卯二姐是他在人间立足的过渡，那么，高翠兰就是让猪八戒享受到平凡家庭生活之美和夫妇之爱的港湾。高老庄成了猪八戒心中永远的痛。这是一段多么别致有趣的"长亭送别"：

> 那八戒摇摇摆摆，对高老唱个喏道："上复丈母、大姨、二姨并姨夫、姑舅诸亲：我今日去做和尚了，不及面辞，休怪。丈人呵，你还好生看待我浑家：只怕我们取不成经时，好来还俗，照旧与你做女婿过活。"

猪八戒一步一回头地踏上了西行取经路。他时刻惦记着：若取不成经，还回高老庄做女婿。

　　说起来也真有点儿残忍：怎么能活生生拆散一对夫妻，叫人家做和尚？

　　于是，当听说唐僧被妖怪吃了，听说孙悟空死了时，猪八戒就旧经重念：散伙吧！我回高老庄做女婿去！

　　猪八戒永远舍不下高老庄，但正是因为猪八戒出现在取经队伍里，西天取经的故事才更加好看，更加有趣，更加好玩。漫漫西行路，幸亏有个猪八戒。

多亏有个猪八戒

构思出猪八戒这一形象，是吴承恩这位天才小说家的灵光一闪。

构思出猪八戒这一形象，是吴承恩小说布局的绝妙一招。

八戒、悟空：永恒双面像

猪八戒把普通人的正常欲望带进了取经队伍。

这些欲望和佛教戒律难免发生碰撞，演绎出一个个谐趣故事。

猪八戒是孙悟空的配相[1]，重要性不亚于唐僧。猪八戒有多少缺点，孙悟空对应的就有多少优点：

孙悟空不近女色，猪八戒见了美女就走不动道；

孙悟空越斗越勇，猪八戒打不赢就钻草窠睡觉；

孙悟空被念《紧箍儿咒》也不肯走，猪八戒动不动就想散伙；

……

反过来又可以说，猪八戒有多少优点，孙悟空对应的就有多少

---

1 陪衬的意思。——编者注

缺点，如：

猪八戒宽厚，孙悟空促狭；

猪八戒实话实说，孙悟空强词夺理；

猪八戒务实求真，孙悟空好高骛远；

……

如果没有孙悟空，唐僧取经只能是干巴巴的历史事件；如果没有猪八戒，《西游记》肯定没那么有趣，没那么引人入胜。孙悟空神奇得高不可攀，猪八戒真实得如街坊邻居。

孙悟空在高老庄收服猪精后，猪悟能向师父汇报说，自从受了菩萨戒行，就断了五荤三厌[1]。唐僧因此给他起了个别号"八戒"[2]，从此猪八戒的名头叫得比猪悟能更响了。

当代的星云大师在《佛教常识》中提到佛教戒律：

> 五戒是佛教的根本大戒，佛教的戒律虽然有出家、在家的区别，但是一切戒律都是依据五戒为根本。五戒就是不杀生、不偷盗、不邪淫、不妄语、不饮酒。受持五戒是人道的根本，五戒与儒家的五常有相通之处：不杀曰仁，不盗曰义，不淫曰礼，不妄曰信，不酒曰智。

---

1 五荤三厌，是指中国古代的"斋戒"饮食的禁忌。五荤者，《梵网经》曰："若佛子不得食五辛：大蒜、茖葱、慈葱、兰葱、兴渠，是五种一切食中不得食。若故食者，犯轻垢罪。"三厌者，道教忌食的三种动物：雁、狗、乌鱼。五荤三厌之说乃佛道二教的混合产物。——编者注
2 八戒即八关斋戒，包含五戒，是佛陀为在家弟子修行制定的戒律与斋法。主要内容为：不杀生、不偷盗、不非梵行、不妄语、不饮酒、不食非时食、不香花曼庄严其身亦不歌舞倡伎、不坐卧高广大床。——编者注

佛教最重要的就是这五戒，实际上猪八戒和他的师兄孙悟空都没能完全做到，他们仍然饮"素酒"，大概是饮酒不吃肉？猪悟能虽曰"八戒"，大约连葱、蒜之类的都戒了，他的人生欲望却一样也戒不了，这些欲望此起彼伏、喷薄欲出：贪吃争嘴；追逐美女；攒点儿私房钱；给孙悟空打个小报告；说点儿漏洞百出的谎话；干点儿以小人之心度君子之腹的糗事；吹一吹自己当初做天蓬元帅如何气派……猪八戒又笨又不老实，有诸多私心和杂念，经常出洋相，但他又尽职尽责，不断进步，在关键时刻能与人为善，在取经路上既有功劳又有苦劳，特别是，不管遇到什么妖怪，猪八戒从不投降。

猪八戒给《西游记》带来了喜剧氛围和妙趣盎然的可读性。猪八戒身上总会出现风趣的情节和开口解颐的语言。而且猪八戒不是插科打诨的小丑式人物，他有丰满的个性。通过对各个事件中猪八戒跟孙悟空的碰撞的细致描写，猪八戒的形象愈加鲜明，故事愈加有戏剧感。这样写出来的小说岂能不好看？

亦猪亦人亦神

猪八戒从在观世音菩萨面前露面到走完取经路，他的造型亦猪亦人亦神。他猪头人身，没有孙悟空那套帅气的猴王服装或潇洒的行者服装，只有一身普通僧人的衣帽，这套服装还是他在离开高老庄时据理力争，向前岳父要来的。他会腾云驾雾，会三十六般变化，能变些粗壮笨重的人物和物件，比如黄胖和尚或大树，但如果叫他变成灵巧的小女孩（如一秤金），就得孙悟空给他吹口气了。他使用钉耙打仗，这件天宫奇珍异宝，本来贵重程度不亚于孙悟空的如意金箍棒，但到了猪八戒手中，却成了带点儿农具特质的武器——猪八戒用它辛勤劳作，在高老庄做了几年上门女婿，在取经路上也经常用它来披荆斩棘。

其实按照观世音菩萨初见时的妖怪形象，猪八戒比现代读者心目中的"呆子"要凶得多、恶得多、丑得多，这是因为不管是明代《西游记》插图作者还是后世戏剧、影视导演，都对猪八戒来了番美化，猪八戒更"人性化"了。他的血盆大口中锋利如钢锉的獠牙得到必要的修饰，变成介于人与猪之间的牙，吊搭嘴和蒲扇耳保留了下来，且常在小说中发生作用：他的长嘴有时藏在怀里，冷不丁伸出来吓人取乐；他的蒲扇耳被他巧妙地利用，成了藏私房钱的小金库。

猪八戒是由孙悟空降伏的，孙悟空当时居高临下地喊猪八戒"馕糠的夯货""呆子"。从此"夯货"和"呆子"这两个带有蔑视性的称呼，就伴随着猪八戒的整个西行取经之旅。孙悟空对猪八戒想捉弄就捉弄，想嘲笑就嘲笑，想斥骂就斥骂。想想也替猪八戒感到冤枉：同样是"动物级"徒弟，为什么孙悟空总拿猪八戒的形体开涮，而猪八戒却从没有拿孙悟空的生物特点如"雷公嘴""尖嘴猴腮"等开涮？说到底还是猪八戒忠厚老实。

毛病虽多明大义

在同一师门，孙悟空干的是巧活儿、场面上的活儿，猪八戒干的是笨活儿、看不出成就的活儿。原来不是孙悟空挑担子吗？自从降伏了猪八戒，孙悟空肩上的担子就落到师弟猪八戒肩上了，即使后面又收了沙僧，但沙僧主要负责牵马、服侍师父，挑担的活儿还是在八戒身上。猪八戒有次向孙悟空发牢骚："身挑着重担，老大难挨也!"他想寻个人家,化些茶饭,养养精神。这些本是再合理不过的要求,孙悟空却上纲上线说猪八戒有抱怨之心。孙悟空还唱高调:做和尚不像你在高老庄倚懒不求福的自在。猪八戒就叫孙悟空看看他挑的担子:

> 四片黄藤篾,长短八条绳。又要防阴雨,毡包三四层。匾担还愁滑,两头钉上钉。铜镶铁打九环杖,篾丝藤缠大斗篷。

猪八戒说:"似这般许多行李,难为老猪一个逐日家担着走。偏你跟师父做徒弟,拿我做长工!"又说,那么健壮肥盛的马,让它帮助驮一两件行李嘛。孙悟空说,这不是凡马,是龙马!他认定脏活儿、累活儿就该猪八戒和沙僧干,公开宣布:"老孙只管师父好歹,你与沙僧,专管行李、马匹。但若怠慢了些儿,孤拐上先是一顿粗棍!"

其实猪八戒照顾师父一直尽心尽力,只是嘴上比较爱抱怨。第三十七回《鬼王夜谒唐三藏 悟空神化引婴儿》中,乌鸡国国王的冤魂找唐僧述说冤情后叩头拜别,三藏惊醒,对着昏灯叫徒弟,孙悟空和沙僧呼呼大睡,只有猪八戒醒来,回应道:"甚么'土地土地'?"然后大发牢骚:"当时我做好汉,专一吃人度日,受用腥膻,其实快活,偏你出家,教我们保护你跑路!原说只做和尚,如今拿做奴才,日间挑包袱牵马,夜间提尿瓶务脚!这早晚不睡,又叫徒弟作甚?"可怜的猪八戒,原来唐僧的尿壶都得他提!高傲的孙悟空不提倒也罢了,怎么沙僧也不提?可他们还老爱说猪八戒懒!

猪八戒比孙悟空人情练达。流沙河遇阻时,孙悟空要到南海求观世音菩萨,猪八戒赶紧叫他代为转达"向日多承指教"的话,等

半山中八戒争先

见到菩萨派来的惠岸行者，猪八戒又上前感谢道："向蒙尊者指示，得见菩萨。我老猪果遵法教，今喜拜了沙门。这一向在途中奔碌，未及致谢，恕罪，恕罪。"在这一点上，猪八戒就比嚼倒泰山不谢土的孙猴子强多了。

笨、呆、懒，成了猪八戒形象的主要构成因素。还有两个更重要的构成因素，一个是贪吃，一个是好色。西方小说常写带有某一突出欲望的畸人，比如巴尔扎克笔下就有一个充满色欲的于洛男爵，还有一个充满口腹之欲的邦斯舅舅。头戴僧帽的猪八戒像是巴尔扎克笔下这两个人物按比例调配的产物，他的人生，或者说是"猪生"，充满食、色两欲，强烈而执着，赤裸裸不加掩饰，和本该"八戒"的出家人身份之间产生了强烈的矛盾，不断地演绎着妙趣横生的故事。

张书绅《新说西游记》提出：八戒可人，令人喷饭。不仅荆棘岭、稀柿衕离不了他，一路寂寞更离不了他，"其妙不在其聪明上，正妙在其呆上"。分析得何等到位！

猪八戒既笨拙又聪明，既懒散又勤劳，既好美色又重"结发情"，既贪小利又不忘大义，猪八戒是个非常生动的双面人物。因为他的存在，《西游记》充满了喜剧性。

《西游记》到底是写西天取经的，在孙悟空、白龙马、猪八戒投奔到唐僧身边之后，对唐僧甚至孙悟空都起到重要影响的《心经》就要出现了。

《心经》和五行

　　《西游记》是神魔小说。佛教经典《心经》和道教概念"五行"，对于写神画魔的通俗小说来说，有点儿理论支撑的意味。

心无挂碍即无苦

　　历史人物玄奘天竺取经后，他的事迹渐渐被神化。唐传奇《独异志》曾写到玄奘得到一个头面布满疮痍、身上流着脓血的老僧授予《心经》，靠着它战胜了西行途中的艰难险阻。

　　授予唐三藏《心经》的疥癞老僧在《西游记》中变成了风神飘逸、幽默机智的乌巢禅师。他住的地方清幽宁静——山禽对语，仙鹤齐飞，花香浓浓，青草冉冉。山南有青松碧桧，山北有绿柳红桃。涧下有滔滔绿水，崖前有朵朵祥云。禅师在香桧树前搭个柴草窝居住。左有麋鹿衔花，右有山猴献果。树梢有青鸾、彩凤、玄鹤、锦鸡停留。这是一个与大自然和谐共存的"原生态"住处。乌巢禅师传授唐僧《多心经》并给他念了一首诗歌，告诉他西去的路途，其中有这样的句子："野猪挑担子，水怪前头遇。多年老石猴，那里

浮屠山玄奘受心经

怀嗔怒。"这一句将猪八戒和孙悟空着实调侃了一番。孙悟空听得明白，素日只有他调侃、捉弄别人的份儿，这次却被乌巢禅师给挖苦了，他岂能不恼？乌巢禅师说完，化作一道金光飞上乌巢。孙悟空大怒，"举铁棒望上乱捣，只见莲花生万朵，祥雾护千层。行者纵有搅海翻江力，莫想挽着乌巢一缕藤"。这大概是孙猴子生平少有的吃亏经历了。

《西游记》中说的《多心经》，全名《般若波罗蜜多心经》，简称《心经》或《般若心经》。"般若"在梵文中是"智慧"之意；"波罗蜜多"是从此岸到彼岸的途径之意。这部经文仅二百六十字：

观自在菩萨，行深般若波罗蜜多时，照见五蕴皆空，度一切苦厄。舍利子，色不异空，空不异色；色即是空，空即是色。受想行识，亦复如是。舍利子，是诸法空相，不生不灭，不垢不净，不增不减。是故空中无色，无受想行识，无眼耳鼻舌身意，无色声香味触法，无眼界，乃至无意识界，无无明，亦无无明尽，乃至无老死，亦无老死尽。无苦集灭道，无智亦无得。以无所得故，菩提萨埵。依般若波罗蜜多故，心无挂碍；无挂碍故，无有恐怖；远离颠倒梦想，究竟涅槃。三世诸佛，依般若波罗蜜多故，得阿耨多罗三藐三菩提。故知般若波罗蜜多，是大神咒，是大明咒，是无上咒，是无等等咒，能除一切苦，真实不虚。故说般若波罗蜜多咒，即说咒曰："揭谛！揭谛！波罗揭谛！波罗僧揭谛！菩提萨婆诃！"

乌巢禅师对唐僧说："若遇魔瘴之处，但念此经，自无伤害。"《心经》从此一路伴随着唐僧取经。唐僧反复诵读后，悟彻经文，还专门写了篇偈子：

> 法本从心生，还是从心灭。
> 生灭尽由谁，请君自辨别。
> 既然皆己心，何用别人说？
> 只须下苦功，扭出铁中血。
> ……

心猿跟师父谈"心"

其实，唐僧见到乌巢禅师前就已与《心经》心灵相通。第十三回《陷虎穴金星解厄　双叉岭伯钦留僧》中，唐僧从唐王那里接下西天取经的任务后，带了两个随从上路，在法门寺歇脚时，法门寺的僧人们纷纷议论说，西天水远山高，路上多有狼虫虎豹，难走。唐僧回答："心生，种种魔生；心灭，种种魔灭。"第十四回《心猿归正　六贼无踪》的开场诗阐述了同样的意思："佛即心兮心即佛，心佛从来皆要物。若知无物又无心，便是真如法身佛。"这几句有点儿深奥了，似受到王阳明"心学"的影响。

西天取经路上，唐僧、孙悟空师徒俩经常谈"心"。第三十二回《平顶山功曹传信　莲花洞木母逢灾》，唐僧见有一座山挡路，便让徒弟们当心，恐有虎狼阻挡。孙悟空闻言，跟他谈起玄来：

> "师父，出家人莫说在家话。你记得那乌巢和尚的《心经》云'心无挂碍；无挂碍，方无恐怖，远离颠倒梦想'之言？但只是'扫除心上垢，洗净耳边尘。不受苦中苦，难为人上人'。"

孙悟空居然能说出比他师父还要彻悟的心得！

而在第三十六回，师徒四人来到乌鸡国借宿宝林寺时，唐僧信口念出一首七律，叙述他的思乡之情：

> 皓魄当空宝镜悬，山河摇影十分全。
> 琼楼玉宇清光满，冰鉴银盘爽气旋。
> 万里此时同皎洁，一年今夜最明鲜。
> 浑如霜饼离沧海，却似冰轮挂碧天。
> 别馆寒窗孤客闷，山村野店老翁眠。
> 乍临汉苑惊秋鬓，才到秦楼促晚奁。
> 庾亮有诗传晋史，袁宏不寐泛江船。
> 光浮杯面寒无力，清映庭中健有仙。
> 处处窗轩吟白雪，家家院宇弄冰弦。
> 今宵静玩来山寺，何日相同返故园？

谁知孙悟空听了后，和唐僧讲了番月圆月缺的道理，并说出"志心功果即西天"的诗句，强调"志心"。有趣的是，书中唐僧给徒弟们"上课"的场面很少，孙悟空给师父排忧解难、谈"心"的地方倒是不少，貌似是这只猴儿见多识广，其实是吴承恩在借他代言。

第四十三回，师徒四人走到黑水河附近，听得水声震耳，唐僧大惊失色，问，又是哪里有水声？孙悟空嘲笑道："你这老师父，忒也多疑，做不得和尚。我们一同四众，偏你听见甚么水声。"又说，你忘了《多心经》里的"无眼耳鼻舌身意"啦！接着他便给师父"上课"：

"我等出家人，眼不视色，耳不听声，鼻不嗅香，舌不尝味，身不知寒暑，意不存妄想——如此谓之祛褪六贼。你如今为求经，念念在意；怕妖魔，不肯舍身；要斋吃，动舌；喜香甜，嗅鼻；闻声音，惊耳；睹事物，凝眸。招来这六贼纷纷，怎生得西天见佛？"

孙悟空讲《心经》讲得头头是道，怪不得他也叫"心猿"。

孙悟空给师父"上课"谈"心"这种事，后来一再发生。每当唐僧遇到困难吓得发抖，遇到妖魔战战兢兢、"脓包"、"皮松"时，孙悟空总要给师父做"思想工作"，劝解他，宽慰他，鼓励他。如果说唐僧的《心经》是念在口头，那么，孙悟空的《心经》就是存在心里。这一点，唐僧心里有数。唐僧师徒四人将到天竺国时，发生了一段有趣的对话——

唐僧对悟空说，离灵山还不知道有多少路哩。

悟空说，师父又把乌巢禅师传授的《心经》忘记了？

唐僧说，《般若心经》是我随身的衣钵，哪一日不念？就算倒着也背得出来！

悟空说，师父念得出来，却并未解得。

唐僧气愤地反问，猴头，你解得吗？

悟空大言不惭地回答说，我解得。

唐僧再不吭声，反倒是笑倒了一旁的八戒和沙僧。

八戒说："嘴靶！替我一般的，做妖精出身，又不是那里禅和子，听过讲经，那里应佛僧，也曾见过说法！弄虚头，找架子，说甚么'晓得，解得'！怎么就不作声？听讲！请解！"

沙僧说："二哥，你也信他？大哥扯长话，哄师父走路。他晓得弄棒罢了，他那里晓得讲经！"

唐僧道："悟能、悟净，休要乱说。悟空解得是无言语文字，乃是真解。"

表面上，唐僧靠《心经》支撑着走完了西天取经路；实际上，比"心净"更重要的是"人为"，是徒弟们逢妖降妖，遇怪除怪。所以在第三十二回中，当唐僧畏惧高山险阻时，孙悟空对唐僧说："你莫生忧虑，但有老孙，就是塌下天来，可保无事。怕甚么虎狼！"到了第三十七回，唐僧在宝林寺梦见死去的乌鸡国国王时，没有念《心经》，而是把徒弟们抬出来吓唬鬼魂："我手下有三个徒弟，都是降龙伏虎之英豪，扫怪除魔之壮士，他若见了你，碎尸粉骨，化作微尘。此是我大慈悲之意，方便之心，你趁早儿潜身远遁，莫上我的禅门来。"

五行和小说回目

《西游记》中，和《心经》同样重要的是"五行"。吴承恩把取经队伍分别和金、木、水、火、土相对应，孙悟空是金，猪八戒是木，唐僧是水，沙僧是土，白龙马是火。五个人相辅相成，相生相克。清代人把《西游记》看作是"释厄书""证道书"，认为西天取经的每个故事背后都有道家如何修炼的寓意。有的道家学派甚至将《西游记》当作教科书用，这就和文学欣赏脱钩了。

但是，我们如果弄不清吴承恩设计的唐僧师徒与五行的对应关系，在看到小说回目时难免如堕五里雾中。比如第三十二回回目《平顶山功曹传信　莲花洞木母逢灾》。这一回写观世音菩萨向太上老君借来金、银童子变化成金角、银角大王，将唐僧掳进莲花洞之事。

"木母"便是指猪八戒。

第四十七回的回目名为《圣僧夜阻通天水　金木垂慈救小童》，这一回讲的是孙悟空和猪八戒在陈家庄变成一男一女两童子，引灵感大王现身。"金"指孙悟空，"木"指猪八戒。

又如第八十九回《黄狮精虚设钉钯宴　金木土计闹豹头山》写取经僧的武器被妖怪偷去，三兄弟到豹头山与妖怪战斗。"金"指孙悟空，"木"指猪八戒，"土"指沙僧。

吴承恩将《心经》和五行融合在一部书中，创造了许多既可说是佛家，也可说是道家，还带点儿王阳明心学学派色彩的专用名词，比如灵台方寸、心猿意马、金公木母、婴儿姹女。这些专用名词往往带有很深刻的哲理意味：灵台方寸山被安排为孙悟空的开蒙师父菩提祖师的住处；"心猿意马"讲的是唐僧被妖魔变成老虎后，白龙马（意马）思念悟空（心猿），劝说八戒将大师兄请回来；等等。吴承恩还将这些词用于章回回目，如第五十一回《心猿空用千般计　水火无功难炼魔》、第八十回《姹女育阳求配偶　心猿护主识妖邪》。全书回目中，"心猿"出现的次数非常多。

《西游记》虽是神魔小说，它的文化意味却非常浓。它融合了儒、释、道三教的教义理论，行文天马行空，上天宫、探地狱、去西天、下东海，大开大合，大俗大雅。中小学生可以兴味盎然地阅读它的精彩故事情节，大学教授也能白首穷经地考索它的深层奥秘。鲁迅先生曾说过："伟大也要有人懂。"《西游记》的妙处就在于，它伟大且好懂！

黄风岭遇怪

在世人眼中，唐僧儒雅庄重、俊美潇洒，徒弟却一个丑似一个，孙悟空是"拐子脸、别颏腮、雷公嘴、红眼睛的一个痨病魔鬼"，猪八戒"把耳朵摆了几摆，长嘴伸了一伸，吓得那些人东倒西歪，乱踯乱跌"。这对活宝师兄弟宣布：我们丑是丑了点儿，却有真本事。一听说黄风岭上有妖怪，孙悟空大大咧咧地说："不妨！不妨！有了老孙与我这师弟，任他是甚么妖怪，不敢惹我。"因为在高老庄跟猪八戒惊天动地地对打了一回，孙悟空对刚入门的师弟还抱有几分尊重。

猪八戒居然夺头功

猴头的牛吹得不小，果真遇到黄风岭的妖怪，却险些跌了喇叭嘴。这场搏斗的开头，孙悟空的表现好像还不及猪八戒精彩。

他们走到黄风岭时遇到大风。孙悟空用"抓风法"闻了闻，道："这风的味道不是虎风，定是怪风。"风居然可抓可闻！狂风过后，果然跳出一只斑斓猛虎，吓得唐僧跌下白马。八戒不让孙悟空上前，

黄风岭唐僧有难

自己勇敢出击，和虎精在坡前赌斗。孙悟空急于制服妖怪，丢下师父去帮八戒。没想到虎精来了个金蝉脱壳，把虎皮蒙在石头上，驾长风把唐僧摄走。猪八戒毕竟嘴笨，他一句指责孙悟空的话也没说。如果两人的位置倒过来，孙悟空肯定暴跳如雷：我马上就要取胜了，你来凑什么热闹？要是你不来添乱，师父能丢吗？

黄风怪只是把唐僧看作寻常一餐饭，并不懂得唐僧更高的"价值"——吃唐僧肉可长命百岁。黄风怪最初还埋怨虎先锋：让你巡山，你弄些牛啊羊啊的给本大王吃就行了，惹唐僧干什么？你不知道他徒弟是孙悟空吗？

有个虎先锋在，看来黄风怪是个了不得的妖怪，他的原形应该是比虎更威猛的动物，难道是狮子？大象？

因为自己的失策弄丢了师父的孙悟空，对八戒口称"贤弟"，让八戒看守行李和马匹，自己到黄风洞去挑战。虎先锋打不过孙悟空，往山坡上逃生。恰好八戒在那里放马，一钉耙下去，筑得九个窟窿鲜血直冒。"诚心要保唐三藏，初秉沙门立此功。"孙悟空大喜："兄弟呀，这个功劳算你的。"这是孙悟空少有的赞扬猪八戒的时候。随着猪八戒因为"作风问题"出乖露丑，再加上吃相不雅，孙悟空越来越不把这个师弟当盘菜了。

齐天大圣有点儿栽面

孙悟空一见黄风怪，应该会大吃一惊吧？按照吴承恩的描写，这妖怪的装扮和武器太像那位孙悟空对付不了的对手二郎神：

金盔幌日，金甲凝光。盔上缨飘山雉尾，罗袍罩甲淡鹅黄。

勒甲绦盘龙耀彩，护心镜绕眼辉煌。鹿皮靴，槐花染色；锦围裙，柳叶绒妆。手持三股钢叉利，不亚当年显圣郎。

居然是员气宇轩昂的体面战将！金盔、鹅黄甲、三股叉，怎么看怎么像灌江口那位玉帝外甥！至于他是什么样眉毛、什么样眼睛、什么样鼻子、什么样嘴，吴承恩一个字不提，因为不能写也不好写。按照《西游记》写妖怪常用的"原形仿生法"如象妖有长鼻，黄风怪的原形是貂鼠，照此仿造，出来跟孙悟空对打者岂不成了尖嘴、八字胡、贼眉鼠眼的"娄阿鼠"[1]？吴承恩莫非是故意让孙悟空产生错觉：这个妖怪不简单？

黄风怪跟孙悟空大战三十回合不分胜败，看来战斗力也不次于二郎神。孙悟空用上绝招，揪下一把毫毛放嘴里嚼碎，变出百十个行者，围住黄风怪。黄风怪立即吹起一阵黄风，把那些"毫毛大圣"刮得似纺车乱转，抢不得棒。孙悟空只好把毫毛收回身上，自己举铁棒打去，又被那怪劈脸喷了一口黄风，吹得眼睛都睁不开了。

孙悟空号称"火眼金睛"，如今却连眼睛都睁不开，还怎么再战？齐天大圣这回真的栽了。

不过，山重水复疑无路，柳暗花明又一村：

受命护卫唐僧的护教伽蓝送来伙食和眼药膏；

孙悟空变作小蚊虫飞进妖怪洞中，听妖怪自己说出他最怕灵吉菩萨；

上哪儿去找灵吉菩萨？太白金星来指点方向；

灵吉菩萨用飞龙杖拿住妖精，再向如来交差。

1　昆曲《十五贯》中的角色，是一个丑角。——编者注

一切都安排得那么巧！西天取经路上，护法伽蓝总是给取经队伍雪中送炭；而太白金星也已两次驾临凡间救唐僧。第一次唐僧在双叉岭遇难，眼看着跟他的随从被妖精剖腹挖心吃掉，正一筹莫展，忽然来一老头儿，他用手一拂，绳索皆断。唐僧将包袱捎在马上，自己牵着缰绳，随老头儿走上大路。老头儿化作一阵清风，跨朱顶白鹤腾空而去，留下一张简帖，上面写道："吾乃西天太白星，特来搭救汝生灵。"这次遇黄风怪，给孙悟空指示灵吉菩萨方向的老头儿，又化作一阵清风，又留下一张简帖："上复齐天大圣听：老人乃是李长庚。须弥山有飞龙杖，灵吉当年受佛兵。"看来天上的太白金星特别喜欢"发短信"啊。太白金星应是天宫众神中与取经队伍关系最亲近的忠厚长者，他两次帮了唐僧大忙，在那之前还两次将孙悟空招上天宫，他还曾向玉帝求情，饶了犯错的天蓬元帅一命。这老头儿看起来有点儿爱管闲事，唐朝和尚到不到得了西天，取不取得到佛祖的真经，和你太白金星有半毛钱关系吗？依我看，这个老头儿莫不是在天宫待得百无聊赖，就像现代人手机不离手一样，整天盯着唐僧师徒取经实况？不然他怎么来得这么及时。一听说是太白金星来帮忙，猪八戒感激涕零，拜倒在地，遥谢这位对自己有救命之恩的老神仙。而接受太白金星多次帮助的孙悟空跟没事人一样，这是他的典型特点之一：好像诸天神佛都欠他的，无论哪个帮他都是应该的，他可以嚼倒泰山不谢土。

　　不过，趾高气扬的孙猴子，在遇阻黄风怪一回中，不仅纡尊降贵叫猪八戒"贤弟"，到灵吉菩萨处求援时，又把经常翘上天的猴尾巴紧紧夹起。看到灵吉菩萨讲经院的道人，猴儿居然恭敬作揖，谦恭地说："累烦你老人家与我传答传答……"这还是当年跟天宫诸神称兄道弟的齐天大圣吗？这说明一个道理：猴儿懂得了识时务者为俊杰，需要求人时就得低头。

奇风妙景谐趣无穷

《西游记》不仅故事生动、人物精彩，特别可贵的是，作为一部通俗小说，它写世间不可能存在的事物，洋洋洒洒，妙语连珠，叫读者大饱眼福。吴承恩笔下黄风怪吹起的大风，以一段韵语写就：

冷冷飕飕天地变，无影无形黄沙旋。
穿林折岭倒松梅，播土扬尘崩岭站。
黄河浪泼彻底浑，湘江水涌翻波转。
碧天振动斗牛宫，争些刮倒森罗殿。
五百罗汉闹喧天，八大金刚齐嚷乱。
文殊走了青毛狮，普贤白象难寻见。
真武龟蛇失了群，梓橦骡子飘其鞯。
行商喊叫告苍天，艄公拜许诸般愿。
烟波性命浪中流，名利残生随水办。
仙山洞府黑攸攸，海岛蓬莱昏暗暗。
老君难顾炼丹炉，寿星收了龙须扇。
王母正去赴蟠桃，一风吹断裙腰钏。
二郎迷失灌州城，哪吒难取匣中剑。
天王不见手中塔，鲁班吊了金头钻。
雷音宝阙倒三层，赵州石桥崩两断。
一轮红日荡无光，满天星斗皆昏乱。
南山鸟往北山飞，东湖水向西湖漫。

雌雄拆对不相呼，子母分离难叫唤。

龙王遍海找夜叉，雷公到处寻闪电。

十代阎王觅判官，地府牛头追马面。

这风吹倒普陀山，卷起观音经一卷。

白莲花卸海边飞，吹倒菩萨十二院。

盘古至今曾见风，不似这风来不善。

唿喇喇，乾坤险不炸崩开，万里江山都是颤！

这段不到四百字的韵文，多么丰富深邃，何等幻彩迷情，简直是中国古代"风景典故＋神话人物"奇妙汇！上天入地，跨海越界，从天上到人间，从龙宫到地狱，中国古代神话传说当中最著名、最有法力的神灵，都被这场风刮倒、吹晕、找不着北啦！中国古代神话传说中最有名的风景，都被这场风刮得看不见啦！

什么神灵能刮出这样的风？原来只是灵山下一只得道的黄毛小貂鼠。

小小貂鼠和邪门狂风，亏得吴承恩想到把它们联系在一起。看来，《西游记》里佛法无边啊，但凡沾个"佛"字都不可小觑。

大自然里的兽中之王只能给黄毛貂鼠做个呼来喝去的先锋！大老虎和小貂鼠，这不成比例的对比，多么莫名其妙，但是就构成了一种奇幻之美。

面对威力如此巨大的邪风，齐天大圣能不求援？太白金星和灵吉菩萨能不出手？

即使是现实生活中实际存在的景物，到了吴承恩笔下也格外迷人。吴承恩对黄风岭信手点染的几笔，就非常有味道：

高的是山，峻的是岭；陡的是崖，深的是壑；响的是泉，鲜的是花。那山高不高，顶上接青霄；这洞深不深，底中见地府。山前面，有骨都都白云，屹嶝嶝怪石，说不尽千丈万丈挟魂崖。崖后有弯弯曲曲藏龙洞，洞中有叮叮当当滴水岩。又见些丫丫叉叉带角鹿，泥泥蚩蚩看人獐；盘盘曲曲红鳞蟒，耍耍顽顽白面猿。

现实中的山、洞、云、石、崖、洞、鹿、獐、蟒、猿，经吴承恩用富有生机和谐趣的字眼一形容，就成了活灵活现、带有拟人化色彩的奇异景物。吴承恩还喜欢大玩文字游戏："正是那当倒洞当当倒洞，洞当当倒洞当山。"音韵铿锵，如绕口令一般。我记得我七十年前刚开始读《西游记》时，就背诵了这句，实在是太好玩了。

黄风怪算不上西行路上多著名的妖怪，降伏黄风怪也算不上《西游记》中最精彩的降妖故事，但读者仍然百读不厌，为什么？大概和这奇异的风、奇妙的景，这些总在关键时刻伸出援手的神灵，以及那些好像三国战将一般的妖怪有点儿关联吧。

唐僧马上要收一个非常守规矩，虽不那么有趣但也必不可少的徒弟，他就是中规中矩的沙僧。

中规中矩的沙僧

沙僧的前身是天宫的卷帘大将，仅仅因为在蟠桃会失手打碎玻璃盏，就被玉帝打了八百下，贬到下界，每七天用飞剑穿胸胁百余下。同时，玉帝对贬到下界的前卷帘大将靠吃人度日的事竟然不闻不问，好像天宫的一个小杯子，比凡人的命重要得多，玉帝实在昏了头。萨孟武先生在《〈西游记〉与中国古代政治》中说，玉帝对卷帘大将"犯小过而重罚"与对二郎神"立大功而轻赏"，都属于科刑轻重无标准，实际是玉帝想维护自己的权威而采取恐怖政策，结果却是为渊驱鱼、为丛驱雀。

可能正是玉帝的赏罚无标准，让沙僧的为僧处世有了这样一条标准：小心谨慎，不求有功，但求无过。

骷髅变法船

谨小慎微当然是卷帘大将变成唐僧徒弟之后的事了。在成为沙僧之前，他还得先在流沙河做一段时间的妖精。他的脖子底下挂了串"项链"，是用他吃掉的取经人的头骨骷髅做成的。恐怖不恐怖？

当初拦在观世音菩萨去往东土寻访取经人路上的流沙河妖精武艺高强，和惠岸行者大战数十回合不分胜负。他自称吃人无数，其中九个取经者的骷髅浮在流沙河河面不下沉，被他穿在一起拿来玩耍。吴承恩写神魔小说，为塑造人物性格而脑洞大开。骷髅项链的出现，在描写人物、构思情节上有非常重要的作用，一来可以渲染取经路的艰难，二来哲理性地说明了任何壮丽的事业都是无数人前仆后继的结果，三来可以反衬沙僧的个性在入佛门前后的天差地别。

观世音菩萨收服流沙河妖精时，下了这样一道似乎不可思议的命令："你可将骷髅儿挂在头项下，等候取经人，自有用处。"用九颗骷髅头做成项链，多么恐怖的装饰品！这骷髅项链后来派上用场了吗？

唐僧师徒来到"鹅毛飘不起，芦花定底沉"的八百里流沙河，遇到一个面目狰狞的水怪。孙悟空不能下水战斗，猪八戒又只能和他打个平手，并不能降伏他。那水怪见以一敌二不占便宜，便钻到水底不出来，唐僧师徒面对八百里流沙河焦头烂额。孙悟空只好到南海求助，观世音菩萨拿出一个红色葫芦，派惠岸行者到流沙河，口称"悟净"，唤出水怪，领他归依唐僧。而后沙僧把那九颗骷髅穿在一起，根据观世音菩萨的吩咐，将它们按九宫布列，把葫芦放到中间，变作一艘法船，渡唐僧过了流沙河。惠岸行者收回菩萨的葫芦后，九颗骷髅顿时化作九股阴风，寂然不见。观世音菩萨对取经僧的呵护，多么周到细致；观世音菩萨那将骷髅按九宫布列的吩咐，又是多么的中国化。我读到这些地方，总会忍不住感叹：千万不要小看《西游记》，它虽是一部非常通俗的小说，但它的文化含量实在太高了。

卷帘大将归依唐僧

乌巢禅师曾预言"水怪前头遇"，唐僧师徒来到八百里流沙河，果然从水中跳出来一个凶恶的妖精：

> 一头红焰发蓬松，两只圆睛亮似灯。
> 不黑不青蓝靛脸，如雷如鼓老龙声。
> 身披一领鹅黄氅，腰束双攒露白藤。
> 项下骷髅悬九个，手持宝杖甚峥嵘。

妖怪面目狰狞，武艺高强。他先用降魔杖跟猪八戒斗了二十个回合，不分胜负。后来二人又踏浪登波，大战了两个时辰，可谓"铜盆逢铁帚，玉磬对金钟"。猪八戒跟他只能战个平手，而孙悟空的一身本领在水中无法施展，不得不驾起筋斗云，到南海求观世音菩萨。观世音菩萨派惠岸行者呼唤沙悟净"归队"，唐僧给刚刚拜师的徒弟取名为"沙和尚"。

沙僧"归队"后，再也没有做妖精时的那份凶恶，他安分守己、中规中矩，既不像孙悟空那样心高气傲，也不像猪八戒那样杂念丛生。他从不惹是生非，对唐僧和两位师兄赤胆忠心；他与人为善，不像孙悟空那样捉弄猪八戒，也不像猪八戒那样给孙悟空上眼药。猪八戒数次调唆唐僧念《紧箍儿咒》，沙僧数次劝止唐僧念《紧箍儿咒》。只是，沙僧的能力渐渐在跟孙悟空的对比中被弱化。沙僧不像孙悟空那样极端个人英雄主义，不像猪八戒那样有许多个人的小算盘，他是典型的正人君子。这就使得沙僧在取经路上不像孙悟空有那么多上天入地的英雄事迹，也不像猪八戒有那么多叫读者乐坏

八戒大战流沙河

了的"狗熊事迹"，既没有跟孙悟空妙趣横生的对手戏，也没有跟唐僧的激烈冲突。没有矛盾，没有冲突，也就没了故事性，少了意趣。相对而言，沙僧比起孙悟空和猪八戒少了许多趣味性。

沙僧在取经过程中常充当唐僧贴身侍卫的角色，也像传统家庭中几个子女里最孝顺父母的那一个。中国古代重视孝道，其重心就是"顺者为孝"。沙僧从不违抗师父的命令。第七十二回写唐僧一行从朱紫国出发后，这一日，师徒几人来到一座庵林前，唐僧忽然要自己去化斋。孙悟空立即反对，说："你要吃斋，我自去化。俗语云：'一日为师，终身为父。'岂有为弟子者高坐，教师父去化斋之理？"八戒也说师父的主张没道理，宣布"有事弟子服其劳"。只有沙僧明白唐僧的意思，对孙悟空和猪八戒说："师兄，不必多讲。师父的心性如此，不必违拗。若恼了他，就化将斋来，他也不吃。"此后小说又写到唐僧的心理活动："我若没本事化顿斋饭，也惹那徒弟笑我：敢道为师的化不出斋来，为徒的怎能去拜佛。"看来沙僧料到师父会有这种心思，所以顺着唐僧。几个徒弟中，跟唐僧相处得最称心合意的就是沙僧。孙悟空常嘲笑师父，猪八戒常跟师父要赖，只有沙僧对师父永远尊重、体贴、叉手不离方寸[1]。在整个取经过程中，从来没有挨过师父教训的徒弟就是沙僧。

关键时刻同心勠力

几个徒弟中，沙僧的取经意志最坚定。第四十回中，红孩儿用狂风将唐僧卷走，孙悟空心灰意懒，因为师父是不听他的话被抓走

1　俗语，意思是两手在胸前相抱，表示恭敬。——编者注

的，他就说要散了，猪八戒当然赞成。这时，沙僧成了中流砥柱：

> 行者道："兄弟们，我等自此就该散了！"八戒道："正是，趁早散了，各寻头路，多少是好。那西天路无穷无尽，几时能到得！"沙僧闻言，打了一个失惊，浑身麻木道："师兄，你都说的是那里话？我等因为前生有罪，感蒙观世音菩萨劝化，与我们摩顶受戒，改换法名，皈依佛果，情愿保护唐僧上西方拜佛求经，将功折罪。今日到此，一旦俱休，说出这等各寻头路的话来，可不违了菩萨的善果，坏了自己的德行，惹人耻笑，说我们有始无终也！"行者道："兄弟，你说的也是，奈何师父不听人说。我老孙火眼金睛，认得好歹。才然这风，是那树上吊的孩儿弄的。我认得他是个妖精，你们不识，那师父也不识，认作是好人家儿女，教我驮着他走。是老孙算计要摆布他，他就弄个重身法压我。是我把他掼得粉碎，他想是又使解尸之法，弄阵旋风，把我师父摄去也。因此上怪他每每不听我说，故我意懒心灰，说各人散了。既是贤弟有此诚意，教老孙进退两难。——八戒，你端的要怎的处？"八戒道："我才自失口乱说了几句，其实也不该散。哥哥，没及奈何，还信沙弟之言，去寻那妖怪救师父去。"行者却回嗔作喜道："兄弟们，还要来结同心，收拾了行李、马匹，上山找寻怪物，搭救师父去。"

沙僧头脑比较清醒。孙悟空从土地那儿听说红孩儿是牛魔王的儿子，立即天真地想：轮辈分我得算他老叔，他不会伤我师父。沙僧提醒他："哥呵，常言道'三年不上门，当亲也不亲'哩。你与他相别五六百年，又不曾往还杯酒，又没有个节礼相邀，他那里与你认甚么亲耶？"结果红孩儿不仅不认这个孙叔叔，还放火烧孙悟空和猪八戒。

沙僧对孙悟空也并不总是唯唯诺诺，必要时他会据理力争，会巧动心思，对脾气暴躁的孙悟空动之以情、晓之以理。第八十一回中，唐僧将陷空山无底洞的妖怪认作受害弱女，带她进了镇海寺，寺内和尚连续被害死了好几个。孙悟空化装侦察，变作小和尚跟无底洞的老鼠精地涌夫人虚与委蛇。两人打起来后，老鼠精用金蝉脱壳计将唐僧摄走：

> 行者晓得中了他计，连忙转身来看师父，那有个师父？只见那呆子和沙僧口里呜哩呜哪说甚。行者怒气填胸，也不管好歹，捞起棍来一片打，连声叫道："打死你们！打死你们！"那呆子慌得走也没路；沙僧却是个灵山大将，见得事多，就软款温柔，近前跪下道："兄长，我知道了。想你要打杀我两个，也不去救师父，径自回家去哩。"行者道："我打杀你两个，我自去救他！"沙僧笑道："兄长说那里话！无我两个，真是'单丝不线，孤掌难鸣'。兄啊，这行囊、马匹，谁与看顾？宁学管鲍分金，休仿孙庞斗智。自古道：'打虎还得亲兄弟，上阵须教父子兵。'望兄长且饶打，待天明和你同心戮力，寻师去也。"

本来非常生气的孙悟空，"虽是神通广大，却也明理识时"，见沙僧苦苦哀求，于是就坡下驴，接受了沙僧的建议。沙僧这次的调和工作做得很巧妙，他并不直接求孙悟空饶恕他和猪八戒弄丢师父的罪过，他故意给孙悟空"栽赃"，说孙悟空打他们是为了散伙。孙悟空当然听不得这话。其实沙僧何尝这样看他，他紧接着就说兄弟之间"宁学管鲍分金，休仿孙庞斗智"，这就使神魔小说联系到了中国古代非常著名的典故。

大是大非，大义凛然

必要时，沙僧也能对孙悟空不讲情面。在真假美猴王一回中，观世音菩萨让孙悟空随沙僧一起去水帘洞分辨真假，孙悟空的筋斗云快，想先走一步，谁知被沙僧一把扯住，沙僧说："大哥不必这等藏头露尾，先去安根。待小弟与你一同走。"这个举动说明沙僧办事思虑周全，在大是大非面前，他既不顾兄弟情谊，也不怕孙悟空的如意金箍棒。

沙僧的大义凛然，在波月洞舍身救公主一事上就有所体现。黄袍怪听了百花羞公主的劝解后把唐僧放走，唐僧替公主捎信，"能不够"的猪八戒自告奋勇地揽下了捉妖的任务，却打不过妖怪，竟一个人躲到草窠里睡觉。沙僧前去降妖，结果被黄袍怪抓住。黄袍怪怀疑是公主给她父王送了信，要动手杀她，这时，沙僧决定牺牲自己的性命来保护师父的救命恩人百花羞公主：

> 那怪闻言，不容分说，抢开一只簸箕大小的蓝靛手，抓住那金枝玉叶的发万根，把公主揪上前，捽在地下，执着钢刀，却来审沙僧，咄的一声道："沙和尚！你两个辄敢擅打上我们门来，可是这女子有书到他那国，国王教你们来的？"
>
> 沙僧已捆在那里，见妖精凶恶之甚，把公主掼倒在地，持刀要杀，他心中暗想道："分明是他有书去。——救了我师父，

此是莫大之恩。我若一口说出，他就把公主杀了，此却不是恩将仇报？罢！罢！罢！想老沙跟我师父一场，也没寸功报效，今日已此被缚，就将此性命与师父报了恩罢。"遂喝道："那妖怪不要无礼！他有甚么书来，你这等枉他，要害他性命！我们来此问你要公主，有个缘故。只因你把我师父捉在洞中，我师父曾看见公主的模样动静。及至宝象国倒换关文，那皇帝将公主画影图形，前后访问。因将公主的形影，问我师父沿途可曾看见，我师父遂将公主说起。他故知是他儿女，赐了我等御酒，教我们来拿你，要他公主还宫。此情是实，何尝有甚书信？你要杀就杀了我老沙，不可枉害平人，大亏天理！"

这段话讲得多么有道理。

沙僧或许是《西游记》里"变脸"最厉害的一个。他本是流沙河吃人不眨眼的红发水怪，脖颈上戴着九个骷髅。随着脖颈上的骷髅化作引渡唐僧过流沙河的法船，过河后再化作阴风消散，沙僧作为红发水怪的一切恶劣行径从此荡然无存。沙僧不像孙悟空那样，在西天取经过程中，还保留着大闹天宫时的秉性，也不像猪八戒那样，在皈依佛门之后，还保留着当人女婿时的好吃、好色、好偷懒磨滑、好拨弄是非的毛病。沙僧变成西天取经路上代表"佛门规矩"或"原则性"的一个符号，他简直比唐僧还像个和尚。沙僧最后受封金身罗汉。在佛教教义中，罗汉断绝一切私人恩怨和感情，无嗔、无贪、无欲、无痴、无烦、无恼，这正是沙僧的个性。

作为杰出的小说家，如果吴承恩总按照"晦气脸"的模式写沙僧，岂不太乏味了吗？因此，沙僧有时也会像哲学家一般冒出一些精辟的话语。离灵山八百里的寇员外家再三挽留唐僧不住，只好大摆素宴送行。八戒留心，对沙僧说："兄弟，放怀放量吃些儿。离了寇家，再没这好丰盛的东西了！"沙僧说："二哥说那里话！常言道：'珍馐百味，一饱便休。只有私房路，那有私房肚？'"还有一次，八戒感慨说，天竺国公主的绣球要是打着我该多好啊。沙僧挖苦他说："'三钱银子买个老驴，自夸骑得！'""私房肚"和"三钱银子买个老驴"这类话语，何等精彩！

沙僧在取经过程中基本上没有独立的故事，但他在西行路上的表现可圈可点。

菩萨来搞美人计

我们读小说，特别是读长篇小说，总是希望小说内容不要那么整齐，不要那么单纯，最好能多一些变化，特别是多写一些出人意料的情节。于是，《水浒传》中，在武松那么精彩的打虎场面之后，出现了潘金莲和西门庆的"又竿相逢"；《三国演义》中，在北方群雄腥风血雨的斗杀之后，出现了刘玄德三顾茅庐，读者可借刘备之眼一观隆中的美丽景色；《红楼梦》中，宝玉挨打之后，突发奇想要喝一碗小荷叶儿小莲蓬儿汤。《西游记》是中国最著名的神魔小说，神魔之间经常出现打打杀杀的场面，吴承恩卖弄起来，简直叫读者目不暇接。但是，一个一个的神，一个一个的魔，你方唱罢我登场，若总是上天入地，故事将变得单调乏味，很容易让人产生审美疲劳。小说家得来点儿新招数，得叫读者看到他们做梦都想不到的故事。《三国演义》中，王允搞了一出美人计，一举消灭了大患董卓；周瑜也搞了一出美人计，结果是赔了夫人又折兵。谁能想到，《西游记》中，吴承恩居然让神圣的菩萨来搞美人计？

令人绝倒的美人计

佛门讲究清净无为，四大皆空。佛教四大菩萨——观世音、文殊、普贤、地藏王，各司其职，日理万机，忙得不行。谁能想象，观世音菩萨这位西行取经"大片"的"总导演"，这位《西游记》小说的"女主角"，又生了闲心，她亲自"编剧"兼"友情出演"，约上文殊、普贤两位壮汉菩萨化身美娇娥，特聘黎山老母变作中年俏寡妇，来了个四圣临凡，跟西天取经的师徒四人玩了场令人绝倒的美人计。

这是恶作剧吗，还是触及灵魂的考验？

咱们看着像是一出恶作剧，在菩萨看来却是对取经僧触及灵魂的深刻考验。

唐僧收了孙悟空、猪八戒、沙僧三个徒弟和坐骑白龙马，有过遇阻黄风怪等生死考验，他真的一心向佛吗？他真的参透了佛门经典《心经》吗？他的取经志向坚定吗？他和徒弟们能经受住艰难困苦的考验，能经受住生死的考验，那他们能经受住金钱和美女的诱惑吗？所谓英雄难过美人关，很多男人面临的最严酷的考验，不是艰难困苦，甚至不是生与死，而是貌美如花的娇滴滴的女子，如果再伴随着泼天家业、享不完的富贵，结局就更难预料了。于是菩萨们就安排师徒四人接受一次糖衣炮弹的洗礼。

"富家美人"向八戒招手

"四圣试禅心"是《西游记》电视剧集中最香艳、最搞笑又最好看的一集。男主角既不是唐僧也不是孙悟空，而是猪八戒。

取经苦，猪八戒尤其苦。唐僧骑马，沙僧牵马，孙悟空负责在前边哨望，只有猪八戒像泰山的挑夫挑着重担，挑着师父全部的家当：卧具、钵盂、书籍、衣物、干粮。为防雨淋，这些东西还得用油布包着。有时候，唐僧的九环锡杖也放在担子上。我们山东民间有句俗话叫"管饭不管饱，不如活砸杀"，可怜大肚肠的猪八戒就经常吃不饱，还要挑重担！

"四圣试禅心"这一回开头，吴承恩状似无意、实则故意写了一段孙悟空与猪八戒的对话。猪八戒抱怨说挑担辛苦还吃不饱。孙悟空却说，你不好好干活儿，小心我的金箍棒！

在这样的前提下，"温暖家庭""美丽媳妇""殷实家当"突然一下子纷纷向猪八戒招手，他不用再挑担，不用再挨饿，肚皮饱饱，美人在怀，还有比这更惬意的生活吗？取经意志本来就不那么坚定的猪八戒能不动心吗？

师徒四人走到西牛贺洲地界，这已经是如来所在的洲了。这一日，唐僧在马上远远看到一个很气派的庄园。宅近青山，门垂翠柏，松绿竹翠，菊艳兰幽，高堂大厦，画栋雕梁。厅堂上挂着寿山福海画，金漆柱上有大红春联：

丝飘弱柳平桥晚
雪点香梅小院春

虽然号称到了西牛贺洲，实际上根本没有迈出中华大地的范围，还保留着中华大地的风俗——挂着春联呢。这庄园，这宅院，这寿山福海图，还有这大红纸的对联，构成了一幅多么温馨富足的家园图景！猪八戒虽然不懂这些"小资情调"，却以他对经济的敏感度，准确地判断出"这个人家，是过当的富实之家"，比高老庄强多啦！

不一会儿，女主人出来接待。八戒"饧眼偷看"，即眼巴巴地偷着看，因为他是和尚。他看到了什么？"脂粉不施犹自美，风流还似少年才。"徐娘半老，风韵犹存。她身上穿着织金官绿丝袄，罩浅红比甲，系结彩鹅黄锦绣裙，脚上穿着高底花鞋。多么时髦，多么花哨！我都有点儿怀疑是《金瓶梅》里的富家少妇李瓶儿或者杨孟氏跑进《西游记》里来了。

女主人用纤长春笋般的手（这手可真美呵），用黄金盘、白玉盏（这家可真阔呵）给和尚们上香茶、摆异果，又吩咐为师徒几人办斋。唐僧礼貌性地问道："老菩萨，高姓？贵地是甚地名？"一句话引出女主人要"坐山招夫"的话。女主人自称是孀妇，有家资万贯，良田千顷，她和三个女儿"欲嫁他人，又难舍家业"。如今，"师徒四众"刚好对应着"小妇娘女四人"，真可谓"天赐良缘"。女主人问唐僧："不知尊意肯否如何？"

"坐山招夫"有禅机

其实仔细听，女主人的话有禅机，有禅心者自应领悟：妇人娘家姓"贾"，谐音是"真假"的"假"；夫家姓"莫"，"莫须有"的"莫"。中年妇人所说的一切都是假的，都是莫须有的。阔气的庄园子虚乌有，巨额的财富是镜花水月，三个如花似玉的少女——真真、爱爱、怜怜（合起来就是"真爱怜"），也压根儿不存在！菩萨这是在和他们打哑谜呢：财富和美女只是常人心中的幻想，一切有为法，皆如梦幻泡影！

女主人口若悬河地说起自己的家庭如何富足，三个女儿如何可爱：

三藏不忘本

"舍下有水田三百余顷，旱田三百余顷，山场果木三百余顷；黄水牛有一千余只，骡马成群，猪羊无数；东南西北，庄堡草场，共有六七十处；家下有八九年用不着的米谷，十来年穿不着的绫罗；一生有使不着的金银：胜强似那锦帐藏春，说甚么金钗两路。你师徒们若肯回心转意，招赘在寒家，自自在在，享用荣华，却不强如往西劳碌？"

……

"小女俱有几分颜色，女工针指，无所不会。因是先夫无子，即把他们当儿子看养。小时也曾教他读些儒书，也都晓得些吟诗作对。虽然居住山庄，也不是那十分粗俗之类，料想也陪得过列位长老，若肯放开怀抱，长发留头，与舍下做个家长，穿绫着锦，胜强如那瓦钵缁衣，雪鞋云笠！"

对一般的男人来说，这是多么大的诱惑啊？家财万贯，吃穿不愁，还有美丽贤惠、能吟诗作对的美女相陪！师徒四人只要答应下来，再也不用栉风沐雨，再也不愁讨不到斋饭，西天不西天的，甭管他啦。

师徒四众各不同

师徒四人听完，各有各的反应，各人的反应都符合各自的个性：

唐僧毫不动心。第一次听到坐山招夫的话时，他"推聋妆哑，瞑目宁心，寂然不答"。唐僧可能认为自己不回答，对方就会知难而退。没想到妇人进一步劝他们留下来。唐僧坚持沉默是金，"如痴如蠢，默默无言"。第三次听到妇人巧舌如簧的劝诱，唐僧"好便似雷惊的孩子，雨淋的虾蟆，只是呆呆挣挣，翻白眼儿打仰"。面对妇人的三次劝说，唐僧没说一句话，似乎有些手足无措。但唐僧坚定西行的信心没受到丝毫影响。关于这一点，接下来有两次正面的表述。

第一次，猪八戒按捺不住，催唐僧回应妇人，"那师父猛抬头，咄的一声，喝退了八戒道：'你这个业畜！我们是个出家人，岂以富贵动心，美色留意，成得个甚么道理！'"唐僧对徒弟用"业畜"这个称呼且声色俱厉，在他是少有的。

第二次，唐僧向妇人明确表示他愿坚持做苦行僧：

> "女菩萨，你在家人享荣华，受富贵，有可穿，有可吃，儿女团圆，果然是好；但不知我出家的人，也有一段好处。怎见得？有诗为证。诗曰：
> 出家立志本非常，推倒从前恩爱堂。
> 外物不生闲口舌，身中自有好阴阳。
> 功完行满朝金阙，见性明心返故乡。
> 胜似在家贪血食，老来坠落臭皮囊。"

唐僧的表现不错，孙悟空和沙僧的表现也可圈可点。孙悟空一开始就知道这是菩萨点化，师徒四人来到庄前时，孙悟空"见那半空中庆云笼罩，瑞霭遮盈。情知定是佛仙点化，他却不敢泄漏天机"。当唐僧为了敷衍妇人，对他说："悟空，你在这里罢。"孙悟空回答："我从小儿不晓得干那般事。"石猴哪儿做得了人家的女婿？果断拒绝了个干净。沙僧则委婉批评师父不该让他留下："你看师父说的话。弟子蒙菩萨劝化，受了戒行，等候师父；自蒙师父收了我，又承教诲；跟着师父还不上两月，更不曾进得半分功果，怎敢图此富贵！宁死也要往西天去，决不干此欺心之事。"

等到女主人那三个如花似玉的女儿现身，对他们进行近距离美色诱惑的时候，唐三藏"合掌低头"，孙悟空"佯佯不睬"，沙僧干脆"转背回身"，不作理会。唐僧和这两个徒弟都正气凛然、堂堂正正，有一个人却经不住考验，他是谁？

八戒招亲活报剧

观世音菩萨邀请普贤、文殊菩萨和黎山老母一起，变作家财万贯、仪态万方的母女四人，要招唐僧师徒四人为夫婿，唐僧、孙悟空、沙僧都表现出一心向佛的态度。受不了诱惑的猪八戒大出洋相。他一心想留，却又不好明说，呆笨又想取巧，嘴笨偏要撒谎，愚蠢却要玩心计。那真叫一个八面漏风、捉襟见肘、欲盖弥彰。

活报剧令人喷饭

"猪八戒招亲记"早已是戏剧舞台上的保留节目，吴承恩在小说里写的这出活报剧简直能把读者的肚子笑破：

第一步，猪八戒见富贵、美色近在眼前，心痒难挠，坐在椅子上"似针戳屁股，左扭右扭"，受不住考验的德行生动如画。他终于忍不住，扯了师父一把，让他"做个理会"。他想留下，却希望由师父叫他留下。孙悟空说："教八戒在这里罢。"猪八戒口是心非地说："不要栽人么。——大家从长计较。"猪八戒前后说了三次"从长计较"的话。孙悟空故意说出猪八戒心中的"计较"："你要肯，便就教师父与那妇人做个亲家，你就做个倒踏门的女婿。他家这等有财有宝，一定倒陪妆奁，整治个会亲的筵席，我们也落些受用。你在此间还俗，却不是两全其美？"八戒心里乐开了花，嘴上却还要撇清："话便也是这等说，却只是我脱俗又还俗，停妻再娶妻了。"

猪八戒不仅尘心不死，还喜新厌旧、见钱眼开！有了新的富家美女，就把高老庄的高翠兰抛在脑后啦。他还恬不知耻地宣传"世人皆浊，我也难清"："大家都有此心，独拿老猪出丑。常言道：'和尚是色中饿鬼。'那个不要如此？都这们扭扭捏捏的拿班儿，把好事都弄得裂了。"猪八戒见过几个和尚？他接触到的师父和师兄弟，都不近女色，那他"色中饿鬼"的判断从何得来？根本就是以小人之心度君子之腹。

第二步，猪八戒采取主动进攻，想办法要把"好事"办成。平时最懒的猪八戒这次主动要求去放马，而放马本应该是沙僧的活儿。猪八戒这个呆子"虎急急的，解了缰绳，拉出马去"。孙悟空知道猪八戒必有动作，于是变作一只红蜻蜓跟上，把猪八戒的丑态尽收眼底，回来和唐僧汇报。

原来，猪八戒故意把马拉到后门，希望和富家"母女"不期而遇。慧眼洞察一切的菩萨自然如其所愿。徐娘半老的妇人一露面，猪八戒开口先把"娘"叫上，再把自己和其他三人区别开，说："他们是奉了唐王的旨意，不敢有违君命，不肯干这件事。刚才都在前厅上栽我，我又有些奈上祝下的，只恐娘嫌我嘴长耳大。"妇人说担心女儿嫌他丑，猪八戒立马给她做思想工作："娘，你上复令爱，不要这等拣汉。"他又说，唐僧人俊，但中看不中用；我虽丑，却会干活。妇人表示，那就招你吧，你跟你师父说说。猪八戒立即利令智昏地说，我有自主权，不用跟他说。

第三步，满头簪钗、遍体幽香的真真、爱爱、怜怜露面，八戒"眼不转睛，淫心紊乱，色胆纵横"，当着师父和师兄弟的面就悄声低语道："有劳仙子下降。娘，请姐姐们去耶。"一边心痒难忍、迫不及待，一边假装推诿，说什么"弄不成！弄不成！那里好干这个勾当"。猪八戒在那儿扭扭捏捏、装腔作势，简直要把人肚皮笑破！

第四步，丑态毕露、洋相尽出。八戒跟着"丈母"往里走，一路磕磕撞撞，转弯抹角，来到内堂房屋。猪八戒着急忙慌地把拜堂、谢亲"两当一儿"办了后，居然要求把妇人的三个女儿一块儿娶了，还振振有词："那个没有三宫六院？就再多几个，你女婿也笑纳了。我幼年间，也曾学得个熬战之法，管情一个个伏侍得他欢喜。"丑不丑啊！猪八戒咋又成了西门庆啦？

顶好玩的情节是猪八戒撞天婚。妇人说，你还是撞天婚吧，撞到谁就娶谁，"从来信有周公礼，今日新郎顶盖头"：

> 只听得环珮响亮，兰麝馨香，似有仙子来往，那呆子真个伸手去捞人。两边乱扑，左也撞不着，右也撞不着。来来往往，不知有多少女子行动，只是莫想捞着一个。东扑抱着柱科，西扑摸着板壁。两头跑晕了，立站不稳，只是打跌。前来蹬着门扇，后去汤着砖墙，磕磕踵踵，跌得嘴肿头青。

猪八戒坐在地下，喘气呼呼。撞不成天婚的他居然恬不知耻地说："娘啊，既是他们不肯招我呵，你招了我罢。"真叫没脸没皮、没上没下、没大没小、没羞没臊！大概因为猪八戒太不像话，一向慈悲为怀的菩萨才把绳索变成珍珠汗衫儿，骗猪八戒穿上。

等到第二天东方发白，雕梁画栋、高堂大院，统统消失得无影

四圣试禅心

无踪。唐僧师徒发现自己睡在林中，孙悟空道出真相，唐僧和沙僧这才知道昨天发生的一切都是菩萨的试炼。猪八戒凡心不褪，色胆包天，黄粱美梦做足，终于受到菩萨惩戒，被吊在树上过了一夜，痛苦难禁，声声叫喊。心高气傲、眼里揉不得沙子的孙悟空要"清理队伍"，对沙僧说："莫睬他，我们去罢。"唐僧宽大为怀，给犯错误的徒弟留下改正的机会："那呆子虽是心性愚顽，却只是一味懞直，倒也有些膂力，挑得行李；还看当日菩萨之念，救他随我们去罢。料他以后再不敢了。"猪八戒绷在树上，孙悟空过来落井下石："好女婿呀！这早晚还不起来谢亲，又不到师父处报喜，还在这里卖解儿耍子哩！——咄！你娘呢？你老婆呢？好个绷巴吊拷的女婿呀！"八戒忍着疼，听任猴哥抢白，不敢叫喊。沙僧老大不忍，解了绳索，把猪八戒救下，却也调侃一句："二哥有这般好处哩，感得四位菩萨来与你做亲！"八戒表示："从今后，再也不敢妄为。——就是累折骨头，也只是磨肩压担，随师父西域去也。"

见了美女就动心

有了"四圣试禅心"的教训，猪八戒从此就老实本分，非礼勿言、非礼勿动了吗？根本没有。猪八戒在此后的取经路上至少还有五次见了美女动凡心的经历。

第一次在第二十七回，猪八戒看到俊美的白骨精，立即忍不住胡言乱语，主动搭讪："女菩萨，往那里去？手里提着是甚么东西？"但是白骨精感兴趣的是唐僧，要不然猪八戒肯定跟她走了。

第二次在第五十四回，唐僧师徒到了西梁女儿国，女儿国国王要留下唐僧。猪八戒马上"勇挑重担"，说："我师父乃久修得道的罗汉，决不爱你托国之富，也不爱你倾国之容。快些儿倒换关文，打发他往西去，留我在此招赘，如何？"看到美丽的女王，猪八戒"忍不住口嘴流涎，心头撞鹿，一时间骨软筋麻，好便似雪狮子向火，不觉的都化去也"。当然了，他只能单相思，女儿国国王不可能对他有兴趣。如果女王对他有兴趣，估计这头猪跑得比兔子还快。

第三次在第七十二回，猪八戒遇到在濯垢泉洗浴的七个美女妖精，虽然表示要打死她们，却忍不住变条鲇鱼在水中的裸体女妖间穿来穿去，总算跟美女们来了番暧昧的接触。

第四次在第九十三回，唐僧被假公主抛的绣球打中，皇帝要招他做驸马。猪八戒听说后，马上跌脚捶胸地说："早知我去好来！"

第五次在第九十五回，假公主原是月中玉兔，被太阴星君收服。嫦娥随同太阴星君来到人间，猪八戒见到她是什么反应？

> 正此观看处，猪八戒动了欲心，忍不住，跳在空中，把霓裳仙子抱住道："姐姐，我与你是旧相识，我和你耍子儿去也。"行者上前，揪着八戒，打了两掌，骂道："你这个村泼呆子！此是甚么去处，敢动淫心！"八戒道："拉闲散闷耍子而已！"

猪八戒的恋爱故事始于嫦娥，终于嫦娥，达到了一种哲理性的闭环。天蓬元帅之所以会变成猪八戒，是因为带酒戏嫦娥。虽受到天庭惩罚，但也可以看出天蓬元帅的审美层次不低。一旦成了猪八戒，前天蓬元帅就不分年龄、不分阶层，见一个爱一个地乱爱起来。他的爱带有极大的随意性，却没有长久性，几乎都是性欲的体现。猪八戒见一个爱一个，却总不能得手；对美女容易动情，也容易将她们抛到脑后。歌德笔下的少年维特失恋后想自杀，猪八戒对

"失恋"毫不在乎，虽然追不到美女，但只要能填饱肚子，马上就跟没事人一样。从"四圣试禅心"后，猪八戒再也没在美女问题上陷得太深、搞得太惨。用他自己的话来说，只不过是"拉闲散闷耍子而已"。

猪八戒一直惦记着高老庄。在第七十五回，猪八戒以为唐僧死了，提出分行李散伙，让沙僧回流沙河，他自己则回高老庄"看看我浑家"。高翠兰成了猪八戒干涸情田中的最后一块绿洲。

因为猪八戒那斩不断的"高老庄情结"，因为猪八戒不断犯色戒，本来可能沉闷、乏趣的取经过程，出现了经常跟美女打打交道、笨拙的猪八戒凡心涌动、害单相思、追美女的场景，给读者带来无穷的乐子。

讲到猪八戒这一形象，我想起四十年前的一段陈年往事。1980年，我给来自五个不同国家的留学生讲明清文学史，其中一位名叫贺安雷的英国留学生喜欢打断我的讲课，发表不同意见。有一次，我被他给惹火了。那是讲《西游记》时，我刚说了一句"猪八戒是个成功的人、神、物融合的艺术典型"，贺安雷就抢话道："我不喜欢中国当代文学。人没有人的特点，成了莫名其妙的神。"我赶快转换话题，说："我也不喜欢某些公式化、概念化的作品。关于如何看待猪八戒，中国学者们有一些分歧。有的说，猪八戒反映了劳动人民的弱点，这显然不对，好吃懒做不是劳动人民的特点。有的说——"我还没讲完，贺安雷抢话："依我看，猪八戒反映了中国高级干部的特点。"我的心一沉，脸也沉下来。幸亏我有杀手锏，应声给他对上："你说得不对。你看过《十里长街送总理》的纪录片吗？中国人民顶风冒雪、扶老携幼送灵车，那才是中国高级干部的楷模，猪八戒和中国高级干部不能相提并论。"贺安雷要求把"楷模"二字写到黑板上。

我请出周总理的英灵，堵住了贺安雷的嘴。到了课间休息时，他对我说："老师，我不忍心反驳你举的例子。因为，周恩来不仅属于中国，他也属于全世界。"

猪八戒的特点，一是喜欢美女，一是喜欢美食，刚刚招亲碰了一鼻子灰，马上就要偷吃人参果，害苦孙悟空。

偷吃人参果

有很多歇后语是从古典名著来的，比如"猪八戒吃人参果——食而不知其味"，就来自《西游记》第二十四回《万寿山大仙留故友 五庄观行者窃人参》。

开天辟地第一果

人参果是《西游记》中最负盛名、最有故事性的奇果，对小说的影响力不亚于王母娘娘的蟠桃，价值还似在蟠桃之上。王母娘娘的蟠桃好吃，但只有六千年一熟和九千年一熟的含长生不老的效力，三千年一熟的只能起强身健体的作用。而且，王母娘娘的蟠桃总共有三千六百株，俗话说"物以稀为贵"，蟠桃就显得没那么珍贵了。反观人参果，它又名"草还丹"，是开天辟地第一果，它的药效凿凿有据：闻一下，能活三百六十岁；吃一个，能活四万七千年。五庄观的镇元大仙得到了这混沌初分、天地未开时就存在的灵根。人参果树三千年一开花，三千年一结果，再三千年果实才成熟，九千年才结三十个果子！人参果树有千尺多高，七八丈围圆，青枝馥郁，绿叶阴森，叶似芭蕉，果子的模样像出生三天未满的婴儿，四肢俱全，风过时手脚乱动，点头晃脑，似奶娃发声，神奇之极。

人参的采摘方法比七衣仙女采蟠桃的程序更严格繁琐：这种果遇金而落，遇木而枯，遇水而化，遇火而焦，遇土而入，因此必须用金器敲击，拿丝帕衬垫瓷盘接住。果子一旦落到地上，就会立即钻进土里，而人参果树生长的土壤比生铁还硬，金刚钻都钻不动！

这样的生长环境，这样的采摘方式，真不知道吴承恩是怎么琢磨出来的。

唐僧取经路过五庄观，观主镇元大仙认他作故人。原来，五百年前在兰盆会上，如来的第二个徒弟金蝉子曾亲手给镇元大仙传茶。镇元大仙讲情谊，知道金蝉子转世成了取经的唐僧，心想：那就送两个果子给他解渴吧。

天宫时不时也搞些"讲座"，镇元大仙要带着四十六个得道高徒到天上听"混元道果"讲座，留两个"绝小"的弟子——清风和明月——看守家门，顺便接待唐僧。"绝小"有多小？"仅仅"一千多岁。两小童遵照师嘱打下果子，送给唐僧吃，这就出现了被《西游记》研究者们频繁引用以说明唐僧独特个性的经典场面和经典语言：

> （小童说）"唐师父，我五庄观土僻山荒，无物可奉，土仪素果二枚，权为解渴。"那长老见了，战战兢兢，远离三尺道："善哉！善哉！今岁倒也年丰时稔，怎么这观里作荒吃人？这个是三朝未满的孩童，如何与我解渴？"清风暗道："这和尚在那口舌场中，是非海里，弄得眼肉胎凡，不识我仙家异宝。"明月上前道："老师，此物叫做人参果，吃一个儿不妨。"三藏道：

"胡说！胡说！他那父母怀胎，不知受了多少苦楚，方生下未及三日，怎么就把他拿来当果子？"清风道："实是树上结的。"长老道："乱谈！乱谈！树上又会结出人来？拿过去，不当人子！"

猪八戒吃人参果

人参果敲下来后无法长时间保留，两个小童只好一人吃了一个。猪八戒凡事都很粗心，唯独吃东西的这根筋却时刻绷着。两个小童和师父的对话以及小童咯吱咯吱吃人参果的动静，勾起了猪八戒的馋虫，他便调唆孙悟空去偷。孙悟空认为这是小事一桩，"老孙去，手到擒来"，没想到很费了些周折。他先敲下一个，谁知马上钻到了地里。孙悟空大怒，揪出土地老儿来质问，知道果子"遇土而入"的奇异之处后，孙悟空便敲下三个，带回去和两位师弟一同分享。谁能想到猪八戒没吃出滋味，反倒吃出花样、吃出动静，也吃出了一个有趣的歇后语"猪八戒吃人参果——食而不知其味"：

那八戒食肠大，口又大，一则是听见童子吃时，便觉馋虫拱动，却才见了果子，拿过来，张开口，毂辘的吞咽下肚，却白着眼胡赖，向行者、沙僧道："你两个吃的是甚么？"沙僧道："人参果。"八戒道："甚么味道？"行者道："悟净，不要睬他！你倒先吃了，又来问谁？"八戒道："哥哥，吃的忙了些，不像你们细嚼细咽，尝出些滋味。我也不知有核无核，就吞下去了。哥啊，为人为彻。已经调动我这馋虫，再去弄个儿来，老猪细细的吃吃。"行者道："兄弟，你好不知止足！这个东西，比不得那米食面食，撞着尽饱。像这一万年只结得三十个，我们吃

五庄观行者窃人参

他这一个，也是大有缘法，不等小可。罢罢罢！够了！"

猪八戒絮絮叨叨，被道童听到。道童来到园中查看，发现果子少了四个。于是道童来到殿上，指着唐僧，"秃前秃后，秽语污言，不绝口的乱骂；贼头鼠脑，臭短臊长，没好气的胡嚷"，骂得很难听。唐僧说，果子有钱没处买，仁义值千金。若是他们偷的，我叫他们赔个礼！孙悟空不得不承认偷了果子。对心高气傲的猴王来说，这已是难得的低头。谁知二童骂得更难听了。孙悟空何曾吃过这种亏？"这果子是树上结的，空中过鸟也有分。"不就是个果子吗，什么大不了的事，值得这样骂人？王母娘娘满园的蟠桃几乎都被本猴王吃光了，也没人当面骂一句！孙悟空给气得"钢牙咬响，火眼睁圆"。他没心思也不屑向八戒解释为何少了一个果子，既然守着师父不敢打人，那就送他个绝后计！他把毫毛变个假行者，陪唐僧、八戒、沙僧继续忍受道童的嚷骂，真身径直来到园里，掣出金箍棒，"乒乒乓乓"，把人参果树给推倒了！

这回孙悟空闯下塌天大祸了。小童骂道，你们这伙人，推倒我们的人参果树，再想到西天取经"除是转背摇车再托生"。唐僧认为徒弟不占理，"论这般情由，告起状来，就是你老子做官，也说不通"。镇元大仙更非等闲之辈，小童向大仙汇报人参果树被推倒，"大仙闻言，更不恼怒"，显然心中有数，但是他咽不下这口气。他乃地仙之祖，不管地位多么崇高的诸天神佛，见了他都得礼让三分；一个小小美猴王，居然坏了他的镇观之宝，他岂能善罢甘休？必须让他们付出代价！

美猴王有眼不识金镶玉

俗话说："知己知彼，百战百胜。"孙悟空一开始就犯了"有眼不识金镶玉"的错，他对镇元大仙一无所知，却盲目轻视镇元大仙。

五庄观是什么地方？高山峻极，顶摩霄汉，峰放毫光，石生瑞气。红雾绕，彩云飞。麋鹿从花出，青鸾对日鸣。龙吟虎啸，鹤舞猿啼。唐僧认为好山好景，幽趣非常，应离雷音不远了。前卷帘大将沙僧见的世面多，两次提到此景鲜明，必有好人居住。聪明过人的孙悟空竟想不到像这样的仙山真福地，必有高人在。

孙猴儿自认为"老子天下第一"，他从一开始就小觑了五庄观观主的道行。唐僧师徒四人进入五庄观，发现这个道观与其他道观不同，其他道观都供着三清，这个地方却不供神佛，只供"天地"。道童解释说神佛是自家观主的朋友或晚辈，孙悟空认为道童是在吹大牛：

> 那仙童推开格子，请唐僧入殿，只见那壁中间挂着五彩妆成的"天地"二大字，设一张朱红雕漆的香几，几上有一副黄金炉瓶，炉边有方便整香。唐僧上前，以左手捻香注炉，三匝礼拜，拜毕，回头道："仙童，你五庄观真是西方仙界，何不供养三清、四帝、罗天诸宰，只将'天地'二字侍奉香火？"童子笑道："不瞒老师父，这两个字，上头的，礼上还当；下边的，还受不得我们的香火。是家师父诌佞出来的。"三藏道："何为诌佞？"童子道："三清是家师的朋友，四帝是家师的故人，九曜是家师的晚辈，元辰是家师的下宾。"那行者闻言，就笑得打跌。八戒道："哥啊，你笑怎的？"行者道："只讲老孙会捣鬼，

原来这道童会捆风！"三藏道："令师何在？"童子道："家师元始天尊降简请上清天弥罗宫听讲'混元道果'去了，不在家。"行者闻言，忍不住喝了一声道："这个臊道童！人也不认得，你在那个面前捣鬼，扯甚么空心架子！那弥罗宫有谁是太乙天仙？请你这泼牛蹄子去讲甚么！"

记得当年有一部电影叫《306号案件》，里面有一句著名台词："不知深浅，切莫下水。"孙悟空不知深浅，盲目下水，犯了大忌。他做过齐天大圣，住过天宫，也算见多识广，可愣不知道神外有神、天外有天。当年孙悟空和九曜星称兄道弟，而人家五庄观观主却将九曜星看作晚辈，这意味着什么，难道猴儿不该想一想？他却武断地将观主说成是"泼牛蹄子"。

其实我们在生活中经常能见到这样的事：自己孤陋寡闻，却怀疑他人述说的真实见闻是胡吹；自己坐井观天，却挖苦他人的见多识广是海谤[1]；自己低微卑贱，却诬蔑名门出身者对家世阅历的寻常叙述是炫耀。像这样的人在社会上哪有不碰壁的？

清风、明月要把唐僧师徒留给自家师父处理，便找了个借口把唐僧师徒锁了起来。孙悟空在师父和师弟面前大吹大擂、大包大揽：我肯定能带你们逃走！他很顺利地解开了锁。猪八戒趣语夸他："就是叫小炉儿匠使拵子，便也不像这等爽利！"猴儿立即牛皮哄哄地吹了起来："有甚稀罕！就是南天门，指一指也开了！"他把在南天门和增长天王猜枚赢的瞌睡虫儿撂到清风和明月脸上，让他们鼾鼾沉睡。师徒四人趁机顺着大路一直狂奔。

---

1 方言，指吹牛。——编者注

一般情况下，孙悟空就带着师父和师弟逃脱了。无奈他们遇到的是地仙之祖。

镇元大仙归来后听说了这些事，于是化作一个普通道人，赶上唐僧四人，斥问道，你们在五庄观干了什么坏事？孙悟空擎铁棒朝大仙劈头就打。大仙踏祥光，在空中现了本相：

头戴紫金冠，无忧鹤氅穿。履鞋登足下，丝带束腰间。体如童子貌，面似美人颜。三须飘颔下，鸦翎叠鬓边。相迎行者无兵器，止将玉麈手中拈。

孙悟空用棍子乱打，大仙用玉麈左遮右挡。曾经打得天兵天将失魂落魄的如意金箍棒居然无法对付小小的玉麈！玉麈即玉柄拂尘，顾名思义，是平时拿来扫除灰尘用的。大仙施展出袖里乾坤的神通，袍袖迎风一展，将唐僧师徒四人连马一齐笼住带回观中。镇元大仙下令用龙皮七星鞭打唐僧。孙悟空绝对不能让师父挨打，于是他承认说，错误都是我犯的，要打就打我。然后，他把双腿变成熟铁，随便打！镇元大仙吩咐第二天接着打。孙悟空夜里玩了个"大变活人"的把戏，他让八戒拱来四棵柳树，接着念动咒语，咬破舌尖，把血喷在树上。柳树变成了师徒四人的模样，问它也说话，叫名也答应。孙悟空带着师父师弟再次逃走。第二天，柳树露馅儿，唐僧师徒再次被捉回。镇元大仙的油锅都被猴儿砸破了，但是他可以拿唐僧来威胁孙悟空。怎么办？孙悟空还是得四海求仙来救治人参果树。

四海求援救果树

孙悟空偷吃人参果，跟镇元大仙斗法斗了个够，把镇元大仙拿来油炸他的锅都给砸了。镇元大仙要把唐僧上油锅炸，孙悟空急了。镇元大仙平心静气地和孙悟空对话：

> 却说那镇元大仙用手搀着行者道："我也知道你的本事，我也闻得你的英名，只是你今番越礼欺心，纵有腾那，脱不得我手。我就和你讲到西天，见了你那佛祖，也少不得还我人参果树。你莫弄神通。"行者笑道："你这先生，好小家子样！若要树活，有甚疑难！早说这话，可不省了一场争竞？"大仙道："不争竞，我肯善自饶你？"行者道："你解了我师父，我还你一棵活树如何？"

孙悟空表示：我上东洋大海，游三岛十洲，访问仙翁圣老，求起死回生之法，救活你的人参果树。八戒立即在唐僧面前进谗言，说，师父啊，猴儿这回要丢下咱们跑啦。唐僧要悟空三日返回，否则就要念《紧箍儿咒》。惶惶如丧家之犬的孙悟空连忙答应，又要求镇元大仙好好照顾唐僧："逐日家三茶六饭，不可欠缺。若少了些儿，老孙回来和你算账，先捣塌你的锅底。衣服襴了，与他浆洗浆洗。脸儿黄了些儿，我不要；若瘦了些儿，不出门。"听听，讲不讲道理？明明是他的不是，他却倒打一耙，还威胁上了。孙悟空不管是对龙王还是对地仙之祖，都突出一个泼皮泥腿不论理。

众神束手谁能医

猴儿驾着筋斗云，疾如流星，来到蓬莱仙境，见到了正优哉游哉下棋的福禄寿三星。福禄寿三星在天界是德高望重的老前辈，孙悟空开口就称呼道："老弟们！""老弟们"给了孙悟空一番教训：镇元子乃地仙之祖，我等都是他的晚辈，"我们的道，不及他多矣"。然后他们又对孙悟空说，你虽得天仙，却未入真流，怎脱得他手？人参果乃仙木之根，我们如何医得了？

三星卖给孙悟空老大一个人情：我们老哥仨先不下棋，到五庄观去替你说几句好话，顺便请唐僧莫念《紧箍儿咒》，你慢慢找医治之法去。

德高望重的蓬莱三星竟直言不讳地说孙悟空在仙人之中不入流，跟镇元大仙差了不止一个等级。总是自我感觉良好的齐天大圣心里肯定不是滋味。第二十六回《孙悟空三岛求方　观世音甘泉活树》开头有句"刚强更有刚强辈"，大概说的就是这意思。

蓬莱三星之后，高踞方丈仙山的东华大帝君也给孙悟空补了堂"三界神佛地位"专题课：五庄观镇元子，圣号与世同君，乃地仙之祖。你怎敢冲撞他？万寿山乃先天福地，五庄观乃贺洲洞天，人参果树是天开地辟之灵根。如何可治？无方！

东华大帝的侍童，同时也是中国古代真实的历史人物东方朔也在这一段出现了。猴王开玩笑叫他"小贼"，说，帝君这儿没桃给你偷吃。东方朔回敬了一句"老贼"，说，我师父这儿没仙丹给你偷吃。两个人斗了一番嘴。吴承恩将东方朔拉进小说，给孙悟空上天入地求方的艰苦过程增添了一些轻松愉悦的气氛。汪澹漪《西游记证道书》认为，描写海上三山的笔墨，"疏疏落落，闲闲冷冷，将长松、白鹤、丹雀、朱树，三星、九老之棋酒，东华、曼倩之茗谈，信笔描写一番"，如烦热中一剂清凉。闲笔出味儿，吴承恩确是高手。

观世音菩萨妙手回春

孙猴子遍游仙山海岛，众神皆束手无策，不管是蓬莱三星，还是瀛洲九老，全都没有办法医好人参果树。孙悟空还得去找观世音菩萨。孙悟空不是习惯遇到困难就找观世音菩萨吗？为什么这次转了一大圈，最后才跑到南海求助？这是小说家吴承恩卖弄博学，扩展他的"神仙领域"。

观世音菩萨教训孙悟空："你这泼猴，不知好歹！"又说，"镇元子乃地仙之祖，我也让他三分，你怎么就打伤他树！"猴儿只好向观世音菩萨苦苦哀求："弟子因此志心朝礼，特拜告菩萨，伏望慈悯，俯赐一方，以救唐僧早早西去。"猴儿不得不夹起尾巴说好话。菩萨说，你怎么不早来找我？猴儿说，我担心菩萨的净瓶甘露救不活人参果树。菩萨说，我曾和太上老君打赌，老君把杨柳枝放到炼丹炉里炼焦了，洒上我净瓶里的甘露都照样能活！

好玩不好玩？神仙之间也打赌！

越有能力者，越谦虚得体。观世音菩萨来到五庄观，先给镇元大仙赔话："唐僧乃我之弟子，孙悟空冲撞了先生，理当赔偿宝树。"然后，观世音菩萨像大变魔术一样，令千丈高的大树起死回生。按照常人的设想，菩萨飘到空中，洒几滴净瓶甘露，那树不就复活了？吴承恩却不这样做，他专门设计出繁杂的救树步骤，叫读者看得兴味盎然：到了被猴儿打得土开根现、叶落枝枯的人参果树前，菩萨命猴儿将手伸开，用杨柳枝蘸出净瓶甘露，在猴儿掌心里画了道起死回生的符咒，令他把拳头放在树根之下，看水出为度。猴儿捏着拳头在树根底下揣着，须臾出现清泉一汪。菩萨命用玉瓢舀出。没玉瓢咋办？用玉茶盏、玉酒杯。接着菩萨又让扶起树来。孙悟空、猪八戒、沙僧三人扛起树，扶周正、培上土，那比生铁还硬的土也听话啦！菩萨将玉器里的清泉用杨柳枝细细洒到干枯的人参果树上，口念经咒。"那树果然依旧青枝绿叶浓郁阴森，上有二十三个人参果。"猪八戒诬告孙悟空打偏手的果子也重新长回树上。结局皆大欢喜：大仙敲下十个人参果请客，不知道猪八戒这次是又囫囵吞下还是细细品尝？镇元大仙与孙悟空结拜为兄弟，二人情投意合，大仙舍不得孙悟空走，留下他们多住了好几天。孙猴子竟然儿女情长起来，他也不愿意走了，还是唐僧理智，催徒弟启程。

妙事趣事，妙语趣语

小小人参果，敷衍出生动曲折、荡气回肠的故事，在全书中占了好几回。这段故事活画出一个又一个人物形象：猪八戒粗鲁贪吃、爱打爱闹；沙僧沉默寡言、心中有数；唐僧循规蹈矩、善良礼貌；镇元大仙法力超群、人情练达；观世音菩萨运筹帷幄、救苦救

观世音甘泉活树

难。即使是极小的配角如伶牙俐齿、人小鬼大的清风和明月，在镇元大仙面前自称"晚辈"的福禄寿三星，也能在寥寥数笔中熠熠生辉。当然，吴承恩写得最集中的还是孙悟空。其实"偷吃人参果"是猴王的一次精神涅槃，让他知道人外有人、天外有天：普天之下，不是只有大闹天宫这一件荣耀事；五湖四海，不是只有齐天大圣这一个能人。

偷吃人参果，推倒果树，逃走被捉，再逃走再被捉，漂洋过海求仙方……一波未平，一波又起。除了令人眼花缭乱的搏斗场面和令人大开眼界的神仙福地美景，文中还夹杂着令人喷饭的对话。镇元大仙命人将唐僧四人用长布捆了，八戒说拿布来做中袖，等裹了沙僧，猴儿说"夹活儿就大殓"，八戒嘱咐"下面还留孔儿，我们好出恭"；孙悟空砸破镇元大仙的锅，自称清理肠胃以免污染锅灶；瀛洲丹崖珠树下，皓发皤髯、童颜鹤鬓的九老下棋饮酒，孙悟空突然厉声高叫"带我耍耍儿便怎的"；孙悟空来到落伽山，做了守山大神的黑熊精叫了声"悟空"，立即惹出猴儿的一番牢骚，猴儿自表了一番功绩恩德，要黑熊精叫他"老爷"……每一个小节都有出人意料的妙语，每一个段落都有令人会心的对话。

偷吃人参果一事上，操纵局面的当然是孙悟空，导致祸患发生的却是猪八戒。唐僧找来徒弟询问此事，猪八戒先声明："我老实，不晓得，不曾见。"推了个干干净净。童儿说少了四个果子，始作俑者猪八戒立即对猴哥翻来覆去地叫嚷说，你偷了四个，只拿出三个分，预先打偏手啊？猪八戒贪吃的嘴脸可憎，直爽的性情又有点儿可爱。猪八戒的处世哲学是：天塌下来有猴哥顶着，我只管装傻充愣享"呆"福。他真是呆里藏奸，顽皮混闹。当孙悟空担惊受怕、水深火热、奔忙救树时，猪八戒却跟没事人一样玩得自在、耍得出格。福禄寿三星来到五庄观，给偷吃人参果的故事增加了一大段笑料，表演者正是猪八戒：

> 那八戒见了寿星，近前扯住，笑道："你这肉头老儿，许久不见，还是这般脱洒，帽儿也不带个来。"遂把自家一个僧帽，扑的套在他头上，扑着手呵呵大笑道："好！好！好！真是'加冠进禄'也！"那寿星将帽子摜了，骂道："你这个夯货，老大不知高低！"八戒道："我不是夯货，你等真是奴才！"福星道："你倒是个夯货，反敢骂人是奴才！"八戒又笑道："既不是人家奴才，好道叫做'添寿、添福、添禄'？"
>
> ……
>
> 正说处，八戒又跑进来，扯住福星，要讨果子吃。他去袖里乱摸，腰里乱吞，不住的揭他衣服搜检。三藏笑道："那八戒是甚么规矩！"八戒道："不是没规矩，此叫做'番番是福'。"三藏又叱令出去，那呆子蹾出门，瞅着福星，眼不转睛的发狠。福星道："夯货！我那里恼了你来，你这等恨我？"八戒道："不是恨你，这叫做'回头望福'。"那呆子出得门来，只见一个小童，拿了四把茶匙，方去寻钟取果看茶；被他一把夺过，跑上殿，拿着小磬儿，用手乱敲乱打，两头玩耍。大仙道："这个和尚，越发不尊重了！"八戒笑道："不是不尊重，这叫做'四时吉庆'。"

猪八戒的长嘴大耳总是浮荡着童稚、顽皮、笑谑，成了《西游记》引人入胜的重要因素。这个地方如果没有猪八戒这一番调皮捣蛋、插科打诨，只是福禄寿三星跟镇元大仙以及唐僧枯坐在那儿礼让寒暄，那该是一个多么枯燥乏味的场面。有了猪八戒，整个场面就活跃起来了，亮丽起来了，风趣起来了。猪八戒拿福寿禄三星开玩笑时，用的都是日常生活用语——"加冠（官）进禄""添寿、添福、添禄""番番（翻翻）是福""回头望福""四时吉庆"。他说寿星不戴帽子，更是风趣之极——传说中的寿星额部隆起，什么时候戴过帽子？吴承恩如此巧妙地将俗语组织到极不起眼的情节中，产生了显著的喜剧效果，这个大作家对传统文化信手拈来、改造升华的本领好生了得！天才小说家写小说，真是麻姑掷米，粒粒皆为金砂。

离了五庄观福地，唐僧师徒就要遇到白骨精了。"三打白骨精"在《西游记》中的影响非同小可。

孙大圣三打白骨精

福禄寿三星、观世音菩萨、镇元大仙和唐僧师徒分食人参果的温馨场面过后，唐僧带着徒弟重登西行路。几人来到一座与五庄观天差地别的恶山跟前，只见荆棘牵漫，衰草连天，麂鹿作群，虎狼成阵。《西游记》虽然是白话小说，但是语言非常精练，往往几个字就能写出几十个字的意境，比如"獐犯""狐兔"，四个字，其实写的是四种动物："獐"即香獐，《聊斋志异》中的花姑子就是香獐成精；"犯"是野猪，而且专指母猪；"狐"是狐狸；"兔"是野兔。这些山林中比较普通的动物，和凶恶的虎狼、大蟒、长蛇等，共同组成了险恶的环境，和唐僧师徒刚刚经过的五庄观里的幽鸟、锦鸡、鹤、青鸾等，形成了鲜明的对比。唐僧马上心惊。

唐僧肉的"药效"

孙悟空舞动铁棒开路，唬得狼虫颠窜，虎豹奔逃。没想到此举也惊动了山上的白骨夫人。她在云端踏阴风窥看唐僧，非常欢喜："他本是金蝉子化身，十世修行的原体。有人吃他一块肉，长寿长生。"

唐僧肉能延年益寿的"药效"，是白骨精首先提出来的。在现代汉语里，"唐僧肉"已成了常用词，用来形容极其稀缺珍贵、令人垂涎三尺的事物。

身处荒山野岭，虽然满眼的景物令唐僧心惊，但他却在此时说饿了，要孙悟空给他化斋来吃。孙悟空赔笑道："前不巴村，后不着店，有钱也没买处，教往那里寻斋？"话说得很现实。唐僧便开始数落孙悟空，说，你被如来压在石匣内，得亏我救了你一命，收你做了徒弟，怎么常怀懒惰之心？

唐僧岂不是在胡搅蛮缠？按说唐僧服食了人参，体健神爽、脱胎换骨，怎么越发不明是非了？他对徒弟的态度实在昏庸！越有能力的徒弟，他越不待见；越是懒惰好吃、多嘴多舌的徒弟，他越发偏袒纵容。钱锺书先生就曾风趣地说，唐僧很像一个糊涂家长，专疼没本事的子女。看来神魔世界和人世原是一理。所以，看《西游记》时，不要仅把它当成一部神魔小说，这里边的人生哲理很深奥。

美猴王三打白骨精

孙悟空不得不翻起筋斗云，奔往南山给师父摘桃。他一走，白骨精就来了。看到唐僧有八戒、沙僧护卫，白骨精决定"且戏他戏"。"戏"原是对唐僧，没想到中招的是猪八戒。白骨精变成一个花容月貌的美女，提着青罐、绿瓶，向唐僧袅袅娜娜地走来。瓶罐里的东西，闻一闻就中毒，白骨精就可趁机下手，掳走唐僧。猪八戒一见到美女，立马就找不着北，赶紧整整直裰，摆摆摇摇，装出一副斯文的样子，迎上前和美女寒暄。看到美女"冰肌藏玉骨，衫领露酥

尸魔三戏唐三藏

胸"，他越发凡心骚动。白骨精骗他说，我打算拿香米饭和炒面筋斋僧呢。贪吃的猪八戒立即跑了个"猪颠风"，回来向师父报告。无奈不管妖精如何花言巧语，唐僧就是不吃。唐僧的谨慎无意中规避了当场中毒的风险。猪八戒埋怨道："老和尚罢软！现成的饭三分儿倒不吃，只等那猴子来，做四分才吃！"说完一嘴把罐子拱倒，想要动口。恰好此时孙悟空赶回，孙悟空不由分说，三下五除二，将"美女"一棒子打倒。而白骨精用解尸之法，扔下这具美女尸首就跑了。

孙悟空一打白骨精，因打得匆忙，被妖精化解。白骨精又变作一个八十岁老太太来哭女儿。孙悟空一见，仍然举棒便打。白骨精又把一具假尸首丢下，逃走了。孙悟空二打白骨精，仍打得太急，再次被妖精逃脱。

白骨精第三次来试探，变作一个白发苍髯的老公公。孙悟空再次认出来他是妖精变的，于是念动咒语召出当坊土地、山神，道："你与我在半空中作证，不许走了。"孙悟空奋起金箍棒，打倒妖魔，断绝灵光。至此，三打白骨精圆满成功。

师徒性格全方位逆转

"孙悟空三打白骨精"本身并不复杂。白骨精除擅长变化外，并没有多少对付孙悟空的本领。因为孙悟空有火眼金睛，下手狠，白骨精连真正靠近唐僧的机会都没得到，就被打死了，更甭说用妖风将唐僧拐走。"三打白骨精"之所以闹出那么大波折，是因为取经队伍内部的分裂，或者可以说分崩离析：唐僧好恶不分，猪八戒调唆诬陷，沙僧作壁上观。孙悟空对付白骨精时，能拘出当坊土地、山神帮忙，自己的师父和师弟却来帮倒忙！要不说堡垒最易从内部攻破呢，伤害自己最深的往往是最亲近的人，这也是一条人生哲理。

优秀的小说家写人物，特别是写长篇小说里的人物，不会让其个性一成不变，而是山形步步移，人物个性随情节变化而变化。读者习惯性认为，孙悟空神通广大，唐僧软弱无能，猪八戒愚笨贪吃；吴承恩却在"三打白骨精"中对这三个人物进行了全方位逆转：强悍的孙悟空，成了孤独无助的受冤者；软弱的唐三藏，成了偏执冷面的制裁者；愚蠢的猪八戒，成了巧舌如簧的陷害者。

下面我们就来看看，在"三打白骨精"故事中，在妖精面前束手无策的唐僧如何窝里横，怎么样敌我不辨、好恶不分；笨蛋猪八戒怎么样化身巧言谗语的大师；心高气傲的美猴王怎么样委曲求全、忍气吞声。

孙悟空一打白骨精，打死"美女"。唐僧战战兢兢地说悟空"无故伤人性命"。悟空让师父看"美女"送的"美食"："香米饭"乃拖尾巴长蛆，"面筋"是满地跳的癞蛤蟆。唐僧已有三分相信，孙悟空眼看可以过关，猪八戒却在一旁调唆道，明明是女子，怎说是妖精？师父啊，这是猴哥怕您念《紧箍儿咒》，故意把米饭变成了蛆！猪八戒为什么给孙悟空上眼药？因为对猪八戒而言，重要的个人利益或者说重要的眼前利益受到了损害：养眼的美女和猪八戒认为足以饱腹的美食都被孙悟空给消灭了。经猪八戒一调唆，唐僧果然念起《紧箍儿咒》，还要轰走孙悟空。孙悟空动情地说了一番恳切的话，表示"不曾报得你的恩"，还不能走，这才感动得唐僧回心转意。这是孙悟空第二次说他要对师父报恩的话，第一次是对菩提祖师说的。对于桀骜不驯的孙悟空而言，这是很难得的，孙悟空身上有很多毛病，但他却懂得尊师重道。

孙悟空二打白骨精，打死"老妪"。这老妪是妖精变的，孙悟空说得清清楚楚：老太太八十岁，她的女儿却只有十八岁，哪有六十岁还生孩子的？唐僧连这点儿常识都不懂，还不由分说地把《紧箍儿咒》念了二十遍，把孙悟空的脑袋勒得似亚腰儿葫芦，疼痛难忍。唐僧又要轰走孙悟空。孙悟空没有办法了，只好说，请师父把《松箍儿咒》念念，退下箍子，我就回花果山。唐僧没有《松箍儿咒》，只好继续"收留"孙悟空。这一次，猪八戒对孙悟空的诬陷尤其幼稚可笑。他对师父说，猴哥不想走，是想分行李，师父把那包袱里的什么旧褊衫、破帽子之类的，分两件给他吧。猪八戒的这番话把孙悟空气得暴跳如雷，骂猪八戒是"孽嘴的夯货"。这个词太形象了。本来是个笨货，却长着一张进谗言的尖嘴！接着孙悟空动情地陈述自己五百年前在花果山时曾收降七十二洞邪魔，手下有四万七千群怪，头戴紫金冠，身穿赭黄袍，腰系蓝田带，足踏步云履。言外之意：我怎会贪恋几件破僧衣？说什么分行李？我是一心一意保师父西天取经的！孙悟空对唐僧说的这番话，好像东风吹马耳。这个高僧，真叫人感到莫名其妙，他对猪八戒漏洞百出的谗言句句入耳，对孙悟空真心诚意的表白愣是油盐不进！怪不怪？

孙悟空还未动手三打白骨精，猪八戒已开始调唆。白骨精变作念佛的老公公走过来。猪八戒说，这是行者打杀他的女儿和婆子，他找我们来了。我们如果撞到他怀里，师父你犯死罪该偿命；老猪算个从犯得充军；沙僧也得问罪；行者使个遁法就走了，"却不苦了我们三个顶缸"。猪八戒简直是个小说家，能现场编故事！可气的是，他无中生有陷害师兄，唐僧偏偏听得进去。白骨精已是第三次化装侦察，这种情况下，到底打不打？孙悟空并非没有心理斗争：不打杀妖精，妖精把师父捞去，我岂不又要费心劳力去救？若打杀他，师父再念《紧箍儿咒》怎么办？孙悟空转念又一想："虎毒不吃儿。凭着我巧言花语，嘴伶舌便，哄他一哄，好道也罢了。"这个地方用了个别致而醒目的俗语"虎毒不食儿"，正所谓"一日为师，终身为父"，从石头缝里蹦出来的孙悟空早就把唐僧当父亲一般看待、侍奉，对他像对父亲一样忠心耿耿。可惜，孙悟空的一片丹心换不来师父的理解，本待将心托明月，谁知明月照沟渠！

三打白骨精的现代解读

不管唐僧怎么样人妖不分，不管猪八戒怎么样屡进谗言，孙悟空还是坚持除恶务尽，终于打死了白骨精。师徒之间、师兄弟之间的矛盾终于爆发。

老和尚只图自保

猪八戒又说起了风凉话："只行了半日路，倒打死三个人！"唐僧要念《紧箍儿咒》，孙悟空请师父看白骨精的真实面目：一堆粉骷髅，脊梁上有"白骨夫人"的字样。唐僧信了，孙悟空眼看就要逃过一劫，又是八戒在一旁调唆：师父啊，这是行者怕您念《紧箍儿咒》，变出来掩你眼目的！猪八戒编一句，老和尚信一句，重复念《紧箍儿咒》，坚决要轰孙悟空走，还明确说轰走孙悟空是为保自己：

> "你在这荒郊野外，一连打死三人，还是无人检举，没有对头；倘到城市之中，人烟凑集之所，你拿了那哭丧棒，一时不知好歹，乱打起人来，撞出大祸，教我怎的脱身？"

唐僧认为孙悟空打死的不是妖怪而是普通人，幸好没人检举，还可以蒙混过关；若孙悟空在人烟密集的地方打死人，他这个师父，岂非真要像猪八戒说的那样被问罪？还是轰走惹祸的猴头、保全自己为上！圣僧的只图自保，到了不加掩饰的境地。

　　孙悟空对师父的无情终于有了清醒的认识，他感叹师父"昧着惺惺使糊涂"，陈述自己拜师后，穿古洞，入深林，收八戒，得沙僧，擒魔捉怪，历尽千辛万苦，现在师父三次轰自己回去，真是"鸟尽弓藏，狗烹兔死"！一心保师父，除恶务尽，师父却听信猪八戒的谗言冷语，孙悟空伤心欲绝："罢！罢！罢！但只是多了那《紧箍儿咒》。"唐僧表示再不念了。孙悟空说，若遇毒魔苦难，不得脱身时，八戒、沙僧救不得你，那时节想起我来，忍不住又念诵起来！唐僧恼羞成怒，滚鞍下马，写下正式把孙悟空逐出师门的贬书，发毒誓："如再与你相见，我就堕了阿鼻地狱！"悟空接了贬书，要求拜别师父。唐僧转回身不予理睬，口里唧唧哝哝："我是个好和尚，不受你歹人的礼！"孙悟空用毫毛变出三个自己，连本体四个，四面围住师父下拜。好一个重情重义的美猴王！孙悟空临走前吩咐沙僧说，倘一时有妖精拿住师父，你就说老孙是他大徒弟。唐僧居然再次声明："我是个好和尚，不题你这歹人的名字！"孙悟空的热心衷肠，遇上了唐僧的冷面冷心。

　　猪八戒以小人之心度君子之腹，唐僧却言听计从，说明唐僧的心里也光明不到哪里去。孙悟空三次被唐僧念《紧箍儿咒》，疼得满地翻滚；三次被师父驱逐，悲痛欲绝。沙僧却明哲保身，自始至终不发一言，孙悟空临走还说他是"好人"，不得不说这"好人"的门槛也太低了。孙悟空是西天取经队伍中的孤独英雄。

圣僧恨逐美猴王

唐僧是三权合一的人物

白骨精二次逃脱后，在空中称赞道："好个猴王，着然有眼！我那般变了去，他也还认得我。"最令读者意想不到的是，理解孙悟空、欣赏孙悟空的，竟然只有最终被他打死的白骨精。

孙悟空三打白骨精，一打有一打的纠纷，二打有二打的症结，三打有三打的关键。一次与一次波折不同、结果不同。妖精聪明机智、阴险毒辣；悟空火眼金睛、除恶务尽；唐僧肉眼凡胎、不辨好恶；八戒内心阴暗、谗言陷害；沙僧事不关己、高高挂起。孙悟空打白骨精本身不是最重要的，重要的是取经队伍内部的矛盾。性格迥异的几个人物斗智、斗法、斗心、斗嘴，实在好看。

"三打白骨精"紧接着"偷吃人参果"，更是形成一种断崖式的落差，这是长篇小说巨匠吴承恩的妙手偶得，还是他的精心构思呢？"偷吃人参果"故事里，唐僧师徒齐心合力，终于救活开天辟地的灵根，可算是八仙过海，各显其能；"三打白骨精"过程中，唐僧师徒心生芥蒂，矛盾爆发。猴王忠诚，唐僧自私，八戒恶劣，沙僧淡漠，展露无遗。

这里边就有个问题了，唐僧那么无能，那么软弱，遇到危险就腿软，听说有妖精就流泪，他怎么就能辖制神通广大的孙悟空呢？难道仅靠着观世音菩萨授予他的《紧箍儿咒》？仔细推敲，真相并非如此。

不要小看这个被孙悟空说成是"脓包""皮松"的和尚，在他身上有着深刻的文化内涵：唐僧在《西游记》里其实是个三权合一的人物。

哪三权？皇权、神权、父权。

先说皇权。唐僧被唐太宗拜了四拜，认作御弟。于是，唐僧便代表着大唐，唐御弟成了唐僧最亮丽的光环。师徒四人无论走到哪一个国家，人们敬重的，不是曾经大闹天宫的孙悟空，更不是什么曾经的天蓬元帅、卷帘大将，而是代表着大唐的唐僧。

再看神权。唐僧的前身是如来的第二个弟子，观世音菩萨把如来的两件法宝——锦襕袈裟和九环锡杖——给了他，而且是借助唐太宗的手给的；观世音菩萨派人保护他，玉皇大帝则说保护唐僧的神将是他派去的。他来到五庄观，地仙之祖镇元子把极其珍贵的人参果送给他解渴。可见，唐僧的神权确实存在。

最后是父权。读者朋友可能不太理解，没成亲、没儿女的唐僧怎么会有父权？一点儿不错，他有高高在上的父权。

中国有句俗语：一日为师，终身为父。唐僧在取经队伍这个临时大家庭里扮演的是家长的角色，是一切他说了算的老爹。不管齐天大圣有多大的本事，都得听唐僧的。所以我们就看到一个很奇怪的现象，见了玉帝都喊"老官（老哥）"的孙悟空，对唐僧却是叉手不离方寸，一口一个"师父"。那样桀骜不驯，在观世音菩萨跟前都敢说撂挑子就撂挑子的齐天大圣，在唐僧面前却是师父叫他往东，他不敢往西。孙悟空之所以如此，不是因为怕《紧箍儿咒》，而是因为他遵守的是中国传统道德规范。中国还有句俗语：没有不是的父母，也没有不是的师父。也就是说，不管你的父母或你的师父、老师怎么不对，你都得尊重他们，听从他们的话。这就是我们从《西游记》这部神魔小说里看到的封建社会的规则。

花果山聚义，黑松林遇魔

孙悟空除恶务尽，三打白骨精，避免了师父落入白骨夫人之手，猪八戒却向唐僧进谗言，是非不分、只图自保的唐僧先是大念《紧箍儿咒》，后是无情地把孙悟空逐出师门。孙悟空回到花果山，唐僧在黑松林遇魔，猪八戒却救不了。解铃还须系铃人，本来是猪八戒进谗言让师父轰走孙悟空的，这镶糠的笨货还得觍着脸把美猴王给请回来。猪八戒居然懂策略，针对孙悟空超强的自尊心，来了个智激美猴王，这也是西行取经故事中非常好看的一段。

身回水帘洞，心逐取经僧

被唐僧轰走的孙悟空重返花果山。五百年前二郎神放火烧过后，花果山一直没恢复。峰岩倒塌，林树焦枯，花草俱无。当年美猴王领导的四万多猴儿，大半被消灭，幸存者遭遇猎户的硬弩强弓、黄鹰猎犬、网扣枪钩，中箭着枪的被剥皮剐骨，油煎盐炒下饭；被活捉者"教他跳圈做戏，翻筋斗，竖蜻蜓，当街上筛锣擂鼓，无所不为的顽耍"。吴承恩将猎人捕猴、市井耍猴和美猴王部下的命运联系起来，写的既是市井的活动，又是神异的故事。物是人非，美猴王伤感得很。当年封的几位元帅和将军总算还在，花果山却成了猎人的势力范围。悲愤的孙悟空祭起狂风，把上千猎户统统消灭。他又命令猴儿们把被他打死的猎户推进万丈深潭，衣服剥下洗净后穿了遮寒；死马剥皮做靴，马肉腌起来慢慢食用；猎人的弓箭枪刀收集起来，重新操练武艺；猎户的杂色旗拆洗后做成一面杂彩花旗，写上"重修花果山，复整水帘洞，齐天大圣"。当年的齐天大圣仍然招魔聚兽，积草屯粮，从龙王处借来甘霖仙水，把山洗青了。"前栽榆柳，后种松楠，桃李枣梅，无所不备"，花果山重新变得郁郁葱葱。美猴王很有能力，他励精图治，重建花果山，看似逍遥自在，好像回来安居乐业了，其实是"身回水帘洞，心逐取经僧"。

《西游记》第二十八回的回目名为《花果山群妖聚义　黑松林三藏逢魔》，"聚义"是孙悟空取经生涯的暂时停歇，"逢魔"是唐僧取经之路的必然遭遇。唐僧必须遇妖，猪八戒和沙僧必须束手无策，不然怎么叫孙悟空回来？

妖精居然是"妻管严"

孙悟空被轰走后，猪八戒成了大师兄，这个专门搞点儿假公济私的笨猪，先解放了自己，叫沙僧挑担，他负责开路。到了松林中，师父说饿，猪八戒说的比唱的好听："钻冰取火寻斋至，压雪求油化饭来。"他把牛吹下，走了十几里地，没地方化缘，想起这苦差原是孙悟空的，"当家才知柴米价"，呆子有点儿后悔了。走累了的猪八戒决定，不化缘，先睡觉！等了许久仍不见猪八戒回来，沙僧出去寻找猪八戒。唐僧忍不住散步解闷，散到一座金塔前。他迈步入门，只见石床上侧睡着一个牛头夜叉般的妖魔：青靛脸，血盆口，白獠牙，乱蓬蓬的红鬃毛、紫髭髯，鹦嘴般的鼻子，曙星样的鬼眼，钵盂大小的拳头，枯树根似的蓝脚，斜披着淡黄袍。唐僧吓得遍体酥麻，两腿酸软，转身想逃走，被小妖捉回，绳缠索绑，捆在定魂桩上。

猪八戒和沙僧寻找师父寻到碗子山波月洞，穿黄金铠甲的妖怪迎了出来。两个狠和尚，一个泼妖魔，在云端好一顿厮杀。杖起刀迎，钯来刀架，始终不分胜负。论手段，猪八戒、沙僧这样的水平即使来二十个也敌不过妖精，原来是六丁六甲、五方揭谛、四值功曹、一十八位护教伽蓝在空中助着猪八戒他俩。唐僧命不当绝，"狠毒险遭青面鬼，殷勤幸有百花羞"。被掳到妖精洞穴的宝象国三公主百花羞要放走唐僧，托他给她的父王捎去一封信。蓝脸妖怪竟然是个"妻管严"，公主喊声"黄袍郎"，妖怪应得比接圣旨还快。公主编了套斋僧还愿的鬼话，要求放走唐僧，妖怪就仗也不打了，和尚也不吃了，叫放人就放人。他对猪八戒说："那猪八戒，你过来。我不是怕你，不与你战，看着我浑家的分上，饶了你师父也。"

实在太好玩了，在封建社会，男人是家庭的中心，一切都是男人说了算，而在妖精的洞穴里，竟然是老婆做主。

老和尚变成大老虎

孙悟空离去后，唐僧头次遇妖竟是这么美好的结局？难道是唐僧吉人自有天相？其实更大的磨难还在后边呢。唐僧到宝象国倒换关文，送上公主的家书，国王要求唐僧捉妖。唐僧只好交代出两个徒弟："我那大徒弟姓猪，法名悟能八戒，他生得长嘴獠牙，刚鬣扇耳，身粗肚

黑松林三藏逢魔

大，行路生风。第二个徒弟姓沙，法名悟净和尚，他生得身长丈二，臂阔三停，脸如蓝靛，口似血盆，眼光闪灼，牙齿排钉。"唐僧对两个徒弟的形容可谓准确。猪八戒在国王面前吹嘘：第一个会降妖的是我！他说完腾云而起，沙僧跟上。猪八戒、沙僧与妖怪交战，只八九个回合，猪八戒就"钉钯难举，气力不加"。原来，护法诸神在宝象国护定唐僧，少了他们的加持，猪八戒的战斗力下降不少。这呆子借口出恭溜之乎也，钻进蒿草薛萝、荆棘葛藤，再不敢出来。

猪八戒遇到困难就躲起来，接下来的变化令人眼花缭乱：

妖怪将沙僧捉到洞中，猜测是公主给她父王写了信，这才走漏了风声，于是将公主揪到沙僧面前对质。如果确实是公主写了信，他就准备杀了公主。沙僧说他们捉妖乃因唐僧看到宝象国国王寻找公主的画像。"何尝有甚书信？你要杀就杀了我老沙，不可枉害平人，大亏天理！"跟随唐僧以来一直默默无闻的沙僧在关键时刻大放光彩。

黄袍怪当年出现在百花羞公主面前时是"金睛蓝面青发魔王"。为了哄宝象国国王，黄袍怪变作一个俊男，头戴鹊尾冠，身穿玉罗褶，腰系光明鸾带，足蹬花褶乌靴。形容典雅，体段峥嵘，丰神轩昂。奇怪！妖怪既然能变作如此美男子，为什么平时要用那副怪样吓唬心爱的公主？

貌似潘安的妖怪来到宝象国认亲，如此俊美的驸马令国王欣喜不已。妖怪现场编了一套话术，陈述如何与公主结缘：十三年前猛虎叼来公主，公主始终不肯说出自己的真实身份，因此自己不知道妻子是三公主。至于叼来公主的猛虎，正是冒名唐僧的老和尚！妖怪施魔法，将唐僧变作白额圆头、花身电目的斑斓猛虎。

国王在银安殿款待爱婿，宫娥彩女，吹弹歌舞。妖魔饮酒作乐，酒吃多了，露出原形，伸开簸箕大手，把一个弹琵琶的宫娥拽过来，

"咔嚓"一声咬下头来。其他宫娥没命地乱跑乱藏，却无人敢大声喧哗。"唐僧是老虎"的流言传到了驿馆，惊坏了白龙马。疾风知劲草，沙僧被捉，唐僧变虎，猪八戒不见踪影，平素比沙僧还低调的白龙马成了英雄。他先是化身宫娥行刺妖怪，未成，显出原形与妖怪搏斗，放毫光，喷白电，银龙飞舞，如擎天玉柱。小白龙武力不济，被妖怪打伤，钻进御水河逃命，回到马厩变回白马。在草窠里睡足了觉的猪八戒回到驿馆，他想向国王求兵救沙僧。白马口吐人言，将师父变虎的事告诉了八戒，让八戒驾云上花果山请大师兄回来。"三藏不仁，八戒不义"。猪八戒连救师父的想法都没有，只想着散伙后回高老庄继续当女婿。他患得患失地说，我去请猴哥？难！呆子不说自己对不起猴哥，却说"猴子与我有些不睦"，似乎责任在双方。他又说，猴哥打杀白骨精，"怪我撺掇师父念《紧箍儿咒》"，其实我哪是真心害他？"我也只当耍子，不想那老和尚当真的念起来"。需要减轻自个儿责任时，猪八戒多么会轻描淡写。因为他的几句谗言，唐僧念《紧箍儿咒》几乎把孙悟空念死，他居然说自己是在开玩笑！猪八戒又说，师父把猴哥赶回去，他不知怎样恼我，若我去请，他决不肯来。他那哭丧棒又重，捞上几下，我活得成？猪八戒一肚子的小算盘。小白龙一心救师父，对猪八戒说，大师兄决不会打你的，你到了花果山，别说师父遇难，只说师父想他，他肯定会回来。

　　前辈点评家们对白马化龙的举动称赏不已。汪澹漪《西游证道书》曰："每为诵'疾风知劲草，板荡识忠臣'之句，不觉惨然于怀。白马非马也。真可谓龙德而隐者也。"《李卓吾先生批评西游记》曰："唐僧化虎，白马变龙，都是文心极灵极妙，文笔极奇极幻处。做举子业的秀才，如何有此？"

　　那么，那头笨猪是如何去请猴王的呢？

猪八戒智激美猴王

猪八戒智激美猴王，一幕又一幕好看的喜剧就此上演：

猪八戒在白龙马的劝诫下，不得不驾云到花果山去请孙悟空。他看到众猴拜大圣，感叹道："好受用！"明明是呆子进谗言让猴哥做不成和尚，他却说孙悟空不肯做和尚。"若是老猪有这一座山场，也不做甚么和尚了。"他再次以小人之心度君子之腹。

猪八戒不敢直接见孙悟空，混在猴群中，"也跟那些猴子磕头"。孙悟空早就看见猪八戒来了，故意说来了"夷人"，即生人。猪八戒声明自己不是夷人而是熟人。"那呆子把嘴往上一伸道：'你看么！你认不得我，好道认得嘴耶！'"像这样的情节真是令人笑喷！

呆子很会造小说

猪八戒再次变身小说家。小白龙教猪八戒对大师兄说师父想他，猪八戒顺杆儿就爬，编得有鼻子有眼。需要忽悠人时，猪八戒既会现场创作恭维的颂歌，更能栽赃嫁祸：

行者道:"你这个呆子!我临别之时,曾叮咛又叮咛,说道:'若有妖魔捉住师父,你就说老孙是他大徒弟。'怎么却不说我?"八戒又思量道:"请将不如激将,等我激他一激。"道:"哥呵,不说你还好哩,只为说你,他一发无状!"行者道:"怎么说?"八戒道:"我说:'妖精,你不要无礼,莫害我师父!我还有个大师兄,叫做孙行者。他神通广大,善能降妖。他来时教你死无葬身之地!'那怪闻言,越加忿怒,骂道:'是个甚么孙行者,我可怕他?他若来,我剥了他皮,抽了他筋,啃了他骨,吃了他心!——饶他猴子瘦,我也把他剁碎着油烹!'"行者闻言,就气得抓耳挠腮,暴躁乱跳道:"是那个敢这等骂我!"八戒道:"哥哥息怒,是那黄袍怪这等骂来,我故学与你听也。"行者道:"贤弟,你起来。不是我去不成,既是妖精敢骂我,我就不能降他?我和你去。老孙五百年前大闹天宫,普天的神将看见我,一个个控背躬身,口口称呼大圣。这妖怪无礼,他敢背前面后骂我!我这去,把他拿住,碎尸万段,以报骂我之仇!报毕,我即回来。"

　　猪八戒小说家的才能大放光彩,激起孙悟空的自尊心,孙悟空立即答应去降妖。对孙悟空来说,救师父重要,维护他齐天大圣的好名声同样重要。其实孙悟空这是在找台阶下:我不是回师父身边,而是跟骂我的妖怪算账!他对八戒说,报完妖怪骂我之仇,我就回来。这自然是说说而已。离开花果山时,孙悟空已对众猴说:"待我还去保唐僧,取经回东土。功成之后,仍回来与你们共乐天真。"孙悟空已经决定救了师父后仍然跟着去西天取经。

　　汪澹漪在《西游证道书》中非常欣赏这一段描写:"此一回文字

妙绝千古。盖以《左（传）》《史（记）》之雄奇而兼《庄子》之幻肆者，稗史中不可无一，不可有二。请问施耐庵《水浒传》中何篇可以相敌耶？"将《西游记》凌驾于《水浒传》之上。

猴王擒妖，玉帝帮忙

孙悟空回救师父的过程，真叫顺风顺水、痛快淋漓！

孙悟空与猪八戒回来时经过东洋大海，孙悟空说要下海去净一净身子，因为"这几日弄得身上有些妖精气了。师父是个爱干净的，恐怕嫌我"。猪八戒这才知道师兄对师父确是真心，着实感动了一番。

孙悟空从波月洞救出沙僧，顺便教训明哲保身的沙师弟一句："你这个沙尼！师父念《紧箍儿咒》，可肯替我方便一声？"

孙悟空又给百花羞公主上了一堂伦理课，说百花羞公主是不孝之人。猴头居然会引经据典，说："盖'父兮生我，母兮鞠我。哀哀父母，生我劬劳'。故孝者，百行之原，万善之本，却怎么将身陪伴妖精，更不思念父母？"孙悟空之所以要做公主的思想工作，是为了让她在孝父母与儿女情上做出抉择。因为他要以公主与妖怪生的两个儿子为人质，到宝象国将妖怪引回来。

孙悟空把公主藏了起来，变作公主的模样，见到妖怪后"扑簌簌泪如雨落，儿天儿地的，跌脚捶胸，于此洞里嚎啕痛哭"。这次表演相当成功。妖怪对公主疼爱有加、信任有加。"公主"说一句，妖怪信一句。孙悟空充分利用妖怪的软肋，借口心疼，将妖怪的宝贝舍利子玲珑内丹骗到手。孙悟空恢复原形后，责问妖怪为什么骂他。妖怪说："那个猪八戒尖着嘴，有些会说老婆舌头，你怎听他？"猪

孙行者智降妖怪

八戒的短处居然被妖怪说出来，岂不是帮猴哥解气？美猴王施出大闹天宫的浑身解数，将妖怪打败，妖怪立即藏了个无影无踪。孙悟空判断：既然妖怪说对我有些面熟，肯定不是凡间之怪，多是天上之精。他一路打上南天门，"特来查勘，那一路走了甚么妖神"。原来，斗牛宫二十八宿少了奎星。二十七宿星员领玉帝旨意，出天门，念咒语，奎星只好随众星上界见玉帝。他离开天宫十三天，在人间与公主做了十三年夫妇，罪过比天蓬元帅调戏嫦娥、卷帘大将打碎玉盏不知重多少倍，玉帝对他的发落竟轻到不能再轻：贬他去兜率宫与太上老君烧火，"带俸差操，有功复职"。拿着二十八宿"津贴"干烧火童子的活儿？天宫竟有这样的美差。估计奎木狼不是玉帝爱将，就是王母心腹吧！

孙悟空是如何谢帮了大忙的玉帝和众神的呢？"行者见玉帝如此发放，心中欢喜。朝上唱个大喏，又向众神道：'列位，起动了。'天师笑道：'那个妖猴还是这等村俗。替他收了怪神，也倒不谢天恩，却就喏喏而退。'玉帝道：'只得他无事，落得天上清平是幸。'"真是鬼都怕恶人。

美猴王扬眉吐气

孙悟空解救唐僧，更是出尽那口有功劳反被轰走的恶气：

> 行者笑道："师父呵，你是个好和尚，怎么弄出这般个恶模样来也？你怪我行凶作恶，赶我回去，你要一心向善，怎么一旦弄出个这等嘴脸？"八戒道："哥啊，救他救儿罢，不要只管揭挑他了。"行者道："你凡事撺唆，是他个得意的好徒弟，你

不救他，又寻老孙怎的？——原与你说来，待降了妖精，报了骂我之仇，就回去的。"沙僧近前跪下道："哥啊，古人云：'不看僧面看佛面。'兄长既是到此，万望救他一救。若是我们能救，也不敢许远的来奉请你也。"

孙悟空调侃了是非不分的师父，挖苦了进谗言的猪八戒，沙僧也不得不给师兄跪上一跪。受了冤屈的美猴王终于扬眉吐气。动不动念《紧箍儿咒》的唐僧也不得不对孙悟空夸赞不已："贤徒，亏了你也！亏了你也！这一去，早诣西方，径回东土，奏唐王，你的功劳第一。"

"智激美猴王"是"三打白骨精"的翻案文章。孙悟空因三打白骨精所蒙冤案，通过战胜黄袍怪，翻得漂亮，翻得精彩，翻得有趣。

西行路上，孙悟空费尽心力从下凡的天宫神灵那儿获得的天宫珍宝，最终都得交还原主，只有一件例外：奎星的舍利子玲珑内丹。它被假扮成百花羞公主的孙悟空吞到肚子里去了。在玉帝跟前三曹对案时，痴情的奎木狼竟忘记找美猴王要回此宝，可能因为他还处于与情人分离的迷茫中吧。

如何将西天取经途中一些经典的故事改编得符合现代读者的心理，是一件值得深入思考和探索的事。有些编导做出过有益尝试，试举两例：

一是浙江绍剧团改编的剧目《孙悟空三打白骨精》，将孙悟空被唐僧赶回花果山又重回师父身边的过程，改编为回来仍是打白骨精。孙悟空制伏的白骨精在唐僧面前展示了她是如何变成少女、老妇、老头儿欺骗他的，这对唐僧来说可谓是一堂非常现实的教育课。

二是新版电视剧《西游记》美化了奎木狼的爱情故事。《西游记》

原著中，奎木狼向玉帝交代：宝象国三公主原是披香殿侍香玉女，二人两情相悦，怕在天宫私通"点污了天宫胜境"，侍香玉女先下界托生于皇宫内院，奎木狼"不负前期，变作妖魔"，占据洞府，将公主摄来后，与她做了十三年夫妻。新版电视剧《西游记》渲染了二人分离后绵绵不绝的思念，很有点儿诗情画意。小说中三公主和奎木狼所生的那两个可怜的男孩，被猪八戒和沙僧从空中掼到皇宫地面，摔成了肉饼。新版电视剧《西游记》将空中掼下的孩子换成了假人，让这两个天宫情侣的爱情结晶在人间活了下来。

绍剧对"三打白骨精"的改动，以及新版电视剧《西游记》对奎木狼爱情故事的美化，比较符合现代读者的心理。

平顶山：大家一起玩游戏

孙悟空返回取经队伍后的第一战，便是平顶山遇金角、银角大王。我读了七十年《西游记》，不管什么时候看这段故事，都会纳闷儿：这哪儿像兵戈相交、你死我活的战斗？分明是师徒四人和海上菩萨、太上老君、太上老君的童子以及哪吒三太子聚在一块儿玩游戏！你出个妙招，我出个绝招；你出个阳招，我出个阴招；你出个奇招，我出个损招。不管是取经僧还是妖魔，一个个都玩得投入，耍得开心，逗得有趣。当年我还是小学生时，读到这一段，就心想：什么孙悟空、猪八戒？什么金角大王、银角大王？什么精细鬼、伶俐虫？他们全都跟我们小学生一样，捣蛋调皮，是我们书上的游戏伙伴。

玩游戏是为了寻开心，在《西游记》中占了整整四回的"平顶山遇妖"，就像一部多幕喜剧，那真叫步步开心、幕幕好玩。我们把它分成几幕来看。

第一幕：功曹送信，猴王吹牛

受命保护唐僧的神仙，观世音菩萨说是她派的，玉帝说是他派的。这些神仙人数还不少，所以还得排班，轮到值班的就叫"日值功曹"，像校园里的值日生。第六十六回中，日值功曹把孙悟空叫作"人间之喜仙"，可能是因为他长时间和孙悟空打交道，发现孙悟空一片童心、一腔孩趣，总是以降妖伏魔为游戏。"平顶山功曹传信"，日值功曹变成樵夫来给孙悟空报信：前边的平顶山有妖怪。火眼金睛的孙悟空居然没看出他是日值功曹，客气地叫着"大哥"，吹吹乎乎：

> "那魔是几年之魔？怪是几年之怪？还是个把势？还是个雏儿？烦大哥老实说说，我好着山神、土地递解他起身。"……"若是天魔，解与玉帝；若是土魔，解与土府；西方的归佛，东方的归圣。北方的解与真武，南方的解与火德。是蛟精解与海主，是鬼祟解与阎王。各有地头方向。我老孙到处里人熟，发一张批文，把他连夜解着飞跑。"

孙悟空说得牛气哄哄，他的话却有一定道理。观世音菩萨早就允诺，若孙悟空遇到困难，叫天天应，叫地地灵，实在遇到大的危难，菩萨会亲自来救他。战黄袍怪一节，玉帝都言听计从地帮猴王的忙！甭管多有本事的妖怪，甭管来自天宫、地府、西天、东海，总有管他的正头香主，猴王哪儿不熟？哪个神佛菩萨请不到？

日值功曹显形对孙悟空说："那怪果然神通广大，变化多端。只看你腾那乖巧，运动神机，仔细保你师父；假若怠慢了些儿，西天路莫想去得。"日值功曹似乎在预告孙悟空与妖怪斗法的后续"剧情"。孙悟空善于乖巧玩心计，腾挪变神通，有神鬼不测之机，他这套办法得先用在师弟身上。

第二幕：呆子巡山，猴哥捉弄

孙悟空大概因三打白骨精时吃了猪八戒一再进谗言的亏，气还没消，于是成心在师父面前让猪八戒出洋相。他跟所谓的樵夫大哥吹牛，说无论什么妖精他都有办法对付，而到了唐僧跟前，他却故意哭天抹泪，说日值功曹报信：前边妖精凶狠，过不去了。他一连串的表演惹得唐僧许诺：八戒、沙僧“凭你调度使用”，共同努力过此山。在这之前，打白骨精是孙悟空独自打的，打黄袍怪则是猪八戒、沙僧都败了后再请的孙悟空。唐僧这两个后收的徒弟，本来都是神通广大的妖怪，现在神通都退化了。孙悟空得调动他们的积极性，叫他们认识到妖怪并不是手到擒来的。

第一个就得教育教育长嘴大耳的猪八戒。

孙悟空叫猪八戒选择看师父还是去巡山，再将看师父说得难上加难。猪八戒说，看师父得化斋，我这副尊容，谁能当成取经僧人？倘若被人当作“半壮不壮的健猪”逮去宰了，腌着过年，岂不遭瘟？他宁愿去巡山。这正合孙悟空心意，于是待猪八戒走后，忍不住嘻嘻冷笑。唐僧骂猴儿对师弟毫无爱怜之意，巧言令色，撮弄八戒巡山再笑他！孙悟空说，八戒肯定不会正儿八经巡山，估计会找地方睡一觉，再回来编个谎哄我们。不信，我变化了跟去看看。唐僧嘱咐说，不要捉弄他。孙悟空嘴上应着，心里已乐开花：我爱怎么捉弄就怎么捉弄！师父你总说猪八戒老实，正好借这件小事叫你认清，八戒他一点儿也不老实。

孙悟空先变作一只非常小的蟭蟟虫，“翅薄舞风不用力，腰尖细小如针”，叮在猪八戒耳后鬃根底下。猪八戒开始巡山，走了没多远，就开骂了：“你罢软的老和尚，捉掐的弼马温，面弱的沙和尚！”

然后用钉耙在红草坡筑了个地铺，美滋滋睡下。

孙悟空又变成一只啄木鸟，"铁嘴尖尖红溜，翠翎艳艳光明"，用力地在猪八戒的嘴唇上啄了一下。被啄醒的猪八戒以为鸟儿把自己的嘴当成了生虫的黑朽枯树，索性把嘴揣在怀里继续睡。谁知"啄木鸟"又在他耳后狠狠啄了一口。呆子想不到是师兄作怪，还以为自己打搅了鸟儿生蛋布雏。

猪八戒越笨越想取巧，竟对着石头演习起回去怎么样说谎：把石块当师父，先对着石头唱喏，后汇报"巡山"的情况。孙悟空听得一清二楚：

> "我这回去，见了师父，若问有妖怪，就说有妖怪。他问甚么山，我若说是泥捏的，土做的，锡打的，铜铸的，面蒸的，纸糊的，笔画的，他们见说我呆哩，若讲这话，一发说呆了，我只说是石头山。他问甚么洞，也只说是石头洞。他问甚么门，却说是钉钉的铁叶门。他问里边有多远，只说入内有三层。十分再搜寻，问门上钉子多少，只说老猪心忙记不真。此间编造停当，哄那弼马温去！"

孙悟空听完了猪八戒编出来的话术，提前一步飞回去，把这番话告诉了师父。唐僧原本认为猪八戒是"两个耳朵盖着眼"的愚笨之人，不会说谎，奈何孙悟空将猪八戒的谎言句句记牢，只待猪八戒回来对质。没想到猪八戒的文学创作才能非常之高，竟又现场创作出新段子，他回来报告说，前边确实有妖精，妖精"叫我做猪祖宗，猪外公，安排些粉汤素食，教我吃了一顿，说道摆旗鼓送我们过山哩"。呆子不按"猴导演"的剧情演出，猴儿只好亲自引导，揪扯住猪八戒，问他巡山时看到的是什么山、什么洞、什么门……呆子果然把原来编好的谎话一一说出。唐僧这才知道自己这个二徒弟原来很会撒谎。孙悟空要揍猪八戒，唐僧替他求情，猪八戒这才免了一顿打。孙悟空要猪八戒再次巡山去，这一巡，就巡到妖精手里了。

猪八戒被捉，符合孙悟空设想的步骤："且等我照顾八戒一照顾，先着他出头与那怪打一仗看。若是打得过他，就算他一功；若是没手段，被怪拿去，等老孙再去救他不迟。却好显我本事出名。"这猴儿真够促狭的。如果说猪八戒的软肋是贪吃好色，孙悟空的软肋就是好大喜功。猴儿故意叫师弟被妖精逮了去，他再去救，成就自家威名。

第三幕：小妖显摆宝贝，悟空偷天换日

这一段特别好玩，不管看了多少遍，每看到这一段，我都会笑不可遏。

银角大王远远地向麾下小妖指点哪个是唐僧，唐僧被指得接连打了三个寒噤。孙悟空用金箍棒开路，银角大王吓得魂飞魄丧，知道和孙悟空正面交锋没好果子吃，还是得跟他玩心计。银角大王变作一个摔坏腿的老道，花言巧语骗唐僧。唐僧叫孙悟空驮"道士"。"道士"使出法术移山来压猴王，把须弥山压在孙悟空左肩，把峨眉山压在孙悟空右肩，孙悟空挑着两座大山飞奔追赶师父。妖怪又移来泰山压顶，终于把孙悟空压住。银角大王赶上唐僧，和沙僧战了几个回合，然后活像八爪鱼变魔术，抓住沙僧挟在左胁下，右手拿了唐僧，脚尖钩着行李，嘴里咬着马鬃，一阵风似的都抓回莲花洞里。

莲花洞木母逢灾

金角大王忌惮孙悟空。银角大王说，孙悟空压在山下动弹不得，只用派两个小妖，用紫金红葫芦和羊脂玉净瓶去装回即可。他说完便派了手底下的两个分别唤作精细鬼和伶俐虫的小妖拿了宝贝去收孙悟空。金角、银角大王要把师徒四人一起蒸了来吃。

孙悟空被压在三座大山下，怎么办？五行山一座山就压了他五百年，如今更是有三座大山压着他！孙悟空"遇苦思三藏，逢灾念圣僧"，惊动五方揭谛，拘来三山土地，把孙悟空从山下释放出来。孙悟空听说妖精差遣土地给他们"当值"，孙悟空居然发出了"既生瑜，何生亮"式的感慨：

> "苍天！苍天！自那混沌初分，天开地辟，花果山生了我。我也曾遍访明师，传授长生秘诀。想我那随风变化，伏虎降龙，大闹天宫，名称大圣，更不曾把山神、土地欺心使唤。今日这个妖魔无状，怎敢把山神、土地唤为奴仆，替他轮流当值？天啊！既生老孙，怎么又生此辈？"

孙悟空听土地说妖怪喜欢和道人交朋友，便变作一个老道，"头挽双髻髻，身穿百衲衣。手敲渔鼓简，腰系吕公绦"。他故意找那两个拿了宝贝来收他的小妖搭话，自称来自蓬莱山，要到莲花洞度人成仙。小妖天真地向"老道"显摆用来装孙悟空的宝贝葫芦，悟空马上用毫毛变作一个大紫金红葫芦，说自己这个葫芦能够装天，然后念动咒语，叫日游神、夜游神、五方揭谛等上天奏明玉帝，说他老孙皈依正果，西天取经，为救师父，借天装闭半个时辰，玉帝"若道半声不肯，即上灵霄殿，动起刀兵"。

玉帝恼了，天岂可装？哪吒三太子聪明地说，孙行者保唐僧西天取经，这是泰山之福缘，海深之善庆，我们应该助他成功。咱们可以假装装天，只用向真武大帝借来皂雕旗，在南天门一展，把日月星辰闭了，对面不见人，不就算是装起天来了？玉帝同意了。

孙悟空一声令下，"装天"成功。小妖苦苦要求交换宝贝，换一件还搭上一件。孙悟空就这样把妖魔的宝贝骗了过来，接着又变成一只苍蝇跟上两个小妖。两个小妖发现上当后，胆战心惊地回到莲花洞，将受骗的情况如实汇报。银角大王说，我们有五件宝贝，如今少了两件，还有三件，七星剑和芭蕉扇在我们身边，幌金绳在压龙山压龙洞老母亲那里收着。不如差小妖去请老母亲来吃唐僧肉，叫她带幌金绳来拿孙行者！

孙悟空再施妙计，先变作小妖，从妖魔派出来的巴山虎、倚海龙二小妖嘴里打听清楚"奶奶"是怎么回事，再打死巴山虎和倚海龙，将一根毫毛变成巴山虎的模样，自己变成倚海龙的样子前去请"奶奶"。等见到老妖，孙悟空"只在二门外伫着脸，脱脱的哭起来"。这个地方特别有意思，难道孙悟空害怕了？不，他伤心了。小妖见"奶奶"必须磕头。他孙大圣生来便做好汉，只拜过如来、观世音和唐僧，今天却得拜老妖。若不跪拜，必定会走漏消息，那就骗不成了。但是要拜又会伤自尊心，所以孙悟空哭了。这个地方写得太妙了。神魔小说里的神魔人物，其心理活动也非常符合他的身份。孙悟空是个泰山压顶不弯腰的大英雄，见了三界主宰玉帝也只不过唱个喏，叫声"老官"，现在却要给一个老妖磕头叫"奶奶"，但是为了救师父，孙悟空都忍了。更叫孙悟空气愤的是，老妖又命孙悟空开路。孙悟空暗想：经倒不曾取得，先给老妖做皂隶！幸好出来不久他就打杀老妖，拿到了幌金绳。孙悟空变作老妖的样子来到莲花洞后，两个大魔头、合洞小妖恭恭敬敬地来给他磕头，孙悟空乐了："好道也赚他两个头儿！"《西游记》里的这些描写富于奇妙变化，人物心理的波折又合情合理。孙悟空这一系列的动作——跟小妖换宝贝，磕一个头再赚了两个头——多么像儿童之间的游戏！《西游记》之所以深受儿童喜爱，就是因为它带有浓浓的童话色彩。

孙悟空骗来宝贝，接下来就是怎样玩这些宝贝了。这些宝贝的原主人是谁？孙悟空的老对头太上老君。

老君帮菩萨玩"过家家"

平顶山这场游戏最终揭秘，原来是太上老君帮菩萨的忙，故意给取经队伍设的障碍，以此考验他们取经的志向，凑成九九八十一难。

这场游戏精彩地演完前三幕，孙悟空要跟妖精好好玩玩这些宝贝了。

第四幕：腾挪变化名字

孙悟空杀了金角、银角大王的所谓母亲，原来是只九尾狐狸精。孙悟空变成她的模样接受妖怪的叩拜。两个魔头叩拜后发现母亲是孙行者冒名顶替的。他们是怎么发现的？猴尾巴露馅儿了。吴承恩第一次拿猴尾巴做妙文章，是孙悟空大闹天宫。孙悟空跟二郎神赌赛变化，孙悟空变成一座庙，尾巴没处放，只好将它变作一根旗杆，不伦不类地竖在庙后边，被二郎神识破。吴承恩第二次拿猴尾巴做妙文章便是在平顶山，这次做得更加风趣、更加搞怪。孙悟空接受金角、银角大王叩拜时，虽然模样变成了老妖的样子，猴尾巴却翘在身后边，被吊在房梁上的猪八戒看见了。猪八戒告诉一旁同样吊在房梁上的沙僧说，弼马温来了。

孙悟空本是来解救师父和师弟的，谁知他进洞后不急着干正事，先拿猪八戒开涮，妖怪要给他蒸唐僧肉，他却说："我儿，唐僧的肉，我倒不吃，听见有个猪八戒的耳朵甚可，可割将下来整治整治我下酒。"他这么一说，猪八戒在房梁上就嚷了起来："遭瘟的！你来为割我耳朵的！我喊出来不好听呵！"这一下子就露馅儿了。

这一段真是谐趣无比。师兄弟在性命交关的紧要关头，居然还有心思开玩笑，而且是因为猴尾巴才泄露了机密，吴承恩的构思实在巧妙。神通广大的孙悟空，能上天，能入地，能降服阎罗，能征服玉帝，怎么就处理不了自己的尾巴，还经常因为这根猴尾巴在紧急时刻出问题？这就是吴承恩写人之妙，他笔下的人物，有亦人、亦神、亦物的特点，孙悟空既是一位神通广大的神，又是一个顽皮大男孩一般的人，还是一只总也藏不起尾巴的猴。神、人、猴妙趣横生地组合，使得这个形象特别生动、传神、可爱，也因此能够得到很多人的喜爱。

被猪八戒的喊话暴露后，孙悟空露出原形和两个魔头大战三十回合，不分胜负。他用幌金绳捆妖怪，却不懂幌金绳跟自己头上的金箍一样，有《紧绳咒》和《松绳咒》，结果反被妖怪利用幌金绳抓回洞中。他破解绳子逃出洞外，拔下一根毫毛变成自己的模样仍拴在柱子上。孙悟空的真身自称是孙行者的兄弟"者行孙"，在洞外向妖魔挑战，不料换了假名照样被妖魔装进了葫芦。孙悟空在葫芦里叫喊，说自己的孤拐（脚踝骨）化了，化到了腰截骨，骗妖怪开盖。待妖怪信以为真打开盖后，他立马变成小虫飞出，再变成小妖，将幌金绳和葫芦偷到手。孙悟空跑到洞外，自称是孙行者的另一个兄弟"行者孙"，骗银角大王讲明葫芦的来历。孙悟空顺杆儿就爬，

大圣腾那骗宝贝

说，开天辟地时昆仑山的仙藤结了两个葫芦，我得了个雄的，你的那个是雌的。银角大王的假葫芦装不进孙悟空，跌脚捶胸地道："天那！只说世情不改变哩！这样个宝贝，也怕老公，雌见了雄，就不敢装了！"银角大王被孙悟空装进葫芦，贴上"太上老君急急如律令奉敕"，转眼就化成了水。

孙悟空再战金角大王，金角大王用芭蕉扇扇火烧猴王，孙悟空逃脱后，再次返回妖洞，偷出芭蕉扇和净瓶。待金角大王带外援狐狸精舅舅来战，孙悟空又用净瓶罩定金角，叫声"金角大王"，把金角大王装了进去。

孙悟空完胜，解救出师父和师弟。大战金角、银角大王一役，除派日游神向玉帝借天一装之外，孙悟空这次完全靠自力更生、发愤图强。如意金箍棒，七十二般变化，要武打就武打，要智斗就智斗，孙行者接行者孙，行者孙接者行孙，同一人变出三个名字，把妖魔忽悠得晕头转向。孙悟空变飞虫，变小妖，变老道，变老狐狸精，变半截身子的者行孙，变得五花八门，让人眼花缭乱，要得妖魔找不着北。金角大王和银角大王作茧自缚，被装进自己的宝贝化成了清水。孙悟空战胜顽敌，还得到几件珍宝。比起战黄袍怪时吞到肚里的奎星舍利子，这次得到的五件宝贝的价值明显高得多。西行路上，如果再遇到妖魔强敌，只要喊出妖魔的名字，把妖魔装进去就成了。孙猴子太能干了，尾巴都要翘到天上去了。谁知，六月债，还得快，马上就有人来要宝贝了。谁？太上老君。

该他一世无夫

其实吴承恩早就在字里行间再三透露妖怪来自天宫，是太上老君身边的"工作人员":银角大王变的受伤老道长什么样儿?"星冠晃亮,鹤发蓬松。"像哪位天宫神明?太上老君。太上老君身边的人需要变化时,怎能不模仿平素侍奉惯了的主人?压住孙悟空的须弥山、峨眉山、泰山的土地也告诉孙悟空,这两个魔头"爱的是烧丹炼药,喜的是全真道人",虽然下凡为妖,却还保留着在天宫时的"爱好"。另外,两个魔头用来装人的葫芦和净瓶,贴的恰好是"太上老君急急如律令奉敕"。

太上老君对孙悟空说,葫芦是我盛丹的,净瓶是我盛水的,宝剑是我炼魔的,扇子是我扇火的,绳子是我勒袍的。那两个魔头是给我看金炉和看银炉的童子!

对曾把自己弄到八卦炉里炼了个溜够的太上老君,孙悟空惹不起躲得起,只好很不情愿地交还宝贝。孙悟空说,老君你着实无礼,纵放家属为妖邪,该问个管束不严的罪名!老君却说,这事怪不着我,是观世音菩萨问我借了三次,让他们在此托化妖魔,看你师徒可有真心往西去。老君揭完菩萨老底,便揭开葫芦与净瓶的盖口,倒出两股仙气,用手一指,化为金、银二童子,随老君上天去了。

太上老君这个管闲事的老头儿,成了孙悟空命中的魔星。他的金钢琢砸了孙悟空的天灵盖,害得孙悟空被二郎神捉住,弄到老君的八卦炉里炼了七七四十九天。将来,老君的青牛还会偷金钢琢来跟孙悟空作对。吴承恩可能也觉得,得给这老头儿一点儿教训,就故意把他的腰带安排在九尾狐狸精那里,这个细节特别好玩:老狐狸精是金角、银角大王的所谓母亲,有母亲就应该有父亲。他们的父亲是谁?这是不是想影射或者说挖苦太上老君跟九尾狐狸精有点儿不清不楚的关系?吴承恩没有写,点到为止,读者们自己去想象吧。

平顶山一难胜过一难。孙悟空打妖魔天崩地裂，耍心计殚精竭虑，腾挪变化，精疲力竭！向来只拜佛祖、观世音菩萨和师父的美猴王，为了救师父不得不给老狐狸精下跪，闹了半天，这劫难是观世音菩萨故意安排的！她不是对孙悟空说遇到困难许他叫天天应，叫地地灵？她不是许他急难处亲来相救？她怎么能亲手制造灾难呢？孙猴子不敢惹观世音菩萨，只好背地里偷着骂："该他一世无夫！"

谐趣写作不可或缺

平顶山遇妖魔，观世音菩萨身兼编剧和导演，孙悟空担纲主演，玉帝、哪吒友情助演，最佳配角是金、银童子，还有群演狐狸精"母亲"及"娘舅"，好大一家亲。神佛妖怪和取经僧一起轰轰烈烈地玩了场"平顶山过家家"！金角大王和银角大王，活像两个下凡专门给取经队伍凑热闹的"顽主"，一派童心童趣；金角、银角大王麾下的小妖精细鬼和伶俐虫更是活泼可爱。在这个活像众人聚在一起玩游戏的取经故事中，孙悟空的顽强斗志、聪明机智、牛气冲天，得到了充分展现。但平顶山故事之所以有趣，之所以好看，仍和猪八戒分不开。除了猪八戒巡山外，钩猪嘴和"贩腌腊的妖怪"、"猪耳朵"以及"猴屁股"这三个生死关头大开玩笑的情节，被猪八戒逗趣到不可思议的程度。

钩猪嘴和"贩腌腊的妖怪"：金角大王告诉银角大王，我从天界下来时听说吃唐僧肉可以长生不老。于是金角大王画好取经四众的形象，让银角大王巡山捕捉。猪八戒与银角大王相遇。小妖拿图对照，猪八戒听到小妖"骑白马的是唐僧，这毛脸的是孙行者"的话，就忙许愿："城隍，没我便也罢了，猪头三牲，清醮二十四分。……"

意思是：神灵保佑，可千万不要提到我呀。一听到"长嘴大耳的是猪八戒"，猪八戒忙把嘴揣在怀里。银角大王令小妖使钩子把他的嘴钩出来，猪八戒慌忙把嘴伸出道："你要看便就看，钩怎的？"猪八戒勇敢地与银角大王大战几十回合，猪八戒寡不敌众，逃跑时被绊倒。小妖抓鬃毛，揪耳朵，扯着脚，拉着尾，将猪八戒擒进洞。金角大王下令将他泡在水里，说等浸退了毛，用盐腌后晒干，天阴好下酒。猪八戒感叹命运不济，"撞着个贩腌腊的妖怪了"。猪八戒这是在笑闹取乐吗？

"猪耳朵"：孙悟空变成老狐狸精后说，我不吃唐僧肉，把猪八戒的耳朵割下来给我下酒！那猪八戒听见慌了，乱嚷，走漏了风声。

"猴屁股"：孙悟空被捉，逃脱后变成小妖的模样。猪八戒又在梁上喊："拴的是假货，吊的是正身！"变成小妖的孙悟空对猪八戒说，俺老孙变化也是为了救你们，怎么一洞的妖精都认不得，偏你认得我？猪八戒说，你变了头脸，却不曾变掉你的红屁股！孙悟空便来到后厨，"锅底上摸了一把，将两臀擦黑"，猪八戒又笑道："那个猴子去那里混了这一会，弄做个黑屁股来了。"

更逗乐的是，猪八戒居然和大魔头研究起如何蒸自己：

> （金角大王）叫小妖："且休举哀，把猪八戒解下来，蒸得稀烂，等我吃饱了，再去拿孙行者报仇。"……旁一小妖道："大王，猪八戒不好蒸。"八戒道："阿弥陀佛！是那位哥哥积阴德的？果是不好蒸。"又有一个妖道："将他皮剥了，就好蒸。"八戒慌了道："好蒸！好蒸！皮骨虽然粗糙，汤滚就烂！"

一般人情小说中不可能出现的情节，却堂而皇之地出现在《西游记》中，不断给读者带来阅读快感。比如，按说孙悟空变成老妖的样子来救师父，在这种生死交关的紧张时刻，怎会拿猪八戒的耳朵开玩笑？即使他开玩笑，猪八戒明知是猴哥来救他们，怎能戳穿猴哥的伪装？猪八戒被吊在梁上生死未卜，看到猴哥来了，欣喜之余好好保密还来不及，哪儿会有闲心观察猴哥的红屁股且大喊大叫、泄露机密？师父的正事还没办，猴儿有必要关心屁股红不红的闲白儿，专门到厨房去抹个黑屁股吗？猪八戒再笨，怎么可能就如何蒸自己一事出谋献策？……一系列不符合生活常识的情节和细节，都是吴承恩出于"谐趣写作"的需要，故意写的。他肯定深知，只要让那个长嘴大耳的角色出来，适当拿猪八戒的长嘴大耳、粗糙身段巧妙做文章，准会令读者开心，教小朋友乐坏！

　　小说评论家，不管是古代的还是现代的，经常把小说"小道"套进诠经卫道的框架中，他们哪儿想到，几百年前的吴承恩，早就解构了"文以载道"的理论，把小说的娱乐性、可读性放在首位。

乌鸡国同心协力救国王

　　取经队伍到了乌鸡国，这次师徒再也不离心离德，而是同心协力救国王，干得漂亮之极。

　　《西游记》写唐僧取经，这部大戏的"总制片"是如来，他要求，东土大唐必须派人远赴西天，才能取得真经；他安排，取经僧要有几个神通广大的徒弟，保护他历千山、渡万水，而且要有管理这些徒弟的杀手锏，比如说《紧箍儿咒》；他布置，取经僧必须经过九九八十一难，才能到达灵山。这些要求在"总导演"观世音菩萨的安排下，正在逐步实现。取经队伍已经进入如来所说的民风最好的西牛贺洲，按说应该离西天不远了，可奇怪的是，取经队伍需要经受的那些最重要的磨难才刚刚开始，有些磨难还是菩萨故意制造出来的，目的就是考验师徒四人是不是真心向佛。师徒四人战胜这些磨难的方式——呈现，但迄今为止，孙悟空的戏份太重了：白骨精是孙悟空三打成功的；救活人参果树，是孙悟空四海求仙，最后观世音菩萨救助成功的；黄袍怪一难是猪八戒和沙僧战败后，孙悟空救难成功的；平顶山一难则是孙悟空独立完成的。孙悟空当然是《西游记》这部长篇小说非常给力的男主角，但是如果总叫孙悟空自己在那里战斗，玩的花样再多，读者也会产生审美疲劳。吴承恩重打锣鼓另开张，编造出一个乌鸡国救国王的故事。在乌鸡国救国王故事中，软弱的唐僧成了主心骨，懒惰的猪八戒也挑起重担。写小说，尤其写长篇小说，人物性格必须不断变化，才能吸引读者。吴承恩深得其奥妙。

死国王梦求唐僧

第三十六回的回目是《心猿正处诸缘伏 劈破傍门见月明》，整整一回就是写唐僧师徒如何入住宝林寺。唐僧认为几个徒弟嘴脸丑陋，言语粗疏，心高气傲，如果冲撞了宝林寺的僧人，反而不好借宿。他要亲自去找宝林寺的住持请求借宿。结果，宝林寺的僧官把通报的道人训了一顿，叫唐僧师徒在廊下蹲着。唐僧又恭恭敬敬地去见僧官，请求借宿。僧官已经听说唐三藏的名字，仍然坚决不允许借宿，而且说过去曾经留宿过僧人，结果给寺里造成了很大损害。唐僧只好眼泪汪汪、忍气吞声、灰溜溜地走了出来。孙悟空拿着金箍棒进入寺院大施神通，一棒打碎一个石狮子，命令全寺五百名和尚披上袈裟，把唐朝来的僧人请进来。僧官连忙击鼓撞钟，带领全寺五百名和尚出门朝唐僧跪下，请唐朝老爷进寺休息，又安排茶饭，高掌明灯，管待唐僧师徒。唐僧只好感叹："鬼也怕恶人哩。"

他们住下之后，唐僧夜来入梦，听到有人不住地叫"师父"，看到门外站了个浑身水淋淋、眼中垂泪的汉子，仪表堂堂，一副帝王打扮：头戴冲天冠，腰束碧玉带，身穿飞龙舞凤赭黄袍，脚踏云头绣口无忧履，手执列斗罗星白玉珪。"面如东岳长生帝，形似文昌开

鬼王夜谒唐三藏

化君。"原来他是乌鸡国死了三年的国王，到唐僧的梦中请求降妖，帮他恢复王位。怪不怪？国王为什么不直接托梦求孙悟空，却来求自己还得靠孙悟空保护的唐僧？因为鬼王很清楚，为乌鸡国拨乱反正的谋略必须得由唐朝的圣僧来定。

鬼王向唐三藏陈述道，五年前，我乌鸡国大旱，河枯井涸，民皆饿死。忽然来了个终南山老道，他说他能呼风唤雨，我请他登坛祈祷，顷刻大雨滂沱，旱情就此解除。我与他八拜为交，同寝同食两年后，他骗我到御花园，将我推入琉璃井内！他变作我的模样做了国王。三藏道，妖怪变作你的模样，侵占你的乾坤，满朝文武和后宫妃嫔不能辨别，但你死得明白呀，为什么不到阎王那儿去申诉冤情？鬼王说：

> "他的神通广大，官吏情熟，都城隍常与他会酒，海龙王尽与他有亲，东岳天齐是他的好朋友，十代阎罗是他的异兄弟。因此这般，我也无门投告。"

这段话常被《西游记》研究者引用，说这是巧妙揭露明代社会官官相护的黑暗面，其实这样解释未免有点儿过于上纲上线了。鬼王这番话的潜台词是：这个妖魔有了不起的神佛背景。阎罗属谁管？地藏王菩萨。而这个妖魔的主人是文殊菩萨，是如来驾下和地藏王菩萨并列的四大菩萨之一。佛教四大菩萨分别是观世音菩萨、文殊菩萨、普贤菩萨、地藏王菩萨，文殊菩萨排名还在地藏王菩萨之上。

老和尚运筹帷幄

鬼王是被护卫唐僧的夜游神带进来，求唐僧派孙悟空降妖的。唐僧表示，我徒弟虽擅长降妖，但乌鸡国满朝文武和三宫妃嫔已认妖怪为国王，孙悟空如果轻动干戈，倘被乌鸡国官员拿住，岂不会说大唐来的取经僧人"欺邦灭国"，犯了大逆之罪？唐僧剖析得有理，说明他毕竟是唐太宗御弟，懂得朝廷制度和国际交往规则，而孙悟空是不知道这些的。鬼王早就考虑好如何让假国王露出真面目的对策：让孙悟空用鬼王带来的传国之宝白玉珪取得将要到此打猎的太子的信任；叫太子找他母后问三年来假国王跟她的感情如何；又请护卫唐僧的夜游神使神风把鬼魂送进皇宫内院托梦给皇后。这样一来，便是由身边最亲近的人判断其是冒牌货，再由孙悟空出面降伏。母子合力，师徒齐心，共同降妖。

唐僧和鬼王制定下严密的降妖步骤，孙悟空则具体灵活执行。在这次的降妖过程中，唐僧是主心骨。孙悟空听完师父的梦境，说，降妖是照顾老孙一场生意。拿到国王的白玉珪后，孙悟空开始调兵遣将：拔下一根毫毛变成盒子，将白玉珪放入，然后告诉唐僧，明天太子来到时，师父故意不拜，惹他发怒来问，你再对他讲你有三件宝贝，分别是锦襕袈裟，白玉珪，还有一个上知五百年，中知五百年，下知五百年的"立帝货"。孙悟空灵光一闪，取了这么个名字，太有趣了——将死了的乌鸡国皇帝重新立起来，他不正是"立帝的货色"？孙悟空跳到空中，观察到乌鸡国上空确实是怪雾迷蒙，证明鬼王所说没错，确实是妖精变成了国王。然后孙悟空变作一只小白兔，把出城打猎的太子引诱到宝林寺，孙悟空再变成二寸长短的小和尚"立帝货"，向太子讲述前因后果，嘱咐太子单人独马进城，从后宰门进宫，悄语低言问明母亲。太子通过与母亲交谈，知道了详情，皇后还有一首诗：

> 三载之前温又暖，三年之后冷如冰。
> 枕边切切将言问，他说老迈身衰事不兴！

这个所谓的国王，三年前还跟皇后亲热，这三年来却一反常态，对皇后非常冷淡，不再是原来和皇后恩恩爱爱的样子。从这个最细微却是非常要害的地方，太子认定现在的国王是妖怪，返回寺中向孙悟空报告。他自己不敢回宫，因为他出城打猎，如果双手空空回去，假国王必定会怀疑并迫害他。孙悟空略施小技，拘来土地贡献野味，命其将野味放在路旁。军士们一个个擒捉喝采，凯歌回城。"俱道是千岁殿下的洪福，怎知是老孙的神功？"

猪八戒奋勇寻"宝"

孙悟空考虑周全：妖魔国王虽假，但捉贼要捉赃，你说他是假的，那真国王在哪儿？这就得叫鬼王活过来。是时候该猪八戒发挥才能啦，让呆子去干这脏活儿、累活儿，而且是井底下的活儿！孙悟空能上天入地，但水下的活儿不行。具体怎么办？哄与骗。先花言巧语说服师父让猪八戒出工，再告诉猪八戒是去找宝贝。猪八戒的小算盘立即打上：弄到宝贝我一个人要，肚子饿没人管饭时可以换斋饭吃。一想到有便宜可占，猪八戒立刻变聪明了。孙悟空说，正阳门和后宰门都关了，怎么办？八戒说："那见做贼的从门里走么？瞒墙跳过便罢。"两人进入御花园，受苦下力的活儿都是猪八戒的：先筑开门，再刨开芭蕉树，用嘴拱开泥土和石板，最后脱个精光，下深井"寻宝"。原来当初妖精把国王推进井里，就用石板盖上井，再在上面种上树。井龙王迎接原上级天蓬元帅，请他看所谓宝贝：用定颜珠维持容貌如生的死国王。猪八戒真倒霉，辛苦了一个晚上，什么宝贝都没得到，倒背回一具尸首！他心中暗恼，算计要报复一下弼马温：在师父面前说猴哥能医得活这死国王；若他医不活，就撺掇师父念《紧箍儿咒》，还不许他赴阴司找阎王爷帮忙！

猪八戒的报复果然奏效，引出孙悟空到兜率宫讨金丹。孙悟空这次来可谓熟门熟路，五百年前大闹天宫时他曾将太上老君葫芦里的金丹当嘎嘣豆吃了，但这次他不偷，而是光明正大地求丹。猴儿对老君说，师父"敦请老孙与他降妖，辨明邪正"，为救活国王，"特来参谒，万望道祖垂怜"。他简明扼要地汇报完前因后果后，故意提出无理要求——要一千丸还魂丹；没有一千丸，一百丸也成；没有一百丸，十来丸亦可！老君被纠缠不过，送给他一丸。猴儿吞到口中，老君发慌连忙揪住，原来猴儿把丹药藏到嗉袋里了。这些细节处处好玩。

最好玩的情节莫过于乌鸡国哭国王。孙悟空和猪八戒从御花园的井内取回国王尸首。猪八戒在井里看到国王尸首的时候，和井龙王讨价还价："我与你驮出去，只说把多少烧埋钱与我？"这当然是搞笑的话。猪八戒对孙悟空骗自己驮尸首怀恨在心，撺掇师父说，孙悟空不去阴司就能救活乌鸡国国王。孙悟空只好上天讨金丹，再顺手报复猪八戒。他对师父说，这人睡在这里，须得举哀人看着他哭才好哩。猪八戒立即会意，这是又要把"好买卖"给我啦，于是回答说，这猴子一定是要我哭哩！孙悟空进一步刁难，说，哭有几样：干喊谓号，挤出些眼泪谓啕，有眼泪有心肠哭才算号啕痛哭。

猪八戒马上表演号啕痛哭：他扯个纸条捻作纸拈儿，往鼻孔里通了两通，接连打了几个喷嚏，眼泪汪汪，哭将起来，还絮絮叨叨，数黄道黑，真像死了亲人一般。"哭到那伤情之处，唐长老也泪滴心宰。"这是哭丧，还是闹剧？《西游记》太有喜剧氛围了。

这么神通广大的妖怪，它是哪里来的？原来是菩萨派来的。菩萨也会打击报复，是不是太有趣了？

菩萨也搞打击报复

《西游记》有趣，《西游记》好看，常因为作者明明写虚无缥缈、根本不可能有的事，却像真实存在的事。菩萨大慈大悲、救苦救难，吴承恩却让菩萨搞起打击报复。

唐僧掌握大方向

孙悟空携回金丹，乌鸡国王还魂。在这个过程中，各个人物的个性被活画出来：

> 行者接了水，口中吐出丹来，安在那皇帝唇里，两手扳开牙齿，用一口清水，把金丹冲灌下肚。有半个时辰，只听他肚里呼呼的乱响，只是身体不能转移。行者道："师父，弄来金丹也不能救活，可是捐杀老孙么！"三藏道："岂有不活之理。似这般久死之尸，如何吞得水下？此乃金丹之仙力也。自金丹入腹，却就肠鸣了。肠鸣乃血脉和动，但气绝不能回伸。莫说人在井里浸了三年，就是生铁也上锈了。只是元气尽绝，得个

人度他一口气便好。"那八戒上前就要度气，三藏一把扯住道："使不得！还教悟空来。"那师父甚有主张：原来猪八戒自幼儿伤生作孽吃人，是一口浊气；惟行者从小修持，咬松嚼柏，吃桃果为生，是一口清气。这大圣上前，把个雷公嘴噙着那皇帝口唇，呼的一口气吹入咽喉，度下重楼，转明堂，径至丹田，从涌泉倒返泥垣宫。呼的一声响喨，那君王气聚神归，便翻身，轮拳曲足，叫了一声："师父！"双膝跪在尘埃……

这个救活国王的过程多么神奇又多么形象。在西天取经诸多故事中，乌鸡国救国王一节，唐僧的表现颇为抢眼。他思虑缜密，掌握着大方向，与鬼王定辨别真假之计，又在齐天大圣束手无策时，想到用"人工呼吸"救活鬼王，而且他还不用毛遂自荐却曾茹毛饮血的猪八戒，而用平生只吃果子的孙悟空。

猪八戒一举两得

真国王救活了，临时成了猪八戒的副手，猪八戒分了一多半儿的行李让他挑着进城。这个呆子，他随时都能想到耍奸躲懒的办法，可惜好景不长，假挑夫很快就变回真国王，重担还得呆子挑。唐僧告诉悟空，按惯例，取经僧人见到外邦国王得三叩九拜。孙悟空说，你听我的！他们进了宫殿，见到假国王，孙悟空故意挺着身板不动，妖魔大怒。孙悟空吟出一首七言歌行，揭穿假国王的面目，妖魔逃走。这个妖魔武艺不行，比孙悟空差得远了，但是他很有心计，他摇身一变，变成唐僧的模样，混淆视听。这下再聪明的孙悟空也傻眼了。只见猪八戒在一边冷笑。孙悟空恼羞成怒，骂道："你这夯货怎的？如今有两个师父，你有得叫，有得应，有得伏侍哩。你这般欢喜得紧！"话外音是：你有的是师父可以进谗言了。猪八戒乐了，因为他想出一个一举两得的绝妙方法，既可以辨别两个师父的真假，还可以顺便叫撺掇自己驮死尸的猴哥受点儿罪！八戒说，这个事还不好办？我和沙僧一个人扶一个师父，叫他念《紧箍儿咒》！哪个不会念，哪个就是妖怪。

　　真是智者千虑，必有一失；愚者千虑，必有一得。猪八戒竟想出了能够辨别真假师父的妙法。孙悟空忍着头疼，分辨出真假师父。师兄弟三人终于将魔王赶到空中，猪八戒和沙僧分别使钉耙和宝杖，从左右把魔王攻住，孙悟空说："等我老孙跳高些，与他个捣蒜打，结果了他罢。"

妖怪是如来派来的

　　如意金箍棒眼看就要泰山压顶般砸到妖魔头上，只见东北方向一朵彩云里有人厉声高叫："孙悟空，且休下手！"

　　在这关键时刻，文殊菩萨来了！

　　悟空连忙收棒施礼："菩萨，那里去？"菩萨说，来帮你收妖怪。

　　那菩萨袖中取出照妖镜，照住了那怪的原身。行者才招呼八戒、沙僧齐来见了菩萨。却将镜子里看处，那魔王生得好不凶恶：眼似琉璃盏，头若炼砂缸。浑身三伏靛，四爪九秋霜。搭拉两个耳，一尾扫帚长。青毛生锐气，红眼放金光。匾牙排玉板，圆须挺硬枪。镜里观真像，原是文殊一个狮猁王。

原来是文殊菩萨的坐骑下凡，变成这假乌鸡国国王。当初，乌鸡国国王好善斋僧，如来差文殊菩萨度他归西。文殊化为凡僧化些斋供，故意说些不好听的话难为乌鸡国国王，国王把他捆了丢在御水河中浸了三日三夜。文殊菩萨回去后奏明如来。如来教文殊将青狮化为妖魔，把乌鸡国国王推下井中浸三年，以报三日水灾之恨。这太不可思议了！大慈大悲的菩萨也搞打击报复啊？简直匪夷所思。闹了半天，做了三年乌鸡国国王的妖怪，居然是如来派来的！孙悟空几乎气晕：为降妖，费我师徒多少心思智谋？为降妖，念《紧箍儿咒》念得我头差点儿疼死！佛祖们闲着没事，逗我们玩啊？

唐僧西天取经需要经受的八十一难，文殊菩萨已参与制造两难。第一次是观世音菩萨邀请文殊菩萨一起化为美女，考验师徒四人。第二次是如来要文殊菩萨派坐骑报复乌鸡国国王。青毛狮子几乎是在"四圣试禅心"后立即下凡的，五年后，师徒四人历千山渡万水恰好到来，时间上安排得非常精准。

文殊菩萨的聪明和口才在乌鸡国一节确实显露无遗。知道妖怪是菩萨所派后，孙悟空咄咄逼人地问责，文殊滴水不漏地化解。口若悬河的孙悟空居然没占上一丁点儿便宜。

孙悟空：你报了"一饮一啄"的私仇，但那怪物不知害了多少人！

文殊：不曾害人。他到乌鸡国后，这三年间，风调雨顺，国泰民安。

孙悟空：三宫娘娘与他同眠同起，被玷污了身子，坏了纲常伦理！

文殊：没有玷污，他是个骗了的狮子。

说罢，文殊菩萨放莲花罩定妖魔，坐在其背上踏祥光而去。

三年故主世间生

孙悟空只能望"天"兴叹。就算猴王有再大本事，能奈文殊菩萨何？

是文殊菩萨超级聪明，还是吴承恩超级智慧？我看是吴承恩沿袭了世间传说中文殊菩萨擅解疑难、善说法要的佛门佳话，将其用到小说创作里了。为报复乌鸡国国王将自己浸在水里三日三夜的"私仇"，文殊菩萨只是把国王泡到水里三年，既没有损害乌鸡国的人民，也没有玷污乌鸡国的嫔妃。因为，他派下来的妖魔治国爱民，清净无欲。骟了的狮子下凡做有三宫六院的皇帝，确实是令人笑倒的布局，又是小说必须的情节。试想，如果这三年间妖魔真和正宫娘娘亲亲热热，和东宫西宫颠鸾倒凤，甚至生几个小王子、小公主，他的真实面目如何戳穿？骟了的狮子还引来猪八戒的著名笑段：

八戒闻言，走近前，就摸了一把，笑道："这妖精真个是'糟鼻子不吃酒——枉担其名'了！"

《哈姆雷特》受《西游记》影响？

水浒好汉鲁智深和武松常路见不平、拔刀相助。唐僧西天取经，除了本身的磨难，也免不了有时做好事。师徒携手在乌鸡国救死皇帝，是西天取经九九八十一难中第二十六难。乌鸡国降妖是唐僧师徒一次最佳合作。向来被看作懦弱无能的唐僧成了主心骨；经常受孙悟空嘲笑捉弄的猪八戒，关键时刻发挥作用。因为孙悟空水下功夫不灵，就忽悠前天蓬元帅下井取乌鸡国国王尸首。猪八戒做了孙悟空绝对不会做也做不了的事。但是取经队伍中还有水性更好的小白龙，人家本来就是龙，孙悟空为什么不叫小白龙下井？这更可以理解：如果小白龙出马，怎会有猪八戒那么多笑料？

关于救乌鸡国国王，学术界有人提出一个非常有趣的说法，认为：乌鸡国的故事开始于国王灵魂向唐僧诉苦，然后是王子问王后跟父王的感情，这样的情节和英国莎士比亚名剧《哈姆雷特》非常相似。孙悟空到乌鸡国宫廷用韵文的方式唱出妖精害死真国王，扮成假国王的情节，也和《哈姆雷特》戏剧中的情节相似。有研究者提出，孙悟空给自己起的名字"立帝货"就是英语"救世主"的中文译名。因此，这些研究者提出：乌鸡国故事是受了丹麦王子故事的启发写成的。我倒认为事情可能恰好得反过来。因为，吴承恩的生活年代大概是1500年到1582年，而莎士比亚的生活年代比他晚得多，莎士比亚的生活年代是1564年到1616年，也就是说，当吴承恩写完《西游记》时，莎士比亚还没上小学。莎士比亚生活的年代倒是跟我们的大戏剧家汤显祖差不多，人们把这两个伟大的戏剧家做对比，有相当大的可比性，我认为这是可以比的，但是如果把莎士比亚跟吴承恩比，那就只能说吴承恩有可能影响了莎士比亚。

可是，莎士比亚能穿过时间隧道，看到几个世纪后的英文版《西游记》吗？那就只能这样解释：一些天才作家的思路，可以不谋而合。

吴承恩的戏法越变越奇，下次我们要看红孩儿小妖跟孙悟空的斗法了。

红孩儿小妖亦可爱

红孩儿小妖一心想吃唐僧肉，小说家创造的这个精灵古怪的小妖精却颇有几分可爱。

活泼欢实小童星

和《西游记》同时代的《封神演义》中，最养眼的人物是"童星"哪吒。哪吒在《西游记》中先是孙悟空的搏斗对象，后成为屡次帮孙悟空消磨除难的朋友。平顶山遇金角、银角大王，哪吒给玉帝出主意帮助孙悟空装天；无底洞收服鼠精，又是哪吒之功。可惜哪吒这一形象的儿童性在《西游记》中让位给了战神性，而红孩儿小妖就成了《西游记》中最活泼欢实且有几分可爱的"童星"。看腻了古典小说里沉鱼落雁、闭月羞花的美女，忽然看到这个唇红齿白的银娃娃从书里走出来，读者当然会眼前一亮：

> 面如傅粉三分白，唇若涂朱一表才。
>
> 鬓挽青云欺靛染，眉分新月似刀裁。

战裙巧绣盘龙凤，形比哪吒更富胎。

双手绰枪威凛冽，祥光护体出门来。

哏声响若春雷吼，暴眼明如掣电乖。

要识此魔真姓氏，名扬千古唤红孩。

红孩儿在妖魔界也算"富二代"了。他爹是孙悟空当年在花果山结义的大哥。凭牛魔王那副尊容，能生出红孩儿这么漂亮精致的孩子，如果不是罗刹女的遗传基因起了作用，就是牛魔王祖坟上冒青烟了。

吴承恩显然偏爱红孩儿小妖，要不然怎么其他妖魔出场都是腥风血雨、愁云迷雾，偏红孩儿出来是祥云护体？原来这个娃娃和观世音菩萨有缘，后来果然比历尽磨难的师徒四人先成了正果。

孙悟空做梦也想不到，西天取经路上还有个娃娃挡道。自己居然战胜不了这嘴上没毛的家伙。其实红孩儿的武艺远不及孙悟空，他为什么能多次战胜猴王？他靠的是智慧。这个聪明绝顶的小家伙，口才出众、心思缜密、心计超人！美猴王和红孩儿交手，屡战屡败。经常吹嘘自己五百年前大闹天宫，在西行路上已经有赫赫战功的孙猴儿，像关云长过五关斩六将，蓦然碰到个嘴上没毛的娃娃，却走了麦城，那张雷公毛脸快没地方搁了。

红孩儿巧计掳唐僧

红孩儿认准要吃唐僧肉，唐僧身边却有三个徒弟护着，怎么办？调虎离山。红孩儿"以善迷他""善内生机"，即利用唐僧的善心把他掳走。红孩儿变作赤条条七岁顽童，被麻绳捆住手足，高吊在松

婴儿戏化禅心乱

树梢头，大叫"救人"。这个娃娃演技堪比好莱坞童星秀兰·邓波儿，只见他眼中噙着热泪，告诉唐僧说，我乃枯松涧人家，祖公姓红，家私巨万，唤作红百万。他归世后财产遗我父，家私渐废，唤作红十万。一群凶党明火执仗，白日上门劫掳财帛，杀父劫母，还要害我。母亲哀告，强盗免我刀下身亡，却把我吊在树上，要我冻饿而死。老师父，您若救我回家，我典身卖命酬谢您！

红孩儿编造的这段家世变迁的故事听来合情合理，其不幸的遭遇更是令人动容。

难道红孩儿知道唐僧的身世，所以才创作出这个模仿玄奘幼年苦难的谎言？

受困的娃娃立即惹动唐僧的同情心。孙悟空明明看出娃娃是妖，但他怕师父念《紧箍儿咒》，不敢打，只是说话敲打娃娃："那泼物！有认得你的在这里哩！"

孙悟空想问出娃娃的漏洞来提醒师父，就出难题问娃娃，你说你家私被劫，父被杀，母被掳，我们救了你交给谁？你说要谢我们，你家都被抢光了，你拿什么东西谢我们？娃娃忙回答说，我父母空亡，家财尽绝，还有一些田产和亲戚。回答这番话时，人家小娃娃的表情是"战战兢兢，滴泪而言"，多么叫人同情，完全是一个遭遇不幸的娃娃在陌生人跟前应有的表现。

孙悟空继续不依不饶地追问道，那你有什么亲戚？

小妖从容不迫地回答说，我外公住山南，姑妈住岭北，姨夫住涧头，族伯住林内，堂叔、堂兄住本庄。老师父救我后，见了诸亲，必当典卖田产重谢！

小妖想得多么周到！父母和浮财被抢，但是房契和地契还在啊，强盗不可能把这些也抢走。红孩儿编得有鼻子有眼，答得严丝合缝，太机灵了。

"受困儿童"的话无懈可击，唐僧命猪八戒救下他。红孩儿琢磨着如何整治孙悟空。唐僧邀娃娃和他一起骑马，这是个合理的建议，一个娃娃放到唐僧的马上，也增加不了多少分量。小妖说乡下人家不惯骑马；唐僧叫猪八戒驮，娃娃说这师傅"脑后鬃硬，搠得我慌"；唐僧叫沙僧驮，娃娃说害怕他那张晦气脸。最后，唐僧叫孙悟空驮，其实猴王的模样比沙僧也漂亮不到哪里去，但孙悟空乐意驮，他想瞅师父不注意时掼杀这小妖！哪知道孙悟空刚想到这主意，红孩儿先有所防备，孙悟空把小妖的身子掼成肉饼前，小妖的元神已经跳将在空中，弄了阵旋风把唐僧摄走。

孙悟空对师父的人妖不分感到意懒心灰，宣布："兄弟们，我等自此就该散了！"经沙僧劝解，孙悟空又打起精神，重寻师父，再战小妖。

猴王认亲惨遭火烧

堂堂齐天大圣竟被个小毛孩儿耍了！孙悟空恼羞成怒，变作三头六臂往东西两路乱打，结果打出一伙穷神来。衣衫褴褛、披一片挂一片的穷神向孙悟空报告说，我们是本地山神，这个妖魔叫圣婴大王，小名叫红孩儿，在火焰山修行了三百年，炼成三昧真火。我们这六十名土地和山神都成了红孩儿的仆人，白天要给他烧火顶门，晚上要给他提铃喝号！

小东西比平顶山的金角、银角大王还有派头，竟然能无偿使唤六十个山神、土地做仆人！

听说小妖是牛魔王的儿子，是牛魔王派他来镇守号山的，孙悟空立即异想天开：我跟红孩儿的爹是结拜兄弟，他还能吃我师父？沙僧比较清醒，说，你与牛魔王相别五六百年，这五六百年来不曾往还杯酒、节礼相邀，他的儿子与你认什么亲？孙悟空却一厢情愿，说，他不认亲也不会伤我师父。

孙悟空和猪八戒来到号山枯松涧火云洞前。红孩儿出战，美猴王热情地称呼他为"贤侄"，结果换回一声臭骂——"泼猴头"。一猴一妖，一个举金箍棒，一个挺火尖枪。"语言无逊让，情意两乖张。"红孩儿放火，孙悟空和猪八戒逃生。沙僧建议"以相生相克拿他"。这很合理，你放火，我用水。孙悟空去东洋大海借龙兵泼妖火，四海龙王前来助水，哪想到龙王的私雨只泼得凡火，三昧真火越泼越灼，似火上浇油。孙悟空带着一身烟火投进涧水，冷水一逼，火气攻心，"魂飞魄散丧残生"！沙僧已在那里大哭师兄，猪八戒在关键时刻却有主意，他对沙僧说："他有七十二般变化，就有七十二条性命。你扯着脚，等我摆布他。"呆子无师自通，使了个按摩禅法，孙悟空竟奇迹般地死而复生！

这是"三昧真火"这个词第二次出现在《西游记》里。第一次出现在第七回，太上老君运用三昧真火，将孙悟空炼成金刚之躯。那就是说，孙悟空早就懂得三昧真火。那么什么是三昧真火？三昧是梵文音译，是佛教修行的方法之一，意思是排除一切杂念，集中精神。真火则是个道教概念，道教认为心者君火，也称神火，是上昧；肾者臣火，是中昧；膀胱，民火也，是下昧。因此，三昧真火是佛教和道教观念的混合产物。孙悟空自己早就被三昧真火炼过，所以他不是直接被红孩儿的三昧真火灼伤的，他不怕火，却怕烟。他被烈火和冷水相激而一时失去知觉，猪八戒居然聪明地把他救活了。

红孩儿和猴王的变形比赛

孙悟空治不了红孩儿的火，只好去求菩萨。他筋骨酸软，驾不成筋斗云，于是派猪八戒前往南海去请观世音菩萨。没想到红孩儿预料到孙猴子必求援兵，他在半路上变成观世音菩萨的模样，把猪八戒骗进洞中。孙悟空耍不成金箍棒，翻不成筋斗云，跑不得远路，只好跟妖精玩个"假中又假，虚里还虚"，先变作个销金包袱，让小妖拾进洞里，再拔根毫毛变作包袱，自己变成苍蝇停在门枢上，听到红孩儿派小妖请牛魔王来吃唐僧肉的话，孙悟空立即想过把当爹的瘾。

红孩儿骗猪八戒骗得很轻松，孙悟空骗红孩儿却不那么容易。一方面，孙悟空编谎的本领不过关；另一方面，这个娃娃太精明了。

孙悟空虽然变作牛魔王模样，满脑子还是"老子是天下第一"的齐天大圣。接受完红孩儿的跪拜后，他先说孙悟空如何能干，"他也不来和你打，他只把那金箍棒往山腰里搠个窟窿，连山都掬了去。我儿，弄得你何处安身，教我倚靠何人养老"，后说孙悟空有七十二般变化，万一变了我的模样咋办？红孩儿一听，立马发现不对劲，这个"爹"怎么句句抬高孙悟空，长猴王志气，灭圣婴威风？红孩儿警觉起来。红孩儿请他"爹"吃唐僧肉，"牛魔王"竟以持斋戒推托，信口捏造了个每月只该四日的"雷斋"，总之今天坚决不吃唐僧肉！这更引起红孩儿的警觉：老爹吃人无数，怎么今日忽然吃起斋来了？老爹吃了一千多年的人，吃几天斋戒管什么用？这爹该不会是冒牌货吧？

红孩儿找小妖问这个"爹"是从哪里请来的，小妖回答说是半路相逢。红孩儿立即判断这个"爹"可能是猴儿假扮的，便嘱咐小妖："会使刀的，刀要出鞘；会使枪的，枪要磨明；会使棍的使棍；会使绳的使绳。待我再去问他，看他言语如何。若果是老大王，莫说今日不吃，明日不吃，便迟个月何妨！"红孩儿很孝敬他老爹，既警觉又谨慎，毕竟对老爹不能莽撞。这个聪明的娃娃出了个只有亲爹能知道的难题。他编了套张道陵天师要推看五星的话，请"爹"回答："我是几年、那月、那日、那时出世？"这一问，假爹露馅儿，群妖围攻。孙悟空赚了个嘴上便宜就开溜："贤郎，你却没理。那里儿子好打爷的？"

被红孩儿识破的孙悟空逃出洞，呵呵大笑，朝沙僧显摆："他叫父王，我就应他，他便叩头，我就直受。着实快活！果然得了上风！"

跟红孩儿交手，连吃败仗，差点儿被烧死，却因为当了回爹就全"捞"回来了！红孩儿是可爱顽童，孙悟空也是童心大发。

自从红孩儿叩头认"爹"，孙猴儿再与红孩儿对阵时就以"贤郎"相称，而且自称"老子"。在孙猴儿看来，能给人做爹，哪怕是暂时的，哪怕是蒙骗的，也很有面子。

观世音收红孩儿

打也打不过红孩儿，变也变不过红孩儿，派猪八戒到南海请观世音菩萨，反而被变成观世音菩萨的红孩儿捉弄，孙悟空还是得亲自去南海，请观世音菩萨出马降服红孩儿。

一毛不拔，善财难舍

有趣的是，观世音菩萨居然向悟空要当头。

孙悟空向观世音菩萨汇报了与红孩儿小妖的打斗过程，菩萨听说红孩儿变作自己的模样骗人，恼了，将净瓶向海中一掼，转眼间从三江五湖、八海四渎，借来一海水。她故意让孙悟空拿，孙悟空当然拿不动。菩萨轻轻提起净瓶，和孙悟空来了段妙趣横生的对话。

> 菩萨坐定道："悟空，我这瓶中甘露水浆，比那龙王的私雨不同：能灭那妖精的三昧火。待要与你拿了去，你却拿不动；待要着善财龙女与你同去，你却又不是好心，专一只会骗人。你见我这龙女貌美，净瓶又是个宝物，你假若骗了去，却那有

大圣殷勤拜南海

工夫又来寻你？你须是留些甚么东西作当。"行者道："可怜！菩萨这等多心。我弟子自秉沙门，一向不干那样事了。你教我留些当头，却将何物？我身上这件绵布直裰，还是你老人家赐的。这条虎皮裙子，能值几个铜钱？这根铁棒，早晚却要护身。但只头上这个箍儿，是个金的，却又被你弄了个方法儿长在我头上，取不下来。你今要当头，情愿将此为当，你念个《松箍儿咒》，将此除去罢，不然，将何物为当？"菩萨道："你好自在啊！我也不要你的衣服、铁棒、金箍，只将你脑后救命的毫毛拔一根与我作当罢。"行者道："这毫毛，也是你老人家与我的。但恐拔下一根，就拆破群了，又不能救我性命。"菩萨骂道："你这猴子！你便一毛也不拔，教我这善财也难舍。"

观世音菩萨怎会怀疑孙悟空敢骗菩萨的东西，尤其是她怎么能怀疑对女色毫无兴趣的孙悟空骗走龙女？孙悟空又不是猪八戒！观世音菩萨找悟空要当头，是跟他闹着玩呢。孙悟空也猴精，趁机要她收回头上的金箍。救命毫毛本是菩萨净瓶里的一片柳叶，菩萨要来何用？一片柳叶的价值怎能跟净瓶、龙女相比？如果观世音菩萨开当铺，非赔个底朝天不可！这是小说家故意拿毫毛开涮呢。估计吴承恩写这一段时，先想到了两个成语——"一毛不拔""善财难舍"，然后才敷衍出这段好像姐姐和弟弟两个人耍嘴皮子开玩笑的对话。

菩萨法力，猴王歪评

观世音菩萨收服红孩儿的过程，可谓段段奇异。菩萨施展法力时，总会伴随旁观者孙悟空懵懵懂懂的"歪评"，那才叫妙趣横生。

一是菩萨给孙悟空造了条船。天不怕地不怕的孙悟空，在观世音菩萨跟前却不敢造次，他不敢在菩萨跟前掀露身体翻筋斗，菩萨派善财龙女去莲花池劈一瓣莲花，命孙悟空跳上去。孙悟空跳上去后发现这莲花瓣比海船还大三分。菩萨一口气把孙悟空吹过南洋苦海。孙猴儿歪评："这菩萨卖弄神通，把老孙这等呼来喝去，全不费力也！"

二是菩萨借天罡刀变莲花塔。菩萨吩咐惠岸说，到天宫向你爹托塔李天王借全副天罡刀。惠岸借来天罡刀后，菩萨念了个咒语，三十六把天罡刀化作千叶莲台。菩萨纵身上去，端坐中间。孙猴儿又来了段歪评："这菩萨省使俭用。那莲花池里有五色宝莲台，舍不得坐将来，却又问别人去借！"

三是菩萨放海水灭火。到了号山，菩萨召来土地众神，要他们把周围打扫干净，方圆三百里内的所有生灵，连小兽、雏虫都要送到山顶上安生，不要给水淹了。然后她才把净瓶扳倒，嗡喇喇倒出水来，"漫过山头如海势，冲开石壁似汪洋"。菩萨灭了红孩儿的三昧真火，将火灾频仍的号山化作落伽仙景界，秀蒲香草，紫竹青松，郁郁葱葱。这次孙猴儿不加歪评了，暗中赞叹："果然是一个大慈大悲的菩萨！若老孙有此法力，将瓶儿望山一倒，管甚么禽兽蛇虫哩！"

四是菩萨骗红孩儿坐莲花台。菩萨在孙悟空手心写了个"迷"字，孙悟空与红孩儿交手，红孩儿着了"迷"，追赶孙猴儿，看到菩萨后，挺枪便刺。菩萨化作一道金光飞上九霄，把莲花台留给红孩儿。红孩儿一团孩子气，看到菩萨丢了莲花台，好奇地坐了上去，还盘手盘脚地模仿起菩萨来。菩萨丢下莲花台时，孙猴儿歪评："菩萨，你好欺伏我罢了！那妖精再三问你，你怎么推聋妆哑，不敢做声，被他一枪搠走了，却把那个莲台都丢下耶！"难道猴儿不知道莲花台是刀变的？他这是借机发牢骚呢。然后菩萨大变魔术，杨柳枝垂下，莲台变刀丛，观世音菩萨命惠岸使者用降妖杵打刀柄，把红孩儿打得血流肉开。红孩儿咬着牙、忍着痛，用手乱拔尖刀。菩萨又把杨柳枝垂下，念咒语，天罡刀都变成倒须钩儿，"狼牙一般，莫能褪得"。红孩儿苦苦哀告，说，弟子再不敢恃恶，愿入法门戒行。菩萨客串了一把"理发师"，亲自给红孩儿剃度，给红孩儿换个经典发型："分顶剃了几刀，剃作一个太山压顶，与他留下三个顶搭，挽起三个窝角揪儿。"孙猴儿又加歪评："这妖精大晦气！弄得不男不女，不知像个甚么东西！"其实菩萨这一打扮，红孩儿完全恢复孩童模样，妖气尽除，遂被观音命名"善财童子"。

五是菩萨给红孩儿戴箍。被天罡刀束缚的红孩儿不得不表示皈依，菩萨把天罡刀脱落尘埃，红孩儿身躯不损。天罡刀归还后，红孩儿野性不驯，绰起长枪，向菩萨劈脸刺来。菩萨取出金箍儿迎风一晃，变作五个箍儿，向红孩儿抛去，一个套在他脖子上，其他四个套在他左右手和左右脚上。菩萨念起《金箍儿咒》，念得红孩儿搓耳揉腮，攒蹄打滚。菩萨住口，不念咒了，红孩儿不疼了，还想拿手去摸，谁知颈项和手足上的金箍见肉生根，越摸越痛。吃够了《紧箍儿咒》之苦的孙猴儿幸灾乐祸歪评："我那乖乖，菩萨恐你养不大，与你戴个颈圈镯头哩。"

红孩儿和观音最出彩

如果把这段故事单独列出来评选最佳主角，观世音菩萨就是当之无愧的最佳女主角。观世音菩萨收红孩儿，是菩萨佛法无边的精彩展示，也是菩萨聪慧幽默、慈悲为怀的充分显露。孙悟空的一系列"歪评"，实际上似贬实褒，像相声的捧哏，把观世音菩萨的行为烘托得更放光彩，还增加了故事的生动性、曲折性、幽默性。

而这一段的最佳男主角的桂冠恐怕得绕开孙悟空，戴到红孩儿的头上。红孩儿既天真未泯、古灵精怪，又心思缜密、诡计迭出，还有一身见了棺材不落泪、绝不服输、绝不低头的硬骨头。观世音菩萨肯定很喜欢这个娃娃，虽然被娃娃刺了好几枪，仍然把善财童子这个美差派给了红孩儿。不过，菩萨也像所有领导人对有本事的下属加以辖制一样，她给红孩儿戴的金箍不仅套住了脑袋，还套住了手脚，比孙悟空戴的箍厉害多了。这还不算，观世音菩萨还创造了个"观音扭"来整治他：把杨柳枝蘸上甘露洒去，叫声"合"，红孩儿就丢了枪，双手合掌当胸，再也不能开，只好一步一拜，拜到南海。

平素经常出乖露丑的猪八戒在大战红孩儿中十分露脸。他不仅在孙悟空被冷水激死时，施加按摩回阳术，还在自己被红孩儿捉住后，英勇不屈，装在皮袋里又骂又嚷，连孙悟空都夸他：呆子虽然在这里面受闷气，却还没倒了旗枪。

童心童趣，妙语如珠

《李卓吾先生批评西游记》评红孩儿："修行了三百年，还是个孩儿。"这句话非常准确。正因为圣婴大王是个孩儿，最终要做观世音菩萨身边的童子，这段唐僧遇妖的故事才与其他故事不同，有更多的童心、更多的童趣，连观世音菩萨也大开玩笑、妙语如珠、趣话不断。所以观世音菩萨收红孩儿一段，是《西游记》中最受欢迎的桥段之一，还被改编成京剧等剧目演出。这段故事，与其说是紧张的西行取经途中的战妖故事，倒不如说是一段非常好玩的童话。它跟孩子们的心性太接近了，尤其是跟男孩儿的顽皮、好动、好互相开玩笑的天性太接近了。

读《西游记》，经常会在十分紧张的关头，看到非常搞笑的事。孙悟空明明被红孩儿先骗后放火，搞得十分狼狈，变成牛魔王的样子去骗红孩儿，却又被聪明的红孩儿用一个只有亲爹才能回答上来的问题戳穿。孙悟空大战红孩儿，一败再败，却因为当了一次爹就高兴得呵呵大笑。当年我还是小学生时，读到这些地方就高兴得哈哈大笑，而且我一点儿也不讨厌红孩儿，我和我的小朋友们都知道，不管遇到再困难的事，孙悟空都能解决，况且，不是还有个美丽的观世音菩萨在吗？《西游记》为什么这么受儿童喜爱？因为《西游记》里的很多描写特别有童心。比如，小孩之间打赌，常常会发誓：我骗你，我是你的儿！在平顶山一段，两个可爱的小妖——精细鬼和伶俐虫，想跟孙悟空换葫芦，就发誓：你的葫芦真能装天，我就把我们的葫芦换给你，不换，我就是你的儿！这时的小妖完全忘了他们的葫芦是受命来装孙悟空的，装不装天，跟他们有什么相干？但是他们却非得要换过这个葫芦来，因为，能够装天的葫芦肯定比只能装人的更厉害。小妖已经顾不得他们的任务了。

沙僧战鼍龙与西游"龙网"

西天取经路上，师徒们分工明确：孙悟空是"观察哨"，扛着金箍棒在前边开路；白龙马负责驮师父；沙僧负责牵马，猪八戒负责挑行李。"外交"事务是孙悟空办，降妖以孙悟空为主，猪八戒辅助，沙僧则是师父的贴身护卫。话说回来，沙僧也总得有点儿属于他个人的单打独斗的故事吧？

沙和尚遭遇大鳖

战罢红孩儿，师徒四人走到黑水河边，只见整条河"水沫浮来如积炭，浪花飘起似翻煤"。污染得这么厉害？猪八戒说是哪家染坊泼了颜料缸，沙僧说是谁家洗笔砚。师兄弟正讨论如何将肉身凡胎的师父弄过河，忽然来了个划小船的。船小得只能坐两个人。猪八戒讨巧，要跟师父先过河。到了河中心，船夫弄花招刮起狂风，卷浪翻波，遮天迷目，不一会儿工夫，船儿消失得无影无踪。师父又被妖怪摄走了，还捎带着擅长在水中战斗的猪八戒。

孙悟空的水下功夫不灵，终于轮到沙僧露峥嵘了。水下功夫更好的是白龙马，孙悟空怎么始终想不到用他？白龙马也从来不主动出击。孙悟空说水色不正，沙僧不能去。沙僧勇敢地说："这水比我那流沙河如何？去得！去得！"沙僧分开水路，钻入波中，看到一座题着"衡阳峪黑水河神府"匾额的亭台，听到里面的妖怪吩咐底下的小妖，说什么"具柬去请二舅爷来，与他暖寿"，这是要请人吃唐僧肉呢！沙僧擎宝杖将门乱打，骂道："那泼物，快送我唐僧师父与八戒师兄出来！"妖怪手提竹节钢鞭迎出门，一副凶顽毒像："方面圜睛霞彩亮，卷唇巨口血盆红。几根铁线稀髯摆，两鬓朱砂乱发蓬。"这是什么怪物啊？丑陋不堪，却有"霞彩"？

　　二人大战三十回合，不见高低。沙僧想"引他出去，教师兄打他"，虚晃一杖就走。妖怪不上当，说，你走吧，我还得去发请帖请客呢。

　　猴王问沙僧河里的是什么妖怪。沙僧说，模样像大鳖，不然便是鼍龙。马上，通风报信的来了。原黑水河神给孙悟空下跪，说，这是妖怪占了我的水府。我告状恰好告到他舅舅西海龙王那里了，只是西海龙王护短，不准我的状子！

　　孙悟空常欺负的"小神"里不是正好有四海龙王吗？自从孙悟空保唐僧西天取经以来，这些龙王就像给齐天大圣看家护院一样随叫随到，猴王爱怎么使唤就怎么使唤。闹了半天，今天被邀请来吃唐僧肉的，竟然就是当初送藕丝步云履的西海老龙，老泥鳅活得不耐烦啦？猴王胸有成竹，大大咧咧地对老河神说："等我去海中，先把那龙王捉来，教他擒此怪物。"

西天取经离不了"龙网"

　　孙悟空进西洋大海，先打死送请帖的黑鱼精，拿到"愚甥鼍洁"

请"二舅爷敖老大人"吃东土僧人的"供状"。还没进门，探海夜叉已向西海龙王报告："齐天大圣孙爷爷来了！"

西海龙王听完孙悟空的问罪，马上跪下叩头，讲明鼍龙的来历。

从西海龙王的"汇报"，联系此前孙悟空与东海龙王打的交道，说明《西游记》有一张严整有序的"龙王网"，我们姑且把它简称为"龙网"。凡有水的地方就有龙王，海有海龙王，河有河龙王，潭有潭龙王，井有井龙王。各类龙王都跟西天取经发生过联系。

黑水河的鼍龙是西海龙王的妹妹生的，他的父亲泾河龙王因为和算命先生打赌，故意错行雨数，被玉帝下令斩杀。执行斩杀任务的是唐太宗驾下的宰相魏徵。唐太宗被泾河龙王扯到阴间对质。唐太宗游冥府的结果，是延长了二十年的寿命。回到阳世后，他为了求佛保佑，派御弟唐僧西天取经，好像他延长的这二十年寿命就是为了等待真经似的！

唐僧西天取经，一路上保护他的大徒弟是孙悟空，孙悟空的金箍棒来自东海龙王。唐僧的坐骑白马原来是戴罪的玉龙。唐僧自身也和龙王有互相报恩的联系。唐僧之父陈光蕊曾在洪江放生一条金色鲤鱼。陈光蕊被刘洪打死后，洪江龙王往他嘴里塞了一颗定颜珠，他的尸体一直没有腐坏，十八年后得以还魂。原来那条金色鲤鱼就是洪江龙王变的！好像不少龙王手里都有定颜珠，能够长期保存遗体，以便叫他们有朝一日复活。乌鸡国国王的尸首就是被井龙王用定颜珠定住的，所以孙悟空从太上老君那儿诓来还魂丹才能顺利地把他送回人间。如果没有这定颜珠，人都烂没了，还怎么还魂？

《西游记》里的龙王虽然有时也以真龙的姿态出现，但一般缺乏飞龙在天、管控宇内的霸气。龙王一般都喜欢息事宁人，活得比较窝囊。泾河龙王拜见唐太宗时谦虚地说，陛下是真龙，我是假龙。

泾河龙王被斩，妻子只好带着儿子投奔哥哥西海龙王。西海龙王把泾河龙王的儿子们抚养成龙。其中一条龙，制造了西天取经路上九九八十一难之"黑河沉没三十二难"。

围绕西天取经，散落在各个章回的龙结成一张"龙网"，千头万绪、千丝万缕、千奇百怪！不知在什么地方，就会冒出点儿与龙有关的纠纷与瓜葛。

忙里偷闲，小说人物的聊天中夹杂着有趣的"神学常识"，这是神魔小说家吴承恩的拿手好戏。他借西海龙王叙述妹妹遭遇的话，信手写出"龙生九种"分别是哪些龙以及他们都在做什么：

> "舍妹有九个儿子，那八个都是好的。第一个小黄龙，见居淮渎；第二个小骊龙，见住济渎；第三个青背龙，占了江渎；第四个赤髯龙，镇守河渎；第五个徒劳龙，与佛祖司钟；第六个稳兽龙，与神宫镇脊；第七个敬仲龙，与玉帝守擎天华表；第八个蜃龙，在大家兄处，砥据太岳。此乃第九个鼍龙，因年幼无甚执事，自旧年才着他居黑水河养性，待成名，别迁调用。谁知他不遵吾旨，冲撞大圣也。"

九个龙兄弟，却有黄色的、黑色的、青背的、赤髯的，怪不得孙悟空开玩笑说："一夫一妻，如何生这几个杂种？"西海龙王回答："此正谓'龙生九种，九种各别'。"泾河龙王死了，留下这么多小龙，个个都占据着重要岗位，干的是轻巧活儿、体面活儿，可谓是"官二代"，这说明西海龙王混得不错，连玉帝和佛祖都给他面子。孙悟空第一次被招上天宫，曾看到"几根大柱，柱上缠绕着金鳞耀日赤须龙"，里边会不会有泾河龙王之子敬仲龙？而在西海龙王嘴里最不成器的鼍龙，明面上的安排是"着他居黑水河养性"，其实是小鼍龙强占老河神水府，而且还得到了西海龙王的支持！怪不得老河神告状，西海龙王不准。原告告状恰好告到被告手里了！

《西游记》所写"龙生九种"与许多地方的"龙生九种"不同。《红楼梦》中，贾宝玉在大观园的桃树下因拿《西厢记》说事，得罪了林黛玉，发誓将来在林黛玉墓前驮一辈子碑。这驮碑的角色便是龙生九种之一，即所谓"赑屃"。泾河龙王的后代中没有一个是干这种累活的。

冷面龙识时务为俊杰

西海龙王唤太子摩昂点五百虾鱼壮兵，将小鼍捉来问罪！摩昂带兵驻扎到黑水河内，"鲸鳌并蛤蚌，蟹鳖共鱼虾。大小齐齐摆，干戈似密麻。不是元戎令，谁敢乱爬蹉"。多么搞笑的"战形排列"，莫不是乌合之众在起哄？鱼鳖虾蟹，再多又有何用？

摩昂向表弟介绍唐僧大徒弟孙悟空乃"五百年前大闹天宫上方太乙金仙齐天大圣"，告诫表弟：咱惹不起躲得起。小鼍龙不吃这一套，要跟孙悟空比试。他宣布：既然舅舅和表哥都偏向外人，我算是没啥亲人啦，等打败孙悟空，我就把唐僧蒸了，自自在在，一边奏乐一边自个儿吃！摩昂骂道："这泼邪！果然无状！"嫡亲表兄弟打起来，出现了更加别致的战斗场面：虾与虾争，蟹与蟹斗，鲸鱼和鲸鱼打，鲨鱼和鲨鱼打……"一河水怪争高下，两处龙兵定弱强"。

摩昂把表弟擒住，交给齐天大圣处置。猴王网开一面，说看西海龙王父子的情面，自己带回去处置吧！摩昂太子押着鼍龙，率领海兵，径转西洋大海。

西洋龙子捉鼍回

摩昂太子此后还会露面帮孙悟空降服犀牛精。他是《西游记》里少有的"识时务者为俊杰"的人物。他知道，齐天大圣得罪不起，表弟却可以打骂。因而他到黑水河"大义灭亲"来了。其实他还有更重要的"大义灭亲"，而"大义灭亲"是他的家庭传统。

取经队伍里，有没有摩昂的亲属？还真有，那就是白龙马，他本来是西海龙王的三太子，也就是摩昂的亲弟弟。小白龙因为烧了他父王的殿上明珠，被他父王在玉帝跟前告了忤逆，准备处斩时，被观世音菩萨救下，变成唐僧的脚力，保护唐僧西天取经。当年弟弟因为年轻气盛犯下错误时，身为大哥的摩昂太子，是曾出面维护弟弟，还是在一旁火上浇油呢？不得而知。但从降服黑水河鼍龙的过程中能看出，摩昂太子是个讲礼法、讲利益，但是不讲兄弟之情的角色。摩昂太子捉住表弟小鼍龙，上岸交给孙悟空处置时，唐僧的白马和行李就在岸边。难道摩昂不知道那白马就是自己的亲弟弟小玉龙？他肯定知道。但是，他没有任何表示。既没有对弟弟嘘寒问暖，也不说要在弟弟和父母之间传个信息。这是多么铁面无私，又何等冷酷无情的一条冷面龙啊！

这里还有个问题。在《西游记》第三回，孙悟空在海底索兵器时，东海龙王三个弟弟的排名是：南海龙王敖钦，北海龙王敖顺，西海龙王敖闰。按习俗，自然是兄前弟后。然而第四十三回却说西海龙王敖闰是小鼍龙的二舅舅。岂非张冠李戴？实际上，小鼍龙的二舅舅是南海龙王敖钦，西海龙王敖闰是小鼍龙的四舅舅。看来，吴承恩写到后边，把第三回排的名次给忘掉啦。

三清观恶作剧

　　孙悟空和红孩儿战斗，闹了个灰头土脸，观世音菩萨收服红孩儿，唐僧叩头谢菩萨，孙悟空酸溜溜地说，谢什么？她是来给自己收童子的！接下来的黑水河战斗，孙悟空的水下功夫不灵，沙僧前去侦察，弄清了河妖鼍龙是西海龙王敖闰的外甥，孙猴儿这才发挥"神际关系"的优势，请来妖怪的表哥把鼍龙给收了。好大喜功、好斗成性、好胜成瘾的美猴王如果不靠自个儿的威望、武艺和智谋，总这么低眉顺目地求人，别别扭扭地除妖，岂能开心、痛快？

　　黑水河的故事很短，从遇险到唐僧获救，不到一整回，这也是吴承恩创作《西游记》的一种章法，他总是把复杂的故事和相对单纯的故事交错着写，所以经常可能是这一难四回，下一难就只有一回或两回了。比较简单容易的"黑水河遇妖"似乎是西行取经八十一难中像"闪存"一样的故事，读者可能会觉得有点儿平淡，有点儿不过瘾。幸好，错综复杂的故事紧接着就来了，让孙悟空大展才能的机会也来了。

道教、中医名词和回目

　　大家都知道《西游记》是本非常好看、好玩的书，殊不知，《西游记》的文化含量也非常重，如果想真的看懂《西游记》，里面的神话传说得知道，道教、佛教知识得知道，四书五经、正史野史都得知道。看车迟国这一段故事，首先要弄懂回目是什么意思，特别是第四十四回的回目《法身元运逢车力　心正妖邪度脊关》。如果想看懂这个回目，需要对道教名词、中医经络相关名词有个大致的了解。道教根据中医经络理论提出修炼内丹的方法：炼丹者静坐运真气，元气从下腹部出发，运行到头部和元神相交，此时元气叫"河车"，再经过玉枕、夹脊、尾闾三关口，全身的气血才能畅通，才可能渐渐炼成内丹。元气经过这三个关口时运转得很慢，就叫"车迟"。元气通过玉枕、夹脊、尾闾三个关口，分别叫"虎车""鹿车""羊车"。河车运转，应该一时不息，如果运转不利，就是受到外道的阻碍了。

　　照吴承恩来看，取经僧现在到的国家毁僧谤佛，不按正常规矩出牌，就是因为国王昏庸，政事紊乱，好像炼丹受到阻碍，也好像人体血脉不通，所以，这个国家的国名就叫车迟，损害阻碍这个国家运转的国师就分别叫虎力大仙、鹿力大仙、羊力大仙。孙悟空帮他们度过"脊关"，就是帮助他们改变国运，就好像帮助一个人运真气，经过夹脊小路，使得人的气血上自泥丸宫，下至涌泉穴，气血畅通。吴承恩用了一些道教和中医经络的名词和概念，对于现代读者来说虽然有点儿费解，但是必须知道这些名词，知道小说家借用道教和中医名词做小说回目的含义。

　　孙悟空在车迟国快意赌赛，像是精彩的多幕戏，一幕好看过一幕。这三回写得太精彩了。

孙悟空戴了救世主高帽

唐僧师徒走到车迟国城外，看到一群衣衫褴褛的和尚被两个身披锦绣的小道士监督着拖车。孙悟空变成行脚道人，从小道口中套出原委：二十年前此地大旱，国王请僧道求雨，僧人拜佛，道士告斗，和尚不中用，道士求来雨，免万民涂炭。从此君王好道爱贤，尊虎力大仙、鹿力大仙、羊力大仙为国师。朝廷说和尚无用，拆山门、毁佛像，御赐和尚像小厮一样被道士使唤，烧火、扫地、盖房。

孙悟空骗小道说自己有个叔父是和尚，他是来寻亲的。小道答应把他的亲人放了。和尚们告诉孙悟空说，车迟国的和尚不堪凌辱，已死掉许多，我们还能活着，是因为每天夜里有六丁六甲、护教伽蓝在梦中劝我们一定要苦挨，等大唐去西天取经的罗汉到来，又说他的徒弟齐天大圣神通广大、济困扶危，会大显神通救我们。

孙猴儿听说，暗笑道："莫说老孙无手段，预先神圣早传名。"

孙悟空告诉小道，那五百个受苦的和尚都与我有亲：一百个是左邻，一百个是右舍，一百个是父党，一百个是母党，一百个是交契好友。你们都放了他们吧。小道哪儿肯放五百个和尚？结果被孙猴儿打得头破血流、皮开颈折。

和尚们又告诉孙悟空，太白金星曾托梦告诉我们如何识别齐天大圣：

> 磕额金睛幌亮，圆头毛脸无腮。
> 咨牙尖嘴性情乖，貌比雷公古怪。
> 惯使金箍铁棒，曾将天阙攻开。

法身元运逢车力

太白金星是孙悟空的骨灰级"粉丝"。对孙悟空的形象、个性、本事了解得很透彻。他帮过孙悟空那么多的忙，这次托梦给和尚们，把他为什么帮孙悟空的缘由说了出来。原来，老神仙慧眼识人才，也爱护特殊人才，他喜欢孙悟空这个虽然"性情乖"却敢大闹天宫的角色！

听到太白金星夸赞自己，孙猴儿得意非凡，现出真身接受众和尚的跪拜，说，你们只管逃走，遇到危难有我哩。猴儿把这五百个和尚的安全包圆了：他拔下一把毫毛，嚼碎了散发给和尚们，说，若有人拿你，就攥紧拳头叫"齐天大圣"，我就显灵来保护你！和尚们一试，果然牛皮不是吹的！

三兄弟大闹三清观

头上新戴了个高帽，兴奋得猴王睡不着，跳到空中观察，发现正南灯烛荧煌，原来是三清观的道士在禳星。虎力大仙、鹿力大仙、羊力大仙及七八百个道众，司鼓司钟，侍香祈祷。案头供献新鲜食物，桌上斋筵丰盛。孙悟空想：何不照顾猪八戒和沙僧，让他俩一同来要要？

孙悟空吹狂风卷进三清殿，把花瓶、烛台刮倒。虎力大仙令徒弟归寝。孙悟空叫起猪八戒和沙僧，三兄弟按落云头，闯上三清殿。猪八戒一看，这么多好吃的！他张口就啃起供果来。孙悟空却要"叙礼"后再坐下吃。孙猴儿竟讲起筵席礼仪来了！他还故意问猪八戒上边供的是什么菩萨，猪八戒笑他："三清也认不得？"上头供的是元始天尊、灵宝道君和太上老君！孙悟空说，咱们变成他们的模样才吃得安稳。三个莽和尚竟变作道教三清的模样，把原来的雕像推下地。孙悟空还要猪八戒把三清像送进"五谷轮回之所"。猪八戒扛了三个雕像去送，发现是臭烘烘的大东厕！猪八戒和沙僧将馒头、衬饭、点心、饼锭、蒸酥等任情吃起，如流星赶月，风卷残云。孙悟空随便吃了几个果子陪他们。供物吃得罄尽，三人还不走路，闲讲消食，好不自在。

恰好此时有个小道士来寻手铃，撞破"三清"大快朵颐的场面。

更好玩、更促狭的事发生了。

虎力大仙、鹿力大仙、羊力大仙一厢情愿地认为这是三清显灵，求"三清"无论如何给他们赐些圣水，帮皇帝延年益寿。孙悟空假门假式地扮仙人开口："我欲不留些圣水与你们，恐灭了苗裔，若要与你，又忒容易了。"等他们跪拜祈求后，孙悟空说："既如此，取器皿来。"又说，"你们都出殿前，掩上格子，不可泄了天机，好留与你些圣水。"众道放上接圣水的器皿，掩了殿门，跪伏在门外。三兄弟一人一泡尿，然后喊道："小仙领圣水。"

道士尝出"圣水"有猪溺臊气。孙悟空一看露馅儿了，索性留名：大唐僧众，奉旨来西。吃了供养，闲坐嬉嬉。甚么圣水，我们撒尿！

明代社会哈哈镜

大闹三清观，表面上似乎是孙猴儿三兄弟寻吃寻喝寻开心，小说家却另有深意。

车迟国其实是明代社会的一面哈哈镜。

闹三清观，其实是吴承恩借神魔讽世的恶谑。

吴承恩这位仕途不得志的作家，跟当朝皇帝开了个大玩笑。

孙悟空对车迟国道士得志，感慨"术动公卿"。这四个字是明代朝廷的写实：因为歪门邪道的"术"，可以官至公卿。吴承恩一生经历明武宗（正德）、明世宗（嘉靖）、明穆宗（隆庆）、明神宗（万历），四个皇帝一代不如一代，耽于淫乐，不问朝政，社会混乱，民不聊生。帝王追求长生不老，信任并重用道士。嘉靖皇帝自封"紫极仙翁"，道士邵元节被封为礼部尚书，官居一品；道士陶仲文被封为"神霄保国宣教高士"。皇帝还下令僧人还俗，毁了佛像、佛骨、佛牙、大慈恩寺。皇帝敬道灭僧，产生了恶劣的社会影响。车迟国的小道说，游方道士来了可以拜王领赏，和尚来了就拿来给道士家做佣工。其实这是影射明代现实生活中道士横行、僧人受难的乱象。

大闹三清观，孙悟空兄弟三人变作三清的模样吃供品，吃吃倒也罢了，为什么孙悟空还非得让猪八戒将三清的雕像丢进茅厕坑？这是在发泄作家对道士飞黄腾达的愤慨。猪八戒对三清的祈祷词，活像故意念给当朝做高官、享厚禄的道士们听的："你平日家受用无穷，做个清净道士；今日里不免享些秽物，也做个受臭气的天尊！"至于道士喝的"圣水"竟是和尚的尿，这玩笑是不是有点儿出格？而车迟国的故事结束时，孙悟空对国王说的一番话，很像是吴承恩对当朝天子的热切期望："向后来，再不可胡为乱信。望你把三教归一，也敬僧，也敬道，也养育人才，我保你江山永固。"

孙悟空巧舌如簧

去到其他国度时，都是唐僧拜见国王换取通关文牒；来到车迟国，徒弟们却主动要求保护师父前往。为什么？孙悟空要和"道长"斗法。

唐僧师徒到达金銮殿，排列阶前，捧关文递给国王。三位国师果然气焰熏天、摇摇摆摆地来了。"两班官控背躬身，不敢仰视。"道士上金銮殿，"对国王径不行礼"，国王反而谦恭地说："未曾奉请，今日如何肯降？"老道把唐朝和尚在东门外杀道士、放囚僧，夜闯三清观，毁圣像、偷供养、用小便充圣水等事如实告发，要皇帝严惩唐朝来的和尚。孙悟空凭三寸不烂之舌，一一驳斥，说有成无，这番辩词太精彩了：

> 孙大圣合掌开言，厉声高叫道："陛下暂息雷霆之怒，容僧等启奏。"国王道："你冲撞了国师！国师之言，岂有差谬！"行者道："他说我昨日到城外打杀他两个徒弟，是谁知证？我等且曲认了，着两个和尚偿命，还放两个去取经。他又说我捽碎车辆，放了囚僧，此事亦无见证，料不该死，再着一个和尚领罪罢了。他说我毁了三清，闹了观宇，这又是裁害我也。"国王道："怎见裁害？"行者道："我僧乃东土之人，乍来此处，街道尚且不通，如何夜里就知他观中之事？既遗下小便，就该当时捉住，却这早晚坐名害人。天下假名托姓的无限，怎么就说是我？望陛下回嗔详察。"那国王本来昏乱，被行者说了一遍，他就决断不定。

国王即使不昏乱，面对孙悟空如此巧嘴巧舌，也得被忽悠得晕头转向。

接着，孙悟空要跟道士斗法，更叫昏庸的皇帝找不着北了。

西行路上好看无比、谐趣异常的车迟国斗法拉开序幕。

车迟国快意赌赛

车迟国的三个国师向国王告状，说唐朝来的和尚如何害死了看守和尚的道士，如何在三清观用尿耍弄道士，孙悟空铁嘴钢牙一一反驳。三个国师还没来得及反驳孙悟空，老百姓就求雨来了。

猴王对天神颐指气使

糊涂的国王忽然聪明起来，告诉孙悟空说，我之所以敬道灭僧，是因当年缺雨，和尚无用，道士求来。你们敢与国师赌胜求雨吗？若能祈得甘雨，就放你西去；若是求不得雨，就推赴杀场！孙悟空大包大揽，说，我小和尚晓得求雨。车迟国斗法大戏拉开大幕。

美猴王呼风唤雨。中国神话中的风神、雷神、雾神、雨神纷纷登场，风雷雾雨的大场面在吴承恩笔下闪亮呈现。

孙悟空将话说在前头。他对国王说，我和国师都求雨，雨果真来了，算哪个的？虎力大仙说，我以令牌为号，一声令牌响风来，二声响云起，三声响雷闪齐鸣，四声响大雨，五声响云散雨收。

道士一声令牌响，风悠悠飘来，猪八戒道："不好了！"孙悟空嘱咐道，你们护持师父，莫与我说话，我干正事去！这个不能对话的"我"是哪个？孙猴子的毫毛变成的孙猴子。孙悟空的真身跳到空中，对天宫分管风、雷、雨、电的神仙指手画脚、颐指气使。既要保证自家求来雨，还得阻碍道士求来雨，猴儿够忙活的！

道士令牌一响，风神开始放风，孙悟空命令把风收了！若有一丝风把道士的胡子吹得动一动，就打二十铁棒！云神、雷神、雾神、龙王接收到了同样的"指令"。道士令牌虽举，太阳光亮亮照着，万里无云，道士再举令牌，雷也不鸣，电也不灼，滴雨不落。

孙悟空与众神约定：举金箍棒为号令。

孙悟空将金箍棒望空一指，风婆婆急忙扯开皮袋，巽二郎解放口绳，呼呼风响，揭瓦翻砖，飞沙走石。

孙悟空将金箍棒望空第二指，推云童子显神威，布雾郎君施法力，昏雾朦胧，浓云叆叇。

孙悟空将金箍棒望空第三指，雷公奋怒，倒骑火兽下天关；电母生嗔，乱掣金蛇离斗府。沉雷轰响，似地裂山崩。孙悟空高声与分管雷公电母的邓天君打招呼："老邓！仔细替我看那贪赃枉法之官，忤逆不孝之子，多打死几个示众！"雷越发震响。

神异故事又跟民间传说和人民希望雷电专打贪官、专劈不孝子的淳朴愿望联系起来了，孙悟空成了传统道德的维护者。

孙悟空将金箍棒望空第四指，天上银河泻，街前白浪滔。雨自辰时下起，到午时前后，车迟城水漫街衢。国王派听事官策马冒雨来报，说："圣僧，雨够了。"

孙悟空将金箍棒望空第五指，霎时雷收风息，雨散云收。

国王服气了，要倒换关文，打发唐僧过去。虎力大仙等阻住，说，这雨是我道门之力。虎力大仙说，我上坛发文书，烧符檄，击令牌，四海龙王谁敢不来？恰好遇着我下、他上，他是撞着机会了！

国王昏乱，疑惑未定。孙悟空便出了个立刻见高低的鉴别方法："那国师若能叫得龙王现身，就算他的功劳。"道士只好说："我辈不能，你是叫来。"孙悟空仰面朝空高叫："敖广何在？弟兄们都现原身来看！"四条龙在空中度雾穿云，飞舞向金銮殿上，壮观气派。三国师完败，孙悟空完胜。

天宫众神可谓给足了齐天大圣面子，孙悟空俨然天宫总统帅，指哪儿打哪儿。

如此大场面，吴承恩却任意挥洒，举重若轻，妙趣横生。

西天取经路上，孙悟空从未如此露脸，哪知更露脸的机会还在后边！

美猴王五赌五胜

三位国师再次挑战，要和唐朝和尚比试，连比五场：

第一场比高空坐禅。虎力大仙提出比"云梯显圣"，五十张桌子叠起，再叠上椅子，不许手攀梯登，驾云上台坐下坐禅，哪个先动就算输。一听说比坐禅，孙悟空没辙了，对猪八戒说，搅海翻江，担山赶月，换斗移星，我干得；砍头剁脑，剖腹剜心，我不怕。可我哪有坐性？唐僧说，我会坐禅。孙悟空问，能坐多时？唐僧回答说，两三个年头吧！虎力大仙驾云在西台坐下。孙悟空拔下一根毫毛变成自己的样子，陪猪八戒和沙僧立在下面，自己则变成五色祥云把唐僧抬至东台坐下。西台、东台坐禅，几个时辰不分胜负，谁也不动。鹿力大仙想出个馊主意，变出一只大臭虫咬唐僧，唐僧这下有点儿坐不住了。孙悟空发现师父那里情况有变，于是他变成小虫飞到唐僧头上扑杀臭虫。孙悟空发现是道士害师父，便变作一只蜈蚣，在虎力大仙的鼻凹里叮了一下。虎力大仙坐不稳，一个筋斗翻了下去！表面上，唐僧坐禅成功立了头功，实际是孙猴捣鬼有术，但是道士作弊在前，孙悟空只是以其人之道还治其人之身。

第二场比隔板猜枚。隔板猜枚，是中国古代和占卜有关的猜物游戏。据记载，汉魏六朝时有几个人玩隔板猜枚玩得特别溜，比如在《西游记》救人参果树一节露过一面的东方朔，还有《神仙传》的作者郭璞。曹雪芹在《红楼梦》里，把这种游戏安排在大观园诗会上，叫贾宝玉和薛宝钗"射覆"，也算是隔板猜枚。《西游记》把这游戏跟孙悟空的神奇变幻、擅长捣鬼联系起来，大加渲染，写得非常有趣。

鹿力大仙猜得非常准确的物件，都被孙悟空神不知鬼不觉地偷天换日：皇后亲手放上山河社稷袄、乾坤地理裙，鹿力大仙说"那柜里边是山河社稷袄，乾坤地理裙"，而唐僧说"是件破烂流丢一口钟"，打开一看，果然是破烂流丢一口钟；国王亲手放上的御花园大桃子，孙悟空钻进去啃得干干净净（吃桃是猴子的特长），他告诉师父"只猜是个桃核子"，果然又是唐僧胜了；虎力大仙亲手放进一个道童，孙悟空钻进去，哄得道童剃掉头发，换上僧袍，敲着木鱼念着"阿弥陀佛"出来，唐僧又猜对了，里边是个小和尚。

表面上是唐僧会隔板猜枚，实际上是孙悟空"腾那天下少，伶俐世间稀"。汪澹漪《西游证道书》说："行者种种赌斗，尚俱在人意中，独道童变沙弥一节，则匪夷所思矣。"《李卓吾先生批评西游记》说："看到此，哭人也笑，死人也活。"

三比砍头能活。大国师要比砍头能活，刽子手将孙悟空的头

"嗖"地一下砍下来，一脚踢去，腔子不出血，肚里叫"头来"。鹿力大仙念咒语，令土地将孙悟空的猴头扯住。孙悟空喝声："长！"脖颈"嗖"地长出一个头来！沙僧解释说，他有七十二般变化，就有七十二颗头！虎力大仙的头被砍下，也不出血，也叫"头来"，孙悟空拔下一根毫毛变成黄犬，把大国师的头衔到御水河边丢下。虎力大仙惨死，身子变成了一只无头的黄毛虎。

四曰剖腹再生。二国师要比剖腹，孙悟空说正想拿出脏腑，洗净脾胃，才好去西天见佛。孙悟空用牛耳短刀朝肚皮挼了个窟窿，拿出肠脏条条清理，再装回肚里，肚皮立即长好。鹿力大仙如法炮制，割开肚腹，拿出肝肠，用手理弄。孙悟空又拔下一根毫毛变作饿鹰，把鹿力大仙的五脏心肝抓去！二国师惨死，原来是只白毛角鹿！

五曰油锅不死。三国师要比油锅里洗澡，油锅里翻筋斗，竖蜻蜓。孙悟空"跳在锅内，翻油斗浪，就似负水一般顽耍"，毫发未伤。羊力大仙也跳下油锅洗浴。细心的孙悟空发现羊力大仙下去后滚油变得冰冷，知道锅底下有冷龙护持。猴儿纵身跳在空中，念咒语拘来北海龙王敖顺，臭骂他是"带角的蚯蚓、有鳞的泥鳅"，问他为什么帮助道士用冷龙护住锅底。龙王说，冷龙是他自己炼的，不是我派的。敖顺立即化作一道旋风来到油锅边，将冷龙捉下海。三国师霎时间被油炸得皮焦肉烂，只剩下一堆羊骨头。

孙悟空与大国师赌砍头，与二国师赌剖腹，与三国师赌下油锅。一赌比一赌精彩，怪不得《李卓吾先生批评西游记》连加六个单字评语："猴！"

心猿显圣灭诸邪

猴王恶作剧，唐僧现真情

如果后面三赌的描述总没啥大变化，岂不单调沉闷？岂不显得作家乏才？于是，吴承恩故意让孙悟空下油锅来个恶作剧：他在油锅里听到猪八戒和沙僧悠闲聊天，其实猪八戒是在赞扬猴哥"怎知他有这般真实本事"，孙猴儿却怀疑"那呆子笑我哩"。孙悟空心想：巧者多劳拙者闲，我老孙这般舞弄，他倒自在！等我吓他一下！孙悟空故意变成个枣核躺在锅底不起来。车迟国国王认为孙悟空死了，宣布唐朝和尚失败，把那三个和尚处死！校尉先揪翻猪八戒捆了。危急时刻见真情，唐僧求国王道，我这个徒弟自从归教，历历有功，今日死在油锅之内，"先死者为神，我贫僧怎敢贪生"，望赐半盏凉浆水饭、三张纸马，容我祭奠徒弟后领死。车迟国国王夸赞"中华人多有义气"，命取些浆饭、黄钱给唐僧，叫他祭奠他的徒弟：

> 唐僧教沙和尚同去，行至阶下，有几个校尉，把八戒揪着耳朵，拉在锅边，三藏对锅祝曰："徒弟孙悟空！自从受戒拜禅林，护我西来恩爱深。指望同时成大道，何期今日你阴阳！生前只为求经意，死后还存念佛心。万里英魂须等候，幽冥做鬼上雷音！"八戒听见道："师父，不是这般祝了。沙和尚，你替我奠浆饭，等我祷。"那呆子捆在地下，气呼呼的道："闯祸的泼猴子，无知的弼马温！该死的泼猴子，油烹的弼马温！猴儿了帐，马温断根！"孙行者在油锅底上，听得那呆子乱骂，忍不住现了本相，赤淋淋的站在油锅底道："馕糟的夯货！你骂那个哩！"

佛说："人不可太尽。"孙悟空车迟国斗法，未进城先尽享"齐天大圣"威名，进得城来，要风得风，要雨得雨，砍头、剖腹都能活，真是"春风得意马蹄疾"。正所谓"月满应亏，水满该溢"，好事都成了孙悟空的，猪八戒骂几句还不是应该的？猪八戒骂他弼马温、泼猴子，不过是泄愤的老套，却骂出一篇祭祀的"绝世奇文"，重要的是唐僧祭奠显真情。师父这番对孙悟空"盖棺论定"的话，大概把猴儿平时被念《紧箍儿咒》的委屈化解得差不多了。至于情节变出意外，令读者喜出望外，还在其次。

通天河遇妖

　　孙悟空在车迟国大获全胜，三个妖道尽数被消灭，车迟国国王出榜招僧，孙悟空用毫毛保护的那五百个和尚都来了。孙悟空这时向国王揭开整个车迟国故事的奥秘，他说，这些和尚是老孙救的，车辆是老孙运转双关穿夹脊摔碎了，两个妖道也是老孙打死的，今日灭了妖邪，方知禅门有道，后来不可胡为乱信，望你把三教归一，也敬僧，也敬道，也养育人才，我保你江山永固。孙悟空点出他运转双关穿夹脊，表面上是他砸碎了让和尚劳作的车，实际上是解决了车迟国国运闭塞的问题。他对车迟国国王提出的愿望，更是被很多研究者看成是吴承恩对明朝皇帝的希望。当然，明朝皇帝才不会听一个不得志、写通俗小说的读书人的建议。所以，这是个美好而无法实现的愿望。

善行引妖

　　研究者常说，《西游记》里的降妖故事没有什么必然的连续性，你把它们的前后次序换一下也没有什么大问题，但是有的点评家却认为，西天取经的降妖故事有内在联系，次序上有必然的连续性，比如汪澹漪就认为：车迟国的夹脊双关，即吾身之夹脊双关，所以介于黑水、通天两河之中，盖双关之义，两水夹之也。所以，车迟国的故事必须在黑水河遇妖之后，在通天河遇妖之前。吴承恩总会把故事和故事写得不一样，同样是遇河妖，黑水河妖怪法力不大，却牛气冲天，主动来抓唐僧，还跟孙悟空叫板，不听海龙王舅舅的；通天河唐僧遇妖，不是妖精主动来抓他，而是孙悟空兄弟行善事引来的。

唐僧师徒到达通天河时，唐僧离开长安已五万多里，西天取经的路才走到一半儿。到天竺国取经的路果真如此远？十万八千里，实际上从长安到印度够走几个来回了。其实，十万八千里是形容路途遥远艰难，并不一定是实数，这和通天河宽八百里一样，是带有夸张色彩的文学概念。八百里宽一条河，岂不成地中海了？这条河被吴承恩做出了花样翻新的妙文章。

孙悟空在通天河一节，比在车迟国更像是来做善事的。

通天河畔陈家庄陈氏兄弟告诉唐僧，我们每年得供河妖吃童男童女，否则他就兴浪造灾。这次轮到我们两家出童男和童女了。孙悟空立即变作童男陈关保的模样，一丝不差。他让猪八戒变成一秤金的样子，又对陈氏兄弟：“我兄弟同去祭赛，索性行个阴骘，救你两个儿女性命！”

孙悟空要猪八戒变小女孩救人，唐僧极力支持：“救人一命，胜造七级浮屠。”又说，“凉夜无事，你兄弟要要去来。”孙悟空几场漂亮的降妖仗打下来，唐僧受他影响，认为这个徒弟无所不能，降妖是“耍子”。猪八戒却实话实说，我会变山，变树，变石头，变癞象，变水牛，变大胖汉，你叫我变个小女孩？难！孙悟空说，快变！莫讨打！猪八戒忙说，不要打，等我变了看。呆子念动咒语，头变

金木垂慈救小童

得像女孩儿，却肚子胖大，郎优不像。孙悟空笑他说，岂不成了丫头脑袋，和尚身子？他吹了一口仙气，把猪八戒变得与一秤金一模一样。

这大概是会三十六变的猪八戒在《西游记》中最美的一次亮相：小巧伶俐的女孩，头戴八宝垂珠花翠箍，身穿红闪黄绉丝袄，上套官绿缎子棋盘领披风，腰系大红花绢裙，脚踏虾蟆头浅红绉丝鞋，腿上系绡金膝裤儿。

悟空故意卖弄，问众人如何将他们送去祭赛："怎么供献？还是捆了去，是绑了去？蒸熟了去，是剁碎了去？"猪八戒连忙声明："哥哥，莫要弄我。我没这个手段。"

为什么孙悟空不让沙僧变一秤金？在三清观，沙僧曾变作灵宝道君，说明沙僧也能变化。但是沙僧一本正经，循规蹈矩，随便说句话都像哪家私塾的教书先生，像他的晦气脸一样，在读者跟前不讨喜。而那个满口胡柴的长嘴大耳的家伙一出来，就能给读者带来喜庆的气氛。让猪八戒变一秤金，丑变美，大变小，很有戏剧性。猪八戒小心眼儿，接下来还与猴哥计较：让妖怪先吃哪个？知道妖怪往年先吃童男后，猪八戒放宽了心：那就好办了，妖怪吃猴哥时，我就溜之大吉！如果让沙僧和孙猴儿合作，猴儿指东，沙僧打东；猴儿指西，沙僧打西；让变女娃就变娇滴滴的女娃，哪像猪八戒会耍小心眼儿，跟孙悟空斗嘴，制造出这许多笑料？

妖精想吃唐僧肉

这两个人变成男童和女童后，灵感大王来了，居然是个绕祥云、飘瑞霭的妖怪：

金甲金盔灿烂新，腰缠宝带绕红云。

眼如晚出明星皎，牙似重排锯齿分。

足下烟霞飘荡荡，身边雾霭暖熏熏。

　　这是哪儿来的妖怪？祥云瑞霭，肯定是仙界来的。孙悟空与妖怪伶俐地对话，妖怪觉得这个童男有点儿可怕，决定先吃童女。猪八戒慌忙现出真身，举钉耙便筑，从妖怪身上打下冰盘大小的两片鱼鳞。金甲和鱼鳞，说明妖怪是金鱼成精。再联系妖怪来时的祥云瑞霭，他肯定是仙界来的！

　　没吃上童男童女的妖怪对吃唐僧肉产生了兴趣，只是顾忌唐僧几个徒弟厉害。水府里边的斑衣鳜婆建议道，大王能呼风唤雨、搅海翻江，何不降下大雪让通天河结冰，我等善变化者变作人形，背包持伞，担担推车，在冰上行走。那唐僧取经心急，断然要踏冰而渡。大王再瞅准时机迸裂寒冰，唐僧岂不成了大王的囊中之物？

　　妖怪按计将唐僧捉住，迫不及待吩咐手下磨快刀，把唐僧剖腹剜心吃掉。妖怪刚认的"贤妹"斑衣鳜婆却劝他"且宁耐两日"，让唐僧的徒弟以为师父死了，等他们走了再吃。妖怪遂把唐僧暂藏在六尺长的石匣中。

　　这似乎成了固定套路：妖怪想吃唐僧肉，捉住唐僧，却总有不马上"咔嚓"掉的理由。金角、银角大王得邀请狐狸精老娘同吃，红孩儿小妖得请牛魔王老爹共享，金鱼妖得等唐僧徒弟不闹事才吃。各种暂时不吃唐僧的理由，造就了孙悟空腾挪救师的机会。

　　猴王告诉陈庄主说，我师父肯定死不了！一定是被灵感大王弄去了。放心！只管与我们洗衣服，晒关文，喂白马。我弟兄救出师父，替你们剪草除根除后患！孙悟空让猪八戒驮自己入水，潜入水府，侦察到师父的信息，再由猪八戒和沙僧与妖精挑战对阵。

妖怪挂了免战牌

《西游记》描绘了古代小说里最全面且好看、好玩的妖精群像。他们既有生物性，又有归属性。所谓生物性，即原本是何种生物成精，就带有此生物原生的体态；所谓归属性，即土生土长的妖精有妖风邪气、腥风秽气，从天宫仙界下来的妖精则自带祥风瑞气。

孙悟空和猪八戒祭赛时看到了通天河金鱼精的妖精状态，猪八戒和沙僧在水府看到妖精的"拟人化"状态，仍带点儿金鱼原生态和来自仙界的祥瑞性：

> 头戴金盔晃且辉，身披金甲掣虹霓。
> 腰围宝带团珠翠，足踏烟黄靴样奇。
> 鼻准高隆如峤耸，天庭广阔若龙仪。
> 眼光闪灼圆还暴，牙齿钢锋尖又齐。
> 短发蓬松飘火焰，长须潇洒挺金锥。
> 口咬一枝青嫩藻，手拿九瓣赤铜锤。
> 一声咿哑门开处，响似三春惊蛰雷。
> 这等形容人世少，敢称灵显大王威。

出来的妖怪金盔、金甲、金鱼眼，举着荷花瓣式武器，显然是金鱼怪！

三个对阵的不忙着决斗，却讨论起对方是不是半路出家，还讨论得非常热烈。

妖精说猪八戒：你原来是半路上出家的和尚。你会使耙，想是雇在哪里种园，把他钉耙拐来了。

猪八戒说妖精：你原来也是半路上成精的邪魔！你会使铜锤，想是雇在哪个银匠家扯炉，被你得了手，偷出来的。

妖精说沙僧：你也是半路里出家的和尚。你这个模样，像个磨博士出身。你不是磨博士，怎么会使擀面杖？

读到这样的阵前对话，读者朋友肯定得像我一样乐不可支了。

妖怪与猪八戒、沙僧大战数十个回合不分胜负，说明妖怪本事不小。猪八戒居然伶俐起来，向沙僧丢了个眼色，二人诈败，把妖怪引到岸上，想让孙悟空来打。妖怪招架不住金箍棒，立即钻回水底。他刚认的斑衣鳜婆妹子，居然是五百年前东海龙宫老龙王麾下的人。她告诉妖怪，举铁棒的角色是齐天大圣孙悟空，神通广大，变化多端，咱们惹不起！识时务者为俊杰，妖怪决定紧闭牢关，挂免战牌。任你怎么挑战，我就是不出水，我不出水，你奈我何？不管猪八戒和沙僧怎样叫骂，妖怪也不理睬。猪八戒筑破门扇，发现里面的泥土、石块高叠千层，进不去了。妖怪不出战，这要如何降伏？孙悟空还得去求观世音菩萨。

鱼篮观音

孙悟空在陈家庄与猪八戒一起扮成陈家庄的童男童女，跟通天河的妖精打交道，没想到通天河的妖精手下有个女诸葛。那个叫斑衣鳜婆的角色，其实是条大鳜鱼，却是条成精多年的鱼精，孙悟空被如来压在五行山下五百年，而这条大鳜鱼是孙悟空到东海龙宫求宝的见证者，怎么着也有五六百年的道行了，她几次给通天河妖精当军师，被妖精认作贤妹，这位鱼贤妹先是建议把河冻了，把唐僧捉进水府，后是建议先不急着吃唐僧，接着又是她建议妖精不要跟孙悟空作战，紧闭宫门。孙悟空打不开水府的门，只好再去求观世音菩萨。

菩萨未梳妆

观世音菩萨早就预测到唐僧蒙难，孙悟空会前来求救，于是菩萨一早起来不去梳妆，先动手削竹子编篮子，她还嘱咐众仙，孙悟空来了后，让他在外边等待。孙悟空担心再晚一会儿师父被妖精吃了，急得乱叫，不待菩萨召唤，就撞进竹林，看到个不坐莲台、不妆饰、一心一意削篾片的观世音：

> 懒散怕梳妆，容颜多绰约。
>
> 散挽一窝丝，未曾戴缨络。
>
> 不挂素蓝袍，贴身小袄缚。
>
> 漫腰束锦裙，赤了一双脚。
>
> 披肩绣带无，精光两臂膊。
>
> 玉手执钢刀，正把竹皮削。

　　这是一个任何佛经、任何佛教故事里都从来没有见过的观世音！活像一个早起来不及梳妆打扮的家庭主妇。

　　已经预知通天河鱼妖作祟、准备前往收服妖怪的观世音，可真是一位为取经大业朝乾夕惕、兢兢业业的菩萨！

　　吴承恩对他笔下的"最佳女主角"观世音菩萨做过好几次外貌细描。如果说其他几次是菩萨的华严正装标准像，这次就是散漫随意、美人慵妆的生活照。这下连救师心切、最不讲究繁文缛节的孙悟空都恳求菩萨着衣登座，菩萨却手提紫竹篮儿径直踏祥云升空：不消着衣，救你师父去！

都来看活观音

　　猪八戒与沙僧看见观世音菩萨后议论道："师兄性急，不知在南海怎么乱嚷乱叫，把一个未梳妆的菩萨逼将来也。"

　　菩萨即解下一根束袄的丝绦，将篮儿拴定，提着丝绦，半踏云彩,抛在河中,往上溜头扯着,口念颂子道:"死的去,活的住! 死的去,活的住!"念了七遍,提起篮儿,但见那篮里亮灼灼一尾金鱼,还斩眼动鳞。菩萨叫:"悟空,快下水救你师父耶。"行者道:"未曾拿住妖邪,如何救得师父?"菩萨道:"这篮儿里不是?"八戒与沙僧拜问道:"这鱼儿怎生有那等手段?"菩萨道:"他本是我莲花池里养大的金鱼,每日浮头听经,修成手段。那一柄九瓣铜锤,乃是一枝未开的菡萏,被他运炼成兵。不知是那一日,海潮泛涨,走到此间。我今早扶栏看花,却不见这厮出拜。掐指巡纹,算着他在此成精,害你师父,故此未及梳妆,运神功,织个竹篮儿擒他。"

观世音菩萨是取经队伍的保护神,其实也是孙悟空的"偶像",孙悟空是观世音菩萨忠实的"粉丝"。最爱显摆的猴儿要让陈家庄信徒看一看菩萨的金面,菩萨居然答应了。猪八戒和沙僧飞跑到庄前高呼:"都来看活观音菩萨!"一庄老幼男女涌向河边,不顾泥水磕头礼拜。善图画者传下影神曰"鱼篮观音"。其实鱼篮观音的画像早就有,并不是《西游记》首创的。

西天取经路上,包括一次"化装送信"在内,观世音菩萨先后八次给取经队伍帮忙。同一人物如此频繁出现,且都是做帮助降妖的事情,如何不显得重复,怎么样出变化? 如何写得出人意料又入人意中? 这显然是对作家才气、想象力、构思能力和叙事策略等多方面的考验。吴承恩挥动如椽之笔,总能给读者带来惊喜,带来新的审美快感。汪澹漪《西游证道书》第四十九回这样评吴承恩对观世音菩萨的描写:

观音救难现鱼篮

有求之而不亲来者，收悟净是也；有不求而自至者，金毛狮是也；至于求而来，来而亲为解难者，不过鹰愁涧、黑风山、五庄观、火云洞、通天河五处耳。五处作用各不同，其中最平易而最神奇者，无如通天河之鱼篮，彼梳妆可屏，衣履可捐，而孜孜以擒妖救僧为事。其擒妖救僧也，亦不露形迹，不动声色，颂字未脱于口，而大王已宛然入其篮中。此段水月风标，千古真堪写照。

不可小觑猪八戒

通天河斗妖的故事，孙悟空当然是主力，猪八戒的作用也不可小觑。

呆子忽然变聪明，是通天河故事的有趣看点。

到通天河边时，唐僧师徒恰好赶上一场斋事末尾。唐僧客气地与庄主寒暄，知道庄主姓陈，唐僧忙称本家，问刚才在修什么斋。庄主回答说"预修亡斋"。猪八戒一听，先笑得打跌，说，我们是扯谎架桥哄人的大王，你怎么把谎话哄我？只有预修寄库斋、预修填还斋，哪有预修亡斋？他说的非常有道理：你怎么知道这个人会死，就给他预修亡斋？一旁的孙悟空暗喜："这呆子乖了些也。"

猪八戒贪吃的特点依然故我。陈家庄请他们用餐，唐僧一卷经未完，猪八戒已五六碗米饭进肚。陈家庄的伙计说他"磨砖砌的喉咙，着实又光又溜"，八戒还嚷道："斋僧不饱，不如活埋。"

到通天河边时，猪八戒知道如何用石头试水深浅；河面结的冰厚不厚？八戒用钉耙一筑即可判断：冰薄会碎裂，冰厚即筑出九个白迹；马蹄在冰上打滑，又是猪八戒想出用稻草包马足的主意；到了冰面上，猪八戒把九环锡杖递给唐僧，让他横在马上，悟空说呆子奸诈偷懒，八戒说，冰冻之上，必有窟窿，倘或踩着窟窿掉下去，若没横担之物，一下就会落水！行者暗笑："这呆子倒是个积年走冰的！"由此可见，猪八戒比孙悟空有生活经验。于是，唐僧横担着锡杖，行者横担着铁棒，沙僧横担着降妖宝杖，猪八戒肩挑行李，腰横着钉把，在冰面上朝前行进。如果没有妖怪作祟，靠猪八戒的"过冰法"，唐僧师徒本可以顺利过河的。一系列生活常识，将呆子的不呆写活了。

呆子开口就是笑料。妖怪迸开通天河的冰冻，把唐僧弄到河里边，孙悟空跳到空中，待会水的猪八戒、沙僧、白龙马浮出水面后，孙悟空问，师父？猪八戒回答说："师父姓陈，名到底了！"猪八戒这是在拿师父的姓氏开玩笑呢，玩了一把"谐音梗"，送给师父一个雅号"沉到底"。兄弟三人带白马和行李回陈家庄，陈老汉问："怎么不见三藏老爷？"猪八戒回答："不叫做三藏了，改名叫做陈到底也。"猪八戒竟用师父"沉到底"述说灾难，这是多么没心没肺的聪明话！猪八戒有时真聪明，有时自作聪明，有时聪明反被聪明误。他有机会就捉弄师兄，驮孙悟空入水时，假装跌跤，想摔孙悟空。孙悟空早已发觉，真身变成猪虱趴在猪八戒的耳朵上。猪八戒弄巧成拙，只好念诵着赔礼。简简单单的入水过程，因猪八戒的"又熊又不老实"而变得非常好看。

通天河关锁两头

通天河遇河妖，是唐僧九九八十一难中的第三十八难。清代学人张书绅提出：《西游记》中通天河一章最紧要，关锁两头，总领全部，去由此而去，回由此而回。去是道路之中，回是了道之中。这个观点颇有道理，通天河确实位于西天取经路途中间，但为什么回来是在"了道"之中？原来，唐僧脱难后，原居通天河水府的老鼋感谢唐僧他们驱逐鱼妖，帮它夺回水府，自愿驮唐僧一行过河。它有个愿望：求唐僧问问佛祖，我活了一千多岁，什么时候能修得人身？唐僧答应了下来，等真到了佛祖跟前却忘了这一茬。当然，这也是小说家故意叫他忘了的。那样，取经四人返回长安时，通天河的老鼋因为唐僧忘记找佛祖问它的因果，气愤地把唐僧师徒及经卷丢进河中，完成了九九八十一难中的最后一难，唐僧师徒才得以从陈家庄升空，驾云返回长安。由此看来，通天河的位置相当重要。

仔细研究小说的描写后，我发现，通天河还有个转折意义：如果说，通天河之前的妖精，除了白骨精和红孩儿小妖，基本上其他妖精都是天界、佛界派下来试探唐僧师徒的；那么，通天河故事之后，"土产妖精"比如蝎子精、蜘蛛精、蜈蚣精、豹子精、老鼠精渐渐抬头，他们将与天宫、佛界来的妖精一争高低。同时，自然灾害比如子母河、火焰山、稀柿胡同渐渐出现，凡间磨难如女王逼婚、市井陷害等，也向取经队伍走来。妖精出处变了，本领也变了，孙悟空对付妖精的办法也得改变，会有更多神仙参与到取经的过程，甚至孙悟空当年的死敌二郎神，都被美猴王拉进"剿妖"的队伍之中大展神通。唐僧、孙悟空、猪八戒、沙僧的个性也在一次次遇妖中更加丰满成熟。所以，不变，是笨作家的死穴；变化，是大作家的真招。《西游记》之所以那么引人入胜，就是因为作者太会变化，太会变戏法了。

金峣山兵器博览会

    好小说的要素是什么？要有发人深省的思想，要有立得住的人物，要有引人入胜的故事，要有曲折生动的情节，要有简练优美的语言。而风情绰约、情致迷人、好看耐看是小说，特别是长篇小说成功的非常重要的条件。

    风情风情，风土人情。《西游记》所写风土人情，世间多半子虚乌有，只存在作家的脑海中，却林林总总、琳琅满目、美不胜收。在优美的鱼篮观音故事之后，《西游记》用了三回的篇幅描写孙悟空大战青牛怪的故事，这三回分别是：第五十回《情乱性从因爱欲　神昏心动遇魔头》，第五十一回《心猿空用千般计　水火无功难炼魔》，第五十二回《悟空大闹金峣洞　如来暗示主人公》，一头兕怪也就是青牛怪，跟孙悟空斗得眼花缭乱。天上神将、西天罗汉也来各显神通，场面热闹，引人入胜。美猴王降妖救唐僧，变成了金峣山神佛兵器博览会。吴承恩玩了个大圈套，叫青牛怪大耍套圈。因为小小一个套圈，天宫神将纷至沓来，惊动如来，佛教圣地派出罗汉，神将罗汉祭出五花八门的武器，摆出千奇百怪的战法，非常好看。

兕怪、猴王惺惺相惜

走在去往西天的路上，孙悟空要化斋，他怕妖怪伤害师父，就用金箍棒画了个圈，嘱咐师父和师弟，你们只要不走出这圈，什么妖魔鬼怪都不怕！可是为了完成佛法注定的九九八十一难，唐僧必须走出孙悟空画的圈，必须撞到妖怪手里，完成他的劫难。这实在容易得很，有猪八戒在呢。猪八戒说："他往那里耍子去来！化甚么斋，却教我们在此坐牢！"几句话一说，唐僧果然迈出圈子。接着猪八戒进入倒垂莲的升斗门楼，"发现"几件纳锦背心，他贪小便宜穿上一件，沙僧忽然也晕头了，也穿上一件，谁知那纳锦背心原来是捆人的绳索！师徒三人掉进妖精兕怪的圈套。兕怪好像知道孙悟空是个狠角色，但仍然想吃唐僧，因为吃了唐僧肉就可以长生不老，他打算连孙悟空一起处理掉。

孙悟空化斋回来，当坊的土地报告说，唐僧落入妖精手中。孙悟空寻至妖精洞府外叫骂，出来一个名叫"兕大王"，显然是牛妖的家伙：独角参差，双眸幌亮，舌长口阔。只有一只角，倒有点儿像是犀牛。"两只焦筋蓝靛手，雄威直挺点钢枪。"两个人大战三十回合，不分胜负。魔王见孙悟空棍法齐整，连声喝彩："好猴儿！真个是那闹天宫的本事！"孙悟空也爱魔王枪法不乱，叫道："好妖精！果然是一个偷丹的魔头！"对阵夸对手，这才叫惺惺相惜！魔王喝令小妖齐来。孙悟空把金箍棒变作千百条铁棒，似飞蛇走蟒乱落向妖魔。魔王不慌不忙地从袖中取出个亮灼灼、白森森的圈子，望空抛起，唿喇一下把金箍棒套去。孙悟空翻筋斗云逃脱。

孙悟空很少流泪，这次败下阵来却流泪了。他凄惨多时，还来了一首抒情诗。他念诵道：

神昏心动遇魔头

"师父呵！指望和你：

佛恩有德有和融，同幻同生意莫穷。

同住同修同解脱，同慈同念显灵功。

同缘同相心真契，同见同知道转通。

岂料如今无主杖，空拳赤脚怎兴隆！"

这首孙悟空的抒情诗对理解他们师徒关系的发展很有帮助。三打白骨精时，猪八戒给孙悟空上眼药，猪八戒怎么说，唐僧怎么听，猪八戒怎么挑拨，唐僧怎么念《紧箍儿咒》；经过黄袍怪一事，孙悟空不计前嫌返回来救唐僧，唐僧对孙悟空的态度大大改变，认识到孙悟空是最好的徒弟，是西行路上安全的保证；在平顶山，唐僧已经叫猪八戒和沙僧听从孙悟空的调遣；救助乌鸡国国王时，唐僧更是成了徒弟的主心骨；虽然在红孩儿小妖的事上，唐僧仍然耳朵根子软，但已经不是猪八戒进谗言起的作用，而是唐僧本身的个性决定的；到了车迟国，孙悟空假装被油炸而死时，唐僧对孙悟空的感情在他的祭奠词中充分表达了出来，孙悟空不能不受到感动；通天河遇妖，唐僧已经对孙悟空这个徒弟的能力产生了极大的信任，跟孙悟空一样把拿妖精当成是耍耍。聪明的孙悟空知道他现在跟师父的关系，已经是师恩有德，师徒融合，同修同缘，同知同见。孙悟空和师父更有感情了，也更有信心保护师父，但是孙悟空打遍天下无敌手，靠的是什么？是他的如意金箍棒。现在如意金箍棒被牛妖的小圈套走了，孙悟空是因此才伤心流泪的。

猴王奏本，令人喷饭

齐天大圣降妖除魔全靠金箍棒，如今金箍棒丢了，咋逞威风？

妖怪既然夸猴王不愧闹过天宫，肯定是上界的凶星下界，那还是得到天宫求援！天宫的路被猴王走顺了。守南天门的看他又来，问他来做什么。猴王还嘴硬："来寻寻玉帝，问他个钳束不严。"他真是来问罪的？等真见了玉帝，猴王却恭顺起来，这段描写非常生动，非常有趣：

> 行者朝上唱个大喏道："老官儿，累你！累你！我老孙保护唐僧往西天取经，一路凶多吉少，也不消说。于今来在金岘山金岘洞，有一凶怪，把唐僧拿在洞里，不知是要蒸，要煮，要晒。是老孙寻上他门，与他交战，那怪却就有些认得老孙，卓是神通广大，把老孙的金箍棒抢去，因此难缚妖魔。疑是上天凶星，思凡下界。为此老孙特来启奏。伏乞天尊垂慈洞鉴，降旨查勘凶星，发兵收剿妖魔。老孙不胜战栗屏营之至！"却又打个深躬道："以闻。"旁有葛仙翁笑道："猴子是何前倨后恭？"行者道："不敢！不敢！不是甚前倨后恭，老孙于今是没棒弄了。"

这一段"猴王奏本"写得真是令人喷饭！什么叫不伦不类？这就是。美猴王在玉帝跟前向来是只大螃蟹——横着走，这次却对玉帝客气起来，恭敬起来，巴结起来。他先叫玉帝"老官儿"，且说"累你"，意思是：老哥您辛苦了。他也不敢像在南天门吹的那样，问玉帝"钳束不严"之责，而是在玉帝跟前小心翼翼地推测抢走他金箍棒的妖怪"疑是上天凶星，思凡下界"。又说他是来向玉帝汇报的（"特来启奏"），求玉帝开恩（"伏乞天尊垂慈"）。他还表示，本猴王在您这位至高无上的玉帝面前战战兢兢，吓得发抖（"战栗屏营"）。猴王汇报前先唱了个大喏，汇报后再鞠了个深躬，还来句"以闻（我汇报

完了)"。

孙悟空怎么忽然这么谦虚谨慎、礼貌周全？孙悟空什么时候在玉帝跟前如此老实本分、循规蹈矩过？胡适在《中国章回小说考证》中把猴王这番话形容为"这种诙谐的里边含有一种尖刻的玩世主义。《西游记》的文学价值正在这里"。见过齐天大圣大闹天宫的葛天翁挖苦猴王，问他为何前倨后恭。猴王倒是实话实说，我没有金箍棒啦！美猴王手中有金箍棒时，连玉帝都差点儿被轰下金銮殿！当然啦，猴王不管如何猪鼻子插葱——装相（象），也改不了一口一个"老孙"的本性。

李天王、三太子来助阵

玉帝立即让人查看天宫有无星宿下凡，结果没有！玉帝通情达理，下旨："着孙悟空挑选几员天将，下界擒魔去也。"玉帝派遣天将的权力竟交到猴王手里，看来"老官儿"这次确实受宠若惊。猴王提出，让托塔李天王与哪吒三太子带降妖兵器下界与那怪交手。

吴承恩将相貌清奇的小童男的外貌又做了一次细描，哪吒三太子好俊俏！

> 玉面娇容如满月，朱唇方口露银牙。
>
> 眼光掣电睛珠暴，额阔凝霞发鬓鬖。
>
> 绣带舞风飞彩焰，锦袍映日放金花。
>
> 环绦灼灼攀心镜，宝甲辉辉衬战靴。
>
> 身小声洪多壮丽，三天护教恶哪吒。

金峴山大规模"杀伤性武器"比赛的序幕拉开了。

哪吒三太子施展出六件拿手武器帮助齐天大圣，这是哪吒的兵器第二次在小说中出现，第一次是孙悟空大闹天宫时，哪吒用六件兵器迎战，猴王不能取胜，只能偷袭。这一次，哪吒变出三头六臂，同时拿着六件兵器望妖魔砍来。魔王也变成三头六臂，挺三柄长枪和他对峙。哪吒以降妖法力，把斩妖剑、砍妖刀、缚妖索、降魔杵、绣球、火轮儿，向上抛起，大叫："变！"一变十，十变百，百变千，千变万，如骤雨冰雹，纷纷密密，望妖魔打去。魔王不慌不忙地抛起小圈圈，把哪吒三太子的六般兵器悉数套下。曾降伏过九十六洞妖魔的英雄哪吒只好赤手逃生。

水火无奈小圈圈

天上派下来的火德星君施展出全套火器帮助齐天大圣：火枪、火刀、火弓、火箭、火棒、火车、火旗、火鸦、火马、赤鼠、火龙、火葫芦。半空中，火鸦飞噪；满山头，火马奔腾；双双赤鼠喷烈焰，对对火龙吐浓烟；火旗摇动，火棒搅行；"天火非凡真利害，烘烘焃焃火风红"。妖魔见火，全无恐惧，将他的小圈圈一下子抛起来，把火龙火马，火鸦火鼠，火枪火刀，火弓火箭，一圈子全都套去。

天上派下来的水德星君派黄河水伯神王"随大圣去助功"。水伯用小小白玉盂儿盛上半盂水，这是黄河水一半。孙悟空叫骂，妖魔打开洞门，水伯倾水，涌波如雪，水势倾天。妖怪撤了长枪，取出那个小圈圈，撑住二门，那股水都往外泛出来，没淹着妖怪，淹了这个山了。

哪吒三太子的武器被小圈套走了，虽然水火无情，但水器和火器也都被牛精拿小圈套走了，孙悟空还有什么法术呢？这牛精是何方神圣，这么厉害？

套圈套圈套套圈

孙悟空继续大战青牛怪，那个能够套住所有法宝的套圈到底是怎么回事？

天神迟到的恭维

小圈圈无所不能套，无所不能阻！哪儿来的这么个神奇的小圈圈？是何方神圣的法器？孙悟空请来托塔天王父子、火神、水神，皆不能取胜，自己又没棒可弄，孙悟空恼羞成怒，对着妖魔叫骂："吃老外公一拳！"妖魔却笑了，我使枪，猴儿使拳，岂不成了恃强凌弱？再说孙悟空那么个核桃大小的拳头，怎么对付我这锤子似的大拳？"罢！罢！罢！我且把枪放下，与你走一路拳看看！"

两个对阵者说这番话时，都笑嘻嘻的，不像你死我活的战斗，倒像心照不宣的游戏。孙悟空和妖怪使出长掌、短拳相持，像顶尖拳术教学表演：仙人指路，老子骑鹤，饿虎扑食，蛟龙戏水，蟒翻身，鹿解角，淬地龙，擎天橐，观音掌，罗汉脚，"青狮张口来，鲤鱼跌脊跃"。两人拳击数十回合不分上下。参战的李天王厉声喝彩，

水火无功难炼魔

败阵的火德星君鼓掌夸称。难道天上的神仙把这当成奥运会拳术比赛啦？孙悟空将毫毛拔下一把，变作三五十个小猴把那妖怪缠住，妖怪把圈子拿出来，将这三五十个毫毛变的小猴收为本相，套入洞中。

齐天大圣再次完败，善解人意的哪吒三太子却对当年的对手不吝夸赞之词："孙大圣还是个好汉！这一路拳，走得似锦上添花。使分身法，正是人前显贵。"

火德星君和水德星君比较讲究实际，建议孙悟空发挥特长，去把那个妖魔的圈圈偷来："大闹天宫时，偷御酒，偷蟠桃，偷龙肝凤髓及老君之丹，那是何等手段！今日正该拿此处用也。"

猴王从善如流，变个麻苍蝇，"翎翅薄如竹膜，身躯小似花心"，潜入妖洞施展神偷绝技。但是进去之后，一看到自己的金箍棒，他就心痒难耐，拿了铁棒现出原身，一路打了出去。妖魔出洞，再次与孙悟空对打几个时辰，打得"满空飞鸟皆停翅，四野狼虫尽缩头"。孙悟空打得正尽兴，妖魔却说自己得休息一会儿，虚晃一枪回洞。天神齐夸美猴王"有能有力的大齐天，无量无边的真本事"，行者突然谦虚起来："承过奖。"李天王对孙悟空来了个迟到的肯定："此言实非褒奖，真是一条好汉子！这一阵也不亚当时瞒地网罩天罗也！"大闹天宫时曾和美猴王对阵的李天王、哪吒父子同声夸奖，让猴王终于吐了五百年前被擒的一口恶气！

天宫诸神就有这点儿好处，当然不止这点儿好处：不管是同侪还是对手，只要你有才能，他们就真心佩服。看来玉宇澄清的天宫到底比人世少了些戾气，少了些俗气，少了些钩心斗角，少了些尔虞我诈。这一点，连他们的坐骑也继承下来了。不管是李天王父子，还是青牛怪，对孙悟空都有些"英雄相见恨晚"的感觉。

佛祖遣来金丹砂

孙悟空要趁晚上再次潜入妖洞，哪吒劝他休息一晚，明早再去。孙悟空笑他："小郎不知世事！那见做贼的好白日里下手？"火德与雷公说："三太子休言，这件事我们不知，大圣是个惯家熟套。"孙悟空倒给天神，特别是小哪吒，上了堂世俗人情课！

孙悟空又变作促织进入妖洞，见妖魔圈圈随身偷不得，至后面发现妖魔套来的天将兵器，还有自己那把毫毛，于是就地取材，将毫毛变三五十个小猴，拿了哪吒的刀、剑、杵、索、球、轮，拿了火神的弓、箭、枪、车、葫芦、火鸦、火鼠、火马，自个儿骑上火龙，纵起火势杀出洞来。众多妖精走投无路，被烧死大半。美猴王得胜回来。猴王和天将再次与妖魔对阵，妖魔还是套圈套圈套套圈，把哪吒、火神的兵器连同孙悟空的金箍棒尽情捞去，甚至连李天王的天罡刀和雷神的兵器也照单全收了！所有神灵都赤手，孙大圣仍是空拳。看来弄不明白这白森森的小圈圈属哪方神圣，请不来妖魔的正头香主，甭想斗过妖魔。孙悟空大概觉得总麻烦观世音菩萨，实在过意不去，只好找如来了！

唐僧历尽艰难，西天依然遥遥，孙悟空却一个筋斗就到。灵峰叠嶂，青松翠柏，白鹤青鸾，幽鸟奇花。好清静，好舒服！

如来不仅老练，还知道明哲保身。侠肝义胆的观世音菩萨听说要降妖，立即亲自出动。如来慧眼，早已看清妖魔的底细，他却不肯对孙悟空说，他说："你这猴儿口敞，一传道是我说他，他就不与你斗，定要嚷上灵山，反遗祸于我也。"看来如来很知道圈圈的主人是谁，如来也想跟他比试一番，他下令：十八尊罗汉开宝库，取十八粒金丹砂给悟空助力！

金岘山兵器展览，又多了个如来的金丹砂：

> 似雾如烟初散漫，纷纷霭霭下天涯。白茫茫，到处迷人眼；昏漠漠，飞时找路差。打柴的樵子失了伴，采药的仙童不见家。细细轻飘如麦面，粗粗翻复似芝麻。世界朦胧山顶暗，长空迷没太阳遮。不比嚣尘随骏马，难言轻软衬香车。此砂本是无情物，盖地遮天把怪拿。

很厉害，妖魔差一点儿就完蛋了，他见飞砂迷目，把头低一低，足下砂就三尺余深，他将身一纵，浮上一层，须臾足下砂又有二尺余深。怎么办？妖魔的小圈圈又拿了出来，如来的金丹砂也被收走。

原是"过函关化胡之器"

如来是"老奸巨滑"还是能掐会算？他未雨绸缪，当孙悟空领着罗汉走时，有两个罗汉落在后面，孙悟空在那儿嚷嚷佛祖打偏手，派将不派全。其实如来留降龙、伏虎两个罗汉，是将妖魔的底细告诉他们，并让他们告诉孙悟空，上离恨天兜率宫找太上老君！

孙悟空进了兜率宫，与太上老君撞了个满怀，躬身唱喏："老官，一向少看。"老君笑道："这猴儿不去取经，却来我处何干？"该不是又来偷丹？孙悟空来了段快板："取经取经，昼夜无停；有些阻碍，到此行行。"又说："西天西天，你且休言；寻着踪迹，与你缠缠。"孙猴儿眼不转睛，东张西看，忽见牛栏边童儿盹睡，青牛不在栏中。他说："老官，走了牛也！"一查，走了几天？七天。天上一日，人世七年。孙悟空立即得理不饶人地说，你那个青牛用个小圈圈，套住了天将的兵器、如来的金丹砂、我的金箍棒，那是什么宝物？并说："你这老官，纵放怪物，抢夺伤人，该当何罪？"老君说："我那金刚琢，乃是我过函关化胡之器，自幼炼成之宝。凭你甚么兵器，水火，俱莫能近他。若偷去我的芭蕉扇儿，连我也不能奈他何矣。"

看来，神魔世界所有的武器中，太上老君的芭蕉扇排在第一位，他的金钢琢排在第二位。金钢琢为什么这么厉害，研究《西游记》的学者做过各种各样稀奇古怪的追索，有的说是因为中国古代祭祀对"圆"的崇拜，有的说是因为对太阳和月亮的崇拜，所以金刚琢特别厉害。

老君的兜率宫到底是怎么回事，怎么成"失盗专业户"啦？太上老君辛辛苦苦炼出几葫芦金丹，被猴儿偷了；老君的五件珍宝，被金、银童子偷了；这次金刚琢又被青牛偷了。难道就因为这里奉行"无为而治"吗？有了太上老君，孙悟空胜券在握。他将妖魔诱出，称心如意，劈脸打个耳括子，回头就跑。妖魔提枪追赶，却听太上老君叫："那牛儿还不归家？"妖魔心惊胆战："这贼猴真个是个地里鬼！却怎么就访得我的主公来也？"老君念咒语，扇子扇两下，妖怪现出青牛本相。老君朝金钢琢吹了口仙气，将其穿在牛鼻子上，解下勒袍带，一头系在琢上，一头牵在手中，驾云回离恨天去了。

一头青牛变的妖魔，既像桃花马上施花枪的杨家将，又像哪门哪派的拳术高手；一个小圈圈，吴承恩故意两次说这是老子当年过函谷关化胡为佛之物，拿佛祖开涮。这个小圈圈在孙悟空大闹天宫时曾被用作暗器帮二郎神擒下孙悟空，现在又力敌孙悟空、李天王父子、水火星君、罗汉等人的万般兵器，将天界、佛界搅了个七荤八素。"心猿空用千般计，水火无功难炼魔"，曾把孙悟空放进八卦炉里炼过的太上老君，这次借自家青牛，总算报了车迟国时神像被丢进茅厕坑之仇。

奇怪的是，当年孙悟空大战二郎神时，太上老君和观世音菩萨观战，两人曾讨论用哪个"兵器"帮帮二郎神，是用太上老君的金刚琢还是用观世音菩萨的玉净瓶。结果太上老君的金刚琢敲到了猴王的头上。既然金刚琢有这么大能耐，老君当时为什么不用这个套圈把金箍棒套走？难道那时老君就预测到自家青牛有一天得把这圈圈的能力发挥到极致？那就留着给这畜生表演吧！而且，佛法无边的如来竟只能暗示小圈圈的主人公是谁，并不能将其收服。看来，两人间的关系真够微妙的！可能因为如来是佛教主宰，太上老君是道教主宰，他们借这个小圈圈，来了次佛道法术大比试？

经常有人探讨为什么如来明明知道太上老君是青牛怪的主人，却还要派降龙、伏虎等罗汉来帮助孙悟空。有人说，这是佛道两家斗法，太上老君给西天取经设障碍，如来不得不向他意思意思，罗汉带去的十八粒金丹砂，是送给太上老君的十八座金山。我觉得如来恐怕没这么大方。如来虽然佛法无边，恐怕也不能随便支配天下的财富。还有人推论，孙悟空在乌鸡国救国王时，到太上老君那里要金丹，太上老君说，金丹不多了。所以这次如来是派降龙、伏虎等罗汉送给太上老君炼丹需要的金丹砂。我觉得这说法也非常勉强。我不相信太上老君的兜率宫真的像人间一样用矿砂炼丹。对《西游记》这样的神魔小说，还是以欣赏它的艺术描写、人物塑造、语言成就为主，不要用厚黑学之类的视角来解构为好。

金峣山神佛武器大赛，孙悟空赛出了武艺，更赛出了处世本领，还赛出了声誉。救出唐僧并非他最得意的地方，天宫、灵山任往来，受天神恭维，受对手尊敬，那才是最让猴王高兴的事！

第五十四回　法性西来逢女国　心猿定计脱烟花

第五十八回　二心搅乱大乾坤　一体难修真寂灭

第五十九回　唐三藏路阻火焰山　孙行者一调芭蕉扇

第七十一回　行者假名降怪犼　观音现像伏妖王

第七十六回　心神居舍魔归性　木母同降怪体真

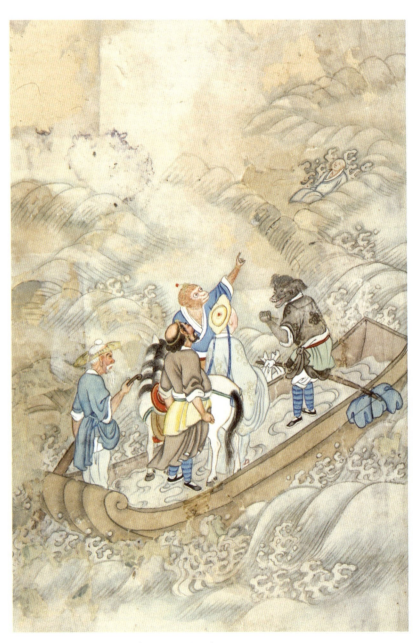

第九十八回　猿熟马驯方脱壳　功成行满见真如

品读西游记

下

马瑞芳 著

天地出版社 | TIANDI PRESS

白鹿
© Bailu Studio

目 录

唐僧、八戒差点儿当妈

师徒四人过子母河，唐僧和八戒差点儿当了妈妈。

要是这还不叫恶作剧，那什么才叫恶作剧？

奇甚幻甚，无所不至

男人居然能怀孕，而且怀孕的竟然是和尚。

出家人四大皆空，家都不要了，怎么会与生儿育女发生联系？
而且男人怎能怀孕？太离谱了吧。现代医学可以培育试管婴儿，实
现子宫、卵巢移植等，可男人怀孕的事，仍是没人去解也没人想解。
可是四百年前，它已经"真真切切"地发生在唐僧西天取经的路上。
吴承恩的奇思怪想，真是叫中外作家、科学家瞠目结舌。

《李卓吾先生批评西游记》一书在第五十三回《禅主吞餐怀鬼
孕　黄婆运水解邪胎》回末点评："这回想头，奇甚，幻甚。真是文
人之笔，九天九地，无所不至。"

唐僧、八戒差点儿当妈，其实是西梁女国故事的谐趣预演。

唐僧一行又迎来春天。他们走到柳荫垂碧、清水澄澄的河边，

"紫燕呢喃，黄鹂睍睆[1]"，似乎升平世界没有任何危险。他们要渡河，撑船的是老妇人，旧裙钗、皮粗筋硬、面容衰，声音却"娇细如莺啭"，奇怪不奇怪？孙悟空问，为什么艄公不在，艄婆撑船？妇人微笑不答，送他们过河，也不计较船费多少，笑嘻嘻径入庄屋。

这段描写似乎寻常却暗含另外的意思：这地方是西梁女国，没男人，所有重活儿、累活儿都是女人干。艄婆从来没见过男人，现在突然见到四个男人，赶紧回去当新闻讲，也就忘了提醒取经僧们：千万不要喝这河里的水！

唐僧偏偏口渴，叫八戒从河里舀水吃。舀一钵河水师父吃一少半，剩下的八戒一气饮干。不到半个时辰，两人腹痛难忍，肚子渐渐大起来了，好像里面还有血团肉块乱动。悟空建议到前边卖酒人家化些热汤吃，讨帖药治腹痛。但他刚向一个坐在草墩上绩麻的老婆婆问路，老婆婆一听说他们喝了清水河的水，便欣欣笑道："好耍子！好耍子！"确实"好耍子"，太好玩儿了——因为他们喝的是子母河水，喝下去以后便腹痛有胎，几天后就要生孩子！

吴承恩的想象实在太奇特、太诡异了，可惜这子母河水没传下来，不然能解决多少不孕难题！而在《西游记》里，这事太好办了，喝上几口水，觉得肚子里有些变化，到迎阳馆照胎泉照一照，如果是双影，那就是怀孕了，比现代科学的B超还先进。当然照胎泉不会判断男女，因为生的只会是女孩儿。而且在这里生个孩子居然这么快，平常女子怀孕五个月才有胎动，而他们刚喝下水不到半个时辰，肚子里就"骨冗骨冗"乱动，这就是胎动。太神奇了。

---

1 睍（xiàn）睆（huǎn）：指鸟色美好或鸣声清圆。——编者注

禅主吞餐怀鬼孕

冤家何处不相逢

吴承恩似乎很懂得辩证法：女儿国有迎阳馆照胎泉，就有解阳山落胎泉；有能查出是否怀孕的地方，也有堕胎的地方。可见人世间凡有什么病，必定也有专门治这种病的方法。

老婆婆告诉取经僧：到解阳山破儿洞落胎泉取水吃可解胎气，但是想要求水，必须给如意真仙送"花红表礼，羊酒果盘"。

孙悟空驾云到解阳山，见到侍从道人，就说要替师父取水，他并没准备花红酒礼，却说，你去对如意真仙说我齐天大圣孙悟空来了，"他必然做个人情，或者连井都送我也"。他总是自我感觉良好。

如意真仙听说悟空来了，怒从心头起，取如意钩出来迎敌。冤家何处不相逢，这个如意真仙竟然是红孩儿的叔父！牛魔王已经写信告诉他，红孩儿被孙悟空害了。

如意真仙说："我这里正没处寻你报仇，你倒来寻我，还要甚么水哩！"

悟空赶快赔笑叫"先生"，说，我与令兄曾拜七弟兄，令侄跟着观世音菩萨做了善财童子，得了大好处，我们都不如他，你怎么反怪我？如意真仙却大骂"泼猢狲"，扬言要"把你剁为肉酱"，给侄子报仇。两个人战十数合，真仙不敌孙大圣，拖着如意钩走了。悟空可以打水了，如意真仙在悟空打水时继续阻挠，两次将悟空钩倒，连水桶、绳索都掉到井下了。悟空居然忘了他可以用毫毛变出各种东西的本领，其实拔几根毫毛变成小猴，把真仙纠缠住就行了，这时他居然还得把沙僧叫来，用调虎离山计，自己跟真仙厮打，由沙僧取水。

悟空明明能一棒打死如意真仙、轻松取水，为什么却留了一手，"打死不如放生"？估计有两个原因：一者，他是为给师父、师弟求水治病而来的，做出伤及他人性命的事，似乎没有必要；二者，如意真仙乃牛魔王之弟，他想给老牛留个面子。悟空一开始就宣布"我来只是取水"，后来见沙僧已经取到了水，又对如意真仙说："老孙若肯拿出本事来打你，莫说你是一个甚么如意真仙，就是再有几个，也打死了。"真仙还要继续打，悟空夺过如意钩，先折为两段，再摵作四截。可见，如意钩与金箍棒的威力没有任何可比性。悟空跟如意真仙对打，基本是给他点儿面子逗他玩儿了。

特意搞笑，放肆取笑

取到了落胎泉的水，水到胎落，九九八十一难之四十二难"吃水遭毒"算是平安渡过了。

小说的这一段有很多谐趣的描写，"猪八戒做孕妇"是吴承恩特意搞笑的情节。

刚知道怀孕后，八戒扭腰撒胯地哼哼："要生孩子，我们却是男身！那里开得产门？"悟空说："一定从胁下裂个窟窿，钻出来也。"八戒腹疼扭动，沙僧说："二哥，莫扭，莫扭！只怕错了养儿肠，弄做个胎前病。"八戒慌了，眼中嚼泪，要悟空找产婆："想是摧阵疼。快了！快了！"沙僧又笑："只恐挤破浆泡耳。"沙僧取水回来，见八戒腆着肚子哼哼。悟空问："呆子，几时占房的？"饮水落胎后，八戒要求洗澡，肮脏的老猪忽然讲卫生了。沙僧又说："哥哥，洗不得澡。坐月子的人弄了水浆致病。"八戒吃了十数碗饭还想添，悟空笑道："莫弄做个'沙包肚'，不像模样。"八戒说："我又不是母猪，怕他做甚？"悟空、沙僧有了放肆取笑八戒的机会，这当然也说明吴承恩对妇产科的相关知识有一定程度的了解。这一系列和生孩子有关的包袱，叫人笑破肚子。不知作者怎么琢磨出来的！

子母河闹剧的搞笑重点，当然是八戒差点儿当了妈。唐僧也陪着遭罪，但悟空和沙僧取笑捉弄的对象只能是八戒，这也算"有事弟子服其劳"吧。

渡过九九八十一难，唐僧必须亲力亲为才能完成，所以他也必须先喝子母河的水，再喝落胎泉的水。按说写小说可以开玩笑也应当开玩笑，但"善戏谑兮，不为虐兮"，吴承恩这次的玩笑开得有点儿过头，至少让一本正经的唐僧太尴尬了。不过，从小说构思的紧张与轻松来说，一部长篇小说如果总是一个劲儿打打杀杀、斗法斗智，总是一些大场面，也很没趣。突然出现一段匪夷所思的笑料，可能会更好看。这大概就是紧接着"金岘山大战"之后，吴承恩写"子母河风波"的缘由。

总是悟空除妖，恐怕读者也会觉得有点儿单调，九九八十一难不是主要针对唐僧的吗？在娘肚子里的时候，爹就被强盗谋害，一出生就被娘丢到江中，他是不是一心向佛、一心求经，连观世音菩萨都得化装侦察。现在最严峻的考验来了，女儿国国王要招他做夫婿，让他将来做国王。

唐御弟假婚脱网

西天取经遇到新障碍，唐御弟遭遇女儿国国王，痴情的女儿国国王要招唐御弟为夫婿，唐僧怎样以假婚的方法从女儿国脱身？

美色、权力、财富，打包送上门

对一般男人来说，美色、权力、财富，任何一种诱惑，都难抵挡。而西梁女国国王把美色、权力、财富同时给唐僧送上了门。

西梁国女王听说来了一位大唐御弟，且"相貌轩昂"，一心招唐御弟为婿，情愿自己做王后，于是派太师前往说亲。唐僧听了，"低头不语"。太师接着劝解：我们女王有托国之富，请御弟速允。唐僧"越加痴哑"。唐僧为何不说话，为何装聋作哑？有人歪评，唐僧其实想留下做国王，只是守着徒弟不好意思说。难道唐僧的取经志向真的动摇了？看后边的文字，根本不是这么回事。

对取经产生动摇的，还是那个动不动想散伙的八戒，他对太师说："太师，你去上复国王：我师父乃久修得道的罗汉，决不爱你托国之富，也不爱你倾国之容；快些儿倒换关文，打发他往西去，留我在此招赘，如何？"

女儿国太师被八戒吓得胆战心惊。驿丞说八戒太丑了，八戒来了两句俗话："粗柳簸箕细柳斗，世上谁见男儿丑？"

"你这猴头，弄杀我也！"

孙悟空突然通情达理起来，先说："任师父尊意。可行则行，可止则止。莫要担阁了媒妁工夫。"好像悟空对师父的取经志向也拿不准了。

接着悟空根本不征求师父的意见，就对太师说："情愿留下师父，与你主为夫。快换关文，打发我们西去。待取经回来，好到此拜爷娘，讨盘缠，回大唐也。"还没见到女儿国国王，就先把"娘"叫上了，孙悟空是自作主张吗？倒也不是，其实太师来求见时，孙悟空就成了诸葛亮，未卜先知地道出太师是来说亲的，嘱咐"师父只管允他，老孙自有处治"。

女儿国太师一走，唐僧扯住悟空骂起来："你这猴头，弄杀我也！……我就死也不敢如此！"悟空说，这是将计就计：师父如不答应，她不肯倒换关文，我们就没法过关；如果使出降魔荡怪的神通，把这一国的人全都打杀了也不合适，她们毕竟不是妖精，师父您慈悲为怀，于心何忍；师父假装答应亲事，等女王把通关文牒用印画押，摆完送行宴，您就说要送我们出城，那时沙僧扶您上马，我使定身法定住女王君臣，我们只管西行，一昼夜后我解了法让她们苏醒，她们也只能回城了。唐僧说，此计甚好。

"御弟哥哥"演技爆棚

唐僧带着的通关文牒，在小说里多次起作用，它像现在出国的护照，到哪儿都离不开，是西天取经的执照凭信。唐僧离开唐朝时，领下通关文牒；回到唐朝时，交回通关文牒。走到任何一个国家，不管国王身边有什么妖精，唐僧都必须找国王盖上印章才能通过这个国家，所以就有了在若干个国家——比如乌鸡国、车迟国等，先降妖后通关的故事。到了女儿国，国王要留下唐僧做夫婿，而唐僧决心西行，怎么办？那就假装答应跟女王结婚，请女王给盖上女儿国的大印放行，表面上是放行徒弟，实际上按照孙悟空的计划稍做手脚，师父就跟徒弟一起走了。

孙悟空自编自导了一出"假婚脱网"，"假婚"也就是假装结婚，主角得唐僧演。在女王眼中，大唐御弟一表人才。多情的女王创造了一个似乎互相矛盾的称呼"御弟哥哥"，到底是"御弟"还是"哥哥"？其实既是"御弟"也是"哥哥"，是大唐皇帝的"御弟"，也是女儿国国王的"情哥哥"。在女儿国国王眼里，唐僧实在太帅了：

> 丰姿英伟，相貌轩昂。齿白如银砌，唇红口四方。顶平额阔天仓满，目秀眉清地阁长。两耳有轮真杰士，一身不俗是才郎。好个妙龄聪俊风流子，堪配西梁窈窕娘。

其实唐僧不可能是"妙龄聪俊风流子"，孙悟空背后经常叫他"老和尚"，即使不十分老，至少是个半老和尚。但是为了小说构思的需要，吴承恩在这一回里把他夸张成"妙龄"男子，这是从女王角度看，也可以说是"情人眼里出潘安"。而女儿国国王是真"西施"，小说描绘她的模样，"眉如翠羽，肌似羊脂""秋波湛湛妖娆态，春笋纤纤娇媚姿"。皮肤细腻，五官端正，连手指头都像春笋一样。

从没见过男人的女王对男女之爱好像无师自通，一见唐僧即呼："大唐御弟，还不来占凤乘鸾也？"唐僧耳红面赤，羞答答不敢抬头。这是一种本能反应。女王走近前一把扯住他，俏语娇声："御弟哥哥，请上龙车，和我同上金銮宝殿，匹配夫妇去来。"唐僧好像有点儿抵挡不住了，"战兢兢立站不住，似醉如痴"，不知道怎么表演了。幸亏孙悟空在一边做"剧情引导"："师父不必太谦，请共师娘上辇。快快倒换关文，等我们取经去罢。"促狭的猴儿连"师娘"都叫上了，却把"假婚"的关键词"倒换关文"说得非常明白。他这样一提醒，"大叔级"演员唐僧也渐入角色，和女王携手共坐龙车。女帝真情待"夫君"，唐僧却琢磨如何逃脱罗网。忠厚老实的唐僧在孙猴子施眼色后，还表演出夫妇间的厮抬厮敬——女王"敛袍袖，十指尖尖，奉着玉杯，便来安席"。唐僧也只得擎玉杯，给女王安席。

痴情女王按孙悟空设计的剧情做上了"最佳女主角"，宴会后就倒换关文，送唐僧的徒弟出城，她还细心地叫手下的人取笔砚来，在通关文牒添上孙悟空、猪悟能、沙悟净三个人的法名，印上西梁女国大印。这样一来，孙悟空三兄弟的身份有了正式"法律文本"。可怜的痴情女王，她肯定想，既然我把唐御弟留下来做夫君，他的徒弟们怎么拿他的通关文牒经过后边的国家？必须把这几个徒弟的名字写到上边，他们才能通关，这样一来，就像个人护照变成了集体护照。但女王怎会想到，自己是在"为他人做嫁衣裳"！

猪八戒煞有介事

孙悟空导演的"假婚"骗局，唐僧担惊受怕，悟空运筹帷幄，真正得实惠的是八戒。他借着师父的"成亲宴"放开肚子吃美了，乐悠悠地边吃边喝，还嚷着添饭、换大杯！

八戒"一骨辣噇了个罄尽"，都吃了些什么？玉屑米饭、蒸饼、糖糕、蘑菇、香蕈、笋芽、木耳、黄花菜、石花菜、紫菜、蔓菁、芋头、萝蔔、山药、黄精……看看女儿国这些食材，有哪一样不是中国大地上出产的？有哪一样是明代之前从国外进口的？一样也没有。读者跟着取经僧走了五万多里路，实际上还没迈出国门呢。

八戒的语言才能又充分发挥出来了。他煞有介事地对沙僧说："古人云：'造弓的造弓，造箭的造箭。'我们如今招的招，嫁的嫁，取经的还去取经，走路的还去走路，莫只管贪杯误事。快早儿打发关文。正是'将军不下马，各自奔前程'。"

一向愚笨的八戒，这个时候突然聪明了，他把师父成亲说成真事一般，还冒出一句"莫只管贪杯误事"！他想干吗？赶快倒换关文上路。女王命取大杯来，拿出只有王宫里才可能有的珍贵酒器，"鹦鹉杯、鸬鹚杓、金叵罗、银凿落、玻璃盏、水晶盆、蓬莱碗、琥珀钟"，让八戒把玉液琼浆喝了个肚儿圆。接着，女王送金银绫锦，被悟空谢绝；送御米三升，八戒却马上接了过来。悟空问："行李见今沉重，且倒有气力挑米？"八戒笑道："米好的是个日消货。只消一顿饭，就了帐也。"呆子其实一点儿不呆，还是非常务实的。

这么一场假婚骗局，如果让唐僧说明，还真不好说；让悟空道明，也不大好道；这场"大型魔术"泄底还得靠八戒。唐僧假称送徒弟出城，向女王道别，打算趁机逃走。女王还想扣留他，八戒嘴

心猿定计脱烟花

乱扭，耳乱摇，闯至女王驾前嚷："我们和尚家和你这粉骷髅做甚夫妻！放我师父走路！"可见在八戒看来，如果不能跟他成就好事，女王就成了"粉骷髅"；女王被八戒的"撒泼弄丑"吓得魂飞魄散，跌入辇驾之中。

唐僧、悟空把女王骗了一通，最后"恶人"却是八戒来做。有趣不有趣？

女儿国是最严峻的考验

汪澹漪在《西游证道书》第五十四回中指出，西梁女国是对唐僧最难、最大、最严酷的考验。一部《西游记》中，从观世音菩萨邀请文殊、普贤菩萨和黎山老母扮成母女四人招亲的"四圣"，到接近灵山时出现的玉兔精冒充的天竺国公主，都是非仙即妖，都不适合做人类的伴侣。而西梁国女王是和唐僧一样的人类，她的优越"条件"超过所有女妖：美丽超过仙女、女妖精，富足超过"四圣"，地位高于玉兔精冒充的公主。西梁国女王是把人间对男人诱惑最大的几种事物集中到一起考验唐僧。《西游证道书》中这样说：

> 一部《西游》中，惟女魔最多。始于四圣，终于天竺玉兔；复间以尸魔、杏仙、蝎、鼠、蜘蛛之类，参差错出，不为少矣。而其中最危而最险者，无如西梁女国。曷言之？彼四圣圣也，尸魔、杏仙、蝎、鼠、蜘蛛、玉兔皆妖也。圣则不敢为偶，妖则不可为偶，虽愚夫或犹能勉强自持。若西梁国之女王，固宛然与我同类之人也。言其容饰之艳丽，则诸妖不如；言其居食之富贵，则四圣不如；言其爵位之尊崇，则天竺公主亦不如。

极人间世可喜可慕之事，更无有过于此者。如是则当之而不惑者，不亦难乎？而三藏于此独能见色不迷，见欲不乱。故吾谓西方路上苟无西梁女国则已，若有西梁女国，则十万八千里中，当以此为第一奇逢。而唐僧八十一难中，亦当以此为第一大难。所谓处逆境易，处顺境难也。

这番话说得非常有道理。

可怜的取经僧刚刚从女儿国借假婚摆脱罗网，接着却被更厉害的"色魔"摄走了。

唐僧再遇风月魔

　　《西游记》小说总是一波未平，一波又起，山重水复，层峦叠嶂。唐僧正要从女儿国离开，谁想到"脱得烟花网，又遇风月魔"。西梁女国都城外，唐僧已经在沙僧协助下跨上了白龙马，孙悟空马上要对女王及其手下太师等行定身法，他们眼看就可以安全离开女儿国，这时却突然冒出个女妖，喝道："唐御弟，那里走！我和你耍风月儿去来！"一阵旋风把唐僧摄走了。

高僧对女魔虚与委蛇

　　这两次对唐僧形成威胁的都是女性，但是女性和女性不同，第五十五回回目《色邪淫戏唐三藏　性正修持不坏身》，说得再清楚不过，妖精千方百计用色相来诱惑唐僧，"风月"对唐僧形成了真真切切的威胁。西梁国女王虽然不住地和唐僧偎香腮说情话，但毕竟她要顾及国体和女王身份；而女妖和女王完全不一样，她对唐僧是赤裸裸的色诱。

　　按佛教义，高僧只要破了色戒，就功德尽失了。唐僧能不能经得住考验？悟空第一次变小虫飞到妖精的洞中，看到师父"面黄唇白，眼红泪滴"，就嗟叹："师父中毒了！"女妖邀请唐僧进餐，"那怪将一个素馍馍劈破，递与三藏。三藏将个荤馍馍囫囵递与女怪"。难道唐僧和妖怪"举案齐眉"了？悟空有些担心，再听两人对话，女妖说："你出家人不敢破荤，怎么前日在子母河边吃水高，今日又好吃邓沙馅？"唐僧道："水高船去急，沙陷马行迟。"女妖的意思是，你既然不破荤，你前日怎么在女儿国差点儿当了妈？你怎么还吃这种有美色的豆沙馅儿？这是故意挑逗唐僧，而唐僧回答的话很有禅机，表示自己都是身不由己，不可能受到引诱：女儿国已经过去了，现在我是被你绊住腿，去不成西天，但我肯定还会想办法离开这个地方。就像水再急浪再大，船儿还会破浪前行；马儿陷进沙地里，只不过是暂时被绊住了。悟空摸不着头脑，更担心师父被女妖引诱，于是现出原形与妖精对打。悟空哪里知道唐僧这两句似乎暧昧含混的"禅语"，其实是唐僧小心谨慎的表现。唐僧知道，现在打交道的，不再是温文尔雅的西梁女王，而是时刻可能吃人的妖精。与其和妖精死扛，不如虚与委蛇，说两句叫女妖摸不着头脑的话，活着等徒弟来救，才是硬道理。

女妖居然是个"文学青年"

女妖自我感觉特别好，先说孙悟空进洞是"偷窥我容貌"，似乎普天下的人都想看她的尊容，接着她声称"雷音寺里佛如来，也还怕我哩"。她鼻中出火，口内生烟，身子一抖，不知有几只手，三股叉飞舞，没头没脸地扑向悟空和八戒。三人对打多时，不分胜负。这个女妖同时对付悟空、八戒师兄弟二人，对战好久都不分胜负，然后她还使出个"倒马毒桩",在悟空头上扎了一下,使悟空负痛败阵而走。悟空纳闷儿,这到底是啥妖怪,原形是什么?用的什么尖端武器这么厉害?我怎样才能克敌致胜?

其实妖怪住的地方"毒敌山琵琶洞",这个地名已经暗示出这个女妖是蝎子精。琵琶形似蝎子的体形;女妖用的钢叉是蝎子的双螯,倒马桩是蝎子尾巴。蝎子多足,孙悟空才看不出这个女妖有多少只手。最厉害的是她的"毒",雷打不坏、刀砍不破、八卦炉里炼过的猴王脑袋,却被倒马桩蜇伤了。

妖精毒出了水平,更毒的是她营造的"温柔乡"。唐僧抵挡住了,所谓"唐三藏咬钉嚼铁,以死命留得一个不坏之身"。女妖在色诱唐僧的同时,两人还唇枪舌剑、针锋相对地辩论:

（唐三藏）目不视恶色,耳不听淫声。他把这锦绣娇容如粪土,金珠美貌若灰尘。一生只爱参禅,半步不离佛地。那里会惜玉怜香,只晓得修真养性。那女怪,活泼泼,春意无边;这长老,死丁丁,禅机有在。一个似软玉温香,一个如死灰槁木。那一个,展鸳衾,淫兴浓浓;这一个,束褊衫,丹心耿耿。那个要贴胸交股和鸾凤,这个要面壁归山访达摩。女怪解衣,卖弄他肌香肤腻;唐僧敛衽,紧藏了糙肉粗皮。女怪道:"我枕剩衾闲何不睡?"唐僧道:"我头光服异怎相陪!"那个道:"我愿作前朝柳翠翠。"这个道:"贫僧不是月阇黎。"女怪道:"我美若西施还嫋娜。"唐僧道:"我越王因此久埋尸。"女怪道:"御弟,你记得'宁教花下死,做鬼也风流'?"唐僧道:"我的真阳为至宝,怎肯轻与你这粉骷髅……"

色邪淫戏唐三藏

女妖还是个"文学青年"，她引用话本小说《月明和尚度柳翠》的故事，劝说唐僧与她结合。唐僧全不动心，女妖恼羞成怒，将唐僧捆了起来，自己睡了。洞外的徒弟则在讨论师父会不会"丧了元阳"。八戒认为师父根本不可能顶得住美女的诱惑，又说了一句生动的俗语："干鱼可好与猫儿作枕头？"悟空也有点儿嘀咕，但他还是说，如果师父禅心未动，咱们还得救师父西天取经去。悟空二次变成小蜜蜂飞进洞，听到师父说"我宁死也不肯如此"，于是飞到洞外喊八戒再次进来和妖怪交战。八戒与妖怪交手，嘴上着了倒马桩。悟空忙里偷闲地说笑话："好呆子啊！昨日咒我是脑门痛，今日却也弄做个肿嘴瘟了！"

女妖是个"佛见愁"

三兄弟一筹莫展，一个老妈妈来了。悟空见这老妈妈"头直上有祥云盖顶，左右有香雾笼身"，知道是菩萨来了，赶快叫八戒、沙僧一起下拜。观世音显圣说：这妖怪十分厉害，她那三股叉是生成的两只钳脚，把人扎痛的是尾巴上的钩子，叫"倒马毒"；她本身是个蝎子精，曾在灵山听佛祖谈经，如来看到她，推了她一把，结果如来的中指被她扎了，疼痛难忍，佛祖派金刚拿她，她却溜走了，跑到这里成精。观世音菩萨表示，这次我不能出面帮你们了，你得另请高明，因为"我也是近他不得"。小小蝎子精，居然成了"佛见愁"！

俗话说"好鞋不踩臭狗屎"，连如来都能被蝎子精扎得手指头疼，观世音菩萨也不乐意和这样的毒物交手，但是一物降一物，自然有专门对付蝎子精的神灵。观世音菩萨指点悟空到东天门里的光明宫去求天宫二十八宿之一的昴日星官。

悟空又上了天宫，而昴日星官冠簪执笏、一身金缕，刚拜过玉帝。他对悟空自称"小神"，因悟空求救，他连玉帝都没请示，也没在自己宫里请悟空喝茶，立即驾云前往毒敌山帮悟空救唐僧。看来悟空在天宫着实有面子。

真是一物降一物！昴日星官在妖洞前变成一只六七尺高双冠大公鸡，"花冠绣颈若团缨，爪硬距长目怒睛"，对着妖精叫一声，这个曾令悟空头疼、叫八戒嘴疼的女妖立即现出了本相——一只琵琶大小的蝎子。星官再叫一声，蝎子精便死在坡前，被八戒捣成烂酱。

悟空除掉蝎子精之后，并没有像除掉其他妖精之后那样对小妖斩尽杀绝，因为蝎子精的丫鬟都是她从西梁国掳来的人间女子。她们被释放回家，之后她们肯定要将唐僧如何坐怀不乱的事迹向女王好好描述一下，失恋的女王大概可聊以自慰了。

在第五十五回《色邪淫戏唐三藏　性正修持不坏身》的回末有两句诗：

> 割断尘缘离色相，推干金海悟禅心。

这是对唐僧先在女儿国后在毒敌山琵琶洞两次拒绝诱惑的赞扬。唐僧既顶住了女儿国国王的举国之富，也顶住了女妖赤裸裸的美色勾引。内无所损，外无所伤，上马西行，见佛有望。

《李卓吾先生批评西游记》第五十五回末尾有两段带明显敌视女性色彩的点评，我非常不喜欢：

> 人言蝎子毒，我道妇人更毒。或问："何也？"曰："若是蝎

子毒似妇人，他不来假妇人名色矣。"为之绝倒。

　　或问："蝎子毒矣，乃化妇人，何也？"答曰："以妇人尤毒耳。"

　　这番话很叫人怀疑，它是印在《西游记》后边的，还是印在《金瓶梅》后边的？或者不管是《西游记》还是《金瓶梅》的作者，都有封建社会的性别观念。存在决定意识，这当然是不可避免的。

　　悟空多次降妖，但是他不久后却被师父轰走了。《西游记》中特别有名的故事，舞台上令观众开心不已的"真假美猴王"，马上登场。

唐僧写贬书逐猴王

　　《西游记》是古代小说神、佛、道、妖的总亮相。西天取经遇妖，无奇不有，无妙不臻。神、佛、道、妖有时单打独斗，有时拉帮结伙。各个章回中的角色，有时密集，有时稀疏；各个章回的情节设置，有时紧张热烈，有时细腻巧妙。吴承恩非常懂得写小说情节必须有密有疏，故事必须张弛有度的道理。他的设置一般是前几章人物众多，粗笔勾勒；后几章人物稀少，细笔工描。写几章单线小场景之后，必然会插叙多人会合的大场面。在人物简单的西梁女国、毒敌山蝎子洞之后，真假美猴王的故事来了次神佛大点卯、神佛降妖技能大比拼。从天宫到地府，从观世音到如来，都得经受假猴王的降魔检验。五光十色的神魔世界充满洞察人生的深刻智慧。

师徒面是背非有二心

　　如果说西梁女国和毒敌山蝎子洞主要是唐僧接受考验，那么真假美猴王则是唐僧师徒都得经受他们因为"二心"而引来的考验。一定要注意"二心"这两个字。

真假美猴王发生的序幕是孙悟空又被师父轰走了。上次悟空被唐僧轰走，是因为他打死了被唐僧认定是平民的白骨精，这次是因为他打死了想抢劫四人的强盗。师徒之间的矛盾有个渐渐激化的过程。

四人离开毒敌山，八戒嫌马走得慢，悟空把金箍棒一晃，白龙马飞奔出十几里地，结果唐僧独自遇到了拦路抢劫的一伙强盗。他们向唐僧强索财物，唐僧说没有财物，讲出两句很有哲理的话来："只是这世里做好汉，那世里变畜牲哩！"高僧劝世的话，对强盗无异东风吹马耳，强盗还是逼索财物，唐僧被逼无奈只好撒谎，说，我有个小徒弟身上有几两银子，等他来送给你们。强盗把唐僧吊在树上，孙悟空远远望见师父被吊了起来，于是变成一个小和尚走过去试探。唐僧见了悟空，竟然提出把白龙马送给这伙强盗。悟空挖苦师父"皮松"："唐太宗差你往西天见佛，谁教你把这龙马送人？"然后跟强盗谎称自己包袱里有钱。强盗们听了悟空的话，放走了唐僧，找悟空要钱。悟空先是捉弄了强盗们一番，强盗们发觉上当，对悟空一阵乱打，悟空毫发未伤，拿出金箍棒，打死了两个强盗，其他几人也吓跑了。唐僧知道悟空打死人后，觉得有些过分，"口里不住的絮絮叨叨，猢狲长，猴子短"，让八戒撮土挖坑掩埋强盗，他念起推卸责任的《倒头经》：

拜惟好汉，听祷原因：念我弟子，东土唐人。奉太宗皇帝旨意，上西方求取经文。适来此地，逢尔多人，不知是何府、何州、何县，都在此山内结党成群。我以好话，哀告殷勤。尔等不听，返善生嗔。却遭行者，棍下伤身。切念尸骸暴露，吾随掩土盘坟。折青竹为香烛，无光彩，有心勤；取顽石作施食，无滋味，有诚真。你到森罗殿下兴词，倒树寻根，他姓孙，我姓陈，各居异姓。冤有头，债有主，切莫告我取经僧人。

这个师父真够自私的。擅长进谗言的八戒赶紧出来撇清："师父推了干净，他打时却也没有我们两个。"唐僧立即又撮土为香祷告："好汉告状，只告行者，也不干八戒、沙僧之事。"

悟空此时虽然气愤，但还想平心静气跟师父讲理，他笑着说，师父忒没情义，我费尽劳苦保护你，打死毛贼，你倒教他去告我。然后悟空攥着铁棒祝祷：遭瘟的强盗，你听着！我是被你惹恼了性子才将你打死的，你们尽管去告，老孙不怕！"玉帝认得我，天王随得我；二十八宿惧我，九曜星官怕我；府县城隍跪我，东岳天齐怖我；十代阎君曾与我为仆从，五路猖神曾与我当后生；不论三界五司，十方诸宰，都与我情深面熟，随你那里去告！"

师徒的祷词显示出不同的个性，师父善恶不分，徒弟除恶务尽；师父只求自保，徒弟一心为师。"圣僧"到底"圣"在什么地方？已经是"师徒都面是背非"，他们的关系出现裂痕了。这时师徒四人是什么心态？唐僧是"怀嗔上马"，对悟空心怀不满。估计他一方面不满意悟空随意打死人，另一方面不满意悟空目无尊长，说师父"皮松"，这伤害了他的自尊心。后者恐怕比前者更严重，但他还是暂时隐忍了，因为他毕竟得靠悟空的保护才能安全前行。而悟空呢，小说里写"孙大圣有不睦之心"，所谓"不睦之心"，就是跟师父、师弟不和睦的心，他可能觉得自己明明是为了保护师父、师弟才打死强盗，而师父却喋喋不休地抱怨自己，师弟又赶快推卸责任，这都让他感觉心寒。而八戒和沙僧呢，"八戒、沙僧亦有嫉妒之意"。他们为什么忌妒呢？可能一方面是因为悟空能力太强了，凡有了妖精，都是他出来降伏，一点儿也显不出他们两个的能力，使他们未免有些失落；另一方面是因为悟空太盛气凌人了，他跟师弟们说话总是一副高高在上、比师父还师父的态度。

师徒都"面是背非"，再遇到新的矛盾就很容易爆发了。

"老和尚负了我的心"

吴承恩特别擅长处理微妙的人际关系，强盗头子杨某偏偏有对善良的父母，而这对善良的老人偏偏为唐僧师徒准备饭食，还安排他们在自己家住下。在跟杨家老人闲谈时，老人叹息着说，自己的儿子专门打家劫舍、杀人放火，相交的都是狐朋狗党，已经五天没回家了。唐僧一方面叹息，"如此贤父母，何生恶逆儿"，一方面担心，孙悟空打死的强盗会不会是杨家的儿子。疾恶如仇的悟空马上对杨家老人说："似这等不良不肖，奸盗邪淫之子，连累父母，要他何用！等我替你寻他来打杀了罢。"老人说，虽然儿子不好，但自己只有这一个儿子，"一定还他与老汉掩土"。杨家的儿子得留着给善良的父母养老送终，这个念头就留到唐僧心里了。

接着小说就交代道，杨家的儿子果然在那个强盗团伙中，但他不是被打死的两人之一，当时侥幸逃跑了。然后他们一伙人回家，发现唐僧师徒居然在自己家留宿，于是打算害死师徒四人。杨家老人闻讯连忙悄悄放走了师徒四人，杨某带着几个匪徒穷追不舍，悟空挥动金箍棒，像狂风扫落叶一样把贼人打得落花流水。唐僧看到强盗被打倒，于是放马奔跑，八戒、沙僧紧随其后。其实事情已经算是结束了，但悟空做了一件过于强横、冷酷的事，他问明哪个是杨家的儿子，然后竟然割下这个人的脑袋，血淋淋地提到唐僧马前给师父看。在悟空看来，他可能认为自己做了一件好事，因为他原来就要替杨老汉打杀不肖之子，现在真的打杀了。但在唐僧看来，悟空的举动越过了他的底线，一是太残忍，杀了人还要枭首，这在当时是非常严重的惩罚，让这个人成了"无头鬼"，这种血腥的场面让唐僧难以忍受；二是想到杨家老人那么好的人，他儿子再不好，人家也指望着儿子为自己养老送终，现在悟空杀了人家唯一的儿子，唐僧觉得于心不忍。其实吴承恩早有安排，善良的杨家老人已经有了孙子，将来仍然会有人给他养老送终。

唐僧见悟空打死了杨某并割下头颅，瞬间积怨爆发，先是念了一阵《紧箍儿咒》，然后就轰走了悟空。悟空怕唐僧再念《紧箍儿咒》，赶紧驾着筋斗云离开了。但是悟空走投无路，心情郁闷，他琢磨着，回花果山恐小猴们见笑，投奔天宫恐不容久住，投海岛羞见诸仙，奔龙宫又不想求告龙王。"罢！罢！罢！我还去见我师父，还是正果。"他又回去找到唐僧他们，求师父留下自己，但唐僧坚决不留，而且又开始念《紧箍儿咒》，八戒和沙僧也不劝说。悟空面临师父离心离德、师弟三心二意的境况，感觉伤心至极。他驾起筋斗云后忽然省悟道："这和尚负了我心，我且向普陀崖告诉观音菩萨去来。"

"好泼猢狲，打杀我也！"

"行者望见菩萨，倒身下拜，止不住泪如泉涌，放声大哭。"男儿有泪不轻弹，悟空在观世音菩萨面前，像是一个受了委屈的孩子。菩萨还是批评悟空不善，"草寇虽是不良，到底是个人身，不该打死"。观世音菩萨说得对不对？既对也不对。杨某确实是人身，而且是善良的杨家老人唯一的儿子，似乎不该就这么打死，但是人世间

道昧放心猿

有多少人比妖魔还坏？而且双方对垒时，对方要杀我，我还能好言好语地劝他不要杀我、不要抢我的财物吗？对方是不会听的。悟空只能挥起金箍棒打退强盗，只是他后来割下杨某的头让唐僧看，就有些过分了。观世音菩萨的慧眼看到唐僧顷刻间有伤身之难，告诉悟空"你只在此处，待我与唐僧说，教他还同你去取经"。悟空于是只好忍气吞声地侍立在观世音身旁等待。

悟空上次被逐，就直接回了花果山，这次为什么却担心自己手下的小猴会嘲笑自己？其实这是小说家故意安排的，写小说既不能重复别人，更不能重复自己，而且悟空待在观世音菩萨身边，正好可以说明之后去打唐僧的"美猴王"是假的。

唐僧饥渴难当，派八戒找水久久未回，又让沙僧去催八戒，自己一人在原地等待。这时，"美猴王"——其实是一只神通广大的六耳猕猴，出现在唐僧身边。这只六耳猕猴知道悟空被师父驱逐，故意冒充悟空前来，大概想混入取经队伍，不知是不是也想修成正果。唐僧仍认为他是悟空，不理他。六耳猕猴喝骂"狠心的泼秃"，抡起铁棒击打唐僧脊背。唐僧被打昏在地，不能言语，假猴王提着青毡包袱驾云离开了。

读者如果细心，即使不知道来到唐僧身边的"猴王"乃六耳猕猴，从他的言谈举止也能看出"猴王"是假的，因为：

第一，他的用词不对。悟空从没骂过师父"泼秃"，也不会这样对师父说话。

第二，他用的"金箍棒"不对。如意金箍棒重一万多斤，人被扫一下就能死，唐僧脊背上被"砑了一下"，却只是昏倒，就显得有些不合理了。看来这"金箍棒"只是貌似美猴王的如意金箍棒，重量和威力都不够。

但唐僧想不到这些，他见八戒和沙僧回来就说："好泼猢狲，打杀我也！"还派沙僧到花果山要行李。沙僧到了花果山，却被假猴王带领一众小猴围攻，行李自然没要到，只好也去南海找观世音菩萨了。

　　真假美猴王的大戏就此拉开，从天宫到地府，从普陀山到灵山，从玉帝到冥王，从观世音到如来，都被惊动了。

真假美猴王

孙悟空为了保护师父，打死了想杀死他们师徒的强盗，结果引起唐僧极大不满，再次把悟空轰走。悟空像受了委屈的孩子一样，去找观世音菩萨诉苦。这时有只六耳猕猴乘虚而入，悟空刚离开，他就冒充悟空打伤了唐僧，还把行李抢走了。唐僧派沙僧到花果山要回行李，沙僧来到花果山，却看到假悟空正在念唐僧的通关文牒。

假猴王要组建取经队伍

小说家如何利用"官方文书"？这是不小的学问。唐僧离开大唐那么长时间，已经在几个国家用过通关文牒了。现在文牒的全文由假悟空在花果山朗朗念出来：

东土大唐王皇帝李，驾前敕命御弟圣僧陈玄奘法师，上西方天竺国婆婆灵山大雷音寺专拜如来佛祖求经。朕因促病侵身，魂游地府，幸有阳数臻长，感冥君放送回生，广陈善会，修建度亡道场。盛蒙救苦救难观世音菩萨金身出现，指示西方有佛有经，可度幽亡超脱，特着法师玄奘，远历千山，询求经偈。倘过西邦诸国，不灭善缘，照牒施行。

　　大唐贞观一十三年秋吉日御前文牒。自别大国以来，经度诸邦，中途收得大徒弟孙悟空行者，二徒弟猪悟能八戒，三徒弟沙悟净和尚。

　　"自别大国以来"后边的话，是痴情的西梁女国国王添加的。假悟空为什么要反复念唐僧的通关文牒？原来他有用处，他已经仿造出了唐僧、八戒、沙僧几人，要组建一支新队伍去西天取经。假悟空、假唐僧、假八戒、假沙僧拿着真文牒招摇撞骗，真作假时假成真，可就更热闹了。

　　这个假悟空和西天取经路上出现的其他妖精有很大不同，这也是吴承恩的新创造。其他妖精不管是天宫下来的、佛界下来的，还是人间土产的，他们共同的爱好是吃唐僧肉。而假悟空对唐僧肉一点儿兴趣也没有，他是个功利心很强的角色，他想代替唐僧去西天取经，送上东土，叫南赡部洲的人立他为祖，万代传名。吴承恩笔下的妖精又出来了一个崭新的角色，一个一心成名成家的角色。

　　假悟空见沙僧时其实已经露出了破绽，就是他不认识沙僧。但是沙僧没发现，他以为"师兄"只是假装不认识自己。然后他又看到假悟空这里还有假唐僧、假八戒和假沙僧，于是急着将假沙僧劈头打死，却想不到"师兄"也是假的。

假猴王话语露马脚

　　沙僧也去南海找到观世音菩萨，还认为侍立在观世音菩萨身边

文譽洞帘水王猴假

的悟空是恶人先告状，对悟空挥舞宝杖。观世音菩萨告诉他真实情况，"教悟空与你同去花果山看看。是真难灭，是假易除"。观世音菩萨这次有点儿天真，她以为如果那个悟空是假的，真悟空几棒就能把对方打死。没想到，两个悟空打到南海，菩萨也分不清真假，拿《紧箍儿咒》做"试金石"，两个悟空都喊疼。

那就到天宫辨真假吧。按说假悟空一开口，玉帝也该从他和过去完全不一样的用词马上断明真假，这个悟空开口说："万岁！万岁！臣今皈命，秉教沙门，再不敢欺心诳上；只因这个妖精变作臣的模样……"听听，对玉帝口称"万岁"、自称"臣"，真正的弼马温、齐天大圣、美猴王什么时候这样说过话？他肯定是假的。真悟空对玉帝最尊重的一次，不过是说了一声"老官累你"；他也不会自称"臣"，总是一口一个"老孙"；他更不会向玉帝表示"不敢诳上"。这是因为假悟空没有大闹天宫的经历，也就没有真悟空的气度和派头，他一到玉帝面前就先抢话，结果句句露怯。但是真悟空也只能照他的话说。可惜玉帝太昏庸，他的耳朵分辨能力太差。李天王的照妖镜同样不灵，"镜中乃是两个孙悟空的影子；金箍、衣服，毫发不差。玉帝亦辨不出，赶出殿外"。

两个悟空打出天门："我和你见师父去！"他们一起来到唐僧师徒那里，但唐僧念了《紧箍儿咒》，依然没法辨别。两个悟空打到阴山背后，十殿阎罗会齐，地藏王点聚阴兵。两个悟空都说："望阴君与我查看生死簿，看'假行者'是何出身，快早追他魂魄，免教二心淆乱。"其实这又是真悟空跟着假悟空说出的非常不合理的话，因为真悟空早在生死簿上把自己除名了，还怎么查得出？或许他们也没有别的办法了。

地藏王菩萨说："等我着谛听与你听个真假。"谛听是地藏王菩萨案下伏的兽。它伏在地下，"将四大部洲山川社稷，洞天福地之间，赢虫、鳞虫、毛虫、羽虫、昆虫、天仙、地仙、神仙、人仙、鬼仙可以照鉴善恶，察听贤愚"。谛听伏地听了一会儿，听出来了，它对地藏王说，已听出假悟空是什么怪，但不敢当面说破，恐"妖精恶发，骚扰宝殿，致令阴府不安"。因为假悟空的神通与真悟空一般无二，幽冥之神不能擒拿。地藏王问怎么办，谛听说："佛法无边。"看来只能到如来跟前分辨了。

如来娓娓道因果

真假悟空又一路对打到西天雷音宝刹。只见那里天花缤纷，菩萨金刚、阿罗揭谛、比丘尼、比丘僧、优婆塞、优婆夷等都在七宝莲台下听如来说法。如来说："汝等俱是一心，且看二心竞斗而来也。"这话是什么意思？这话和第五十八回的回目《二心搅乱大乾坤》一致，和记载真假悟空打上西天的那首诗的前两句"人有二心生祸灾，天涯海角致疑猜"一致。真假悟空的灾祸从何而来？从唐僧对徒弟的疑猜而来。从师徒之间产生隔阂、师兄弟之间产生分歧而来。有研究者说，假悟空其实是真悟空的另一半，这种说法听着好像很高深，也有点儿现代意识，但其实不符合小说中的描写。我们读小说还是要以文本为主，如来很明确地说假悟空是"四猴"之一的六耳猕猴，他的听觉非常敏锐，变化能力很强，所以观世音和唐僧念《紧箍儿咒》时，他和真悟空都会做出头疼的反应。这并不是因为六耳猕猴是悟空的另一半，而是因为聪明的六耳猕猴及时捕捉到悟空会头疼的信息，马上做出惟妙惟肖的模仿。当然这也是我的一家之言。

如来不仅是哲学家，还是博学家，对观世音说出假悟空的缘由：

> 如来笑道："汝等法力广大，只能普阅周天之事，不能遍识周天之物，亦不能广会周天之种类也。"菩萨又请示周天种类。如来才道："周天之内有五仙：乃天、地、神、人、鬼。有五虫：乃蠃、鳞、毛、羽、昆。这厮非天、非地、非神、非人、非鬼；亦非蠃、非鳞、非毛、非羽、非昆。又有四猴混世，不入十类之种。"菩萨道："敢问是那四猴？"如来道："第一是灵明石猴，通变化，识天时，知地利，移星换斗。第二是赤尻马猴，晓阴阳，会人事，善出入，避死延生。第三是通臂猿猴，拿日月，缩千山，辨休咎，乾坤摩弄。第四是六耳猕猴，善聆音，能察理，知前后，万物皆明。此四猴者，不入十类之种，不达两间之名。我观假悟空乃六耳猕猴也。此猴若立一处，能知千里外之事；凡人说话，亦能知之；故此善聆音，能察理，知前后，万物皆明。——与真悟空同像同音者，六耳猕猴也。"

六耳猕猴听如来说出本相，胆战心惊，急忙变成蜜蜂就要飞走。他大概是模仿悟空时间太长了，连怎么变化也跟着悟空学。如来将金钵盂撇起盖下，六耳猕猴显出了本相，立刻被悟空一棒打死。从此六耳猕猴这个种类就没有了。

经常对如来言三语四的悟空这次大概真服气了。佛祖不仅把六耳猕猴的底细说得明白，连悟空曾在花果山封元帅、将军的老底都揭得一清二楚。如来用小小钵盂解决了天宫神将、地府幽灵、观世音菩萨和悟空怎么也解决不了的麻烦，这才叫慧眼识万物，佛法真无边！

真假妙故事，小说大转折

人物简单的西梁女国、毒敌山蝎子洞后，真假美猴王的故事来了次神佛大点卯，搞了回神佛降妖技能大比拼。从天宫到地府，从观世音到如来，都要接受考验，地府新角色或者说古代神魔小说新角色谛听首次出现。小说家如果能使同一人物在不同故事中有不同表演，使人物形象不会显得单调、扁平，那才是高手。佛法无边的观世音菩萨，收金鱼怪举重若轻，收红孩儿法力超强；在蝎子精面前自退一步，让昴日星官出马，在六耳猕猴面前干脆一筹莫展。如来不肯直接说出青牛怪的归属，却把六耳猕猴的来龙去脉讲得清清楚楚。类似的故事得更换不同的表演方式，唐僧第一次驱逐悟空，是八戒前往回请；第二次驱逐悟空，换成沙僧前往探虚实。写小说，要让不同人物在同一场景中表演，也要让同一人物在不同场景中表演。设置这样的情节，能让宏大场面和特写镜头交替出现，才引人入胜、好看耐看。

小说家在人物真假上做文章的传统可谓由来已久，而且这样设定情节的经常是小说高手。《水浒传》有李逵，又出来个李鬼，李鬼这个人物现在已经成为假冒伪劣产品的代名词了。《红楼梦》里有个贾宝玉，又出来个甄宝玉，在曹雪芹原本的构思当中，这两个宝玉除了在梦中相见，在现实生活中还会有交集，只可惜我们已经无缘得见了。而古代小说做真假文章做得最好、最妙的，还要数《西游记》中真假美猴王的故事。

真假美猴王不单纯是一段取经故事，还是整部小说中的一个重要转折。从此以后，唐僧再也不轰悟空走了；悟空和师弟们也不再互相猜忌，特别是八戒收起长舌，不再搬弄是非，给悟空"上眼药"、进谗言了。师徒四人"剪断二心，锁绝猿马，同心戮力，赶奔西天"。后边马上会上演悟空三调芭蕉扇的精彩故事。

孙悟空三调芭蕉扇（上）

孙悟空三调芭蕉扇是《西游记》里非常有名的故事，故事的发生地在什么地方？小说里的火焰山位于唐僧西行取经的西牛贺洲，其实就在今天的中国境内。

也曾亲踏火焰山

虽然我没有去西天取经，但在将近三十年前，我也去过一次火焰山。一起到那里去的，还有小说《李双双小传》的作者、电影《李双双》的编剧李准老先生。那次是中国作协组织的作家采风，我回来以后写过好多篇散文，其中1992年发表的散文《也过火焰山》中有这样一段：

> 出吐鲁番向东北行，戈壁漫漫，砾石绵绵，一道奇异之极的山梁渐渐出现，岗峦起伏，山体赭红。几十座山连在一起，峭嶒层叠，如刀割斧凿，像一大匹褶皱的红布，又像一条逶迤的火龙。炽烈的阳光照在山上，红光耀眼，炎氛蒸腾，真是"一

片青烟一片红，炎炎气焰欲烧空"。这是火神祝融大显神威的之地，飞鸟千里不敢来！怪不得唐代诗人岑参为此写出瑰丽如火的诗句："赤焰烧虏云，炎氛蒸塞空。不知阴阳炭，何独燃此中。"（《经火山》）

车入木头沟后，沿山谷回环前进，贴近看火焰山，一座山如一把熊熊燃烧的火炬，火红色的岩石由山下向上，一道一道保持着均衡的距离，竺起腰背，向山顶纵向排列，像一条条火苗。座座秀岭红形形，赤裸裸，没有一丝儿生命痕迹，真真像座天地大炉，"命地为炉山作炭，热风烧空宵复旦"！

火焰山确实存在，且在现在的中国境内。《西游记》称火焰山位于当时西域地区，八戒认为那里应该叫"斯哈哩国"，这似乎并不是历史上真实存在过的一个国家；但据悟空的说法，火焰山实际上还没到斯哈哩国。

一扇阴风无影无踪

真假美猴王事件平息之后，唐僧师徒同心同德，继续坚忍不拔地朝灵山前进，他们已经经历了"夏月炎天"，迎来了"三秋霜景"，可是没想到，越往西走越感觉热气蒸人。唐僧问这里为什么这么热。八戒卖弄学问说，"西方路上有个斯哈哩国，乃日落之处，俗呼为'天尽头'"，我们想必已经走到那里。悟空说，斯哈哩国还远着呢，像师父这种速度，"就从小至老，老了又小，老小三生，也还不到"。这个地方为什么这般热？当地老者告诉唐僧，我们这里"无春无秋，四季皆热"，因为西边六十里有座火焰山，八百里火焰，四周寸草不生，"若过得山，就是铜脑盖，铁身躯，也要化成汁哩"。火焰山是去西方的必经之路，该怎么解决呢？那就只能去借芭蕉扇，"一扇息火，二扇生风，三扇下雨"，这个地方的老百姓每十年向翠云山芭蕉洞铁扇仙拜求一次，要准备"四猪四羊，花红表里，异香时果，鸡鹅美酒"，才能请铁扇仙出洞作法，否则正常的播种、收割都无法进行。铁扇仙这样算不算是巧取豪夺？不太好说。但当地百姓觉得这样能换来风调雨顺的丰收之年，还是值得的。

悟空把这件事看得非常容易，既然有扇子可用，那借来不就行了？哪里想到，他借也借不成，骗也骗不来，连续去了三趟，最后还得"仗势欺人"，靠天兵天将帮忙，生夺硬抢，才拿到扇子。

孙悟空一调芭蕉扇：悟空找铁扇仙敬呼"嫂子"，结果换来一柄假扇子。

悟空驾云到翠云山，樵夫告诉他，芭蕉扇主人并不是什么"铁扇仙"，应称"铁扇公主"，又名"罗刹女"，"乃大力牛魔王妻也"。这真是冤家路窄！红孩儿的叔叔对悟空都恨之入骨，破儿洞几口落胎泉水都不给，现在得求红孩儿的亲爹、亲娘帮忙？好心的樵夫看到悟空面露难色，就说，你找到他们"鉴貌辨色，只以求扇为名"，不提旧日恩怨，应该借得来。悟空从善如流，打点出好面孔，装点出好言语，准备通过跟铁扇公主和牛魔王套近乎，达到借芭蕉扇的目的。来到芭蕉洞前，悟空熟络地叫"牛大哥，开门"，自报家门"孙悟空和尚"。"大哥"不在，"大嫂"拿着宝剑迎出来了。铁扇公主乃罗刹女，罗刹是传说中的恶鬼，男鬼极丑，女鬼极美，都会吃人。罗刹女已修炼成鬼仙，她的打扮很独特，"头裹团花手帕，身穿纳锦云袍"，大概也来不及描眉画眼，"手提宝剑怒声高，凶比月婆容貌"。她像月中嫦娥般美丽，但是满脸的怒气与杀气。

悟空不想提跟他们的恩怨，但罗刹女一定要提。悟空"不展骁雄耐性柔"，躬身施礼："嫂嫂，老孙在此奉揖。"罗刹女却说"谁是你的嫂嫂"，还骂悟空"坑陷我子"。悟空低声下气、好言好语地说，令郎被观世音收走后，做了善财童子，得到很大好处。罗刹女却说："我那儿虽不伤命，再怎生得到我的跟前，几时能见一面？"这可真是可怜又可叹。什么佛法不佛法，长生不长生，在观世音身边得个好名声，都代替不了罗刹女的思儿之情。我作为一个有儿有女、有第三代的老太太，觉得罗刹女的想法很合理，符合一位母亲的想法，母亲并不一定要儿子事业骄人、地位傲人、金钱耀人，只希望他一生平安，夫妻和顺，家庭和美。红孩儿虽然跟了观世音菩萨，但毕竟成了出家人，不可能再回来见父母，不可能再娶妻生子，对一位母亲来说，就是在观世音身边工作，长命百岁，也远不如与家人团聚更幸福。悟空见罗刹女思儿心切，耐心许愿，你借给我扇子，我就帮你见儿子。罗刹女还是难解心中恨，要砍悟空几剑，"若受得疼痛，就借扇子与你"。悟空让她随意砍，罗刹女砍了十几剑，见悟空毫发无伤，便转身要走。悟空不依，执意要借扇子，罗刹女却说"我的宝贝原不轻借"。悟空于是发火了，他觉得罗刹女"不论亲情，却只讲仇隙"，就大喊一声"吃你老叔一棒"，二人开始了一场好杀。按说以罗刹女的功力，悟空一棒就可将她打死，但悟空似乎没有使出全力，原因可能有二：一方面，他是来借扇子的，有求于对方；另一方面，他也许真把罗刹女当嫂子了，有点儿"棍下留情"。罗刹女却不顾悟空一再忍让，"取出芭蕉扇，幌一幌，一扇阴风，把行者扇得无影无形"。

敬呼"嫂子"换柄假扇

这一扇子把悟空扇到五万多里外的小须弥山。曾降伏黄风怪的灵吉菩萨告诉悟空：芭蕉扇是混沌开辟以来天地生成的灵宝，"乃太阴之精叶，故能灭火气"。人要是被它扇了，要飘八万四千里，悟空算是有些功力，少飘了三万里。灵吉说，当年如来赐我定风丹和飞龙杖，飞龙杖我已帮你降了黄风怪，现在我再把定风丹给，让她再也扇不动你。悟空谢过之后就走了。

悟空回到翠云山，还是在那里甜甜地叫着"嫂嫂"，保证"保得唐僧过山，就送还你"，还说自己"是个志诚有余的君子，不是那借物不还的小人"。罗刹女又要拿芭蕉扇走悟空，这时却发现无论如何都扇不动他了，于是急忙回到洞里，关门不出。悟空变成小虫儿飞入洞中，恰好罗刹女要喝茶，他就混在茶沫里，随茶水进入罗刹女腹内。他在罗刹女肚子里厉声高叫："嫂嫂，借扇子我使使！"这就是著名的"钻进铁扇公主肚子"战术：

> 罗刹道："孙行者，你在那里弄术哩？"行者道："老孙一生不会弄术，都是些真手段，实本事，已在尊嫂尊腹之内耍子，已见其肺肝矣。我知你也饥渴了，我先送你个坐碗儿解渴！"却就把脚往下一登。那罗刹小腹之中，疼痛难禁，坐于地下叫苦。行者道："嫂嫂休得推辞，我再送你个点心充饥！"又把头往上一顶。那罗刹心痛难禁，只在地上打滚，疼得他面黄唇白，只叫"孙叔叔饶命！"

因为悟空钻进了罗刹女的肚子，罗刹女不得不把"泼猴头"改称"孙叔叔",她假装屈服,"乖乖地"奉上了"芭蕉扇",其实给了悟空一把假扇子。悟空拿了扇子回去,来到火焰山用力一扇,不料火光烘烘腾起;再一扇,火势更盛;又一扇,火有千丈高!悟空不提防,被烧净两股毫毛,忙让远处等待的师父、师弟们赶紧回去。

火焰山的火是猴王放的

这时,道士打扮的火焰山土地神出现,"身披飘风氅,头顶偃月冠",告诉悟空,这把扇子是假的,"若还要借真蕉扇,须是寻求大力王"。大力王是谁?就是牛魔王。悟空问,这火是牛魔王放的吗?土地神说,这火就是你放的。原来悟空五百年前大闹天宫,蹬倒丹炉,落下几块带余火的砖,掉在这里化为火焰山。土地神还说,我原是守护丹炉的道人,太上老君怪我失职,把我降到此间做火焰山土地神。

悟空万万没想到,火焰山竟因自己而来。当年大闹天宫意气风发,哪里想到掉下几块砖,就害得人间八百里寸草不生?土地神希望悟空能借来芭蕉扇,不仅能"保师父前进""保此地生灵",还能"赦我归天,回缴老君法旨"。悟空自己也很想拿到芭蕉扇,除了要过火焰山,大概也想要彻底熄灭火焰山,造福黎民,将功补过。

火焰山的火居然是悟空放的,这样的构思令清代点评家张书绅赞不绝口,他评价这种构思"的的妙谈,的的奇文""千里来龙,万丈落脉,真有丹山落凤之妙""如此穿插,真有神出鬼没之妙"。

冒充丈夫,骗扇丢扇

孙悟空二调芭蕉扇,是他捏着鼻子假装是铁扇公主的丈夫牛魔

孙行者一调芭蕉扇

王，结果是骗扇丢扇，得而复失。

火焰山土地神告诉悟空：牛魔王现在撇了罗刹女，住到积雷山摩云洞，被有百万家私的狐王之女玉面公主招赘为夫。悟空按照他的指点，驾云到三千里外的积雷山，看到高山峻岭，陡崖深涧，红藤紫竹，青松翠柳，水流似飞琼，花放如布锦。好景致啊，牛大哥真会挑地方。接着悟空看到一位绝代美女，手举香兰，袅袅娜娜而来，"貌若王嫱，颜如楚女。如花解语，似玉生香"。原来这就是牛魔王的新欢玉面公主。

"西海有名称混世，西方大力号魔王。"牛魔王本是西方一个魔王，全称"大力牛魔王"，后来才来到东胜神洲。他也有七十二般变化，只是不能像悟空一样变成那么小巧的东西。当年他在花果山和美猴王结义时，自称"平天大圣"，悟空还尊他为大哥，是因为他身材伟岸、武艺高强，还是在妖魔的江湖上很有名气？估计这些原因都有吧。各人头上一方天，悟空从大闹天宫到被压五指山再到西天取经，历经千难万险，历尽千辛万苦；与此同时，当年结义大哥牛魔王游走四方、广植家产，美女怀中抱，财源滚滚来，日子过得相当滋润。他有大"公司"，是威镇一方的魔王；他有广泛的"人脉"或者说"妖脉"，他在地上和海里同各种酒友聚会，胡吃海塞、神吹海聊；他有经济头脑，在守住家私的同时，还能够"图治外产"，掌控的地盘有八百里火焰山，有六百里钻头号山，还有积雷山；他有贤妻罗刹女，聪明能干、恪守妇道，以芭蕉扇赚取贡品；他有接班人，银娃娃般的红孩儿被牛魔王派到"分公司"守号山，这"富二代"还有个响亮的名号叫"圣婴大王"；他还有小妾玉面公主，别人给小妾买房、配车，牛魔王的小妾不仅貌美如花，还倒贴财产。玉面公主听说牛魔王是江湖上一条好汉，神通广大，可护身养命，主动求牛魔王上门入赘，自己做二房；被丢在一边的罗刹女仍对牛魔王忠心不贰，将他看作唯一的依靠。妻贤、妾美、子能干，一千多里山域，一切围绕着牛魔王转，天下的好事都落到他头上了。老牛简直是"人生赢家"。

悟空向美女躬身施礼，自称是翠云山芭蕉洞铁扇公主央来请牛魔王的。美女一听就大怒，破口大骂罗刹女：牛王到我家不到两年，我年供柴，月供米，送了罗刹女多少珠翠金银、绫罗缎匹，她又来请牛王干什么？悟空掣出铁棒大喝："你这泼贱，将家私买住牛王，诚然是陪钱嫁汉！你倒不羞，却敢骂谁！"看来悟空非常鄙视玉面公主，观念还挺传统的。

悟空骂了小嫂子，结果把大哥激出来了，我们看牛魔王出来是什么样的：

> 头上戴一顶水磨银亮熟铁盔；身上贯一副绒穿锦绣黄金甲；足下踏一双卷尖粉底麂皮靴；腰间束一条攒丝三股狮蛮带。一双眼光如明镜，两道眉艳似红霓。口若血盆，齿排铜板。吼声响震山神怕，行动威风恶鬼慌。四海有名称混世，西方大力号魔王。

牛魔王功夫果然厉害，和悟空搏斗百十回合不分胜负。就在难解难分的时候，有人来请牛魔王喝酒，让他早点儿去赴会。老牛止住争斗，安抚了爱妾，卸了盔甲，换上鸦青剪绒袄子去做客，跨上辟水金睛兽，"半云半雾"地向西北方而去。

悟空怎么办？如何腾挪变化，把芭蕉扇骗到手？

孙悟空三调芭蕉扇（下）

孙悟空和牛魔王搏斗百十回合难解难分，请喝酒的来了。老牛止住争斗，回洞换上做客服装，向西北飞去了。悟空见状，决定跟着牛魔王一探究竟。

猴王促狭扮夫骗妻

悟空的拿手好戏派上用场：他先化作清风，随牛魔王探听消息。牛魔王到乱石山碧波潭做客，悟空于是变成一只野螃蟹入水，看到水族宴会的景象，"长鲸鸣，巨蟹舞，鳖吹笙，鼍击鼓"。蛟精请牛魔王吃天厨八珍、饮紫府琼浆，牛魔王吃得快乐，早把和悟空的战斗忘到了九霄云外。悟空趁机偷走了牛魔王的坐骑，变作牛魔王模样，到罗刹女那儿骗扇子去了。

> 大圣假意虚情，相陪相笑；没奈何，也与他相倚相偎。……
> 罗刹笑嘻嘻的，口中吐出，只有一个杏叶儿大小，递与大圣道："这个不是宝贝？"大圣接在手中，却又不信，暗想着：

"这些些儿，怎生扇得火灭？……怕又是假的。"罗刹见他看着宝贝沉思，忍不住上前，将粉面揾在行者脸上，叫道："亲亲，你收了宝贝吃酒罢，只管出神想甚么哩？"大圣就趁脚儿跷，问他一句道："这般小小之物，如何扇得八百里火焰？"罗刹酒陶真性，无忌惮，就说出方法道："大王，与你别了二载，你想是昼夜贪欢，被那玉面公主弄伤了神思；怎么自家的宝贝事情，也都忘了？——只将左手大指头捻着那柄儿上第七缕红丝，念一声'啯嘘呵吸嘻吹呼'，即长一丈二尺长短。这宝贝变化无穷！那怕他八万里火焰，可一扇而消也。"

大圣闻言，切切记在心上，却把扇儿也噙在口里，把脸抹一抹，现了本像。厉声高叫道："罗刹女！你看看我可是你亲老公！就把我缠了这许多丑勾当！不羞！不羞！"

好多研究者津津乐道悟空变成牛魔王去骗罗刹女是多么聪明、机智、随机应变，我却觉得悟空很不地道。堂堂男子汉，竟利用罗刹女的弃妇心理，借罗刹女两年来未见夫君的兴奋，骗取芭蕉扇和咒语，反过来再嘲笑罗刹女"不羞"，未免有点儿不道德了。悟空两次调芭蕉扇，第一次先钻进女人肚子，第二次再变丈夫骗弃妇，为达目的不择手段，实在缺少大丈夫气度。所幸悟空是"无性猴王"，如果是八戒变成牛魔王，进翠云洞假戏真做起来，罗刹女还不知道得吃多大亏呢。

六月债还得快

估计吴承恩也觉得这猴子的做法太缺德了，马上就让他受到一次惨痛的教训。悟空在回去的路上，按罗刹女的方法念咒，杏叶大小的扇子长成一丈二尺，"祥光幌幌，瑞气纷纷，上有三十六缕红丝，穿经度络，表里相联"。真是好宝贝啊！但悟空忽然想起，他忘了问罗刹女把大扇子变小的口诀，于是不到四尺高的悟空，只好把一丈二尺长的扇子扛在肩上，这不成比例的喜剧效果，是不是因为悟空"忘恩汉，骗了痴心妇"，对女性（哪怕是女妖精）过于促狭和残忍，所以吴承恩在这里有意调侃他呢？这一点，连外国留学生都看出来了。20世纪80年代初我教过一位美丽的澳大利亚留学生，中文名叫卓素珊，她非常好学，也十分善良。我还写过一篇关于她的散文，就是讲她在古代文学作业中提出，《西游记》中写不到四尺高的瘦猴，把一丈二尺长的扇子扛在肩上，产生了不成比例的喜剧效果，这是对孙悟空骗罗刹女的惩罚。我现在把将近四十年前教过的外国留学生的话用上了。

俗话说："六月债，还得快。"悟空"逐年家打雁，今却被小雁儿鹐了眼睛"。牛魔王以牙还牙，变作八戒嘴脸，对悟空叫"师兄"，说师兄辛苦，我替你扛着扇子吧。悟空"得胜的猫儿欢似虎"，哪里想到八戒是假的，便把扇子递给"师弟"。牛魔王立刻把扇子变小收起，现出本相来骂："泼猢狲！认得我么？"后来八戒前来助阵，听了悟空得扇失扇的经历，打趣地说悟空是"大海里翻了豆腐船，汤里来，水里去"。八戒的话妙不妙？

清代学者张书绅在《新说西游记》中说："文情至火焰山，曲折尽矣。酣战之际，忽思赴宴，笔阵至此一换；牛魔要闹中取静，大圣却不妨忙里偷闲。一调不虑蕉扇之有假，再调竟信八戒之为真。假来，又假得去。机巧互见，变诈百出。往返不是写胜负难定，正见其争夺不已。"评得真不错！

孙行者二调芭蕉扇

八方助力降牛得扇

悟空的本事本来与牛魔王不相上下，有了八戒相助，渐渐占了上风，火焰山土地的阴兵助阵，败阵的牛魔王回不到玉面公主的摩云洞，只好跟悟空"变化赌赛"。这几乎是二郎神降伏悟空的再版，牛王变成什么动物，猴王就相应变成这种动物的克星，牛王再变成克星之克星：牛王变天鹅，猴王变海东青；牛王变黄鹰，猴王变乌凤；牛王变白鹤，猴王变丹凤；牛王变香獐，猴王变饿虎；牛王变金钱花斑豹，猴王变金眼狻猊；牛王变人熊，猴王变赖象……变到最后，牛王的真身出来了：

> 牛王嘻嘻的笑了一笑，现出原身，——一只大白牛。头如峻岭，眼若闪光。两只角，似两座铁塔。牙排利刃。连头至尾，有千余丈长短；自蹄至背，有八百丈高下。——对行者高叫道："泼猢狲！你如今将奈我何？"行者也就现了原身，抽出金箍棒来，把腰一躬，喝声叫"长！"长得身高万丈，头如泰山，眼如日月，口似血池，牙似门扇，手执一条铁棒，着头就打。那牛王硬着头，使角来触。这一场，真个是撼岭摇山，惊天动地！……

趁悟空与牛魔王赌斗，八戒和土地神去摩云洞打死了玉面公主，发现她其实是狐狸精；他们还顺势打死了洞里其他妖精，把整个洞都放火烧了。牛魔王"第二巢穴"覆灭，只好逃回罗刹女的翠云洞。罗刹女劝他把扇子送给悟空，让他退兵。牛王说："夫人啊，物虽小而恨则深。你且坐着，等我再和他比并去来。"老牛果然是牛脾气，死不服输。

悟空打也打不倒老牛，变也变不败老牛，八戒助阵也未能迅速取胜，怎么办？走运的是，悟空这次不需要向天宫求助，众多神兵就对牛魔王来了个四面围绕、左右攻击、上下包抄。

五台、峨眉、须弥、昆仑四大名山金刚奉佛旨围困牛魔王。同时，金头揭谛、六甲六丁、护教伽蓝等，平时甘当无名英雄默默守护唐僧，偶尔露峥嵘的众神，也来围困牛魔王。不仅如此，就连路过的众神都来凑热闹了。

佛兵天将，罗网高张，看来牛魔王在劫难逃了。

对牛魔王的致命打击来自天宫：玉帝接到如来请求帮助悟空的檄文，即派李天王父子下界帮忙。哪吒变作三头六臂飞身跳在牛王背上，使斩妖剑把牛头斩下。"那牛王腔子里又钻出一个头来，口吐黑气，眼放金光。"哪吒连砍十数剑，老牛长出十数个头。哪吒取出火轮挂在牛角上，吹真火把牛王烧得张狂哮吼，想变化脱身，却被托塔李天王用照妖镜照住本相，腾挪不动，可怜大力牛魔王再没力气，只好服输，叫："莫伤我命！情愿归顺佛家也！"

罗刹女听到牛魔王喊："夫人，将扇子出来，救我性命！"她"急卸了钗环，脱了色服，挽青丝如道姑，穿缟素似比丘，双手捧那柄丈二长短的芭蕉扇子，走出门"，跪在李天王父子及众神兵面前磕头礼拜："望菩萨饶我夫妻之命，愿将此扇奉承孙叔叔成功去也！"对罗刹女来说，什么芭蕉扇，什么火焰山，都不如丈夫重要。留得丈夫在，总还有日子可过，哪怕是清贫的日子。

可怜罗刹女，"叔叔"认下来，扇子交出去，丈夫却被带走了。不知铁扇公主为什么这么倒霉，摊上这么个外四路的"孙叔叔"，先把她的儿子弄去做了小和尚，再把她的丈夫弄去做老和尚。

灭了火焰山，金刚各转宝山，六丁六甲升空保护，过往神祇四散，天王父子牵走牛王向如来交差。又有本山土地神，押着罗刹女，在旁伺候。罗刹女请求悟空将芭蕉扇还给她，说是连扇四十九扇，便可断绝火根。火焰山的火已被猴王断了根，芭蕉扇还有何用？她大概想要留个纪念吧。罗刹女从此隐姓修行，"后来也得了正果，经藏中万古流名"。

这里有个很奇怪的现象：牛魔王为什么能惊动西天如来，促使如来上奏玉帝，派天王父子前来支援，还让原本从不露面的护法神及各山山神都参与战斗？

因为牛魔王是个很重要的角色，牛在佛教中占有崇高的地位，如来必须尽全力帮助悟空降伏牛魔王，而且不能伤害牛魔王的性命，只能让他皈依佛门。这应该是牛魔王"荣幸地"受到集体围攻的深层原因。

牛魔王一家增神怪艳异

牛魔王一家，是西天取经路上完整的妖精之家，其实是有浓厚世情色彩的封建家庭的"变形金刚"："主外"的家长牛魔王，既努力扩充家产，又广结善缘，与敌斗争从不服输，可谓斗志昂扬、牛气冲天；"主内"的妻子罗刹女美丽贤惠、恪守妇道，牛魔王叫她"山妻"，即使自己离家两年，也相信罗刹"家门严谨，内无一尺之童"。罗刹女虽不满丈夫纳妾，却只乞求牛魔王"燕尔新婚，千万莫忘结发"。一旦牛魔王需要以扇换命，罗刹女毫不犹豫，换上一身素服，捧着芭蕉扇跪在地上。牛魔王称玉面公主"爱妾"，玉面公主受孙悟空惊吓后，扑到牛魔王怀中啼哭撒娇，确实是"小女人"做派，后来她却率领众妖参与战斗，最后"壮烈殉夫"，也算对牛魔王有始有终。

《李卓吾先生批评西游记》在第六十回《牛魔王罢战赴华筵　孙行者二调芭蕉扇》回末点评："形容铁扇、玉面两公主，曲尽人家妻妾情状。"

三调芭蕉扇之前出现的红孩儿、破儿洞如意真仙，分别是牛魔王的亲儿子、亲弟弟，将要出场的九头虫，就是曾请牛魔王到水底饮宴的妖魔朋友。牛魔王的亲友圈真是丰富多彩。所以鲁迅先生在《中国小说史略》中说，增加了牛魔王的故事后，《西游记》"益增其神怪艳异者也"。鲁迅先生在"神怪"之外还加了个"艳异"，这个词用得非常准确。

回味孙悟空三调芭蕉扇，我倒有点儿替妖精一家难过：人家牛魔王本来过得好好的，忽然来了当年的干兄弟孙悟空，害得他妻离、妾死、子早散，家产全完，不得不出家当和尚。人家罗刹女本来有夫有子，儿子被悟空弄到南海，永远不能见面，丈夫娶了小妾，偶尔还能回家，她收些当地百姓的贡品，帮他们扇灭山火。忽然来了这么个"孙叔叔"，虽然把丈夫的小妾消灭了，却既弄丢了他们的"家族产业"，还把当家的领走了。俗话说，"一将功成万骨枯"，难道一个人取经，得害几家妖精妻离子散？至于扮牛魔王骗罗刹女，把自己的成功建立在别人的痛苦上，再故意往人家的伤口上撒盐，这合适吗？

古代小说家特别喜欢拿"三"说事，刘玄德三顾茅庐，孔明出山鼎足三分；诸葛亮三气周瑜，气死人再吊孝；刘姥姥三进荣国府，旁观贾府盛衰。写一、写二、写三，总有再一、再二、再三的必要和道理，总有看一、看二、看三的不同感受。继孙悟空三打白骨精之后，《西游记》又来了段孙悟空三调芭蕉扇。一调有一调的妙诀，钻进铁扇公主肚子；二调有二调的噱头，冒充牛魔王看罗刹女出丑；

三调有三调的绝招，如来再次与玉帝联手。整个情节曲折生动、跌宕起伏。"没有过不去的火焰山"，已经成了现代人的常用语。

《李卓吾先生批评西游记》第六十回《牛魔王罢战赴华筵　孙行者二调芭蕉扇》和第六十一回《猪八戒助力败魔王　孙行者三调芭蕉扇》的回末点评中，聊了些哲理，谈了些世道，值得一看：

> 老牛、老猴曾结义来，缘何略无一些兄弟情分？友人曰："妖魔禽兽说恁么情分？"又一友曰："没情分的便是妖魔禽兽耳。"甚快之。

> 谁为火焰山？本身烦热者是。谁为芭蕉扇？本身清凉者是。作者特为此烦热世界下一帖清凉散耳。读者若作实事理会，便是痴人说梦。

二郎神助战九头虫

唐僧和孙悟空扫塔遇魔，最终请来二郎神助战九头虫。

降妖"买卖"又来了

过了火焰山以后，唐僧师徒又走了很久，到秋末冬初时，来到了一座城外。唐僧问悟空："那厢楼阁峥嵘，是个甚么去处？"悟空抬眼一看，"真个是神洲都会，天府瑶京"，于是回答："是一国帝王之所。"

这个城池还真跟长安有一比，"四面有十数座门，周围有百十余里，楼台高耸，云雾缤纷"，不是大国京城哪有这番气象？

唐僧师徒进城，只见街市繁华，人物衣冠隆盛，却忽见十几个和尚"披枷戴锁，沿门乞化，着实的蓝缕不堪"。这些金光寺负屈的和尚见唐僧师徒主动来问，立即请四人回寺中诉苦，他们说，此地名叫"祭赛国"，当年因金光寺宝塔"祥云笼罩，瑞霭高升"，四周邻国——南边月陀国、北边高昌国、东边西梁国、西边本钵国——认为祭赛国是天府神京，年年进贡。没想到，三年前下了一场血雨，这座黄金宝塔污损，佛光没了，外国再不来进贡。本国昏君听信臣下谗言，认定金光寺和尚偷了佛宝，于是脏官将寺内僧众抓走审问，三辈和尚中前两辈被拷打而死，他们这一辈和尚被"问罪枷锁"。昨天夜间和尚们都做了一个梦，说有个东土大唐圣僧能救众僧性命，为大家洗雪冤屈。

悟空的降妖"买卖"又来了！但这次抢挑重担的却成了师父。

唐僧说，我离开长安时在法门寺立愿，上西方逢庙烧香，遇寺拜佛，见塔扫塔。现在既然僧人因宝塔受累，我就沐浴扫塔，调查宝塔为何无光，等倒换关文时面君奏言，解救众僧苦难。悟空说，宝塔既被血雨所污，恐生恶物，夜静风寒，恐生差池，建议与师父同上宝塔。唐僧同意了，师徒共上五色琉璃塔。二人只见层层门上琉璃灯都有尘无火，步步檐前白玉栏上都积垢飞虫，佛座上香烟尽绝，佛像上蒙满蜘蛛网，一派荒凉的景象。

唐僧扫至第十层，累坏坐倒，对悟空说："悟空，你替我把那三层扫净下来罢。"

悟空这一扫，就把妖精扫出来了。正在十三层猜拳喝酒的两个妖精被他捉到了。妖怪人形鱼貌，鲇鱼怪奔波儿灞"滑皮大肚、巨口长须"，黑鱼精灞波儿奔"暴腮乌甲、尖嘴利牙"。两个鱼精供状：乱石山碧波潭万圣老龙王的女儿万圣公主招了个神通广大的九头驸马，他和老龙王到金光寺下血雨污染宝塔，并偷走舍利子佛宝，公主还偷来王母娘娘的九叶灵芝草。他们把舍利子和灵芝草养在潭底下，"金光霞彩，昼夜光明"。碧波潭老龙王听说近日神通广大的孙悟空西天取经，"沿路上专一寻人的不是"，因此派我们巡塔，准备对付孙悟空。

人生何处不相逢？悟空曾变成野螃蟹进过碧波潭，还被老龙王捉住审问，原来请牛魔王赴宴的，就是偷金光寺宝贝的妖魔！

威风凛凛的战将、奇怪珍稀的动物

　　唐僧找祭赛国国王倒换关文，国王听说盗宝者被唐僧徒弟捉住，派八抬大轿将悟空迎来，八戒、沙僧押着妖精随往，悟空借机过了一次美猴王坐轿瘾。国王设宴感谢大唐取经僧。管弦齐奏，素食摆满，八戒"虎咽狼吞，将一席果菜之类，吃个罄尽"，兴奋地说："趁如今酒醉饭饱，我共师兄去，手到擒来！"唐僧很高兴："八戒这一向勤紧啊！"这话说得不错，自从"真假美猴王"事件之后，八戒工作越来越积极，牢骚越来越少。唐僧带悟空扫塔回来晚了，八戒居然带了三个小和尚迎接师父，要是在过去，八戒早去"梦周公"了，师父回不回来关老猪何事？

　　悟空、八戒拖着两个鱼精到碧波潭，悟空将黑鱼怪割掉一只耳朵，鲇鱼精割去下唇，让他们去给老龙王报信，催老龙王趁早送出佛宝，随后九头驸马出来迎战。和西行路上其他妖怪相比，这也是个亦人亦兽的角色，既是威风凛凛的体面战将，又是外表奇特的珍稀动物：

　　　　戴一顶烂银盔，光欺白雪；贯一副兜鏊甲，亮敌秋霜。上罩着锦征袍，真个是彩云笼玉；腰束着犀纹带，果然像花蟒缠金。手执着月牙铲，霞飞电掣；脚穿着猪皮靴，水利波分。远看时一头一面，近睹处四面皆人。前有眼，后有眼，八方通见；左也口，右也口，九口言论。一声吆喝长空振，似鹤飞鸣贯九宸。

多么奇怪的一只动物！这妖怪与悟空大战三十回合不分胜负，八戒举耙筑妖怪身后，妖怪处处是眼睛，早已看见，他的月牙铲一头抵住金箍棒，一头抵住九齿耙。再战六七回合，妖怪跳起来现出本相，是一只九头虫：方圆丈二，团身毛羽，两脚尖利如钩，九头攒环一处，多眼闪灼金光。八戒和悟空惊呆了：太可怕了，这是什么怪物啊？悟空跳在空中，使铁棒照头便打。怪物展翅斜飞，半腰伸出一个头，张开血盆口，咬着八戒的鬃毛拖下了碧波潭。悟空再变螃蟹，潜入碧波潭，救出八戒。八戒勇敢地打进宫殿，被一群妖怪围攻，于是向潭岸逃去，老龙王、九头虫等都追赶出来，守在此处的悟空一下便打烂了老龙王的头。众妖怪四散逃走，九头虫也忙着给老龙王收尸，回宫去了。

悟空、二郎神相逢一笑泯恩仇

悟空、八戒二人正商量下一步如何攻打，忽见狂风滚滚，从东往南刮来。悟空一瞧，原来是二郎真君领着梅山六兄弟"架着鹰犬，挑着狐兔，抬着獐鹿"，纵风雾而来。他们好自在啊，这里拼死拼活，那里悠闲打猎！

悟空想请二郎真君帮忙降伏九头虫，却又因为当年自己曾被二郎真君抓住，觉得没面子，遂叫八戒出面邀请二郎真君："你去拦住云头，叫道：'真君，且略住住。齐天大圣在此进拜。'"于是小说里出现了一段似乎难以理解的文字：

> 那呆子急纵云头，上山拦住，厉声高叫道："真君，且慢车驾。有齐天大圣请见哩。"那爷爷见说，即传令，就停住六兄弟，

与八戒相见毕。问："齐天大圣何在？"八戒道："现在山下听呼唤。"二郎道："兄弟们，快去请来。"六兄弟乃是康、张、姚、李、郭、直，各各出营叫道："孙悟空哥哥，大哥有请。"行者上前，对众作礼，遂同上山。二郎爷爷迎见，携手相搀，一同相见道："大圣，你去脱大难，受戒沙门，刻日功完，高登莲座，可贺！可贺！"行者道："不敢。向蒙莫大之恩，未展斯须之报。虽然脱难西行，未知功行何如。今因路遇祭赛国，搭救僧灾，在此擒妖索宝。偶见兄长车驾，大胆请留一助。未审兄长自何而来，肯见爱否。"二郎笑道："我因闲暇无事，同众兄弟采猎而回。幸蒙大圣不弃留会，足感故旧之情。若命挟力降妖，敢不如命；却不知此地是何怪贼？"

这像是当年拼个你死我活的敌人之间的对话吗？分明是两个非常要好的朋友久别重逢。"众兄弟在星月光前，幕天席地，举杯叙旧"，两个曾经的对手彻夜饮酒交谈。

这个情节一直并不怎么受《西游记》研究者重视，可是我每次读到这里，都特别感动。历尽劫波兄弟在，相逢一笑泯恩仇。神魔小说写之前的死对头成了好朋友，蕴含着很深的哲理。

东方发白，八戒兴抖抖下水索战，把正在治丧的龙子一钯筑了九个窟窿，驸马带龙孙追杀八戒到岸上。悟空与二郎真君七兄弟枪刀乱扎，把龙孙剁成肉饼。驸马又现出九头虫本相展翅飞腾。二郎神取金弓银弹就打。九头虫要咬二郎真君，才伸出一个头，便被哮天犬一口咬下。九头虫负痛逃生，径投北海，"至今有个九头虫滴血，是遗种也"。悟空又变成九头驸马的模样，从公主手里骗回了舍利子和灵芝，八戒躲在公主身后，把她一钯筑倒。随后悟空捧着盛宝匣

群圣除邪获宝贝

子，八戒拖着龙婆上岸。二郎真君率众回灌口。悟空、八戒回到祭赛国，悟空将战驸马、打龙王、逢真君、败妖怪、变化诈宝贝的过程细说一遍。然后，"夫死子绝、婿丧女亡"的龙婆向祭赛国君臣供述了家人偷舍利及灵芝的过程，并求饶命。悟空说："家无全犯。——我便饶你，只便要你长远替我看塔。"

悟空建议金光寺改名"伏龙寺"，国王自然同意，还答谢师徒四人许多金玉珠宝，四人一概不收。这时出现一段十分有人情味儿的描写：祭赛国国王命当驾官照依四位师徒常穿的衣服，各做两套，鞋袜各做两双，绦环各做两条。悟空自制的虎皮裙，终于多了条替换的；八戒老丈人给他制备的衣服，终于有了备用的；唐僧和沙僧也不用每次洗完僧衣都要等着晾干再穿了。国王与文武百官、满城百姓大吹大打送唐僧师徒出城。伏龙寺僧人送出五六十里不回，要求一起去西天取经。悟空只好把毫毛变作三四十只猛虎，哮吼着拦住僧人。众僧不敢前进，悟空引师父策马西去。众僧人放声哭喊："有恩有义的老爷！我等无缘，不肯度我们也！"

其实碧波潭妖精并没有危害唐僧师徒，更没想吃唐僧肉。九头虫曾质问前来挑战的悟空："我偷他的宝贝，你取佛的经文，与你何干，却来厮斗！"悟空回答："我虽不受国王的恩惠，不食他的水米，不该与他出力；但是你偷他的宝贝，污他的宝塔，屡年屈苦金光寺僧人，他是我一门同气，我怎么不与他出力，辨明冤枉？"看来，悟空这次又做了一次善事，而二郎真君那就更是"助人为乐"了。

研究《西游记》的学者很少注意到二郎真君助降九头虫的部分，好像这个情节不太重要，其实这个情节对塑造孙悟空的丰满形象很有哲理意味。大闹天宫时，悟空曾被二郎真君捉住过，按说这应该是美猴王心中永远的痛。可贵的是，英雄之间惺惺相惜，悟空的内心对二郎真君这个强悍的对手，始终保持着足够的尊重，他居然还有为实现理想不计前嫌的胸怀。他发现二郎真君狩猎经过，能放下身段，请二郎真君帮自己的忙。二郎真君受宠若惊，真帮实干。一个人在人生中可能不断会有敌人、对手、朋友，而且是交替出现。一个志向远大的人，一个有成就的人，一个胸怀坦荡的人，会适时地化敌为友，化对手为同盟，让任何力量为我所用，而孙悟空就能做到。看到这样的情节，真值得我们感叹：经过西天取经的长期磨炼，孙猴子确实越来越成熟了。

八戒建新功，唐僧成诗翁

　　长篇小说如果总让主角一个人在那里折腾，不管如何花样翻新，也难免单调。所以《三国演义》让鼎足三分者错落登台；《水浒传》既写宋（江）十回武（松）十回石（秀）十回，也有王婆贪贿说风情；《红楼梦》有时叫宝黛爱情让位于凤姐理家，有时会叫宝玉、黛玉、王熙凤都退出，由大观园婆子、丫鬟还有赵姨娘闹个鸡飞狗跳。西天取经路上，当齐天大圣降妖故事渐渐地让读者有点儿审美疲劳时，长嘴大耳的家伙挺身而出，絮絮叨叨的老和尚也不甘寂寞。第六十四回《荆棘岭悟能努力　木仙庵三藏谈诗》，就让读者换了换眼光，改了改心情。

猪八戒勇挑重担

　　这次八戒和唐僧遇到的魔星，似乎该叫"自然灾难"或者"准自然灾难"，大自然中的草木也来给取经僧添麻烦，给如来凑八十一难了。

　　唐僧师徒走到荆棘岭，这个地方"荆棘丫叉，薜萝牵绕"，似有千里之遥。唐僧发愁如何过，八戒笑道："要得度，还依我。"他有什么好办法？

　　好呆子，捻个诀，念个咒语，把腰躬一躬，叫"长！"就长了有二十丈高下的身躯；把钉钯幌一幌，教"变！"就变了有三十丈长短的钯柄；拽开步，双手使钯，将荆棘左右搂开："请师父跟我来也！"三藏见了甚喜，即策马紧随。后面沙僧挑着行李，行者也使铁棒拨开。这一日未曾住手；行有百十里，将次天晚，见有一块空阔之处，当路上有一通石碣，上有三个大字，乃"荆棘岭"；下有两行十四个小字，乃："荆棘蓬攀八百里，古来有路少人行。"八戒见了笑道："等我老猪与他添上两句：'自今八戒能开破，直透西方路尽平！'"三藏欣然下马道："徒弟啊，累了你也！我们就在此住过了今宵，待明日天光再走。"八戒道："师父莫住，趁此天色晴明，我等有兴，连夜搂开路走他娘！"那长老只得相从。

　　西天取经路上，八戒何曾如此勇挑重担、废寝忘食？他不是动不动就拱开个草窝睡大觉吗？现在八戒怎么如此主动、如此积极？看来，八戒也在西行路上受到感召，较离开高老庄之初，振奋多了。八戒这样奋战了两天，四人终于得以继续西行。

木仙庵消遣情怀

　　唐僧师徒来到一座"松柏凝青，桃梅斗丽"的岩前古庙，悟空判断这里凶多吉少，然后唐僧果然被一个角巾淡服的老者刮阴风摄走了。

唐僧被弄到一座烟霞石屋前，老者和他携手相搀说："圣僧休怕，我等不是歹人，乃荆棘岭十八公是也。因风清月霁之宵，特请你来会友谈诗，消遣情怀故耳。"

真是无奇不有，西天取经路上居然出了诗人妖怪！

是不是吴承恩想调侃凡是诗人都像妖怪？或者说，人得有些妖性方能做诗人？

这时又出来三位仙风道骨、有雅号或者说有"笔名"的老者：一个"霜姿丰采"者号孤直公，一个"绿鬓婆娑"者号凌空子，一个"虚心黛色"者号拂云叟，摄走唐僧的角巾淡服者号劲节。唐僧请教他们高寿，他们用诗歌说明，每人都有上千岁！唐僧侃侃而谈，对这"深山四操"说禅，四老稽首皈依。拂云叟高谈阔论，说他们"感天地以生身，蒙雨露而滋色。笑傲风霜，消磨日月。一叶不雕，千枝节操"。听听，这不是树吗？而且他说"静中自有生涯"，似乎是说他们不需要像唐僧师徒这样费事劳神去西天取经。清清仙境人家，堪宜种竹栽花。唐僧见此处水清花香、清虚雅致，忍不住脱口吟诗，四个老头和他联句。《西游记》中的木仙庵俨然成了《红楼梦》中的芦雪广，妙句迭出：

唐僧："禅心似月迥无尘。"

劲节："诗兴如天青更新。"

孤直公："好句漫裁抟锦绣。"

凌空子："佳文不点唾奇珍。"

拂云叟："六朝一洗繁华尽，四始重删雅颂分。"

唐僧："半枕松风茶未熟，吟怀潇洒满腔春。"

木仙庵三藏谈诗

对猪不能谈诗

唐僧与四叟"放开锦绣之囊",又各吟律诗一首。唐僧正欲和诗友告别,却来了位手执杏花的女子,"妖娆娇似天台女,不亚当年俏妲姬"。美丽如妲己的女诗人,出口成章先吟出"雨润红姿娇且嫩",分明是描写大自然中的杏花,接着对唐僧"挨挨轧轧",低声悄语:"趁此良宵,不耍子待要怎的?"四个诗翁也不甘寂寞,这个要做媒,那个要保亲。唐僧"心如金石,坚执不从",却被那些人扯扯拽拽,嚷到天明。这时幸好徒弟们找来,诗翁、美女、鬼使、女童,一时间全部消失得无影无踪了。悟空向师父问清这些深夜吟诗者的名号后,看到崖下有好几株古树,判断就是这几株树木在此成精:"十八公乃松树;孤直公乃柏树;凌空子乃桧树;拂云叟乃竹竿;赤身鬼乃枫树;杏仙即杏树;女童即丹桂、腊梅也。"遇到这种基本无害的妖精,悟空根本不需要动手降妖。这些"妖"们知道唐僧徒弟到来,已作鸟兽散,恢复了原形老老实实地待在崖边。但有些煞风景的是,八戒不由分说,立刻将这些基本无害的树木用钉耙筑了个稀烂。

看到这里,我们不由得感叹:对牛不能弹琴,对猪不能谈诗。

木仙庵谈诗,是九九八十一难中的"棘林吟颂五十二难",更是吴承恩特地为唐僧安排的一次心灵畅游。让总是跟猴、猪、水怪朝夕相处的老和尚,偶遇几个文友、诗友,倾诉一下他的思乡情怀,抒发一番他的人生追求,亮一亮唐御弟的文采,这样多好。倘若没有后来杏妖的"男女纠缠",这一段可以说是充满诗情画意了。文人胸襟令吴承恩在西天取经的故事中增添了一个特殊的小插曲,而唐僧必须经历命中注定的灾难,所以不得不将本来温馨的深夜诗会以

"拉郎配闹剧"收场。

　　吴承恩再次展示小说家的张弛有度，在唐僧吟诗的诗情画意之后，又出现悟空的一场热闹大战。唐僧以为到了雷音寺，没想到他们见到的却是妖魔为挑战悟空虚设的假雷音寺。

黄眉怪叫板孙大圣

西天取经路走了多半，取经僧又迎来"大厄难"。第六十五回《妖邪假设小雷音　四众皆遭大厄难》。误入小雷音为什么比其他厄难更大？因为妖魔手中的武器太厉害，还是因为孙悟空五湖四海请的救兵太多太繁杂？大概都沾点儿边，最根本的厄难却是妖魔想挑战悟空的智谋和能力。唐僧只是妖魔的"人质"，妖魔更感兴趣的，是和悟空比试哪个是英雄、哪个是好汉、哪个有本领。当然，厄难也来自唐僧内心，是他自己给妖魔送上门的。诚心拜佛的老和尚急于求成，又认假成真了。

黄眉怪和大圣打擂台

这几乎成了模式：越是悟空劝阻师父别做的事，唐僧就做得越来劲。悟空看到前边楼台殿阁的祥光雾霭中有凶气，这就暗示了这里有上天或佛界下来作祟的妖魔。"祥光"是妖魔的原身带来的，"凶气"是他变成妖魔后发出的。悟空告诉师父"少吉多凶"，不进为好。但是妖魔点化出来的却是"小雷音寺"，唐僧认为自己辛辛苦苦走了这么多年，万里迢迢终于到了雷音寺，肯定得进去拜佛，立刻披上袈裟去拜。人妖不分、真假不辨又一心向佛，永远是唐僧的死穴。看到大殿前摆列五百罗汉、三千揭谛、四金刚、八菩萨、比丘尼、优婆塞，完全是传说中如来的排场，唐僧想不到妖魔也能变出这些来，于是和八戒、沙僧一步一拜到灵台。悟空公然不拜，手持金箍棒要打"佛祖"，被妖魔合在金铙内，唐僧三人也立刻被缚。妖魔现出本相，声称等悟空在金铙里三昼夜化为脓血后，再蒸他三个受用。

这又是个传统模式：唐僧、八戒、沙僧被缚，需悟空救，悟空灾难却更甚。怎么办？悟空在铙内念出咒语，一直暗中保护唐僧的揭谛等人出现在铙外。悟空气愤地向他们发牢骚："我那师父，不听我劝解，就弄死他也不亏！"牢骚归牢骚，他还得脱出金铙救师父。揭谛向玉帝报告，玉帝派二十八宿下凡。二十八个星宿折腾到三更时分，还是弄不开金铙，最后亢金龙把自己的角从缝隙处伸进铙中，悟空将角尖钻了一个孔，自己变小钻进孔中，亢金龙拔出角，终于带出了悟空。悟空出来后，气愤地将金铙一棒敲个粉碎。妖魔终于露面与悟空对阵，悟空好奇地观看这个敢冒天下之大不韪假冒如来的妖精是个什么模样：

> 蓬着头，勒一条扁薄金箍；光着眼，簇两道黄眉的竖。悬胆鼻，孔窍开查；四方口，牙齿尖利。穿一副叩结连环铠，勒一条生丝攒穗绦。脚踏乌喇鞋一对，手执狼牙棒一根。此形似兽不如兽，相貌非人却似人。

多么有趣的人物形象，"似兽不如兽""非人却似人"，像只野

妖邪假设小雷音

兽却没有野兽凶猛可怕，像个人却不是凡人，而是神人。这是西天取经途中遇到的一个特殊的妖魔。更有趣的是，妖魔自称"黄眉老佛""黄眉大王"，宣称：我听说你孙悟空有些手段，才故意诱你师父进来，打算和你赌赛。"如若斗得过我，饶你师徒，让汝等成个正果；如若不能，将汝等打死，等我去见如来取经，果正中华也。"

原来这个妖精并不打算吃唐僧肉，而是想跟悟空打擂台，最好能把他们师徒打死，他自己去取经。假如来要到真如来那儿取经成正果，有没有搞错？这样一来，不管悟空如何踢天弄井，都不为降妖，只是赌赛？怪不得这次捉住唐僧的妖精没有把吃唐僧肉的计划提上日程，他们从来没讨论过如何吃、请谁吃，不像金角、银角大王得请母亲来吃，也不像红孩儿得请他爹来吃。黄眉怪对吃唐僧肉并没兴趣，看来他抓唐僧只是个噱头，他的兴趣还在悟空身上。

真是稀奇，竟然有妖魔为了向美猴王挑战而挟持他的师父！向来掐尖要强、喜欢把降妖当"耍子"的悟空一听，立刻笑着与妖精开打。"行者笑道：'妖精，不必海口！既要赌，快上来领棒！'那妖王喜孜孜，使狼牙棒抵住。"两军对垒，猴王笑，妖魔喜，这是哪方神圣设计的游戏？两个玩家还没开玩，就已经如此开心了。

神奇无比包袱皮

悟空妖魔斗五十回合不见输赢。二十八宿、五方揭谛把魔头围在中间。妖魔从腰间解下个旧白布搭包儿，往空中一抛，把悟空和天兵天将都给装了进去。妖魔扛着包袱得胜而回，然后解开搭包儿，小妖们拿一个，捆一个。悟空被捆到半夜，听到悲泣声，原来是师父在忏悔："悟空啊！我自根当时不听伊，致令今日受灾危。……"

悟空对师父暗自怜悯，他使出遁身法脱下绳，走近叫了声"师父"。唐僧又惊又喜，连忙声明："向后事，但凭你处，再不强了！"悟空虽还未在妖魔处得胜，却已经得到了师父的"顺服"，可以先扬眉吐气一下了。

悟空解救了师父和天将，又想回去取走行李，但不慎吵醒了众妖，只得与妖魔重新开战。这次小说家将二十八宿一一列出，这是神魔文学二十八宿的最全名单：角木蛟、亢金龙、女土蝠、房日兔、心月狐、尾火虎、箕水豹、斗木獬、牛金牛、氐土貉、虚日鼠、危月燕、室火猪、壁水獝、奎木狼、娄金狗、胃土彘、昴日鸡、毕月乌、觜火猴、参水猿、井木犴、鬼金羊、柳土獐、星日马、张月鹿、翼火蛇、轸水蚓。多么奇妙，二十八宿都是动物成仙，天上飞的龙，水中游的蛟，山上跑的獬豸，地上爬的蚯蚓，山里的虎豹，天上飞的燕子，家里养的猪和鸡，无奇不有。天宫有个多么丰富的动物世界！昴日星官和亢金龙已帮过孙悟空大忙；悟空大战黄袍怪时，奎木狼是对手，现在也成了悟空的帮手。让我纳闷儿的是，奎木狼化身黄袍怪下凡后，被玉帝贬作太上老君的烧火童子，才多长时间？从悟空战完黄袍怪到此时，应该过了不到十年。也许真是"天上一日，地上一年"，没过多久，奎木狼就已经官复原职，玉帝也太不拿天宫法纪当回事了。

妖精故技重施，抛出包袱皮。悟空提前逃到空中，包袱皮一股脑儿将众人装走。唐僧、八戒、沙僧被悬梁高吊，可怜的诸神好似储存的萝卜一样，都被绑缚在地窖中了。悟空哀叹一番后，到南赡部洲武当山向荡魔天尊求援。混元教主派出龟、蛇二将和五大神龙助力，结果又被包袱皮一搭包子装去了。这时日值功曹出现，建议悟空再去求南赡部洲盱眙山的大圣国师王菩萨。国师王菩萨派出徒弟小张太子和四大将助阵，小张太子使楮白枪，四大将抢锟鋘剑，与悟空联手，跟妖魔骂战。打斗多时，妖魔又将包袱皮抛出，把四大将与太子神将，一搭包装去。悟空又逃了。

悟空三打白骨精、三调芭蕉扇，事不过三，按说第三次就该结束了，而黄眉怪的包袱皮居然四次包走众神将。这么个又破又旧的包袱皮，抛来包去，回环往复，还有完没完？难道吴承恩这个小说家已经黔驴技穷，只想借这张包袱皮卖弄学识，将二十八宿、混元教主、国师王菩萨，一股脑儿尅到自己的小说里，给西天取经的降妖队伍增添点儿"新鲜血液"？其实呢，这张破包袱皮简直是太上老君金钢琢的变体，又是神魔宝贝的花样翻新，而层出不穷的妖魔法宝，使得悟空遇到妖魔就向天宫、西天求援的过程，其实成了天才小说家用自己丰富的神话知识不断扩展小说情节，从而增加小说的可看性、趣味性、知识性的过程。这也是《西游记》令读者特别是青少年读者百读不厌的原因。

欢喜佛笑呵呵来也

结局终于到来，而且是"自发"到来，并不是悟空求救的结果，这也算吴承恩小说的一个变数。这个变数又跟妖魔主人的个性——与人为善有关系。妖魔的主人是谁？就是大肚子弥勒佛。

正当悟空怅望悲啼"师父"，诉说"百计千方难救你，东求西告枉劳心"时，西南彩云坠地，黄眉老怪的"家长"笑呵呵来也。

谁不认得笑口常开、大肚能容的弥勒佛呢？

　　　　大耳横颐方面相，肩查腹满身躯胖。

一腔春意喜盈盈，两眼秋波光荡荡。

敞袖飘然福气多，芒鞋洒落精神壮。

极乐场中第一尊，南无弥勒笑和尚。

弥勒佛对悟空说："我此来，专为这小雷音妖怪也。"原来黄眉怪是弥勒佛的司磬黄眉童，拐走了几件宝贝假佛成精。搭包儿是弥勒佛的"后天袋子"，俗称"人种袋"；金铙是磬；狼牙棒是敲磬的槌儿。

弥勒佛在悟空手心写了个"禁"字，让悟空将黄眉怪引到瓜田。悟空变成一个熟瓜，弥勒佛变成瓜农，把"瓜"送给黄眉怪。悟空一骨碌钻入黄眉怪咽喉，抓肠刮腹，翻跟头，竖蜻蜓，摆布妖魔。弥勒佛解了黄眉怪的后天袋儿、夺了敲磬槌儿，叫："孙悟空，看我面上，饶他命罢。"悟空快恨死这厮了，他在妖精腹中，左一拳，右一脚，乱掏乱捣，好解气！妖怪疼痛难忍、满地打滚。弥勒佛再次求情，悟空才从妖魔嘴里跳出，现出本相擎棒要打妖魔。弥勒佛已把黄眉怪装在袋里斜挎腰间，手拿着磬槌儿，追问黄眉怪："金铙偷了那里去了？"

黄眉怪叫板孙大圣，结果证明：没有弥勒佛的金铙和"人种袋"，黄眉怪根本不是齐天大圣的对手。倘若不是弥勒佛将黄眉怪藏进"人种袋"，金箍棒早就敲破他的脑壳，什么"种"也留不下了。

悟空之前听弥勒佛道出黄眉怪的来历时，还向弥勒佛问罪，说他"未免有个家法不谨之过"。弥勒佛坦然回答："一则是我不谨，走失人口；二则是你师徒们魔障未完：故此百灵下界，应该受难。"天上、佛界有那么多妖魔下凡生事，没有一个神佛承认自己看管不严，只有弥勒佛肯认错，可见他到底还是较其他神佛心胸开阔。

与《西游记》描写弥勒佛大肚坦腹的形象类似，现在各寺院中的弥勒佛都是笑呵呵的大肚佛，又称"欢喜佛"，门口还总有这样一副对联：

> 大肚能容，容却人间多少事；
> 笑口常开，笑尽天下古今愁。[1]

其实弥勒佛最初的形象并非大肚佛，而且不是中国籍。他出生在古印度波罗奈国，随舅父阿波离申修行，特色是"不修禅定，不断烦恼"。星云大师在《佛·法·僧》中写道：

> 弥勒菩萨的造像，当初是头戴宝冠，身着天衣，披挂璎珞，或作两脚相交倚坐之形，或作一脚自然垂下，一手扶着脸颊，半跏趺思惟的形状，但现在我们所见到的弥勒菩萨的塑像，是一尊笑容可掬，胖大身形，光头大耳，袒胸露腹，箕踞而坐，一般民间都以五代梁时应化的布袋和尚的形象，作为弥勒菩萨的造型。

这样一来，继观世音、文殊、如来之后，笑呵呵的弥勒佛也在西天取经路上参与降妖，经还没取到，西天众佛却已陆续登场，好不热闹。

1　现在更为常见的版本为："大肚能容，容天下难容之事；开口常笑，笑世间可笑之人。"——编者注

悟空、八戒耍蟒蛇

这是一个似乎简单却也相当有趣而且很生活化的西行降妖情节：孙悟空和猪八戒耍蟒蛇。

小雷音遇黄眉怪，悟空挖空心思，天南海北跑断腿。按照小说松紧有致、张弛有度的章法，大厄难后必定有小波折，多人登场后就该来个"二人转"，于是第六十七回《拯救驼罗禅性稳　脱离秽污道心清》成了悟空、八戒儿童般嬉闹耍蛇的故事。驼罗庄除蟒蛇应算九九八十一难的第五十五难，和自然界有关。悟空、八戒耍得自在，读者读得有趣。

求捉妖？承照顾！

唐僧师徒到了驼罗庄，遇到的老者不肯留宿，对唐僧说西行去不得，还详细描述了前边的路如何难走。唐僧心中烦闷不言。悟空指责老者絮聒，老者恼了："你这厮，骨挝脸，磕额头，塌鼻子，凹颉腮，毛眼毛睛，痨病鬼，不知高低，尖着个嘴，敢来冲撞我老人家！"

老者对悟空形象的描绘太生动了，悟空听了却不生气，还吹起牛来，自称"我虽丑便丑，却倒有些手段"。什么手段？"缚怪擒魔称第一，移星换斗鬼神愁。"

老者转怒为喜，热情地摆上面筋、豆腐、青菜、米饭、葵汤等，让唐僧师徒饱餐一顿，然后说，我这里有个妖怪，累你替我们拿拿。悟空立即兴奋起来，朝上唱喏道："承照顾了！"八戒嘲笑悟空："听见说拿妖怪，就是他外公也不这般亲热，预先就唱个喏！"

唐僧说悟空爱闲管。其实悟空如果不闲管，只对自家那一亩三分地上的事感兴趣，能叫六国贩骆驼的齐天大圣吗？师徒四人能平安渡过九九八十一难吗？

老者说，驼罗庄的妖怪着实厉害，它见到人家养的牛、马、猪、羊、鸡、鹅都"囫囵咽"了，甚至"遇男女夹活吞"，是柱天柱地带雨携雾的大妖怪；曾经有和尚、道士来降妖，但都失败了。悟空说，不要紧，"等我替你拿他来"。老者高兴地请来庄里众多长老，问悟空降妖后要什么谢礼，悟空表示完全不用，"说金子幌眼，说银子傻白，说铜钱腥气"，出家人"只是一茶一饭，便是谢了"。悟空品格高洁，时刻注意维护出家人的形象。众老者担心悟空能否成功，悟空满不在乎地说："若论呼风驾雾的妖精，我把他当孙子罢了；若说身体长大，有那手段打他！"

原来是条红鳞大蟒

众人正说着，呼呼风响，妖怪真来了。"倒树摧林狼虎忧，播江搅海鬼神愁"，八戒吓得"战战兢兢，伏之于地，把嘴拱开土，埋在地下，却如钉了钉一般"。不一会儿风过了，八戒说，看来这妖精

"有行止"，"古人云：'夜行以烛，无烛则止。'你看他打一对灯笼引路，必定是个好的"。沙僧说："那不是一对灯笼，是妖精的两只眼亮！"八戒又吓回去了。悟空迎上前去对妖怪喊话，妖怪不回答，可能还没进化到会说话的程度。妖怪"挺住身躯，将一根长枪乱舞"，和悟空一来一往，一上一下，斗到三更时分。八戒见那怪只舞枪遮架并不攻杀，对沙僧笑道，"让老猪去帮打帮打，莫教那猴子独干这功"。八戒赶上举耙就筑，怪物又使一条枪抵住，两条枪如飞蛇掣电。八戒夸奖："这妖精好枪法！不是'山后枪'，乃是'缠丝枪'；也不是'马家枪'，却叫做个'软柄枪'！"悟空判断，"这怪物还不会说话，想是还未归人道"，天明时可能会逃走。果然，天一亮，怪物现身，原来是一条红鳞大蟒：

> 眼射晓星，鼻喷朝雾。密密牙排钢剑，弯弯爪曲金钩。头戴一条肉角，好便似千千块玛瑙攒成；身披一派红鳞，却就如万万片胭脂砌就。盘地只疑为锦被，飞空错认作虹霓。歇卧处有腥气冲天，行动时有赤云罩体。大不大，两边人不见东西；长不长，一座山跨占南北。

妖怪确确实实是一条巨大的蟒蛇，八戒说的"软柄枪"原来是蛇那条分叉的芯子。八戒赶上举耙便筑，蟒蛇钻进洞窟，留七八尺长的尾巴在外。八戒放下钉耙，一把抓住往外乱扯，但哪里扯得动；悟空说"不要这等倒扯蛇"，让八戒放它进去。八戒撒了手，蛇缩进窟，八戒埋怨："这不是叫做没蛇弄了？"悟空说，这个洞窟必有后门，"你快去后门外拦住，等我在前门外打"。八戒跑过山去，果见有个孔窟，他还不曾站稳，悟空在前门外使棍子往里一捣，蟒蛇就

拯救驼罗禅性稳

从后门蹿出，将八戒扫倒。听到悟空叫喊打蛇，八戒才忍痛爬起来使钯乱扑。悟空说："妖怪走了，你还扑甚的了？"八戒道："老猪在此'打草惊蛇'哩！"兄弟俩这是斗蛇还是斗嘴？

师兄弟童心耍蛇

更有趣的耍蛇斗嘴还在后边：

二人赶过涧去，见那怪盘做一团，竖起头来，张开巨口，要吞八戒。八戒慌得往后便退。这行者反迎上前，被他一口吞之。八戒捶胸跌脚，大叫道："哥耶！倾了你也！"行者在妖精肚里，支着铁棒道："八戒莫愁，我叫他搭个桥儿你看！"那怪物躬起腰来，就似一道路东虹。八戒道："虽是像桥，只是没人敢走。"行者道："我再叫他变做个船儿你看！"在肚里将铁棒撑着肚皮。那怪物肚皮贴地，翘起头来，就似一只赣保船。八戒道："虽是像船，只是没有桅篷，不好使风。"行者道："你让开路，等我叫他使个风你看。"又在里面尽着力把铁棒从脊背上一搠将出去，约有五七丈长，就似一根桅杆。那厮忍疼挣命，往前一撺，比使风更快，撺回旧路，下了山，有二十余里，却才倒在尘埃，动荡不得，呜呼丧矣。八戒随后赶上来，又举钯乱筑。行者把那物穿了一个大洞，钻将出来道："呆子！他死也死了，你还筑他怎的？"八戒道："哥啊，你不知我老猪一生好打死蛇？"

钻进妖魔肚子，是悟空的特殊战法。但八戒似乎没有见过，他真心以为师兄被蛇吞了，而且是替自己牺牲的，于是"捶胸跌脚"地大叫，足见他们现在兄弟情深。悟空之前数次钻到妖魔肚子里，如对付银角大王、罗刹女，都与妖魔进行"腹内外对话"或"隔肚皮谈判"。这次的妖魔，严格地说，既没成"妖"更谈不上"魔"，仅仅是大自然中的一条巨型蟒蛇，连人话都不会说，悟空没法和它进行对话或谈判。这样一来，八戒就临时为师兄"捧哏"，配合着悟空，一个在大蟒蛇腹内，一个在大蟒蛇腹外，你一言我一语，说桥、说船、说风，说得别致，说得好玩。这哪儿像生死搏斗？倒像是场杂耍，倒像是侯宝林在说相声，这个过程里出现了好多和"蛇"有关的日常用语，如"倒扯蛇""没蛇弄""打草惊蛇""好打死蛇"等，被吴承恩敷衍成小说情节，放到两个性格完全不一样的师兄弟身上，更是活泼有趣，让人笑破肚皮。

一段西游磨难，变成师兄弟一片童心耍蛇，妙哉趣也！

稀柿胡同八戒又立功

巨蟒就这样被二人除掉了，全庄人自然感激不尽，唐僧师徒被苦留了五七日才走。告别当天，众人又将他们送出好远，一直走到之前老者提到的七绝山稀柿衕口。这里也是西行必经之地，由于此地人烟稀少，满山柿果无人摘，熟烂的柿子落在路上，再经霉过夏，一路污秽，散发恶臭。唐僧见路道填塞，闻得如此恶秽，问悟空如何通过，悟空也捂着鼻子说"这个却难也"。老者建议众人开一条新路让唐僧师徒通过，被悟空制止了；悟空对众人说："你们去办得两石米的干饭，再做些蒸饼馍馍来。等我那长嘴和尚吃饱了，变了大猪，拱开旧路，我师父骑在马上，我等扶持着，管情过去了。"

八戒起初抗议道"你们都要图个干净，怎么独教老猪出臭"，但听唐僧表示"你果有本事拱开衕衕，领我过山，注你这场头功"，又听众人承诺饭食管够，可以随时提供后，满心欢喜地应了这个差事。他捻着诀摇身一变，果然变做一个大猪：

> 嘴长毛短半脂膘，自幼山中食药苗。
> 黑面环睛如日月，圆头大耳似芭蕉。
> 修成坚骨同天寿，炼就粗皮比铁牢。
> 龉龉鼻音呱诂叫，喳喳喉响喷嗊哮。
> 白蹄四只高千尺，剑鬣长身百丈饶。
> 从见人间肥豕豗，未观今日老猪魈。
> 唐僧等众齐称赞，羡羡天蓬法力高。

八戒拱一段儿就停下来吃一顿，这样又奋战了两天，师徒终于走出了这条脏污之路。天蓬元帅变成大肥猪真的解决了大问题，这肥猪是八戒的"真身"，外表粗陋，却得到人们的称赞。八戒的"猪身"做了八戒的"人身""神身"做不了的事，也是悟空无法做到的事。这可真是尺有所短，寸有所长。八戒不怕脏不怕累、任劳任怨，这次又立了一功。

神猴行医朱紫国

吴承恩的想象力没有界限，孙悟空的能力也没有界限，这只花果山出来的野猴，竟然要当太医，要在西域弘扬传统中医。他不仅会望闻问切、"悬丝诊脉"，还会开中药铺，甚至要造出一种药到病除的"乌金丹"，太离奇了。

吴承恩的中医情结

我估计，吴承恩即使没行过医，也应该仔细研究过《黄帝内经》《伤寒论》《本草纲目》《脉诀》等中医药经典，经常观察中医治病的过程，而且了解过名医医案。

我为什么有这样的想法呢？因为我发现吴承恩喜欢在小说里用中药名搞文字游戏。而我对这样的情节特别敏感，是因为我家是中医世家，祖父和父亲都是山东青州的知名中医，尽管我们兄妹七人后来没有一个人学中医专业，但是我从小在父亲身边耳濡目染，对小说里有关中医药的细节特别有兴趣。

吴承恩在《西游记》中用中药名做文章，在悟空朱紫国行医之前已经出现了两次。

第一次是第二十八回《花果山群妖聚义　黑松林三藏逢魔》。悟空被师父轰回花果山，发现小猴被猎人杀伤众多。于是悟空作法让狂风卷起碎石，剿杀了一群猎人。不知吴承恩是不是考虑到悟空已皈依佛门，想让悟空制造的这起血案看上去不那么血腥，便异想天开，用连缀中药名的方式形容这起"花果山大屠杀"：

石打乌头粉碎，沙飞海马俱伤。人参官桂岭前忙，血染朱砂地上。

附子难归故里，槟榔怎得还乡？尸骸轻粉卧山场，红娘子家中盼望。

如果这还不叫文字游戏，那什么才叫文字游戏？我估计当年吴承恩拿着狼毫笔写出这段文字时，肯定得意非凡。上阙中的"乌头""海马""人参""朱砂"，以及下阙中的"附子""槟榔""轻粉""红娘子"，都是中药名，吴承恩用这几味中药编了一首词，将"猎户惨案"描绘得非常精彩。"乌头粉碎（头颅碎裂）"、"朱砂地上（鲜血满地）"、"附子难归故里（父子难回故乡）"、"红娘子家中盼望（妻子在家中盼丈夫归来）"，这样巧妙的意象，吴承恩是怎么琢磨出来的？我曾异想天开，幻想把吴承恩和曹雪芹聚到一起，叫他们玩玩文字游戏，看看到底谁能胜出。

第二次是第三十六回《心猿正处诸缘伏　劈破傍门见月明》。战罢金角大王、银角大王，唐僧师徒上路，进入深山，看到山顶巍峨，乔松盘翠，麋鹿成群，听到山鸟时鸣，猿啼鹤唳，大虫哮吼。唐僧心中凄惨，兜住马，叫声"悟空啊"，然后口占七律抒情，每句都有个中药名：

> 自从益智登山盟，王不留行送出城。
> 路上相逢三棱子，途中催趱马兜铃。
> 寻坡转涧求荆芥，迈岭登山拜茯苓。
> 防己一身如竹沥，茴香何日拜朝廷？

作者用"益智""王不留行""三棱子""马兜铃""荆芥""茯苓""防己""竹沥""茴香"九个中药名连缀成诗，描述西天取经之苦，配搭何等巧妙。"王不留行"是下奶药，居然被吴承恩活用成唐太宗送唐僧出行的意思；有助消化功能的草药"马兜铃"用来指马身上的铃铛；唐僧保护自己叫"防己"；取经成功回来叫"茴香"……实在太妙了。

吴承恩如此钟爱中医药，如果不写一大段"中医故事"岂不遗憾？那么取经僧中哪个能做"华佗"，能叫吴承恩编个好故事呢？唐僧虽然学养丰厚，但太没趣了。谁能想到，竟是石头缝里蹦出来的那位做了医生。第六十八回《朱紫国唐僧论前世　孙行者施为三折肱》和第六十九回《心主夜间修药物　君王筵上论妖邪》就描写了这个不可思议的故事。

大胆揭国王求医皇榜

唐僧师徒到朱紫国，见街市人物轩昂，衣冠齐整，不亚大唐，也有接待各国使者的会同馆。师徒进入会同馆，馆使按惯例给他们安排住宿，送米面、青菜、豆腐、面筋等，仍然是中原大地上的日常饮食。管事的让他们自己做饭，油盐酱醋自己买。这是这个国家的特殊规定，这个规定也引发了悟空后来的活动。

唐僧进朝倒换公文，吩咐徒弟不可出外生事。他哪里想到，他前脚走，悟空后脚就闹出了幺蛾子。猴王要当妙手回春的中医！须菩提祖师没有教过他医术，唐僧也没有教过他医理。悟空"医国手"的本事哪儿来的？无师自通、自学成才？按常理都没法解释，只能说，极端的天才总会有违背常理的举动。神魔小说的作者总会创造出一些世间永远说不通的奇事。

悟空是如何在朱紫国招摇过市，做起中医来的？他先得揭求医皇榜。

唐僧到朱紫国宫殿找国王倒换关文，发现国王面黄肌瘦，形脱神衰。而国王强打精神向唐僧请教大唐历史的时候，悟空正在会同馆里捉弄师弟八戒。他想让八戒跟自己一起出去买调料，就故意说街市上不光有烧饼、馍馍、汤饭、椒料、蔬菜，还有糖糕、蒸酥、点心、卷子、油食、蜜食等无数好东西，说要去买些请八戒吃。八戒一听有吃的，马上跟猴哥到市面上去了。悟空无非是闲得发慌，想找个机会拿师弟开涮。他们到了鼓楼边，众人喧嚷，填街塞路。八戒在来时路上就因相貌奇特被人围观，怕这次再丢脸，不敢去人多的地方，悟空让他"在这壁根下站定"，说去给他买烧饼吃。于是八戒把嘴拄着墙根死也不动，等着吃好东西。

悟空挤入人丛，发现朱紫国国王因久病不愈张榜求医，而且在榜上许愿道，"稍得病愈，愿将社稷平分"。悟空一看大喜，立刻决定"等老孙做个医生要要"。正儿八经揭皇榜进宫治病，多没意思！他要先寻点儿开心。悟空用隐身法揭了皇榜揣到八戒怀里，自己先回会同馆了。守榜的太监、校尉找到八戒，发现皇榜在他怀里，就问他怎么揭了皇榜。八戒先是莫名其妙，慌慌张张地赌誓："你儿子便揭了皇榜！你孙子便会医治！"然后发现自己怀中揣着皇榜，才知道是怎么回事，咬牙骂道："那猢狲害杀我也！"于是太监、校尉们拉八戒去找悟空。呆子不呆，八戒知道猴哥爱戴高帽，于是让他们见悟空时必须行个大礼，称"孙老爷"。悟空呢？更是"说他咳嗽他就喘"，立刻大大咧咧地吹嘘道："常言道：'药不跟卖，病不讨医。'你去教那国王亲来请我。我有手到病除之功。"悟空还没悬壶济世，先摆起了名医架子。但"医不叩门"是中国古代传统，吴承恩深知社会风俗，拿来敷衍小说情节。

唐僧在宫中一听说这件事，马上向朱紫国国王声明，"我那顽徒，俱是山野庸才"，只会挑包背马，或者伏魔擒怪，"更无一个能知药性者"。他怎么也想不到自己那唯恐天下不乱的大徒弟要做医生，而且是给国王看病的医生。朱紫国国王急于求医，因自己身体不适，派文武众卿到会同馆拜见悟空，嘱咐："汝等见他，切不可轻慢，称他做'神僧孙长老'，皆以君臣之礼相见。"文武众卿毕恭毕敬地到了会同馆拜悟空，悟空"端然不动"，接受朝拜。八戒思忖："这猢狲活活的折杀我也！怎么这许多官员礼拜，更不还礼，也不站将起来！"悟空坦然地接受完朝拜，才"整衣而起"。这"猪鼻子插葱——装象（相）"的事，倒是挺下功夫。文武大臣"各依品从，作队而走"，美猴王可过了次当"长老"的瘾。

想想这也有趣，悟空服侍师父，动不动就被师父念《紧箍儿咒》，还两次被轰回花果山；跟师弟在一起，时不时地被八戒进点儿谗言……他可能早就憋了一肚子气。这会儿怎么样？本猴王做上千人朝、万人拜的"准皇帝"啦。悟空就是要在众人意想不到的地方露一手。

所以，世间之事，只要敢想敢干，有什么奇迹不会发生？

孙行者施为三折肱

奇妙的"悬丝诊脉"

悟空到了王宫中，还没开始诊病，就因为"声音凶狠""相貌刁钻"，先把朱紫国国王吓倒在龙床上。悟空却侃侃而谈，做起"中医讲座"。他说看病时先要看病人气色，听病人声音，问病人发病原因及饮食等情况，然后才是诊脉，通过病人脉象，判明病情。他说得倒是一点儿不错。这套理论，他是用一首长诗叙述出来的：

> 医门理法至微玄，大要心中有转旋。
> 望闻问切四般事，缺一之时不备全：
> 第一望他神气色，润枯肥瘦起和眠；
> 第二闻声清与浊，听他真语及狂言；
> 三问病原经几日，如何饮食怎生便；
> 四才切脉明经络，浮沉表里是何般。
> 我不望闻并问切，今生莫想得安然。

太医官倒是肯定了悟空的说法，"就是神仙看病，也须望、闻、问、切"。但现在国王不敢见"医生"，"医生"如何诊断？悟空又出新招儿，自称可以"悬丝诊脉"。

"悬丝诊脉"本是传说中一些名医诊脉的方法，主要是用在医生不能接近的后宫妃嫔身上，现在国王不敢见"医生"，也可以用这个方法。一只花果山的猴子怎么会"悬丝诊脉"？有趣的是，人家不仅会，还有一套理论；不仅有一套理论，人家还造出"神仙一把抓"的药丸！

妙不可言"乌金丹"

唐僧去找朱紫国国王倒换关文，唯恐天下不乱的悟空，本来是骗八戒到市场上买东西，却临时改变主意，揭下朱紫国国王求医的榜文，自称"神医"，前去给国王治病。国王因害怕悟空，不敢让他靠近，于是悟空就来了个"悬丝诊脉"。

猴医诊脉头头是道

悟空怎么诊脉？他拔下三根毫毛变成丝线，按"寸、关、尺"三部位系到国王手腕上，"将线头从窗棂儿穿出与我"。精彩的"神医诊脉断奇病"发生了，我们看看吴承恩是怎样把一些名医诊脉的细节嫁接到一只猴子身上的：

> 行者接了线头，以自己右手大指先托着食指，看了寸脉；次将中指按大指，看了关脉；又将大指托定无名指，看了尺脉；调停自家呼吸，分定四气、五郁、七表、八里、九候、浮中沉、沉中浮，辨明了虚实之端；又教解下左手，依前系在右手

腕下部位。行者即以左手指，一一从头诊视毕，却将身抖了一抖，把金线收上身来。厉声高呼道："陛下左手寸脉强而紧，关脉涩而缓，尺脉芤且沉；右手寸脉浮而滑，关脉迟而结，尺脉数而牢。夫左寸强而紧者，中虚心痛也；关涩而缓者，汗出肌麻也；尺芤而沉者，小便赤而大便带血也。右手寸脉浮而滑者，内结经闭也；关迟而结者，宿食留饮也；尺数而牢者，烦满虚寒相持也。——诊此贵恙：是一个惊恐忧思，号为'双鸟失群'之证。"

悟空活脱脱一副"世界文化遗产中医传人"的诊脉派头，讲得煞有介事。他所描述的脉象与症结是否符合中医原理，我也不太确定，不过看样子已经镇住当时宫里的各色人等了。曾骂悟空"害了我也"、认为他对医术一窍不通招灾惹祸的唐僧，这时大概也是目瞪口呆。其实，悟空"悬丝诊脉"与当面诊脉并无区别，"悬丝诊脉"的"丝"是他的毫毛，是他身体的一部分，他借助毫毛与国王接触，也能知晓一二。这个构思实在妙。

找到了病源，关键还得处方取药，妙趣横生的"乌金丹"就横空出世了。

"孙大夫"进宫诊病前曾嘱咐八戒和沙僧，"你两个与我收药"，还说凡是有人来送药，你们收下就行了。诊病结束后，太医官问悟空如何用药，悟空回答"不必执方，见药就要"。在他的要求下，八百零八味药，每味三斤，还有"药碾、药磨、药罗、药乳并乳钵、乳槌之类"，全部送到了会同馆，交付八戒和沙僧。一家大型中药房需要的各种原材料基本凑齐了。

这时唐僧也准备跟悟空一起回去制药，但国王突然传旨，要留唐僧同宿文华殿，"待明朝服药之后，病痊酬谢，倒换关文送行"。唐僧大惊，"此意是留我做当头¹哩"，若明天给国王治好了还罢，治不好自己可能就没命了。但他也不敢违背国王旨意，只好嘱咐悟空"仔细上心"，让悟空自己回去了。

悟空回到会同馆，八戒一见他就笑道，师兄这是看取经不成，想在这富庶之地开药房了？悟空说，这些药材不是都要用上，"他那太医院官都是些愚盲之辈，所以取这许多药品，教他没处捉摸，不知我用的是那几味，难识我神妙之方也"。猴王的保密意识还挺强，他居然懂得"知识封锁"！

奇思妙想的草头方

这几千斤的药材如何配药？前天蓬元帅和前卷帘大将，这时忽然又都成了中药专业研究生，与齐天大圣讨论起药理，讨论得津津有味，似乎大家多少都有些药理常识。

悟空说："你将大黄取一两来，碾为细末。"

沙僧说："大黄味苦，性寒，无毒；其性沉而不浮，其用走而不守；夺诸郁而无壅滞，定祸乱而致太平；名之曰'将军'。此行药耳。但恐久病虚弱，不可用此。"

悟空说："此药利痰顺气，荡肚中凝滞之寒热。你莫管我。"又说："你去取一两巴豆，去壳去膜，捶去油毒，碾为细末来。"

八戒说："巴豆味辛，性热，有毒；削坚积，荡肺腑之沉寒；通闭塞，利水谷之道路；乃斩关夺门之将，不可轻用。"

1　当头：指向当铺借钱时所用的抵押品，在此处也有人质的意思。——编者注

悟空说："此药破结宣肠，能理心膨水胀。快制来。"然后说其他药材都不用了，"将锅脐灰刮半盏过来"。

沙僧说："不曾见药内用锅灰。"

悟空说："锅灰名为'百草霜'，能调百病，你不知道。"最后又说："你再去把我们的马尿等半盏来。"

沙僧说："马尿腥臊，如何入得药品？……那曾见马尿为丸？"

悟空说："我那马，不是凡马。他本是西海龙身。若得他肯去便溺，凭你何疾，服之即愈。"

于是出现妙趣横生的取马尿场面：

> 八戒闻言，真个去到马边。那马斜伏地下睡哩。呆子一顿脚踢起，衬在肚下，等了半会，全不见撒尿。他跑将来，对行者说："哥啊，且莫去医皇帝，且快去医医马来。那亡人干结了，莫想尿得出一点儿！"……
>
> 三人都到马边，那马跳将起来，口吐人言，厉声高叫道："师兄，你岂不知？我本是西海飞龙，因为犯了天条，观音菩萨救了我，将我锯了角，退了鳞，变作马，驮师父往西天取经，将功折罪。我若过水撒尿，水中游鱼，食了成龙；过山撒尿，山中草头得味，变作灵芝，仙僮采去长寿；我怎肯在此尘俗之处轻抛却也？"行者道："兄弟谨言。此间乃西方国王，非尘俗也，亦非轻抛弃也。常言道：'众毛攒裘。'要与本国之王治病哩。医得好时，大家光辉。不然，恐俱不得善离此地也。"那马才叫声"等着。"你看他往前扑了一扑，往后蹲了一蹲，咬得那满口牙龁支支的响喨，仅努出几点儿，将身立起。八戒道："这个亡人！就是金汁子，再撒些儿也罢！"那行者见有少半盏，

心主夜间修药物

道："殼了！殼了！拿去罷。"

三人随后将之前的药饵和马尿混在一起，搓成三个大药丸。悟空诊病诊得精彩，但实践才是检验真理的标准，还得治好国王的病才算数。此时看来，国王要求唐僧留在宫中，其实对情节的推动有很大帮助，试想，如果制药时唐僧在场，他能容许悟空用马尿给一国之君和药吗？悟空说为国王治病需要"众毛攒裘"，其中关键的一味"药"就是马尿！

有了药，还得有药引，还得看药效。

妙趣横生药引子

第二天众官员来会同馆取药，悟空让八戒把昨天做的三丸药给他们。官员问"此药何名"，悟空说叫"乌金丹"。八戒、沙僧暗笑道："锅灰拌的，怎么不是乌金！"官员又问用什么做药引，悟空说或用"一般易取者"，或用"六物煎汤送下"。哪"六物"？悟空信口诌了个"乌有大聚会"：

> 半空飞的老鸦屁，紧水负的鲤鱼尿，王母娘娘搽脸粉，老君炉里炼丹灰，玉皇戴破的头巾要三块，还要五根困龙须：六物煎汤送此药，你王忧病等时除。

世间哪里能找到此六物？一物也找不到。官员又问一般引子是什么，悟空说是"无根水"。官员认为从井里、河里舀的水，只要不滴到地上，都是"无根水"；但悟空却说必须是天上落下的雨水才行。官员想让国王等天阴下雨时再吃药，国王等不及，想让法师求雨，悟空却把老朋友东海龙王敖广请来了。龙王打了两个喷嚏化作"甘霖"降下，众人忽见落雨，喜出望外，立刻都去接水。"甘霖"水量不大，众人一共收集了三盏"无根水"给国王服药。

真是"神仙一把抓"！国王服下三个"乌金丹"后，不久便腹泻不止，之前的不适貌似和他吃糯米团消化不良有关。之后国王似乎瞬间痊愈，"渐觉心胸宽泰，气血调和，就精神抖擞，脚力强健"，他对唐僧师徒感激不尽，"见了唐僧，辄倒身下拜"。

治病还需除根

国王大摆宴席感谢大唐圣僧和他的神医徒弟。在"吃一看十"的筵席上，香汤饼、透酥糖、黄粱饭、菇米糊等应有尽有，八戒大快朵颐。国王给"神医"悟空敬酒，敬了三宝钟又敬四季杯。八戒见酒不到他，"咽咽咽唾"，叫道："陛下，吃的药也亏了我，那药里有马——"八戒如果信口说出"马尿"，成何体统？悟空连忙把手中酒递给八戒，堵上他的嘴。国王好奇地问"是甚么马"，悟空连忙机智地回答"内有马兜铃"，还假称不让八戒说是不想把"好方儿"搞得尽人皆知。太医官立即分析这药用得对，"兜铃味苦寒无毒，定喘消痰大有功"。八戒也赚了个三宝钟。

之前唐僧质问悟空如何会看病时，悟空回答，"我有几个草头方儿，能治大病"。看来悟空创造的"乌金丹"就是奇思妙想的"草头方儿"。大黄、巴豆、百草霜治消化不良，这是进了中华药典的。但《西游记》是小说，这个药方多半是按文学创作的需要配伍，按满足读者的要求成剂，如果哪个消化不良患者照搬这个方子，先不说白龙马尿根本没处寻，就说滥用大黄、巴豆，也一定会吃坏肚子，所以还是不要当真为妙。

国王的病治好了，他的病根是什么？是妖精抢走了他的正宫娘娘。于是悟空又要去救回正宫娘娘了。

孙悟空巧盗紫金铃

孙悟空早就诊断朱紫国国王得的是"惊恐忧思，号为'双鸟失群'之证"，国王的病治好了，他向悟空诉说自己这个病的成因。

国王、妖怪都是情种

原来国王因为丢了正宫娘娘而病，还表示如果能找回娘娘，愿意献出江山。

朱紫国也过端阳节，要"解粽插艾，饮菖蒲雄黄酒，看斗龙舟"，这不是和大唐风俗完全一样吗？但三宫娘娘和大唐称呼不同，叫"金圣"、"玉圣"和"银圣"。三年前端阳节庆典上，突然半空中出现了一个妖怪，自称"赛太岁"，住在麒麟山獬豸洞，要金圣娘娘做夫人，否则要将国王和全城百姓都吃绝。国王只好将金圣娘娘交出，妖怪立刻把娘娘抢走了。国王自己也受了惊吓，当时吃的粽子凝滞腹内，加上昼夜思念娘娘，就这样得了病。悟空问他，你是想要金圣宫回国吗？国王扑通一声给悟空跪下，说："若救得朕后，朕愿领三宫九嫔，出城为民，将一国江山，尽付神僧，让你为帝。"原来朱紫国国王是这样一个大情种啊！八戒忍不住大笑："这皇帝失了体统！怎么为老婆就不要江山，跪着和尚？"

于是，从来不懂情爱的神猴踏上了帮朱紫国国王寻爱的征程。

悟空还没动身，妖怪倒派小妖来了，自称要从朱紫国带走两个宫女去服侍金圣娘娘，悟空迅速将小妖一棒打成两截。国王亲自给悟空敬酒，请他去降妖。

悟空一下飞到了麒麟山，在这里他首先见到的是火、烟、沙：山坳里扑天红焰，红焰中冒出恶烟，进出遮天蔽日的沙。

《西游记》里的小妖都特别精彩，他们有的很天真，像平顶山的小妖就一心跟悟空换能装天的葫芦；麒麟山这里，出现了一个似乎很善良的小妖，他其实担任了替吴承恩叙事的角色。悟空发现来了一个小妖，就变成小虫躲在他身上，听到小妖一边敲着锣，一边叽叽："我家大王，忒也心毒。三年前到朱紫国强抢了金圣娘娘，一向无缘，未得沾身，只苦了要来的宫女顶缸。两个来弄杀了，四个来也弄杀了。前年要了，去年又要，今年又要；今年还要，却撞个对头来了。"小妖还叽叽说，他们大王要攻打朱紫国，"那时我等占了他的城池，大王称帝，我等称臣，——虽然也有个大小官爵，只是天理难容也"。这不是一个很有良心的小妖吗？悟空变成一个道童，跟这个小妖攀谈起来，得知小妖正要去朱紫国下战书，又打听到一些金圣娘娘的近况，然后趁其不备，一棒把小妖打死，让这个名叫"有来有去"的小妖成了"有来无去"。这泼猴实在残忍，难道不应该活捉小妖，叫他做个见证吗？他不仅把小妖打死，还要把小妖的尸体挑在金箍棒上作为降妖的证据，回去向朱紫国国王炫耀。接着悟空又找国王要一件金圣娘娘的心爱之物。要这个做什么？悟空未雨绸缪，估计妖王会放烟、放火、放沙，他得提前联系娘娘配合他做内应，到时候他需要给娘娘出示这件心爱之物，娘娘才能相信他。国王交给悟空娘娘心爱的黄金宝串作为"表记"。悟空返回麒麟山，变作"有来有去"的模样进入獬豸洞，看到妖王赛太岁：

> 幌幌霞光生顶上，威威杀气逆胸前。
> 口外獠牙排利刃，鬓边焦发放红烟。
> 嘴上髭须如插箭，遍体昂毛似迭毡。
> 眼突铜铃欺太岁，手持铁杵若摩天。

西天取经路上的妖精无奇不有，每出来一个，都显示出只属于他自己的鲜明特点。赛太岁的外形特点，一曰浑身是毛，二曰獠牙如刀，三曰眼如铜铃。这是个什么怪物啊？似乎也和弥勒佛身边的黄眉怪有些类似，既有杀气，又有祥光，想必又是"佛祖身边工作人员"下界。他的主人是哪位菩萨？他拿了菩萨的什么法器做撒手锏呢？

悟空变成"有来有去"，胡诌了一番去朱紫国下战书的见闻，妖王令他"去报与金圣娘娘得知"。因为金圣娘娘正替朱紫国国王担心呢，妖王似乎也是个情种，让悟空告诉娘娘"去说那里人马骁勇，必然胜我，且宽他一时之心"。

妖怪金铃是何法宝

冒充"有来有去"的悟空见了娘娘，说带来句朱紫国国王的"合心的话儿"，娘娘喝退了两边的狐鹿侍女。悟空现出本相，对金圣娘娘道出实情，拿出宝串，取得了娘娘信任，然后直奔主题："那放火、放烟、放沙的，是件甚么宝贝？"原来这妖王有三个金铃，分别能引出三百丈火光、三百丈烟光、三百丈黄沙。其中黄沙最毒，"若钻入人鼻孔，就伤了性命"。悟空面授机宜，让金圣娘娘行美人计，"使出个风流喜悦之容，与他叙个夫妻之情，教他把铃儿与你收贮"。妖王果然上钩，但悟空拿到金铃，沉不住气，先把金铃上的棉花扯了，"只闻得当的一声响喨，骨都都的迸出烟火黄沙，急收不住"，他只好现出本相，掣出金箍棒打退众妖，又变成苍蝇飞出洞。

　　一盗金铃，悟空神机妙算，原本进展顺利，但无奈他耐不住"猴性"，导致前功尽弃。那就二盗金铃吧。悟空变作苍蝇飞到金圣娘娘身边，再教她计策，他说"断送一生惟有酒"，让娘娘给妖王劝酒。悟空变成贴身侍婢玉面狐狸春娇的样子，拔下毫毛变成虱子、蚤、臭虫，钻进妖王衣服里，挨着皮肤乱咬。妖王在心爱的女人跟前捉出虱子，感觉十分丢脸；金圣娘娘假意帮他捉虱，让他解带脱衣，顺手把妖王系在腰间的金铃递给假春娇悟空。悟空拔下毫毛变个假金铃递还给妖王，他带了真金铃出洞，高叫道："赛太岁！还我金圣娘娘来！"

妖王管悟空叫"外公"

　　悟空已经进妖精洞见过妖精两次，第一次变成小妖"有来有去"，第二次变成狐狸精侍女，妖王却不曾见过悟空的真实面目。妖王听到有人打门，派小妖去问悟空"那里来的，姓甚名谁"，得到的回答是："我是朱紫国拜请来的外公，来取圣宫娘娘回国哩！"妖王问金圣娘娘：你们国家有姓"外"的吗？我记得《百家姓》上都没有。妖王还知道中原地区的《百家姓》，也很有意思。金圣娘娘胡诌

悟空计盗紫金铃

道："止《千字文》上有句'外受傅训'，想必就是此矣。"妖王信以为真，竟出洞高叫："那个是朱紫国来的'外公'？"妖王先把"外公"叫上了，悟空马上就答道："贤甥，叫我怎的？"这样的细节真是把人笑倒！

"外公"悟空和"贤甥"妖王有一段对话。"贤甥"妖王说："原来你是大闹天宫的那厮。你既脱身保唐僧西去，你走你的路去便罢了，怎么罗织管事，替那朱紫国为奴，却到我这里寻死！""外公"悟空喝道："我受朱紫国拜请之礼，又蒙他称呼管待之恩，我老孙比那王位还高千倍，他敬之如父母，事之如神明，你怎么说出'为奴'二字！我把你这诳上欺君之怪！不要走！吃外公一棒！"悟空打"欺君"泼怪，以朱紫国礼请能人自居，他认为"我老孙"比那国王还强，自己这是路见不平，拔刀相助。孙悟空很多地方都跟水浒英雄有一比。

猴王与赛太岁大战五十回合，不分胜负。妖王借口要吃早饭，提议休战，猴王立即放行："'好汉子不赶乏兔儿'，你去！你去！吃饱些，好来领死！"悟空知道妖王这是想要回去取金铃了。果然，妖怪拿到"金铃"回来，自以为占了上风，叫道："孙行者，休走！看我摇摇铃儿！"猴王笑道："你有铃，我就没铃？你会摇，我就不会摇？"妖王看见悟空手里也有个紫金铃，心里一惊："他的铃儿怎么与我的铃儿就一般无二！"于是问悟空："你那铃儿是那里来的？"悟空反问："贤甥，你那铃儿却是那里来的？"妖王老实交代，自己的铃儿是：

> 太清仙君道源深，八卦炉中久炼金。
>
> 结就铃儿称至宝，老君留下到如今。

悟空说，"老孙的铃儿，也是那时来的"，不过"我的雌来你的雄"。妖王把手里的铃儿晃了三晃，火也不冒，烟也不出，沙也无踪。妖王慌了："这铃儿想是惧内，雄见了雌，所以不出来了。"这时悟空攥了三个铃儿一齐摇，红火、青烟、黄沙一齐滚出，燎树烧山。悟空又念咒呼风，风催火势，漫天烟火，遍地黄沙。赛太岁走投无路，眼看就要一命呜呼，这时半空中有人厉声高叫："孙悟空！我来了也！"

观世音菩萨是否和妖怪有缘

悟空抬头一看，只见观世音菩萨手持净瓶杨柳，正洒下甘露救火呢。霎时间，烟火俱无。菩萨道："我特来收寻这个妖怪物。"原来这妖怪是菩萨的坐骑金毛犼。菩萨说，朱紫国国王做太子时，曾在落凤坡前射伤了一只雄孔雀，不巧正是西方佛母孔雀大明王菩萨之子，同胞的雌孔雀也带箭归西。佛母于是惩罚他将来"拆凤三年，身耽啾疾"。这犼当时听了此言，就变成妖怪来到凡间闹事。现在观世音菩萨要来收回她的坐骑。菩萨向悟空要回金铃，套在金毛犼项下，飞身高坐，只见金毛犼"四足莲花生焰焰，满身金缕迸森森"，载着菩萨径回南海去了。这个时候，观世音菩萨的守山大神是收服的黑熊精，身边的善财童子是收服的红孩儿，莲花池里的金鱼做过通天河灵感大王，坐骑金毛犼在麒麟山獬豸洞变成过赛太岁，菩萨自己也变过苍狼怪。观世音菩萨怎么与妖怪这么有缘？

金圣娘娘被悟空接回朱紫国，国王、王后终于团圆。

《西游记》虽是神魔小说，但吴承恩身处封建社会，他的封建伦理观念一点儿也不少。比如：正宫娘娘绝对不可"事二夫"，即使是被妖怪抓走也不行。之前的妖精狮猁怪变作乌鸡国国王，与正宫娘娘"做夫妻"三年，但是狮猁怪是文殊菩萨的坐骑青毛狮子，已经被骗过了，没有玷污娘娘。朱紫国的金圣娘娘被妖王赛太岁掠到洞中住了三年，但妖王始终不能与她亲热，因为紫阳真人将一件旧棕衣变作新霞裳进与妖王，娘娘穿上即生一身毒刺，妖王近她不得。金圣娘娘回国后，紫阳真人立即出现，"对娘娘用手一指，即脱下那件棕衣，那娘娘遍体如旧"。为了保证宫内女性的贞节，竟然需要紫阳真人亲自下界，真是煞费苦心。金圣娘娘身上有刺，又偏偏为骗金铃故意与赛太岁假装"亲热"；朱紫国国王迫不及待拉娘娘的手，却像被蝎子蜇到一样跌坐在地……这类情节自然好玩好看。

盘丝洞谐趣妙斗

京剧舞台上的保留剧目《盘丝洞》，来源于小说《西游记》中一场充满谐趣的妙斗。这次奇遇，几乎又给读者上了一堂比法国昆虫学家法布尔的《昆虫记》更详尽有趣的昆虫大课。

取经师徒离开朱紫国继续向西前进。冬去春来，春光明媚。他们走到一座庄院前，唐僧执意要亲自前去化斋。悟空、八戒劝阻，都要替师父去，但沙僧建议"不必违拗"，"若恼了他，就化将斋来，他也不吃"。

沙僧是最"顺"的孝徒，但没想到他这一"顺"，就把师父"顺"进妖精洞了——唐僧在这里，先后迎来了七只大蜘蛛和一条老蜈蚣。

吴承恩如果活在当下，大概可以做央视《动物世界》栏目的编导，他对大自然的林林总总太熟悉了。

美女把唐僧吊了个"仙人指路"

唐僧到庄前，看到数椽清雅茅屋，有四个女子在窗前"刺凤描鸾"。唐僧不敢前进，在树下等了半个时辰，仍不见有男人出来，只好上桥，又见院中有三个女子踢球游戏。七个女子都美貌非凡，娇脸朱唇，蛾眉蝉鬓，翠袖外玉笋纤纤，湘裙下金莲窄窄，好一幅美女静动相宜图！

这是什么朝代、什么国家？这里的"金莲窄窄"似乎暗示出这些女子是缠过足的，但缠足的风俗是在唐朝之后的五代时期才开始兴起的，吴承恩在这里的描写未免太超前了。

唐僧却看呆了，是受美女吸引吗？不是，他是个心如槁木的老和尚，他想等有男子出现再上前化斋。但他又怕等得太久会被徒弟们耻笑连顿斋饭都化不来，只好硬着头皮上前对女子们说："女菩萨，贫僧这里随缘布施些儿斋吃。"七个美女笑吟吟地请唐僧进屋，唐僧只好进去，见屋里只有石桌、石凳，冷气阴阴。女子们得知他来自东土大唐要去西天取经，显得十分高兴，立即"热情招待"，为他端来了各种诡异的饭菜，"人油炒炼，人肉煎熬；熬得黑糊充作面筋样子，剜的人脑煎作豆腐块片"。唐僧感觉此处凶多吉少，想要离开，却立刻被女子们掼倒在地，用绳子捆起，悬梁高吊，还吊成"仙人指路"的造型，"一只手向前，牵丝吊起；一只手拦腰捆住，将绳吊起；两只脚向后一条绳吊起；三条绳把长老吊在梁上，却是脊背朝上，肚皮朝下"，看来这些美女抓人还要搞"行为艺术"。接着，七个美女脱剥罗衫，露出肚腹，腰眼中冒出鸭蛋粗细的丝绳，瞬间就把庄门遮住了。七个美女早听说吃唐僧肉可长生不老，唐僧自己送上门，岂能不照单全收？

悟空救师父，八戒戏美女

等待师父的悟空忽然看见师父进去的庄院里一片光亮，吆喝道：

盘丝洞七情迷本

"师父造化低了!"他跑到庄前,见丝绳缠了千百层厚,黏软粘人。悟空一时摸不着头脑,担心贸然破坏会引来妖精报复,便召唤出当地的土地神打听情况。土地神告诉悟空,此处叫盘丝岭,岭下有盘丝洞,洞里有七个女妖精,一日三次到濯垢泉洗澡,她们再过一会儿就出来了。悟空变成一只麻苍蝇伏在草梢上等着,一会儿就看见四周丝绳消失,"比玉香尤胜,如花语更真"的七个美女说笑着过桥,悟空飞到前面女子的发髻上听她们说些什么,听到后边女子走向前招呼:"我们洗了澡,来蒸那胖和尚吃去。"悟空耐心地随女子到温泉,又躲在衣架上等待时机。

悟空看到七个蜘蛛精下水洗澡了,寻思道,如果现在打死她们,只要把这棍子往池中一搅,"滚汤泼老鼠,一窝儿都是死",简直太容易了,但这样做"低了老孙的名头"。"我这般一个汉子,打杀这几个丫头,着实不济。不要打他,只送他一个绝后计,教他动不得身,出不得水,多少是好。"于是悟空变成一只老鹰,将她们的衣服叼走了。

悟空把她们的衣服拿给八戒、沙僧看,把经过讲给他们听,说那些妖精现在"忍辱含羞,不敢出头,蹲在水中哩。我等快去解下师父走路罢",可见悟空只想着尽快去救师父。

悟空从不动欲念,但八戒时刻动欲念。八戒一听说女妖精们还在水里洗澡,顿时来了劲,装模作样地说:"师兄,你凡干事,只要留根。既见妖精,如何不打杀他,却就去解师父!"他表示要亲自去"斩草除根","先打杀了妖精,再去解放师父"。悟空说要去你自己去吧。

八戒打算如何"斩草除根"?其实他只想借机吃女妖精的豆腐。他抖擞精神,欢天喜地地跑到池边,笑嘻嘻地说:"女菩萨,在这里洗澡哩。也携带我和尚洗洗，何如？"接着不顾女妖精责骂，变作一条鲇鱼，"只在那腿裆里乱钻"，女妖精想抓他也抓不住。八戒过了瘾，才跳出水现出本相，穿上衣服，对女妖精指责一番，然后拿起钉耙对她们一阵乱筑。女妖精们于是跳出水作法，她们的肚脐眼冒出丝绳，搭了个大丝篷，把八戒罩在当中。八戒被她们整得七荤八素，面磕地、倒栽葱、嘴啃地、竖蜻蜓，"也不知跌了多少跟头，把个呆子跌得身麻脚软，头晕眼花，爬也爬不动，只睡在地下呻吟"。

昆虫世界的社会关系

女妖精们把丝篷收了，赤条条跑入洞里，从唐僧面前笑嘻嘻跑过，取来旧衣穿了，到后门口叫道："孩儿们何在？"原来妖精还有干儿子，名叫"蜜、蚂、蛄、班、蜢、蜡、蜻"，即蜜蜂、蚂蜂、蛄（lú）蜂、班毛、牛蜢、抹蜡、蜻蜓。[1] 这些都是女妖精结网掳住的小虫，因为不想被她们吃掉，只得拜她们为母，采百花诸卉"孝敬"她们。现在，充当"儿子"的小妖们要替"母"出征。

鼻青脸肿的八戒狼狈地回到悟空、沙僧那里，三人一起去救师父。到了石桥上遇到那七个小妖挡道，八戒举耙乱筑。小妖们现出本相，变成无数小飞虫，对八戒扑头扑脸，把他浑身上下叮了十几层。悟空拔下毫毛变出黄鹰、麻鹰、鸹（sōng）鹰[2]、白鹰、雕鹰、鱼鹰、鹞鹰，它们都是小虫们的克星，"一嘴一个，爪打翅敲"，一会

---

1 其中，"蛄蜂"所指不详，古代有"蛄蜚（fèi）"一词，即蟑螂；"班毛"即斑蝥；"抹蜡"即白蜡虫。——编者注
2 鸹鹰：一种似鹰而比鹰小的猛禽，一说为松雀鹰。——编者注

儿工夫就把小虫都杀光了。师兄弟救下唐僧，找来一些朽松、破竹、干柳、枯藤，点了一把火将妖洞烧光。七个女妖精逃走了，她们将会出现在师徒们的下一个落脚处——黄花观。

九九八十一难，继"七情迷没五十九难"之后，又来了"多目遭伤六十难"。

离开盘丝洞不久，师徒四人到了黄花观。东廊下坐着一个"面如瓜铁，目若朗星"的道士，正在制药。吴承恩这样形容道士的模样，"准头高大类回回，唇口翻张如达达"，"达达"即"鞑靼"，指他的外表既像西域人又像蒙古人。道士唤小童看茶，小童入里办茶果，惊动了在后屋里的蜘蛛精，她们是道士的师妹，知道师徒四人到了观里，让小童向道士"丢个眼色，着他进来"。道士进来，七个女妖精齐齐跪倒，对道士讲述了她们之前跟四人的仇怨，"望兄长念昔日同窗之雅，与我今日做个报冤之人"。

这个道士打算如何摆布唐僧师徒？下毒！

道士给唐僧师徒奉上盛着红枣的茶盅，道士自己的茶盅里是黑枣。火眼金睛的悟空立刻感觉有问题，就说："先生，我与你穿换一杯。"道士花言巧语一番说，我这是"下色枣儿"，不能和你换。悟空执意要换，唐僧对悟空说："你吃了罢，换怎的？"悟空无奈，左手接茶盅，右手盖住，看着他们。八戒、唐僧、沙僧喝完红枣茶，都晕倒在地。悟空一看茶里果然有毒，把茶盅朝着道士劈脸一掼，从耳朵里摸出金箍棒向道士打来，道士取宝剑相迎。两个厮骂厮打，惊动了女妖精，她们也前来助阵，脐孔冒出丝绳，搭起天篷，把悟空盖住。悟空撞破天篷逃开了，立在空中，"见那怪丝绳幌亮，穿穿道道，却是穿梭的经纬，顷刻间，把黄花观的楼台殿阁都遮得无影无形"。这是什么先进武器啊？悟空曾跟那么多天兵天将、妖魔鬼怪过过招，却从没见过这种妖术。

悟空再次召唤出土地神，问他这些妖精的来历，土地神告诉他这些都是蜘蛛精，吐出的是蛛丝。悟空立即想出办法，到黄花观外，用毫毛变出七十个小悟空，金箍棒变七十根双角叉儿棒，每个小悟空一根，他自家用原来那一根，用叉儿搅丝绳，各搅出十几斤丝绳，拖出七只"巴斗大的"蜘蛛。悟空本想用蜘蛛精做人质，让道士救活唐僧他们，不想道士自称也要吃唐僧肉，一口回绝。于是悟空立刻将蜘蛛精们都打烂了。

道士发狠举剑砍来。他与悟空大战五六十回合，体力不支，便剥了衣裳，把手抬起，两胁下有一千只眼迸放金光，把悟空困在金光黄雾中。悟空往上一跳，感觉撞得头疼，天将和妖魔都砍不动的顶梁皮被撞软了。这又是什么先进武器？悟空"前去不得，后退不得，左行不得，右行不得，往上又撞不得"，于是决定往下走。他变成一只穿山甲，往地下钻去，钻出二十余里，才逃出金光的笼罩范围，感觉"力软筋麻，浑身疼痛"，不知如何是好。这时来了一个老妇人，实际上是黎山老母变的，指点悟空道，此妖乃"百眼魔君"，又叫"多目怪"，千里外的紫云山千花洞中有个毗蓝婆，能降此怪。

于是悟空立刻去找毗蓝婆捉妖，隐居三百年的毗蓝婆慨然应允。到了黄花观，毗蓝婆从衣领中取出一枚绣花针，眉毛粗细，五六分长短，望空抛去，瞬间便破了金光。再看那道士已经合了眼，一动不动。毗蓝婆让悟空不要急着打妖怪，先去救师父。她居然还随身带有解毒丹，给唐僧三人服下，三人吐出毒药，终于恢复正常。毗蓝婆再用手一指，道士现了原形，原来是一条七尺长短的大蜈蚣。毗蓝婆打算"收他去看守门户"，使小指头挑起，驾着祥云回千花洞了。

危险过去，悟空、八戒又在一起闲磕牙：

八戒打仰道："这妈妈儿却也利害，怎么就降这般恶物？"行者笑道："我问他有甚兵器破他金光，他道有个绣花针儿，是他儿子在日眼里炼的。及问他令郎是谁，他道是昴日星官。我想昴日星是只公鸡，这老妈妈子必定是个母鸡。鸡最能降蜈蚣，所以能收伏也。"

多么有趣的一段对话。这段故事里总共出现了七只大蜘蛛、一条老蜈蚣，外加蜘蛛的七个干儿子——蜜蜂、蚂蜂、蚂蜂、班毛、牛蜢、抹蜡、蜻蜓。昆虫世界竟有如此完整、如此复杂的社会关系：蜘蛛和蜈蚣是同门共读的师兄妹；不同种类的小虫给蜘蛛做螟蛉子，还沆瀣一气对付取经僧。这些虫子的故事在《西游记》中整整占两回：第七十二回《盘丝洞七情迷本　濯垢泉八戒忘形》；第七十三回《情因旧恨生灾毒　心主遭魔幸破光》。蜘蛛结网，蜈蚣有毒，蜜蜂和其他小虫们飞舞蜇人。真是人有人间，兽有兽域；人有人言，兽有兽语；人有三朋四友，兽有三亲六眷。西天取经路上，千奇百异，光怪陆离！

盘丝洞的故事一直是戏曲舞台上的宠儿，不知多少剧种改编演绎过。这个故事为什么好看？是因为美女众多、师徒出彩？大概都沾点儿边。盘丝洞，丝者，思也；盘丝，即盘旋缠绕的丝（思）。丝是欲念，是绳索。蜘蛛精其实本领一般，却成了师徒品性的试金石。唐僧仍是妖精袭击的对象，仍然懵懵懂懂"送货上门"；悟空火眼金睛又心性高洁，明明可一棒打死妖精，却顾忌"老孙的名头"；八戒听说有美女就找不到北，因此跌了个鼻青脸肿。他们内心的风波可能比令人眼花缭乱的斗法更好看。蜘蛛、蜈蚣都是些小动物，悟空下次要斗的，可是身量庞大的动物，而且是特别有背景的动物了。

狮驼国翻覆斗三魔

取经故事想好看，大魔小妖轮流转。战罢蜘蛛、蜈蚣和小虫，美猴王要迎战狮子、大象、大鹏金翅雕了。虫蛭成精的本地小妖基本没什么背景，猛兽凶禽成精的异域巨魔却一个个身世显赫。

巧计迭出，乐趣横生

《西游记》第七十四回《长庚传报魔头狠　行者施为变化能》到第七十七回《群魔欺本性　一体拜真如》，写的是九九八十一难的四难："路阻狮驼"六十一难、"怪分三色"六十二难、"城里遇灾"六十三难、"请佛收魔"六十四难，一个故事就占了四难。妖魔凶狠强悍，悟空巧计迭出。故事曲曲折折，情节反反复复。生死关头一再出现，字里行间却乐趣横生。悟空狮驼斗三魔，与三调芭蕉扇、假设小雷音、真假美猴王同属"大厄难"，却难点不同，化解亦异，奇思迭出，读起来令人兴味盎然。可惜吴承恩那时候还没听说过恐龙之类的古生物，倘若他听说过，拿霸王龙、翼龙之类的物种构思四个章回，该多么有趣。

悟空狮驼斗三魔有哪些看点，或者说有哪些乐趣？简言之：一是猴王搞起宣传忽悠战，二是菩萨净瓶柳叶派用场，三是猴王妖魔腹内开道场，四是八戒耳朵有了新功能，五是美猴王中调虎离山计，六是蒸笼上展开学术讨论，七是如来原来是妖精外甥。

原来狮驼国的故事就有这么多乐趣，我们逐一来看。

孙悟空牛皮哄哄

狮驼国第一乐：长庚通报妖魔凶信，悟空吓散洞前小妖。

太白金星这个善良的老人是悟空的忠实拥趸，他大概快要做"西天取经信息部主任"了，已多次向取经僧通风报信。唐僧师徒来到狮驼岭，太白金星化为白发飘飘、银丝拂拂的老者，远远地向师徒四人通报："这山上有一伙妖魔，吃尽了阎浮世上人，不可前进！"悟空变成一个清俊小和尚上前请教，老者说，那山上妖魔"十分狠怪"，灵山罗汉、天宫星宿、四海龙、八洞仙、十地阎君、社令城隍，都和这山上妖魔"宾朋相爱"。悟空听了呵呵大笑："那妖精与我后生小厮为兄弟、朋友，也不见十分高作。"八戒又去请教，老者说，此山叫八百里狮驼岭，中间的狮驼洞里有三个魔头，麾下共有四万七八千小妖，专在此处吃人。八戒被吓得立刻跑回去了。悟空听完却说，不管多少妖精，"只消老孙一路棒，半夜打个罄尽"，还说他的金箍棒能变成四十丈长短、八丈围圆粗细，"往山南一滚，滚杀五千；山北一滚，滚杀五千；从东往西一滚，只怕四五万砑做肉泥烂酱"。好一番吹嘘。

悟空再去侦察，见到一个传令小妖"小钻风"，于是自己也变成一个小妖，自称"总钻风"，问"小钻风"那三个大王都有什么神勇之处。"小钻风"说，大王神通广大，一口曾吞了十万天兵；二大王身高三丈，一鼻子卷去，铁背铜身也魂亡魄丧；三大王云程万里鹏，抟风运海，振北图南，他的宝贝"阴阳二气瓶"若把人装进去，一时三刻化浆水。听"小钻风"说完，悟空一气之下将他打死，自己变成"小钻风"模样，进洞打探老妖虚实。

悟空随即发现太白金星所言不假，狮驼洞口有万数小妖排列枪刀剑戟，旗帜飘飘。小妖们先来找悟空冒充的"小钻风"打探消息，问他见到孙悟空没有。悟空立即将忽悠八戒那套话添油加醋地讲出来，说孙悟空像个开路神，正在磨一根十几丈长、碗来粗细的大杠子，而且边磨边说："这一去就有十万妖精，也都替我打死！"几句话说完，把那些狼虫虎豹、走兽飞禽变的小妖吓得哄然散去，"却就如楚歌声吹散了八千兵"。悟空的宣传术吓跑了小妖，这是第一乐。

救命毫毛派用场

狮驼国第二乐：三个魔头现身，菩萨柳叶救命。

"小钻风"进入妖洞，看到三个狰狞恶的老妖。他们既有大自然猛兽凶禽的外貌，又有妖魔的特点：

凿牙锯齿，圆头方面。声吼若雷，眼光如电。仰鼻朝天，赤眉飘焰。但行处，百兽心慌；若坐下，群魔胆战。这一个是兽中王，青毛狮子怪。

凤目金睛，黄牙粗腿。长鼻银毛，看头似尾。圆额皱眉，身躯磊磊。细声如窈窕佳人，玉面似牛头恶鬼。这一个是藏齿修身多年的黄牙老象。

金翅鲲头，星睛豹眼。振北图南，刚强勇敢。变生翱翔，鹞笑龙惨。抟风翮百鸟藏头，舒利爪诸禽丧胆。这个是云程九万的大鹏雕。

狮子、大象、大鹏金翅雕联手，悟空遇到大难题了。大鹏金翅雕就像从《逍遥游》里出来的，看来他才是个最狠的角色。于是悟空以"小钻风"的形象向三大魔头宣传孙悟空的"大杠子"，拔了根毫毛变苍蝇戏耍三大魔头，没想到弄巧成拙，偷笑时不慎现出了"雷公嘴"，被三魔头认出来了，说他"不是小钻风，他就是孙行者"，于是"三怪把行者扳翻倒，四马攒蹄捆住，揭起衣裳看时，足足是个弼马温"，由于悟空变小妖时身体未变，所以被发现"果然一身黄毛，两块红股，一条尾巴"。继智斗二郎神那次尾巴露馅儿后，悟空再次被自家尾巴"出卖"，这次还饶上两块红屁股。

接着，整治齐天大圣的奇物横空出世：三大魔头派三十六个小妖抬出二尺四寸高的"阴阳二气瓶"。小小瓶子"内有七宝八卦、二十四气，要三十六人，按天罡之数，才抬得动"。悟空被吸进了瓶中，先是满瓶火焰，他念着避火诀全然不惧；半个时辰后四十条蛇来咬，悟空抓过来"捽做八十段"；少时三条火龙上下盘绕，悟空试图挣破瓶子未遂，随后惊道："孤拐烧软了！弄做个残疾之人了！"他忽然想起观世音菩萨在蛇盘山把三片净瓶柳叶变成救命毫毛送给他，于是忍痛拔下三根毫毛变作金钢钻、竹片和棉绳，"扳张篾片弓儿，牵着那钻，照瓶底下飕飕的一顿钻，钻成一个眼孔，透进光亮"。那么了不起的"阴阳二气瓶"被钻出了一个小孔，悟空迅速变成一只虫飞出去了。这里吴承恩似乎不够严谨，既不曾交代宝瓶何处出产，也不曾交代宝瓶是三大魔头从哪位神佛处窃来的，或许因为宝瓶终究比不上观世音的柳叶，坏了就算了。总之，观世音的净瓶柳叶在关键时刻救了悟空。这算是第二乐。

腹内外"学术辩论"

狮驼国第三乐：悟空魔头腹内耍嘴逗乐。

大魔头青毛狮子怪与悟空交战，一口将悟空吞到腹中。悟空只要进了妖魔肚子，那就来本事了，翻跟头、竖蜻蜓，妖魔疼痛难忍，立即投降。这次猴王被吞到大魔头腹中，却没有立刻翻跟头、竖蜻蜓，他不慌不忙地与大魔头长篇大论，讨论怎样在大魔头腹中支锅造饭。

三魔头："孙行者不中吃！"

悟空（在大魔头肚中）："忒中吃！又禁饥，再不得饿！"

大魔头（想把悟空吐出来，没成功）："孙行者，你不出来？"

悟空："如今秋凉，我还穿个单直裰。这肚里倒暖，又不透风，等我住过冬才好出来。"

大魔头："一冬不吃饭，就饿杀那弼马温！"

悟空："带了个折迭锅儿，进来煮杂碎吃。将你这里边的肝、肠、肚、肺，细细儿受用，还彀盘缠到清明哩！"

三魔头："哥啊，吃了杂碎也罢，不知在那里支锅。"

悟空："三叉骨上好支锅。"

三魔头："假若支起锅，烧动火烟，熰到鼻孔里，打嚏喷么？"

悟空："等老孙把金箍棒往顶门里一搠，搠个窟窿：一则当天窗，二来当烟洞。"

……

魔王还归大道真

古今中外文学作品中还有如此精彩、如此不可思议的"主题讨论会"吗？读到这些地方，最严肃的读者也得开怀大笑。

大魔头要用药酒把悟空药杀。酒却被悟空接住吃了，然后在大魔头肚子里撒酒疯，不住地支架子，跌四平，踢飞脚，抓住肝花打秋千……大魔头疼痛难禁，倒在地下，回过气来，叫道："大慈大悲齐天大圣菩萨！"他求悟空出来，承诺会将唐僧送过山。三魔头悄悄告诉大魔头，"等他出来时，把口往下一咬，将猴儿嚼碎"，没想到悟空在大魔头肚子里听见了，先把金箍棒伸出来，结果大魔头一口咬到金箍棒，把门牙迸碎了。三魔头用激将法，厉声高叫："孙行者，闻你名如轰雷贯耳……怎么在人肚里做勾当！"猴王不想被他人看低，立即"出舱"，却在大魔头的心肝上系了根绳子，继续拉动……一场腹腔里的战斗，花样翻新、好看至极。

六次钻腹每次不同

悟空"钻腹计"是三十六计之外的又一计。他用过六次，每次用法都不相同：

第一次，变成金丹，由变成凌虚子的观世音送给黑熊精吃；

第二次，变成小虫，让罗刹女连茶喝进肚子；

第三次，变成熟瓜，由变成瓜农的弥勒佛送给黄眉怪吃；

第四次，被巨蟒吞进肚子；

第五次，被大魔头青毛狮子怪吞进肚子；

第六次，变成桃子，由唐僧送给老鼠精吃。

一个作家永远不能简单地重复自己，这就是吴承恩的信条。悟空变小虫进过罗刹女的肚子，到了后面老鼠精那儿，再变小虫当然可以，但多情的老鼠精因跟唐僧叙情话，发现了小虫，于是只得再变成桃子让她吃下去。悟空在狮驼岭被大魔头吞进肚子，是他一次精彩的"肚子里的战斗"，也是最复杂、最搞笑的一次。不仅肚子里的文章好看，出了肚子后的情节同样好看：

> 他却跳出营外，去那空阔山头上，落下云，双手把绳尽力一扯，老魔心里才疼。他害疼，往上一挣，大圣复往下一扯。众小妖远远看见，齐声高叫道："大王，莫惹他！让他去罢！这猴儿不按时景：清明还未到，他却那里放风筝也！"大圣闻言，着力气蹬了一蹬，那老魔从空中，拍剌剌，似纺车儿一般，跌落尘埃。就把那山坡下死硬的黄土跌做个二尺浅深之坑。

悟空把毫毛变成的绳子拴在妖魔心肝上，他出了妖魔肚子，妖魔随着他扯动绳子继续遭罪。小妖们说悟空不按时节放风筝，真是好玩极了。

狮驼国的斗争还会闹出什么新鲜好玩的花样？厉害的妖魔到底有什么大背景？我们接着往下看。

妖魔原来有大背景

　　狮驼国翻覆斗三魔，最后亮出的底牌是：妖魔都有非常了不起的背景。

　　悟空在大魔头腹内开完道场后，接下来还有更大的乐。

猪耳朵的特殊用途

　　狮驼国第四乐：八戒耳朵里藏了私房钱。

　　见悟空被大魔头吞了，八戒立即招呼沙僧分行李："你往流沙河，还去吃人；我往高老庄，看看我浑家。将白马卖了，与师父买个寿器送终。"这个徒弟实在太经不起考验了。悟空打服了大魔头归来，远远看见唐僧在地下打滚痛哭，八戒与沙僧在分行李。悟空抢拳打着八戒骂"这个馕糠的呆子"。此时，二魔头来挑战，要替大哥复仇。悟空对八戒说："这妖精有弟兄三个，这般义气；我弟兄也是三个，就没些义气。我已降了大魔，二魔出来，你就与他战战，未为不可。"八戒答应出战，却要借悟空那条绳子扣在腰间做"救命索"，说如果自己打输了，就让悟空把自己扯回来。悟空假装答应，给八戒拴上绳子，鼓动他出战，打算故意捉弄他一番。八戒与二魔头交战失利，悟空反而将绳子放松了，八戒便被二魔头用鼻子卷走了。唐僧埋怨悟空，悟空说："也教他受些苦恼，方见取经之难。"说完马上动身去救八戒。悟空变成小虫飞进妖洞，看到八戒被妖怪泡在池子里，又恨又怜。他想起沙僧说八戒攒了私房钱，想知道到底有没有。悟空的顽皮劲儿被调动起来，先不救八戒，而是捏腔拿调假装阴司勾魂使者，叫着"猪悟能"，自称要来勾八戒的魂儿了，说如果不想现在走，就得给我点儿"盘缠"：

八戒道："可怜，可怜！我自做了和尚，到如今，有些善信的人家斋僧，见我食肠大，衬钱比他们略多些儿，我拿了攒在这里，零零碎碎有五钱银子；因不好收拾，前者到城中，央了个银匠煎在一处，他又没天理，偷了我几分，只得四钱六分一块儿。你拿了去罢。"行者暗笑道："这呆子裤子也没得穿，却藏在何处？……咄！你银子在那里？"八戒道："在我左耳朵眼儿里揌着哩。我捆了拿不得，你自家拿了去罢。"

猪耳朵里攒私房银，是《西游记》极其搞笑的段落之一。不知吴承恩是如何琢磨出来的。

美猴王中调虎离山计

狮驼国第五乐：悟空中了调虎离山计。读者看着乐，悟空可乐不起来了。

悟空救出八戒，二魔头赶来与悟空交战，被悟空抓住了长鼻子，与八戒像两个象奴，将二魔头牵至坡下。二魔头求饶，承诺送唐僧过山，被悟空放回去了。但他回去以后，三魔头却不打算认输，计划先假装送师徒过山，等走到了四百里外的狮驼国，再抓住唐僧吃肉。

唐僧四人在他们的护送下过了这座山，走到了狮驼国。大家一看，这地方哪里是人间都城，完全是狼虫虎豹的天下。平素胆大的悟空竟被城内恶气吓了一跌。这个城是什么样？

攒攒簇簇妖魔怪，四门都是狼精灵。
斑斓老虎为都管，白面雄彪作总兵。
丫叉角鹿传文引，伶俐狐狸当道行。
千尺大蟒围城走，万丈长蛇占路程。
楼下苍狼呼令使，台前花豹作人声。
摇旗擂鼓皆妖怪，巡更坐铺尽山精。
狡兔开门弄买卖，野猪挑担干营生。
先年原是天朝国，如今翻作虎狼城。

这大概是西天取经路上最奇怪的都城了，我怀疑吴承恩是不是有所影射。这个地方连个人影都没有，到处都是兽类在活动。悟空正在惊疑，身后三大魔头举着兵器杀来，三个徒弟分别对付三个魔头，原来给唐僧抬轿的十六个小妖，这时趁机抢了白龙马、行李，将唐僧抢进城中。悟空中了三魔头的调虎离山计。

那妖精要蒸我们吃哪

狮驼国第六乐：悟空、八戒讨论他们怎么蒸自己，开起一次特

木母同降怪体真

殊的"学术讨论会"。

悟空兄弟三人不知师父被捉，与三个魔头"铁刷帚刷铜锅，家家挺硬"地对打，结果八戒被大魔头狮子口咬住，沙僧被二魔头长鼻子卷住，悟空见事不妙，想驾筋斗云脱身，被三魔头两翅赶上抓住，师徒四人在妖洞中会合了。接着，魔头们要把师徒四人一起上锅蒸。悟空和八戒开始讨论魔头们怎么蒸他们，好像讨论非常好玩的跟自己毫无利害关系的趣事，这样的"学术讨论会"，比起悟空隔着肚皮和大魔头讨论如何吃他的心肝还有趣。魔头们下令将师徒上锅蒸：

> 八戒听见，战兢兢的道："哥哥，你听。那妖精计较要蒸我们吃哩！"行者道："不要怕，等我看他是雏儿妖精，是把势妖精。"沙和尚哭道："哥呀！且不要说宽话，如今已与阎王隔壁哩，且讲甚么'雏儿'、'把势'！"说不了，又听得二怪说："猪八戒不好蒸。"八戒欢喜道："阿弥陀佛，是那个积阴骘的，说我不好蒸？"三怪道："不好蒸，剥了皮蒸。"八戒慌了，厉声喊道："不要剥皮！粗自粗，汤响就烂了！"老怪道："不好蒸的，安在底下一格。"行者笑道："八戒莫怕，是'雏儿'，不是'把势'。"沙僧道："怎么认得？"行者道："大凡蒸东西，都从上边起。不好蒸的，安在上头一格，多烧把火，圆了气，就好了；若安在底下，一住了气，就烧半年也是不得气上的。他说八戒不好蒸，安在底下，不是雏儿是甚的！"八戒道："哥啊，依你说，就活活的弄杀人了！他打紧见不上气，抬开了，把我翻转过来，再烧起火，弄得我两边俱熟，中间不夹生了？"

这个讨论实在精彩。随后，小妖们来抬师徒四人上锅，悟空已经提前脱身，用毫毛变作假悟空，自己跳入空中，召唤来北海龙王，令龙王变成一阵冷风，到锅底护卫唐僧师徒，三人就一点儿热气也吹不到了。悟空自己变个苍蝇趴到蒸笼上，听八戒和沙僧还在讨论是"闷气蒸"还是"出气蒸"。上了蒸锅还能大呼小叫，岂不露馅儿？悟空迅速把身上带的瞌睡虫弹到烧火小妖脸上，趁他们睡着，救下了师父、师弟，研究逃脱办法。八戒说，师父乃父母浊骨，没法驾云逃走，咱们得爬墙。悟空说爬墙不好，将来传出去，"我们是爬墙头的和尚了"，生死关头，还不忘耍贫嘴。结果墙没爬成，魔头们忽然惊醒，除悟空外的三人又被抓回去了。

唐僧假死，如来擒魔

狮驼国第七乐：唐僧假死惹来"妖精外甥"如来亲自降魔。

诡计多端的三魔头把唐僧藏进锦香亭铁柜，传出谣言，说"唐僧已被我们夹生吃了"，目的是让悟空他们死心离开。悟空剿灭狮驼岭群妖，回到狮驼国，听小妖们说魔头们已经把唐僧吃了，找到八戒、沙僧问，两人也以为师父已经没了。悟空望空跳起，放声大哭师父，凄凄惨惨、自思自忖："都是我佛如来坐在那极乐之境，没得事干，弄了那三藏之经！若果有心劝善，理当送上东土，却不是个万古流传？只是舍不得送去，却教我等来取。怎知道苦历千山，今朝到此丧命！——罢！罢！罢！老孙且驾个筋斗云，去见如来，备言前事。若肯把经与我送上东土，一则传扬善果，二则了我等心愿；若不肯与我，教他把《松箍儿咒》念念，退下这个箍子，交还与他，老孙还归本洞，称王道寡，耍子儿去吧。"

看来，悟空真有责任心。就算唐僧没了，他还打算取来经书送到东土，了却师父的心愿。

他见了如来，如来说，那三怪"与我有些亲处"。他说，混沌分时，飞禽以凤凰为长。凤凰生孔雀、大鹏，孔雀吃人，我在雪山顶上修成丈六金身，也曾被他吸下肚。我剖开他的脊背，跨上灵山，欲伤他命，诸佛劝解，"伤孔雀如伤我母"，故留他在灵山，封他做佛母孔雀大明王菩萨，大鹏与他是一母所生。悟空一听，乐了："如来，若这般比论，你还是妖精的外甥哩。"

"妖精外甥"派阿傩、迦叶请来文殊、普贤菩萨，问他俩的坐骑下凡几天了，他们回答已下凡七天，如来道："山中方七日，世上几千年。不知在那厢伤了多少生灵，快随我收他去。"

如来真是慧眼识得妖魔性！之前在悟空变成"小钻风"初次进狮驼洞的时候，小说中有这样一段让人触目惊心的描写，无论什么时候读到这一段都会觉得太可怕了：

> 骷髅若岭，骸骨如林。人头发蹦成毡片，人皮肉烂作泥尘。人筋缠在树上，干焦晃亮如银。真个是尸山血海，果然腥臭难闻。东边小妖，将活人拿了剐肉；西下泼魔，把人肉鲜煮鲜烹。若非美猴王如此英雄胆，第二个凡夫也进不得他门。

这是《西游记》中最血腥的描写。但是造成这个场景的，偏偏出自菩萨坐骑之手。充当菩萨坐骑时，它们是满身祥光的瑞兽，没了管束就变得如此凶残？我觉得这可能是吴承恩最尖锐的讽刺了。

妖魔翻覆处，极似世上情

　　文殊、普贤菩萨收了青狮、白象，文殊菩萨的青毛狮子已经是二度下凡，而且本领见长。三魔头现出原形——大鹏金翅雕，如来软硬兼施，让大鹏翅膀受到控制，无法飞起，再向他许诺："我管四大部洲，无数众生瞻仰，凡做好事，我教他先祭汝口。"于是大鹏金翅雕被如来降伏，"在光焰上做个护法"，随如来走了。这么邪恶的魔头，却受到如此高的待遇，难道就因为他是如来的"舅舅"？《西游记》中的神、佛、妖，怎么总是盘根错结、联络有亲？似乎凡是有点儿背景的妖怪就可以逃脱惩罚，这可能也是人间的某种缩影。

　　三个魔头巧计用尽，结果"鸭子孵鸡——白忙活"。被如来所降的大鹏雕咬着牙恨骂悟空："泼猴头！寻这等狠人困我！你那老和尚几曾吃他？如今在那锦香亭铁柜里不是？"悟空听了喜出望外，赶紧谢了佛祖就去救师父了。

　　狮驼国的故事诡谲多变，太离奇了。那么，这样的神魔故事与人生有没有一点儿联系？《李卓吾先生批评西游记》在第七十六回《心神居舍魔归性　木母同降怪体真》回末点评："妖魔反覆处，极似世上人情。世上人情反覆，乃真妖魔也。作《西游记》者不过借妖魔来画个影子耳。读者亦知此否？"这样的点评初看似乎有点儿"上纲上线"，但从如来对大鹏金翅雕的"从轻处理"看，还是有些道理的。

　　狮驼国的故事应该是西行路上灾难的顶点，其他妖魔在狮驼国妖魔面前基本都是小儿科。因为狮驼国妖魔属于佛界"最高层身边的工作人员或亲属"，其他妖魔的背景跟狮驼国妖魔相比就属于小门小户。狮驼国故事最终的降妖者也是西行故事中身份地位最高的，如来亲自出马，玉帝派二十八宿帮助，观世音菩萨早就交给悟空的救命毫毛终于派上用场，说明悟空这次确实到了生死关头。有说法称，"狮驼岭"本身就是"尸陀林"的谐音，而尸陀林在梵语中是指丢弃尸体的地方。如果说，西行路上遇到的妖魔多半为了吃唐僧肉使自己长生不老，不过是杀一人利一人，而狮驼国妖魔却是对整个社会造成灾难。他们在多年前就吃光了整个城中的百姓，吃得城中鲜血横流，吃得人肉遍地，吃得人皮、人筋挂满原野，吃得白骨如山，这才建立了狮驼国。整个城市都没有人类了，做官的、带兵的、管理社会的、开店铺的都是野兽。吴承恩写出如此血腥、如此恐怖、如此意味深长的故事，其实是对时代风气、历史事实的变形化描写，有深刻的哲理性寓意，正如鲁迅先生在《狂人日记》中提到的，从中国历史中读出来的感慨只有两个字："吃人"。这是多么令人触目惊心的社会批判，多么强烈的战斗意识，吴承恩这个作家太令人佩服了。从这一点上来看，《西游记》在四大名著中最有锋芒。《水浒传》写官逼民反，《红楼梦》写"忽喇喇似大厦倾"，而《西游记》用寓言化手段，写出整个社会就是弱肉强食，"吃"和"被吃"。当然，《水浒传》《红楼梦》的锋芒是直接写出来的，《西游记》的锋芒需要我们从字里行间细细琢磨出来。

调侃、解构佛教

狮驼国的故事对佛教的调侃和解构也达到了顶点。除地藏王菩萨之外，这个故事几乎对佛教中所有处于权威地位的菩萨都进行了辛辣的调侃。观世音菩萨是悟空西行路上最大的安全保障，她早就给过悟空救命的柳叶，但是西行路上唐僧遇到那么多次灾难，悟空似乎都把这件事给忘了，直到被装进"阴阳二气瓶"，快要被烧化时，才想起观世音的柳叶，才用它变成金刚钻，把"如来舅舅"的"阴阳二气瓶"钻透了，这难道不是佛门的内部斗争，佛门在以其人之道还治其人之身？再说文殊菩萨坐骑的两次下凡。按照佛教传说，文殊菩萨的坐骑是金毛狮子，那是一只多么威武、力大无穷、光彩夺目的神兽。而《西游记》中写文殊菩萨坐骑的两次下凡：第一次，作者不仅把金毛换成青毛，还写他是只被骗了的狮子，使他变成颜色灰暗、不雄不雌的阴阳狮，已经没有什么威武神圣可言；第二次，他又成了杀人狂魔。文殊、普贤菩萨经常同时出现，文殊主智门，表示智、慧、证三德；普贤主理门，表示理、定、行三德。普贤是实践菩萨道的行为典范，他的坐骑是六牙白象，而在狮驼国，这只大象也成了杀人狂魔。但最具破坏力的还是大鹏金翅雕，他是三魔作怪的主心骨、智多星。这三个作恶多端的恶魔的结局，却是狮子、大象回到文殊、普贤身边，没有受到任何惩罚，载着两位菩萨回极乐世界；大鹏金翅雕则听从如来安排，受四大洲供养。"窃钩者诛，窃国者侯"，作大孽者反而享高俸，这是调侃佛教，也是嘲讽现实生活。在这一点上，吴承恩写得太深刻了。

悟空和师父的关系，通过这次狮驼国的遭遇，越来越密切、合拍。本来悟空只是保护师父取经，现在他不仅把师父当成父母一样的亲人，还把取经当成自己的追求，即使师父没了，他也要把造福黎民的三藏经送到东土。

既然刚刚说过了蜘蛛、蜈蚣、小蜜蜂，又说了一阵子狮子、大象、大鹏雕，故事似乎离开人世间太久了，于是取经僧要去比丘国救小儿了。

比丘国救小儿

这几乎成了《西游记》的规律：西天取经故事的大波涛之后必有小波澜。通常在一个占四个章回的故事之后，往往会出现一个占两个章回的故事。故事缩短了，妖魔的法力也相应减弱。悟空降妖遇到的周折相对少些，正如《红楼梦》中所说的"大有大的艰难去处"，而小也有小的精致特点。故事的趣味，人物的风采，可看性一点儿不少。

是比丘国还是明王朝

唐僧一行走进比丘国都城。"比丘"是梵语，意即"乞士"。"比丘"是出家男人，"比丘尼"是出家女子。"比丘国"顾名思义该是和尚、尼姑之国，但这个地方现在却改叫"小子城"。这里家家门前摆个鹅笼，鹅笼上覆绸缎，里边关着一个五到七岁的小男孩儿。这是什么风俗？

原来，在这个原本信佛的国家里，现在最吃香的是一个老道"国丈"。而老道给国王开的"长生不老方"的引子，是一千一百一十一个小男孩儿的心肝！

这样一来，比丘国倒很像明代社会中皇帝宠信道士的隐喻或变形。嘉靖皇帝曾经先后从民间搜刮了一千零八十位十三四岁的少女，用她们的初次月经和露水、乌梅、乳香等熬制成"红丸"，少女不能正常进食五谷，只能喝露水、吃桑叶。当时还有个叫盛端明的人，官做到尚书、太子少保，他凭什么能青云直上？因为他进献了一种方剂"秋石方"，而这个"秋石方"据说是用童子尿炼成的。嘉靖皇帝因长期食用这些东西，特别是里边包含水银的"灵丹"，身体越来越坏。这些历史事件经过变形以后，出现在比丘国的故事中。比丘国国王在老道的引导下，服用"长生不老"方，身体越来越坏。

高僧主宰救小儿

这次对鹅笼小儿事件打破砂锅问到底的是唐僧。驿丞告诉他：三年前一个老人扮作道士，把一个"形容娇俊，貌若观音"的十六岁女子进贡给当今国王，国王宠幸非常，号为"美后"，还将那老道封为"国丈"。但国王由于贪欢不已，身体越来越虚弱，于是"国丈"开出用一千一百一十一个小儿心肝做药引的"仙方"。唐僧一听就哭了，他流着泪骂昏君："怎么屈伤这许多小儿性命！苦哉！苦哉！痛杀我也！"八戒挖苦师父"专把别人棺材抬在自家家里哭"；沙僧建议师父倒换关文时劝劝国王，顺便看看那"国丈"是否为妖怪。悟空同意沙僧的想法，说明天我跟师父去看看"国丈"的好歹，若是妖邪，就把他拿住，"断不教他伤了那些孩童性命"。师徒四人四种性情，唐僧慈悲为怀，八戒自我为上，沙僧平稳中庸，悟空见义勇为。

当朝正主救婴儿

唐僧听了悟空的话,"急躬身,反对行者施礼"。师父为救比丘国小儿对徒弟行礼,悟空立即念咒,召来城隍、土地、社令、真官、五方揭谛、四值功曹、六丁六甲、护教伽蓝等,刮起阴风,把一千一百一十一个小儿摄到安全地方,还要求众神给孩子们提供食水,保证他们的安全。

这次决定救小儿的是唐僧,具体操作还得靠猴王。

师作徒,徒作师

第二天,悟空变作飞虫,趴在僧帽上随师父进宫,看到"国丈"来了,只见他:

> 头上戴一顶淡鹅黄九锡云锦纱巾,身上穿一领筋顶梅沉香绵丝鹤氅。腰间系一条纫蓝三股攒绒带,足下踏一对麻经葛纬云头履。手中拄一根九节枯藤盘龙拐杖,胸前挂一个描龙刺凤团花锦囊。玉面多光润,苍髯颔下飘。金睛飞火焰,长目过眉梢。行动云随步,逍遥香雾饶。

这是多么飘然出世的一个仙道!老道昂然上殿,就跟唐僧来了个"僧道优劣大辩论"。唐僧主要说的是"只要尘尘缘总弃,物物色皆空。素素纯纯寡爱欲,自然享寿永无穷",就是佛家那一套理论。老道说,"你这和尚满口胡柴!……枯坐参禅,尽是些盲修瞎炼",还称"三教之中无上品,古来惟道独称尊",赢得了国王和满朝文武的赞许。在僧道辩论中,唐僧似乎拙嘴笨腮,被老道驳倒了。

唐僧下殿后,悟空飞下帽顶,在唐僧耳边说:"这国丈是个妖邪。国王受了妖气。你先去驿中等斋，待老孙在这里听他消息。"悟空这一听，就听到了唐僧即将面临的灾难。"国丈"得知小儿失踪，告诉昏君，唐僧"乃是个十世修行的真体……比那小儿更强万倍。若得他的心肝煎汤，服我的仙药，足保万年之寿"。昏君于是下令包围馆驿，要捉拿唐僧，用唐僧的心肝做自己的药引子。

得知这个消息，八戒说起风凉话："行的好慈悯！救的好小儿！刮的好阴风！今番却撞出祸来了！"

悟空马上想出个李代桃僵的主意，"若要好，大做小"，只能"师作徒，徒作师，方可保全"。

曾被悟空调侃"皮松"的唐僧现在皮更松了，他对悟空说："你若救得我命，情愿与你做徒子、徒孙也。"这个高僧真应了他徒弟挖苦的"脓包样"。

最搞笑的还是徒弟给师父制作面具的场面，八戒使钉钯筑些土，撒尿和了团臊泥。悟空将泥从自家脸上做下个猴像模子，贴在师父脸上，念真言吹仙气，叫了声："变！"于是唐僧变成悟空，而悟空变成唐僧了。

奇异而有哲理的"献心"

于是悟空变的假唐僧到比丘国宫殿中向国王"献心"，这段情节十分奇异：

> 昏君道："特求长老的心肝。""假唐僧"道："不瞒陛下说。心便有几个儿，不知要的甚么色样。"那国丈在旁指定道："那和尚，要你的黑心。""假唐僧"道："既如此，快取刀来，剖开

胸腹。若有黑心，谨当奉命。"那昏君欢喜相谢，即着当驾官取一把牛耳短刀，递与假僧。假僧接刀在手，解开衣服，丞起胸膛，将左手抹腹，右手持刀，唿喇的响一声，把腹皮剖开，那里头就骨都都的滚出一堆心来。唬得文官失色，武将身麻。国丈在殿上见了道："这是个多心的和尚！"假僧将那些心，血淋淋的，一个个捡开与众观看，却都是些红心、白心、黄心、悭贪心、利名心、嫉妒心、计较心、好胜心、望高心、侮慢心、杀害心、狠毒心、恐怖心、谨慎心、邪妄心、无名隐暗之心、种种不善之心，更无一个黑心。那昏君唬得呆呆挣挣，口不能言，战兢兢的教："收了去！收了去！"那"假唐僧"忍耐不住，收了法，现出本相。对昏君道："陛下全无眼力！我和尚家都是一片好心，惟你这国丈是个黑心，好做药引。你不信，等我替你取他的出来看看。"

这段描写多么恐怖又何等有趣！难道这些心上都贴有各自的标签吗？这是个幻想性情节，也是个哲理性情节。是神魔小说家编故事，也是心理学家观察人生。世间众人，有多少人有这里边的心？"利名心""嫉妒心""狠毒心""恐怖心""无名隐暗之心"，或多或少，每个人大概都有几个吧？仔细推敲则发现，悟空有三个心可以分别送给另外三人："悭贪心"送八戒，"谨慎心"送沙僧，"恐怖心"送唐僧。

老道现原形，竟是温顺可爱的鹿

结局轻松愉快地到来：闷闷不快的唐僧除掉脸上臊泥，恢复

"法师老佛"的身份，受到国王下殿亲迎。"国丈"带"美后"逃走，躲进妖精洞中。悟空、八戒追赶妖魔，喊杀之际，闻得"鸾鹤声鸣，祥光缥缈"，南极老人星招呼道："大圣慢来，天蓬休赶。老道在此施礼哩。"原来妖魔是南极星的坐骑！悟空说："既是老弟之物，只教他现出本相来看看。"然后只见一只白鹿俯伏在地，叩头滴泪：

> 一身如玉简斑斑，两角参差七汊湾。
> 几度饥时寻药圃，有朝渴处饮云潺。
> 年深学得飞腾法，日久修成变化颜。
> 今见主人呼唤处，现身珉耳伏尘寰。

实在想象不出，比丘国里这么恶毒的妖怪，竟然是只温顺可爱的鹿。俗话说，兔子急了才会咬人。比兔子还可爱的鹿，竟成了差点儿残害上千小儿的妖怪，匪夷所思。被摄走的小儿归家，猴王免不了请上南极星一起去见比丘国王一趟。没想到这一去，还给国王带去了好处，国王向南极星求祛病延年之法，南极星给了他几个枣儿，国王吃了后，马上病除体健。都说"善有善报，恶有恶报"，真想不通，作家凭什么让昏君得到好处？大概因为在现实生活中，"善恶有报"不一定总能实现，何况再昏庸的君王都是"吾主"。至于昏君的美后呢？八戒举把一筑，"倾城倾国千般笑，化作毛团狐狸形"。继牛魔王的小妾之后，又一只玉面狐狸在八戒耙下香消玉殒。中国古代那么讲究狐狸精祟人，《西游记》竟没构思出一个狐狸精挑大梁诱惑唐僧的香艳故事，只让她们出来唱配角，真是不管什么名著都有令人遗憾的地方。也可能是吴承恩未卜先知，把这个任务留给他的后辈蒲松龄来干了。

不过，比狐狸精还妖媚的女妖已在前边向唐僧招手了。

高僧调情戏女妖

小说要想好看，总得不断增加些新内容，搞点儿新噱头。小说家吴承恩知识丰富，曾经让唐僧用中药名组成一首诗叙述思乡苦恼。他们在比丘国救小儿、灭妖道，比丘国人给他们传影神、立牌位、顶礼焚香，举国君臣百姓礼送出门，唐僧却又想起家乡来，他对徒弟说：

> 我自天牌传旨意，锦屏风下领关文。
> 观灯十五离东土，才与唐王天地分。
> 甫能龙虎风云会，却又师徒拗马军。
> 行尽巫山峰十二，何时对子见当今？

表面上是叙述唐僧离开唐太宗之后，经过许多艰苦，现在想什么时候能再回去见大唐皇帝；同时把骨牌名巧妙地嵌进诗句中，像"天牌""锦屏风""天地分""龙虎风云会""拗马军""巫山峰十二""对子"这些词都是。用骨牌名构思小说情节，是明清小说家的常用手法，《金瓶梅》和《红楼梦》中曾多次这样写过，神魔小说《西游记》把它用在人物抒情上了。

唐僧又自寻灾难

从第八十回《姹女育阳求配偶　心猿护主识妖邪》到第八十三回《心猿识得丹头　姹女还归本性》，用四回的篇幅描绘高僧调情戏女妖。高僧就是唐僧，女妖则是无底洞的老鼠精。唐僧曾经顶住女儿国国王以西施之美、举国之富招他为婿，让他放弃出家做国王的诱惑；曾经顶住蝎子精殚精竭虑、纠缠不休的色诱；曾经在七个美艳蜘蛛精的裸体前心如铁石……而现在，他却要跟妖精调情了。是唐僧终于顶不住女色的诱惑吗？当然不是，是吴承恩要给人物增加一些新的色彩，让他更复杂、更丰满一些，也让故事更好看些。

唐僧的心中永远有个柔软的角落——对弱者的同情；唐僧的耳朵永远听不得一种批评声音——您不是大慈大悲吗，怎么见死不救？遇到红孩儿，他就由于心善见不得孩子受苦，怎么都不听悟空的劝阻，结果差点儿成了红孩儿和牛魔王的盘中餐。

离开了比丘国，师徒四人继续往西边走，唐僧又同情起一个女妖，要当"义侠"了。

四人走进一片黑松林，唐僧让悟空化斋去，八戒、沙僧也去"寻花觅果"，唐僧独自在林中打坐。这时，他忽然听到一个女子呼救，上前查看，女子生得花容月貌，自称已被强盗捆在树上五天。唐僧连忙叫回八戒、沙僧，命八戒解开女子，这种事八戒自然心甘情愿，但他正要解时，悟空突然飞回拦下，说这个女人是妖怪。八戒立刻诬陷悟空，对师父说，他不让我们解，他是打算等我们走后，再回来自己干"巧事儿"呢。悟空自然对八戒痛斥一番。

一场唇枪舌剑的辩论后，唐僧根据经验判断，悟空可能是对的，决定放弃女子离开。这件事眼看就要解决了，而这个女子却立刻往唐僧耳朵里吹进几句话："师父啊，你放着活人的性命还不救，昧心拜佛取何经？"这两句话扎到了老和尚的死穴，唐僧终于还是返回救下了女子，带着她到了镇海禅林寺。

救人害己完劫难

西天取经走了十几年，四人这会儿终于遇到外国和尚了，唐僧看到的外国和尚长什么样？

> 头戴左笄绒锦帽，一对铜圈坠耳根。身着颇罗毛线服，一双白眼亮如银。手中摇着播郎鼓，口念番经听不真。三藏原来不认得，这是西方路上喇嘛僧。

喇嘛僧见唐僧"眉清目秀，额阔顶平，耳垂肩，手过膝，好像罗汉临凡"，于是走上前扯住，笑嘻嘻地捻手捻脚，摸鼻子，揪耳朵，表示亲近。然后请徒弟三人和那女子都进来，领出七八十个小喇嘛与唐僧师徒见礼，办斋管待。

前面讲到唐僧思乡，被悟空批评"全不似个出家人"；没想到镇海寺的和尚比唐僧更不像出家人，他们贪恋美色，以致丢了性命。当晚，喇嘛僧与唐僧讨论后，将那女子独自安排在天王殿就寝。第二天早上，唐僧突然风寒感冒，四人决定在寺里多住几天，等唐僧病好再出发。就这样过了三天，悟空意外听说寺里死了六个和尚。于是他立刻判断：就是住在天王殿的女妖干的！

悟空变成一个十二三岁的小和尚前去侦察，深夜打坐念经。到二更时分，女妖果然出现了，试图色诱"小长老"。悟空随她到殿后园里，迅速露出本相，劈头就打；女妖架起双股剑，叮叮当当，左遮右挡。女妖一时感觉敌他不住，便将左脚花鞋脱下，变成自己的模样与悟空继续对战，而真身化作一股清风，把唐僧抓到陷空山无底洞去了。

唐僧这时应该在四十岁上下，基本是一无所有，却总有天上地下、各行各业、各种各样的"绝代佳人"争着抢着要跟他成亲，之前连杏树都要给他做新娘。女妖抢唐僧的故事写了又写，编了再编，作者难道没有别的招数了？但话又说回来，唐僧如果不一再走"救人害己"的老路，又如何完成命中注定的九九八十一难呢？

猴王闲聊讲学问

悟空丢了师父，一肚子气，一度说要打杀两个师弟再去救师父。沙僧跪下劝解了一番，八戒也保证负弩前驱，三人才又和好，打算天亮以后一起去救师父。猴王召唤出山神和土地神，问明女妖在什么地方，兄弟三人连同白龙马一起腾云到陷空山。悟空派八戒去问路——这里显得有些奇怪，聪明伶俐的悟空不去，为人谨慎的沙僧不去，为什么专让笨嘴拙舌的八戒去？这里大概是小说家为制造笑料故意设置的情节，算是小说中的"闲白"吧。

八戒见到两个打水的女人头上都戴着"一尺二三寸高的篾丝鬏髻，甚不时兴"，于是走上前开口就叫了一声"妖怪"，妖怪大怒，抡起杠子劈头就打。悟空知道八戒挨打原因后笑着说："打得还少。"接着说，"温柔天下去得，刚强寸步难移"，给八戒上了一堂"柔能克刚"专题课。悟空说，你知道杨木和檀木吗？"杨木性格甚软，巧匠取来，或雕圣像，或刻如来，装金立粉，嵌玉装花，万人烧香礼拜，受了多少无量之福。那檀木性格刚硬，油房里取了去，做柞撒[1]，使铁箍箍了头，又使铁锤往下打，只因刚强，所以受此苦楚。"

这都什么时候了，师父还生死不明，悟空倒有闲心聊天、卖弄学问？再说，悟空自己什么时候放下刚强，变温柔了？

杰出的小说家就是这样写小说的，不慌不忙，娓娓道来。小说小说，小家珍说。小说绝不能写成调查报告，一就是一，二就是二，竹筒倒豆子，毫无蕴藉；小说也不能写成哲学论文，概念是概念，推理是推理，结论是结论，枯燥乏味；小说还不能写成戏剧，对话要言不烦，说必说到要害上。小说必须有些闲情，有些逸致，有些噱头，有点儿啰唆劲儿，特别是长篇小说，节奏慢一点儿才好看。同样是小说，看《西游记》，也不要指望孙悟空像关羽那样，人到马到青龙偃月刀到，华雄人头落地。读者得耐得住性子，或者说，得兴致盎然地听小说家慢慢地给你讲来。

八戒修完"植物哲理课"，吸取了教训，这次变成一个黑胖和尚，见女妖称"奶奶"，没费什么周折就问出了真实信息，跑回来告诉悟空和沙僧："两个抬水的妖精说，安排素筵席与唐僧吃了成亲哩！"

艳福不浅道心坚

三人看着女妖进了陷空山无底洞，悟空让八戒、沙僧守在洞口，自己变成苍蝇飞入无底洞，看到了之前把师父抢走的黑松林女妖，这时出落得越发标致了：

1　柞撒：油房用以榨油的楔子。——编者注

蛇女求阳

发盘云鬓似堆鸦，身着绿绒花比甲。

一对金莲刚半折，十指如同春笋发。

团团粉面若银盆，朱唇一似樱桃滑。

端端正正美人姿，月里嫦娥还喜恰。

……

　　动不动就思乡的师父，遇到磨难就流泪的师父，"皮松"的师父，"脓包"的师父，在这样的美色面前，还能顶得住吗？悟空打算考察一番师父的真性情，"假若被他摩弄动了啊，留他在这里也罢"。于是"苍蝇"展翅在唐僧光头上叫了声"师父"：

　　　　三藏认得声音，叫道："徒弟，救我命啊！"行者道："师父不济呀！那怪精安排筵宴，与你吃了成亲哩。或生下一男半女，也是你和尚之后代，你愁怎的？"长老闻言，咬牙切齿道："徒弟，我自出了长安，到两界山中收你，一向西来，那个时辰动荤？那一日子有甚歪意？今被这妖精拿住，要求配偶，我若把真阳丧了，我就身堕轮回，打在那阴山背后，永世不得翻身！"

　　老和尚艳福不浅，但道心坚定。悟空于是安排师父行"美男计"，让唐僧假装和女妖喝酒，斟酒时斟起喜花儿[1]，悟空变成小虫儿躲在酒泡下，"他把我一口吞下肚去，我就捻破他的心肝，扯断他的肺腑，弄死那妖精，你才得脱身出去"。悟空想得很好，唐僧后来居然也"超水平发挥"，和女妖偎玉依香，口称"娘子"，演得很逼真。

1　喜花儿：指倒酒时酒面上冒起的泡沫。——编者注

而千娇百媚的女妖，叫着"长老哥哥，妙人，请一杯交欢酒儿"，却没有立刻喝下去，而是和唐僧说情话，这时酒泡散了，女妖发现了酒中的小虫儿，用指头挑起弹走了。悟空妙计告吹，只好再设新计，变成一个红桃子，由唐僧"浓情蜜意"地送进"娘子"的肚子里。悟空这次顺利地进了女妖肚子里，又是一番大闹。女妖被他闹得痛不欲生，只得将唐僧送出无底洞。

唐僧真的得救了吗？哪儿有这么容易的事，悟空还得继续救，而且得到天宫状告曾经多次帮助他的李天王父子。

猴王天宫告刁状

孙悟空钻进了无底洞女妖的肚子，宣布要吃了她的"六叶连肚肺，三毛七孔心"，把五脏掏净，听到妖精又向师父施展狐媚，先"轮拳跳脚，支架子，理四平"，女妖痛得倒在地上，答应送唐僧出洞。悟空从女妖肚子里出来，沙僧建议八戒和自己一起帮助悟空打妖精，还说出一句极俚俗的话，说他们帮悟空叫"放屁添风"。结果三兄弟战妖，又中了女妖的"遗鞋计"，使女妖脱逃，唐僧无人保护，再次被女妖摄回洞中。悟空再去侦察无底洞周边三百里，这次，女妖不知道把师父藏到哪儿去了。悟空跌脚捶胸，高叫道："师父啊！你是个晦气转成的唐三藏，灾殃铸就的取经僧！"

咄咄逼人好讼词

突然，循着一阵香气，悟空在三间倒坐儿的一张雕漆供桌上，发现了两个牌位——"尊父李天王之位"和"尊兄哪吒三太子位"！原来女妖是托塔李天王的"女儿"？可找到正头香主了。不过这里已经出现漏洞了，李天王有三个儿子，她为什么只供三太子？里边肯定有些门道。

悟空拿牌位香炉做见证，写了一纸诉状，到玉帝跟前告李天王，这状纸写得铁嘴钢牙：

> 告状人孙悟空，年甲在牒，系东土唐朝西天取经僧唐三藏徒弟。告为假妖摄陷人口事。今有托塔天王李靖同男哪吒太子，闺门不谨，走出亲女，在下方陷空山无底洞变化妖邪，迷害人命无数。今将吾师摄陷曲邃之所，渺无寻处。若不状告，切思伊父子不仁，故纵女氏成精害众。伏乞怜准，行拘至案，收邪教师，明正其罪，深为恩便。有此上告。

悟空成了京剧《四进士》里的"讼棍"宋士杰啦！他写的诉状像老吏断狱，言辞犀利。花果山美猴王继朱紫国当名医后，又进过哪家法学院？写得出一手咄咄逼人的好讼词。

齐天大圣在玉帝跟前真有面子，"即将原状批作圣旨"，天下有这么处理告状的皇帝吗？他派西方长庚太白金星到云楼宫宣托塔李天王见驾，"原告也去"。

老孙一定先输后赢

李天王坚决不认账，告诉太白金星："我止有三个儿子，一个女儿。大小儿名金吒，侍奉如来，做前部护法。二小儿名木叉，在南海随观世音做徒弟。三小儿名哪吒，在我身边，早晚随朝护驾。一女年方七岁，名贞英，人事尚未省得，如何会做妖精！"他认为悟空"着实无礼"，吩咐手下："将缚妖索把这猴头捆了！"太白金星心惊

心猿识得丹头

胆战地对悟空说："御状可是轻易告的？"猴王笑吟吟地回答："老官儿放心，一些没事。老孙的买卖，原是这等做，一定先输后赢。"

李天王举起砍妖刀要砍掉猴头，这时哪吒三太子赶上前用斩妖剑架住："父王息怒。"这时吴承恩补叙了一段家喻户晓的哪吒身世，那就是从哪吒降生开始，到后来斩杀蛟龙，割肉还母、剔骨还父，碧藕为骨、荷叶为衣，起死回生，以及如来赐李天王宝塔化解父子恩怨的传奇故事。这段故事与主线情节关系不大，但能帮读者了解哪吒父子的背景。此时李天王以为儿子想要造反，赶快取了塔托在手上，哪吒弃剑叩头报告父王："父王，是有女儿在下界哩。"

原来，这个女妖三百年前在灵山偷食如来的香花宝烛，如来差天王父子拿住，按佛旨饶她性命。女妖就拜李天王为父、哪吒为兄，正如哪吒所说，"此是结拜之恩女，非我同袍之亲妹也"。

这一说，李天王就明白了。原来女妖有三个名字：一个是"金鼻白毛老鼠精"，这是她的真身；一个是"半截观音"，因为她偷食香花宝烛；还有一个是"地涌夫人"，这是她下界以后的称呼。

悟空没理还要搅三分，得理岂能让人？天王亲手来解悟空身上的绳索，悟空却打滚撒赖道："那个敢解我！要便连绳儿抬去见驾，老孙的官事才赢！"这时太白金星说出了他对悟空的另一个评价"这猴子是个有名的赖皮"。悟空既是个打遍天宫无敌手的大英雄，又是个赖皮，这就是他在天宫的口碑。李天王哀求太白金星"说个方便"，太白金星上前，用手摸着猴头，深情地回忆起以前悟空在天宫闹事，自己两次替他说情的恩义："若不是我，你如何得到今日？"听完这些回忆，悟空只好说："古人说得好，'死了莫与老头儿同墓，干净会揭挑人！'……看你老人家面皮，还教他自己来解。"

李天王给悟空解开绳索，又担心悟空到玉帝跟前乱说。太白金星

"送佛到西天",劝说悟空不要见玉帝打官司了:"我说天上一日,下界就是一年。这一年之间……莫说成亲,若有个喜花下儿子,也生了一个小和尚儿,却不误了大事?"悟空听完就接受了。俗话说"家有一老,如有一宝",太白金星可以说是齐天大圣的忘年交,师徒取经路上的护卫神,这"天宫老好人"又与悟空上演了温馨的一幕。

黄毛貂鼠和金鼻白毛鼠精

天王点起天兵,"风滚滚,雾腾腾",到了陷空山。哪吒太子对义妹女妖说了句谐音趣话:"我父子只为受了一炷香,险些儿'和尚拖木头,做出了寺'!""寺"在这里和"事"谐音。哪吒说完就让天兵取缚妖索把女妖捆了。沙僧、八戒要碎剐女妖,天王说:"他是奉玉旨拿的,轻易不得。我们还要去回旨哩。"看来,有义父、义兄护佑,女妖大概死不了,没准儿过些年,继"金鼻白毛老鼠精""半截观音""地涌夫人"后,她又摇身一变,用新身份卷土重来了。网上一直有个说法,说《西游记》里凡是有神佛背景的妖精都死不了,凡是没有神佛背景的妖精都被打死了。这话还真是有点儿道理,朝里有人就是好做官。比如悟空之前降服的比丘国"国丈",要取一千一百一十一个小儿的心肝,如此罪大恶极,最后却没受到什么惩罚,变回白鹿原形,随南极星上天;而迷惑了昏君的"美后"玉面狐狸精,却被八戒用钉耙打死了。按这个规律,这个李天王的义女可能也不会受到什么严重的惩罚了。

无底洞女妖在西天取经接近尾声时出现,与第二十回《黄风岭唐僧有难 半山中八戒争先》中的黄风怪隔了六十回,两个妖精同属鼠类,两个故事同中有异、异中有同:

黄风怪是黄毛貂鼠，偷吃了如来琉璃盏中的清油；无底洞女妖是金鼻白毛鼠，偷吃了如来的香花宝烛。

黄风怪擅长刮昏天黑地的风，无底洞女妖擅长卖弄风骚耍风情。

黄风怪的命中魔星是灵吉菩萨，无底洞女妖的命中魔星是托塔李天王……

对比之后发现，无底洞故事比黄风岭故事更曲折多变、风趣有味。吴承恩着眼于"变"，注重于"化"，尽可能写得更细腻、更有哲理。无底洞创造了一个地下新世界，世上能有方圆三百里的老鼠洞吗？那可以进吉尼斯世界纪录了。老鼠洞里有亭台楼阁，有园林花草，更有聪明绝顶、美丽非凡的地涌夫人。地涌夫人的魅力超过了唐僧打过交道的其他女子：温文尔雅的西梁女王哪有地涌夫人赤裸裸的性感？好色淫荡的蝎子精哪有地涌夫人暖风熏人般的温柔？"真僧魔苦遇娇娃，妖怪娉婷实可夸。"而不管妖精如何美丽，如何性感，如何温柔，唐僧绝不动心！第八十二回回目叫《姹女求阳元神护道》。"姹女"本是形容美丽纯洁的少女，这里却安到老鼠精身上，可见吴承恩对这个女妖的偏爱。"元神"指唐僧的禅心。灵吉菩萨曾把定风丹送给悟空，原本一扇能把人扇出八万四千里的芭蕉扇，对悟空再不起作用。而唐僧腹内自有"定风丹"，他一心求真经，"扫退万缘归寂灭"，不受任何诱惑。但为了配合悟空的计划，唐僧居然能和女妖逢场作戏，一口一个"娘子"地与女妖调情，"含笑与师携手处，香飘兰麝满袈裟"。唐僧纵然一腔烦恼，却和女妖"携手挨背，交头接耳"，似乎真的爱上了这个"千般娇态，万种风情"的女妖。有了这些描写，原本枯燥乏味的"老和尚"瞬间显得丰满生动起来。女妖既妖媚入骨又真"爱"唐僧，唐僧装模作样地叫着"娘子"给女妖斟酒，女妖却不急着喝，"与唐僧拜了两拜，口里娇娇怯怯，叙了几句情话。却才举杯，那花儿已散，就露出虫来"。女妖举手投足俨然唐传奇里的霍小玉、"三言二拍"里的玉堂春。这样的人情世态描写多么合情合理，就是与"三言二拍"中对女性的细节描写相比，也毫不逊色。

小说家写《西游记》这样的"故事系列"，读者最担心的是，写到后来，小说家会不会力有不逮，乃至江郎才尽？不同的故事会不会相似甚至雷同？同类人物会不会有相似的举止？作家能做到同树异枝、同枝异花、同花异果，才叫有本领。欣赏完无底洞的故事，读者的这些担忧大概都可以烟消云散了。

灭法国里剃头忙

"法"字在一些特定语境下指佛教的教义、规范，如果一个国家叫"灭法国"，对出家人显然不会太友好，而这个国家又在西行的必经之路上，师徒四人该怎么办？多灾多难的取经僧就遇到了这样的咄咄怪事。

观世音来做"预报员"

唐僧师徒离开了无底洞这个"烟花苦套"向西行进，这时到了夏天，天气炎热，四人挥汗如雨。突然有位老太太带着一个小孩儿来通风报信，说你们别走了，前边是灭法国，国王两年前许下"罗天大愿"，要杀一万个和尚，现在已经杀够了九千九百九十六个无名和尚，只等四个有名和尚，凑成一万，好做圆满，你们要是去了完全是去送命的。

唐僧战战兢兢地向老太太打听有没有不进城的路，老太太说没有。悟空这时已经看出这两位其实是观世音菩萨和善财童子。

观世音，真应了我送给她的头衔——西天取经大片总导演、《西游记》小说女主角，她总会在关键时刻出现，预报故事进展，给取经僧及时的提醒。

提醒完他们，菩萨祥云缥缈径回南海，她只管报信，不管降妖。

其实这里无妖可降，这完全是人间帝王作孽的结果。

《西游记》是哈哈镜，吴承恩把明朝皇帝崇道抑佛的糗事夸大变形，让"莫须有"的国王代替真实存在的明朝皇帝粉墨登场，然后把他结结实实地调侃一番。车迟国、比丘国国王都是这样，灭法国国王更是登峰造极。

悟空要观察一下这是什么地方，伫立云端往下观看，我们看看吴承恩写了一首什么样的诗来形容这个城市：

> 十字街灯光灿烂，九重殿香蔼钟鸣。
> 七点皎星照碧汉，八方客旅卸行踪。
> 六军营，隐隐的画角才吹；
> 五鼓楼，点点的铜壶初滴。
> 四边宿雾昏昏，三市寒烟蔼蔼。
> 两两夫妻归绣幕，一轮明月上东方。

这首数字诗是吴承恩的游戏之作，更是炫才之作。诗歌本身的成就也许不算太高，但是作者巧妙地将"十、九、七、八、六、五、四、三、二（两）、一"这些数字嵌入诗句之中，描绘灭法国都城的街景。有皇宫，有军营，有旅店，有市民之家，是生活气息浓厚的繁华城市。悟空还观察到"城中喜气冲融，祥光荡漾"，并无黑风煞气，怎么会叫"灭法国"呢？反正这个地方不是可以挥动金箍棒开路的深山旷野，需要对付的也不是妖精鬼怪，那只能按照这个国家的规矩办事：既然这里要杀和尚，我们假装不是和尚混过城去不就成了？

市井生活经典描写

悟空计划，偷几件平民的服装，师徒四人换上，再找个旅店，悄悄住一晚上，明天四更开路，看样子也不去倒换关文了，不知道能不能行得通。他们师徒冒充马贩子唐大官、孙二官、朱三官、沙四官，白龙马充当样品，住进赵寡妇店。接着出现了《西游记》研究者近百年来津津乐道、经常以此作为范例的"市井生活经典描写"：

> 那妇人道："一群有多少马？"行者道："大小有百十匹儿，都像我这个马的身子，却只是毛片不一。"妇人笑道："孙二官人诚然是个客纲客纪。早是来到舍下，第二个人家也不敢留你。我舍下院落宽阔，槽札齐备，草料又有，凭你几百匹马都养得下。……我店里三样儿待客。如今先小人，后君子，先把房钱讲定后，好算帐。"行者道："说得是。你府上是那三样待客？常言道：'货有高低三等价，客无远近一般看。'你怎么说三样待客？你可试说说我听。"赵寡妇道："我这里是上、中、下三样。上样者：五果五菜的筵席。狮仙斗糖桌面，二位一张，请小娘儿来陪唱陪歇。每位该银五钱，连房钱在内。"行者笑道："相应啊！我那里五钱银子还不彀请小娘儿哩。"寡妇又道："中样者：合盘桌儿，只是水果、热酒，筛来凭自家猜枚行令，不用小娘儿，每位只该二钱银子。"行者道："一发相应！下样儿怎么？"妇人道："不敢在尊客面前说。"行者道："也说说无妨。

我们好拣相应的干。"妇人道："下样者：没人伏侍，锅里有方便的饭，凭他怎么吃；吃饱了，拿个草儿，打个地铺，方便处睡觉；天光时，凭赐几文饭钱，决不争竞。"八戒听说道："造化，造化！老朱的买卖到了！等我看着锅吃饱了饭，灶门前睡他娘！"行者道："兄弟，说那里话！你我在江湖上，那里不赚几两银子！把上样的安排将来。"

　　句句听来，孙二官都是见过大世面、挣过大钱的大老板。悟空与旅店老板聊天，顺杆就爬，令人笑倒。既给店主面子，又给自己搭台。店主想多挣钱，孙二官就摆出一副财大气粗的派头，油嘴滑舌，似乎做过多少生意、找过多少"小娘儿"一般。西天取经路上，悟空做过给朱紫国国王医病的"名医"，做过告托塔李天王"刁状"的讼手，他什么时候又变成大老板啦？

　　孙二官吹得天花乱坠，落实下来，却酒肉一概不要，还怕风，不住高档房间，四人只睡在一个大柜子里，把马拴在柜子旁。赵寡妇在那里嗟叹，这些客人吃斋赚不得他们的钱。悟空在柜里捣鬼算账，故意叫外边的人听到："我们原来的本身是五千两，前者马卖了三千两，如今两搭联里现有四千两，这一群马还卖他三千两，也有一本一利。彀了！彀了！"

　　结果吹牛吹出了灾难：店里的伙计与强盗是一伙儿的，一听说这帮人有这么多银子，喊来二十几个贼，明火执杖打劫马贩子。强盗看柜体沉重，猜"必是行囊财帛锁在里面"，偷了马，抬柜出城。因为他们杀了守门军士，巡城总兵带部下赶贼，贼丢下大柜、白龙马逃走了。总兵骑上白龙马，把柜子抬进总府，令人巡守，等天明启奏国王。

法王成正体天然

唐僧埋怨悟空："你这个猴头，害杀我也！……明日见了国王，现现成成的开刀请杀，却不凑了他一万之数？"悟空说："明日见那昏君，老孙自有对答，管你一毫儿也不伤。且放心睡睡。"

讽世疾邪的妙文章

三更之后，悟空腾挪变化：拔些毫毛变成小悟空、瞌睡虫，金箍棒变成千百口剃头刀，他拿一把，小悟空各拿一把，去皇宫内院、五府六部、官员府邸，把瞌睡虫丢在各人脸上，剃头刀动起来，灭法国国王、嫔妃、全体官员来了一个免费理发，个个变成大光头。

王后早上醒来没了头发，发现国王被窝里睡着个"和尚"。国王睁眼见王后头光，听到嫔妃、宫女、太监集体"落发"，上朝接到全体官员没了头发的请罪表。君臣滴泪道："从此后，再不敢杀戮和尚也。"

唐僧四个人从柜中出来，国王迎着拜师。光禄寺大排筵宴，倒换关文，求唐僧给改换国号。悟空越俎代庖："自经我过，可改号'钦法国'，管教你海晏河清千代胜，风调雨顺万方安。"

沙僧好奇地问悟空，哪里寻这许多整容匠，连夜剃这许多头？悟空就把他的"半夜理发记"讲了一遍，师徒笑不可遏。

唐僧师徒智过灭法国，像吃了灯草灰一样轻巧，不动刀枪不杀人，只让悟空的毫毛立功。这是西天取经路上绝无仅有的一次轻松过关。如果仅仅为过关，悟空为什么不早早采取剃头战？为什么还要"借"衣服、扮客商、住大柜？原来，这些都是小说家制造的噱头，他要借这个"异域故事"写中华风情。

一点儿不错，取经之路走了几万里，依然没走出"大唐"，小说描写的，仍然是吴承恩所认识、所诟病的明代现实社会。那包含"十、九、七、八、六、五、四、三、二（两）、一"的数字诗，分明写的是繁华的长安；悟空"借衣"的地方叫"王小二店"，四人住的是"赵寡妇店"，哪有一丝一毫的外国味儿？至于悟空与赵寡妇的对话，不都是长安市井人物的口吻？所以，如果只把《西游记》当作写神谈魔的故事看，不当作讽世疾邪的妙文看，那就很可惜了。

智过灭法国是个没怎么费事的人间故事，唐僧师徒接下来遇到的也是没有太大本领的豹子精，但是他手下的小妖十分精明，给悟空兄弟造成了极大的心理伤害。

师兄弟泪崩隐雾山

  《西游记》第八十五回《心猿妒木母　魔主计吞禅》和第八十六回《木母助威征怪物　金公施法灭妖邪》，写的是九九八十一难中的"隐雾山遇魔"七十一难。首先得弄明白这两个回目中的一些词是什么意思，"心猿""金公"都指孙悟空；"木母"指猪八戒；"禅"指前身是金蝉子的唐僧。这些代称是《西游记》中早就设定的。

  离天竺只有千里地了，西天取经接近尾声，什么千奇百怪的妖精没出来过，什么稀奇古怪的降妖方法没用过，取经僧再往前走就相对容易了，但小说家想继续往下写就更加困难了：总得写些前此没见过的妖怪，造些前此不曾为难取经僧的麻烦，诌些前此不曾用过的降妖手段。于是，寻常妖精出邪招儿，假报唐僧死讯，害得一向坚强的悟空哭得涕泗滂沱。最终悟空也出了个从来没用过的损招儿对付妖怪。

  我们看看"师兄弟泪崩隐雾山"这出戏中几幕别出心裁的"剧情"。

悟空捉弄八戒战豹子精

取经僧走到一座山前，风雾迭起，唐僧惊心。猴王跳到空中观察，见悬岩边坐个妖精：

> 炳炳文斑多采艳，昂昂雄势甚抖擞。
> 坚牙出口如钢钻，利爪藏蹄似玉钩。
> 金眼圆睛禽兽怕，银须倒竖鬼神愁。
> 张狂哮吼施威猛，嗳雾喷风运智谋。

这就是老妖豹子精。悟空如果直接用铁棒捣蒜打，豹子精立即完蛋，过山也不会有什么问题了。但悟空又认为偷袭"坏了老孙的名头"，看来名声比降妖重要。他打算叫八戒先与妖精打一仗，胜了算八戒的功；如果八戒被妖拿去，自己再去救他，才好出名。

孙悟空一生豪杰，不晓得暗算人，却不止一次"算计"二师弟，为什么？一方面因为二师弟之前常在师父耳朵边吹风，进师兄的谗言；另一方面，这么枯燥的取经路，还不得找点儿乐子？

八戒很容易上当，听悟空说前边的雾是村里人家蒸米饭、馒头冒出来的，于是飞快地跑去化斋，结果闯到了妖精的包围圈里。悟空到底不放心，用毫毛化作自己的模样陪着师父和沙僧，真身跳到空中观望。八戒本来"被怪围绕，钉钯势乱，渐渐的难敌"，眼看就要被打败了，听到悟空的声音，仗势长威风，一顿钯向前乱筑，把妖精打跑了。猪八戒难得有光彩的时刻，这次靠"猪假猴威"得胜了，却长了志气，于是答应在头前开路，说如果有妖精，"我就死在他手内也罢"。悟空也夸八戒长进了。

其实八戒对师兄常拿自己开涮的心思看得明镜一般。在后面的第八十八回中，悟空在凤仙郡求雨成功，唐僧和沙僧表扬悟空对人有恩。八戒笑道："哥的恩也有，善也有，却只是外施仁义，内包祸心。但与老猪走，就要作践人。……常照顾我捆，照顾我吊，照顾我煮，照顾我蒸！"八戒表面愚笨，其实心里有数，要不怎么有句俗话叫"猪八戒吃了磨刀水——内秀（锈）"呢？

铁背苍狼献毒辣阴招

妖精想吃唐僧肉，却头疼他的徒弟，一个八戒尚且难对付，再加上齐天大圣，就更难办了。在西天取经过程中，豹子精应该算是武艺不精、谋略欠缺的一个，可他有个优点，就是擅长发挥手下人的能量。他手下的一个小妖给他出了个"分瓣梅花计"：选三个小妖变成大王模样，"顶大王之盔，贯大王之甲，执大王之杵，三处埋伏"，迎战悟空、八戒、沙僧。"舍着三个小妖，调开他弟兄三个，大王却在半空伸下拿云手去捉唐僧，就如'探囊取物'，就如'鱼水盆内捻苍蝇'，有何难哉！"悟空三人果然中了小妖的计，分别跟三个小妖打斗，导致唐僧被老妖抓走了，真是"有难的江流专遇难，降魔的大圣亦遭魔"。打不过唐僧徒弟，就搞阴谋耍诡计！悟空当初因为不想偷袭，没从高空一棍子捣死这豹子精，真是姑息养奸，跟宋襄公有一比了。

多厉害的妖精洞，能奈齐天大圣何？唐僧仍然凄凄惨惨哭，悟空仍然琢磨如何救。他哪里想到，老妖豹子精愚蠢，小妖却精明。悟空、八戒打上妖精藏身的隐雾山折岳连环洞，老妖抱怨小妖惹得祸事临门，这小妖刚因"分瓣梅花计"被封为"前部先锋"。小妖又打了个如意算盘，计划先骗走唐僧徒弟，再安安稳稳吃唐僧肉，还说"孙行者是个宽洪海量的猴头，虽则他神通广大，却好奉承"，于是打算拿一个假人头哄哄悟空。

他们先用柳树根做了个假人头扔出去，惹得八戒大哭，被悟空识破："真人头抛出来，扑搭不响；假人头抛得像梆子声。"小妖感叹："孙行者却是个'贩古董的——识货！识货！'"于是他们又从剥皮亭内选了个"吃不了的人头"啃光皮肉端出去，恭恭敬敬地说："大圣爷爷，先前委是个假头。这个真正是唐老爷的头，我大王留了镇宅子的，今特献出来也。"

人头抛出，"血滴滴的乱滚"，小妖的话似乎也合乎情理，这下悟空也上当了。

小妖抢眼，"妖风魔采"

西天取经路上，取经僧所遇妖魔各有"妖风魔采"，妖魔手下小妖也相当有趣。他们的名字古灵精怪，如"小钻风""奔波儿霸""霸波儿奔"等；小妖们的表现也相当抢眼，比如：

平顶山金角大王、银角大王手下的小妖"精细鬼"和"伶俐虫"，受命拿着妖魔的宝贝紫金葫芦和羊脂玉瓶去装悟空，两个小妖精细过了头，伶俐出了格，看到"仙道"（悟空变的）手里的葫芦能装天，就拿两个宝贝换了过来。丢了宝贝还不等于要丢脑袋？两个小妖回洞，对银角大王云山雾罩地说了几句，竟然啥事也没有。

红孩儿身边有六个小妖，是他知己的精灵，分别是"云里雾"、"雾里云"、"急如火"、"快如风"、"兴烘掀"和"掀烘兴"。红孩儿是"白日怪"大王，他们是"地里鬼"小妖。

赛太岁的小妖"有来有去"担着黄旗、背着文书、敲着锣到朱紫国下战书。他絮絮聒聒自念自诵"我家大王忒也心毒"云云，似乎很有正义感，自言自语的那段话简直是给悟空的"军情通报"。这样的小妖简直有三分可爱，可惜很快就被悟空打死了。

现在讲的这个隐雾山小妖更精彩，他有丰富的"从妖经验"，原本追随狮驼洞大王，"那大王不知好歹，要吃唐僧"，被悟空打进门，"可怜就打得犯了骨牌名，都'断幺绝六'；还亏我有些见识，从后门走了"，于是他投到老妖豹子精手下，先后献出"分瓣梅花计"和"假头计"，把一向精明的悟空都骗了。

奥斯卡金像奖评奖，为什么有时最佳配角奖比最佳主角奖更难评？因为小角色更难演成好角色。英格丽·褒曼曾在《东方快车谋杀案》中演了个台词不多的角色，得了奥斯卡最佳女配角奖。隐雾山小妖也具备这种潜质。优秀的长篇小说家不仅能让主角出彩，还能把戏份不多的配角写得令人过目难忘。《红楼梦》中那位不过出来骂了几句街的焦大，却被鲁迅先生称为"贾府的屈原"；而隐雾山小妖就是给《西游记》添彩的小角色。

石子供师，权为孝道

悟空认出妖精这次抛出来的是真人头，没奈何就哭起来，八戒、沙僧也一齐放声大哭。八戒噙着泪说，天气太热，怕人头一会儿就臭了，我先把头埋下，咱们再哭：

> 那呆子不嫌秽污，把个头抱在怀里，跑上山崖。向阳处，寻了个藏风聚气的所在，取钉钯筑了一个坑，把头埋了；又筑

起一个坟冢，才叫沙僧："你与哥哥哭着，等我去寻些甚么供养供养。"他就走向涧边，攀几根大柳枝，拾几块鹅卵石，回至坟前，把柳枝儿插在左右，鹅卵石堆在面前。行者问道："这是怎么说？"八戒道："这柳枝权为松柏，与师父遮遮坟顶；这石子权当点心，与师父供养供养。"行者喝道："夯货！人已死了，还将石子儿供他！"八戒道："表表生人意，权为孝道心。"

日久见人心。过去八戒在师父遇到灾难时，动不动就闹着分行李，现在，大家都以为师父真的死了的时候，八戒连"行李"二字都不提了，也不嫌血污，将人头抱在怀里，还别出心裁地想出用柳枝、石头祭师父的办法。虽然被悟空骂"夯货"，但毕竟能看出八戒对师父有真心。悟空、八戒一起去给师父"报仇"，打得那小妖现出了本相——铁背苍狼怪，老妖和其他妖精都跑回洞里，关门塞户，不敢出头。二人回到"师父坟"边，八戒越发伤悲，丢了耙，伏在坟上，手扑着土哭道："苦命的师父啊！远乡的师父啊！那里再得见你耶！"八戒什么时候这么动真情？更有甚者，当悟空要继续去找连环洞的后门进去时，八戒居然滴泪嘱咐："哥啊！仔细着！莫连你也捞去了，我们不好哭得：哭一声师父，哭一声师兄，就要哭得乱了。"话虽说得笨嘴拙舌，却可以看出八戒对师兄的真情。

猴王跳起"救师欢乐舞"

悟空对师父的难舍难忘之情，也非常感人，当他想变形钻进妖精后门时，有这样一段心理描写："等我变作个水蛇儿过去。……且住！变水蛇恐师父的阴灵儿知道，怪我出家人变蛇缠长；变作个小

金公施法灭妖邪

螃蟹儿过去罢。……也不好，恐师父怪我出家人脚多。"思前想后，悟空变成个水老鼠，嗖的一声蹿过去，听见了小妖和老妖的对话，这才知道，师父没死！难道徒弟们的孝心感动了菩萨？悟空心里激动不已，又纠结到底是先救师父还是先打妖精，一时手忙脚乱，跳起了"妖洞救师欢乐舞"：

> 长老道："徒弟，快来解解绳儿；绑坏我了！"行者道："师父不要忙，等我打杀妖精，再来解你。"急抽身跑至中堂。正举棍要打，又滞住手道："不好！等解了师父来打。"复至园中，又思量道："等打了来救。"如此者两三番，却才跳跳舞舞的到园里。长老见了，悲中作喜道："猴儿，想是看见我不曾伤命，所以欢喜得没是处，故这等作跳舞也？"

唐僧假死，"死"出悟空三人的爱师之情，"死"出师兄弟间毫无芥蒂的真情实感。死人头的血腥场面，却带来师徒、师兄弟之间的脉脉温情，实属难得。而唐僧未死的喜讯，惹得猴儿更"猴"了，也让小说更好看了。

瞌睡虫成降妖主力

变成蚂蚁的悟空再入妖洞，听到妖精讨论如何吃唐僧，忍无可忍。悟空这时肯定获得了经验教训：跟妖精讲什么"信誉"？讲什么光明正大、不暗中算计？妖精施的损招儿、阴招儿还少吗？见妖不打，养虎贻患！不管怎么打，打死妖精是硬道理。这次，悟空连金箍棒捣蒜打的办法都不用了，用毫毛变成瞌睡虫儿，让老妖、小妖一律睡倒！先救出师父与师弟们见面，再回到洞中，将睡着的老妖四马攒蹄捆倒，使金箍棒掬起扛在肩上，径出后门，到八戒跟前放下。八戒举耙要筑，悟空要他跟自己一起先去除掉洞里的小妖们。两人放了一把火，连洞府加小妖烧得精光。回来时老妖刚醒，被八戒一把打死，迷迷糊糊地见了阎王，同时现出了本相，原来是个艾叶花皮豹子精。

唐僧有个难友是西域樵夫，被一同救出，他邀请师徒到家，母子磕头称谢，还安排素斋酬谢。平时吃起饭来如风卷残云、流星赶月的八戒，居然说出客气的贴心话："樵哥，我见你府上也寒薄，只可将就一饭，切莫费心大摆布。"

看到这里，真怀疑吴承恩是不是把应该由唐僧说的话，错放在八戒嘴里了。"士别三日，即更刮目相待"，八戒如今也会替斋僧者考虑节省，不再唯恐吃不好、吃不饱，永远没够了。

猪悟能披荆斩棘西天取经，艰难困苦，玉汝以成。他在这个过程中真是悟出了能耐，个性和为人都一步步"长俊"了。《西游记》正是在这些似乎微不足道的地方，细腻地写出了人物的成长。

凤仙郡求雨风波

无所不能的孙悟空，为什么在凤仙郡求雨却不灵了？

"幼年耍子的勾当"

悟空的兵器是从东海龙王那儿要来的，西天取经的路上，他遇到困难，龙王总会像及时雨一样帮助他。不仅东海龙王，天上的风雷电雨诸神都像是给他看家护院的一般。他在车迟国跟国师斗法，国师求雨时，他命令风神、雷神、电神谁也不许动，他们果然一动也不动。而在他求雨时，他提前和诸神约定，以金箍棒为号，一指刮风，二指布云，三指打雷，四指下雨，五指雨停。当时这些风神、雷神、电神、龙王，哪个也没找他要玉帝的圣旨，完全听他的命令。悟空在朱紫国当神医，需要"无根水"给国王吃药，龙王说下雨得有玉帝圣旨，但是通情达理地打了几个喷嚏，"无根水"也就有了。悟空在天宫真说得上要风得风，要雨得雨。可是到了第八十七回《凤仙郡冒天止雨　孙大圣劝善施霖》，之前轻松呼风唤雨、拯灾救难的孙大圣，这次突然不灵了。

唐僧师徒已经快要走到灵山，到了天竺国外郡凤仙郡，他们知道这个地方连年干旱，郡侯出榜招求法师祈雨救民。好管闲事的悟空拿榜一看，这个地方竟然干旱到这种程度，井中无水，泉底无津；全郡人民生活困难到极点，一斗米卖一百两银子，一捆柴卖五两银子，十岁的女孩儿只能换三升米，五岁的男孩儿随人带去……

贴布告的郡侯姓上官，悟空说此姓少见，八戒马上说，《百家姓》里有一句"上官欧阳"。显然，唐僧走了十几年，号称十万里，还没离开中原地区呢，连地方官都是汉人姓氏，当然风俗也是中原风俗。唐僧想求雨救本地百姓，悟空立即大包大揽："祈雨有甚难事！我老孙翻江搅海，换斗移星，踢天弄井，吐雾喷云，担山赶月，唤雨呼风：那一件儿不是幼年耍子的勾当！何为稀罕！"悟空不仅把求雨看成是手到擒来的事，还说是自己"幼年耍子的勾当"，马上念起咒语召唤龙王。东海老龙王敖广立即拜见，但他又说："烦大圣到天宫奏准，请一道降雨的圣旨，请水官放出龙来，我却好照旨意数目下雨。"

去天宫找玉帝请旨，对悟空来说还不是小菜一碟？这几年悟空早就踩得灵霄宝殿门前不长草了。但哪里想到，求雨这件事平时容易这时难。

"苍蝇包网儿，好大面皮！"

悟空走到南天门，护国天王、四大天师异口同声告诉他：凤仙郡那个地方不该下雨。"那郡侯撒泼，冒犯天地，上帝见罪，立有米山、面山、黄金大锁；只等此三事倒断，才该下雨。"悟空要求见玉帝，天师们不想引见，悟空说："该与不该，烦为引奏引奏，看老孙的人情何如。"悟空太自信，他大概觉得只要自己开口，玉帝就有求必应。葛仙翁给他来了一句生动的民间俗语:"苍蝇包网儿,好大面皮!"这讥讽还真说对了,向来对悟空有求必应的玉帝这次却没那么好说话了,他叫悟空去看披香殿内所立"三事","如不倒断,且休管闲事",悟空看到了非常怪异的情景:

> 四天师即引行者至披香殿里看时,见有一座米山,约有十丈高下;一座面山,约有二十丈高下。米山边有一只拳大之鸡,在那里紧一嘴,慢一嘴,嗛那米吃。面山边有一只金毛哈巴狗儿,在那里长一舌,短一舌,餂那面吃。左边悬一座铁架子,架上挂一把金锁,约有一尺三四寸长短,锁梃有指头粗细,下面有一盏明灯,灯焰儿燎着那锁梃。行者不知其意,回头问天师曰:"此何意也?"天师道:"那厮触犯了上天,玉帝立此三事,直等鸡嗛了米尽,狗餂得面尽,灯焰燎断锁梃,那方才该下雨哩。"
>
> 行者闻言,大惊失色,再不敢启奏。走出殿,满面含羞。

这里完全是神话描写,却有深刻的哲理意义。拳大的鸡啄十丈高的米山,哪辈子啄得完?小小的哈巴狗吃二十丈高的面山,哪辈子吃得完?豆大的火焰烧一指粗的黄金棍,哪辈子烧得断?不要说三件,即使只有一件,过一百年也办不到。玉帝真够狠的,作者的想象力也够丰富的。

玉帝办事随心所欲

到底发生了什么事,让玉帝给这方百姓这么大的惩罚?其实就是因为玉帝本人的自尊心受到了伤害。按照风俗,每年十二月二十五日，是玉帝生日，也叫玉皇节，地上的百姓都恭恭敬敬沐浴烧香，摆好丰厚祭品，供奉上天。凤仙郡郡侯平时是爱民勤政的好官，他也准备好了给玉帝的供品，就在他要供奉的时候，妻子跟他闹别扭，两个人吵了几句，郡侯一时生气，把供奉玉帝的桌子推倒了，祭品落到地上，被狗吃了。恰好玉帝到人世间微服私访，想视察一下凡人对自己如何崇敬，却偏偏看到了这一幕，立刻恼羞成怒，回到天宫，就下达了不许给凤仙郡下雨的圣旨，在披香殿立下那"三事"。

这个至高无上的玉帝做事是不是不地道？郡侯本人犯错误，你惩罚他就是了，比如派个妖魔下界，让他夫妻分离几年，或者让他大病几年，甚至一命归西都算正常，而玉帝却要惩罚全郡的老百姓，简直是小题大做、滥用职权。

玉帝办事一向随心所欲，他现在立的"三事"在披香殿，披香殿玉女曾跟二十八宿之一的奎木狼有情，两人一起下界，化为黄袍怪的奎木狼把化为宝象国公主的玉女摄到洞里，生了两个儿子，玉帝应悟空的要求，派二十七宿把奎木狼召回天庭。奎木狼犯了如此大罪，竟然只被玉帝下令到太上老君那里烧了不到十天火就官复原职，烧火的时候还带着二十八宿的薪水。玉帝对罪孽深重的奎木狼草率处理，很可能因为奎木狼的事没有直接损害到玉帝本人的尊严。损害到玉帝本人的尊严就会轻罪重罚，还有个更早的例子，沙僧下凡前曾担任卷帘大将，仅仅因为在蟠桃会上不小心打碎了琉璃盏，就遭到重刑拷打，然后被罚到下界，每隔几天还要忍受飞剑穿胸的惩罚。这大概就是因为在蟠桃会上摔了琉璃盏，本来是很小的事，可是让玉帝觉得丢了面子，所以才会轻罪重罚。

玉帝居然是这样的人，吴承恩在小说中这样讽刺了一笔。

向来在玉帝跟前蛮不讲理的悟空，听说了凤仙郡郡侯办的事，和玉帝为什么立"三事"之后，却再不敢到玉帝跟前啰唆，满面羞愧地走了。悟空什么时候脸皮如此薄了？是经过这些年西天取经的磨炼，比在花果山为王时懂得更多道理了吗？我想悟空可能认为，"出来混，总是要还的"，不下雨是郡侯不敬天招来的。但悟空却没想到要问问玉帝，郡侯不敬天，玉帝为什么却要惩罚老百姓。

玉皇节习俗和天人感应

解决办法还是有的，四大天师笑着对悟空说："大圣不必烦恼，这事只宜作善可解。"悟空把情况转达给郡侯，说他只有回心向善才有可能获得谅解。于是，郡侯磕头礼拜，引罪自责，领着全城的老百姓拈香瞻拜，答天谢地，城内外善声盈耳。悟空再回天宫，见直符使者正向灵霄宝殿送道家文书、僧家关牒，看来这些信息很灵通。披香殿看管也来报告：米山、面山瞬间全无，锁梃也断了。玉帝下令凤仙郡降雨三尺零四十二点，"槁苗得润，枯木回生"，从此凤仙郡"风调雨顺民安乐，海晏河清享太平"，众人皆大欢喜。

如果说《西游记》是证道书，凤仙郡故事最能说明：

> 人心生一念，天地悉皆知。
>
> 善恶若无报，乾坤必有私。

不过，我读《西游记》每次读到凤仙郡，总有点儿不大舒服。玉帝明明罚得没道理，桀骜不驯的悟空不仅听之任之，还满脸羞愧，这羞从何来、愧从何来？悟空随后还成了虔诚劝善者。九九八十一

孙大圣劝善施霖

难的这一难，有点儿像是拿来凑数的。这一难当中一个妖魔鬼怪都没有，唐僧、八戒、沙僧在相当长的一段时间里都像空气一般，只有悟空天上地下来回飞，给各种人做工作。当凤仙郡回心向善的行为感动了玉帝，使他终于下令下雨的时候，风、雷、电、雨四神到凤仙郡的活动，艺术描写上也和车迟国斗智十分相近。我真有点儿怀疑，写这一回时，吴承恩为什么显得如此反常？更有甚者，这一段该不会是伪作吧？

意大利著名评论家卡尔维诺说过："经典作品是这样一些书，它们带着先前解释的气息走向我们，背后拖着它们经过文化或多种文化（或只是多种语言和风俗）时留下的足迹。"这句话说得非常有道理，凤仙郡祈雨这个故事，虽然我觉得它不像《西游记》其他故事那样精彩纷呈、复杂多变，甚至觉得这个故事里的悟空变得循规蹈矩，"猴气"不是那么足了，但这个故事确实留下了古代文化的重要足迹，比如古代玉皇节的传说和习俗，比如董仲舒提出的"天人感应"理论，这些文化印记在这段故事里生动精彩地为我们展示出来了。所以说经典作品总会让人感觉"开卷有益"，相信大家已经有所体会了。

悟空在凤仙郡对玉帝的表现，跟过去动不动叫"老官儿"的时候大不一样。他下一步的举动更叫我们惊掉下巴，当了十几年徒弟的悟空和他的师弟们要当导师了，而他们当导师引来了一窝雄狮，中国古代战役中前无古人后无来者的雄狮大战，无比壮烈又妙趣横生的雄狮大战，将要拉开帷幕了。

为人师惹来一窝狮

这是西天取经路上最后一个情节比较复杂的故事，也是我童年读《西游记》时唯一一次没有站在孙悟空的立场，反而站到他"敌对方"的立场上的故事。我八岁时读这个故事，为那些因兄弟义气一个一个倒下的雄狮潸然泪下的场景，还如在眼前。

悟空师兄弟做了一路徒弟，进了天竺国竟然做起师父来，而他们为人师惹来了一窝雄狮，引出中国历史记载、神话传说、文学作品从来没有过的群狮战斗场面，真让喜欢搜奇猎异的读者又一次大饱眼福。

精彩回目文字游戏

为人师惹来一窝狮的故事，在《西游记》占了三回，第八十八回《禅到玉华施法会　心猿木母授门人》，意思是取经僧到达玉华县后，悟空（心猿）、八戒（木母）当了老师，教上了徒弟，当上导师的当然也少不了沙僧。第八十九回《黄狮精虚设钉钯宴　金木土计闹豹头山》，黄狮精偷来悟空三兄弟的武器搞钉钯宴，"金"就是悟空，"木"就是八戒，"土"就是沙僧，他们三人设计到豹头山把武器抢了回来。第九十回的回目最有意思，《师狮授受同归一 盗道缠禅静九灵》，吴承恩在回目上玩了精彩的文字游戏：老师的"师"和雄狮的"狮"是同音字，传授的"授"和接受的"受"是同音字，强盗的"盗"和道义的"道"是同音字，纠缠的"缠"和禅宗的"禅"是同音字，这些同音字意思不同甚至相反。这个回目的含义是：悟空三兄弟做老师传授武艺，惹来狮妖偷他们的武器；狮妖纠缠取经僧，导致太乙救苦天尊这样地位崇高的神仙下凡相助。吴承恩琢磨出这样几个既深奥又有意思的章回题目，大概自己也觉得相当得意吧。

长篇小说的作者在回目上展示天分，曹雪芹也做过同样的事。吴承恩更得意的恐怕是借人物对话把悟空大战狮怪做了谐趣性的点题：第九十回悟空到天宫求太乙救苦天尊帮助降伏九头狮。老朋友广目天王调侃悟空："因你欲为人师，所以惹出这一窝狮子来也。"悟空点头称是。广目天王是《西游记》经常冒出来的次要人物，却是个善解人意的天神。

这个故事不仅是西天取经路上最后一个情节比较复杂的故事，而且也是最后一个出场人物或者说出场妖魔众多的故事，从此往后，故事就比较简单，妖魔也比较少了。这个故事的最大特点是把在古代中国并不多见的兽中之王做了丰富有趣的描写，吴承恩的想象力实在叫人叹为观止。

神师神师，我等好拜授也

唐僧一行来到天竺国玉华县，三个徒弟的相貌在街上引起轰动，被当地百姓称为"猴精""猪魈""灶君"，众人奔赴相告，大声叫喊："我这里只有降龙伏虎的高僧，不曾见降猪伏猴的和尚。"八戒把嘴一掬，吓得众人四散奔逃，悟空叫他"快藏了嘴，莫装扮"，到了取经后期，悟空越来越温文尔雅了。这是吴承恩不知道第几次用他们三个人的外貌做噱头，他们所到之处，经常因外貌奇特，引出很多搞笑的情节，由这些情节再推动下边的情节。这一回三人的外貌引起了玉华王子们的注意，王子们怀疑他们是妖怪，但在三人展示了武器和武艺后纷纷折服，决定向三人拜师学艺，然后还要仿造三人的武器，这就引出妖怪黄狮精来偷，由黄狮精再引出一群狮子。神魔小说写得像侦探小说一样环环相扣，因果照应，像人情小说一样层层推进，合情合理，真是个本事。

吴承恩不曾到过外国，对西域各国风情也缺少考察研究，所以，他笔下的"异域风情"不过是大唐社会的翻版。玉华县"酒楼歌馆，热闹繁华，果然是神州都邑"，唐僧感叹："与我大唐何异！"王府中的"长史府、审理厅、典膳所、待客馆"，也不过将大唐衙门换个名字而已，当地官员待人接物、言谈话语，怎么也找不出一点儿"外国腔"。西游西游，往西走了十几年，据说走过了千山万水，怎么好像还没离开长安呢？

唐僧找天竺皇帝的宗室玉华王倒换公文。玉华王派手下请唐僧的徒弟一起来用斋。被认作"猴精""猪魈""灶君"的三兄弟一露面就把玉华王吓了一大跳。喜欢武艺的三个小王子听说唐僧徒弟"一个个丑似妖魔"，说道："莫敢是那山里走来的妖精，假装人像；待我们拿兵器出去看来！"大王子拿齐眉棍，二王子用九齿耙，三王子使乌油黑棒子，雄纠纠、气昂昂地找"妖精"问罪。"妖精"拿出与王子们对应的武器——金箍棒、九齿钉耙、降妖杖，这三件武器金光万道、瑞气千条，分量重得王子们"莫想得动分毫"。三个小王子一齐下拜："神师！神师！我等凡人不识，万望施展一番，我等好拜授也。"

三兄弟才艺表演

接着，小说里就出现了一段非常有趣的情节：

> 好大圣，唿哨一声，将筋斗一纵，两只脚踏着五色祥云，起在半空，离地约有三百步高下，把金箍棒丢开个撒花盖顶，黄龙转身，一上一下，左旋右转。起初时人与棒似锦上添花，次后来不见人，只见一天棒滚。八戒在底下喝声采，也忍不住手脚，厉声喊道："等老猪也去耍耍来！"好呆子，驾起风头，也到半空，丢开钯，上三下四，左五右六，前七后八，满身解数，只听得呼呼风响。正使到热闹处，沙僧对长老道："师父，也等老沙去操演操演。"好和尚，双着脚一跳，轮着杖，也起在空中，只见那锐气氤氲，金光缥缈；双手使降妖杖丢一个丹凤朝阳，饿虎扑食，紧迎慢挡，捷转忙挥。弟兄三个即展神通，都在那半空中，一齐扬威耀武。

西天取经路上，悟空先降八戒后降沙僧，与二人分别对打。此后遇妖，或悟空单独出战，或悟空、八戒并肩，沙僧保护师父，兄弟三人同台献艺的机会始终没有。而且，此前的降妖过程中，经常是悟空唱主角，八戒唱配角，有时八戒还是充当烘托悟空的配角，所以他经常被俘，动不动钻草窝，前天蓬元帅的武艺没有得到很好的施展，前卷帘大将沙僧是唐僧的贴身护卫，展示武艺的机会更是

禅到玉华施法会

少之又少，玉华县给他们补上了这一缺憾。更有意思的是三兄弟平日降妖用的是实在功夫，这次他们是进行艺术表演，展示力量、美感与和谐。就像阅兵时飞机没有挂弹执行轰炸任务，却在天空翻滚拉彩烟进行飞行表演一样，这三兄弟演得半空霞彩、祥云缥缈、瑞气氤氲。彻底折服的小王子们在父王带领下，要求拜师，玉华王表示"必以倾城之资奉谢"。悟空回答："我等出家人，巴不得要传几个徒弟。你令郎既有从善之心，切不可说起分毫之利；但只以情相处，足为爱也。"悟空收徒之前先对唐僧行礼："谨禀过我师，庶好传授。"悟空是越来越懂礼仪了。

悟空、八戒、沙僧，给唐僧做了一路徒弟，临近灵山了，自己做起师父来。小说家也许有这样的意思：西天取经将结束，降妖者的武艺以后用不上了，那就把他们的武艺留传民间吧。

你慢藏诲盗，我顺手牵羊

这样一来，继在朱紫国做救治国王的名医、在无底洞做状告李天王的刀笔讼师之后，美猴王竟然又做起传道授业的老师来！这只猴子的才能真是无边无际。王子们愿使棍的学棍，惯使耙的学耙，爱用杖的学杖。悟空先念动真言，将仙气吹入三个王子的心腹，授他们万千膂力。王子们精神抖擞，骨壮筋强，如脱胎换骨，他们这时能拿动悟空三兄弟的武器了，但不能耐久，于是他们想让工匠依照师父们的武器减削斤两各仿造一副。于是，向来没有离开过主人的金箍棒、九齿耙、降妖杖被放到篷厂之间，由工匠照样打造。

这就是所谓"慢藏诲盗"，豹头山虎口洞的黄狮精发现玉华县霞光瑞气，走近一看，原来是三般兵器放光，立刻表示：好宝贝！咱来个顺手牵羊！

雄狮恪遵市场经济

俗话说，"偷来的锣鼓打不得"，黄狮精偷了取经僧的兵器，却大张旗鼓，请来四十多个"狮朋虎友"搞"钉耙会"。取经开始的时候，黑熊精搞"佛衣会"；取经接近尾声，黄狮精搞"钉耙会"，这也是前后呼应。更有意思的是，按说妖精对人世间的物品还不是想拿就拿，想抢就抢？作为大自然食物链顶端的动物，兽中之王狮子对其他动物还不是想怎么吃就怎么吃？但他们偏偏搞起了"市场经济"，黄狮精派两个狼精拿着二十两银子到市场上采购猪羊。

《西游记》中写的黄狮精既附庸风雅又讲究礼仪，是西天取经路上的特殊妖精门类，我不管是八岁时还是年近八十时读到《西游记》里这一段，都特别欣赏甚至喜爱这群狮子。这些威风凛凛、派头十足的大雄狮既讲究兄弟情谊，又威武善战，还会排兵布阵。吴承恩创造的，是中国乃至世界自然史上从来没有出现过的一群雄狮，是吴承恩给读者奉上的专属于这部小说的雄狮，太有趣了。

黄狮精掠来了悟空三兄弟的武器，要开"钉耙宴"请客，派出狼精到市场采购，悟空变个"一双粉翅，两道银须"的花蝴蝶飞到狼精头上，飘飘荡荡听他们说话。两个狼精边议论大王怎样从玉华县偷兵器，边琢磨如何贪下几两银子，说话的口气像极了《金瓶梅》里西门庆身边那个雁过拔毛的帮闲应伯爵。吴承恩又把他对现实人物的观察放到妖怪身上了。悟空用定身法将狼精定住，掏出他们身上的银子和两个分别写着"刁钻古怪"和"古怪刁钻"的腰牌，驾云回城，如此这般一说。三兄弟决定化装侦察，进虎口洞找他们的武器。玉华王准备猪羊，八戒变成"刁钻古怪"，悟空变成"古怪刁钻"，沙僧装作贩猪羊的客人。掳回的银子则赏给了做兵器的匠人。看来悟空懂得体恤下情，越来越仁义了。

悟空他们怎样跟这些兽中之王打交道，这些兽中之王又会给我们奉献出怎样稀奇古怪的战斗故事呢？

七狮结义共赴难

悟空三兄弟做了一路徒弟，进了天竺国玉华县竟然做起师父来，他们的武器引起了黄狮精的兴趣，被黄狮精半夜偷走了。悟空、八戒、沙僧三人决定化装侦察，进山看看偷武器的妖怪。没想到为人师惹来一窝狮，结果是七狮结义共赴难。

三兄弟满载而归

三兄弟进山，遇见个夹着彩漆请书匣的小妖，面貌奇特：

> 圆滴溜两只眼，如灯幌亮；红刺娃一头毛，似火飘光。糟鼻子，猛猱口，獠牙尖利；查耳朵，砍额头，青脸泡浮。身穿一件浅黄衣，足踏一双莎蒲履。雄雄纠纠若凶神，急急忙忙如恶鬼。

青脸、红毛、黄衣，色彩斑斓，看不出来是什么珍稀动物，像狼又多了獠牙，像狐狸又少了大尾巴。我怀疑它会不会就是传说中的"彪"？这个小妖受命到竹节山请老大王赴会。冒充"古怪刁钻"的悟空讨他帖儿看，居然是八行书格式的正式请帖，请的是"祖翁九灵元圣老大人"，请客的是"门下孙黄狮"。原来偷武器的是黄狮子，他的祖翁自然是头老狮子吧？

悟空想不到，老狮子竟然是取经路上最凶狠的妖精，可以跟大鹏金翅雕匹敌。

"卖猪羊客人"借口取欠银进妖精洞，"古怪刁钻""刁钻古怪"也就是悟空和八戒一唱一和，说服妖王黄狮精同意"客人"参观他偷到的珍贵武器。黄狮精颟顸至极，居然当起导游，对"客人"介绍："那中间放光亮的就是钉钯。你看便看，只是出去，千万莫与人说。"我读到这里总想笑，狮子乃林中之王，这黄狮精也太随和、善良、小心谨慎了吧？

然后，兄弟三人抢到了自家兵器，立刻与黄狮精展开大战。黄狮精败阵逃走。兄弟三人把百十个"虎狼彪豹，马鹿山羊"变的妖精尽皆打死，将洞里的细软、兽尸、赶来的猪羊通通带出，烧了妖洞，满载而归地回到玉华城。

壮丽、奇异、精彩的狮群出战

黄狮精逃走后，向祖翁汇报了他和悟空等交手一事，老狮精说："那毛脸雷公嘴者，叫做孙行者。这个人其实神通广大：五百年前曾大闹天宫，十万天兵也不曾拿得住。他专意寻人的。他便就是个搜山揭海，破洞攻城，闯祸的个都头！你怎么惹他？——也罢，等我和你去，把那厮连玉华王子都擒来替你出气！"老狮精对战胜悟空还蛮有把握的。另外也能看出，老狮精对悟空知根知底，他肯定又是天宫下来的。

老狮精组织起群狮，都拿着锋利器械，由黄狮精引领到豹头山。那里烟火扑鼻，只见"刁钻古怪"和"古怪刁钻"两人在哭。黄狮精因洞府被烧尽，美人被烧死，家当一空，气得不想活了，直往石崖上撞头磕脑，其他"兄弟狮"苦劝方止。我看到这个地方就想，这是一个多么重感情的大狮子，一个多么可爱的大狮子啊。老狮精带群狮驾着狂风直奔玉华城。中外战争史上从未有过的对阵场面出现，我记得小时候曾经一遍又一遍地看这个对阵场面，实在太好看了：

> 却说孙大圣同八戒、沙僧出城头，觌面相迎，见那伙妖精都是些杂毛狮子：黄狮精在前引领，狻猊狮、抟象狮在左，白泽狮、伏狸狮在右，猱狮、雪狮在后，中间却是一个九头狮子。那青脸儿怪执一面锦绣团花宝幢，紧挨着九头狮子；刁钻古怪儿、古怪刁钻儿打两面红旗，齐齐的都布在坎宫之地。

这是一个多么壮观、多么奇异、多么精彩的狮群出战场面！除黄狮子可以类比现在的非洲狮之外，狻猊狮、抟象狮、白泽狮、伏狸狮、猱狮、雪狮乃至九头狮（也就是老狮精），恐怕谁也没有见过，《动物大辞典》上也见不到记载。拍电影的话，大概好莱坞高科技也未必拍得出这个阵势。我觉得这段故事如果做成动画片可能会非常好看，电视剧《西游记》没拍这段，很可能因为根本没法再现。特别搞笑的是，黄狮精带领的这支出征队伍还打着旗帜，打锦绣团花旗的是青脸怪，我把它叫"彪"，打红旗的是狼兄弟。狮群出战也是名正言顺扛大旗，太有趣了。这是我八岁时读《西游记》最喜欢的段落之一，那个时候我才不管谁是神谁是妖，我只是觉得这么一

金木土计闹豹头山

群大狮子太可爱了。

奇形怪状的狮子用着五花八门的武器：狻猊精使闷棍，白泽精使铜锤，抟象精使钢枪，伏狸精使钺斧，黄狮精使四明铲，猱狮精使铁蒺藜，雪狮精使三棱锏。七种狮子用七种武器，都是人世间的著名战将曾经用过的，真是叫人眼花缭乱、目不暇接。

头一天战斗各有胜负：八戒被雪狮精、猱狮精捉了；狻猊精、白泽精被悟空捉了。第二天，老狮精叫来孙子黄狮精定下计谋：五头狮子迎战悟空、沙僧，老狮精驾黑云至城楼上，把唐僧、玉华王父子叼出，再到坎宫地下把八戒叼走了。老狮精的九个头一共叼了六个人。悟空发现中计，拔下毫毛变成千百个小悟空，拖倒猱狮精，活捉雪狮精，拿住抟象精，扛翻伏狸精，将黄狮精打死。除老狮精外的七个狮子精，打死一个，活捉六个，战绩不差，但唐僧、八戒、玉华王父子这时都到了老狮精手里。

雄狮悲剧

悟空、沙僧到竹节山九曲盘桓洞挑战老狮精。老狮精"身无披挂，手不拈兵"迎出来，把头一摇，左右八个头，一齐开口，把悟空、沙僧衔进洞。过去悟空与妖精交战被擒，妖精靠的是神佛主人的法宝，悟空只要把法宝偷了就成；但这个老狮精自带法宝，偷也没法偷，斗又斗不过。这可真是一魔更比一魔强。当年遇到九头虫，多亏二郎神帮忙，现在的对手更厉害，人家是九头狮，这可怎么办呢？悟空半夜逃出，见到金头揭谛、六甲六丁押着竹节山土地神出现，边叩头边揭老狮精老底：九曲盘桓洞原是六狮之窝，老狮精前年来到竹节山，被六只狮子拜为祖翁，号为"九灵元圣"，你要想灭他，得去东极妙岩宫请他的主人公——太乙救苦天尊。

折腾了半天，原来又是天宫管理不严的小疏忽！救苦天尊临时客串了"造灾天尊"。原来是他的狮奴偷喝了太上老君的轮回琼液，三日不醒，使得太乙天尊的坐骑九头狮逃跑到人间。天尊于是和悟空、狮奴一起来到竹节山，他听说九头狮并未伤害唐僧，于是立即护短道："我那元圣儿也是一个久修得道的真灵：他喊一声，上通三圣，下彻九泉，等闲也便不伤生。"天尊对九头狮下界造成的灾难竟然这样轻描淡写！一头天宫狮子跑到凡间来玩儿，害得本来活得好好的七只狮子被杀，其中五只还被剁成肉块分给百姓品尝，老狮精也是害人不浅。话再说回来，虽然取经事业是正义的，黄狮精偷武器固然不对，但悟空三兄弟拿回武器的过程是不是有点儿"反应过度"？按说，黄狮精犯盗窃罪者，赃物要回，再罚点儿款，或关个十天半月、半年一年，也就可以了。怎么能把人家黄狮精辛辛苦苦经营的家业一锅端？怎么能把那百十个若大若小、虎豹马鹿妖精尽皆打死，还将人家黄狮洞里细软通皆带出？这和打家劫舍有什么区别？我看到这一段，我的同情心是在黄狮精这边的。

双方对垒，取经僧及玉华县未损一兵一卒，狮群全军覆没。狻猊狮、抟象狮、白泽狮、伏狸狮、猱狮、雪狮，这样六只大雄狮为了黄狮精的兄弟情分都献出了生命，简直是悲壮的"七狮结义同赴难"。

出新奇点子，添蹊跷花招儿

玉华王大开筵宴谢师教，大盘金银谢师恩。金银自然被悟空谢绝，还是八戒说了句实话："金银实不敢受，奈何我这件衣服被那些狮子精扯拉破了，但与我们换件衣服，足为爱也。"于是，玉华王命取青锦、红锦、茶褐锦各数匹，与三个师兄弟各做一件。悟空、八戒、沙僧三人跟着唐僧破衣烂衫走了一路，想必也是"新三年，旧三年，缝缝补补又三年"，十几年过去，快要到灵山了，竟混上了三套新衣服。如果让如来看到，会不会想：这几个苦行僧，日子不是过得挺滋润的吗？

八十一难，难来难去，总得出点儿新奇点子，添点儿蹊跷花招儿，读者才能不觉得厌倦，不觉得絮烦，不觉得老套，才能兴致勃勃地一直看下去。于是，一直做徒弟的齐天大圣、天蓬元帅、卷帘大将，有了自己的徒弟；一向只对唐僧肉感兴趣的妖魔，转而惦记起悟空他们的武器。真是殚精竭虑编故事，挖空心思造妖魔。《红楼梦》中林黛玉发个小脾气，就够曹雪芹"腻歪"读者两个章回；吴承恩也得不断寻新魔、造异难。写神魔长篇小说的作家比起写人情长篇小说的作家更不容易。

获得过诺贝尔文学奖的土耳其作家帕慕克曾经说过："小说是第二生活。就像法国诗人热拉尔·德·奈瓦尔所说的各种梦，小说显示了我们生活的多样色彩和复杂性，其中充满了似曾相识的人、面孔和物品。我们在阅读小说的时候，恍若进入梦境，会遇到一些匪夷所思的事物，让我们受到强烈的冲击，忘了身处何地，并且想象我们自己置身于那些我们正在旁观的、虚构的事件和人物之中。"我记得八岁时读《西游记》就总觉得自己也是这些战斗狮中的一员，他们不是什么动物，他们就像是《三国演义》里那些战将戴上狮子的面具，拿着张飞、吕布用过的武器打仗。而我自己，就是那个在旁边打着小红旗的角色。我很希望悟空胜利，但也不希望那些雄狮失败，这是一种十分有趣的阅读体验。

齐天大圣给玉皇大帝送礼

孙悟空曾自封齐天大圣，大闹天宫，要玉帝搬出去，他住灵霄宝殿。谁能想到，西天取经快结束时，齐天大圣竟要给玉帝送礼！有没有搞错？悟空能给老对头送礼？人生就是如此，人与人之间的关系会变，神与魔之间的关系也会变。

悟空对奉玉帝旨意帮他降犀牛怪的二十八宿中的井木犴等说："四位星官，将此四只犀角，拿上界去，进贡玉帝，回缴圣旨。"

我一直觉得这里很有趣，研究《西游记》的学者怎么没注意过这个细节？如果注意的话，按照某些学者的理论，悟空这句话里又是"圣旨"又是"进贡"，岂不是认可玉帝的"残暴统治"了？这是不是说明西天取经的悟空是"被招安的投降派"，这时已在玉帝面前屈服了？

唐僧又给妖怪送上门

那我们就看看大战犀牛怪是怎么回事。

这故事见于《西游记》第九十一回《金平府元夜观灯　玄英洞

唐僧供状》和第九十二回《三僧大战青龙山　四星挟捉犀牛怪》。

唐僧师徒进入天竺国外郡金平府慈云寺。寺里的和尚告诉唐僧，"我这里向善的人，看经念佛，都指望修到你中华地托生"，僧侣斋主奔走相告：大唐高僧来了！无论僧俗，热情款待，邀请师徒看灯会。唐僧看到的金平府什么样？"金谷园富丽休夸，辋川图流风慢说。"这个地方有晋代巨富石崇锤击珊瑚的富有，又有唐代诗人王维弹琴竹林的雅兴。灯会上鱼龙出海，鸾凤腾空。"仙鹤灯、白鹿灯，寿星骑坐；金鱼灯、长鲸灯，李白高乘。鳌山灯，神仙聚会；走马灯，武将交锋。"李白和八仙都出来了。依然满目华夏风景，照旧遍地神州风俗。在小说家吴承恩心里，那是永远走不出的大中华。

唐僧师徒观灯到金灯桥上，三个水缸大的金灯点着喷香的灯油。众僧介绍说，点的是酥合香油。三个缸一千五百斤，每年要用四万八千两银子，年年由二百四十家"灯油大户"缴纳，每家每年交二百两银子。按《红楼梦》里刘姥姥在大观园算螃蟹账时的清代消费水平，一户缴纳的灯油税够五口庄户人家过十年！而这个"金灯"只点三夜，"佛爷"一现身，就油尽灯昏了。八戒一语中的："想是佛爷连油都收去了。"正说着，呼呼风响，人皆四散。唐僧听说"佛来看灯"，便说，"我弟子原是思佛念佛拜佛的人"，不顾众僧劝阻坚持要拜佛。随后看见风中有三佛现身，唐僧跑上桥顶，倒身下拜。悟空立刻意识到"必定是妖邪"，但还没来得及行动，便眼睁睁看着妖精"呼的一声，把唐僧抱起，驾风而去"。

悟空跟风追到一座大山，正找寻路径，见四个人赶着三只羊吆喝"开泰"，原来是年、月、日、时四值功曹隐像化形。他们告诉悟空："你师父宽了禅性……所以泰极生否，乐盛成悲，今被妖邪捕获。"他们说这叫"三阳开泰"，能"破解你师之否塞也"。悟空问他们妖精是不是就在这座山里，他们说，此山叫青龙山，里边有玄英洞，洞中有三个千年妖精"辟寒大王""辟暑大王""辟尘大王"，爱食酥合香油，假装佛像哄金平府官员人等设立金灯，年年正月半时，他们变成佛像收油，今年他们看到你师父，认得是圣僧，所以抢走了他，"要割剐你师之肉，使酥合香油煎吃哩"，你快去救师父吧。

有旗有号犀牛怪

悟空打到玄英洞前，三个妖精露面，这是西游路上还没见过的一种妖精：

> 彩面环睛，二角峥嵘。尖尖四只耳，灵窍闪光明。一体花纹如彩画，满身锦绣若蜚英。第一个，头顶狐裘花帽暖，一脸昂毛热气腾；第二个，身挂轻纱飞烈焰，四蹄花莹玉玲玲；第三个，威雄声吼如雷振，獠牙尖利赛银针。个个勇而猛，手持三样兵：一个使钺斧，一个大刀能；但看第三个，肩上横担挝挞藤。
>
> 又见那七长八短、七肥八瘦的大大小小妖精，都是些牛头鬼怪，各执枪棒。有三面大旗，旗上明明书着"辟寒大王"、"辟暑大王"、"辟尘大王"。

取经路上妖精无奇不有！狮精有旗无号，犀牛怪有旗有号。妖精建制越来越完善，越来越正规化。既是战将，又是犀牛；既像战神出征，又像儿童游戏。吴承恩对犀牛怪的外貌先做统一描写，形容了一下他们的眼睛、角、耳朵和身上的花纹，再对三个妖精分别刻画，辟寒大王穿狐裘，因为裘皮适合避寒；辟暑大王披轻纱，因为轻纱适合避暑；辟尘大王大概既不好披裘也不好披纱了，没提到他的服装，只形容了一下他的声音和牙齿。不知"挝挞藤"是什么先进武器，反正不在十八般兵器中。大王手下的小妖都是山牛精、水牛精、黄牛精，不知道他们和牛魔王有没有什么亲戚关系。

悟空与三妖魔斗了一百五十回合，小妖们也簇拥上前，一阵乱打。悟空见没法取胜，纵起筋斗云，败阵而回。沙僧、八戒倒积极起来，建议趁着月光赶快去救师父，免得妖精连夜把师父害了。三兄弟又去了玄英洞，悟空潜入洞中营救师父未果，兄弟三人与妖精对战。群牛打群架，把八戒、沙僧捉起来了。悟空只好再驾筋斗云逃走，还得去天宫求援。

教点那路天兵相助

悟空来到西天门外，太白金星正与增长天王、四大灵官闲聊，这个老头儿真自在。太白金星真不愧是悟空的命中福星，他先给悟空上了一节"动物习性课"，他说犀牛怪名色很多，"有兕犀，有雄犀，有牯犀，有斑犀，又有胡冒犀、堕罗犀、通天花文犀。都是一孔三毛二角，行于江海之中，能开水道"，接着告诉悟空，对付犀牛怪，"四木禽星见面就伏"。太白金星太可爱了。

悟空于是到通明殿见玉帝，玉帝二话不说，只问："教点那路天兵相助？"这是多大的面子，只要悟空开口，天宫兵将，点哪个是哪个。

斗牛宫四木禽星原来就是二十八宿的角木蛟、斗木獬、奎木狼和井木犴。四星宿中仅井木犴一个，就能上山吃虎、下海擒犀，四

三僧大战青龙山

位同时出动，犀牛怪的末日就到了。三妖现了本相，甩开铁炮般的蹄子逃跑。悟空与井木犴、角木蛟紧追急赶。斗木獬、奎木狼把那些牛精打死或活捉，去玄英洞给唐僧、八戒和沙僧松了绑，让八戒、沙僧护送师父回去，二星也去驾云追赶妖怪，直到西洋大海。悟空让二星"且在岸边把截"，他念着避水诀潜入波涛深处，三个妖魔正在水底与井木犴、角木蛟舍死忘生苦斗。探海夜叉报告西海龙王敖闰，老龙唤太子摩昂"快快拔刀相助"，于是龟鳖鼋鼍、虾兵蟹卒等各执枪刀挡住了犀牛怪。辟寒大王被井木犴现原身按住咬死，还被吃了一部分；辟暑大王被井木犴活捉；辟尘大王被龙兵扳翻在地，铁钩穿鼻，攒蹄捆倒。

悟空意气风发，由星宿陪着，牵着两只未死的犀牛在空中发表演说：

> "金平府刺史，各佐贰郎官并府城内外军民人等听着：吾乃东土大唐差往西天取经的圣僧。你这府县，每年家供献金灯，假充诸佛降祥者，即此犀牛之怪。我等过此，因元夜观灯，见这怪将灯油并我师父摄去，是我请天神收伏。今已扫清山洞，剿尽妖魔，不得为害。以后你府县再不可供献金灯，劳民伤财也。"

这一次，悟空不仅救了自己师父，还永远免除了金平府民众繁重的金灯香油"徭役"。怪不得悟空要把师父的"圣僧"帽轻巧地戴到自家头上；怪不得越是走近灵山，取经僧越是被一路颂歌。

八戒掣出戒刀，将辟尘、辟暑两只犀牛的头砍下，锯下四只角。悟空让井木犴等四位星官把四只犀牛角带上天给玉帝，而辟寒的那两只角，悟空决定留一只在府堂镇库，带走一只献给灵山佛祖。

地狱装着不知感恩的灵魂

悟空竟然向玉帝进贡，有没有搞错？他还是那个大闹天宫的齐天大圣吗？还是那个浑身长刺、桀骜不驯的美猴王吗？

这大概就是《西游记》这部神魔小说好看、耐看的缘故之一：写好玩的神魔故事，也要写深刻的人生哲理。

西天取经路上，悟空战胜了一个又一个妖魔；更可贵的是，他还战胜了自己那自大任性、不通情理的"心魔"。

地狱里装的都是那些只知怨恨、永远不知感恩的灵魂，从石头缝里蹦出来的悟空也知道尊重他人、感恩回报了。人生没有永远的朋友，也没有永远的敌人；有本事的人既能正确对待朋友，更能正确对待敌人。能对付敌人、征服敌人、消灭敌人，算是有本事；能把最大的敌人变成最能帮助自己的朋友，才叫真本事。

玉帝曾是悟空最大的敌人，他曾派给悟空一个不入流的官职"弼马温"，曾给悟空册封了一个看似显赫却无实际益处的称号"齐天大圣"。悟空喊着"皇帝轮流做，明年到我家"大闹天宫，差点儿掀翻玉帝宝座。玉帝派十万天兵对付悟空，刀砍雷劈八卦炉烧，试图将悟空置于死地。悟空对玉帝的仇恨难道不应比天大、比海深？

但是自从悟空保护唐僧西天取经以来，曾经有多少次到天宫求援，玉帝又有多少次派天兵天将帮助悟空？至少可举出八次：

一、二十八宿之一的奎木狼下界变成黄袍怪，玉帝派二十七宿下界收服，悟空"心中欢喜，朝上唱个大喏"；

二、悟空在平顶山想用假造的装天葫芦换妖怪的两个宝贝，玉帝听从哪吒三太子建议，帮助悟空"装天"；

三、悟空的金箍棒在金峗山被妖魔收去，只好上天宫找玉帝求助，玉帝让悟空自己挑选天将下界擒魔；

四、悟空三调芭蕉扇，玉帝接到如来请求帮助悟空的檄文，派李天王父子下界擒拿牛魔王；

五、悟空被黄眉怪装进金铙，揭谛向玉帝报告，玉帝派二十八宿下凡帮助悟空脱困；

六、悟空因为无底洞的妖精把师父摄走，去状告李天王，玉帝竟然不袒护自己的股肱大臣，将原状批为圣旨协助悟空；

七、悟空为凤仙郡求雨，玉帝没有马上答应，但凤仙郡一旦向善，玉帝立即下令下三尺甘霖；

八、悟空想找四木星擒犀牛怪，玉帝马上派四星下界……

玉帝对昔日天宫造反者有求必应、有难必帮，不打折扣，不求回报，不纠缠历史旧账，这是什么胸怀？玉帝对西天取经事务的处理，对悟空求助的处理，清晰明睿、雷厉风行。玉帝自己至少八次帮悟空渡过难关，算起来可能比"取经事业总导演"观世音菩萨出力还大。天界人物主动下凡帮忙，也得玉帝撑腰。二十八宿之一的昴日星官，能不经玉帝派遣，擅自下界帮悟空制伏蜈蚣精，大概就是吃透了玉帝对悟空"特殊关照"的心思。太白金星多次帮取经僧的忙，恐怕也得玉帝点头。玉帝为什么这么照拂悟空？难道他想树个"从造反到归顺"的典型？这个只有玉帝老儿自己知道了。而昔日仇敌玉帝变成了悟空西天取经路上最重要的保护神，悟空这个从石头缝里蹦出来的石猴，也终于被玉帝的"热情"感化了。

何况，即使不是至高无上的玉帝，即使不是掌握生杀大权的"陛下"，仅仅对一个多次在自己危难时出手相助的长者，一个通情达理的人难道还能"吃了泰山不谢土"？悟空送玉帝的这四只犀牛角，按八戒之前的估算，大概能值几十两银子。对玉帝来说，这恐怕是微不足道的贡品，但是这贡品来自当年曾经大闹天宫的齐天大圣之手，就是"千里送鹅毛——礼轻情意重"了。甚至可以说，这是悟空迟到五百年的与玉帝的一次和解。

这样看来，一个人如果总是头撞南墙，不知道审时度势，不会根据现状决定自己的处世态度，岂不是连只猴子都不如了吗？

天竺公主月宫兔

四人到了天竺国，灵山就在前方了。取经功德眼看就要完成，唐僧却迎来了严峻的考验。

天竺国公主要招唐僧做驸马，如果不同意，天竺国国王就要把唐僧推出去斩了。

当年西梁国女王要招唐僧为夫，女王是地地道道的人，而这里的天竺国"公主"却是妖精。真公主其实早在唐僧他们去看抛绣球之前就出现了，只不过他们没见到公主本人。

猴王出"倚婚降怪计"

唐僧师徒来到布金禅寺，唐僧说："这莫不是舍卫国界了么？"向来不认路的老和尚为什么忽然"开窍"了？原来他从佛经上知道孤独长者用黄金做砖给孤园铺地，以便听佛讲经的故事。务实的八戒立即打趣，"我们也去摸他块把砖儿送人"。越接近西天，师徒的欢声笑语就越多。

师徒四人在寺中借住，晚上在院中散步时，唐僧听到寺中有女子哭诉"爷娘不知苦痛",心酸泪堕。一百零五岁的老院主悄悄告诉唐僧、悟空：去年此日，有个美貌端正女子突然出现，自称天竺国公主，被风刮来此处。老院主把她锁在一间敞空房里，门上只留一个小孔，每天送两顿粗茶粗饭，还告诉众僧里边关的是妖邪。女子了解其意，恐被众僧玷污，白日装疯卖傻，夜间思念父母啼哭。老院主几次进城打探，却听说公主没事。"今幸老师来国，万望到了国中，广施法力，辨明辨明。一则救拔良善，二则昭显神通也。"悟空答应他到了城中一定"聆音而察理，见貌而辨色"。

四人第二天离开寺院，行至城中。天竺国驿丞告诉取经僧，我们公主正在抛绣球招驸马呢。唐僧感叹，这里"也与我大唐一般"，还想起"我俗家先母也是抛打绣球遇旧姻缘"。悟空建议去看公主抛绣球，唐僧认为不妥，想去找国王倒换关文。悟空说，国王等公主喜报，哪有工夫视朝理事？而且老院主之前还托付咱们看看公主，以辨真假。

抛绣球的公主果然是假的，唐僧刚行近彩楼，绣球立刻就打在他头上了。原来，假公主算定唐僧到此，想借国家之富招唐僧为偶，"采取元阳真气，以成太乙上仙"。

众人来抢唐僧的绣球，悟空把腰一躬，长三丈高，众人吓得不敢靠近。唐僧埋怨道："你这猴头，又是撮弄我也！"悟空说，你就入朝见驾，公主如非要招你，你就对国王说，要召徒弟来吩咐一声，"那时召我三个入朝，我其间自能辨别真假。此是'倚婚降怪'之计"。

计谋虽好，却有些不合情理：师徒去看抛绣球，目的是看公主是否妖邪，悟空火眼金睛，"公主"站在彩楼上，这么近的距离，为什么却看不到她的妖气，还必须让师父入朝再"倚婚降怪"？这是小说家留下的漏洞，还是继续敷衍故事的必要？

天竺国朝王遇偶

也有另一种可能：公主抛绣球，即便悟空当场看出公主是妖邪，也不能举棒就打，那肯定就犯了天竺国法。看来，还是必须进入"敌人心脏"考察一番，而且唐僧必须经受的美色和财富的考验，这时也还没完成呢。

师徒个性对比鲜明

唐僧入朝，向国王声明："贫僧是出家异教之人，怎敢与玉叶金枝为偶！万望赦贫僧死罪，倒换关文，打发早赴灵山，见佛求经……"但公主却坚持要嫁他。唐僧不得不按悟空的计划行事，要求招徒弟来见国王。悟空嘻嘻哈哈地回到驿馆，在他看来，又来了一件"好耍子"的事！三兄弟的精彩对话，将三人不同性格写活了：

> 行者笑道："我与师父只走至十字街彩楼之下，可可的被当朝公主抛绣球打中了师父，师父被些宫娥、彩女、太监推拥至楼前，同公主坐辇入朝，招为驸马，此非喜而何？"八戒听说，跌脚捶胸道："早知我去好来！都是那沙僧急懆！——你不阻我啊，我径奔彩楼之下，一绣球打着我老猪，那公主招了我，却不美哉，妙哉！俊刮标致，停当，大家造化耍子儿，何等有趣！"沙僧上前，把他脸上一抹道："不羞！不羞！好个嘴巴骨子！'三钱银子买个老驴，自夸骑得！'要是一绣球打着你，就连夜烧'退送纸'也还道迟了，敢惹你这晦气进门！"八戒道："你这黑子不知趣！丑自丑，还有些风味。自古道：'皮肉粗糙，骨格坚强，各有一得可取。'"行者道："呆子莫胡谈！且收拾行李。但恐师父着了急，来叫我们，却好进朝保护他。"八戒道：

“哥哥又说差了。师父做了驸马，到宫中与皇帝的女儿交欢，又不是爬山蹚路，遇怪逢魔，要你保护他怎的！他那样一把子年纪，岂不知被窝里之事，要你去扶揝？”行者一把揪住耳朵，轮拳骂道：“你这个淫心不断的夯货！说那甚胡话！”

猴王一心护持师父，却免不了来点儿恶作剧寻开心；八戒色心未褪，凡心又炽，却对世道人情颇为内行；沙僧平素不言不语，其实心中有数，他挖苦八戒这番话，是这个“晦气脸”和尚最风趣的一段话，刻画出他的另一面：世事洞明有主张，说话入木三分。师兄弟闲磕牙似乎是不重要的闲白，其实是写小说少不了的笔墨。神魔小说如果总是一个劲儿地降妖，一个劲儿地除怪，打打杀杀，没有生动的普通生活场景、有趣的日常对话，未必能引起读者的阅读兴趣。

唐僧足步琼瑶意不迷

悟空上殿，先给师父争个座位：“陛下轻人重己！既招我师为驸马，如何教他侍立？世间称女夫谓之‘贵人’，岂有贵人不坐之理！”悟空居然知道这类世情，不知又是在哪儿培训的。然后兄弟三人一通“自我扬威”身世表白，天竺国国王又喜又惊，喜的是女儿招了活佛，惊的是来了三个“妖神”。婚期定在四天之后，先让师徒去御花园进素膳。唐僧责怪悟空：“你这猢狲，番番害我！”说悟空不应该让他来看公主抛绣球。悟空反唇相讥，说自己听师父回忆先母抛绣球，“似有慕古之意，老孙才引你去”，还调侃师父说，公主“若还是个真女人，你就做了驸马，享用国内之荣华也罢”，然后挨了师父一顿臭骂，差点儿又被师父念了《紧箍儿咒》。

第二天国王邀请唐僧游览御花园，八戒也要求同去，国王只好安排自己和唐僧同去华夷阁，让八戒他们三人去留春亭坐坐。唐僧在华夷阁再次展现诗才，他看到宫殿金屏上画着春、夏、秋、冬四景，皆有题咏，都是天竺国翰林名士的诗。请注意，这里也像大唐一样选拔翰林学士呢。其中《春景诗》是这样写的：

> 周天一气转洪钧，大地熙熙万象新。
> 桃李争妍花烂熳，燕来画栋迷香尘。

唐僧各和了一首，其中《春景诗》如下：

> 日暖冰消大地钧，御园花卉又更新。
> 和风膏雨民沾泽，海晏河清绝俗尘。

唐僧的诗显然比翰林学士写得更好，翰林学士的诗不过是写景，唐僧的诗却既写景又颂圣，符合"应制诗"的要求，如果唐僧不做和尚做官员，大概唐太宗怎么也得给他个尚书侍郎做做。所以，一个人的人生定位有时候很难说，唐僧完全可以在女儿国做个国王，在天竺国做个驸马——当然如果公主不是妖魔的话，那会是多么舒服的人生！他却一心取经，这大概就是信念，就是佛心了。

国王看了唐僧的和诗自然大喜。悟空三人此时在留春亭也已经酒足饭饱，八戒吃得肚饱肠撑，呆性发作，叫："好快活！好自在！今日也受用这一下了！"唐僧告别国王来到亭中，嗔责八戒大呼小叫，怕会惹恼国王。八戒越发呆性发作：

"没事！没事！我们与他亲家礼道的，他便不好生怪。常言道：'打不断的亲，骂不断的邻。'大家耍子，怕他怎的？"长老叱道，教："拿过呆子来，打他二十禅杖！"行者果一把揪翻，长老举杖就打。呆子喊叫道："驸马爷爷！饶罪！饶罪！"旁有陪宴官劝住。呆子爬将起来，突突囔囔的道："好贵人！好驸马！亲还未成，就行起王法来了！"

这大概是西天取经路上唐僧唯一一次动手打八戒。

悟空想借婚礼观察公主真假，假公主却向国王提出：唐僧徒弟生得丑恶，小女不敢见他们，请父王将他们发放出城再行婚礼。

国王给悟空等倒换公文，送黄金白银让他们开路。八戒立刻接了金银，悟空道别后转身要走，唐僧扯住悟空说："你们都不顾我就去了！"悟空向师父递眼色、打暗号，表示还会回来。当众演过"长亭送别"后，猴王安排师弟和"毫毛猴王"在驿馆待着，自己变成蜜蜂飞回师父身边，伏在唐僧的毗卢帽顶上，睁着火眼金睛观看。他见师父对两排"美赛西施"的宫娥正眼都不看，暗自夸赞："好和尚！好和尚！身居锦绣心无爱，足步琼瑶意不迷。"

捣玄霜仙药小玉兔

公主出来了，"头顶上微露出一点妖氛，却也不十分凶恶"，悟空于是爬近唐僧耳朵说："公主是个假的。"然后他不顾唐僧劝阻，立刻现出本相，揪住公主骂"孽畜"。假公主立即脱光衣裳，摇落首饰，跑到御花园土地庙，取出一条短棍，回来打悟空，悟空使铁棒相迎。两人各驾云雾，杀在空中。公主竟然脱光衣裳，这是最好玩的细节。悟空的"降妖史"上大概遇到了最幼稚、法力最差、最好对付的妖精：妖氛不重，说明道业不深或基本无害；被揭穿连辩驳的话都不会说就脱光衣服，自曝妖精身份，说明经验少、处世浅；使短棍乱打，无甚章法，说明武艺不精。这到底是个什么品种的妖精呢？

妖精打不过悟空，想往天宫跑，悟空招呼西天门守将拦住，妖精只好返回继续打。悟空见妖精用的短棍一头粗一头细，像春碓臼的杵头，问她拿的是什么器械，原来是广寒宫的捣药杵！两人打到一座大山，妖精钻入山洞不见了。悟空怕妖精遁身回国掳走师父，也转身飞回天竺国，妖精却寂然无踪。这妖精也太稀松寻常了，怎么连刮阴风摄走唐僧的本事都没有？悟空再回妖精藏身的山中寻找。土地神报告，此山叫"毛颖山"，乃五环福地，亘古至今没有妖精，只有三处兔穴。那就到兔子窝找吧，妖精果然藏在里面，跳出来举起药杵继续打过来。悟空抢起铁棒架住，两人斗至空中。悟空想下狠手一棒将妖精打杀时，听见九霄碧汉间有人叫道："大圣，莫动手！莫动手！棍下留情！"

《西游记》传统模式出来了，在妖精性命交关时，它的主人来了。

这次是太阴星君带着嫦娥仙子来救广寒宫捣玄霜仙药的小玉兔。

传统因果关系也出来了，天竺公主原是蟾宫素娥，十八年前打了玉兔一掌。玉兔为报一掌之仇，走出广寒宫，抛素娥于荒野。原来就为了一个巴掌的恩仇？这么点子事，犯得着吗？怪不得假公主不像其他妖精那样凶狠，不像其他妖精那样武艺精湛，不像其他妖精那样有创建家业、扩大地盘的雄心、野心，也不像其他妖精那样有招降纳叛的组织能力——没有建立起妖精队伍，身边没有任何传令的、服侍的、采买的手下，只有一个兔子洞。原来这个妖精的原形只不过是只可爱的小白兔。

> 缺唇尖齿，长耳稀须。团身一块毛如玉，展足千山蹄若飞。直鼻垂酥，果赛霜华填粉腻；双睛红映，犹欺雪上点胭脂。伏在地，白穰穰一堆素练；伸开腰，白铎铎一架银丝。几番家，吸残清露瑶天晓，捣药长生玉杵奇。

其实传说中月宫捣药的玉兔是雄兔，而且它是全世界雌兔的共同情人，雌兔拜月即可受孕。吴承恩把月宫玉兔女性化了。

悟空依样画葫芦，模仿在金平府战胜犀牛怪时做总结报告那样，带着太阴星、嫦娥、玉兔，从半空向天竺国君民发表演讲，说明了假公主的来龙去脉。众人顶礼膜拜不已。第二天，师徒四人又带着国王他们去布金禅寺，把真公主接回宫中，一家团圆。

在太阴君和嫦娥带着玉兔向国王说明情况时，出现了一个小插曲：八戒看到梦中情人嫦娥来了，情不自禁跳到空中拉拉扯扯，被悟空揪住打了两掌，骂"村泼呆子"。玉兔挨一巴掌就闹了场"真假公主"案，八戒被悟空打两掌，也无非说句"拉闲散闷耍子而已"，大概不会闹出什么事端来。悟空管得太多，世间事，还是得饶人处且饶人，得放手处且放手，得罢休处且罢休吧。

取经僧遭遇冤狱

灭法国要杀一万个和尚，天竺国的寇员外要斋一万个和尚。按说"杀"比"斋"可怕得多，但谁能想到，"杀"的结果是灭法国变钦法国，"斋"的结果却是取经僧遭遇冤狱呢？

只是有钱不过

在距灵山只有八百里路的铜台府地灵县，有位寇员外，门前挂着"万僧不阻"的牌子。这位员外名寇洪，四十岁时许下"斋万僧"的宏愿，今年六十四岁，已斋过九千九百九十六僧，都记录在册，再斋完唐僧师徒，恰好能凑够万僧之数。员外要他们"宽住月余，待做了圆满，弟子着轿马送老师上山"。

取经路走到最后，竟有这等好事？有人管吃住，还管送上灵山。

老夫人拜见后，两位少爷也来拜见，他们都是秀才。原来灵山脚下也按秀才、举人、进士搞科举。他们摆上素斋，五色高果，五盘小菜，五碟水果，五大盘闲食，"般般甜美，件件馨香。素汤米饭，蒸卷馒头，辣辣爨爨热腾腾，尽皆可口，真足充肠"。七八个童仆上菜送饭，四五个庖丁煎炸烹炒；上汤添饭如流星赶月，八戒一口一碗，风卷残云。好自在！

在寇府住了半月，唐僧执意告辞，八戒不愿意，向师父高叫："放了这等现成好斋不吃，却往人家化募！前头有你甚老爷、老娘家哩？"师父骂他是"'槽里吃食，胃里擦痒'的畜生"。

寇家的老夫人和少爷还要拿体己钱继续供养四僧。唐僧执意要走，老夫人和少爷恼了，转身离去。

热情的寇员外隆重送行，安排丰盛的饯行筵宴，请来百十位邻里亲戚作陪，做了二十对彩旗，请了吹鼓手乐人，以及一大帮当地和尚、道士……为什么要这样呢？吴承恩最后加了一句"也只是有钱不过"，这大概和几百年后的一句流行语"有钱就是任性"不谋而合吧。

猴王成算命先生

炫富惹出贼了。唐僧四人走后，地灵县的一伙凶徒半夜闯进寇家，把金银细软抢劫一空，寇员外被他们踢倒后不幸身亡。员外夫人"恨唐僧等不受他的斋供，因为花扑扑的送他，惹出这场灾祸，便生妒害之心，欲陷他四众"。她故意对两个儿子说，来打劫的就是唐僧师徒，她自称躲在床下时看到了，"点火的是唐僧，持刀的是猪八戒，搬金银的是沙和尚，打死你老子的是孙行者"，儿子们也就相信了。

这个情节似乎不太合理，都说"不是一家人，不进一家门"，寇员外如此之善，他的妻子怎么如此之恶？老夫人故意制造冤案，难道她压根儿不想破案为丈夫申冤吗？20世纪80年代中央电视台播出

唐长老不贪富贵

的电视剧《西游记》对这段情节做了改编，将诬陷唐僧师徒的改为寇员外的二姨太，她与管家通奸，合谋劫财。相比之下，这样改编还算说得过去。

铜台府刺史正堂虽是"龚黄再见"的清官（龚遂、黄霸是中国古代著名的清官），但有寇家准确指证，只能派兵追拿取经僧。

无巧不成书，取经僧此时恰好又遇到了这伙强盗，与当年刚过毒敌山时遇上强盗的经历几乎如出一辙。但这次悟空心慈手软，只是用定身法把他们擒住，审问清楚后，将寇家财宝收回，把他们放了。师徒四人好心将钱财送回寇家，结果把自家送进了监狱：

> 唐三藏，战战兢兢，滴泪难言。猪八戒，絮絮叨叨，心中报怨。沙和尚，囊突突，意下踌躇。孙行者，笑唏唏，要施手段。

悟空为什么笑嘻嘻？因为他成了算命先生，他知道师父一夜牢狱之灾是躲不过去的，一定得"亲力亲为"。刺史也找出了取经僧的"破绽"："既是路遇强盗，何不连他捉来，报官报恩？如何只是你四众！"唐僧赶紧叫一向能言善辩、没理还得占三分的大徒弟："悟空，你何不上来折辨？"悟空却故意"窝囊"地说："有赃是实，折辨何为！"接着悟空对所谓"做贼"大包大揽："昨夜打劫寇家，点火的也是我，持刀的也是我，劫财的也是我，杀人的也是我。我是个贼头，要打只打我，与他们无干。"于是悟空被套上脑箍，但凡间的脑箍如何比得了如来的金箍？箍了三四次，每次一勒紧就断，悟空的头皮"皱也不曾皱一些儿"。刺史只好把四人先收进监狱。

> 三藏道："徒弟，这是怎么起的？"行者笑道："师父，进

去！进去！这里边没狗叫，倒好耍子！"可怜把四众捉将进去，一个个都推入辖床，扣拽了滚肚、敌脑、攀胸。禁子们又来乱打。三藏苦痛难禁，只叫："悟空！怎的好！怎的好！"行者道："他打是要钱哩，常言道：'好处安身，苦处用钱。'如今与他些钱，便罢了。"三藏道："我的钱自何来？"行者道："若没钱，衣物也是，把那袈裟与了他罢。"

又上刑具，又拷打，又敲诈，悟空倒是毫发未损，但其他三人吃了不少苦头。悟空骗狱卒们说，四人的包袱里"有一件锦襕袈裟，价值千金"，让他们拿去。狱卒和狱官都来翻看，却发现了行李中各国的宝印花押，意识到四人来历不凡，吓得立刻住了手，"待明日太爷再审，方知端的"，四人算是逃过一劫。这里大概就验证了不少研究者津津乐道的那个理论，《西游记》虽是神魔小说，却揭露了社会的黑暗和司法的腐败。

对做过朝廷小官的吴承恩来说，写这类玩题材，还不是小菜一碟？

猴王玩起"神圣的恫吓"

唐僧三人睡着了，悟空还在琢磨："如今四更将尽，灾将满矣，我须去打点打点，天明好出牢门。"

他打算如何"打点"？三管齐下，搞"神圣的恫吓"：

第一波"神圣的恫吓"，是对寇家人的。

悟空变成一只蜢虫，从房檐瓦缝飞出，朝寇家飞去。到了寇家附近，却不急着进去，先飞到邻家听几句"重要的闲话"。邻家做豆腐的七十老翁当年和寇员外是同学，正对老伴儿说起寇员外的陈年往事："娶的妻是那张旺之女，小名叫做穿针儿，却倒旺夫。自进他门，种田又收，放帐又起；买着的有利，做着的赚钱，被他如今挣了有十万家私。"

有意思，老夫人的小名儿都被悟空在墙角听到了。

悟空变的蟭虫飞到寇家，趴在寇员外棺材上，咳嗽一声，学着员外的声音宣称"我是阎王差鬼使押将来家与你们讲话的。……'那张氏穿针儿枉口诳舌，陷害无辜。'……教你们趁早解放他去；不然，教我在家搅闹一月，将合门老幼并鸡狗之类，一个也不存留！"

能把老夫人娘家小名儿都叫出来，全家人自然相信是老员外回来显灵了，两兄弟赶紧承诺第二天就去府里撤诉。

第二波"神圣的恫吓"，是对刺史的。

悟空又飞到刺史的住处，只见中堂供着一幅官员骑马的画。悟空"不识是甚么故事"，先趴在画上咳嗽一声。刺史慌慌张张穿上朝服，对画焚香祷告。悟空听明白"此是他大爷的神子[1]"，顺嘴编出一套鬼话："坤三贤侄，你做官虽承祖荫，一向清廉，怎的昨日无知，把四个圣僧当贼……阎君差鬼使押我来对你说，教你推情察理，快快解放他；不然，就教你去阴司折证也。"刺史已故伯父回来下命令，刺史敢不听吗？他也承诺明天升堂就释放四人。

第三波"神圣的恫吓"，是对县衙大堂的。

悟空又飞到地灵县正堂，东方已经发白了。蟭虫儿再说话恐怕会露马脚，于是他变出个大法身，从半空伸下一只脚，把大堂踩满，宣布"吾乃玉帝差来的浪荡游神"，说你们冤枉了唐僧四人，已经惊

1　神子：指遗像。——编者注

动三界，必须趁早释放他们，"若有差池，教我再来一脚，先踢死合府县官，后踹死四境居民，把城池都踏为灰烬"。吓得堂中全府县官都承诺进府后马上让刺史放人。

俗话说，"打蛇打七寸"，悟空吓唬寇家人、吓唬刺史、吓唬知县的话，句句说到了点子上。这些人听了，个个吓得屁滚尿流。刺史一升堂，寇家兄弟就抱牌跪门叫喊递解状；知县上堂报告，玉帝派神踏下一只脚。刺史听了这些又暗想道，自己去世五六年的伯父也来显魂，"看起来必是冤枉"。

结果取经僧不仅平反出狱，而且成了英雄凯旋。悟空要回行李、白龙马，沙僧把唐僧扶上马，吆吆喝喝，一拥而出。府县多官跟他们一起到寇家，悟空高叫："那打诳语栽害平人的妈妈子，且莫哭！等老孙叫你老公来，看他说是那个打死的，羞他一羞！"悟空说完一路筋斗云撞入森罗殿，"十代阎君拱手接，五方鬼判叩头迎"，悟空像上级领导检查工作一样，吩咐把寇洪之鬼"快点查来与我"。地藏王菩萨好人做到家，"既大圣来取，我再延他阳寿一纪，教他跟大圣去"，又给寇员外延长了十二年阳寿。

真幻相生，节奏天成

结局皆大欢喜，寇员外复活，向众人解释了原委，最后又敲锣打鼓地给四人送行。汪澹漪在《西游证道书》第九十七回《金酬外护遭魔蜇　圣显幽魂救本原》的评论相当有见地：

> 此一回文字，奇奇怪怪，变化无端，须分数段观之：贼劫寇家为一段，寇家告状为一段，贼截唐僧为一段，行者夺贼赃

为一段，官兵捕唐僧为一段，唐僧入狱为一段，行者使法力出狱为一段，行者入冥取寇洪为一段，首尾凡八大段。一部《西游》中，无如此之丝棼派析者。然总以一言以蔽之曰：铜台府监禁为一难而已。计三藏八十一难，大抵属魔祸者多，属人祸者少，即人祸亦未有陷囹圄者。吾窥作者之意，若曰：此天堂地狱分界处也。今日铜台监禁，明日灵山逍遥，是今日为地狱之终，明日为天堂之始矣。节奏天成，不先不后，夫岂漫然下笔者哉！

真没想到神魔小说《西游记》在接近结尾时写了这么一个故事，当然这是八十一难的第八十难，师徒四人还要经历最后一难。把这段故事单独提出来，分明是一个精彩的"山重水复疑无路，柳暗花明又一村"的短篇侦探小说，和《包公案》、"三言二拍"、《七侠五义》相比也毫不逊色。故事曲折、因果明白、道理清晰、人物生动，最难得的是真幻相生。打家劫舍的正好遇到上天入地的；正直的刺史偏偏断了个冤案；善良的员外不巧有个胡搅蛮缠的老婆；本来应该一跳八丈高的猴王，居然公堂"认罪"、老老实实坐牢……要多巧就有多巧，要多好看就有多好看。那做豆腐的老头儿一边烧火一边对老伴儿说："妈妈，寇大官且是有子有财，只是没寿。"用这句引出下边对寇家情况的叙述，显得非常自然。悟空先后假装寇员外和刺史伯父对两家人做了一番威胁以后，还总忘不了说句"烧纸"，好像果真是阴灵回来了。这些都是多么细致又合理的笔墨啊。

经过了倒数第二难，取经僧终于苦尽甘来，到达了灵山，但是取经是这么容易实现的吗？

取经之路还会有波折，而且是一般人想破脑袋也想不出的波折。

灵山拜佛两取经

灵山取经实际上取了两次，一次是无字经，一次是真经。

再次辞别寇员外，四人走了六七天，忽见百尺凌空高楼，唐僧在马上举鞭遥指："悟空，好去处耶！"悟空说："师父，你在那假境界，假佛像处，倒强要下拜；今日到了这真境界，真佛像处，倒还不下马，是怎的说？"

悟空这是故意揭师父的短呢，唐僧看到黄眉怪假造的小雷音寺，马上下拜；在金平府，看到犀牛怪变成的佛身，也立即下拜；真到了如来所在的灵山，怎么倒没有表示了？唐僧听罢赶紧从马上下来。

佛门圣地迎接他们的是玉真观金顶大仙。大仙笑嘻嘻地说自己被观世音菩萨哄了，观世音十年前说东土取经人"二三年就到我处"，我年年等候，没想到今年才来。

这可真是"不当家不知柴米贵"，金顶大仙哪里知道，观世音菩萨为了帮助唐僧完成西天取经，"哄"了多少人？先得哄悟空服从《紧箍儿咒》，再哄着小白龙、八戒、沙僧"入伍"，还得变成凌虚子哄黑熊精吞下仙丹，低声下气哄镇元大仙原谅唐僧师徒，外加苦口婆心哄红孩儿皈依……金顶大仙整年坐在灵山下喝茶、聊天、看蓝天白云，哪里知道观世音飞来飞去地救火？看来佛界也像我们凡人世界一样，干活儿的人总得忍受不干活儿的人指手画脚。

接引佛祖驾着无底船，接唐僧四人渡过滚浪飞流的大河，"只见上溜头泱下一个死尸"，唐僧见了大惊，悟空笑道："师父莫怕。那个原来是你。"

唐僧经还没取到，先脱胎换骨了？"此诚所谓广大智慧，登彼岸无极之法。"

佛祖痛批大唐

四人总算见到真佛了，没想到如来先把唐僧的故乡痛批了一顿：

> "你那东土乃南赡部洲。只因天高地厚，物广人稠，多贪多杀，多淫多诳，多欺多诈；不遵佛教，不向善缘，不敬三光，不重五谷；不忠不孝，不义不仁，瞒心昧己，大斗小秤，害命杀牲，造下无边之孽，罪盈恶满，致有地狱之灾：所以永堕幽冥，受那许多碓捣磨舂之苦，变化畜类。有那许多披毛顶角之形，将身还债，将肉饲人。其永堕阿鼻，不得超升者，皆此之故也。虽有孔氏在彼立下仁义礼智之教，帝王相继，治有徒流绞斩之刑，其如愚昧不明，放纵无忌之辈何耶！我今有经三藏，可以超脱苦恼，解释灾愆。三藏：有《法》一藏，谈天；有《论》一藏，说地；有《经》一藏，度鬼。共计三十五部，该一万五千一百四十四卷。真是修真之径，正善之门。凡天下四大部洲之天文、地理、人物、鸟兽、花木、器用、人事，无般不载。汝等远来，待要全付与汝取去，但那方之人，愚蠢村强，

毁谤真言，不识我沙门之奥旨。"

我们平时都把《西游记》看作通俗白话小说，其实小说中的人物经常说一些浅显的文言文，尤其是有身份的人。如来这番话就是浅显的文言文，如果用白话来说，篇幅得增加一倍。这段话大概的意思是：在佛祖眼里，大唐大唐，何其荒唐！臣子不忠、子女不孝、朋友不义，读书人谎话连篇、生意人投机倒把，君臣黎民贪食贪欢、处世不仁，都该下十八层地狱。孔子的儒教不灵，皇帝的刑法无用，怎么办？只有佛门真经能救苦救难，但东土那帮愚蠢的家伙又未必看得懂！

如来一点儿都不给唐太宗面子：人家为取你的经，认个和尚当"御弟"，专门送个"三藏"法号，难道慧眼识一切的佛祖没看到？如来对大唐的这番义正词严的大批判，是不是吴承恩对明代社会的"总结性概括"？我觉得真是这样。

"有些甚么人事送我们？"

如来吩咐两个弟子阿傩、迦叶，将三十五部三藏经各拣几卷给唐僧。

历史上玄奘取经后，在长安翻译佛经若干年；《西游记》中唐僧取的经却不用翻译。如来的"经柜上，宝箧外，都贴了红签，楷书着经卷名目"，这里的佛经都用汉字撰写，而且是楷书。

阿傩、迦叶带唐僧看完经名后，先问唐僧："圣僧东土到此，有些甚么人事送我们？快拿出来，好传经与你去。"唐僧说"来路迢遥，不曾备得"，阿傩、迦叶说："白手传经继世，后人当饿死矣！"

功成行满见真如

悟空叫嚷道："我们去告如来，教他自家来把经与老孙也。"阿傩似乎怕了，让悟空"莫嚷"，又让他们"到这边来接着经"。师徒四人接过经卷，回到宝殿谢了如来出门，打算回大唐了。

藏经阁燃灯古佛知道阿傩、迦叶给唐僧师徒传了无字之经，喊白雄尊者赶上他们，把无字之经夺下来，让他们再来取有字之经。白雄尊者驾着狂风赶上四人，"将经包掼碎，抛落尘埃"，四人这才发现"卷卷俱是白纸"。悟空义愤填膺："快回去告在如来之前，问他捐财作弊之罪。"但取经僧做梦也想不到的是，取经得交钱居然是如来的主意：

　　行者嚷道："如来！我师徒们受了万蜇千魔，千辛万苦，自东土拜到此处，蒙如来吩咐传经，被阿傩、伽叶捐财不遂，通同作弊，故意将无字的白纸本儿教我们拿去，我们拿他去何用？望如来救治！"佛祖笑道："你且休嚷。他两个问你要人事之情，我已知矣。但只是经不可轻传，亦不可以空取。向时众比丘圣僧下山，曾将此经在舍卫国赵长者家与他诵了一遍，保他家生者安全，亡者超脱，只讨得他三斗三升米粒黄金回来。我还说他们忒卖贱了，教后代儿孙没钱使用。你如今空手来取，是以传了白本。白本者，乃无字真经，倒也是好的。因你那东土众生，愚迷不悟，只可以此传之耳。"即叫："阿傩、伽叶，快将有字的真经，每部中各检几卷与他，来此报数。"

有佛祖撑腰，阿傩、迦叶越发有恃无恐，继续找唐僧要"人事"。唐僧只好把唐太宗赐的紫金钵盂双手奉上，再开个空头支票："待回朝奏上唐王，定有厚谢。"阿傩接了紫金钵盂就乐了。周围的力士、庖丁、尊者，"你抹他脸，我扑他背，弹指的，扭唇的"，都嘲笑阿傩"索取经的人事"。阿傩脸皮都羞皱了，"只是拿着钵盂不放"。

吴承恩小说的漏洞

这段描写真是太有趣了，化庄严为滑稽，变神圣为世俗。吴承恩把佛祖的高足写得如此不堪，还拿至高无上的如来开涮。给信徒念一遍经就讨人家"三斗三升米粒黄金"，还说"卖贱了"。佛祖的经济头脑，让全世界的CEO都望尘莫及。

阿傩、迦叶向取经僧索要"人事"，如来感叹把经"卖贱了"，是《西游记》研究者特别感兴趣的情节，他们曾做过无数次深入讨论。

仔细推敲，我又觉得取经僧本来很有"人事"可送，但不知为什么都没有拿出来：

悟空在四木禽星的帮助下制伏犀牛怪后，曾留了个犀牛角，说到西天时进贡给如来，这只犀牛角到哪儿去了？难道悟空把这件事忘了，其他人也没提起过？

八戒和师父离开犀牛洞时，曾将妖精的细软打包带走，"八戒遂心满意受用，把洞里搜来的宝物，每样各笼些须在袖，以为各家斋筵之赏"。八戒还充当了一阵去人家吃饭就赏小费的大佬，玄英洞的珍宝按说此时不大可能送尽，余下的都到哪儿去了？

唐僧在天竺国假装做驸马，天竺国王送徒弟黄金、白银各十锭。八戒收下了，后来也没见归还国王，这些金银又到哪儿去了？

唐僧五大皆空，悟空不爱钱，沙僧不贪财，难道是八戒上灵山前，把金银、珍宝、犀牛角都偷偷送回高老庄了？

按八戒耳朵都能藏钱的本事和他对高翠兰的深情，这事也不是不可能。

也许有人会说：你别栽赃八戒了，这都是吴承恩创作中的漏洞！

最后一难

取经大功告成，唐僧由金刚护送着，驾云回大唐。一路保护唐僧的五方揭谛向观世音菩萨上交唐僧的"灾难簿子"。观世音一看，九九八十一难现在是八十难，还少一难。即令揭谛，"赶上金刚，还生一难者"。揭谛得令，赶上八大金刚，附耳低言了一番，金刚"刷的把风按下，将他四众，连马与经，坠落下地"。唐僧四人一个跟斗栽到通天河岸边。

当年驮他们过河的白鼋又来驮他们过河，接近岸边时，白鼋问起："我向年曾央到西方见我佛如来，与我问声归着之事，还有多少年寿，果曾问否？"可惜唐僧见到佛祖，就被劈头盖脸地教训了一顿，吓得瑟瑟发抖，哪里还记得通天河老鼋的事？他曾经答应向佛祖汇报寇员外向善的事，也一字没提起。看来，人绝对不可"轻诺"，因为"轻诺"的结果往往就会"寡信"。唐僧"不曾问得老鼋年寿，无言可答；却又不敢欺，打诳语，沉吟半晌，不曾答应"。白鼋恼了，知道唐僧没有兑现诺言，于是将师徒四人和行李都抛进水中。幸亏已近岸边，外加唐僧已脱胎成道，八戒、沙僧会水，悟空更不必说，因此师徒四人都未溺水，好歹安全上岸，只是衣服、经包等都湿透了。仅仅遇上白鼋罢工还没完，四人上岸后还遭遇了风、雾、雷、闪等阴魔作号，欲夺所取之经，四人在河边迎风护经一夜，才完成第八十一难。随后四人在岸边高崖上晒行李和经卷，于是就有了"晒经台"的故事。

民国初期，胡适认为《西游记》第八十一难"未免太寒伧了，应该大大的改作，才衬得住一部大书"。他自己改写的第八十一难发表在《学文月刊》上，后来收进商务印书馆1935年出版的《胡适论学近著》中。胡适改写的情节大体是：取经返回大唐的路上，被悟空三兄弟打死的冤魂、冤鬼都来找唐僧报仇。唐僧情愿将自己身上的肉一块一块地割下来，给这些冤魂吃了，他们每吃一块肉，就可以再活一千岁……

幸亏胡适先生这段简直是"胡说"的"新第八十一难"不会真正取代吴承恩的第八十一难。照胡适的构思，唐僧基本是模仿割肉饲虎的高僧，亲自"割肉饲鬼"，把自个儿割成骷髅架子，再回长安见那盼望他十多年的皇帝哥哥，那还不把唐太宗又吓进阎罗殿？当然，胡适先生对《西游记》的考证成就有目共睹，不容否认。

相比此前曲曲折折、繁繁复复的八十难，第八十一难似乎太容易了。是作者"强弩之末不能穿鲁缟也"？是作者写长篇小说写累了，敷衍了事？还是小说作者认为，既然是归途再生一难，就不应太复杂、太凶险，何况唐僧已脱胎换骨，妖魔鬼怪能奈他何？

对比前后情节，就觉得很可能作者在第四十八回写通天河之难时已预先埋伏了老鼋将来做"最后一难"。这两个情节有明确的"分工"、有鲜明的对比：

通天河之难，在冬天，严寒结冰，唐僧才能掉进冰窟；白鼋之难，在春尽夏初，衣服、经卷浸水后容易晒干。

通天河之难，位于取经故事的"中轴线"；白鼋之难，位于取经故事的"准结尾"。

白鼋冬天时把取经僧从东岸送到西岸；白鼋夏天时再把取经僧

从西岸送到东岸。

冬天之后春尽夏来，解铃还须系铃人。

这就是小说创作中所谓的"草蛇灰线，伏脉千里"；这就是俗话中所谓的"隔年下种，麦季收粮"。

《西游记》这样一部神魔小说，完全可以天马行空任往来，但是小说家的构思真可谓严丝合缝。

那么，这部专门写拜佛取经的小说，真是宗教小说吗？

《西游记》是宗教小说吗

唐太宗似乎与他的御弟心有灵犀，他在贞观十六年差工部官在西安关外建起望经楼接经，年年亲自到这儿来。"恰好那一日出驾复到楼上，忽见正西方满天瑞霭，阵阵香风"，原来是取经僧回来了！

唐太宗设宴欢迎

唐僧让徒弟把通关文牒交给唐太宗。太宗看了，是贞观十三年九月望前三日所发，现在是贞观二十七年。唐僧取经去了整整十四年！唐僧的通关文牒上，有宝象国、乌鸡国、车迟国、西梁女国、祭赛国、朱紫国、狮驼国、比丘国、灭法国以及凤仙郡、玉华州、金平府加盖的大印。唐太宗看完，把文牒收起来，设宴招待唐僧及其徒弟。

"说不尽百味珍馐真上品，果然是中华大国异西夷"，其实哪里有什么高档食品、山珍海味？就是有也不能给和尚上。无非是面筋椿树叶、木耳豆腐皮、花椒煮莱菔、芥末拌瓜丝、核桃柿饼、龙眼荔枝、慈菇嫩藕、脆李杨梅等。

当天晚上唐僧等回洪福寺，"八戒也不嚷茶饭，也不弄喧头。行者、沙僧，个个稳重。只因道果完成，自然安静"。几个师兄弟，沿途每到一处必定互相逗乐、找碴儿，七嘴八舌，给读者创造有趣的故事，怎么现在个个成了没嘴葫芦，连句开玩笑的话都没了？难道说一旦取得了点儿成就，就连猴儿都得"端着"了？

有困难时有乐子，没困难时就无乐子。人生大概就是如此。

唐太宗兴奋得一夜没睡，构思了一篇《圣教序》，下令道："中书官来，朕念与你，你一一写之。"马上得天下的唐太宗，将玄奘取经的目的交代得清晰明白，取经艰难描绘得精练生动：

> "我僧玄奘法师者，法门之领袖也。幼怀慎敏，早悟三空之功；长契神清，先包四忍之行。……思欲分条振理，广彼前闻；截伪续真，开兹后学。是以翘心净土，法游西域。乘危远迈，策杖孤征。积雪晨飞，途间失地；惊沙夕起，空外迷天。万里山川，拨烟霞而进步；百重寒暑，蹑霜雨而前踪。"

不过，后世更看重的并不是唐太宗的文采，而是褚遂良的书法，龙飞凤舞的《圣教序》至今仍是重要的书法经典作品。

第二天，唐僧正要按唐太宗的要求捧经讽诵，却看见八大金刚在半空现身，高叫："诵经的，放下经卷，跟我回西去也。"

于是师徒四人连同白龙马一起平地而起，腾空而去。

如来因人设位

唐僧师徒回到灵山，如来给他们封官了：

"圣僧，汝前世原是我之二徒，名唤金蝉子。因为汝不听说法，轻慢我之大教，故贬汝之真灵，转生东土。今喜皈依，秉我迦持，又乘吾教，取去真经，甚有功果，加升大职正果，汝为旃檀功德佛。孙悟空，汝因大闹天宫，吾以甚深法力，压在五行山下，幸天灾满足，归于释教；且喜汝隐恶扬善，在途中炼魔降怪有功，全终全始，加升大职正果，汝为斗战胜佛。猪悟能，汝本天河水神，天蓬元帅。为汝蟠桃会上酗酒戏了仙娥，贬汝下界投胎，身如畜类。幸汝记爱人身，在福陵山云栈洞造孽，喜归大教，入吾沙门，保圣僧在路，却又有顽心，色情未泯。因汝挑担有功，加升汝职正果，做净坛使者。"

八戒不服气，朝如来叫嚷："他们都成佛，如何把我做个净坛使者？"

如来说："因汝口壮身慵，食肠宽大。盖天下四大部洲，瞻仰吾教者甚多，凡诸佛事，教汝净坛，乃是个有受用的品级。如何不好！"接下来又说：

"沙悟净，汝本是卷帘大将，先因蟠桃会上打碎玻璃盏，贬汝下界，汝落于流沙河，伤生吃人造孽，幸皈吾教，诚敬迦持，保护圣僧，登山牵马有功，加升大职正果，为金身罗汉。"

又对白龙马说：

"汝本是西洋大海广晋龙王之子。因汝违逆父命，犯了不孝之罪，幸得皈身皈法，皈我沙门，每日家亏你驮负圣僧来西，又亏你驮负圣经去东，亦有功者，加升汝职正果，为八部天龙马。"

如来真能因人设位，八戒擅长吃，就让他"净坛"，吃净啖光撑肚肠；悟空喜欢降妖，就让他"打遍天下无敌手"。如来对悟空可以算是"破格提拔"了，悟空一步登天，在神佛界的排名竟然一下子超过了他的大恩人观世音菩萨！当然这也是随便排的，不知道观世音菩萨有没有因此忌妒，会不会有失落感。

孙悟空的斗战胜佛

《西游记平话》中，孙悟空最终封号为"大力王菩萨"，而吴承恩将孙悟空提高了一个层次，让他成"佛"。郑振铎在《西游记的演化》中认为，吴承恩将孙悟空封为"斗战胜佛"，实在"附会得可笑"。"战斗胜佛[1]见于《佛名经》，如何会是齐天大圣的封号？这可见吴氏的佛教知识实在是不很渊博，他只是望文生义的附会着"，这样的看法有点儿胶柱鼓瑟了。"斗战胜佛"的"原佛"到底如何？恐怕知道的人不多，而让悟空成佛，且冠以"斗战胜"确实合乎美猴王的特点，即便是张冠李戴，也算"按头制帽"了。

"斗战胜佛"是小说家吴承恩对孙悟空敢于斗争、善于斗争的精神的肯定；对他勇往直前、百折不挠的精神的肯定；对他永不知足、永不固步自封、永不言败的精神的肯定。

1　战斗胜佛：郑振铎在《西游记的演化》中一直将"斗战胜佛"称为"战斗胜佛"，不同版本中都如此。——编者注

五圣成真

好斗、好战、好胜，是悟空的重要特点。佛教的重要戒律是不争、不杀，悟空却好斗成性，不管是为了降妖还是"耍子"，总是疾恶如仇、除恶务尽。唐僧数次说悟空不像佛门弟子，是"无心向善之辈，有意作恶之人"。这个评价有些小题大做，但也从另一个侧面说明，悟空的行为举止是不那么符合佛教教义的。

我们模仿弥勒佛的对联给斗战胜佛拟个对联：

上联：除恶务尽坏人恶德零容忍
下联：斩草除根妖魔鬼怪一扫空
横批：先打后商量

做了斗战胜佛的悟空得意非凡，虽然还是叫着"师父"，却大模大样地说："此时我已成佛，与你一般，莫成还戴金箍儿，你还念甚么《紧箍儿咒》揢勒我？趁早儿念个《松箍儿咒》，脱下来，打得粉碎，切莫叫那甚么菩萨再去捉弄他人。"

唐僧回答："当时只为你难管，故以此法制之。今已成佛，自然去矣。岂有还在你头上之理！你试摸摸看。"悟空举手一摸，金箍果然没了。

大家瞧瞧，这猴儿一阔脸就变。在他嘴里，这么多年对他有求必应、救苦救难的观世音菩萨变成"甚么菩萨"了。不知道观世音菩萨听了会说什么，也许会说这泼猴上不得台盘吧。

话又说回来：如果一个人自律自爱，用《紧箍儿咒》管束自己，就能不断前进，不断奋发，不断取得成就；如果一个人放纵自己，纵然成佛，也不会真正受到世人的尊重。

不知道成佛后的悟空能干点儿什么。他会到如来宝座前恭恭敬敬地听如来讲经布道吗？猴儿坐得住吗？他能像在天宫里做齐天大圣那样，或者像在花果山那样自由自在吗？最难琢磨的是，佛教讲究仁爱、慈悲，而"斗""战""胜"三字似乎都不怎么符合佛教教义，将三字汇聚一身的悟空又将如何弘扬佛法呢？

《西游记》是宣佛弘道吗

　　这就引出了一个问题：《西游记》是宗教小说吗？

　　说《西游记》弘扬道教，似乎说不通。《西游记》中有不少内容都含有道教元素：如第五十回、第九十一回开头的诗词都是元代全真七子马丹阳的作品；唐僧有难时，太上老君几次相助。但小说中关于道教的讽刺也不少，如第四十四回，悟空在三清殿中唆使八戒把太上老君等的塑像都丢进茅坑里。小说家对无良道士的愤慨更为突出，取经路上给取经僧造成麻烦的几个地方，多是道士作祟：如黑风山黑熊精曾向道人学习炼丹；平顶山金角大王、银角大王是太上老君手下看守丹炉的童子，自己也爱烧丹炼药，推崇全真道人；乌鸡国冒充国王的青毛狮子精，最初就是以道士面目出现的；车迟国压迫和尚的虎力大仙、鹿力大仙、羊力大仙，都是道士；黄花观蜈蚣精是道士；比丘国唆使国王用小儿心肝做药引的"国丈"，也是以道士身份出现的，等等。

　　说《西游记》弘扬佛教，也不完全是。按说师徒四人千辛万苦去西天取经，自然应该是弘扬佛教，但小说中常对佛祖、菩萨进行调侃，有时还显得滑稽可笑：如唐僧出大唐遇到的第一次挫折，就是一个二百多岁的老和尚贪恋唐僧袈裟引起的；悟空最恭敬的神佛是观世音，却又大逆不道地说观世音"该他一世无夫"；悟空打死六耳猕猴，如来不忍，悟空竟引用民间律法"教育"佛祖说，"如来不该慈悯他。他打伤我师父，抢夺我包袱，依律问他个得财伤人，白昼抢夺，也该个斩罪哩"；悟空曾说如来是"妖精的外甥"；如来的弟子阿傩、迦叶向唐僧索要"人事"，悟空向如来告状，如来却说经"不可以空取"，等等。

有人把《西游记》与约翰·班扬的《天路历程》相比，《天路历程》是在故事中插入宗教内容，《西游记》则以宗教故事的题材调侃、揶揄宗教。

20世纪30年代，陈独秀曾在《〈西游记〉新叙》中批判过《西游记》"三教合一的昏乱思想"。而《西游记》"混同三教"，却是多数学者认可的。《西游记》对各派宗教神祇信手拈来，为我所用，为我所有，为我所批，为我所调侃。历来佛道对立，佛教徒孙悟空却和地仙之祖镇元子结拜兄弟；当年他的老师须菩提既给他讲佛经，又讲《黄庭经》。各种仙佛在《西游记》中都不分教派，欢聚一堂。

可不可以这样说：《西游记》把三教当原料，以儒家思想为基本取舍，用天才小说家的构思，炒出这盘杰出的神魔小说"大菜"？主要人物，不管是唐僧还是悟空，似乎都是受儒家"仁、义、礼、智、信"的思想影响更多。或许可以说，唐僧体现了儒家"柔"的一面，悟空体现了儒家"刚"的一面？

鲁迅先生已注意到《西游记》主题在研究者眼中的种种分歧，"或云劝学，或云谈禅，或云讲道，皆阐明理法，文词甚繁"。他充分肯定《西游记》的"心学"旨趣，却将小说定性为"神魔小说"。神魔小说的产生和时代风气有关，历来儒、释、道三教之争都没争出高低上下，只好说"三教同源"，不管是哪一教的正反两面，都可以统为"二元"，即用"神"和"魔"来概括。也就是说，"神"代表着义、正、善、是、真，"魔"代表着利、邪、恶、非、妄。鲁迅先生又说："乃亦释迦与老君同流，真性与元神杂出，使三教之徒，皆得随宜附会而已。"《西游记》充满了善与恶的斗争，真与邪的斗争，义与利的斗争，神与魔的斗争。

杨义在《〈西游记〉：中国神话文化的大器晚成》中，从神魔观念、神话形态、神话想象、哲理意蕴、叙事策略诸方面对小说做神话文化解读，把《西游记》定位为"神话小说"。他认为《西游记》"代表着我国神话文化的一次划时代的转型"，这话也不错，但杨义的理论建树并未超出鲁迅《中国小说史略》中的"神魔小说"范畴。而且，认为《西游记》是神话文学的观点，胡适在20世纪30年代的《西游记考证》中已提出："第一部分乃是世间最有价值的一篇神话文学。"他所说的"第一部分"就是前七回。

孙悟空从石头缝里蹦出来，曾做过大闹天宫的齐天大圣，曾被法力无边的如来压到五行山下，曾被观世音菩萨戴上令其苦痛不已的金箍，曾被师父动不动念《紧箍儿咒》……最终，他被如来封为"斗战胜佛"，谁说石猴不能成正果呢？

归根结底，《西游记》是一本讲述主人公追求自我完善、实现人生价值的书。

无可匹敌孙悟空

《西游记》的主角是孙悟空，英译本译者阿瑟·韦利干脆将英文版书名定为《猴》（Monkey），他在序言中说："书中主角'猴'是无可匹敌的，它是荒诞与美的结合……"

孙悟空是"五高"形象

孙悟空是《西游记》中最具故事性和可看性的小说人物，我把他看作一个"五高"形象：高能量、高智商、高情商、高童心、高喜剧性。

一是高能量。孙悟空神通广大，浑身充满能量。他一个筋斗十万八千里；会七十二般变化，大如泰山，小如飞虫，全能变，必要时还能钻进妖精的肚子；他能移山倒海，会呼风唤雨。孙悟空的本事，是古代所有神魔小说中最全面、最出类拔萃的。《西游记》通过描写孙悟空和几位最知名的神魔形象（如哪吒三太子、二郎真君等）交手，淋漓尽致写出他踢天弄井、腾挪变化的种种精彩表现。孙悟空的能量从何而来？向别人学习而来。石猴出世后拜师学艺，实现了从"猴"到"人"，再从"人"到"仙"的转变。而大闹天宫和西天取经又是他不断学习和完善自身的过程。

二是高智商。孙悟空号称"火眼金睛"，实际是因为他被太上老君放在八卦炉里炼了七七四十九天，而害了眼病。"火眼金睛"也用来形容孙悟空判断事物的明睿。其实他在拜须菩提为师、被赐名孙悟空之前，已显示出过人的智慧，他漂洋过海求艺、解开须菩提的哑谜，就是典型的例子。西天取经过程中，孙悟空在识别妖魔时更发挥了"火眼金睛"的本领，白骨精、红孩儿、老鼠精，不管妖魔如何变化，孙悟空总能一眼识破。正如他自己的吹嘘："我老孙也捉得怪，降得魔。伏虎擒龙，踢天弄井，都晓得些儿。""我这左耳往上一扯，晓得三十三天人说话；我这右耳往下一扯，晓得十代阎王与判官算帐。"

三是高情商。这是研究者通常不是很注意的孙悟空的重要特点。如果说智商主要是天生的，那么情商就是在日常生活中渐渐形成的。孙悟空就是在与凡人和神魔打交道的过程中渐渐提高了自己的情商。他知道审时度势，处理好与诸天神佛的关系。本来高傲的猴王越来越理智、精明、内敛，他对几乎是"后台"的观世音菩萨亲切随意；对如来据理力争；对玉帝，从最初随口称"老官儿"到后来给玉帝送礼；对二郎真君，能在多年后化仇敌为兄弟……这些都说明孙悟空在处理"神际"关系上的精明和务实。在人世间与从帝王到旅店老板娘的各种人打交道，孙悟空也都能见机行事，应对得体且极有分寸。

四是高童心。孙悟空有无处不在的乐观精神和勇往直前的英雄品格，好奇、好动，有儿童心理，是"英雄""猴子""孩童"的绝妙混合体。他像孩童一样天真烂漫、自由不羁、活泼好动、敢于冒

假合真形擒玉兔

险，对一切未知事物充满好奇心，但又缺乏耐心、不知天高地厚。孙悟空从不像他的师父唐僧那样把妖魔看成灾难，而是把降妖看成"耍子"，是"老孙的买卖"。多强大的妖魔，都不会给他造成恐惧，也不会在他心中形成阴影，他最常挂在嘴边的就是"怕甚么"和"有我哩"。似乎他不是在跟妖魔做殊死搏斗，倒像是小朋友之间过家家、玩游戏。他跟平顶山小妖耍"葫芦装天"的把戏；他钻进妖魔肚子里，跟妖魔讨论如何在肚子里支锅；他别出心裁地用马尿给国王制药；他总能即兴设计出捉弄八戒的损招儿……这一切，都与孙悟空的"童心"有关。林庚在《西游记漫话》中曾提出，《西游记》的童话精神与明代中后期"童心说"的社会思潮有内在关联，是以儿童的模仿天性与天真想象作为依据的。孙悟空与二郎神斗法，就像孩子们玩捉迷藏。孙悟空的精力充沛、昂扬乐观，也只有在童话精神的观照下才能得到合理的解释。

孙悟空的高童心又和慈悲心相辅相成。看《西游记》，人们印象最深的是唐僧具有慈悲心，且经常发到妖精身上。其实孙悟空的慈悲心也很明显，如降黄狮精时缴获了小妖买猪羊的银子，他赏给了造武器的工匠；在金平府降伏犀牛怪后，他提醒当地刺史，今后不可再征收灯油钱，劳民伤财；在打败玉兔精、让天竺国公主一家团圆后，他特意向国王提出，百脚山有蜈蚣伤人，"蜈蚣惟鸡可以降伏，可选绝大雄鸡千只，撒放山中，除此毒虫"。这些都很像是一个天真又善良的孩子的行为。

五曰高喜剧性。猪八戒是充满喜剧性的角色，因为孙悟空一次一次捉弄猪八戒，猪八戒跟孙悟空不断碰撞，才碰撞出喜剧火花。孙悟空和猪八戒像一对不断在西行路中上演喜剧小品的搭档，不断制造新的笑料；也像学校里两个"问题男生"，不好好听课，不完成作业，不守纪律，不按规矩出牌，经常捣蛋、搞恶作剧，令"班主任"唐僧头疼。师兄弟搭档，时时有乐，处处好看。他们的出现，总伴随着意想不到的滑稽，伴随着开心玩耍，伴随着欢声笑语。孙悟空与其他人打交道，也经常插科打诨。如唐僧一行到达平顶山，四值功曹变为樵夫来送信，提醒孙悟空这座山有妖精，孙悟空却一个劲儿地要贫嘴：

"樵夫"："洞里有两个魔头，他画影图形，要捉和尚……"

悟空："造化！造化！但不知他怎的样吃哩？……若是先吃头，一口将他咬下，我已死了，凭他怎么煎炒熬煮，我也不知疼痛；若是先吃脚，他啃了孤拐，嚼了腿亭，吃到腰截骨，我还急忙不死，却不是零零碎碎受苦？"

"樵夫"："（妖怪）只是把你拿住，捆在笼里，囫囵蒸吃了！"

悟空："更好！疼倒不忍疼，只是受些闷气罢了。"

"樵夫"："那妖怪随身有五件宝贝，神通极大极广。……若保得唐朝和尚去，也须要发发昏是。"

悟空："不打紧，不打紧。我们一年，常发七八百个昏儿，这三四个昏儿易得发；发发儿就过去了。"

……

像孙悟空这样具有高能量、高智商、高情商、高童心、高喜剧性的人物形象，在中国古代小说里，即便不能说是绝无仅有，也是非常少见的。孙悟空是四大经典长篇小说中著名的"男一号"，可以说是"经典中的经典"。他有诸葛亮之智，却比诸葛亮开朗有趣；有贾宝玉之痴，却比贾宝玉大气；有宋江的哥们儿义气，却比宋江顽皮可爱；同时全无西门庆那样的好色之心，与女人打交道基本都是为了降妖。他是独特的"这一个"，他有只属于他自己的个性，只属于他自己的成长史、奋斗史，只属于他自己的"神际关系"，任何人不能类比也不能代替。英国译者说孙悟空是"无可匹敌的，它是荒诞与美的结合"，这话很有道理。孙悟空得到广大读者，特别是青少年读者的喜欢，正和他的"五高"特点有关。

《西游记》和《封神演义》《聊斋志异》

  《西游记》是古代神魔小说的顶峰，还有一部成就较高的神魔小说是《封神演义》，这部小说大约出现在明代天启年间（1621—1627）。《封神演义》将众多神魔形象都设置在武王伐纣的历史框架内，人物别致，想象奇特，意蕴丰富。在古代小说中，《封神演义》被认为是仅次于《西游记》的神魔小说，数百年来受到读者欢迎。

  《封神演义》以武王伐纣、商周易帜的历史事件作为故事背景，写天上神仙分成两派参加争斗，支持纣王的为截教，支持武王的为阐教，双方祭宝斗法，各显其能。最终纣王失败自焚，姜子牙将双方战死的要人——封神。神魔皆正果，三教同合一。这基本上就是《西游记》的章法，写取经和阻碍取经的斗争，写神和魔的斗争，用这样的线索，组成一个一个相对独立的故事。《封神演义》还把正邪两派的斗争同真实的历史事件联系起来。

  武王位列"尧舜禹汤文武"上古圣君内，但武王伐纣却属于孟子说的"以下犯上""臣弑其君"。《封神演义》的思想框架是在"成汤气数已尽，周室天命当兴"的宿命论前提下的"仁政"，是以仁易暴，以有道取代无道；是既同情忠君（包括忠于暴君），又赞许顺应"天数"、反抗暴君。这都属于封建社会的主流思想。商周时期的人还不太可能遵照这种思想行动，他们的真实思想渺渺难考，支撑这部小说的"仁政"思想，实际出现时间大大晚于商周时期，接近于战国时期孟子甚至汉代董仲舒的思想。小说中姜子牙能说出"天下者非一人之天下，乃天下人之天下也"这样的话；哪吒追杀父亲李靖，正是挑战了"父要子亡，子不亡是不孝"的封建道德。这些带有民主色彩的思想，又与封建社会末期政治腐败、儒释道合一的社会现实，以及张扬个性、尊重人性的社会思潮有关。在这一点上，《封神演义》显然也有《西游记》的影子。

《封神演义》的艺术成就可能不如《西游记》那么高，但也给古代小说艺术画廊增添了一批别具风采的人物形象。纣王是古代小说中最成功的暴君形象，被称为"东方的尼罗王"。他昏庸无道，重用奸佞，谋害忠臣；沉溺酒色，造出著名的"酒池肉林"；残暴不仁，不仅诛妻杀子、对臣下滥施酷刑，甚至仅为取乐而对无辜百姓"断胫验髓""剖腹验胎"，劣迹斑斑，令人发指。武王兵临城下，纣王"自服衮冕，手执碧圭，佩满身珠玉，端坐楼中"，在烈火中，在太监朱升的哭号中，一代暴君带着几分虚荣、几分滑稽辞世了。"纣王"成为"暴君"的代名词，"助纣为虐"成为一个成语。小说中的宠妃妲己是九尾狐狸精，既淫荡、狡猾、残忍，又妖媚、俏皮、工于心计，充满享乐欲和虐待欲，坏出花样，坏出水平，百般娇媚，万种风情，最后临刑时，连刽子手都不忍下刀。这个女性形象的出现使得"狐狸精"成为中国人对"坏女人"的统称，是古代小说不可多得的"恶之花"。她和褒姒、赵飞燕、杨玉环等美女一起，成为由来已久的"红颜祸水论"的典型例证。至于臂套金镯、肚围红兜的哪吒，是古代文学中最有名、最可爱的小淘气，也是最有光彩的少年英雄形象。哪吒打死凶恶的龙王三太子，为了不连累父亲而自杀，父亲李靖对他的魂灵无理追逼，哪吒得到莲花化身成形，下山报仇，把李靖追得大败而逃。尽管哪吒后来不得不在燃灯道人的玲珑塔下认输，并与李靖和好，但哪吒大闹东海、剔骨还肉、死而复生的传奇经历，以及三头六臂、英勇善战的神异形象，已经使他在国人心中成为可以跟齐天大圣孙悟空相媲美的经典人物。

《封神演义》刻画了大批性格鲜明的凡人及神魔形象，雄才大略的姜子牙、正气凛然的闻太师、忠诚孝顺的伯邑考、英武刚烈的黄飞虎、暴躁如火的黄天化、贪财好色又本领高强的土行孙、反复无常的费仲……这些人物像《西游记》中的人物一样，在中国家喻户晓。

《封神演义》构思上的重要特点是极强的故事性。殷军伐西岐，周兵攻朝歌，兵来将挡，水来土掩，一个悬念引起另一个悬念，一个高潮预示下一个高潮。每个大将都有一件法宝、一样绝技、一种战术，每段故事都带来花样翻新的场面。这样的写法，恐怕也是《西游记》的常规技巧。百回小说经常有相对独立的人物小传，这一点也和《西游记》一样。《封神演义》在历史大框架中纵横想象的长篇叙事方式，有人称为"拟史诗"，《中国科学技术史》的作者李约瑟称《封神演义》为"降魔史诗"。《封神演义》有一定的史诗风格，却主要以奇特瑰丽的想象取胜。神仙、妖魔个个都是奇人、奇貌、奇活儿，踢天弄井，腾挪变化，这些和《西游记》很相似。雷震子生肉翅可飞；土行孙眨眼间地遁无踪；纣王麾下的孔宣"曾见开天辟地，又见出日月星辰"，背后有五道光，将其一抖，多高明的武器都会陷落进去，连姜子牙的神鞭也不能幸免，很像《西游记》里的金刚琢或包袱皮；吕岳将瘟丹撒到西岐井中，让西岐军民染瘟疫；

李天王

托塔李天王

姜子牙冰冻岐山，用"气象战"给对方制造困难，就像《西游记》中的金鱼怪一夜之间冻了通天河……你方唱罢我登场，斗智斗勇斗法力，一波未平，一波又起，光怪陆离，令人眼花缭乱。《封神演义》和《西游记》一样，都是中国古代神魔小说的长青树。

成书于清代的短篇小说集《聊斋志异》里的神鬼狐妖则与《西游记》有很大的不同。如果说吴承恩祭起的是"斗"旗，蒲松龄祭起的就是"爱"旗；《西游记》中的女妖经常是来吃唐僧肉的，《聊斋志异》中的女妖却经常是来给书生带来种种关心和照顾。蒲松龄喜欢《西游记》，但他找到了一个明显不同的切入点，在这一点上大做文章，也能令人耳目一新。

《西游记》对《聊斋志异》最大的影响，我觉得是吴承恩教给蒲松龄创造妖魔形象的三者兼备的方法——亦人、亦物、亦妖。我们把《西游记》中盘丝洞女妖精和《聊斋志异》中著名的《绿衣女》中的小绿蜂做一下对比，就知道了。盘丝洞女妖精一开始在唐僧面前是十分可爱的邻家女孩儿，她们像少女一样绣花、踢球，像不谙世事的少女一样跟唐僧热情对话，又像爱干净的女孩儿一样到池子里洗澡，但是一眨眼的工夫，她们的肚脐冒出白色的蛛丝，把唐僧和八戒先后捆了起来。她们是少女，是蜘蛛，还是妖精。《绿衣女》写于生在醴泉寺读书，夜里忽然有女子在窗外说："于相公勤读哉！"来访的女子，绿衣长裙，婉妙无比；唱起歌来婉转动听、扣人心弦，只是"声细如蝇"。绿衣女离开后，于生听到呼救声，看到屋檐下有只弹丸大小的蜘蛛，蛛网上缠住了一只小虫，这只小虫正在声嘶力竭地叫喊。于生把蛛网挑开，把小虫身上的蛛丝去掉，发现原来是只小绿蜂！小绿蜂过了好一会儿苏醒过来，慢慢爬上砚池，投身到墨汁中，出来后伏在桌面，移动着写出一个"谢"字，然后扇动小小的翅膀飞走了。"物而人"是蒲松龄的拿手好戏，少女与绿蜂相互交融，少女优美化，绿蜂人格化；少女绿衣长裙，实指绿蜂翅膀；少女妙解音律，实指蜂之善鸣。这种亦人、亦物、亦妖的写法，很可能就是从吴承恩那儿学来的。

蒲松龄一直认为《西游记》的作者是丘处机，他还非常崇拜孙悟空。在《聊斋志异》中有个故事就叫《齐天大圣》，蒲松龄在故事中借"异史氏"之口说，齐天大圣原本是小说中的人物，你相信他有，他就有；你相信他无，他就无。《齐天大圣》写的是山东人许盛本来完全不相信齐天大圣的存在，说了轻视大圣的话，结果他和哥哥接连生病，后来哥哥死了。他仍然不屈服，反而跑到齐天大圣祠中大骂，声称要采用大圣曾在车迟国对付三清的办法对付大圣，推倒大圣的神像，以此作为报复。没想到这种不屈服的精神得到了大圣的赞许，大圣不仅让许盛哥哥复活，还帮助兄弟俩发了财。从此许盛对齐天大圣无比崇敬了。许盛对齐天大圣，从完全不信到完全相信，经历了人神对话、人神交流、人神谅解、人神和美的过程。许盛本来宁死不相信齐天大圣，但因为大圣使哥哥复活，乐意对大圣臣服。孙悟空可能因为自己身上有"反骨"，所以对造反者不仅网开一面，还倍加恩宠。一个刚直的人引出一个刚直的神，刚直的人曾百般羞辱刚直的神，刚直的神却千方百计帮助刚直的人。两个"刚性"人物，蒲松龄写得棱角分明，又有温和色调，演绎出一段相当曲折又十分有趣的人神友谊佳话。这也算得上《聊斋》跟《西游》的一段佳话了。

孙悟空和王熙凤

　　我相信，曹雪芹在创造王熙凤时，一开始就有个活生生的原型在心中。他是以现实生活中观察到的某些人物、事件、细节做素材，在有意无意中，以前辈文学家创造的经典人物的精髓做"发酵粉"，放到天才作家的大烤箱里，才精心烘焙出王熙凤这块香醇可口、让读者百吃不厌的"曹家玲珑馅饼"的。

　　那么，曹雪芹用的是哪种牌子的"发酵粉"？就是"猴儿"牌。

　　在我看来，给王熙凤这个形象以决定性影响的经典人物，就是孙悟空。

　　孙悟空和王熙凤血脉相连的渊源，从一般读者的角度来看，他们都是风风火火、乐观开朗、风趣幽默、我行我素的人。从小说创作的角度来看，孙悟空和王熙凤的性格基调甚至语言特点都极其相似。

　　孙悟空是灵霄宝殿的齐天大圣，神魔界的踢天弄井者；王熙凤是大观园里的齐天大圣，闺阁界的踢天弄井者。

　　孙悟空把神佛世界搅得昏天黑地，竖起一杆"齐天大圣"的旗帜；王熙凤把男性世界搅得黑地昏天，竖起一杆"管家二奶奶"的旗帜。

孙悟空用定海神针、金箍棒打遍天上地下，打出神猴的威风；王熙凤用精神金箍棒打遍宁荣二府，打出"凤辣子"的威风。

前辈评论家说王熙凤是曹操的女儿、李林甫的妹妹，我看她更像是孙悟空的亲妹子。

曹雪芹写王熙凤时，好像有意透露出王熙凤跟孙悟空有血脉联系。

贾府的皇太后、王熙凤的后台老板贾母，总喜欢管王熙凤叫"猴儿"。贾母带刘姥姥游大观园，回忆起自己小时候曾落水磕破头，现在还有个窝儿。王熙凤立刻说，贾母头上的窝儿跟寿星老儿是一样的，寿星老儿头上本来也有个窝儿，因为万福万寿盛满了，倒凸高出些来。贾母说："这猴儿惯的了不得了，只管拿我取笑起来，恨得我撕你那油嘴。"

贾母最喜欢看的戏是《西游记》。在贾母心中，王熙凤就是像孙悟空一样活泼可爱的"猴儿"。"猴儿"的主要特点是：伶牙俐齿，嘴尖舌快，该"下割舌头地狱"。贾母当众讲过一个笑话，实际是调侃王熙凤"吃了猴儿尿"才嘴巧，笑话里的"猴儿"就是孙悟空。贾母这个似乎普通的笑话，无意中却透露出曹雪芹创造人物形象的奥妙，王熙凤跟孙悟空有深刻的性格渊源。

我发现，王熙凤跟孙悟空在八个方面极其相似：一曰好大喜功；二曰好戴高帽；三曰心高气傲；四曰冒险好动；五曰聪慧好奇；六曰没上没下；七曰口若悬河；八曰善于谐谑。

这八个方面都可以从这两部小说中找到互相对照的具体例证。两人最相似的特点是：精力极其旺盛，创造力极其丰富，总在不停地琢磨事，总想做点儿份外的事，做点儿新奇的事，做点儿好玩儿的事，做点儿过去没做过的事，都有种一刻也不安宁的"猴性"。

孙悟空喜欢揽事，好卖弄能力。跟妖精打斗，本来是多么艰难的事，他却说"捉个妖精耍子"。而且孙悟空最喜欢管闲事，西天取经路上，有不少磨难，根本就是他自己因为逞能找来的。

王熙凤不会驾筋斗云，不会七十二般变化，但是她的好动、好奇、好胜、好揽事、好逞能，跟孙悟空如出一辙。比如，她身为荣国府的管家二奶奶，却要协理宁国府；她作为贵族少奶奶，居然要抢驾娘的"买卖"，亲自撑船；她几乎不识字，却要作一句诗；她要亲手放炮仗……离谱不离谱？这些都是凤姐生活中的琐事，但都表现出她不同于寻常脂粉的"猴性"。

王熙凤跟孙悟空还有个突出的共同点：都擅长说一些似乎犯上作乱的谐语。

孙悟空跟天界、神界主宰打交道，常常信口开河，说话不合规矩、没大没小。比如：

对三界主宰玉皇大帝，孙悟空叫他"玉帝老儿"；对佛门最高主宰如来，孙悟空说他是"妖精的外甥"；对观世音菩萨，孙悟空曾经说"该他一世无夫"。

王熙凤也特别擅长在贾府至高无上的贾母跟前说一些似乎犯上作乱的话，但又无一不是锦上添花，并且达到老祖宗为自己所用的目的。这一点，王熙凤跟孙悟空非常相似。而且，凤姐语气之诙谐、措辞之巧妙，也时刻显示出"比猴儿还精"的特点。

孙悟空再有能耐，也跳不出如来的手心；王熙凤也是。

王熙凤跳不出的"如来手心"是什么？

是"盛筵必散"，是"树倒猢狲散"，是"忽喇喇似大厦倾"。

王熙凤再有志气，她面对的却是贾府一大帮没志气的男性；王熙凤再有能力，她面对的却是贾府无可挽回的残局、败局。

王熙鳳

王熙凤

跟孙悟空类似，王熙凤也有属于她的"五行山"和"紧箍儿咒"。

王熙凤的"五行山"，就是让荣国府管家婆转不动的经济困难，还有元妃失宠，乃至贾府最终覆灭。

孙悟空曾被压在五行山下，但是他幸运地遇到了取经僧，将他从五行山下救出来，他从此开始了新生活。

而王熙凤被压到"五行山"下，却盼不来"取经僧"，只能眼睁睁地等待毁灭。

而且，王熙凤被压到"五行山"下之前，头上已戴了"紧箍儿"。

王熙凤的"紧箍儿"，不是如来安排的，而是封建宗法制决定的。这"紧箍儿"就是：男尊女卑、夫为妻纲。念动"紧箍儿咒"的，有时甚至是最宠爱她的贾母。

贾母念"紧箍儿咒"时，主要还持爱护态度。待到王熙凤失去贾母的庇护，由邢夫人和贾琏来念动"紧箍儿咒"时，王熙凤的末日才真正到来。

孙悟空跟随唐僧，跋山涉水，千辛万苦，最后取得真经，他头上的紧箍儿，随着他成为"斗战胜佛"，便自然消失了。

王熙凤跟随贾母，兢兢业业，机关算尽，随着"忽喇喇似大厦倾"，她头上的紧箍儿，越念越紧，越紧越念，新仇旧恨一齐找，新账旧账一齐算。王熙凤内外交困，心劳力拙，最终一命归西。

我们这些"红学家"不知道花了多大力气考证《红楼梦》的文学渊源，考证《金瓶梅》在哪些方面影响到了《红楼梦》，我在专著里专门用了八章讨论《红楼梦》是如何得《金瓶梅》之壶奥。其实，《西游记》的核心人物孙悟空对《红楼梦》的核心人物王熙凤的影响，倒真是十分全面而且深刻的。

为什么说《西游记》的男主角影响到《红楼梦》的核心人物王熙

凤？因为不管妖魔还是神佛，《西游记》的突出特点是"人化"、谐趣化。胡适《中国章回小说考证》说："《西游记》所以能成世界的一部绝大神话小说，正因为《西游记》里种种神话都带着一点诙谐意味，能使人开口一笑，这一笑就把那神话'人化'过了。"《西游记》的神话是"人的意味的神话"。鲁迅先生在《中国小说的历史变迁》中也曾剖析，为什么《西游记》里的妖魔并不面目可憎？因为："承恩本善于滑稽，他讲妖怪的喜，怒，哀，乐，都近于人情，所以人都喜欢看！这是他的本领。"确实如此。大鹏金翅雕唯我独尊、唯我独强的优越感，多像手持青龙偃月刀、过五关斩六将的将军关羽！六只狮子为黄狮的义气之争献出生命，与桃园三结义、"不求同年同月同日生，但求同年同月同日死"的生死之交多么相似！罗刹女身上强烈的母性，与世间女子何异？罗刹女对牛魔王二三其德的行径，既心怀怨怼，又不得不继续扮演贤妻良母和"嫡妻"角色，多像《红楼梦》中的王夫人！奎木狼星对妻子痴爱、忍让，和《蒋兴哥再会珍珠衫》中的世间男子蒋兴哥有什么不同？赛太岁对始终不能亲近的金圣宫娘娘那份痴情，简直在世俗小说"三言二拍"里都找不到能超过他的男性，大概只有贾宝玉对林黛玉永远无原则的包容可以相比。木仙庵热爱诗歌的一群树精，举手投足，言谈话语，多像大观园诗会！妖精的"人情味儿"最有趣的反映，恐怕还是好多妖精都把吃饭、睡觉看得比战胜强敌更重要。有好几次孙悟空与妖精激战正酣，打算一鼓作气将妖精战胜时，妖精却要求"暂停"，干什么？黑熊精要去吃饭；青牛精要吃饱饭再睡一觉；牛魔王则是"到一个朋友处吃酒去也"。这还是杀人不眨眼的妖精吗？分明是"民以食为天"的小老百姓啊。

这种"人情味儿"，最集中的影响，我认为就是孙悟空的形象影响了王熙凤。

有趣好玩读经典

　　《西游记》毫无疑问是一部经典，它最大的魅力却是既有思想性更有趣味性，读之令人爱不释手。《西游记》是中国古代最精彩的神魔小说，更有神话和童话的特点，特别能引起青少年读者的浓厚兴趣。

　　《西游记》的故事情节主要由"大闹天宫"和"西天取经"两大部分组成，最大的成就是塑造了孙悟空这个富有反抗性的神话英雄形象。孙悟空闹地府，勾掉生死簿上的名字，躲过轮回，不生不灭。他不理君权至上，在至尊玉帝跟前自称"老孙"，一条金箍棒搅乱天宫，喊出"皇帝轮流做，明年到我家"。他敢打敢拼，不怕死也死不了。吴承恩通过"大闹天宫"的情节，在中国古代小说中第一次描绘了完整的"天宫"；然后又通过"西天取经"的情节，写出了在后世舞台上经久不衰的西游故事。小说中每个小故事都相对完整，都有特殊的存在意义，也都引人入胜。

　　孙悟空西天取经路上都有哪些妖精，他们来自何方，结局如何？我们略做评点：

　　黑风山黑熊精，被观世音菩萨收服，做落伽山守山大将；

黄风怪，灵山脚下黄毛貂鼠，被灵吉菩萨收服，带回灵山；

白骨精（白骨夫人），白虎岭上化为白骨的女尸，被悟空一棒打死；

黄袍怪，二十八宿之奎木狼，被其他星员带回天宫；

平顶山金角、银角大王，太上老君的童子，被太上老君收回；

乌鸡国假国王青毛狮子精，文殊菩萨坐骑青毛狮子，被文殊菩萨收回；

红孩儿，牛魔王之子，被观世音菩萨收作善财童子；

黑水河鼍龙，西海龙王外甥，被西海龙宫太子摩昂带回；

车迟国虎力、鹿力、羊力大仙，与悟空斗法时丧生；

通天河金鱼怪，观世音菩萨莲花池的金鱼，被观世音带回；

金兜山兕怪，太上老君坐骑青牛，被太上老君牵回天宫；

毒敌山琵琶洞蝎子精，雷音寺蝎子，被昴日星君降伏；

六耳猕猴，被如来降伏，被悟空打死；

铁扇公主罗刹女、牛魔王、玉面公主，罗刹女隐姓修行终成正果，牛魔王被众神降伏带往西天，玉面公主被八戒打死；

万圣龙王驸马九头虫，在二郎神助战下受伤逃走；

木仙庵十八公、孤直公、凌空子、拂云叟、赤身鬼、杏仙，树木成精，被八戒打死；

小雷音黄眉怪，弥勒佛司磬黄眉童，被弥勒佛收回；

朱紫国赛太岁，观世音菩萨坐骑金毛犼，被观世音收回；

盘丝洞蜘蛛精，被悟空三兄弟消灭；

黄花观蜈蚣精，被毗蓝婆菩萨收走；

狮驼国青毛狮子精、白象精、大鹏金翅雕，文殊菩萨收回坐骑青毛狮子，普贤菩萨收回坐骑白象，大鹏金翅雕被如来收回灵山；

比丘国"国丈""美后",南极翁坐骑白鹿及白面狐狸,白鹿被南极翁收回,白面狐狸被八戒打死;

无底洞金鼻白毛老鼠精(半截观音、地涌夫人),李天王义女,被押回天庭受审;

隐雾山艾叶花皮豹子精,土产妖精,被八戒打死;

玉华州九灵元圣,太乙天尊坐骑九头狮子,被天尊收回;

金平府犀牛怪,被四木禽星降伏;

天竺国假公主玉兔精,广寒宫玉兔,被太阴星和嫦娥收回。

除几棵老树成精之外,这些妖精的本相大都是动物,他们组成了一个色彩缤纷的动物世界。从地上到天上,从大型凶猛动物到小爬虫,应有尽有:狮、虎、豹、熊、象、犀牛、兕(青牛)、鼍(鳄鱼)、猕猴、鹿、羊、兔、金鱼、蜘蛛、蜈蚣、蝎子……他们各有各的生物优势,也各有各的"生物武器"。狮子张口咬,大象用长鼻卷,蝎子用尾巴蜇,蜘蛛吐丝网……他们还有从天宫或佛界带下来的各种宝贝,有时是净瓶,有时是金铙,有时是腰带绳,有时是包袱皮,给孙悟空制造各种各样的麻烦,孙悟空再从天宫、南海、西天、龙宫请援兵。这些援兵里也不乏本相是动物的天神:昴日星官是只大公鸡,蝎子和蜈蚣的天敌;井木犴是猛兽狴犴,上山能啃虎,下海能食犀。魔高一尺,道高一丈,你方唱罢我登场,演出"西天取经降妖大合唱"。

如果给这些妖精做一下评选,可以得出如下结论:

凶狠当数大鹏金翅雕和九头狮;

痴情当数奎木狼化身的黄袍怪;

妖媚当数无底洞老鼠精;

心胸狭隘当数月宫玉兔精;

妖魔宝放烟沙火

狡猾奸诈当数六耳猕猴；

争强好胜当数黄眉怪；

愚笨无过隐雾山豹子精；

倒霉无过罗刹女、牛魔王；

悲惨无过黄狮、雪狮等大雄狮。

孙悟空降妖过程中，哪些神仙对他的帮助最大？

观世音菩萨的帮助最大：她许诺悟空遇到困难"叫天天应，叫地地灵"，送三片净瓶柳叶做救命毫毛；她多次亲自降妖，甚至变成妖精帮悟空。

玉皇大帝的帮助也不小：他不计前嫌，只要孙悟空上天求助，不管是唱喏，是"奏闻"，还是叫他"老官儿"，他都有求必应。天宫文官之首太白金星不仅成了"西天取经信息部主任"，还亲自帮过唐僧；天宫武官之首李天王成了西天取经路上的"救火队长"。天宫诸神，只要是对战西天路上的妖魔，都是招之即来，来之即战。其中表现最抢眼的是哪吒三太子和二十八宿。当然，也不要忘了观世音菩萨从玉帝那里借来，派他们保护唐僧的五方揭谛、四值功曹等"无名英雄"。

相比之下，本来应该全力保护自己弟子的如来，有时倒先考虑帮助取经僧对自己有没有损害；而有些灾难还是西天诸佛故意制造出来的，为的是要凑齐九九八十一难。

四海龙王最讲友情：孙悟空一声咒语，离他最近的龙王马上飘云而来，需要"无根水"，没有玉帝下旨不能降雨，龙王打几个喷嚏就解决了；需要给蒸锅降温，龙王马上变成冷风钻到正在蒸唐僧师徒的铁锅下边。从第三回孙悟空在龙宫"借"到如意金箍棒和披挂，到第九十二回西海龙宫太子摩昂协助擒拿犀牛怪，龙王对孙悟空的帮助真可以说是雪中送炭了。

西天取经路上，除妖魔作祟之外，还有过神仙对凡人的考验（如菩萨试禅心），有过自然困境（如子母河水），有过人为灾难（如西梁女国和灭法国）……不管是妖魔故事，还是所谓的异域故事，其实都和明代社会密切相关，社会的动乱，皇帝昏庸、迷信道士、追求长生不老等，都被吴承恩巧妙地化用到神魔故事里边。

《西游记》是本开卷有益、常读常新的书。它展开艺术想象的瑰丽翅膀，创造出童话般的迷人故事，以及童话式活龙活现的人物，充满童心、童趣、童语，热闹之极，好玩之甚，使这部老少皆宜的小说成为中国古代四大名著之一，从开国领袖到少年儿童都百读不厌。这本十分好看的"闲书"，又是文化含量最高的古代小说，读者在轻松阅读的同时，还可以获得丰富的古代文化知识。

有书如此，何乐而不读？

图书在版编目（CIP）数据

品读西游记 / 马瑞芳著.—成都：天地出
版社，2023.8
ISBN 978-7-5455-7857-7

Ⅰ.①品… Ⅱ.①马… Ⅲ.①《西游记》研究　Ⅳ.
①I207.414

中国国家版本馆CIP数据核字（2023）第131552号

PINDU XIYOUJI

品读西游记

出 品 人	陈小雨　杨　政
作　　者	马瑞芳
责任编辑	吕　晴　梁永雪　胡文哲
责任校对	杨金原　张月静
封面设计	尚燕平
责任印制	王学锋
彩插供图	萍乡市图书馆

出版发行　天地出版社
　　　　　（成都市锦江区三色路238号　邮政编码：610023）
　　　　　（北京市方庄芳群园3区3号　邮政编码：100078）
网　　址　http://www.tiandiph.com
电子邮箱　tianditg@163.com
经　　销　新华文轩出版传媒股份有限公司

印　　刷　北京文昌阁彩色印刷有限责任公司
版　　次　2023年8月第1版
印　　次　2024年4月第2次印刷
开　　本　880mm×1230mm 1/32
印　　张　24
插　　页　24P
字　　数　580千字
定　　价　168.00元（全三册）
书　　号　ISBN 978-7-5455-7857-7

喜马拉雅策划出品

《马瑞芳品读西游记》现已全部上线，
欢迎大家扫码收听

课程简介

《西游记》主要讲述了孙悟空出世，跟随须菩提祖师学艺，以及大闹天宫后，与唐僧、猪八戒、沙僧和白龙马西行取经，降妖除魔，历经九九八十一难，终于到达西天，五圣成真的故事。

马瑞芳老师历经数十年研究，按照原书顺序细致讲解百回《西游记》，和听众一起再历一次艰险而又有趣的西行取经路，感受亦幻亦真的神话故事，以及阅读原典的无穷乐趣。同时，作者旁征博引，对比和参照李卓吾、鲁迅等大家的精辟点评，解读故事背后的典故，揭示不为人知的"弦外之音"，带领听众体味五千年的中国古典文化。

不管是在忙碌之余放松身心，寻找童真与欢乐，还是感受小说魅力，提升自身的文学修养，亦或在人生路上获取战胜困难的信心与勇气，你总会有所收获。

欢迎收听更多精彩有声作品

《马瑞芳讲聊斋志异》
打开鬼狐神妖的奇幻世界

《马瑞芳品读红楼梦》
读懂《红楼梦》，读懂世间千人千面

《天下刀宗》
百万人日夜追更的武侠故事

天喜文化